U0032547

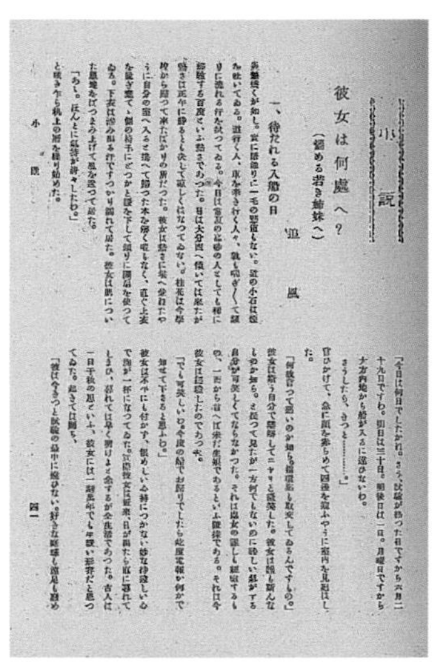

小說

彼女は何處へ？
（惱める若き姉妹へ）

追風

一、待たれる入船の日

圖1 1922年7月謝春木刊於《臺灣》的知名日文小說〈彼女は何處へ？〉。

圖2 王白淵及其第二任夫人橫灘芳枝女士，攝於盛岡女子師範學校時代。摘自陳才崑編《荊棘的道路》。

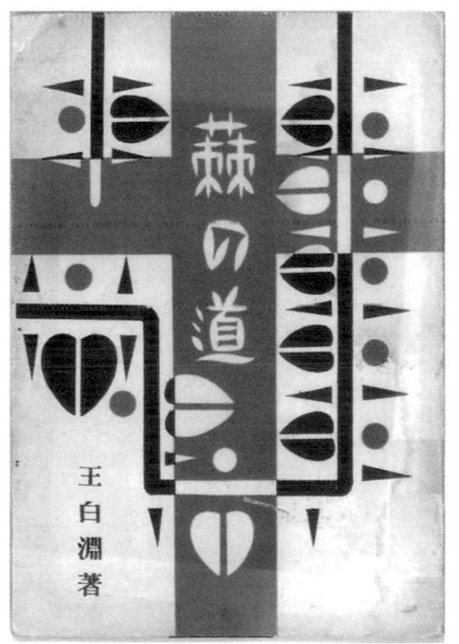

圖3 1931年6月在日本盛岡出版的王白淵《棘の道》書影。

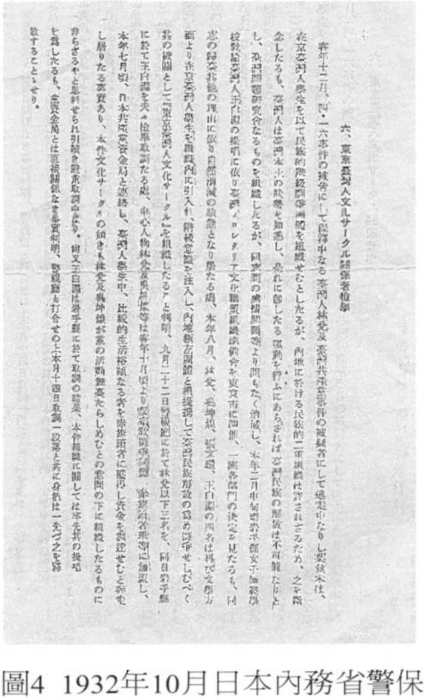

圖4 1932年10月日本內務省警保局保安課發行的《特高日報》中，記載了「東京台灣人文化同好會」吳坤煌等人的檢舉消息。

圖5 張文環東京時期照片，摘自《張文環全集》。

圖6 東京時期的張文環（右）及留學中的胞弟張文鐵。摘自《張文環全集》。

圖7 位於今日東京都水道局本鄉給水所附近的張文環與夫人張芙美居所舊址。

圖8 1932年台灣藝術研究會成員於東京的合影。摘自《張文環先生追思錄》。

圖9 《福爾摩沙》創刊號封面。

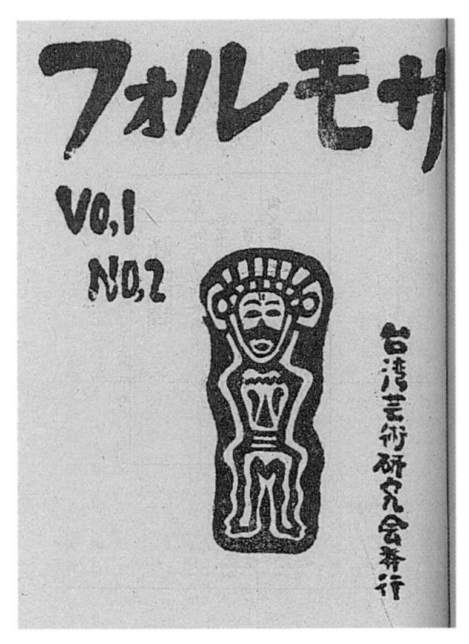

圖10 《福爾摩沙》第二號封面。

圖11 《中央公論》1934年新人創作募集廣告，26歲的張文環參加了這次徵文而一舉成名。

圖12 1935年《中央公論》公布徵文比賽結果，張文環入選佳作的消息亦刊載於此，對殖民地文藝青年帶來了鼓舞。

圖13 張文環(右)遊上海所攝，時間約莫在1934-35年間，合影之人極可能是當時定居上海的王白淵。摘自《張文環先生追思錄》。

圖14 1934年「台灣文藝聯盟」賴明弘(左一)赴東京，進行島內外文藝合流工作時，與「台灣藝術研究會」巫永福、蘇維熊、張文環等人的合影(從右至左)。摘自《巫永福全集》，照片爲巫永福先生之珍藏。

106

訪問郭沫若先生

賴　明　弘

拜訪郭沫若先生、這是我此次來東京的願望之一。恰巧和蔡嵩林兄有相識的機會、我的拜訪沫若先生的願望也就達到了。首先嵩林兄給我寫一張介紹信、我也寫了一封長信、關於我們臺灣的文學狀況並關於中國現在關者的所謂「大衆語文」的問題請教郭先生。我們的信寄去不幾天、便收到郭先生復我們的明信片。(信的內容在本誌揭載。)我們既受郭先生的好意招請、我便和嵩林兄約定期日、拜訪郭先生去。(在這中間、臺灣文藝從臺中寄來、我便立即奉寄一部給郭先生、柒求高見了。)

十二月二號、星期日上午將近十點鐘、我就和蔡君出了我的寓所。途中我猜疑了好幾次、腦裏總繫想着郭先生住的家屋、郭先生的面貌、體格、郭先生的令夫人和郭先生的公子令嬡……的一些自己想像。(嵩林兄給我說郭先生已有五個兒子了、四男一女。)在車中我又憫恨自己的禀性來了。本來我很不會說話、尤其是訪問先輩或名士的時候、更不知要怎樣說話才好、每次都要爲此迷苦呢。但是我本來又很好拜問自己佩仰的先輩名士、我以爲訪問名士先賢、一定很有益於自己。對於自己未宏的學識、先輩的話、是很寶貴的敎訓。是以雖然要懋不會說話、但每次都感到異常的喜悅。

這次有機會能夠訪問郭沫若先生、我傑感到異常的喜悅、同時我感到十二分的光榮。因爲郭沫若先生是我們素來最爲敬[illegible]的中國作家、我們在迎接中國新文學的當時、便很受他的感動、代的有把握而正確犀利的文章、不但值得傾聽、其實、開[illegible]我們的進路不少。我訪問中國的作家、這是第一次、這初一次就能夠訪問最欽佩的作家、我的不能形容的歡悅、讓人家給[illegible]料想吧。

坐了約三十分鐘的電車、我們便到了市川、時候十點半鐘。我和蔡君就照預期的計畫、先在那塊兒一遊、吃過午飯後、[illegible]向郭先生的家裏行去、時候十二點半鐘。行到郭先生的家來、我覺得有點疲倦了。因爲和蔡君先行了約一點半鐘、[illegible]

圖15　1935年2月賴明弘發表於《台灣文藝》的郭沫若先生訪問記，反映台灣文藝青年與中國左翼文化人士的聯絡。

東京支部設立について

東京　吳　坤　煌

難産を氣遣はれた「臺灣文藝」が在臺の諸兄姉の非常なる奮闘努力に依り案外易々と呱々の聲を擧げ、それからトントン拍子、健げに育つて行つてゐることは同好者達の等しく欣幸に堪えぬ所である。又新年號及び二月號の如き充實した內容、美麗を凝らした外觀、確かに名實共に天晴れ臺灣新文藝の最高峯に君臨するに恥ぢぬもの、誠に心強く感ずるものである。待望久しく、眞の臺灣郷土文學の指標はこれではなかつたか？　思郷切に、夢にも南の島を忘れなかつた吾々が「臺灣文藝」に接した時、恰も枯渇に泉の様な喜悅を覺えたのも無理はない。けれどもその中にも文學の帝都の膝下で研鑽を積んで居る吾々が聊か齒がゆい氣がしないでもないが、又顧つて諸兄達の難産によく堪えて立派な赤坊を産んだ努力を思へば常に感謝措く與はず。今度揮褌一番、おくればせながら遠くから馳せ參じ、君達に負けずに助太力しやうと思ふ。

今や時勢は文學活動の集結を要求し、より强固な地方團結がより進化せる地方文化を創造するものだと信ずる。「臺灣文藝」の順調なる生長はたまた臺灣を代表する作品の迸出等に自覺して良き創作活動がなされる様諸兄姉の御健鬪を祈る。

一九三五、一月

圖16　1935年3月《台灣文藝》，旅日作家中的活躍份子吳坤煌，發布台灣文藝聯盟東京支部成立的消息。

圖17 文聯東京支部為台灣文藝聯盟注入新血，此為《台灣文藝》1935年4月號上的張文環速描。

圖18《台灣文藝》1935年4月號上的翁鬧速描。

圖19《台灣文藝》1935年4月號上的吳天賞速描。

圖20《台灣文藝》1935年4月號上的賴明弘。

圖21 1936年6月，台灣文藝發行人張星建赴日，與文友合影於東京新宿明治西餐廳。前排右起郭明昆、顏水龍、陳瑞榮、張星建、劉捷、翁鬧、曾石火、賴富貴、莊天祿、楊基椿。後排右起陳傳讚、張文環、吳天賞、陳遜章、吳坤煌、溫純和、陳遜仁。此後由於日本國內政治、文化情勢日益惡劣，旅日作家難再有如此聚會。摘自《翁鬧作品選集》，原始照片爲張恒豪先生提供。

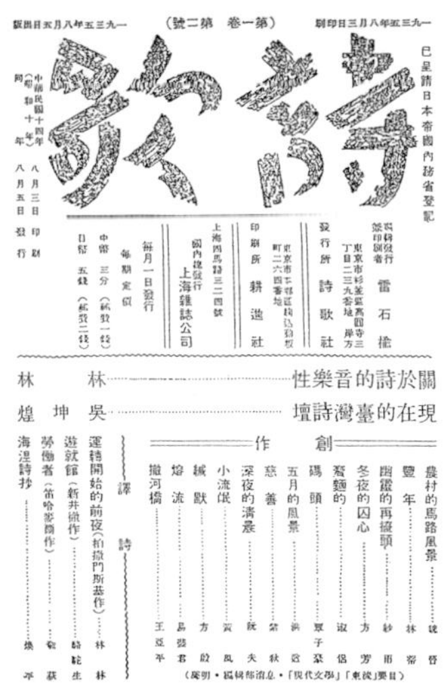

一九三五年八月三日印刷　（第一卷第二號）　一九三五年八月五日出版

詩歌

已呈請日本帝國內務省登記

編輯發行兼印刷者　雷石榆

東京市杉並區高圓寺三丁目二三九番地　岸方

發行所　詩歌社

印刷所　耕進社

上海四馬路三二四號

國內總發行　上海雜誌公司

每月一日發行

每期定價

中華民國二十四年（昭和十年）八月三日印刷　同年八月五日發行

關於詩的音樂性……林林

現在的臺灣詩壇……吳坤煌

創作

農村的馬路風景……鏡晉

豐年……林容

幽靈的再擡頭……紗雨

冬夜的囚心……方芳

聲麵的……淑侶

碼頭……覃子豪

五月的風景……洪遐

慈善……宋秋

深夜的清晨……阮夫

小流氓……賀風

緘默……方啟

熔流……易燄書

撒河橋……王亞平

譯詩

運轉開始的前夜（柏撒門斯基作）……林林

遊就館（新井徹作）……駱駝生

勞働者（笛哈麥爾作）……敏荻

海涅詩抄……煥平

圖22 1935年10月左聯東京分盟雜誌《詩歌》第一卷第二號目錄。吳坤煌在其上發表文章，首次將台灣詩壇動態介紹給旅日中國左翼文化界。

圖23　謝春木《臺灣人は斯く觀る》（《臺灣人如是觀》）封面書影。

圖24　雷石榆《砂漠の歌》（《砂漠之歌》）封面書影。

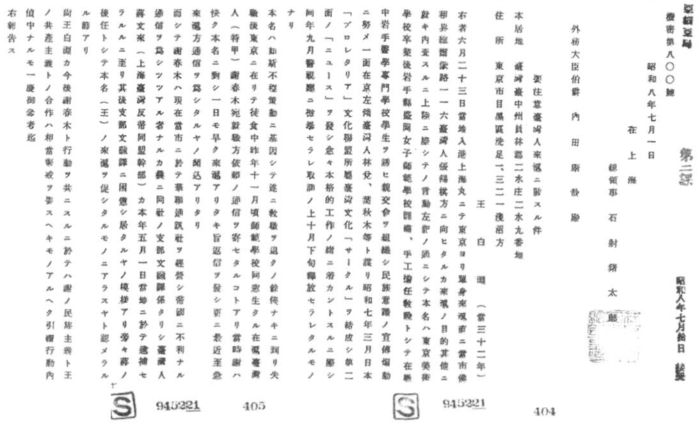

亞細亞局
機密第八〇〇號
昭和八年七月一日
在上海
總領事 石射猪太郎
第二課
昭和八年七月拾日 接受

外務大臣伯爵 內田康哉 殿

要注意臺灣人來滬ニ關スル件

本居地 臺灣臺中州員林郡二水庄二水九番地
住所 東京市目黒區洗足一、三二一淺沼方
王白淵（當三十二年）

右者六月二十三日當地入港上海丸ニテ東京ヨリ單身來滬當市佛租界拉都路一一六臺灣人張錫祺方ニ向ヒタルカ來滬ノ目的其他ニ就キ內査スルニ上陸ニ際シテノ言動左記ノ通ニシテ本名ハ東京美術學校卒業後岩手縣盛岡女子師範學校囑託、手工擔任教諭トシテ在勤中岩手醫學專門學校學生ヲ誘ヒ親交會ヲ組織シ民族意識ノ宣傳煽動ニ努メ一面在京左傾臺灣人林兌、葉秋木等ト謀リ昭和七年三月日本「プロレタリア」文化聯盟所屬臺灣文化「サークル」ヲ結成シ其ノ二面ノ「ニュース」ヲ發シ愈々本格的工作ノ緒ニ着カントスルニ際シ同年九月警視廳ニ檢擧セラレ取調ノ上十月下旬釋放セラレタルモノナリ

本名ハ如斯不穩策動ニ基因シテ遂ニ教職ヲ退クノ餘儀ナキニ到リ失職後東京ニ在リテ徒食中昨年十一月頃師範學校同窓生タル在滬臺灣人（特甲）謝春木宛就職方依頼ノ通信ヲ寄セタルコトアリ當時謝ハ快ク本名ニ對シ一日モ早ク來滬アリタキ旨返信ヲ發シ更ニ最近至急來滬方通信ヲ爲シタルヤノ聞込アリタリ

而シテ謝春木ハ現在當市ニ於テ華聯通訊社ヲ經營シ帝國ニ不利ナル通信ヲ爲シツツアル者ナルカ曩ニ同社ノ支部文藝課係タリシ臺灣人蔣文來（上海臺灣反帝同盟幹部）カ本年五月一日當地ニ於テ逮捕セラルルニ至リ其後支部文藝課ニ困憊シ居タルヤノ模樣アリ旁々蔣ノ後任トシテ本名（王）ノ來滬ヲ促シタルモノニアラスヤト認メラルル節アリ

尚王白淵カ今後謝春木ト行動ヲ共ニスルニ於テハ謝ノ民族主義ト王ノ共産主義トノ合作ハ相當警戒ヲ要スヘキモノアルヘク引續行動內偵中ナルモ一應御參考迄

右報告ス

945221 404

945221 405

圖25 現存日本外交史料館的1938年7月份「亞細亞局機密報告」。內容記載王白淵在日本從事反日運動的經歷，同時也掌握了王渡航上海後將前往謝春木「華聯通訊社」從事反日工作之若干動態。

圖26 1940年8月《台灣藝術》雜誌社主辦「大稻埕女給藝姐座談會」中的張文環影像，會中有許多藝姐、女給與會。

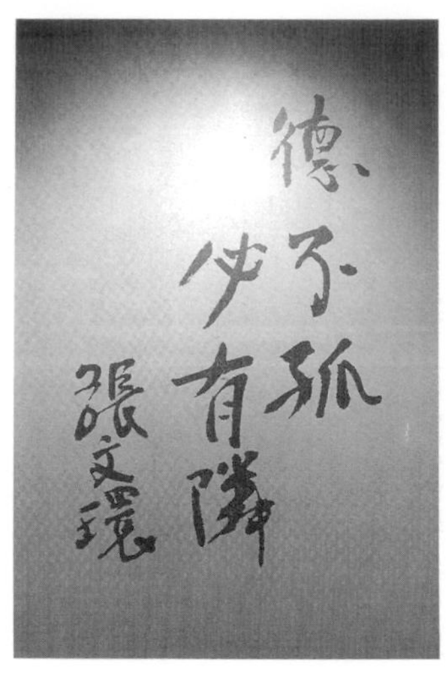

圖27 1941年元月張文環在佳里吳新榮醫師留言簿上的題字，此時也正是《台灣文學》雜誌緊鑼密鼓地蘊釀發刊之際。摘自《張文環全集》。

圖28 創刊於1941年5月的《台灣文學》雜誌書影，由黃得時先生珍藏。摘自《張文環先生追思錄》。

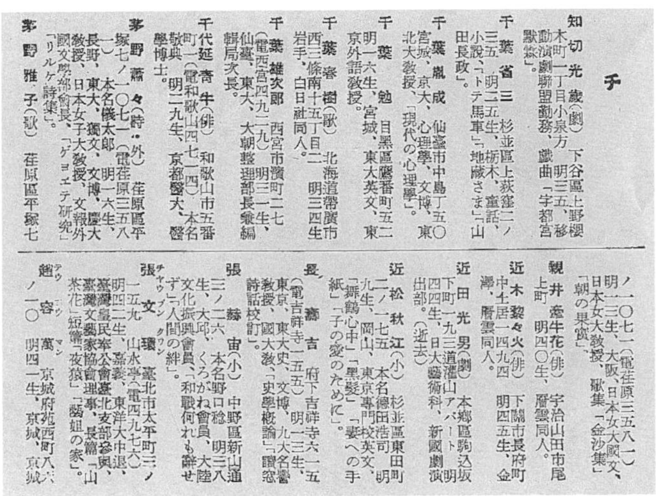

チ

知切光歲（劇） 下谷區上野櫻木町一丁目小泉方 明三五、移動演劇聯盟勤務、戲曲「宇都宮默[illegible]」。

千葉省三 杉並區上荻窪二ノ三五 明二五生、栃木、童話、小說「トテ馬車」「地藏さま」「山田長政」。

千葉胤成 仙臺市中島丁五〇 宮城、京大、心理學、文博、東北大教授、「現代の心理學」。

千葉勉 目黑區鷹番町五二 明一六生、宮城、東大英文、東京外語教授。

千葉審樹（歌） 北海道帶廣市西三條南十五丁目二 明三四生 岩手、白日社同人。

千葉雄次郎 西宮市濱町二七（電西宮四九二一九） 明三一生、仙臺、東大、大朝整理部長兼編輯局次長。

千代延壽牛（俳） 和歌山市五番町一（電和歌山四七一四） 明二九生、京都醫大、本名敬典 醫學博士。

茅野蕭々（詩・外） 荏原區平塚七ノ一〇七一（電荏原三五八一） 本名儀太郎 明一六生、長野、東大、獨文、文博、慶大教授、日本女子大教授、文報外國文學部會長、「ゲョエテ研究」「リルケ詩集」。

茅野雅子（歌） 荏原區平塚七ノ一〇七一（電荏原三五八一） 明一三生、大阪、日本女大國文、日本女大教授、歌集「金沙集」「朝の果實」。

親井牽牛花（俳） 宇治山田市尾上町 明四〇生、層雲同人。

近木黎々火（俳） 下關市長府町中土居一四九四 明四五生、金澤、層雲同人。

近田光男（劇） 本鄉區駒込坂下町一九三道灌山アパート 明四四生、日大藝術科、新國劇演出部。（逝去）

近松秋江（小） 杉並區東田町二ノ一七五 本名德田浩司 明九生、岡山、東京專門校英文、「舞鶴心中」「黑髮」「妻への手紙」「子の愛のために」。

長善吉 府下吉祥寺六一五（電吉祥寺一五五） 明一三生、東京、東大史、文博、九大名譽教授、國大教授、「史學概論」「讀窓詩話校訂」。

張赫宙（小） 中野區新山通三ノ二六 本名野口稔 明三八生、大邱、くろがね會員、大陸文化振興會員、「和戰何れも辭せず」「人間の絆」。

張文環（チャウ ブン クワン） 臺北市太平町三ノ一五九山水亭（電四九七六〇） 明四二生、嘉義、東洋大中退、臺灣皇民奉公會臺北支部參與、臺灣文藝家協會理事、長篇「山茶花」短篇「夜猿」「藝妲の家」。

趙容萬（テウ ヨウ マン） 京城府苑西町八六ノ一〇 明四一生、京城、京城

圖29 1943年份日本文學報國會出版的全國性《文藝年鑑》中，對殖民地台灣代表作家張文環的相關介紹，學歷方面的記載爲東洋大學中退。

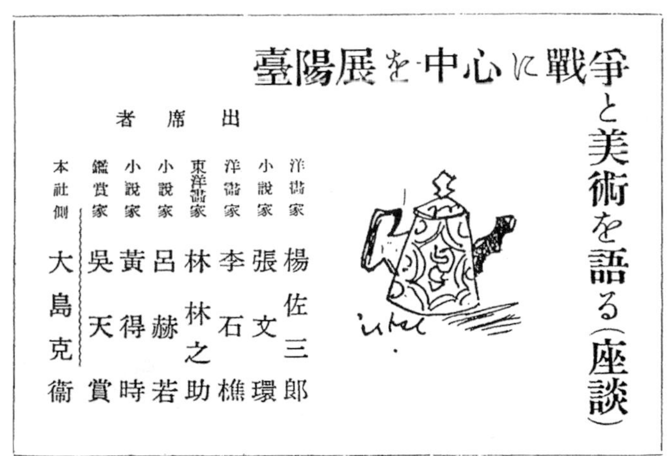

臺陽展を中心に戰爭と美術を語る（座談）

出席者

洋畫家 楊佐三郎
小說家 張文環
洋畫家 李石樵
東洋畫家 林林之助
小說家 呂赫若
小說家 黃得時
鑑賞家 吳天賞
本社側 大島克衛

圖30 1944年3月以臺陽展爲中心的「戰爭與美術座談會」中，幾位《台灣文學》成員的參與狀況。

圖31 福爾摩沙集團作家巫永福先生的全集。

圖32 張文環1940年代忠實戰友呂赫若的日記、作品集；以及福爾摩沙集團天才型作家翁鬧的作品選集。

圖33 《張文環先生追思錄》及其戰後各階段代表作品之出版情形。

圖34 陳萬益教授主編、台中縣立文化中心出版的《張文環全集》與「日本語作品及草稿全編」光碟。

臺灣研究叢刊

荊棘之道

臺灣旅日青年的文學活動與文化抗爭

柳書琴　著

謹以此書獻給我摯愛的柳嘉彩先生、劉菊美女士
感恩父母讓我理解愛、享有愛、付出愛

序

現代，從來就不曾是人類歷史時期中更爲文明，或者更有理想或創造力的時期。在不同社會的人們異腔同調地對變遷、壓迫、斷裂、失落及精神不安進行書寫銘刻的另一端，匯聚出了學院裡稱頌不已的現代文學主潮。那麼，現代文學的啓示，究竟是什麼呢？

19世紀晚期、20世紀前期，在以殖民主義爲主力的早期全球化之威脅與激發下，中、日、朝鮮等東亞主要國家，產生了權衡新舊文化，在爭議中展開現代化的廣泛性歷史運動。今日以國家爲名所標舉的各國現代文學，便是相互連帶發生的東亞現代性運動，在文化層面留下的共同特徵之一。這些國家受到19世紀西方民族國家文學框架的影響，在激烈歷史轉折進程中，審思各國內部不同的背景與需求，孕育了各自的現代文學。現代文學的萌芽受到政治權力、意識形態、公共論述、文化傳統、休閒及審美多種力量的牽引，既包含個人主義，也牽涉集體心理。然而，在現代文學啓始與湧動的過程中所動員與吸納的多種文化潛力與文明能量，最大部分仍被導向於民族國家、帝國主義或世界主義等本質主義的集體想像上了。

緩速不一、漸次被揭開的東亞現代史，在1894年中、日、韓、俄歷史的交會點上，終於一口氣露現。在東亞現代史幃幕全面揭開之際就遭到挾持的台灣，曾引發她土地上不同世代的人，以不同的知識、話語與行動，進行人權、文化主體、經濟生活與政治民主的抗爭與追尋。1895年以後台灣傳統文藝在獨特地域文化的基礎上，接受外來知識與多重文化的激盪，由於內部知識階層精神風貌、文學概念與文體革新的自我裂變，加上來自外部的中、日現代文學的借鑑與影響，而在1920年代左右出現了現代文學的萌芽。文學這個當時最主要的文化媒介，在反殖抗爭中激盪出高揚的生產力。殖民地文藝青年在摸索與創造的過程中留下的吉光片羽，正是筆者所欲描繪的。

1930年代殖民統治下的台灣文壇，除了在刊物團體、文化議題、鄉土運動、創作語文、文藝大眾化、讀者啓蒙方面，持續深廣嘗試之外；以日本為主流的留學生文藝界的出現，更為島內的文藝生產輸入了新的視野、新的氛圍、新的文藝網絡和話語形式。本書所討論的「台灣藝術研究會」集團，從旅日台灣人左翼文化運動團體的批判性土壤中抽芽，於1933-1934年間發刊《福爾摩沙》。從台灣旅日殖民地青年文藝史觀之，相較於堅持社會主義文藝的楊逵、推崇超現實主義的「風車詩社」之楊熾昌、林修二，以及作品書寫介於通俗與純文學中間的陳垂映，《福爾摩沙》成員有著更為活絡的海外群體意識與集團活動。成員們廣泛嘗試現實主義、社會主義文藝、新感覺派各種書寫，並在1935-1936年間與島內最大的文藝團體合流。發揮聯繫台灣與中、日、朝、滿現代文藝界樞紐性角色的他們，是殖民地時期台灣最活躍的留學生文藝群體，他們的努力為島內文壇向東亞文藝界推出一扇希望之窗。此後受到中日戰事的影響，1930年代前期以東京左翼文化陣地為掩護所集結的跨國文藝共同基盤消逝，1937年以後進入了低迷緊肅的年代。但是隨著「大政翼贊運動」新體制運動的發起，在標舉「地方文化」建設的契機下，這一股跨文化接觸以及左派文化聯合運動中積累的文學運動經驗，再次在「共榮圈」地方主義框架下被這些作家所轉化挪用，成為活化1940年代台灣文化復甦及文化菁英地方政治參與的潤滑劑。

位於國家權力、語言、文化、族裔夾擊的土地上，現代文學鮮明地體現了人民進入現代時期所遭遇的震盪、災變與困難。伴隨殖民壓迫湧入的資本入侵，自我／他者各種意識形態的區分及貶抑，釀造了普遍性的軍事侵略、社會壓迫以及人的悲劇。殖民主義的擴張加速滾動全球資本主義前進的車輪，帝國撤離之後全球資本繼續衍生出其他形式的新殖民主義。民族國家在與殖民主義格鬥的同時卻在某種程度上落入文化本質主義的視野。民族主義扼殺了各種本土差異，壓抑了地方文學的多重可能，也化約了複數的地方文化傳統。在全球與地方持續鬥爭的今日，在國族與本土易於混淆的歧途裡，壓縮在現代文學裡的現代地方體驗，傳送被遺漏的歷史回音，使我們有機會反思全球化中「地方」被殖民的歷史議題。

「非國家文學」的台灣現代文學，提供了民族國家文學想像及其之外更爲多樣的，凝視現代的契機。無法順利向上凝結到民族國家想像(或社會主義世界主義想望)之中的文化論述能量，向下沉澱的結果，蓄積出一股「批判性地域主義」的力道。當代台灣活躍於國內及國際的民間社會、文化團體、慈善運動與非營利組織，都是很好的證明。在描繪旅日青年文藝理想及其行動的過程中，可以看見今日台灣社會的活力來自多方涵育行諸長遠的地域文化勢力。專注凝視一片土地細節的歷史與文化，使我們更容易形成普遍性的覺察。既然台灣不過是步履蹣跚、卻不得不急促邁入(或被捲入)全球現代隊伍的眾多「傳統失地」的一處。那麼，台灣現代文學也應該能夠在見證、思辯或意圖抗拒全球化襲捲地方文化的洪流中，提供啓示。

在西方中心的現代性神話依舊徘徊在當代全球化論述中陰魂不散之際，我們需要更爲詳盡的「地方的現代史」，從地方、人民、傳統與環境的角度回溯與保存經歷千錘百鍊的地方生命與生活。正是在這樣一個歷時性與共時性的交叉點，台灣不論作爲全球化之下的一個地方，或作爲現代史中的一個案例，其與全球依存共生卻不消滅的文化主體意義，才是獨一無二、歷久彌新的。

最後，深深感謝在艱困的年代創造與書寫台灣文化與文學的前賢；長期奉獻於台灣文獻保存與文史教育的引路人；諄諄教誨孕育我文史生命的恩師林瑞明、吳密察、陳萬益老師；慷慨協助東京調查與學習的藤井省三、垂水千惠、河原功、黃英哲、下村作次郎、中島利郎、山口守教授。此外，我也要由衷感謝和我一起讀書成長、給我快樂、溫暖與勇氣的學友和道友們；我摯愛的親人手足與子女；許多熱忱而純真的年輕朋友；以及不斷督促並爲我承擔枯燥校正工作的佩均、鈺淩、安琪和姿雅。生命是相互教導、相互依存的，謹將此書獻給——所有對我有恩德者。

目　次

第一章
緒論

一、作為文學史重述工程之一粒砂土

1990年代前後台灣文學以學院化方式[1]，展現催生台灣多元文化的新動能。十餘年來隨著文獻出版、作品編纂、翻譯／外譯、台灣文學系所設置、學術／學位論文、研討會／研究計畫、藝文展演、記錄片製作、中小學教育課程調整、文學館設置等等累積，過去被矮化爲地方文學、鄉土知識的台灣文學，逐漸被視爲重要的社會公共文化資產，無論運用於台灣歷史經驗的反思或當代多元價值的教育與傳播方面，皆成效斐然。長久以來沉浮於抗爭中的台灣文學地景日益攫取學者與民眾的眼光，在地文學板塊透過無數吶喊與論述，終於朝多重文化意義的當代史舞台浮靠。這美麗文化花朵的綻放，來自社會眾多資源與人力的點滴積累，確實得之不易。

1990年代後期學界陸續萌露新研究風氣，後學論述以他山之石的姿態成爲台灣文學研究的另類生力軍[2]。進入21世紀以後，越來越多不同學科學人從理論與實踐各方面投入，將台灣文學納入宏觀的文化研究範疇之中。十幾年來比較文學、文化研究學人，在世界流行理論的傳播以

1　1980年代末期林瑞明教授於成功大學歷史系開設的台灣文學課程，及1991年11月以後清華大學中文系與文學所陳萬益、呂興昌等教授持續推動三年多的「台灣文學研討會」（每月固定於台北召開），可作為指標。

2　學者對後殖民論述的介紹與討論，可參見邱貴芬，〈「後殖民」的台灣演繹〉，收於邱貴芬，《後殖民及其外》（台北：麥田，2003年9月），頁259-299。另外，廖炳惠、孟樊等人，也曾為文介紹新歷史主義的文學研究觀點。

及理論在地化的辯證方面，具有開創性貢獻。相對地，以中文系爲主人數眾多的文史學人及學生，則將民間文化人長年累積的論述資源與學院專業研究作了進一步的結合與創新，在出土台灣文學作品文獻及促進基礎研究的快速積累方面，功不可沒[3]。整體而言，前者應用理論重估本土文化，爲台灣文學研究乃至廣泛的台灣學注入了新穎豐沛的刺激。後者致力於作家論、作品論、文壇研究，豐富了本土學的視野與內涵，也提供了後學論述在台灣落地生根的土壤。

進入21世紀以後，台灣文學研究逐漸開拓出更爲深廣的面向。在今日無國界、零時差的生活型態下，全球化論述成爲眾人關注的焦點，而近幾年崛起的東亞觀點、東亞共同體想像之論述，更擴大了台灣研究的視野，提供台灣經驗與東亞社會經驗交流與對話的平台，激起台灣文學研究另一波燦爛火花。由此，明顯可見越來越多不同學科、不同國籍的學人從理論與實踐各方面，投入將台灣文學納入宏觀的東亞／全球研究範疇的探索行列，實踐了跨學科、跨文化、跨語際的跨國性文化整合。在這波跨文化實踐的浪潮中，台灣文學研究在經過十多年的經典化、學科化過程後，藉此更可以漸次擺脫自我窄化、自我排除的畸型效應，讓台灣文學研究朝向跨文化流動的東亞共時性面向發展。與此同時，台灣文學研究除了以「全球」網絡中的一個獨特「地方」，積極與東亞／全球化的文化脈絡接軌外，更著重台灣社會文化經驗於「東亞在地化思考」中的具體意義。也就是，在東亞／全球化的共時性時代效應中，台

3 台灣文學系所可謂當今台灣文學研究的中心，各校相關研究成果與日俱增，發展方向各具特色，不勝枚舉。回溯過往，此一多元活潑的台灣文學教學、研究環境，實建立於1990年代文史學界的努力，中文學界貢獻尤鉅。1990年代以清大、成大、師大、淡江、中央、中正、靜宜、政大、台大、暨南、中興、輔大、真理大學等各校教授為主力，開設台灣文學相關課程，訓練研究生，長期結合研究、文化、出版、政府文化單位等各界關懷台灣文學之人士，在北中南各地以演講、座談、研討會方式，對各種台灣文學議題進行研討與推進。在國內各校博碩士論文研究動態方面，則有《台灣文學觀察雜誌》、《水筆仔》、《漢學通訊》等期刊，從事整理和介紹。另外《文訊》雜誌十餘年內編纂《中華民國作家作品目錄》、《光復以來台灣文壇大事紀要》、《台灣文學年鑑》，並報導文學活動與學術研究動態，也起了重要影響。

灣文學研究擁有何種反制或是反省的動能，這種尊重地方知識、珍惜地方歷史／文化／人情傳統之「批判性地域主義」，將使得台灣文化經驗在東亞／全球化的洪流中，不會被沖蝕殆盡，反而能夠找出自我的特殊性與主體性位置，從而向世界發聲，參與日益活絡的「全球中的地方」之知識、傳統與現代經驗的交換過程。

在學界當前關注的課題方面，接續1980年代後期兩岸台灣文學史的書寫與出版之後，台灣文學史的史觀與敘寫問題仍受相當矚目。國內標榜後學史觀的新書寫嘗試，以及環繞文學史問題引發的不同立場辯論，都是很好的證明[4]。此外，日本方面也有不少學者，基於研究台灣文學、日本境外文學或日本的台灣文學觀察等不同立場，選擇不同文學議題，進行相關書寫[5]。文學史書寫熱潮予研究界什麼樣的啓示呢？筆者認爲，世界性後學論述的普遍特質與本土後學的獨特內涵，不容偏廢；在後殖民文化重整的領域，多面地召喚被壓抑的記憶與重述歷史爲兩大課題。然而，受到整體社會氣氛及政治環境的影響，與當代政治議題相關性高的熱門歷史段落容易受到注意，其餘卻疏於關注，因此仍有許多

4 陳芳明在《聯合文學》上以「後殖民史觀」發表的台灣新文學史系列，引發高度矚目，曾經激起與陳映真對史觀與方法的論戰。21世紀以後有關台灣文學史書寫的討論與成果眾多，譬如，國立成功大學台灣文學系主編，《台灣文學史書寫國際學術研討會論文集》(高雄：春暉，2008年6月)；周英雄、劉紀蕙編，《書寫台灣：文學史、後殖民與後現代》(台北：麥田，2000年4月)；呂正惠、趙遐秋編，《台灣新文學思潮史綱》(台北：人間出版社，2002年)；楊宗翰，《台灣文學史的省思》(新店：富春文化，2002年)；劉亮雅，《後殖民與後現代：解嚴以來台灣小說專論》(台北：麥田，2006年)；彭瑞金，《台灣文學史論集》(高雄：春暉，2006年)；邱貴芬，《後殖民及其外》(台北：麥田，2003年9月)；陳建忠、應鳳凰、邱貴芬、張誦聖、劉亮雅合著，《台灣小說史論》(台北：麥田，2007年3月)等，觀點各異，但是多數學者傾向以「後殖民」或「現代性」為新史述標的。另外，在學位論文方面，游勝冠，〈殖民進步主義與日據時代台灣文學的文化抗爭〉(清華大學中國文學系博士論文，2000年6月)；以及，藍建春，〈台灣文學史觀念的歷史考察〉(清華大學中國文學系博士論文，2002年6月)，也都有重要參考價值。眾多的討論顯示，學界對此課題充滿了繼續探索的活力。

5 譬如，河原功、藤井省三、下村作次郎、垂水千惠、岡崎郁子等人的文學研究專著，都帶有文學史研究的意味。

文學史面向等待開展。

面對現有的不足，從原住民文學、客家文學、古典文學、民間文學、女性文學、台語文學等不同文學範疇，豐富文學史觀與史述的視野與內涵，不失爲改善之道。此外，在東亞研究／全球化成爲今日台灣文學研究新突破口，以十餘年來學院中累積的研究成果爲基礎，透過跨學科整合朝東亞或全球化研究領域邁進，也是重要努力方向[6]。然而，不論擴展研究面向如何必要或者受到何種研究風潮影響，更爲耐性地挖掘與闡釋既有文學研究範疇中非單一的、繁複的文學史開展過程，盡可能地展示其繁華詳實的細節，毋寧是基本工作。在以作品或理論重述文學的歷史或文化的歷史以前，對於重述歷史的基礎工作，譬如構成文化記憶的基本歷史活動、記憶再現與共同體凝聚的歷史情境等，學界是否能夠自信地認爲已作了充足的調查與研究？在援引後學理論之際，對外來理論於實踐層次上粗率的套用、印證危機，我們可曾有所自省？筆者有感於現有台灣文學史重述基礎薄弱，文學詮釋疏離社會時空脈絡，文化內涵之闡述與評價偏重政治性，導致台灣文化知識化的過程面臨空泛化、扁平化的危機。因此，不自量力潛入日據時期文學文獻的森林中，擇選一兩株花樹，企圖從小處考究福爾摩沙作家發展蛻變的一鱗半爪，嘗試藉此爲重述文學史的繁複工程提供些許歷史基礎。

6 台灣文學研究國際化的趨向反應在學界各個層面，強調東亞視野的大型學術會議為顯著觀察指標之一。譬如，清華大學台灣文學研究所策劃「後殖民的東亞在地化思考：台灣文學國際學術研討會」（國家台灣文學館主辦，2005年11月）、成功大學台灣文學系策劃「跨領域的台灣文學研究學術研討會」（國家台灣文學館主辦，2005年10月）、清華大學台灣文學研究所策劃「台灣文學與跨文化流動：第五屆東亞學者現代中文文學國際學術研討會」（行政院文建會主辦，2006年10月）、政大台灣文學所策劃「台灣文學藝術與東亞現代性國際學術研討會」（行政院文建會主辦，2006年11月）等。上述研討會出版的相關成果為《後殖民的東亞在地化思考：台灣文學場域》（台南：國家台灣文學館，2006年4月）；《跨領域的台灣文學研究學術研討會論文集》（台南：國家台灣文學館，2006年3月）；《台灣文學與跨文化流動：東亞現代中文文學國際學報》（東亞現代中文文學國際學會第3號，2007年4月）；《台灣文學的東亞思考》（台北：行政院文建會主辦，2007年7月）等書。

二、從《フォルモサ》到《台灣文學》：旅日作家的精神系譜

在台灣文學婆娑林海中，台灣日語作家被迫以征服者民族的語言來書寫自我，因而他們的文學顯得更爲複雜而奇特。大正末期到昭和十年代期間(1920-1935)赴日，在內地各大學攻讀文科或文藝相關科系的青年，在異鄉綻放的文學之花尤爲突出。其中1933年成立的「台灣藝術研究會」及其機關誌《福爾摩沙》(《フォルモサ》)，匯育了許多優秀作家[7]，堪稱台灣日語作家最重要的文學搖籃。

「台灣藝術研究會」前身，爲1932年王白淵等人倡議成立的左翼組織「東京台灣人文化サークル(circle，同好會)」。王白淵在台北師範學校同窗謝春木鼓勵下赴日，旅居日本長達十年(1923-1933)。他的思想與活動，受摯友謝氏不少啓發，亦對《福爾摩沙》後進有不小影響。台灣藝術研究會成立前的此一淵源，使得這個標榜「民族藝術研究機關」的組織，在合法路線下潛藏著若干激進的左翼文化運動特質。《福爾摩沙》發行年餘(1933.7-1934.6)，「台灣藝術研究會」便與島內新成立的「台灣文藝聯盟」合流成爲「文聯東京支部」，直到1936年8月《台灣文藝》休刊以前，這些旅日文學青年與台、日、中三地左傾或左翼作家互通聲息，活躍一時。

在東京的這股以日文書寫的台灣文學運動，其源頭可上溯到1920年代初期，謝春木、王白淵等人是其中的代表性人物。他們以反殖鬥爭爲標的，有意無意播下的文學種子，在《福爾摩沙》時期首次吐露文學的蓓蕾，到「文聯東京支部」時期在跨域文化運動中盛開，其充滿能動性的文藝精神一直延續到文化控制嚴峻的戰爭時期。從1932年東京台灣人文化同好會開始，到1937年內地文化活動空間受抑，成員先後返國爲

7　譬如，王白淵、張文環、吳坤煌、巫永福、翁鬧、蘇維熊、楊行東、施學習、吳天賞、賴慶、王登山、吳希聖、楊基振、陳傳纘、陳兆柏等等。

止，保持一定凝聚力的這個集團，在五年左右開展的「域外台灣文學運動」，是台灣歷史上彌足珍貴的一段文化經驗。1937年以後，以《福爾摩沙》爲中心的這一股異域台灣文學運動陸續回歸本土，然而受各種因素影響逐漸星散，以致在形式、名稱、成員方面略有變動[8]，個別成員的意識形態和文藝主張也略有分殊。但是不可諱言地，在1940年代台灣文壇的復甦過程及其後短暫活絡的文藝圈中，這一股文學勢力經歷重組、整編、擴展之後，仍持續以本土論述散發出意識形態影響與文化論述力量。因此我們或可稱呼這一批在1930年代初期出發到1940年代成熟，曾參與《福爾摩沙》或因參與「文聯東京支部」而與該集團親近的旅日文學者爲——《福爾摩沙》系統作家。

以日文創作爲主的這一批作家們，在日據時期本土文壇的演進中擁有強韌的生命力和涵容力。從台灣第一個日文純文學雜誌《福爾摩沙》，到皇民化時期本土文壇的最後堡壘《台灣文學》，《福爾摩沙》系統作家雖然沒有具體恆定的組織，步調一致的理念，或規畫井然的活動，他們甚至帶有組織散漫或分裂內鬨等問題；但是憑著留學經歷或旅日人脈，他們卻能數度以不同的組織、靈活的策略、流動的成員，發行不同刊物，不斷吸收新血，在各時期釋放出生生不息的文化力量。這也是日據時期旅日文藝青年不乏其人，然而本書卻偏好《福爾摩沙》系統作家的主要原因。

在《福爾摩沙》系統諸作家之中，對該集團深具影響力的創建人王白淵、海外活動力旺盛的吳坤煌、以及戰時發揮維繫本土文學脈動的張文環，最爲突出。當年他們一群人在《福爾摩沙》創建發行過程中摸索出來的帶有左翼色彩的文化運動經驗，不斷凝結、啓示著他們往後的文學活動與抗爭形態，並且形成一股綿延十餘年的文學脈動與文化勢力。因此筆者將以王、吳、張三人爲貫聯，觀察殖民經驗、文學創作、鄉土意識、社會主義思潮在若干旅日作家身上展現的連動關係。此外，本書

8 譬如，留學生返國或新到、與島內文藝團體的互動，或個別成員的主張對立等因素。

也將概要商榷前往殖民母國升學（文中簡稱留學生），首批選讀人文藝術科系，以《福爾摩沙》集團爲中心進行集結，而後活躍本土文壇十餘年，卻鮮少被以深長脈絡來細考的此一文學脈動，在台灣文學史、文化史或精神史上的意義。

筆者向來關心日據時期文學活動展現的文化意義，本書除了延續並拓展此一關懷，對王白淵、張文環及其身近作家進行較爲宏觀的系統性分析之外，同時欲將觀察所得置於台灣文學史及本土文化知識分子精神史的範疇，進一步加以詮釋。謝春木、王白淵、巫永福、吳坤煌、張文環等書中論列諸人，其生平經歷、文學創作與思想內涵多采多姿，絕非本書所能道盡。因此筆者不擬以鉅細靡遺打造作家紀念碑爲標的，僅希望藉由樸素、篤實而不失解釋效力的觀察分析，透過貫聯與比較，促使這些作家們獨特卻非絕無僅有的個性、文學、思想特質，在台灣文學史甚至是文化史的汪洋大海中，浮出幾許具有啓示性的輪廓。藉此爲後續關切台灣現代早期之文學史書寫者，提供一個踏腳石。

三、知識化的推手：過去主要研究成果

學界對《福爾摩沙》系統作家的研究，早期集中於台灣藝術研究會成立與《福爾摩沙》集團凝結的經過。日本天理大學下村作次郎教授對該集團成立經緯與成員背景的探討，堪稱箇中翹楚[9]；除此之外，也有一些以該集團重要作家張文環、巫永福等人爲中心舉辦的學術研討會[10]。不

9　下村作次郎，〈台湾芸術研究会の結成〉，《左連研究》第5輯（左連研究刊行會，1999年10月）。該文結合文獻與諸多調查及訪談，因此對於該集團成員之背景、成員間的人際網絡、結成過程等，有相當深入的解釋。在此之前，也曾有留學日本的台灣研究生以書面文獻對此議題進行過討論，具代表性者有：莫素薇，〈1930年代の台湾左翼文学に就いての一考察：《フォルモサ》を中心として〉（日本關西大學碩士論文，1990年3月）。以及，賴香吟〈一九三〇年代に於ける台湾の左翼文学活動：「台湾芸術研究会」（1933.東京）を中心として〉（東京大學大學院地域文化研究科入試論文，1994年）。

10　譬如，淡水工商管理學院台灣文學系舉辦的「巫永福文學會議」（1997年11月1-2日），便有多篇討論巫永福於《フォルモサ》時期創作的論文。另外，國家

過整體而言，有關《福爾摩沙》集團的活動、王白淵對該集團的影響、《福爾摩沙》與島內台灣文藝聯盟的合流、與日本左翼文化界的互動、與中國旅日作家們的交流，乃至該集團分子返台後的文學活動，始終未被當作一個連續性課題進行研究。旅日文藝青年構成了台灣日語作家的主體，他們的求學經歷、創作歷程、文壇交遊、文化活動、思想傾向，應予以整體研究。唯有同時針對作家的異域文化經驗、身處異鄉的創作情境與創作心理、不同國籍旅日作家們交流互通的情形，進行多方比對與交叉解釋，才能掌握旅日青年跨國流動、多元激盪的文藝活動。因此，本書將以《福爾摩沙》系統作家1930-40年代的文藝表現爲主軸，從作家旅日文學經歷的考掘，以及作家與作家、作家與藝術家、作家與不同國籍作家之間的互動交流出發，觀察以旅日經歷與文藝創作之間的對話，描繪一幅流露時代氛圍與文學精神的台灣文學域外活動圖景。以下就書中重要討論對象——謝春木、王白淵、《福爾摩沙》雜誌、吳坤煌、張文環等人的研究成果稍加說明。

翻開眾多的台灣新文學史論著，謝春木(謝南光、追風)的名字閃耀於卷頭；追溯台灣現代詩源流時，王白淵《荊棘之道》(《棘の道》)一書也幾乎未曾被漏列。然而，比起日據時期倍受矚目的若干作家，諸如賴和、楊逵、龍瑛宗、呂赫若、張文環、吳濁流等人，同爲先行代作家的謝春木與王白淵被研究者注意的時間則相當遲晚。有關謝春木，曾有康原、蕭水順等人進行研究[11]；此外，則以何義麟碩士論文〈台灣知識人的殖民地解放與祖國復歸─以謝春木其人及其思想爲中心〉及其專著《跨越國境線：近代台灣去殖民化之歷程》最具代表性[12]。何義麟以詳

(續)

台灣文學館、國立文化資產保存中心、靜宜大學中文系則舉辦「張文環及其同時代作家學術研討會」(2002年10月18-19日)。

11 參見康原，〈臺灣新文學的實驗者——謝春木先生〉，《國立中央圖書館臺灣分館館刊》6卷4號(2000年6月)，頁114-117。蕭水順，〈謝春木：臺灣新詩的肇基者：細論追風與臺灣新詩的終極導向〉，《彰化文獻》第7期(2006年8月)，頁47-60。

12 參見，何義麟，〈台湾知識人における植民解放と祖国復帰——謝春木の人物とその思想を中心として〉(東京大學大學院總合文化研究科國際關係論專

瞻之歷史分析，將謝春木置於台灣民族運動的脈絡下進行討論，探討身爲「祖國派」健將的謝春木，在日本／台灣、台灣／中國、戰前／戰後等不同歷史處境中，對台灣、中國前途，以及亞洲相關問題的種種思考。何義麟以殖民地知識分子認同內涵及其流變爲關注核心，堪稱學界首次對謝春木生平、思想與活動進行完整探討的札實論述。不過，由於該論以謝氏政治活動爲主軸，探索傑出民族運動者思想與行動的歷程，側重於民族運動、政治抗爭、抗日戰爭、戰後台灣重建等面向，故而對於謝氏反殖意識萌發的過程、其文學青年的面貌，以及他與摯友王白淵之間深刻的友誼、他對其餘文學後輩的影響，則無暇多論。這部分正是本書欲加探究的。

有關王白淵的研究，1980年代以前除了王氏逝世後的一些文友回憶文字之外，針對其詩文或文化、藝術活動的討論極少，以巫永福的翻譯（《文學界》27期，1988年）及謝里法《台灣出土人物志》[13]中的評述最爲重要。直到1990年代，才陸續有人開始以詩人(趙天儀、陳芳明、陳才崑、板谷榮城等)、美術工作者／美術評論家(顏娟英、羅秀芝等)等細緻角度進行王白淵專論。諸作之中，陳才崑編譯的《王白淵・荆棘的道路》兩冊(彰化縣立文化中心，1995年6月)，初次將王白淵詩、小說、評論等多種文稿、生平及研究概況系統性整理介紹，引發不少研究者的關注與愛好，影響廣泛。此外，日本學者板谷榮城〈盛岡時代的王白淵〉(1998年)，從教學、交遊及生活各面向揭示王白淵盛岡教學時期生活梗概與反帝思想特質，突破學界罕知的王氏日本生涯部分[14]。羅秀芝《台灣美術評論集・王白淵卷》(藝術家，1999年)一書，從美術研究的角度深入分析王氏充滿現實關懷的藝術思想，亦極出色。2003年以後，則有更多研究者從新詩美學、文化象徵、反殖意識等不同角度，針

(續)

攻碩士論文，1993年2月)；以及，《跨越國境線：近代台灣去殖民化之歷程》(板橋：稻鄉，2006年1月)。本文寫作期間，有關謝春木、王白淵之生平、活動問題，求教著者之處頗多，謹此致謝。

13　謝里法，《台灣出土人物誌》(台北：前衛出版社，1988年9月)。

14　板谷榮城(等)，〈盛岡時代の王白淵について〉，咿啞之會編《台湾文学の諸相》(東京：綠蔭書房，1998年9月)。

對王白淵的詩作部分進行分析探討，代表者有楊雅惠、卓美華、郭誌光等人[15]。然而，綜上所見，在王白淵文學與思想的多元面貌逐日被拼湊呈現的今日，《荊棘之道》仍往往被簡化爲「詩集」而已。有鑑於此，筆者在吸收上述成果的同時，將特別針對潛藏在「詩文集」整體構造中的詩心與思想，進行統整性闡釋。《荊棘之道》一書豐富的內涵、讀者的接受情況、充滿召喚力的篇章結構；乃至詩人志士般的迷人風采、他與謝春木的新中國憧憬、他對《福爾摩沙》同人傳奇性的影響等等，都將在本書中一一加以揭示。

在有關《福爾摩沙》雜誌及其主要人物方面，吳坤煌爲1930年代旅日作家中的活躍者，不過有關他的研究才剛起步。目前最深入的討論，亦屬下村教授。他從1990年代陸續發表有關《福爾摩沙》集團的單篇論文，而2005年完成的精采專著〈台湾近代文学の諸相——1920から1940年〉更循著台灣藝術研究會的成立到與台灣文藝聯盟的合流，體系性地考察了1930年代台灣留日學生的文學及戲劇活動。該書除了探討《福爾摩沙》同人與東京中國留學生界的交流之外，更注意他們與充滿民族意識、左翼色彩的朝鮮文化人的接觸及合作；藉由吳坤煌與朝鮮演劇人士金斗鎔、日本劇作家秋田雨雀的交流，該書揭示活躍的旅日台灣文藝青年如何參與這樣一個跨越國界的文化鬥爭網絡，又如何透過與多國籍文化人的合作追求其反殖民理念的實踐，是一部不可多得的縝密論著[16]。

筆者於2001年完成的博士論文〈荊棘的道路：旅日青年的文學活動與文化抗爭——以《福爾摩沙》系統作家爲中心〉，以及張文薰於2005

---

15 楊雅惠，〈詩畫互動的異境：從王白淵、水蔭萍詩看日治時期台灣新詩美學與文化象徵的拓展〉，《台灣詩學學刊》第1期(2003年5月)；郭誌光，〈「真誠的純真」與「原魔」：王白淵反殖意識探微〉，《中外文學》33卷5期(2004年10月)；卓美華，〈現實的破繭與蝶舞的耽溺：王白淵其詩其人的矛盾與調和之美〉，《文學前瞻》第6期(2005年7月)。

16 參見下村作次郎，〈台湾近代文学の諸相——1920から1940年〉，關西大學博士論文，2005年9月；以及同氏著〈現代舞蹈和台灣現代文學——透過吳坤煌與崔承喜的交流〉，東亞現代中文文學國際學會《台灣文學與跨文化流動：東亞現代中文文學國際學報》第3號(2007年4月)，頁159-175。

年完成的博士論文〈殖民地普羅列塔利亞青年之文藝再生—以張文環為中心之「福爾摩沙」世代的台灣文學〉[17]、2006年提出的單篇論文〈1930年代台灣文藝界發言權的爭奪——《福爾摩沙》再定位〉，皆立足於下村教授精實的分析基礎上。從1990年代後期開始關注張文環文學的張文薰，對《福爾摩沙》集團有相當準確的掌握，其台灣讀者容易閱讀到的〈1930年代台灣文藝界發言權的爭奪〉一文，在理解《福爾摩沙》集團及吳坤煌、蘇維熊、巫永福等人的文藝傾向方面，尤為不可多得的精湛論文。該文探討1933至1934年間日本文壇普羅文學運動崩壞、「文藝復興期」出現的大背景下，《福爾摩沙》如何在「政治」回歸「文藝」的大潮流中，一方面從「克普」[18]座下的「東京台灣人文化circle」進行合法轉型，另一方面繼承留日組織「台灣青年會」一貫血統，持續在「民族運動」與「普羅文學運動」的夾層、「政治」與「藝術」的交會處，以日文的大量運用開創重層性的多元文藝空間[19]。

台灣旅日作家以日本左翼文化運動為媒介進行的跨域活動，在資料調查與歷史重建上有一定的難度。本書除了透過《福爾摩沙》、《台灣文藝》雜誌進行內部分析之外，也運用了筆者在日本調查所得的一些新史料及取締記錄，以及戰後吳坤煌在《新生報》、《台灣文藝》、《中央月刊》的回憶文字，進行交叉討論。在信念與取締之間掙扎著展開的跨國文藝聯合戰線，其艱辛的成形歷程，文藝者之間深刻的友誼，以及一則則動人詩文中散發出的高度理想性，是本書不同於其他相關研究的主要特點。此外，筆者也將針對1936到1938年間王白淵、賴貴富、何德旺、張文環、劉捷、吳坤煌、吳三連、翁鬧、吳天賞、陳遜章等人的一連串被捕事件，還有文化抗爭澎湃高潮之後的風流雲散，進行勾勒和解釋。

在王氏影響下邁出文學之道、與吳坤煌同為旅日文藝青年間靈魂人

17 張文薰，〈植民地プロレタリア青年文芸再生——張文環を中心とした「フォルモサ」世代の台湾文学〉（東京大學大學院中國語中國文學專攻博士論文，2005年6月）。

18 日本普羅列塔利亞聯盟，KOPF，簡稱コップ。

19 參見張文薰，〈1930年代台灣文藝界發言權的爭奪：《福爾摩沙》再定位〉，《臺灣文學研究彙刊》第1期（2006年2月），頁105-123。

物的張文環，在今日的文學史述與研究討論中最受矚目。除了驚人的創作量與活躍的編輯力，使他擁有無法被忽略的重要性之外，作家1970年代傳奇的復出，適時契合台灣記憶復甦的洪潮，還有他在左翼運動或抗日地下活動方面不似王白淵、吳坤煌激進，研究資料較易掌握，也是重要原因。而這些差異也使得他比起抗戰爆發、上海淪陷後被捕，飽受牢獄之災的王白淵，以及戰中遭日本遣返後轉赴大陸謀生、戰後棄文從商的吳坤煌，或者兩岸分裂後獻身中共而大起大落的謝春木，都顯得幸運一些。

1975至76年間，67歲的張文環以《滾地郎》(《地に這うもの》)在日台文壇同步復出[20]。有過同時代經驗的葉石濤，對這本小說發出如下共鳴：「讀起來不得不令人重溫那五十一年殖民地生活的噩夢；因爲他把日據時代五十一年的台人被壓迫的生活歷程栩栩如生地記錄在這本小說裏」[21]。《滾地郎》出版後在日本得到圖書館協會「全國優良圖書」之肯定，在台灣也引起矚目。在《滾地郎》掀起晚年創作高峰，以及台灣整體社會逼臨蛻變點的1977年，作家留下剛完成初稿的第二部曲，以未及全然吐露的文學遺囑，結束了熱情而起伏的一生。蟄伏30年後推出活化石、苦難見證一般的力作，加之以大河小說書寫台灣歷史的宏願，都使這位作家無法被後續的本土文化工作者及文學論述所遺忘。逝世週年，眾文友執筆的《張文環先生追思錄》[22]由家屬自版推出，當時主要的本土文藝刊物《夏潮》、《笠》、《台灣文藝》也無一缺席地先後推出紀念專輯，緬懷文壇上一代風雲人物。1983年《台灣文藝》的紀念專輯中，推崇他是「台灣文學的奠基者」，作家在其辭世的第六個年頭，便獲得了台灣文學史的肯定。

追思錄、紀念專輯的推出，以及隨後遠景、前衛兩出版社對日據時

20 《地に這うもの》1970年代初撰寫，72年完稿，1975、1976年先後出版日文、中文版。

21 葉石濤，〈張文環文學的特質〉，《台灣鄉土作家論集》(台北：遠景，1979年3月)，頁105-106。

22 張良澤、張孝宗編，《張文環先生追思錄》(台中：家屬自版，高長印書局印刷，1978年7月15日)。

期台灣文學作品的出版，使得張文環的作家形象及其代表作，在十餘年內快速爲學界熟悉並肯定。1997年在台中縣文化中心推動下，由陳萬益教授主持的「《張文環全集》資料蒐集與整理計劃」[23]，首次以多年期計畫的方式，全方位挖掘、整理、展示、出版所有創作、手稿、遺稿與研究文獻[24]，並完成了翻譯、出版及原始文獻光碟製作工作，2002年4月《張文環全集》八卷問世。作家生涯在戰後深爲時代所蹉跎的張文環，比起他的同時代作家毋寧是不幸中的幸運者了。

在作家形象、作品集被陸續出土介紹的同時，張文環文學與思想的特質，也在1970年代末期被文學史家舉出。進入1980年代，更多的文評家、學者、研究者投入研究行列，優秀的單篇論文不遑枚舉。1992年迄今，台、日之間總計出現了十三部學位論文。(研究文獻詳見附錄)本書以筆者博士論文爲基礎，加上任教期間新撰的期刊或專書論文〈從部落到都會：進退失據的殖民地青年男女——從〈山茶花〉論張文環故鄉書寫的脈絡〉(2002年12月)、〈忠義的自問：從「地平線的燈」論張文環的跨時代省思〉(2003年12月)、〈反現代與反殖民的演繹：王白淵的泰戈爾論與甘地論〉(2004年6月)、〈書房夫子與斷頭雞：日據時期台灣傳統文化體系與漢文教育的崩解〉(2006年7月)、〈《張文環集》評介——深刻的庶民社會凝視〉(2007年9月)等篇章[25]，重新組構而成。

---

23 參見陳萬益、柳書琴、許維育編，《張文環資料輯》十四冊(台中縣立文化中心「台中縣作家全集‧張文環全集資料蒐集與整理計劃」計劃成果，1997年4月)，以及陳萬益主編，《張文環全集》(全8卷)(豐原：中縣文化，2002年4月)。資料輯蒐集期間，蒙受張文環哲嗣張孝宗先生，及台、日專家學人如莊永明、石婉舜、黃英哲、林瑞明、河原功、下村作次郎、野間信幸、呂興昌、陳萬益、龍瑛宗家屬等人慷慨提供，補足不少珍貴文獻，甚為感謝。

24 筆者有幸參與該計劃，負責資料之蒐集整理及生平年表、研究文獻之編纂工作，並以該計劃的蒐集成果與初譯稿為基礎進行研究，謹此向張文環先生家屬、台中縣文化局、指導教授陳師萬益、譯者陳千武先生、陳明台先生致謝。

25 這些論文撰寫於2002到2006年期間，包括：〈從部落到都會：進退失據的殖民地青年男女——從〈山茶花〉論張文環故鄉書寫的脈絡〉，政治大學《台灣文學學報》第3期(2002年12月)；〈忠義的自問：從「地平線的燈」論張文環的跨時代省思〉，《台中縣開發史學術研討會論文集》(清水：台中縣文化局，2003年12月)；〈反現代與反殖民的演繹：王白淵的泰戈爾論與甘地上述十三部學位論文中，在筆者之前完成的有張光明〈張文環研究〉(1992)、森相由美子〈日據時代張文環「山茶花」作品論〉(1998)、食野充宏〈張文環作品論「山茶花」的構造〉(2000)、游勝冠〈殖民進步主義與日據時代台灣文學的文化抗爭〉(2000)、張文薰〈張文環作品論：作品面所見的作家肖像〉(2001)等五部[26]；之後則有吳麗櫻〈張文環小說中女性題材之研究〉(2003)、王萬睿〈殖民統治與差異認同：張文環與鍾理和鄉土主體的承繼〉(2004)、鄭昱蘋〈張文環的文學世界〉(2004)、張文薰〈殖民地普羅列塔利亞青年之文藝再生——以張文環爲中心之「福爾摩沙」世代的臺灣文學〉(2005)、鍾慧芬〈張文環的文學活動及其小說主題意涵研究〉(2006)、童怡霖〈張文環小說研究〉(2006)、吳明軍〈張文環小說人物研究〉(2006)等七部[27]。總計有博士論文三部、碩士論文九部、大學卒業論文一部；其中七部出現於

(續)

論〉，成功大學《成功大學歷史學報》28號(2004年6月)；〈書房夫子與斷頭雞：日據時期台灣傳統文化體系與漢文教育的崩解〉，劉中樹、張福貴、白楊主編，《世界華文文學的新世紀》(長春：吉林大學出版社，2006年7月)；〈《張文環集》評介——深刻的庶民社會凝視〉，李學圖編，《孕育台灣人文意識》(台北：前衛出版社，2007年9月)。

26 參見張光明，〈張文環研究〉(東吳大學日本文化研究所碩士論文，1992年)；森相由美子，〈日據時代張文環「山茶花」作品論〉(中國文化大學日文所碩士論文，1998年6月)；食野充宏，〈張文環作品論「山茶花」の構造〉(東京大學中國語中國文學專攻卒業論文，2000年1月)；張文薰，〈張文環作品論：作品のむこうに見える作家の肖像〉(東京大學大學院人文社會系研究科中國語中國文學專攻修士論文，2001年3月)；游勝冠，〈殖民進步主義與日據時代台灣文學的文化抗爭〉(清華大學中國文學系博士論文，2000年6月)。

27 參見吳麗櫻，〈張文環小說中女性題材之研究〉(中興大學中國文學系碩士在職專班碩士論文，92學年度)；王萬睿，〈殖民統治與差異認同：張文環與鍾理和鄉土主體的承繼〉(成功大學台灣文學研究所碩士論文，93學年度)；鄭昱蘋，〈張文環的文學世界〉(東海大學中國文學系碩士論文，93學年度)；張文薰，〈植民地プロレタリア青年文芸再生〉——張文環を中心とした「フォルモサ」世代の台湾文学〉(東京大學大學院中國語中國文學專攻博士論文，2005年6月)；鍾慧芬，〈張文環的文學活動及其小說主題意涵研究〉(屏東教育大學中國語文學系碩士論文，95學年度)；童怡霖，〈張文環小說研究〉(高雄師範大學回流中文碩士班碩士論文，95學年度)；吳明軍，〈張文環小說人物研究〉(台南大學語文教育學系教學碩士班碩士論文，95學年度)。

《張文環全集》出版後的四年間，全集的出版明顯加速了相關研究的展開。不論在作家論、作品研究、作品出版或學術研究方面，在台灣記憶復甦的洪潮以及台灣文學知識化的過程中，張文環皆深深吸引當代目光。從學位論文研究的主題來看，充滿魅力的張文環小說世界受到研究者高度評價，其小說主題、人物塑造、女性題材、鄉土書寫、文化抗爭，爲最受矚目的研究焦點。環顧二十餘年來眾多論點卓越的相關評述或研究，與本書脈絡接近特別值得介紹的有下列幾部。

首先，介紹葉石濤在1970年代末的兩篇短評。在〈張文環文學的特質〉、〈論張文環的「在地上爬的人」〉中，葉石濤扼要舉出的若干原創性觀點，至今猶是親近張文環文學不可或缺的捷徑。譬如，濃厚的人道精神、農民普遍性性靈的闡明、對弱者(沒有做人的條件的人)的關懷和共鳴、敘事詩的厚重且帶有泥土氣味的寫實、喧囂地主張台灣文學確實存在、實質上領導台灣作家對抗皇民化運動及言論壓制、以民族色彩豐富的作品與不屈不撓的抵抗精神贏得殖民者尊敬、有巨人般的形象、台灣文學史上的英雄人物、使台灣文學成爲知識分子抵抗運動中影響最廣泛的思想活動等等[28]。歷來無數的張文環研究雖各有拓展與精進，然不可否認地整體仍受惠於葉氏的原初慧眼。

1983年，張恆豪以小說文本、歷史語境、知識分子精神風貌相互參照的方式，提出了首次較爲細密的張文環作家論。其中具有影響性的觀點如下：一、張文環在文化運動上具有「先覺者」與「組織性」的角色與性格。二、他具有民族精神「承繼者」與文學「盟主」的歷史地位。三、他的文學與思想特質，乃是人道精神流露在外、民族意識潛藏在內的，具有涵容性的冷靜基調的文學。四、他的小說從描繪庶民的生活態度和道德觀念出發，進而探討生存的意義、省察人性，揭示做人的尊嚴和責任，忠實呈現當時的社會面貌，蘊含著家道中落，卻復歸大地，勤奮耐勞，以重建家邦的思想。爲台灣文學樹立了懷鄉護土、保衛家國的

28　葉石濤，〈張文環文學的特質〉、〈論張文環的「在地上爬的人」〉，《台灣鄉土作家論集》(台北：遠景，1979年3月)，頁105-106、107-116。

文化傳統，影響戰後文學甚鉅[29]。與葉石濤同樣，張恆豪的評論也每每深入作家神髓。

兩位先行代研究者掌握了張文環個性、文學與思想上最爲關鍵的特質，譬如：民族主義與人道主義的混雜、先覺性與組織能力、對於民族文化與歷史的自覺、對庶民階層的關懷、英雄性格等等。1980年代中期以後開始的學院內張文環研究，便是在吸收與補充兩人解釋的框架下，從1985年開始至1990年以後，在台灣與日本兩地突破性地展開。及至今日，葉、張兩人提出的諸多原創觀點仍有一定影響力，本書也深受其惠。

1985年，首部具備學院規格的張文環研究在日本誕生，那是野間信幸以《滾地郎》爲中心的作品論(1985)。1992年以後，野間教授與張文環的名字便緊密相聯。此後他處理過的重要主題，包括：張文環的文學活動、分期及特色（1992)、終戰前《台灣文藝》中張文環的文學及思想(1992)、張的東京留學生活(1994)、〈父親的臉〉登上中央文壇的歷程及作家當時生活與思想狀況(1994)、《可愛的仇人》的改譯及改譯過程中顯現的純文藝觀與通俗小說原作的差異(1996)、《風月報》時期張文環的工作、創作與思想狀態(1998)、張文環的編輯風格與《台灣文學》的內鬨(1999)、《滾地郎》的家族觀及其與緬甸農民文學作品的比較(1999)、戰爭協力相關活動與張氏文藝創作及思想認同之關係(2002)、張文環作品中表現的漢文教養(2003)等等。(詳見附錄)

野間的研究從《滾地郎》逆行，上溯張文環戰前十二年間的重要創作，以及旅日、參加左翼文化運動、創作、翻譯、編輯、戰爭宣傳等文學履歷，對張文環文學進行了多面向地考察與評估。他札實的研究，堪稱系統性張文環研究的開創者。野間對於構成文學作品核心的語言、形式、技巧、美學等內部分析著墨不多，不過其研究卻成功勾勒了作家的整體生涯及文學風貌。本書與野間的研究取徑相近，筆者認爲外部研究的重構是對於理解殖民地時期作品不可或缺的重要步驟，因此本書也直接受惠於他累積的豐碩成果。

---

29 張恆豪，〈張文環的思想與精神〉，《台灣文藝》81期，1983年3月，頁58-68。

野間札實的張文環論陸續展開以後，很快受到矚目，也引起了相關的對話。1993年，井東襄以「灣生」日本人、師範生時代曾親近過張文環的同時代人之立場，對野間所勾勒的決戰時期張文環形象提出了質疑[30]。他質疑的重點爲野間有關張文環皇民化運動態度的詮釋方面，其分歧點如下，第一，野間認爲張是一個極力排除皇民化或戰爭描寫，致力於創造小人小事的作品世界的作家(而這便是他的抵抗)。井東則認爲，這是僅止於小說立論造成的偏見，張對奉公運動十分關心，熱心協力、抵抗性薄弱。第二，野間認爲決戰文學會議中張文環「台灣沒有非皇民文學」的一段發言，是爲結束緊張對立的不得已發言。井東則認爲張並非善於辭令與協商斡旋之人，因此應非權變之辭，而是衷心所想。第三，井東認爲張文環對社會改革的關注是他文學創作的重要基礎，也是使他不至排斥而願協力國民精神運動或皇民奉公運動的原因所在。第四，井東認爲張文環文學的本質是自然主義，因此正如自然主義文學一樣，其職能在於展示社會結構及組織，從而指摘其缺失，至於解決社會問題則非作家職份。

井東襄的看法與野間有相當分歧，筆者也未必全然同意，不過他卻提出了一些值得注意的呼籲。譬如，對於作家小說以外文稿／言論的整體性詮釋；關注國民精神運動、皇民化運動與殖民地知識分子社會改革理念相互滲透、挪用或交纏的關係等等問題。借用井東的話來說，「張文環是個常與社會的矛盾對決的作家」、「他被稱爲抵抗的作家誠有道理。問題在於，他的抵抗是以什麼樣的形式、對什麼進行抵抗呢？」[31]這個發人省思的提問確實值得我們再思考，本書也希望能以多面性角度思考戰時台灣作家「能夠」抵抗什麼、「如何」抵抗。

日本的張文環研究在1990年代初期已達到相當的水準，相較之下當

30　日據時期在台出生的日本二世當時稱為「灣生」。井東襄1944年畢業於台灣師範學校本科，師範在學時期曾參與齋藤勇主持之短歌誌《黃鶏》成為同人，並參加《台灣文學》創刊號新人小說募集活動獲得佳作，之後透過藤野雄士、呂泉生介紹與張文環初次見面。

31　井東襄，《大戦に於ける台湾の文学》(東京：近代文藝社，1993年10月)，頁141。

時台灣學院內的張文環研究才剛要萌芽。然而，由於資訊、語文之限，海外研究成果未被吸收，對話的能力也很欠缺。1994年，筆者便在這樣的環境中，在碩論的一個章節中觸碰了張文環的地方文學論，以此爲中心探討戰爭期本土文壇由剝而復的歷程。透過討論發現，身爲本土文壇靈魂人物的張文環深具謀略。他賦予大政翼贊會「地方文學／地方文化論」本土性解釋，對文壇復甦之促進功不可沒[32]。初次以文化抗爭而非民族運動的視角進行文壇觀察的這個經驗，使我發現對於同一個歷史事件或社會現實，殖民主與受殖者常擁有迥異的想像、認知與接受方式。這也使我對殖民地社會的民族傳統、認同形態、文化詮釋及認同模式，深感興趣。因此，1996年筆者接著以張文環小說中的民俗風爲中心，探討殖民地知識分子以文學創作動員民族資產，曖昧偷渡「反抗」的意識形態鬥爭現象[33]。同年以呂赫若〈石榴〉爲中心的討論也承此關懷，都在追索隱蔽於戰時作家主題選擇背後之民族、政治與文化角力關係[34]。

筆者曾以張文環的成名作〈父親的要求〉(〈父の要求〉)爲中心，探討張文環從左翼運動中回歸鄉土文學創作的社會及思想脈絡[35]，隨後又檢討他以皇民奉公會一員，在奉公運動下發表的各式文稿及言論。在

32 參見柳書琴，〈戦争と文壇——盧溝橋事変後の台湾文学活動の復甦〉，收於下村作次郎等(編)，《よみがえる台湾文学：日本統治時期の作家と作品》(東京：東方書店株式會社，1995年10月)，頁109-130。另外相關研究亦可參見，吳密察〈「民俗台湾」発刊の時代背景とその性質〉，收於藤井省三、黃英哲、垂水千惠(編)，《台湾の「大東亜戦争」：文学・メディア・文化》(東京：東京大學出版會，2002年12月)，頁231-266。

33 〈謎一樣的張文環：日據末期張文環文學中的民俗風〉，第二屆台灣本土文化學術研討會，師大國文系主辦，1996年4月，論文集於1997年5月出版。另外本文蒙美國Reed College, Douglas Fix教授翻譯為“The Puzzling Chang Wen-huan; Ethnographic Styleinthe Short Stories of Chang Wen-huan During the Latter Periodof Japanese Rule,” *Taiwan Literature English Translation Series* no. 9 (USA).

34 〈再剝石榴：決戰時期呂赫若小說的創作母題〉，《呂赫若作品研究》(台北：聯合文學，1997年11月)。原發表於「呂赫若文學研討會」，聯合文學雜誌社主辦，1996年11月。出版時，文中所有日文均遭漏列。

35 〈驚鴻一瞥：論張文環〈父親的要求〉〉，「呂赫若作品學術研討會」論文，北京中國社科院文學研究所主辦，1998年1月。

這兩篇論文中，筆者指出張文環身爲殖民地作家「被動員去動員」的宿命[36]，以及置身這種難以逃脫的集體宿命中。其「雙生，雙聲」(藉同一主題的不同創作表現，呈現奉公行動與內在思想的分歧)的應對策略[37]。後來我又關心張文環一代旅日文學青年的帝都經驗，以及在帝都開展的張文環文學在交遊、思潮、文學觀方面受到的綜合影響。本書便是以筆者對張文環文學活動的多年關懷爲基礎，在細考其人生平、文學履歷及思想特質之後，將他與同時代日語作家的交流聯動及共通情懷，加以整理勾勒的最新成果。

除了筆者之外，以張文環或《福爾摩沙》集團作爲博士論文研究課題的游勝冠、張文薰兩人的出色研究，値得特別加以介紹。首先，介紹從1990年代後期迄今依舊持續進行張文環研究的張文薰。除了前述提到過的有關台灣藝術研究會及福爾摩沙集團的研究之外，在作家論、作品論，以及作家文藝理念分析方面，張文薰都有重要貢獻。在作家論、作品論方面，她在碩士論文〈張文環作品論：作品中所見的作家肖像〉[38]中提出初步研究成果之後，又陸續發表了〈追尋立身出世的青年群像——「風俗作家」張文環新論〉)(2002)、〈張文環的「派遣作家」文學——論「雲之中」〉(2002)、〈評論家／小說家的雙面張文環——以藝旦・媳婦仔問題爲中心〉(2002)、〈「可愛的仇人」與張文環〉)(2003)、〈由「現代」觀想「故鄉」——張文環《山茶花》作爲文本的可能〉(2006)、〈「可愛的仇人」與返台初期之張文環〉(2002)、〈戰前台灣人作家的東京想像和體驗〉——以1930年代張文環

36　〈被動員去動員：張文環與殖民地的戰時動員〉，「殖民地經驗與台灣文學：第一屆台杏台灣文學學術研討會」，靜宜大學中文系、台杏文教基金會、台灣日報台灣副刊主辦，1998年12月19、20日。論文集《殖民地經驗與台灣文學》(台北：遠流，2000年2月)，標題遭誤植為〈殖民地文化運動與皇民化：論張文環的文化觀〉，謹此說明。

37　〈活傳媒：奉公運動下台灣作家張文環的異聲〉，日本台灣學會第一回學術大會，東京：日本台灣學會，1999年6月19日。另刊於，水筆仔工作群《水筆仔》第8期(1999年12月)。

38　張文薰，〈張文環作品論：作品のむこうに見える作家の肖像〉(東京大學大學院人文社會系研究科中國語中國文學專攻修士論文，2001年3月)。

作品為中心〉等論文[39]，以及〈張文環《父親的要求》與中野重治《村家》——「轉向文學」的觀點〉(2003)、〈「風俗小說」的迷思〉(2003)等文學史或文藝思潮分析[40]。張文薰細膩的文本分析能力、對東京生活的調查與詮釋、以及對日本文藝思潮關聯性的剖析，使她能夠妥當地將張文環置於當時日本文藝網絡及台灣文化氛圍中進行雙面考察，因而有其重要價值。

最後，介紹游勝冠的研究。援引後殖民理論對張文環進行概念性總括分析的游勝冠，其突出的研究視野與批評風格獨具一格。早在1995年他即指出了張文環文學特殊的抵抗方式[41]，近年透過後殖民理論的吸

39 這些論文如下：〈立身出世を求める青年たち——「風俗作家」張文環新論〉(〈追尋立身出世的青年群像——「風俗作家」張文環新論〉)，《日本台灣學會報》第4號(2002年7月)；張文薰〈派遣作家としての張文環——「雲の中」に語られたもの〉，收於藤井省三、黃英哲、垂水千惠(編)《台湾の「大東亜戦争」：文学・メディア・文化》(東京：東京大學出版會，2002年12月)；〈評論家/小說家的雙面張文環：以藝旦・媳婦仔問題為中心〉，《台灣文學學報》第3期(2002年12月)；〈《可愛的仇人》と張文環〉，《天理台灣學會年報》12期(2003年6月)；〈由「現代」觀想「故鄉」：張文環〈山茶花〉作為文本的可能〉，《台灣文學研究學報》第2期(台南：國家台灣文學館，2006年4月)；〈《可愛的仇人》と帰台初期の張文環〉，「天理台灣學會第12回學術大會」論文，天理台灣學會主辦，2002年7月；〈戦前期台湾人作家の東京想像と体験——1930年代張文環の作品を中心に〉，第22回国際学術シンポジウム「江戸・東京の表象と心象地理，17C-20C東アジアの比較視点を中心に」會議論文，檀国大学校日本研究所主辦，2007年4月6日。

40 〈張文環《父親的要求》與中野重治《村家》——「轉向文學」的觀點〉，「台日研究生台灣文學學術研討會」論文，行政院文化建設委員會主辦，2003年10月；〈"風俗小說"的迷思〉，「張文環及其同時代作家學術研討會」宣讀論文，國家台灣文學館、靜宜大學中文系、台灣文學系主辦，2003年10月18-19日。

41 游勝冠，〈台灣命運的深情凝視——論張文環的小說及藝術〉，「台灣文學研討會」論文，淡水工商管理學院台灣文學籌備處、台灣文學研究室主辦，1995年11月4-5日。他指出：張文環小說隱晦、陰柔的特質，一方面表現於札根土地以揭示戰爭期出路，另一方面表現於以女性象徵台灣，突顯逐漸被模糊的殖民處境及反殖民立場。宰制、求自主是張氏文學的終極關懷，但是張表達這種關懷的方式不是1920年代式的直接對決，而是對殖民傷害的凝視、對受害者心理內容的渲染，以及忽略壓迫以徹底否定壓迫的形態。

收，對殖民地主體性問題有了更爲成熟的掌握。在此脈絡下，他在博士論文(2000)中以筆者前述的張文環研究爲對話對象，對張文環的文學及思想提出了相當有解釋力的詮釋。該論與本書相關者可簡要歸納爲下列幾點：一、以巴赫汀政治無意識理論討論張文環戰爭期的言論與思想，藉後殖民理論進一步闡明戰時體制中意識形態鬥爭的複雜性。二、探討張文環「左翼啓蒙的知識分子視角」、這種視角與「新知識分子認同資本主義化的啓蒙立場」的差異、他如何擺脫殖民地知識分子的自我殖民，從後者蛻變到前者的痕跡，以及他在戰爭期強調(都市／鄉下、有產／無產)「兩種人」的「反資本主義異化」目的。三、闡明張文環文學「肯定差異價值、回復主體」之成就。四、指出張文環文學中「性別與政治的支配乃異形同構」的特點。五、闡明張文環作品中與街市、東京、日本對照的「山村」，乃民族我性的隱喻，藉此「建構台灣主體意識安置的場所」。台灣主體性是游教授的一貫關懷，此視點使他的研究具有深層的去殖性與反省力，其張文環論也是如此關懷下精采的一端。游氏的張文環論環繞筆者研究展開，對筆者提出諸多寶貴的建言。整體而言，其貢獻在於將此前學界模糊掌握的認識，借重理論之精闢統整與畫龍點睛予以闡明及概念化；而本書則致力於考掘張文環與旅日作家、日本左翼作家之交流互動，以及他對戰時體制與文藝統制之適應、回應與回顧。

本書願以詳盡地方知識的鋪陳與重構作爲對後殖民論述化約實體歷史經驗流行的反省與回應。希以棉薄之力讓在台灣誕生的有關舊殖民地時代的研究或論述展現屬於台灣此一歷史地理空間獨特的個性，同時讓這本書成爲個人對文學、乃至於對生命的一個自我對話的學習歷程。我相信後殖民論述的最終目的，在於從單一文化專制中解放各種帶有地域性、土著性的詞彙與表述，從內向外自然展現一地方與世界各地域之間的平等對話。

學院內的張文環研究自1990年代至今前仆後繼，謝春木、王白淵及翁鬧、巫永福、吳天賞等其他《福爾摩沙》系統作家也日益受到注意；然而限於篇幅，以上僅就與拙論特別相關者進行介紹，其餘留待正文中再行討論。

四、變調之旅與靈魂的故鄉

如果說《荊棘之道》一書掀起的文學傳奇是本書的靈魂，那麼張文環及其身近作家們則是體現此一情感與意志的身體。如果不是受王白淵傳奇的魅力所吸引，或未曾對張文環文學進行長期調查研究，筆者肯定無法爲讀者述說這段曲折複雜而震動人心的文化故事。透過王白淵、謝春木兩位兼具抵抗思想與行動熱情的殖民地知識人，我想點出在逝去的時代一批有良知的台灣留學生所經歷的「變調之旅」，揭示在他們青春的生命中反殖精神與文學創作的接合情形，以及「台灣左翼」相對於日本左翼、中國左翼，在跨國文學地層中重層而豐厚的面貌。透過張文環、吳坤煌、巫永福、蘇維熊等，以抵抗系譜的標尺衡量絕不會漏列但也非絕對典範的作家，我想探討的是他們與1920年代旅日反殖知識分子之間的繼承與創新關係，以及殖民地青年在跨民族場域進行洋溢革命想像的文學活動時，對於現代社會、民族未來或社會主義使命的重疊想像。以張文環作收攝，則希望梳理戰爭中日益成熟的文化反思書寫與多元抗爭型態，以及跨時代作家戰後的心理負擔與歷史證言。從變調之旅到追尋心靈、藝術、社會主義與後殖民主義的故鄉，一代文化知識分子前踵後繼的荊棘之道，並非才疏學淺的筆者所能道盡。靜默地徘徊於一條名叫「從王白淵到張文環」的文學溪流之畔，我想回報給耐心跟隨我細考的讀者的是——社會、意識、文藝交混的文化史水流，真摯情感、藝術成就與抵殖能量的湧現，如何在我們眼下波光粼粼地流淌。

以歷史之眼切入文學研究，對殖民地文學史提供一點外緣觀察或另類累積，是筆者較爲自信的研究方式。因此，比起直接深入文本中歸納釐析作家的思想、審美角度或文學觀，我偏好從文藝現象與歷史脈絡的接點，探尋作品及思想產生的歷史語境，從而評估其意義。本書的關懷不只在文學，也在歷史，或說在於它們動人的交叉與互動。歷史也好，文學也好，在實存的世界它們未嘗有過分割。我的目標，在努力把文學、思想、歷史這些原本交織在一起的東西，繼續以接近當時代的氛圍，依著對整體風貌的懷想概要地獻給讀者。

作爲實存之物的文學活動之流水，早已滔滔而去不再復返，後人竭盡所能尋找與敘說的不過是當代意識中的海市蜃樓，本書亦復如此。新歷史主義提出闡釋者的當代特質、史述的虛構性、敘述行爲的物質限制、敘述方法與文化機制的互涉、文學文本與非文學文本之間的互文關係、論述主體與客體之間的共謀性等概念[42]。在台灣文學史重述基礎薄弱，歷史詮釋過早定著的扁平化危機之中，新歷史主義對文學研究中的歷史維度與文學史敘述的權衡與思考，都有一定啓示性，對樂於考掘文學史細節的筆者而言，也是避免盲信歷史的木鐸。因此，此刻我的任務也不(只)在藉由歷史佐證作家創作的動機，或註解文本中的文化背景與作家世界觀。印證性或補述性地恢復作品中的歷史或文化鏡像結果可能是竹籃打水，無法釋放文本的時代精神或文化意蘊。爲避免入寶山而空回，因此本書只想盡可能以《福爾摩沙》系統作家爲例，脈絡化(contextualization)描繪文學文本最初創作與消費時的歷史境遇，同時對此一文學實踐展開時「文本中的社會」與「環繞文本的社會」之間非鏡像的多面折射，提出一點粗淺的解釋。

自1990年代初以來筆者便關心殖民地文學場域中展現的文化鬥爭問題，殖民地文壇／文學中的價值、權力競逐及策略運用，此一研究取徑將被延續。只是相較於援用非在地後殖民觀點或者揭示結論式的大論述，我期勉自己不厭其詳地以微觀分析的角度，考察經由作家的自覺、彼此的關懷、相互聯繫形成的帶有台灣文化意識之群聚，藉此實例具體展現文學與殖民、本土文化與跨國文化流動之錯綜關係。在日本殖民台灣的時期，被邊緣化的台灣文學只是擁有自己的譜系、類型主題、意象象徵和文化關懷的亞文化，然而殖民統治期間透過台灣文學場域所發生的不同文化主體之間的壓制／反壓制、競爭、斡旋或翻譯等過程，卻加

42　「新歷史主義」一詞於1982年由美國學者Stephen Greenblatt提出，加州大學文學教授Louis Montrose認為新歷史主義在美國正在形成最新的學術正統。參見張京媛，《新歷史主義與文學批評》(北京：北京大學出版社，1993年1月)。

深了東亞各民族文化或地方文化之間的主體建構以及跨界混合與流動，同時也影響了戰後各國的政治社會發展與文化思想流向。因此，台灣文學這一段發展經驗，其社會文化意義是無比深遠重大的。本書將不惜以細碎文獻史料之調查與重建、傳記資料與文學作品之交叉討論，來追蹤文學／文壇中的殖民與反殖民權力形態、不同權力的展現機制，以及彼此對抗或協商的運作效果。

殖民帶來苦難，卻也使台灣青年的思想與藝術在不幸中受激而早熟，從而促進了多元風貌的「台灣現代性」之誕生。王詩琅曾言：「把台灣的文學青年和思想青年予以區別，我想是相當困難的」[43]，本書也將特別注意文學與意識形態、作品與作家履歷之間不可分割的關係，在討論殖民地權力競逐問題的同時，筆者也努力闡述作家與文本、創作與閱讀、作家與作家之間的各種文化實踐現象，藉此掌握現代(日語)作家誕生的過程、特色與精神面貌。1997年「《張文環全集》資料蒐集與整理計劃」一年多的參與，1998年張文環親屬故舊的口述史訪談，以及1999年以旅日文藝青年爲中心在東京等地的半年文獻／故跡調查，還有近期湧現的諸多日據時期台灣文學研究傑出成果，都是支持這項工作的基礎。

每當展讀距今將近七、八十年的作品或文獻時，我總被引領我進行歷史之旅的這些作品中的文藝氛圍與特殊社會生活情境深深感動，爲了忠實傳達這一份時代感，本書將盡力保留原文中特殊詞彙以及以今日觀之顯得不甚流暢的文句。以獻身累積文學史重述基礎工程之一粒砂土自我期許的本書，作爲一種敘述(narration)的建構，必然也無法不在台灣文學富麗駁雜的林相與歷史記憶變幻飄浮的流水中迷失。不過爲了促進本土文化知識化，也爲了拓展台灣文學研究務實而又充滿想像力的空間，這絕對是生長於斯的我莫大的榮幸。

---

43 〈王詩琅談「台灣新文學運動」〉，下村作次郎(著)、邱振瑞(譯)《從文學讀台灣》(台北：前衛，1997年2月，初版)，頁279-316。

第二章

變調之旅

殖民統治下台灣中高等教育體系的匱乏、教育機會不均等、時代潮流之刺激，使留學教育日漸蓬勃。其中雖也有赴歐美、中國者，但是語言、體制之便，以及殖民教育對殖民主價值體系的推崇，導致赴日升學較遠赴其他地區留學者可觀[1]。

根據吳文星的研究，早自1895年開始台灣留日人數踵繼不斷，1902年東京地區已有台灣留學生三十餘人，第一次世界大戰結束前後急劇增加，到殖民統治後期官方統計已多達7091人，學者推測實際人數可能遠在此之上。1918年以前，留日學生以接受初等及中等教育者居多，之後大專以上的比率逐年攀升，至1934年接受高等教育者已達半數以上。以留日爲主流的海外教育，培育出爲數可觀的高級知識分子，人數遠超過島內教育機關培養的六倍以上[2]。他們逐漸取代本土殖民教育機構培育的菁英，成爲社會領導階層的新主體。

一波波懷抱憧憬湧向日本的台灣青年，成群、定向、持續地從殖民地向帝國中心湧動。有如領受神諭般，往殖民結構中地理與價值上的中心——帝國本土趨近，尋求洗禮。那前仆後繼、不絕如縷的集體律動，可說是一種朝聖之旅。這是畸型的殖民結構所導致的，被統治者向帝國權威親近、臣服、致意的宿命。

---

1 參見吳文星，《日據時期台灣社會領導階層之研究》（台北：正中書局，1992年3月）。值得說明的是，「留日」一詞日本統治時期便如此稱呼，但實際係指赴殖民宗主國升學而非到外國留學。本書為行文方便採用「留日」一詞，謹此說明。

2 吳文星，《日據時期台灣社會領導階層之研究》，頁118-125。

台灣青年赴日後，或在校園或於街肆，倡導新科學或新藝術，從各方面以各種方式親炙帝國。由於階級、年代及其他因素，帝國之旅有種種不同類型。儘管許多學生受到帝國價值的收編，臣服於神諭底下成爲新權力結構下的機能性知識分子。但是側身帝國境內，也有些人並非看見帝國如何崇高偉大，而是看見覆蓋於帝國暗影下的台灣人如何卑屈、受蹂躪、遭受歧視。因此他們焦慮地關切鄉土台灣的歷史與現實、傳統與未來。在推動政治運動的同時，矢志提昇台灣文化，企望在帝國價值之外另建一種台灣價值，使之分庭抗禮。這個價值之爭即所謂的文化抗日或文化抗爭的一種形態。

當然對殖民的覺悟絕非全然始自旅日之後，但是帝國體驗確實有催化或加深的作用。比起滿懷憧憬地開航之初，比起視留日爲正途的父兄，這些人在體驗帝國之後反而在思想與行動上對帝國的神聖性，產生了異心或質疑。聖地禮讚在這些人口中出現雜音，甚或走音變調，因此無異是變調之旅。在不同形態的帝國之旅中，對殖民不義有所覺悟的知識分子是本文關切的。在前仆後繼的旅日浪潮中，1920年代到30年代初因留學或工作先後赴日的謝春木、王白淵、陳來旺、林添進、林兌、陳在葵、陳植棋、蘇維霖、賴富貴、張文環、吳坤煌、巫永福、吳天賞、劉捷、翁鬧、何德旺等人，不過是其中偶然的幾位過客而已。懷抱不同動機，於不同時期前往日本的他們，日後也擁有不盡相同的命運與思想。在他們親炙帝國的旅程中，同樣曾有聖地——帝都東京經驗的這些殖民地青年，對自己與帝國關係的認知，表達這些認知的方式(文學)，卻有某種連續性與相近性。命運與文學之神，使這些來自殖民地的青年巧妙地邂逅一起。在帝都，他們體悟到自己身爲跛足的知識分子之宿命，並且逐漸將個人的失落與民族的卑屈結合成一體，最後在民族主義的思維下凝結成一篇篇反抗的藝術與寓言。

本章將以謝春木、王白淵爲分析對象，討論這類型知識分子之留學經驗與認同啓蒙之間的關係。隨後在其他各章的討論中，也將繼續以《福爾摩沙》若干重要作家爲中心討論類似體驗。筆者將以變調之旅的視點，從上述諸人的交遊、活動與創作，呈現旅日青年文學運動展開的背景，以揭示這一干覺醒的旅日青年們在精神結構方面的共通性。這些青年中，較為年長的謝春木、王白淵對張文環、吳坤煌、巫永福、蘇維熊等《福爾摩沙》後輩影響不小，而謝、王反殖意識的啓蒙又相互啓發。因此本書將從謝春木、王白淵上京後的思想變化，也就是帝都經驗對旅日知識青年造成的思想與認同衝擊，展開討論。

第一節　帝都的憂鬱：謝春木的變調之旅

前言

1931年6月，台灣文學史上第一本日文詩文集《荊棘之道》(《蕀の道》)[3]，在日本岩手縣盛岡市自版問世。這本曾引發不少旅日青年共鳴的詩文集[4]，作者為年屆30歲的王白淵。王白淵(1902-1965)，台中州員林郡二水庄人。《荊棘之道》是他生平中第一本著作[5]，也是他旅日8年的思想結晶。無獨有偶，與他同樣出生於1902年，既是同鄉、又是台北師範學校(簡稱北師)同學的謝春木，在詩文集出版前後也在島內推出了《台灣人如是觀》(《台灣人は斯く觀る》，1930年1月)與《台灣人的要求》(《台灣人の要求》，1931年1月)[6]，兩本引人矚目的時論性著述。

謝春木(謝南光，1902-1969)，台中州北斗郡沙山庄人[7]。自稱與王白淵「青梅竹馬」，「因長年寢食與共，所以我們彼此比骨肉還親」[8]。他於1921年4月北師畢業後前往東京高等師範學校升學，1925年3月畢業

3 《蕀の道》(日本盛岡市：久保庄書店，1931年6月)。王氏為作者兼發行人，陳才崑認為可能是自費出版。參見，陳才崑〈「王白淵・荊棘的道路」導讀〉，王白淵(著)、陳才崑(譯)《王白淵・荊棘的道路》上冊(彰化：彰化縣立文化中心，1995年6月)。

4 有關詩文集內容及它引起的迴響，將於第三、四章再論。

5 王白淵旅居上海時期(1933-1937)之著述情況不詳，除《蕀の道》之外，王氏一生似乎未見其他單行本著述。

6 謝春木，《台灣人は斯く觀る》(台灣民報社，1930年1月)；《台灣人の要求》(台灣新民報社，1931年1月)。

7 謝春木出身地即今彰化縣芳苑鄉，1933年改名為謝南光。

8 謝春木，《蕀の道》〈序〉。引文皆使用陳才崑先生譯文。

後進入高師高等研究科深造，有4年(1921-1925)東京求學經驗。1923年4月王白淵赴京進入東京美術學校以後，兩人貸屋同住，到1925年10月謝輟學返台以前共處兩年多。

《荊棘之道》出版時，謝春木應摯友之邀，遠從台灣作了一篇默契十足且意味深長的〈序〉[9]。惺惺相惜的兩位好友，先後推出他們人生中第一本、同時也是最重要的著作，時在1930年代初期，正值他們人生行將有重要轉折之際。因此他們相繼出書並非巧合[10]。從謝春木爲《荊棘之道》所作之序，與王白淵戰後初期對兩人青年時期思想歷程之剖白〈我的回憶錄〉[11]來看，當年兩人確有許多相契之處，聯袂出書無異是一種宣示。

以下將首先從謝春木東京時期的一些創作及著述，追索他旅日前後思想蛻變的軌跡。焦點將置於他赴日的初衷、朝聖之旅如何落空、思想如何蛻變等方面。藉此希望能掌握謝春木東京時期之思想變化，以及被評者譽爲「台灣現代文學開創者」[12]的這位作家之文學精神。

一、前進東京

謝春木出生中型地主之家，其父屬於日據早期便率先讓子女接受殖民近代教育的地主士紳之一。不過謝深沉早熟，對日本的統治抱持懷疑，在台北師範學校就讀期間便開始接觸社會運動。根據台灣總督府警察沿革誌記錄，新民會於東京成立時(1920年)，當時仍在島內就學的他已在會員之列[13]。根據謝春木研究者何義麟推測，這可能是誤記[14]。不

9 謝春木，《蕀の道》〈序〉。詳細情形，在第三章中將有討論。

10 參見本書第四章。

11 王白淵，〈我的回憶錄〉，《政經報》第1卷2、3、4號、2卷1號，發行時間為1945年11月10日、25日、12月10日、1946年1月10日。本文參考台北傳文文化事業有限公司之復刻本。

12 陳芳明，《左翼台灣：殖民地文學運動史論》(台北：麥田，1998年10月)，頁30。

13 台灣總督府警務局，《台灣總督府警察沿革誌(三)》(台北：南天書局，1995年6月，2刷，復刻本)，頁27。

14 參見何義麟，〈台湾知識人における植民解放と祖国復帰——謝春木の人物

過「台灣文化協會」成立後，謝爲會員之一則沒有疑問。謝旅日前後東京台灣留學生有600人左右，總計參與文協運動者不到一成。謝在學時期對社會運動的關心，可能曾引起嗅覺敏感的特務當局注意。

1931年謝在其《台灣人的要求》一書，對啓發會、新民會、台灣文化協會一路而下的運動史娓娓道來之際，也曾提及自己受啓蒙、投身社運的經過。依他所敘，新民會機關誌《台灣青年》創刊後(1920年7月)雖被島內各校列爲禁書，但是在北師宿舍寢室中，每號均有數十本瞞著舍監耳目秘密流傳著。他爲共鳴者之一，也是其中活躍分子。後來以謝文達的家鄉訪問飛行爲契機，受《台灣青年》影響的各校學生們聯合組織歡迎會，開啓台灣學運的起點。當時謝春木與李應章等人分別爲台北師範學校、台北醫學校的負責人，在幕後對青年學生進行聯絡和指導的則是大名鼎鼎的蔣渭水。1920年秋東京台灣青年會活躍分子返台與蔣渭水接觸，之後以蔣、林獻堂等核心分子組成的台灣文化協會宣告成立(1921年)，謝、李等青年學生也加入[15]。由此可見，謝春木是台北師範學校的進步分子，台灣文化協會成立後的第一批青年生力軍。

1921年，以第一名優異成績畢業於北師的謝春木，接受總督府文教局獎學金[16]，前往東京高等師範求學。佇立基隆港畔凝視北方天空，這位優秀的殖民地青年對眼前展開的旅程，懷抱怎樣的期待呢？由於他赴日後開始嘗試創作，我們可以從這些作品中尋找一些蛛絲馬跡。1922年7月，膾炙人口的小說〈她將往何處去？致苦惱的年輕姊妹們〉(〈彼女は何處へ？悩める若き姉妹へ〉)[17]，以「追風」之筆名，在《台灣》上發表。此後以《台灣》、《台灣民報》、《台灣新民報》爲舞台，他逐漸開啓了論客生涯。在1930年他移居上海以前，經常可見他以犀利口吻議論殖民地教育、法律、農工運動的短評。在創作方面，他的創作量

(續)

とその思想を中心として〉。

15 謝春木，《台灣人の要求》(台灣新民報社，1931年9月)，頁14-15。

16 何義麟，〈台湾知識人における植民解放と祖国復帰——謝春木の人物とその思想を中心として〉，頁12。

17 此作寫於1922年5月21-23日，刊於《台灣》第3年第4號至第7號(1922年7月11日出版)。

不豐，除了1924年發表詩〈詩的模仿〉(〈詩の真似する〉)[18]之外，只有一些雜記或感想，未見再有創作。隨著文學史料之不斷挖掘與出土，台灣新文學的歷史也不斷向前溯源[19]。不過謝春木作品優異的質素與先驅性地位，向來深受各方肯定。譬如，詩人、小說家也是現代詩研究者的陳千武，將這〈詩的模仿〉譽爲「台灣新詩的原型」[20]；陳芳明也將謝的小說視爲台灣左翼文學的濫觴[21]。

〈她將往何處去？〉是他的處女作，第一篇公刊文稿，也是他的文學代表作。這篇小說雖以女性問題爲中心，但是其重點同時也在鼓舞島內青年與固陋、封建的社會決裂，同時標舉「前進東京」尋求「革命的烽火」的大旗。小說中，落伍的、亟欲改革的、充滿封建舊道德的台灣，與進步的、革命烽火所在的、年輕純潔的東京形象性地對照著，溝通兩者的則是赴京求學的啓蒙知識青年。

以一篇小說而言，謝春木表現了啓蒙知識青年對本土社會的不滿，以及他們對帝都(日本)的信賴與憧憬。其後在其他作家筆下，也陸續出現了一些因爲遭受社會困境或人生難題，便藉「前進東京(或日本)」尋找生機的情節。張文環的處女作〈落蕾〉(1933年)便帶有謝春木「前進東京」的影子。此後「前進東京」這個主題，隨著不同時期的作家繼續豐富，又產生了楊逵式追求台灣左翼運動與日本內地左翼運動結成聯合戰線的前進形態，以及龍瑛宗式嚮往台日文學者跨越中央文壇／地方文壇階序平等交流的前進形態。不過不論哪一種形態，東京(日本)的存在，彷彿都先驗性地提供一個困境脫出之道。這樣帶有解救性意味的東

18 原作於1923年5月；刊載於《台灣》第5年第1號(1924年4月)。

19 陳萬益教授曾以台灣文化協會《台灣文化叢書》之新出土史料，就「搖籃期」台灣小說之溯源及這些肇始時期小說在文學史上的意義，做過精闢討論。參見，〈于無聲處聽驚雷：析論台灣小說第一篇〈可怕的沉默〉〉，《于無聲處聽驚雷——台灣文學論集》(台南：台南市立文化中心，1996年5月)，頁119-142。

20 桓夫(陳千武)，〈光復前新詩的特性〉，《自立晚報》副刊，1982年2月21日。

21 陳芳明，《左翼台灣：殖民地文學運動史論》，頁30。

京形象，以及對「前進東京」的肯定，可說肇始於謝春木。

針對這類的文學／思想現象，研究者施淑援引葛蘭西(Antonio Gramsci)的觀點，就1920、30年代新知識分子對殖民改造缺乏警覺提出檢討，相當值得參考。葛蘭西指出所有知識分子都是「歷史地」形成的，他們都因應著某種社會職能而存在。他認爲每個社會集團在形成過程中，會同時有機地生產出一個或更多的知識界，這知識界具有該集團的同質性(homogeneity)，以及對該集團的功能的自覺。因此與新的社會集團或新的階級同時產生，並在它的發展過程中成熟起來的機能性知識分子，都是該集團或階級在創立它所意欲達成的新的社會形式的活動專家。施淑認爲隨著社會結構的根本轉變，以及教育的變遷，日據時代知識界也形成了葛氏所謂的「傳統知識分子」(traditional intellectuals)與「機能性知識分子」(organic intellectuals)的分野[22]。但是，就社會發展而言，日據時代台灣由傳統農業經濟走向資本主義的生產形態，以及由之決定的資本主義社會的階段關係，都不是因爲社會本身內部的發展使然，而是由於殖民統治的外來因素促成的。因此在台灣新舊社會形式的交替過程中，在職能上因應著日本殖民統治集團的需要而發展起來的機能性知識分子，與已經存在的、代表先前的封建社會意識形態的傳統知識階層的關係，也從根本上失去了發展上的連續性。因爲由日本殖民教育培養出來的台灣新知識分子，那符合新的統治集團需要的、具有支配性地位的意識形態，對他們來說，是先驗的、不辯自明的合法與合理的存在。

在此概念下，施淑指出：殖民／資本／教育等社會改造導致新世代知識分子被機能化，在「前不見古人，後不見來者」的匆促的歷史斷裂感下，失去傳統憑藉的殖民地知識分子很快地被還原成純粹的、絕對的「個人」。

她以〈她將往何處去？〉爲例，評論小說中呈現的這種思想傾向：

22　參見施淑，《兩岸文學論集》(台北：新地文學出版社，1997年6月)，頁30-31。本書撰寫期間，承蒙施教授指正許多立場與論述上的盲點，謹此誌謝。

> 這整個表現，除了顯示當時新青年的天真的、理想主義者的姿勢，顯示著先天上占優勢的殖民統治集團的意識形態的強制性，更顯示著台灣文化意識的斷層現象。而這斷層，正說明了以甘蔗糖業的歷史為歷史的日據時代的台灣，作為新的權力結構的功能者的機能性知識分子，在新舊社會力量不成比例的物質基礎上，可以說是「不假思索」地過渡到新文化意識的領域，坦然地以資本主義思想為永恆的、絕對的思想，……[23]。

新知識分子「把資本主義的人道和自由思想作爲優勝劣敗的天然標準」，造成了思想上的盲點。與這種思想缺陷一體兩面地存在的，是以世界和人類公民自居、嚮往人道正義的「文明人自覺」，甚至是「到東京去」的抉擇。因此，施淑說：「謝春木的〈她要往何處去〉，成了帶著全新夢想的1920年代台灣新知識分子的新世界草圖，其中的座標之一的『到東京去』成了自由的指針，而不甘於非人的生活則成爲『人』的發現的動力。」[24]

誠如施淑所指，整體而言殖民改造確實對新知識分子施予心靈魔咒。他們對殖民主導下的「文明」改造的無(深刻)意識，造成台灣傳統文化出現斷層性傷害。故而東京憧憬也就含有盲目崇拜以及個人主義的成份，不少自詡進步者也難逃此限。從謝春木的例子來看，1922年置身東京的謝春木，對他的讀者(主要是島內讀者)發表以旅日青年點出傳統婚姻制度、家庭專制之迷妄，之後覺醒的女性又以「前進日本」爲光明大道的小說。作者所處的位置(從東京向台灣發言)，及作品的思想指向(從台灣奔向日本)，對讀者而言不正如同活廣告一般，現身說法地顯示了對「前進日本」的絕對肯定嗎？所以，無怪乎施淑認爲殖民改造對這位自恃啓蒙、進步的青年造成了心靈暗影。

不過從長期的思想軌跡來看，「前進東京」對謝春木來說，其意義

23 施淑，〈日據時代小說中的知識分子〉，頁38。

24 同上，頁29-48。

畢竟是相當複雜的。如前所述，謝在北師時期便接觸了島內外以文化啓蒙運動掛名，實質爲民族運動開端的台灣社會運動及青年運動。《荊棘之道》〈序〉中，他也說到自己對殖民統治的覺醒始於北師時期：

> 我們在師範學校接受的思想是德意志的理想主義。我們都是從觀念論……帝國主義者的思想武器……出發。我們的確描繪過快樂的烏托邦，然而，我們自己唾棄了這份尚待斟酌的慶幸，並非後來的事[25]。

殖民地近代教育勾勒的烏托邦藍圖高懸俯垂，供殖民主教養淘選出來的選民想望。然而沐浴在這種榮寵之中的謝春木，自青年時期開始對這種慶幸便有所商榷。

王白淵也曾以一幀北師畢業前同學們合拍的化妝照爲例，提及謝春木思想之早熟及其對殖民統治的懷疑。他說：

> 老謝穿著了一副台灣服，雙手拿著一架脚踏車，做將要出發的姿勢，車子的後方掛了一個招牌，寫了「提高台灣的文化」的字樣，前面有一個同學裝作日人，站在那邊不肯給他走，車子的前面亦一樣，掛了一個招牌，寫了「不，再等了一些罷！」的字樣。這張照片我時常帶在身邊，以為勉勵之資[26]。

自學生時代起便深沉早熟，質疑殖民統治，這樣的形象深植於知友王白淵心中。此外，雖說謝接受總督府文教局獎學金赴日，不過另有一說指他拒絕了這個獎學金以自費升學[27]。此說之分歧顯示謝春木是一個對

25 謝春木，《蕀の道》〈序〉，譯文引自陳才崑譯，《王白淵・荊棘的道路》。戰後王白淵也曾將這篇序文翻譯於〈我的回憶錄〉中。

26 王白淵，〈我的回憶錄〉，《政經報》1卷2號，1945年11月10日，頁18。

27 何義麟，〈台湾知識人における植民解放と祖国復帰——謝春木の人物とその思想を中心として〉，頁12。

「官製」知識分子的危險有所警惕，或被其他人認爲有此傾向的人。

綜上所述，謝春木在社會運動、民族運動上啓蒙甚早，他參與學運，更與台北及東京地區的運動團體有所接觸。從學習帝國主義者的思想武器、共同描繪快樂的烏托邦，到自己唾棄了這份尚待斟酌的慶幸，謝春木對自身思想變化的這段敘述，無非就是他對「機能性知識分子」身分自覺的歷程。因此，對於自己被殖民主所犒賜、期待的身分，他並非無意識、無警覺的。

故而他爲什麼前進東京，我們不得不多費思量。謝當年的初衷我們無法確知。不過，至少在1922年前後，謝與他筆下覺醒的新青年爲何推崇東京、奔赴東京？小說不是清楚地告訴我們，那是「爲台灣的女性社會及一般社會點燃起革命的烽火」[28]嗎？爲點燃革命烽火而揚帆出海的他(她)們，當然是爲了取得興革的火種了。統合謝春木北師以來的關懷來看，他的東京憧憬確實很可能出自於對社會運動、民族運動起源地的嚮往，所以奔赴取經，搖旗吆喝。

日本殖民者以文明開化之名，貶抑殖民地之自我認同，從而鞏固其統治，此類論述在台灣教育史、政治史研究之領域早已屢見不鮮。游勝冠從文學及思想面向闡述此一現象，並將日本依據殖民主與殖民地優勝劣敗的文化二元對立關係所建構的殖民統治意識形態，稱爲「殖民進步主義」。他指出統治者將這個以文明論爲中心的意識形態，透過統治機器所控制的教育、印刷資本主義，在殖民地大肆地傳播、灌輸，當被殖民者認可這種殖民主義的價值觀之後，他就被建構成從屬者，接受殖民主義不同程度的支配[29]。殖民改造的過程，也就是被殖民者自我主體喪失的過程。

她將往何處去？謝最初的解答是—前進東京。然而儘管〈她〉作顯示了斷絕過去(傳統)、否定自我(台灣社會)、憧憬東京的，危險的線性

---

28 謝春木，〈彼女は何處へ？悩める若き姉妹へ〉，《台灣》第3年第7號（1922年），頁59。

29 游勝冠，〈殖民進步主義與日據時代台灣文學的文化抗爭〉（清華大學中國文學系博士論文，2000年6月），頁6-8。

思維，但是那不足以作爲臣服日本(文明、統治與價值)的證據。畢竟「東京」所表徵的文明是多層次的，就算它包括了殖民進步主義所建構出來的西方文明或日本文明，也不表示因此便無法受容其他具有普遍真善價值的文明，這是毋庸多論的。

此外，就算這個失之簡單的前進，顯現了以啓蒙進步主義是尙的新知識分子，對「文明」不假思索地接受所造成的心靈迷障。但不表示這便是謝春木的結論，因爲〈她〉作顯示的不過是謝春木於1922年的思想片段而已。前進東京，充其量只反映他決定上京時或上京初期的思想之一端罷了，何況謝春木式的東京憧憬在機能性知識分子之功名獵求之外，更多的是對社會運動、民族運動的嚮往與呼籲。

就謝春木思想之發展而言，〈她將往何處去？〉最大的特點是什麼？在於他開始以「她(女性／知識分子／台灣)」的譬喻方式，展開對「台灣將往何處去？」的多層次思考。之後這位殖民地知識青年如何繼續把「台灣將往何處去？」這個課題思考下去？他的思想具有什麼聯貫性與特色？應予注意。

總之，比起前進東京，前進東京以後，更能引發我們興趣。

二、變革的火種

1923年4月，謝春木與北師畢業後各奔東西的老友王白淵再度聚首。久別重逢。地點是東京。此後兩人的思想、人生、甚至命運，均因此次重逢而深深交纏。因此討論王的思想不能撇開謝春木，而追溯謝東京後期的思想變化，也必須從王白淵談起。

抵達東京後，王白淵與謝春木於上野附近的神田區今川小路彌生館租屋同住。在《荆棘之道》〈序〉中，謝曾婉轉迂迴地透露了老友此時的思想變化。藉此我們得以同時了解當時他們兩人，深爲民族問題所苦的情形。謝如此寫道：

> 同樣十六歲的時候，你和我一齊進入了臺北師範學校。那時我患上憂鬱症，你則像隻天真爛漫、快活、春天裡載歌載舞的小

> 鳥。你是在大家愛護之下走出校門的。本來，我在東京，以為你旦夕與兒童為伍一定很幸福，可是這兩年你卻嘗夠了社會苦難。祇因血液不同之故，動輒受到歧視時的火大、沒道理的××等等，烏雲籠罩了明鏡般的你的心情。生為殖民地的人，誰都必須嘗受的，你一定刻骨銘心嘗受到了。所以你投入美術。在美術學校，你一直憂憂鬱鬱，研究詩多於作畫，於寄宿寮的二樓徹夜談論台灣人的命運，豈僅一二次而已[30]。

殖民造成了個人與民族命運的不幸。爲此在不能成眠的異鄉夜裡，他們尋思、憂慮、論辯。這是謝、王帝都生活的一段剪影。

1931年初當《荊棘之道》〈序〉文底稿從台北寄往盛岡時，捧讀序文的王白淵充滿了感動。他爲什麼感動呢？在〈我的回憶錄〉中，他說：「這篇序文所包括的意義，不但是老謝自己思想的表白，更是我和他兩個人所關心的問題。自然是日本帝國主義下的台胞全體的不能不解決的歷史底課題」[31]。

在殖民地解放的大目標下，1930年代初期謝春木最關心的課題是什麼呢？無異是台灣民眾黨的發展，以及殖民當局嚴厲取締破壞下日漸萎頓的台灣民族運動的整體未來。1931年9月《台灣人的要求》一書，出版於民眾黨被禁(2月)、精神領袖蔣渭水驟逝(8月)的時刻。早自1930年初開始，民眾黨在飽受當局壓迫、左右派挑戰之餘，又面臨了內部分裂的危機。在民眾黨主義、決議、紀律、組織、黨訓日益成形之後，它日形左傾的色彩使立場不同的人士於1930年初蘊釀脫退，1930年8月新團體「台灣地方自治聯盟」成立。蔣渭水領導的民眾黨舊部也因此修改舊綱領，加速往農工運動邁進，最後卻遭到禁止。此後黨員曾打算另組新黨，不料隨後蔣氏竟於壯年感染傷寒猝逝。民眾黨解散後，「台灣社會

30 謝春木，《蕀の道》〈序〉，譯文引自陳才崑譯，《王白淵・荊棘的道路》。

31 王白淵曾說：「我很感激這篇文章，所以特別譯出其內容」，參見〈我的回憶錄〉，《政經報》，1卷3號，頁21。

運動家要往何處去」一時成爲關切的話題，它自然也成爲蔣氏去世後舊部核心人物謝春木必須面對的重責大任。謝春木著書期間，民族運動的風雨飄搖與民眾黨的內憂外患就在眼前。因此在《台灣人的要求》中，他以民眾黨爲中心回顧台灣民族運動十年史，不外想探討民眾黨式民族運動形態的優缺，同時沉思整體反對運動的前景與策略。在這樣沉重的回眸過程中，謝春木不只看見了台灣反殖運動的悲壯歷史，看見一干先行者的面容，無疑也看見了自己十年來飽受考驗的青年情熱。回首台灣民族運動、台灣民眾黨與自己的來時路，沉思大我與小我今後將往何處去，浮現於謝春木心中的是坎坷的荊棘之道。

類似的啓蒙經歷，共鳴者心志，使他能以老成而詼諧的幾許描述，深深道出王白淵的靈魂。王白淵對於老友有技巧地「暴露出日本帝國主義的殖民地政策，揭破帝國主義的基本理念」，佩服得五體投地。對於不愧爲知交的友人如此深知己心，王白淵情不自禁流露出惺惺相惜之情。

1931年1月謝春木所寫的〈序〉，與1945年王白淵對該序的回憶，這是一個橫跨十餘年，跨越時代的對話。在這往覆之間，許多當年不明的曖昧或隱喻皆因此褪去面紗。從中我們看見1930年代初期謝春木已經體認到——台灣的苦難乃源於民族的差異與殖民的歧視。他把自己與老友對此的自覺，含蓄稱之爲「憂鬱(症)」，並且把兩人自覺的開端分別追溯到北師時期和東京時期。這樣的論調，參之他同年出版的《台灣人的要求》一書對自己啓蒙經過的說法，相當一致。另一方面，從戰後王白淵對這篇序的鍾愛來看，謝對自己思想歷程的評述確實說進了他的心坎裡。換句話說，1930年代初期的王、謝兩人對於台灣的苦難乃源於民族差異與殖民歧視，都有了相當的認識。而《荊棘之道》也好、《台灣人如是觀》或《台灣人的要求》也好，彷彿都是他們回首前塵，同時眺望未來的里程碑之作。

以上是兩人1930年代初期對殖民、民族問題的基本想法。回到1920年代來看，東京時期他們對此課題的思考，發展到什麼樣的階段呢？〈她將往何處去？〉顯示，謝春木至少在1922年已經開始思索自己日本之行的意義，並就這個意義的完成，來追問自己未來的去向。

不過出航以前或赴日初期，儘管謝春木早有被殖民民族之「憂鬱」，對台灣之殖民統治抱持懷疑，但是卻也信賴內地的日本社會，擁有或能夠提供某種解救台灣困境的條件。至少在1923年4月王白淵抵京以前，在創作或活動上，憂鬱民族及社會處境的謝春木，似乎還沒有將(個人及民族)命運、殖民、帝國性格，結構性地予以考量。此外，對於文明史觀美化下的殖民進步主義也無深刻警覺。這些盲點與他早熟的排日思想、民族自決混雜在一起，遂構成了他被評者指稱的帶有模糊性格的思想。

以〈她〉作所見旅日初期的謝春木，他的視野似乎只偏向於對滿是固陋、因襲的傳統如何束縛青年，青年們如何渴望一個以東京爲楷模的年輕台灣而已。換言之，尙未有他1930年代以「社會的苦難乃源於民族的差異與殖民的歧視」觀點，整合中、日、台問題的結構性認知。面對鄉土時，也較欠缺深刻的同情與本土觀點的理解。但是從前面有關他思想、活動其他層面的討論可知，如果說他的東京之行完全爲求機能性知識分子之功名，或他乃挾帶這樣的圖景勾劃此行，則失之偏頗。

因爲，如果「前進東京」是「爲台灣社會點燃革命的烽火」的話，那麼這把火應該是指北師時期以來他所關心的，由東京青年及台灣文化協會合力推動的——以文化啓蒙主義爲主的改革運動之火。而且隨著改革之火的成熟、蛻變，追逐者謝春木的思想與人生也隨之不斷變容。1923年前後，他的一些變化可以證明我們的推測。

1921年台灣文化協會成立以後，謝春木應已經開始參與其中的一些留日學生運動。1923年以後，越境的台灣社會運動在謝春木異鄉學子的生活中，再次激起漣漪。2月，蔣渭水、蔡培火、陳逢源、蔡惠如等人，分別從台灣、福州會合於東京「台灣雜誌社」，將島內遭解散處分之「台灣議會期成同盟」予以重建。不過遊走於日、台法律邊緣的此一重建團體，後來並未逃過治安警察法之處分，同年12月16日全員被捕，這便是著名的治警事件。謝春木在《台灣人的要求》一書中，將治警事件稱爲台灣社會運動十年史(1921-1931)的第一個高峰，可見他對此事之關切與重視。以謝自北師時期到台灣民眾黨時期長年對蔣氏的追隨[32]，他與台灣雜誌社的淵源，以及他後來對治警事件之高度評價來推測，當時身在東京的他極可能以青年學生的身分見聞了此次多巨頭盛會。

抗日領袖們訪日的兩個月後，好友王白淵也抵達東京，各種直接間接的刺激逐漸匯聚，使謝春木的政治熱情以此爲界快速甦醒。1923年下半年開始，到1925年10月他離日之前，文化協會各種海外運動成爲他活動的主軸。7月他參與文化協會東京留學生夏季文化演講團回台宣傳，此後連續三年不輟。12月當選東京台灣青年會幹事，同時熱衷於議會設置請願運動。以文協各式活動爲契機公開參與民族運動的他有如破繭之蝶，開始翩翩飛舞。

文化協會東京留學生文化演講團，深刻展現1920年代前期留學生心中的母土改革藍圖。三次演講團的內容，均以現代化、自我(個人／台灣傳統社會)改造、加入世界家庭爲主要訴求。譬如，前二次的題目有，「家族制度和婚姻制度」、「個人主義發達之道」、「現代思想的基調」、「商業教育的必要」、「台灣將來的經濟政策」、「國際聯盟的概念」、「爲女性」等，探討台灣社會近代化問題的一些講題。第三次則著力於介紹構成西方現代價值之基本思想，譬如，「文化是什麼？」、「社會心和社會人」、「放棄自由之罪」、「現代人的義務」、「人的價值」、「國際聯盟和民族自決」等等[33]。諸演說中，雖不乏一些從政治面提出的反帝國霸權論述，但是對西方價值及西方中心文明史觀，並沒有太高的警惕。整體而言，把以「現代」、「自由」、「文明／文化」……爲標竿的西方先驗性優越價值，透過文化啓蒙經由日本輸入台灣，便是這些充滿使命感的學生們改革鄉土的指針。

32　謝春木乃蔣氏創建台灣民眾黨時的第一任秘書長，長年為蔣氏重要智囊，可見一斑。

33　何義麟，〈台湾知識人における植民解放と祖国復帰——謝春木の人物とその思想を中心として〉，頁14-16。此外，謝南光求學到1930年代赴上海經營華聯通訊社時期之相關思想與活動，另可參見〈台灣殖民解放運動的先鋒——謝南光〉，收於《跨越國境線：近代台灣去殖民化之歷程》(板橋：稻鄉，2006年1月)，頁15-31。

積極於文化協會海外反日活動的謝春木，從什麼觀點來思考殖民問題呢？我們可以從他1923年以後的一些文稿和演說來加以掌握。誠如何義麟所言，師範教育出身的謝春木，非常關心殖民地同化教育及差別教育的問題。謝1923年到1925年間發表的幾篇文章，檢討殖民地教育失當之處，同時對日本教育者的民族偏見提出了嚴厲的批判。1924年，謝春木首次踏上日本另一殖民地朝鮮的土地。在這篇從致友人書信中梳理出來的朝鮮紀行中[34]，他對朝鮮人的抵抗精神和當地施行之日朝差別教育，感觸良多。依何義麟前述研究指出，謝春木返鄉演講的前二次，也以教育爲主。譬如，「教育的一般化」、「科學態度與日常生活」、「現代教育的特色」、「教育的個性化和社會化」等。

1925年謝春木擔任《台灣民報》編輯，在他因二林事件體認到輿論公器的重要性以前，教育是他思考、批判殖民體制的一個熟悉的切入點。他的教育評論，批判殖民主差別統治心理，並揭示殖民教育意識形態控制的陰暗面，可以說是他殖民批判的寓言。如果說，〈她將往何處去？〉從本土社會之自我束縛(封建性)，揭示覺醒者不得不出走的原因，那麼這些教育評論則從日本的殖民改造(殖民性)，否定了島內教育養成進步思想的可能性。因此爲什麼要前進東京？對謝春木來說那是由於——以婚姻、教育分別象徵的封建社會與殖民政治，無法讓蒙受新世界神話洗禮的殖民地知識青年得到滿足。高舉現代性大纛的殖民進步主義固然懷柔慴服了不少台灣人，但是教育控制卻不見得分毫無差的達成認同改造任務，覺醒者謝春木也不是絕無僅有的。

與謝春木背景類似的師範生蘇新(1907-1981，台南佳里人)，在1923年底因南師學運事件被開除，因而也赴京升學。他自剖離台前的思想狀況時，曾如此說：

34　謝春木，〈硝子越しに観た南朝鮮〉，《台灣》第5年第2號(1924年4月)，頁79-89。謝春木有將旅行中寫與友人的書信整理成文章的習慣。他的這篇朝鮮紀行和後來的〈新興中國見聞記〉，都是如此產物。這些信函之中極可能也有致好友王白淵的。

> 當時，我的「民族意識」和「反抗日本帝國主義」的思想已有所萌芽，但還不知道日本帝國主義的本質，以為警察就是日本統治者；還沒有認識到台灣怎樣才能得到解放，只以為台灣人沒有教育，沒有文化，所以才會受到壓迫。因此，就想以教育來救出台灣人民[35]。

當時的蘇新仍信奉文明開化、教育改造，便能挽救沉淪、提昇民族地位。相對而言，謝春木對殖民教育與殖民文化等問題已注意到統治力之介入與操作，顯然比蘇新較爲成熟。不過蘇新的例子，頗能反映當時早熟知識青年對殖民統治的認識程度，同時也爲我們顯示了奔赴東京的青年們種種不同的背景與理由。

綜上所論，針對〈她將往何處去？〉進行了初次思考之後的謝春木，在反日運動領袖及友人來京之後，確實在行動上變得活躍、積極，有方向感。在他熱切投入文協諸運動的時候，他所扮演的正是把文明與改革的火種從東京輸往故鄉，同時把故鄉的改革請願傳達到東京的中介性角色。

〈她將往何處去？〉的「前進東京，尋求革命烽火」的思維，與他1922年以前與以後的活動均相當吻合。依賴東京火種來拯救固陋的鄉土，因此東京的存在，或存在東京(留學)，對這個階段的他來說是極其必要，而且值得鼓吹的。無疑地，謝春木式的東京憧憬逾越機能性知識分子之功名獵求，更多的是對社會運動、民族運動、開放教育的嚮往與追求。只不過，此時的他過份把改革的火種，單向性地寄望於東京(日本)。他固不是因爲信從日本而奔赴東京，但是他卻對日本社會具有解救之力深信不疑，甚至基於此信念呼朋引伴。

如果前進東京是爲了點燃革命的烽火，那麼東京時期的謝春木相信取得火種，此道最佳。這便是謝春木出航前欲朝之聖(民族運動、知識

35　蘇新，〈蘇新自傳〉，藍博洲編，《未歸的台共鬥魂》(台北：時報文化，1993年7月)，頁39。

自由之地)，與赴日後欲求之火(反日烽火)。只不過，在這把以文化啓蒙爲主焰的運動之火中，固然包含社會改造、民族解放的訴求，但是體制外的解放或激越的革命尚未成爲重點。此外，以內地取經、東京是尙的文明觀，也處處侷限他們的眼界。以致於他暫時未能具備跳脫東京，多方尋找台灣困境脫出之道的視野。

不管怎麼說，「前進東京」並非單方朝向殖民主勾勒的世界傾斜。謝春木的東京圖景儘管天真青澀，卻處處流露殖民地青年的個性。在殖民羈縻政策中破繭而出的覺醒知識分子，誠如王白淵在《荊棘之道》〈序詩〉中所隱喻的「精靈的蝴蝶」一樣，知道自己的去向[36]。

三、再會吧！東京！

帝都的夜裡，久違的兩位台灣青年爲著民族的命運不能成眠。究竟什麼刺痛了他們的心呢？

王白淵曾回憶道，來到東京後不久「眼光開了」。「周圍的環境，世界的潮流，特別是中國革命和印度的獨立運動，使我不能泯滅的民族意識，猛烈地高漲起來。」[37]故依王所言，刺激他的是中國的國民革命與印度的獨立運動。謝春木呢？1927年起稿爲時兩年寫成的《台灣人如是觀》，與稍後寫就的《台灣人的要求》顯示，謝春木對中國現狀(帝國主義對中國的荼毒、中國農工問題等)、日本對華政策、民眾黨等運動團體之抗爭、台灣社會運動，以及民眾黨的未來走向等，累積了相當多的觀察與心得，足見他對這些問題關注之早。此外他也懷抱同病相憐的心理，關切朝鮮問題。

身爲文化演講團主要而活躍的一員，從演講團成立的初衷也可以間接窺見謝春木、甚至王白淵當時的心理。東京留學生文化演講團誕生的原因之一，乃受到世界性民族自決思潮的影響。演講團返台之前曾公開發表他們的結成緣由，表示：

36　王白淵，〈序詩〉，《棘の道》，頁1-2。詳見次節討論。

37　王白淵，〈我的回憶錄〉，《政經報》2卷1號(1946年1月10日)，頁12。

數百年迄今黑人還在為了從奴隸解放出來而努力運動中。遍嘗弱小民族辛酸的印度、波斯、土耳其、希臘至今仍不惜傾一切犧牲。他們或稱之民族自決，或稱之獨立，或要求完全的自治。這是何等自然的現象，即使想壓抑也不可能。因此，此前沉默、素不活潑的東京台灣青年，現在也不可違逆潮流，而日日有進展、有自覺了[38]。

王白淵在《荊棘之道》及〈我的回憶錄〉中，曾多次提及印度、波斯、土耳其、希臘、中國等地的革命或獨立運動，對於黑人運動似乎也不陌生。他對這些運動的注目最遲始於1924、1925年間，正值與謝春木同住的時期，與演講團成立緣由中青年學生呈現之思想傾向也極其類似。可見上野同棲的兩位摯友，可能共同經歷了當時盛行於日本或留學生界的各種運動與思潮刺激。

在帝都不能成眠的夜裡，澎湃的世界性民族自決風潮，台灣與中國的處境，日本對華、對台政策等，深深擾動了兩位青年的心。舉凡與台灣命運休戚相關的資本、殖民、反殖運動；新中國的未來(國共合作、農工運動、北伐統一等)；國際弱小民族運動、民族自決思潮與反帝運動；乃至不便明言的蘇聯革命及熱絡一時的社會主義思潮等不斷閃現於《台灣人如是觀》、《台灣人的要求》中。因此這些議題都可能吸引了兩人目光，或成爲兩人關切、思考、論辯的重點。

謝氏思想的激化發展在他第三次返鄉演講(1925年)時有所流露。該次演講期間正值二林蔗農組合結成，各地農運活絡之際。穿梭各地演講，親身接觸各地農運的他受到不少刺激。一改前兩次的教育評論，這時他開始以「報紙的力量」、「報紙和社會生活」、「民主政治和報紙」、「報紙是社會公器」、「立憲政治和報紙」等，極力介紹報紙的社會角色與社會責任。這段返鄉演講中的體驗，也成爲他歸台後以新聞

38　台灣青年會一幹事〈東京留學生の文化演説團歸臺〉，《台灣》第4年第7號(1923年7月1日)，頁94。

人投身農運前線的因緣之一[39]。

如前所述，整體而言，把以西方「現代」、「自由」、「文明／文化」……爲標竿的先驗性優越價值，透過文化啓蒙輸入台灣，是演講團學生們改革鄉土的指針。身爲演講團一員的謝春木，其理念與全體傾向並無太大不同。不過，從教育角度對同化教育、差別統治進行批判，使謝1923年的視角在文化啓蒙主義之外，同時具備被殖民者批判觀點。另外，1925年以後從社會公器角度提倡報紙(當時最主要的大眾媒體)重要性的他，也注意到了輿論壓制、操作、生產、控制等輿論的政治性問題。謝春木對教育、報紙等問題的評論，顯示他對國家機器的意識形態生產，特別是對殖民地大眾意識形態的改造與控制有其一貫關心，且其關心有日益朝向社會群眾深入的傾向。從這一方面可見謝氏思想獨特之處，同時也可看見1922年小說〈她將往何處去？〉中，未曾展現的新面向。

各種刺激對謝春木思想造成的變化，明顯表現於他中輟學業，訣別東京的決斷上。1925年10月，以甘蔗問題爲導火線，謝的故鄉彰化爆發了台灣史上首次的農民運動——二林事件。在東京後期，從教育政治性到輿論的政治性，謝春木自覺與批判的眼光日益深入社會大眾，在此轉變的背後，二林事件無疑有不小影響。他在《台灣人的要求》一書中，將二林事件等農民運動稱爲台灣社會運動十年史的第二個高峰，可見一斑。

二林事件對謝春木來說，不只是殖民地農運、社運上一個深具里程碑意義的抗爭運動而已，更是攸關他家族生存利益的血淚鬥爭史。何義麟指出，10月22日警民爆發衝突，導致蔗農組合幹部和農民數十人被捕的這個著名事件，正發生於謝氏親族的蔗田裡，被捕者大半是謝的親戚或朋友。曾與謝春木一起活躍於北師、北醫學運的同鄉友人李應章，身爲蔗農組合總理遭到逮捕。李應章是農組催生者，也是核心人物，被檢

39 何義麟，〈台湾知識人における植民解放と祖国復帰——謝春木の人物とその思想を中心として〉，頁13-16。

察官稱爲「首魁中的首魁」，罪責甚重。而李和另一位被捕的理事蔡淵騰，是謝春木兄長謝悅二林公學校同班同學，三人還是結拜兄弟[40]。謝氏兄弟與他們的交情可見一斑。二林事件爆發之後，謝春木爲聲援運動、宗族與友人，立即放棄學業返台投入救援行列。這個事件不僅中斷了他的師範學業，使他預定的夫子生涯受到影響，也使他的改革生涯從青年運動轉向農工運動。

以二林事件爲界，之前從文化啓蒙、教育改革、台灣議會設置等層面來探求台灣社會問題的他，逐漸轉而關注台灣人(特別是占人口絕對多數的農工大眾)的生存權問題。回台以後，謝春木任職於台灣民報台北支局。日益蓬勃的農工運動，成爲他關切的重心。擔任主幹、主任及委員等要職，積極投入農工運動前線的他，很快便成爲台灣文化協會及後來台灣民眾黨(1927年7月成立)中的活躍分子。1930年8月蔣渭水等人主持之《洪水》[41]報刊行時，謝春木與黃白成枝共同擔任編輯。這份刊物屢被禁刊，透露了謝等人言論在官憲眼中必須提防的立場。1931年2月，民眾黨因日益左傾化的發展，遭到總督府禁止處分「光榮戰死」[42]，而謝春木於該黨的左傾化發展及黨解消後的理念繼承上，都扮演了重要角色。

台灣政治運動知名研究者若林正丈，將謝歸類於台灣抗日運動史中，介於林獻堂、蔡培火等「穩健派」，與蔣渭水、連溫卿等「激進派」中間的——「穩健派中稍稍具有社會主義傾向者」[43]。何義麟也表示，1927年民眾黨組成之後，謝一直以其中間立場調和蔣、蔡兩派對立，維繫民眾黨「以民族運動爲主、階級運動爲從」全民運動式之台灣解放統一戰線。民眾黨分裂後，長期投身農工運動而逐漸左傾的他，則

40 何義麟，〈台湾知識人における植民解放と祖国復帰——謝春木の人物とその思想を中心として〉，頁17。

41 這份雜誌據一般了解發行10期左右。河原功先生表示正確名稱為《洪水》，而非一般所稱的《洪水報》。

42 黃煌雄，《蔣渭水傳》(台北：前衛，1999年12月)，頁91。

43 若林正丈〈資料紹介：台灣總督府秘密文書「文化協會對策」〉，台灣近現代史研究會編，《台灣近現代史研究》創刊號(1978年)，頁164-165。

成爲蔣渭水的重要智囊，甚至對蔣氏決策有所影響。此後直到民眾黨決定採行「以農工運動爲中心的民族運動」而遭禁以前，謝都是「以不合法運動擴大合法的界限」積極路線的代表者[44]。綜上可見，雖然謝春木始終選擇民族運動中的右翼陣營，但是身爲一位以策略爲重的抗日運動者，實際上無法完全以行動取向論斷其內在思想。同樣地，以總督府警調單位認定的「民族運動右派」的分類來理解謝春木，也不能深入掌握其思想特徵。

直到1931年12月攜眷移居上海之前，在民眾黨農工運動陣線中的他，堪稱右翼反對陣營中最前衛、耀眼的人物之一，而其思想也非傳統右翼之分類所能統括。根據當時台灣、日本及日本上海領事館的各種警調資料所見，日本特務警察對他的監視不曾放鬆，移居上海之後到中日戰爭結束前始終如此[45]。

從謝在〈她將往何處去？〉中對上京意義的自省、1923年後如魚得水活躍於文協運動，以及後期思想的激進化顯示，他的東京憧憬確實日益落實在對殖民及民族問題的覺醒上。對於啓蒙較早、透過蔣渭水及其他機緣對東京之青年運動有所接觸的謝春木來說，東京擁有逾越文明以及個人主義之外的召喚。

對他來說，東京不管散射的是普遍真理的文明之光或殖民進步主義的集權之光，是否體現個體獨立的世界公民的文明人價値，並非緊要。因爲，對他來說，東京更重要的意味或許是，她是在他青春歲月中揚起波瀾的台灣民族運動的前線。果真如此的話，那麼在謝的認知中，東京的「進步」之所以對他有意義，那是因爲她具有文化啓蒙(啓蒙台灣)、社會改造(改造台灣)、甚至是反殖民(解救台灣)的效能。

隨著他對帝國主義本質的認識加深，他逐漸體會到在此地取得火種

44　何義麟，〈台湾知識人における植民解放と祖国復帰——謝春木の人物とその思想を中心として〉，頁27-29。

45　台灣《台灣總督府警察沿革誌》、日本《特高月報》(日本內務省警保局保安課)、上海《領事館報告書》中均可見謝春木的活動記錄。當時他被列為「特甲」級監視對象。

的限制。1925年訣別東京，是他思想上的一個分水嶺。以此象徵性的界限，他體會到革命的火種期待於東京但不盡於東京。所以當民族運動從文化啓蒙運動深化到農工運動、階級運動之際，他毅然離開運動之昔日聖地。爲追逐個人理想與殖民地運動的下一個新舞台，返鄉聲援。他不眷戀東京，留在東京他亦不能滿足。這顯示「經驗東京」之後，他的思想、行動有所蛻變，同時也顯示了東京對他只不過是個工具性的角色、階段性的場所而已。

完成於他離台赴華之前的《台灣人如是觀》與《台灣人的要求》，可說是他對台灣問題與台灣前途十年思考的結晶。書中多處流露出期待中國、批評日本政策及殖民地施政之處，在出版容許的尺度下仍被刪除多處，堪稱大膽論著。一言以蔽之，兩書可說是〈她將往何處去？〉的1930年代版本，也可以說是政論形式的另一本殖民青年摸索認同的《荆棘之道》。只是進入1930年代，謝春木捨去譬喻，褪去文學外衣，直接以時論凝視台灣的未來。兩書之中，謝春木個人、台灣民族運動、乃至整體台灣社會「將往何處去？」的課題，在他筆下一再以「台灣民眾黨將往何處去？」、「中國將住何處去？」等不同規模的提問被反覆思考著。

與1920年代揮去封建落伍母土羈絆直奔東京的他明顯不同，1930年代的謝春木關注台灣人生存權，強調台灣人觀點(台灣人如是觀)，並且緊握此觀點來思考台灣人的需求與未來(台灣人的要求)。他的思維不再侷限於台日之間，而伸展到日本對台、華廣泛的帝國主義野心，以及其他帝國宰制下弱小民族之處境。在思考本土問題時，他把眼光從台灣社會(傳統與現代的對立)，擴大到日台關係(殖民及資本問題)，甚至是日台華關係(帝國主義與民族主義)的層次。在批評台灣殖民統治的同時，他也批判日本對華政策，同時高度關心中國的時勢發展，表現命運與共的共感。

在這樣的視野下，東京夫復魅力？她，逐漸落向他思想的邊陲地帶，或被他當作惡力散發的總源了。

小結

1921年對謝春木而言誠屬意義特殊的一年，這一年他離開母土前進東京。然而1923、1925年對謝春木而言，也是意味深長之年。這些年，他從審思鄉土的文學青年轉變爲行動派的運動分子，並從文化啓蒙主義的運動青年進一步踏向社會主義農工運動。何義麟認爲東京留學初期是謝春木抗日思想的成長期，誠屬佳論。透過討論我們則想繼續揭示，謝春木對殖民意識形態控制之關注成形稍晚，不如他對母土封建落伍一面注意之早。但是1923年以後，他思想中逐漸浮出的這一面，比〈她將往何處去？〉中的早期想法不遑多讓，而且彼此之間具有內在聯貫。1925年離日前夕，他對殖民統治的自覺已相當成熟，不論是殖民政治的緊箍咒或封建本土的自我束縛，都被他視爲必須掙脫的桎梏。整體觀之，從北師到高師高等研究科，從東京前期到東京後期，縱貫整個東京時期謝春木的抗日思想皆辯證性地持續成長著。

如前所述，「她將往何處去？」，東京時期的謝春木藉此反省自己赴日的意義，並追問了自己未來的去向。爾後他的思想繼續環繞著這個颱風眼一般的課題打轉，不斷向外衍生，其人生也隨之游移前進。爲追求這個問題的解答，他從文化運動到農工運動，從台灣而東京，從日本回故鄉。最後在島內運動條件瀕臨滅絕之際，更背負台灣民眾黨團結中國農工陣線、重拾運動生機的使命，攜眷毅然向上海航去。抗戰爆發之後他深入重慶，擔任諜報組織「國際問題研究所」秘書長，輾轉於抗日陣營。轟動一時的台灣電視劇「揚子江風雲」中有位神出鬼沒的人物「長江一號」，據說就是謝所從事的「國際問題研究所」之代號[46]。然而在抗日民族統一戰線之下，謝的思想與政治立場繼續左傾。他曾對1942年深入重慶的台灣女學生藍敏表示，「將來若中國勝利，不是國民

46 王曉波，〈出版前言〉，謝南光，《謝南光著作選》（台北：海峽學術出版社，1999年）。另外，戰後《政經報》創刊後以「我們的指導者」推崇謝春木時，也提及此事。

黨的天下，而是共產黨的天下」，而希望她到延安去[47]，以此推測謝當時與延安方面可能也有所接觸。謝春木戰後投奔共產中國的抉擇也證實這樣的可能。

爲維繫運動之火不惜舉家踏向陌生祖國的謝春木，與在此之前爲聲援前線而訣別東京的他，甚至更早那個爲渴求改革火種奮進東京的青年，始終在自己認同的運動下追逐前線。追逐前線，毅然奮進的他，不正那麼一以貫之嗎？她將往何處去？謝執著於追求自己人生、台灣民眾黨、台灣前途、甚至中國未來之解答。可以說，他的青壯年都在追求這個解答中度過。

「她將往何處去？」，這個提問和它的最初解答——「前進東京」，或許失之簡單。但是不可忽略的是，這個起點一開始便被這位台灣青年置於廣泛的對殖民統治、台灣前途，甚至是中國未來的關懷之中思索。這就是謝春木「台灣將往何處去？」的思想特色。

佇立神戶港，行將訣別日本之際，謝春木熱切的眼裡唯有故鄉台灣了。前進東京，確實是一趟朝聖之旅、希望之航，但是他在此行中尋覓到的答案畢竟意味深長。一開始便挾帶著岌岌可危的機能性知識分子世界圖景前進東京的他，最後以體會殖民本質而訣別東京作爲結束。青年開眼，所以前進東京也就不得不成爲一趟變調之旅了。

第二節　象牙塔之夢：王白淵的變調之旅

前言

除了升學以外，在絡繹不絕踏上朝聖之旅的青年心中，東京還散發了什麼召喚呢？「前進東京」對謝南光、王白淵等於《福爾摩沙》集團作家有所影響的前輩或友人來說，具有什麼意義？概觀了謝春木的變調之旅後，接著我們要把焦點轉移到另一位同樣早在1920年代便奔赴東京

47　中研院近史所口述歷史編輯委員會編，《日據時期台灣人赴大陸經驗》（台北：中研院近史所，1994年6月），頁35。

的王白淵身上，來思考此一問題的解答。同樣地，佇立基隆港畔行將北航的王白淵，對眼前展開的旅程懷抱怎樣的期待？而王白淵懷抱希望的帝國之旅，又將經歷哪些考驗？得到什麼啓示呢？

一、跛足新貴

1923年4月王白淵受台灣總督府推薦，赴東京美術學校圖畫師範科(今東京藝術大學前身)升學。赴日以前，他曾任教於溪湖、二水等公學校。據陳才崑訪談可知，王氏常以漫畫輔助教學，幽默諷刺，頗受學生歡迎及同僚矚目，但因身爲台籍之故，遭受差別待遇並遭日籍同僚排擠[48]。

王白淵赴日之詳情今日已無從得知，不過戰後初期王白淵在〈我的回憶錄〉曾如此表露他當時的苦悶與赴日的動機：

> 殖民地——在被征服民族與帝國主義者的殘暴，不斷地對立的社會，一切事業盡是操在日人之手。台灣同胞根本沒有出路，智識階級都是一個一個變成高等遊民，只有學過醫學的人，比較有一點出路而已。在這樣底歷史的環境裡，我煩悶著抱恨著，結果想做一個台灣的密列[49]，站在象牙塔裡，過著我的一生。由此我開始研究油繪。(中略)因此我想到東京專門研究美術，老謝那時候已經進東京高等師範文科第一類，我幾次徵求他的意見，又向總督府文教當局接洽，結果竟做總督府的留學生到東京，進東京美術學校[50]。

雲雀般天真浪漫的王白淵，執教之後卻滿懷煩悶和怨懟。從其自述推

48 陳才崑曾對王白淵學生進行訪談，參見陳才崑編，〈王白淵生平・著作簡表〉，《王白淵・荊棘的道路》下冊，頁419。

49 按，米勒，Jean Francois Millet, 1814-75. 法國巴比松派畫家，以鄉村風俗畫中感人的人性在法國畫壇中聞名，其代表作有《播種者》、《拾穗者》、《晚鐘》等作。

50 王白淵，〈我的回憶錄〉，《政經報》1卷4號(1945年12月10日)頁18。

測，其關鍵在於他對自己的身分與處境——無出路的機能性知識分子——有所自覺。

殖民教育的價值改造與思想控制，以及台日教師之間的民族歧視與薪俸落差，在吳濁流、黃旺成、蘇新等同時代人的回憶錄中隨處可見。就業後與現實社會的碰撞，連帶而來的是人格、能力受到侮辱歧視所產生的殘缺感、挫敗感。這些都使人不得不凝視自己的處境。約莫此時或早在台北師範學校在學時期，王白淵已注意台灣文化協會的運動，對蔣渭水尤其推崇。

在一首可能寫於東京時期的詩〈怎樣的心呢〉(〈何の心ぞ〉)，他如此寫道：

怎樣的心呢／王白淵

飼在籠中的小鳥
尚有仰慕蒼空之念
是怎樣的心呢
噢！小鳥啊
我知道——那是你的願望

雖不欲歌唱
尚有歌唱的使命
是怎樣的心呢
噢！生啊
我知道——那是你高雅的意志[51]

此時王白淵似乎對自己籠中鳥的命運已有所自覺。但是他顯然不甘就此被縛，爲著生之尊嚴他懷抱使命，不惜困獸猶鬥。

雲雀般高高在上的殖民地菁英，最後終被困縛在被規範好的低等位

51　《蕀の道》，頁36-37。筆者依原作參考陳、巫譯文，略加修訂。

置上，這是何等不幸啊！除了對個人命運的自覺外，此時的王白淵可能也多少意識到這種身分／處境是民族式的。也就是，即使翺翔於殖民主架設的重重淘選之外，同胞之菁英者最終仍將集體棲落爲高等遊民。這些衝擊使他對個人命運、民族命運、民族歷史有了新的體會。

約莫此時日益蓬勃的台灣美術發展，給他帶來了新的激勵。1920年就讀於日本東京美術學校雕塑研究科的黃土水入選第二回帝展，消息傳到台灣造成極大轟動。頓時間，還是學生的黃土水成了台灣人在日本揚眉吐氣的大英雄。接下來幾年，黃連續入選帝展4次，對故鄉的台灣同好而言，產生莫大激勵作用。許多日後赴日學習美術的學子，皆自云受到此事的鼓舞[52]。青年黃土水的榮耀，打破窒息的殖民地知識界，展現台灣人出頭的可能。王白淵赴日以前已開始自習油畫，後來同樣選擇東京美術學校就讀，顯然受到黃土水與1920年代美術界勃興現象不小影響。

沐浴在這樣的曙光中，最後使他從窒息的空氣中衝出的，則是工藤直太郎[53]《人間文化的出發》一書，以及好友謝春木的催促。終於鄉下人王白淵懷抱米勒之志，奔向了東方的巴黎。在此似乎也預言了他將重蹈米勒覆轍，發現資本主義都市文明之惡。

工藤直太郎《人間文化的出發》一書，對他「上京」有關鍵性的影響。究竟這本書對他產生了何種啓示呢？他自己曾說，其影響在於下列三方面：一、原始人的夢：「這理性以前的世界，混沌底生命感，未分歧的人生，使我了解藝術的秘密，更叫醒我未發的藝術意欲。」二、二元對立的思想：「杜斯杜要扶斯基的人間苦一篇，使我了解人生二元世界的存在，精神和物質，永生和死滅，基督教思想和希臘思想的對立。」三、油畫：「密列禮讚一篇，竟使我人生重大底轉向，……，結

52 羅秀芝，《台灣美術評論集・王白淵卷》（台北：藝術家，1999年），頁32。

53 王白淵在〈我的回憶錄〉一文中，將《人間文化的出發》之作者誤記為工藤好美，但在王氏讀到該書的1922年，工藤好美尚是未滿25歲的青年，該書作者實為工藤直太郎，1922年由日本大同館書店出版，現僅存於日本岡山大學圖書館及中國天津大學圖書館。感謝日本一橋大學博士橋本恭子、神戶大學博士唐顥芸小姐協助調查。

果想做一個台灣的密列，站在象牙塔裡，過著我的一生。」[54]

我們看見煩悶的現實使王白淵急欲脫出，不過佇立在龐大的全體歷史宿命面前，此刻的他仍顯得無力。總之，佇立在龐大的全體性歷史宿命之前的青年王白淵，最後選擇以逃遁的方式對命運進行個人式的消極抗議。赴京升學，無異是想在無出路的殖民地社會之外，尋求一些自我實現的可能，一個自我安頓之所。藉由原始的、精神的、永恆的、靈的「藝術」，他想把自己跟代表文明的、物質的、無常的、肉的「現實」隔離。藉此進則展現自我，退則安身立命。換言之，他想出走到一個與殘缺的現實世界對立的圓滿的精神世界，藉此隱遁並尋求救贖。

不過王白淵選擇的逃遁方式，其內裡卻相當獨特。與其說《人間文化的出發》爲他提供一個天真的逃遁之所，不如說爲他揭示了文明的力量。〈府展雜感〉(1943年11月)，充分顯示他的美術觀寬廣而深刻。他認爲：美術是訴諸視覺最具原始性的藝術。美術家唯有具備追求真理的熱忱、對自然的永恆探索、個性的無限深化，才能產生偉大的藝術。譬如，背棄巴黎文明的米勒、彫刻缺鼻男人的羅丹、在海地追求原始人夢的高更、不爲五斗米折腰的陶淵明等等，都是在現實面前毫不妥協的人[55]。這篇美術評論發表於他入獄六年(1937-1943)[56]，甫獲自由之際。文中他樂觀不改，依舊高唱真理、自然、個性，懷抱英雄氣慨啃噬孤獨，這不僅是他的美術觀，也是他的人生信條。

總之，原始人的夢、基督教思想、希臘思想、杜斯妥也夫斯基、米勒對他的啓發，都與文明的內涵及人類對文明的反省有關[57]。崇尚原

54　王白淵，〈我的回憶錄〉，《政經報》1卷4號，頁18。

55　王白淵，〈府展雜感—藝術的母胎〉，《台灣文學》4卷1號(1943年12月25日)。收於陳才崑《王白淵・荊棘的道路》下冊，頁236-250。

56　中日戰爭爆發時，王似乎受謝春木牽連，從上海法租界被日軍逮捕回台，入獄六年。

57　另外，羅秀芝認為：米勒作品中描繪的農家生活，呈現出具有高度精神性的不朽特質，以及略帶古典的牧歌情懷，讓身處殖民地的年輕人極容易找到共鳴點。當時另一位台灣畫家洪瑞麟也對米勒作品十分傾心。這個看法相當具有參考性。不過筆者認為王氏對文明問題的關心使他注意米勒對現代文明的批判這一點，更值得注意。羅秀芝，《台灣美術評論集・王白淵卷》，頁34。

始、感性、精神、永恆的王白淵，對於誕生於西方的城市物質文明，自1920年代初期即顯露厭倦之意。這種人格特質或思想傾向，在赴京求學以後更因受黑格爾(Hegel, 1770-1831)、羅曼羅蘭(Romain Rollad, 1866-1944)、柏格森(Henri Bergson, 1859-1941)、泰戈爾(Rabindranath Tagore, 1861-1941)、甘地(Mohandas Karachand Gandhi, 1869-1948)等人思想啓發，而於《荊棘之道》成書之前形成他個人注重精神層次的文明史觀。從這裡我們可以看見他從「立志當台灣的米勒」到「效法甘地」之間並無斷裂，而有深刻的心理關聯。總之，出走→對立的二元世界→隱遁→自我救贖，是他此時的價值觀與生存之道。而這個二元觀，正蘊含了王白淵現實(個人、社會、民族)、藝術、生命、宗教、文明等觀念之基型。

在帝都之航開啓前夕的王白淵心中，藝術與現實就是這樣互補但不相容的，經由他個人詮釋創造出的兩個不相干涉的國度。這樣一個二元世界的存在，爲困縛於殖民地現實的他提供一個區隔挫辱煩悶，享受純真潔淨、和平與希望的虛擬空間。在這裡他可以追求個人藝術之成就，精神之滿足，可以享受生命之歡愉，成就豐富自我，任理想無限馳騁。這個與現實世界對立的藝術世界，以一種寓言式的、多元內涵(原始的、精神的、永恆的)的形態，爲察覺自己籠中鳥命運的王白淵，搪塞一個精神勝利的新烏托邦。

《人間文化的出發》對憤慨徬徨的王白淵，許諾了一個新世界。在殖民教育提示的烏托邦圖景不堪現實驗證而碎裂之後，藝術提供了在美術方面稟賦優異的他新的可能。因此藝術與文明之都的東京，自然也就成爲他想筆直飛去的一條最明亮的生路。爲何前進東京呢？在王白淵的場合，他告訴我們那是爲了出走、爲了救贖、爲了追求最後一點的自我實現，甚至爲了自我放逐。

推測了王白淵的赴日初衷之後，接下來我們要從「機能性知識分子」的觀點上來掌握他升學／出走的意義。在施淑對機能性知識分子的闡述之上，我們想進一步指出，日據時代的台灣知識分子可以說是一種「劣等的機能性知識分子」。從許多有關殖民教育與政經、社會的研究可知，除非展開靈活的社會資源角力，否則他們充其量不過在殖民主恩賜或容認的有限範疇內，扮演著下層官吏、零散資本之運營、殖民體制之奉行，或殖民主價值之宣導者而已。

因此，隨著殖民統治之社會結構、教育內容改變而產生的日據時代新知識分子，他們的「機能」是次等的、補充性的、殘缺的。他們可以說是殖民新主培育出的一群不折不扣的跛足新貴。正因爲這種被特意限定的劣等機能、跛足角色，無法充分滿足遠比殖民主需求更具野心、能力的本土新貴，因此伏下了他們對殖民主烏托邦質疑的因子。確實殖民主造就了一批批的機能性新知識分子，但是在某些新貴沾沾自喜於輔助新時代統治機器的同時，不可諱言也產生了一些凝望自身跛足而深刻痛苦的人們。

如同謝春木在〈序〉中所言：

> 在台灣，教育台灣人的目標乃是在於促使台灣人同化日本，崇拜日本人，××支那人。在公學校的範圍，確實教育很成功。畢業於公學校的我們，都曾經是徹底的日本崇拜者。但是進入社會之後，過了一陣子，不得不覺悟到此一觀念的荒唐，這是令人悲痛的事，同時也是令人痛恨的事[58]。

由此可見，殖民教育與現實社會之間反諷性的落差，往往是激發青年們差別意識、促使民族意識萌芽的導火線。這亦是跛足意識之所從出。「這是令人悲痛，同時也是令人痛恨的事」，謝春木的長歎讓讀者無法不感受到那一代菁英深沉的失落感。

在島內高等教育匱乏，師範教育也僅提供一道窄門的當時[59]，受到

58　謝春木，《蕀の道》〈序〉。

59　有關台北師範之錄取率與內台人比率，以謝南光，《台灣人如是觀》(台北：海峽學術出版社，1999年，頁60-61)所舉為例，該表所載(年度不詳)，台北第一師範招收150位內地人，台籍學生僅5位，台北第二師範招收內地人53人，台籍占27位。

《人間文化的出發》一書感悟而赴日的王白淵，當他放棄了透過升學競爭所得的公學校教師一職的同時，等於也暫時回絕、擺脫了多年來殖民教育投注於他的邀請與預設——不太高明的機能性知識分子。

赴日前的王白淵對自己殘缺的機能性知識分子角色有所體會，所以才煩躁而抱恨著。但是此刻的他對這種「跛足新貴」的歷史性起源、集體性命運，似乎仍認識有限。在他前進東京的決斷之後確實有某些體悟，不過這並不意味，扔下殖民地機能性知識分子身分證的他，對帝國主義、殖民問題有了什麼整體性的覺悟。東京美術學校畢業後，他曾返鄉尋找教職，可見直到畢業他尚未深刻體會到這種願望之虛妄。從其自白來看，他前進東京投身藝術只不過急欲從當時那種跛足的、殘缺的、次等的、令他煩悶的無出路社會暫時脫出、出走或藏匿起來罷了。總之，他厭倦了殖民地社會的這種遊戲，痛惡如棋子一般被詛咒的命運。

以藝術之夢砌築純淨國度，無疑地，王白淵建構的二元世界充滿了理想性。充其量，二元論許諾的不過是一個一廂情願的世界，抑或慘淡現實中不堪一擊的幻想一隅而已。果然在謝鼓勵下滿懷期待向北方航去的王白淵，於踏上帝都之後不久便陷於深刻的憂鬱中。如前所引，「在美術學校，你一直憂憂鬱鬱，研究詩多於作畫，於寄宿寮的二樓徹夜談論台灣的命運，豈僅一二次而已。」

然而，上野同住的兩年多期間，王白淵在既有的自覺，及較早開始思考殖民及民族問題的好友刺激下，其關懷逐漸從自我救贖擴展到民族救贖的層次。執著藝術？抑或投身革命？這個往後繼續質問著陳植棋、吳坤煌、陳在葵、張文環等等旅日文學藝術青年的問題，此刻瞪視著王白淵。此前他好不容易建構起來的，藝術與現實和平並峙的二元世界，也開始糾纏、衝突而動搖了。

二、藝術與革命

渴望實現失落之夢的東京，對王白淵來說是個什麼樣的地方呢？1923年4月在花海與新綠的季節，踩著上野公園的片片緋櫻進入美術學校的他，遭逢的卻是極其戲劇性的日子。

9月初日本關東地區發生了強烈地震，隨之而來的是一場大火災。災難奪去數以十萬計的生命，財產損失也達百億以上。地震引起政治、經濟、社會的大混亂，同時也深化了日本資本主義的危機。在此之前，蘇聯十月革命的勝利，曾促使社會主義思想在日本快速傳播，工農運動方興未艾，朝鮮三一運動也使日本統治有所不穩。日本政府早有意加以整肅，地震發生後遂藉維持治安的藉口，對工農運動及朝鮮僑民進行殘酷的鎮壓，同時努力進行國民精神的強化。知名無政府主義運動家大杉榮夫婦遇害，工運領袖及其他工會活動家多人被殺，中國人及在日朝鮮人虐殺事件[60]尤爲殘忍。1920年代初興起的工人文學等左翼文學也遭到壓制，1924年左翼作家在黯淡中重新樹起《文藝戰線》旗幟之前，活動幾陷停頓[61]。天災、人禍與血腥鎮壓，使日本陷於一片白色恐怖之中。另一方面，無情的天災也讓人們對自己在社會的存在感到不安、徬徨，產生消極、絕望的情緒，虛無思想與享樂主義充斥。

震災之後帝都一時形同廢墟，華麗轉眼蒼涼，社會精神也因之漸生轉變[62]。初抵東京便遇上這場大地之劫，王白淵雖未留下有關這段非常時期的人生感想，但是從無數日本作家對這場災難的記述或創作中猜測，其震撼想必不小。對於一位來自殖民地的知識分子，瀰漫帝都的蒼涼、混亂、恐怖與徬徨，可能使他有更多負面感受吧？與王白淵同住東京的謝春木，也曾如此形容那一年：

> 大正十三年(按，應為大正十二年)是日本發生大地震、共產黨事件被檢舉、大杉榮被害的一年。在中國，孫文與越飛會見，發表了共同宣言，開了容共政策的濫觴，在廣東設了大元帥

60　朝鮮人虐殺事件引起極大關注眾所皆知，直到1930年代震災紀念日遊行中朝鮮人仍為示威主體，1931年東京台灣人文化同好會便因成員參與遊行被捕而使組織暴露。中國人被虐殺的情況當時曾引起國內知識人的關心，譬如郭沫若即相當關切此事。

61　葉渭渠(等)，《日本現代文學思潮史》(北京：中國華僑出版社，1990年)，頁158-159。

62　表現在文藝思想上乃新感覺派的誕生。

> 府。在北方，大總統改選問題和金法郎問題是大事件。同年，中國全國爆發廢除不平等條約運動，第二次直奉戰爭吳佩孚戰敗，成立了長江聯盟的護憲軍政府，以失敗告終。在這次戰爭，馮玉祥進入北京，堅決進行革命。這是周圍的情勢[63]。

謝春木以日本共產主義運動的挫折、中國聯俄容共等事件記憶、詮釋著那一年，他的認識多少透露兩人於1924年的關心，與當時社會局勢令他們產生的動盪感。

王白淵留下較多線索供追索的1924年，較易掌握他東京時期的思想動態。1924年，對王白淵而言可稱爲標竿性的一年。這一年，曾於1916、1917年數度訪日的泰戈爾再次旅日，於日本知識界掀起熱潮[64]。泰戈爾熱並不局限日本，1924年泰氏也造訪中國，因而在中國、台灣引起注目。中國方面的熱烈迴響不提，在台灣方面當時留學中國的蘇維霖(蘇薌雨，1902-1986，台灣新竹市人)等人也曾在《台灣民報》上爲文表達他們對泰氏訪華的期待與感想。

依王白淵自述，1924年泰氏訪日之際，他已大量閱讀了泰氏的詩和哲學，「非常敬慕這位東方主義的詩人」[65]。此外，曾於1902年寫過有關米勒的美術論的羅曼羅蘭，1915年因此榮獲諾貝爾文學獎肯定[66]。這位與托爾斯泰、赫塞、甘地等當代思想家均有情誼的左派和平主義者，

---

63 謝南光，《謝南光著作選》(台北：海峽學術出版社，1999年2月，初版)，頁297。

64 據橋本恭子調查，泰氏曾於1916、1917、1924、1929年多次訪日。目前日本公藏圖書館有關泰氏之著作可見，1915、1916、1923、1925、1928、1929各年間均有多種出版。橋本恭子，〈尋找魂的故鄉：王白淵日本時期的思想形成——以《荊棘之道》為主〉，2000年8月21日完稿，2000年10月10日上網。筆者針對王白淵之相關問題，與好友橋本小姐多次討論受到不少啟發，謹此致謝。

65 此語乃王於〈我的回憶錄〉結尾所言。文中他提及泰戈爾訪日之盛況，不過誤記為1926年。

66 其得獎評語為：為了向他的文學著作之崇高理想主義，以及他對真理的同情與愛表示敬意，以這種同情與愛，他描寫了種種不同的人類典型。

懷抱著「把甘地的革命和列寧的革命連在一起來推翻舊秩序，從而建立一個新的秩序的使命」熱衷工作。羅蘭的詩深受王氏喜愛，而他的思想對王白淵也有不少啓發。羅蘭1923年出版的《甘地傳》，聞名一時，次年便在紐約出現了英文版。約莫此時，王白淵讀了甘地傳。殖民地人民的身分，加上受同情東方處境的羅蘭思想影響，使他當時「深知甘地的心中痛苦」，而興起「同病相憐」之感[67]。在島內，甘地也受到注意，1925年6月張我軍便曾將日本有關甘地的論文〈宗教的革命家〉一文譯介到台灣來[68]。

隨著泰戈爾、甘地旋風而來的，是泰氏東方主義[69]與甘地爲首的印度獨立革命對他的啓發。泰戈爾訪日之後的兩年(1926年)，王白淵首次以〈魂的故鄉〉(〈魂の故郷〉)[70] 爲題闡述泰戈爾思想。1927年〈吾們青年的覺悟〉[71] 中，除了泰氏影響之外，甘地對他的啓發已趨明顯。1929年他發表了首次有關甘地的討論〈人道的鬥士：瑪哈托瑪・甘地〉(〈人道の闘士：マハトマ・ガンヂー〉)[72]。1930年更完成了堪稱《荊棘之道》靈魂之論的〈甘地與印度的獨立運動〉(〈ガンヂーと印度の獨立運動〉，以下簡稱〈甘地論〉)。可見當時瀰漫日本思想界的世界性泰戈爾、甘地熱，喚起王氏相當熱情，對其思想也造成不小衝擊。

另外，國父孫文廣州政府時期的革命理念與行動，也使王白淵受到

67　王白淵於〈吾們青年的覺悟〉一文所言。

68　《台灣民報》第3卷第18號(1925年6月21日)。

69　東方思想家泰戈爾對東方文明、東方價值的肯定與發揚，可說是東方式的東方文明論。王白淵在1927年〈詩聖泰戈爾〉、1945年〈我的回憶錄〉中，將之稱為東方主義或新東方主義，不過其聲稱的東方主義之意涵與出於西方帝國之眼的東方主義(orientalism)，截然不同。

70　〈魂の故郷〉，原作於1926年8月29日，後來發表於《女子師範校友會誌》第6號，1928年12月5日。

71　〈吾們青年的覺悟〉(中文)，《台灣民報》第163號(1927年6月26日)。陳才崑所譯之《王白淵・荊棘的道路》上下冊，亦有輯錄此作，但書中所示之發表日期有誤，此外，亦有些許文字與原文有所出入，僅此說明。

72　〈人道の闘士：マハトマ・ガンヂー〉，發表於《校友會誌》第7號(1929年底)。

不小震撼。1924年，王白淵確實有不得不注意孫文的理由。眾所周知，民國成立以後，孫文革命日益步入苦境。被史家稱爲革命再起(1920-1925)的其革命生涯最後階段，以廢除不平等條約與統一中國爲主要目標，然而國內與國際對他的不支持，使革命處境極爲艱難。儘管國際反應冷淡，但是直到他逝世以前，始終不放棄爭取國際，尤其是日本的支持。1924年日本因美國新通過的移民法帶有種族偏見，掀起一股反美高潮。孫文深受此動向之激勵，以爲日本或能放棄在亞洲的帝國主義計畫，支持中國革命[73]。他甚至樂觀相信日本的支持，將成爲中國廢除不平等條約、完成統一的關鍵。

1924年11月孫文應邀北上共謀國是而取道日本時，在長崎表示：明治維新是中國革命的第一步，中國革命是明治維新的第二步。可惜日本維新富強之後，忘卻了未完成的中國革命，所以中日感情日趨疏遠。28日他於神戶發表聞名的「大亞洲主義」[74]演說時也表示，東方文明行王道，西方文明行霸道。霸道統治下的國家，像埃及、印度時時刻刻想要獨立。唯有復興中國固有的「仁義道德」，使之成爲大亞洲主義的基石和力量，同時學習歐洲科學發展工業，如此才能使亞洲民族從壓迫中解放。

另一方面，國際間對孫文革命事業的冷漠，也使「聯俄容共」成爲他在艱難情勢下打開僵局的唯一選擇。蘇聯政府在與北洋政府談判失敗之後，轉而把注意力集中於扶助中國共產黨成立及支助孫文國民革命運動。因此，以1921年12月與荷藉共產國際代表馬林(G. Maring)之桂林會晤爲始，孫文開始嘗試與共產黨的合作之道。1923年1月，越飛(Adolf A. Joffe)與孫文的上海會晤及共同宣言，更推進了兩者的合作[75]。

孫文曾云：「我們講大亞洲主義，研究到結果，究竟要解決甚麼問

73 1920年夏天，孫文即已發現日本有侵華企圖。張緒心(等)，《孫中山未完成的革命》(台北：時報文化，1993年10月，初版)，頁126。

74 依國父致李烈鈞電文，他發表大亞洲主義旨在聯絡日本朝野之士，為發起亞洲大同盟以抵抗白種人之侵略。

75 參見李雲漢，《從容共到清黨》(台北：中國學術著作獎勵委員會出版，1996年5月)。

題呢？就是爲亞洲受痛苦的民族，要怎麼樣才可以抵抗歐洲強盛民族的問題。簡而言之，就是要爲被壓迫的民族來打不平的問題。」[76] 爲亞洲受痛苦民族尋找出路，同時解除我族與個人的痛苦，也是王白淵追隨孫文、尊崇大亞洲主義的原因。1930年王白淵執筆其甘地傳時，曾在文中表示羅曼羅蘭應以國父論作爲其甘地論的姐妹作。這似乎也表露了他自己有意寫孫文論作爲其〈甘地論〉續篇的心意。由上可見，王白淵自1924年以來對印度、中國問題的思考便相當緊密，其印度觀察帶有相當大的中國投射，而其中國認識則受孫文不小影響。

台灣知識分子對於孫文的追隨敬仰並不罕見。翁俊明、賴和、蔣渭水等總督府台北醫學校及其他國語學校學生，對孫文革命消息極爲關心[77]。台灣文化協會成立時，其組織、職稱用語倣效民國政體。1920年代蔣渭水思想已可見孫文影響。此外他因第一次治警事件入獄時曾表示在獄中最思慕的是「青天白日」的「太陽君」，亦即「祖國」。孫文逝世時，蔣在〈願中山先生之死不確〉一文中提到：

> 他站在泰山頂上大敲其警醒之鐘，把四萬萬還在打鼾深睡的同胞叫醒。(中略)其識力之過人，我們看他的三民主義和最近的大東亞聯盟的偉論，也可設想了。中國當此內訌外患絕頂之狀，這位偉大的革命家果欲棄我們而長逝嗎？我人說到這裡禁不住淚浪滔滔了[78]。

文中我們看見孫文在蔣渭水心中崇高的領袖形象，他對孫文學說的注意，以及孫文長逝對他的打擊。

1926年北伐尚未成功、中國尚未統一之際，《台灣民報》即尊孫文

76　1924年11月28日孫文，〈大亞洲主義〉演講。

77　參見林瑞明，《台灣文學與時代精神：賴和研究論集》(台北：允晨，1993年8月)，頁8-21。

78　轉引自黃煌雄，《蔣渭水傳》，頁211。

爲「國民之父、弱小民族嚮導者」[79]。謝春木在其1930年代初期的著作《台灣人如是觀》中，也非常注意孫文後期革命策略與革命哲學的變化。但是謝春木比起啓發他接觸孫文思想的蔣氏崇尚的民族革命路線更爲激進。此時謝春木的關懷已日益傾向孫文晚年的階級鬥爭路線。謝曾提及孫越共同宣言，比較列寧主義與孫文主義，推崇孫文聯俄容共、扶助農工的政策，反之對後來國民黨清共及右轉頗有微辭，凡此皆是例證[80]。

至於王白淵，他除了提及大亞洲主義之外，別無其他有關孫文的文稿。不過從《荊棘之道》中的〈甘地論〉或卷尾其他壓軸之作可以推測，此時他對中國問題的思考應與謝春木相近。《荊棘之道》常用梟、雷鳥、山峰靈鳥、風、太陽等意象，讚美偉大的先行者與革命家。王氏慣以蟄伏於闇夜、亂世中清醒的靈魂、傲視宇宙、衝天而上、偉大的孤獨者等意象，來形容諸如泰戈爾、甘地等不凡之士。譬如，〈太陽〉一詩他讚美堅持真理者，以永遠的光明照亮黑夜，並期勉自己效法。在〈風〉一詩中，他歌頌追求自由者，「踢落痛苦和命運」，並意味深長地表示「希望回歸於火紅太陽的我們父親之家」。王氏筆下和蔣渭水類似的一些隱喻，諸如醒世之孤峰靈鳥、火紅太陽的父親之家，或許也寓含對孫文及祖國的敬意與思慕吧。

孫文訪日後數月，齎志以歿。「大亞洲主義」成爲他生涯中，最後一個卓越的革命演說。他逝世當時，島內不少知識分子悲慟惋惜。《台灣民報》上一連串不忍接受死訊的報導，張我軍等人在文化講座會上爲文追悼，黃旺成等人自組讀書會憑弔，同時勉勵研究孫文思想……。諸如此例，不勝枚舉[81]。1928年民眾黨舉辦「孫文追悼大會」，直到1929

79 黃煌雄，《蔣渭水傳》，頁206-220。

80 謝南光，《台灣人如是觀》，頁17-30、267-276。

81 國父逝世後台灣言論界的反應，可參見《台灣民報》第3卷第10號、第11號前後之記事。另外，台灣各界追悼的情形，可參見黃季陸，〈國父逝世前後——紀念國父逝世四十週年〉，《傳記文學》6卷3期(1965年3月1日)，頁3-7；張德南，《堅勁耿介的社會運動家——黃旺成》(新竹：新竹市立文化中心，1999年6月，初版)；黃煌雄，《台灣抗日史話》(台北：前衛，1992年12月)等書。

年謝春木參觀孫文奉安大禮時仍激動不已，可見一斑[82]。1923年列寧去世，1924年孫文長眠，這些事件對充滿叛逆性格的台灣知識分子造成什麼打擊呢？我們無從得知王氏當時的感受，不過深受孫文日本演說吸引的王白淵，大亞洲主義言猶在耳，便獲悉祖國革命領袖猝逝的消息，其內心想必激動不已吧？

1923年，關東大震災幾乎震碎了大正民主。1924年，舉世矚目同時也在日本引起關注的孫文後期革命、甘地不合作運動及泰戈爾熱，瀰漫日本。同時，反美情緒，以及蘇聯革命、朝鮮三一運動及一次大戰後民族自決風潮的餘響充斥。憂鬱、敏感、苦惱於被殖民命運而踏上東京土地的王白淵，正置身如此風起雲湧的時勢與交雜激盪的思潮之中。

因此東京對王白淵來說，是個什麼樣的地方呢？他不得不感慨萬千地說：

> 東京竟是一個好地方，不愧是世界五大都市之一。文化當然比台灣高得很，但是使我特別滿意者，就是生活的自由和研究的自由。台灣的青年一到東京，不是放蕩無賴之徒，一定有一種難說的感想，說不盡的感慨。一到東京，亦難免日本警察，無形中的監視，但是沒有台灣那樣厲害。天天做一塊的日本人，亦沒有殖民地的日人那樣，夜郎自大的鬼臉，我感著到日人的可親可愛，更感著到日本的文化，有媚人的地方。我天天很規矩地上課，只研究美術[83]。

如王白淵之類暫得翺翔的籠中鳥，對東京的想法盡在「說不盡的感慨」一語。在他眼裡，東京確實好，知識、自由、民族歧視不如島內嚴重。但是再好畢竟是帝都，越是美好的東京的存在，越發反襯出帝國統治的差別與母土的悲慘。

82　謝南光，《台灣人如是觀》，頁267-276。
83　王白淵，〈我的回憶錄〉，《政經報》2卷1號，頁12。

在這個世界思潮的匯集點，帝國主義的暴力、中印的革命運動，以及民族自決的浪潮，在他面前揭示的不只是母土的慘劇，而是帝國主義國家與弱小民族兩種階級、兩大社會集團的對立。這樣的啓示，使他除了覺悟殖民本質，形成鄉土／民族自決意識之外，也激發了弱小民族命運與共的心理。

所以於前引文之後，他接著說：

> 但是經過不久之後，我的眼光開了。周圍的環境，世界的潮流，特別是中國革命和印度的獨立運動，使我不能泯滅的*民族意識*，猛烈地高漲起來。藝術——這萬人懷念不絕的美夢，從此亦不能滿足我內心的要求了。象牙塔裡的美夢，當然是人生的理想，又是多情多感的我所好。但是一個民族屈在異族之下，而過著馬牛生活的時候，無論任何人都不能因自己的幸福和利害，而逃避這個歷史的悲劇。我這樣想，這樣對自己的良心過問。由此，我天天到上野圖書館去，想研究這個問題的根本解決。但是我亦不能離開藝術。那魅人的仙妖，好像毒蛇一樣不斷地蟠踞在我的心頭。藝術與革命——這兩條路有不能兩立似的，站在我的面前[84]。

依其自白，中國革命與印度獨立革命喚醒了他沉睡的鄉土／民族意識，使他無法再安然於象牙之塔。透過前面的討論可知，那正是以1924年瀰漫日本思想界的泰戈爾、甘地熱以及孫文最後演講爲契機，所點燃的自覺之火。

欲從殖民地煩悶中脫出的王白淵，抵京之後反而更爲憂鬱。其憂鬱一方面是民族心理受激發、民族自決形成的陣痛，另一方面則牽涉了個人人生抉擇的問題。東京滯留的最後階段(1926年8月)，王白淵寫下了

84　王白淵，〈我的回憶錄〉，《政經報》2卷1號，頁12。

他第一篇短篇小說〈偶像之家〉（〈偶像の家〉）[85]。〈偶像之家〉寫的是一位自覺女性唾棄婚姻豢養的故事。小說批判男性沙文主義、婦女被物化、缺乏自我實現空間，也就是抗議婚姻中的封閉性與封建性。

這個小說在篇名與內容上，酷似當時盛行一時的易卜生(Henrik Ibesn)〈傀儡家庭〉娜拉出走的故事。易卜生戲劇，被評者稱爲心靈的戲劇。易卜生不希望只研究社會種種的罪惡和貪慾，以及它們所造成的結果。他關心的是如何成爲一個獨立的「個人」，而且他認爲社會有無價值在於它是否阻礙個人的自我實現。對他而言，戲劇並非討好和娛樂觀眾的地方，而是顯示真理，忠實冷靜分析人類心靈的所在[86]。「自我」的探索、追尋、實現與堅持，也正是王白淵思想與文學的重要特點。如果胡適〈終身大事〉是娜拉啓示的中國版，那麼王白淵〈偶像之家〉則是不折不扣的台灣版[87]。

除此之外，這個故事除了文學虛構之外，事實上也是王白淵現實生活的體會。在此前一年(1925年9月)，他曾利用暑假返台省親時，與奉父命結婚的妻子陳草離異。據說除了學識、思想、個性造成的隔閡之外，也因王氏此時已有意出版《荊棘之道》，唯恐妻子受累所致。牽連之說恐難成立，王白淵與謝春木一樣批判傳統婚約、主張婚姻自主，對個人情感與意志之堅持，大概是關鍵[88]。不過離婚此一舉動多少也顯示，王白淵的人生抉擇與生涯規劃將逐漸有所改變，而且似有積極活動的準備。

依羅秀芝分析，東京美術學校圖畫師範科當時的課程，在西畫部分

85　〈偶像の家〉，收於《蕀の道》，頁66-74。

86　易卜生研究者Halvdan Koht所言，參見黃瓊珠譯《易卜生戲劇選譯》(台北：大中國圖書公司，1991年11月)，頁3-4。

87　易卜生在日本被讀者與觀眾接受的情形筆者不清楚，在中國胡適等人曾於《新青年》4卷6期上，闢有「易卜生專號」，大談易卜生主義。一幕劇〈終身大事〉上演時，在知識階層大受歡迎而轟動一時，後來魯迅也討論到娜拉出走以後的問題。

88　牽連之說係陳才崑訪談所知。陳才崑，〈「王白淵・荊棘的道路」導讀〉，《王白淵・荊棘的道路》上冊。1925年之際王氏作品尚不多，此時有從事文學之意不無可能，但出版詩集應言之太過。

仍以保守的外光派為主導，在教學上以培訓具備圖畫、手工、書道之基本師資為目的。當時畫壇以外光派為主導，此外許多前衛藝術潮流已陸續出現，然而米勒風格的藝術在日本還找不到太多知音。所以，旅居東京的王白淵在美術上是寂寞的[89]。約莫於王白淵鄉土／民族／弱小民族意識萌芽的同時，他似乎也受到左翼美術運動影響，發現貴族式的資本主義美術無法滿足他。

《荊棘之道》中，〈藝術〉、〈向日葵〉、〈安利·盧梭〉、〈未完成的畫像〉、〈沉默破了〉、〈高更〉等詩，直接表達了他摸索美術的歷程、心得及其藝術觀。顏娟英指出：王白淵的美感理念、藝術理想，與他對台灣人命運的思考是一體的；王氏認為偉大的藝術家應該要有個性，要有哲學，要能激勵生命，要抱持英雄氣慨，不管環境有多艱難仍應貫徹已志，勇於描繪自己的世界[90]。上述幾首有關美術的詩，極可能作於他東京美術學校就讀時期。從他對梵谷（Van Gogh，1853-90）、高更（Gauguin，1848-1903）、盧梭（Rousseau，1884-1910）等畫家的喜愛，可見他特別認同印象派藝術家追求激烈個性、原始、樸質之美的傾向。

其中〈沉默破了〉一首，形同他躍出象牙塔的宣言。

沉默破了／王白淵

蝴蝶飛回
濡濕於五月雨
疊羽而息
於葉蔭暗處

沉默破了
鐘聲響動
吾靈甦醒

89 羅秀芝，《台灣美術評論集·王白淵卷》，頁35-36。

90 顏娟英以上觀點發表於演講場合，轉引自陳才崑，〈一尊未完成的畫像〉，《王白淵·荊棘的道路》下冊，頁408-409。

從象牙之塔

回歸現實時
我心騷然
再度面向
永遠無盡的彼方[91]

蝴蝶般追逐生命、追逐美、追逐理想的詩人，幾經潤澤人生與思想的風雨洗禮，於不為人知、不欲人知之處，滋長自己的個性與思想。直到預告生命與真理的曉鐘響起，沉睡的靈魂甦醒，從象牙之塔破繭而出。重審現實，詩人激動不已，熱切眺望永恆無限的地平線彼方。

王白淵在這首詩裡寫下了自己生命的蛻變、自我(個人、民族)意識的甦醒，以及未來的人生志向。參考《荊棘之道》中的其他詩文可知，他慣以蝴蝶比喻自己或真我。蝴蝶就是詩人，詩人的靈、詩人的心、詩人的魂。蝴蝶，是覺醒的台灣青年，也就是殖民地的良心。讀者可以聽見王白淵高呼：從象牙之塔，吾靈歸來，吾靈甦醒，吾靈躍動。朝向永恆的地平線彼方，吾靈即將歸去，歸向真理、永恆、無限的地平線彼方。

這首詩中沉睡與甦醒、黑暗與黎明、象牙塔與現實、蟄伏與高飛等意象鮮明對比，反應了王白淵今是昨非的心境。作為轉折關鍵的是黎明曉鐘。米勒、高更、盧梭、梵谷、柏格森、羅曼羅蘭、托爾斯泰、泰戈爾、甘地、孫文等偉大靈魂，莫不是濁世曉鐘。從殖民地機能性知識分子神話或從美術世界編織的象牙塔中破繭而出，王白淵再也無法平靜。打破沉默的他，將所有騷動的慾望與企圖，盡寓於象徵大光明的「地平線的彼方」一語[92]。

東京滯留的最後階段(1926年8月)，除了前面提及的〈偶像之家〉

91　《蕀の道》，頁30-31。陳、巫譯文對王氏慣用語彙(譬如，靈)的譯法有些影響原意，因此筆者略加修訂。

92　有關王白淵「地平線的彼方」一語的現實隱喻，詳見第四章第一節的討論。

以外，他還寫下了最早有關泰戈爾的論文〈魂的故鄉〉(〈魂の故鄉〉)[93]。泰氏1924年訪日，這篇論文中處處可見他覆述、咀嚼泰氏思想之痕跡。文中王白淵以泰氏論調，暢論「人—自然—文明—生命意義」的關係。他指出，置身自然之中，人類對生的不安、對生的執著與眷戀，產生了對貫穿時空的永恆之生，即「魂的故鄉」的深深渴望，因此也產生了文明。科學、哲學、藝術、宗教都是人類探求、體現、克服自然，企求回歸「魂的故鄉」的聲聲呼喚。那麼，生之目的何在？生之意義在於創造，此外無他。萬物皆有自己的使命，人也有各自應當實現的使命。人生的終極目標不在求生活之安逸，而是求「魂之自由」，不在求無窮的財富，而是求「無限(生命)之創造」。在生活之中享受創造的歡喜，在勞動中實現自我，這就是生活的價值、生命的意義。

欲從煩悶脫出而前進東京的王白淵，在雜音交響的帝都中逐漸從象牙塔之夢甦醒。此時小我與大我、現實與理想、藝術與革命，在他面前勢不兩立地相互衝突著。故鄉的處境、世界性民族自決風潮、偉大的印度獨立革命、祖國的復興等等，使他不得不深為理想與現實的衝突深感矛盾，並為個人及民族的未來飽嚐憂鬱。爾後他狂熱地尋求鬱結化解之道，因而從美術而文學而政治、社會科學，最後終在泰戈爾身上找到了有效的啓示與安慰。那就是——魂的故鄉。

什麼是地平線的彼岸？何謂魂的故鄉？依他此時的詮釋，魂的故鄉是「真理」之境，彼岸唯有「澄澈的感情」和「自由的理性」。對當時的他來說，澄澈安定憂鬱，自由得以脫困。他想藉由創造表現，追求永恆無限。由上可見，王氏為解除個人肉體桎梏而上京的願望在東京得到昇華，他開始思考靈的自由並關心文明發展與生命自由之間的關係。不過與後來相比，此時他所企求於泰戈爾者仍是相當靜態的。

綜上所論，透過東京時期的思想變化、抉擇以及一些創作可見，1925年左右王白淵對多年來的人生抉擇與認同掙扎，已有初步想法。我

93 〈魂の故鄉〉，原作於1926年8月29日，後來發表於《女子師範校友會誌》第6號(1928年12月5日)。該文參考自板谷榮城論文。

們同時也看見，他的憂鬱關係著個人的人生抉擇，不過追根究柢，導致他徘徊在人生抉擇之前掙扎不已的卻是──民族問題。所以，連他自己都不免驚歎：「誰知想做台灣的密列的我，不但做不成，竟不能滿足於美術，而從美術到文學，從文學到政治、社會科學去了。」[94] 藝術的象牙塔不能滿足他，二元世界不斷相互拉扯衝撞，渴望藝術救贖的朝聖之旅也因之日益變調。常掛在謝、王口邊含蓄的「憂鬱」一語，說穿了就是民族憂鬱的隱喻。

既是民族的憂鬱，那麼唯有以民族的方式才能解決。只是一直到他離開東京以前，雖然印度文藝復興的旋風對其思想造成重大衝擊，中、印革命運動激起他的民族意識，啓發他東方文明史觀之視野，但是這些尚未在他的思想中融合成一個有機的整體。象牙塔之夢已然支離破碎，然而王白淵思想的舞台，以及思想的成熟則待他赴盛岡以後才陸續完成。

三、吾們青年的覺悟

謝春木訣別東京之後的五個多月(1926年3月)，王白淵也步出了校門。不過有意返台貢獻所學的他，卻因思想問題四處碰壁。這處境與其難兄難弟謝春木極其類似，在《荊棘之道》〈序〉中謝曾說：

> 畢業於東京高師的我，理應當老師卻成了記者。台灣文教當局不容你當繪畫老師，說沒有你的職位，可是繪畫老師卻從日本內地請來。這是血液帶給人類社會諷刺的一種存在。你以浪者之身寄居東京，將台灣人的悲哀化作詩。你曾經下決心說應該教導自己的同胞，到頭來竟然卻在岩手縣女子師範學校教導大和女子，這不是強烈的諷刺又是什麼[95]？

94　王白淵，〈我的回憶錄〉，《政經報》1卷4號，頁18。
95　謝春木，《棘の道》〈序〉。

畢業後回台求職結果竟因思想問題被拒，最後他只好再赴日本。王白淵的帝都脫困之行事與願違，一時的出走竟成了真正的飄蕩之旅。此後王白淵待業半年有餘，歲暮之際(1926年12月15日)才透過遠在岩手師範女子學校擔任美術老師的今井退藏(曾爲東京美術學校同學)推薦，接替其入伍遺缺獲得錄用[96]。

王白淵求職之際在思想上遭到的強烈質疑，顯示在殖民當局眼中「經歷東京」之後的他與當年足以搏得總督府推薦的他不復相同。他盛岡初期文稿〈吾們青年的覺悟〉(中文稿)、〈詩聖泰戈爾〉(〈詩聖タゴール〉)[97] 的理念，與東京後期明顯有所差異，正顯示了他思想的轉折。

王白淵作於東京後期的〈偶像之家〉與〈魂的故鄉〉兩稿，執筆於他飽受就業波折，渴望心靈平靜的期間(1926年8月)。前者收錄於《荊棘之道》(1931年6月)中，後者發表於盛岡女子師範校友會誌(1928年12月)。刊出之際，距離創作當時均有數年之久。可見當時失業落寞的他，似乎也缺乏發表的舞台。

求職波折使以爲前進東京便可振翅高飛，或融入可親可愛的內地社會的王白淵，再三嚐受被拒絕的苦味。赴京後長期的思想衝激加上這求職波折，前往盛岡的王白淵已不能滿足於東京時期泰戈爾帶給他的寧靜。〈魂的故鄉〉著重於探索生命的意義，以及個人與自然、文明與自然的關係，與民族、殖民等現實問題絲毫無涉。離開東京以後的他，卻不再逗留於「生命的意義在創造和表現」這樣的精神層次。〈吾們青年的覺悟〉與〈詩聖泰戈爾〉除了仍維持他之前從泰氏思想中獲得的宇宙觀、生命觀之外，更側重文明進化與權力衍替之間的解釋，同時明顯推

---

96 板谷榮城(等)，〈盛岡時代の王白淵について〉，頁10-12。該校長不堅持美術教育與人種問題有關的開明態度，是使王獲錄用的關鍵。執教期間王氏與該校長在文學上有諸多交流，校長對他上課時談論政治或台灣問題也抱持睜一隻眼閉一隻眼的態度。

97 〈吾們青年的覺悟〉，《台灣民報》第163號(1927年6月26日)；〈詩聖タゴール〉，盛岡《女子師範校友會誌》第5號(1927年12月5日)，收於《蕀の道》。

崇革命，強烈表達了弱小民族解放的企求。

曾對王白淵東京時期思想軌跡進行析論的橋本恭子也認爲，東京時期王氏的憂鬱主要起因於理想與現實、個體與社會、藝術與革命之間的擺盪。她指出：王氏東京時期曾因「藝術」與「革命」的衝突飽受折磨，最後他從甘地與泰戈爾身上，發現藝術與革命其實是「社會進化必要的兩個車輪」。交融之道的獲得，使他從憂鬱的生活中解脫出來，接下來不過是實現「藝術」(創作)與「革命」(參加社會運動)罷了。因此王氏初赴盛岡(1926年12月)之後，才有如〈吾們青年的覺悟〉、〈詩聖泰戈爾〉之類充滿民族革命熱情與革命信念的樂觀作品。這些作品正象徵他東京時期思想的蛻變與成熟[98]。

盛岡以後的王氏思想，批判西方科學文明及帝國主義，推崇東洋的精神文明。他依柏格森創化論(Creative Evolution)、黑格爾辯證法則及《奧義書》萬物流轉之觀點，對東洋民族的復興充滿信心。印度的獨立運動、中國的國民革命，是他據以爲東洋民族覺醒、東洋黎明運動展開的證據。秉持這樣的信念，他呼籲青年們要有使命感與社會意識，體認吾們(文中指台灣／中國)受壓迫民族的悲慘現狀，努力追求脫離壓迫地位之解放運動。他認爲中國的文學革命、五四運動、國民革命，皆是「吾族再生的徵候」。社會進化必備的思想運動與政治運動，中國已然皆備。青年的義務就是勇敢否定過去的惡，努力朝建設明日社會邁進[99]。

受到泰戈爾東洋主義啓發的王白淵，此刻已更進一步把台灣、中國、日本、印度等問題置於東西洋對立的框架來思考，並且暗示革命是最終解決之道了。這是他東京時期文稿中未呈現的思想面向。此時他的二元論架構也擴大了，在藝術與現實的對立框架上，又衍生出了東洋與西洋的向度，而藝術與現實不再是隔絕的，革命的需求使兩者動員爲一。

王白淵在〈我的回憶錄〉最末，表露他對中國衰落的歎息、對其他被殖民民族的同情，以及對我族復興的深刻期待。他說：

98　橋本恭子，〈尋找魂的故鄉：王白淵日本時期的思想形成——以《荊棘之道》為主〉。

99　王白淵，〈吾們青年的覺悟〉。

> 理想與現實——這難兩立的名詞，常常使一個人或是一個民族，陷於無間地獄。漢民族抵台灣，本是滅清復明為宗旨，其民族理想，極其崇高。但是大廈之崩壞竟獨木難支，鄭氏三代不過幾十年，台灣亦跟著漢民族的命運，被滿清所征服。然而清朝被推翻後，台灣還是留在異族控制之下。我常常歎氣，歎著中國的不長進，常使我們留在異族手下。因此我非常同情波蘭和印度。我喜歡波蘭的熱情，又愛好印度的靜寂。被三強國割分的波蘭，被現代的羅馬所征服的印度，這民族的悲劇，非常使我同情。這當然是因為同病相憐之故，又是我內心生活使其然。波蘭的熱情竟產生高次的音樂，和不斷的反亂。印度的靜寂竟產生宗教、哲學和甘地的無抵抗主義。奔流一樣的感情，和澄清如水的理性，在我的內心形成兩極[100]。

王白淵的思想、歷史觀，與他對民族主義、帝國主義的思考密不可分。他與當時許多的台灣知識分子一樣自認是移民後裔，對台灣身分有清楚認識，而且對這樣的身分與命運有一套歷史性的解釋。

王白淵的民族認同，以漢民族認同爲內圓，國民革命建立的(五族共和)中國爲外圓，之後外擴至東洋衰弱民族，甚至所有世界弱小民族，呈一多層次構造。與他極其強調的民族主義並存於其思想之中的，是其他弱小民族，還有帝國主義者[101]。歸納言之，他的民族認同以血緣爲本位但其終極則不受血統、地理之限，而帶有社會主義國際色彩。他把台灣的殖民地命運與中國的衰落，置於廣泛的帝國主義與弱小民族之殖民史中加以思考，並非他1945年才有的想法。早在1927年〈詩聖泰戈爾〉或1931年《荊棘之道》中，這些思想已具備雛型。

在前面這段引文中另外值得注意的，是王白淵二元思想的變化。赴日前夕的他幻想將理想與現實分峙，東京時期的他爲藝術與革命的交纏

---

100 王白淵，〈我的回憶錄〉，《政經報》2卷1號(1946年1月10日)，頁13。

101 盛岡後期王氏思想在民族主義向度之外，更增加了社會主義的層面。

困惑，盛岡以後的他才真正明白政治運動與思想運動同爲社會進化的表裡。從煩悶抱恨、到隱匿於象牙塔、而後夢醒憂鬱……一路蹣跚走來，所以東京後期的他渴望「澄澈的感情」和「自由的理性」，想以理性克制感情尋求寧靜與慰藉。然而，1930年代在《荊棘之道》中他表示，靈欲歸去的地平線的彼方，也就是魂的故鄉，彼方不只是涅槃的境界、真理的家鄉，也是地上的天國，是多數人爲多數人的明日世界[102]。1940年代在〈我的回憶錄〉裡，對殖民問題有更光明開闊的認識之後，他強調「奔流一樣的感情」和「澄澈如水的理性」，也就是熱情、堅定和智慧。幾番變化並非偶然，因爲他的關懷確實逐步從個體趨向整體、從理想接近現實，日益充滿革命信念，個人思想與民族認同也逐漸成熟了。

王白淵在其〈甘地論〉中曾說：貢獻印度獨立革命良多的印度女詩人薩洛吉尼・奈都(Sorojini Naidu，1879-1949)，因聽見甘地對泰戈爾的呼籲「願我詩人，拋棄你的豎琴！待戰鬥終止之後，再來歌唱！」，而拋下泰戈爾詩集，成爲甘地的重要追隨者。這何嘗不是王白淵的自況！從殖民地機能性知識分子之夢醒來，經歷東京之後，藝術女神也不能滿足他。祖國的召喚在他耳際響起，弱小民族反帝的革命浪潮使他心胸騷然。故而此後他所追求的，也就是革命詩人拜倫(Byron)或獨立運動女詩人奈都之途了[103]。

小結

不能滿足於台灣的王白淵，懷抱著藝術之夢出奔東京。當時尚未自覺難逃如來佛手掌心的他，一度痴想飛出鳥籠扭轉命運。誠如謝春木指出，王白淵對殖民、民族問題的體認較晚。比起東京高師時期便奔走於海外民族運動、返台後活躍於農工運動前線的謝春木而言，對文化協會運動雖有注意的他，卻顯得較眷戀象牙塔之夢。所以在具有轉捩點意義的《荊棘之道》出版之際，謝也才會以老成的口吻，對急起直追的這位

102 參見本書第三章。

103 王白淵非常崇仰拜倫、奈都(王氏譯為奈茲)的風度、浪漫及革命熱情，參見〈ガンヂーと印度の獨立運動〉及〈我的回憶錄〉。

小老弟表示呵護、讚揚之意。

東京也好、美術也好，王白淵曾經相信它們將以一種純潔的姿態，提供他一條困境脫出之道。這因此也就預言了，在他天真地想藉此覓得個人救贖之道時，這條生路將反而變成了一條體悟大我宿命的荊棘之道。而放棄機能性知識分子身分證的他，也勢必面對如何重新定位未來人生的嚴肅課題。確實，以「東京台灣人文化同好會」等左翼文化組織號召同族志士，同時追隨謝春木腳步踏上祖國土地的王白淵，此後數十年人生都在摸索這個課題中風風雨雨地度過。

本章總結

1922年台灣文化協會《台灣文化叢書》第壹號刊載了一篇名爲〈可怕的沉默〉的中文小說，描寫兩位留學生對故鄉被壓迫現狀的不同看法，作者「鷗」似乎也是留日青年。陳萬益教授曾指出，這篇極可能爲「台灣小說第一篇」的作品，作者以寓言方式揭露日本統治者散播的奴才意識，同時傷痛新知識分子自欺欺人的「看客心態」和「打落牙齒和血吞」的隱忍沉默[104]。

「鷗」筆下1920年代初期在日本留學的青年和謝春木、王白淵相仿，他們都是出生於割讓之後，在漢人詩書教育與殖民近代教育交錯教養下成長的新知識分子。儘管台灣自割讓之後便陸續有青年赴日升學，然而誠如「東京留學生文化演講團」檄文所言，1923年以前旅日台灣青年中儘管不乏覺醒者，整體表現卻是「沉默、素不活潑」的。早期新青年對我族苦難視而不見或敢怒不敢言的懦弱無奈，反映於低靡的活動與寓言式的創作中。前述陳萬益教授的研究也指出，1922年〈可怕的沉默〉以寓言體進行批判和諷刺的手法、流利的白話文、對台灣現實清晰理智的思辨，在「搖籃期」文學史中顯得極其早熟。然而該作發表後歷經數年，台灣小說在形式和思想上始終未能跳脫寓言體，以其他路徑突

104 陳萬益，〈于無聲處聽驚雷：析論台灣小說第一篇〈可怕的沉默〉〉。

破壓迫者言論防線[105]。1923年起積極於「東京留學生文化演講團」的謝春木，東京居留後期高呼〈沉默破了〉的王白淵，正是繼「鷗」一類早期覺醒者之後，亟欲敲碎獨善其身或複誦殖民主羈縻語言的「可怕沉默」者。

帝都東京高高佇立，張開她美麗大手擁抱不能滿足於台灣的青年們。只不過，在一批批隨著黑潮北來，拜倒石榴裙下的青年之中，也包含了謝春木式憧憬革命火種者，或王白淵式急欲從無出路的殖民社會出走者。他們或因不滿而奮進，或爲脫困不得不出奔，有的爲求社會革命的烽火，有的爲尋立身出世的可能。不管爲了什麼，總之東京(日本)的存在，確實爲形形色色、不能滿足於殖民地的青年們，提供了一趟又一趟的希望之航。

然而回首前塵，謝春木的前進東京最終以訣別東京作結，王白淵也不禁驚歎自己的救贖之行竟成爲風雨一生的荊棘之道。他們的憂鬱或煩悶，來自對殖民統治下民族命運(民族、政治、經濟、教育)與個人處境的認知。所以王白淵要說：「在殖民地長大的人，都一樣地帶著民族底憂鬱病，這樣的病在日本統治下是無藥可醫的」[106]。在謝、王的表述中，這個「覺悟殖民」的過程就像忽然看見幽靈的面目，像突然從迷夢中驚醒，從此殖民變成一種無所不在的壓迫，一種悲慟的失落，在他們的思想與人生中盤桓不去。

這些青年對殖民不義的體認，源自旅日之前，可說其來有自。但是這個體認深刻化，形成縈繞不去的壓迫感，以及將此鬱結明晰地思索論辯出來，卻在帝都一隅的小閣樓中。因此可以說，是側身帝都才使反帝意識由朦朧進一步清晰的吧。1925年底謝、王各奔東西之後，兩人不斷以寫作或行動宣示他們的民族觀及反帝思想。在1930年代初期台灣知識人出版極其不易的年代，他們聯袂先後出書宣示認同與理念。1931年謝奔赴中國，王則發起左翼民族文化組織「東京台灣人文化同好會」。

105 陳萬益，〈于無聲處聽驚雷：析論台灣小說第一篇〈可怕的沉默〉〉。
106 王白淵，〈我的回憶錄〉，《政經報》1卷2號，頁17。

1933年兩人再度重逢於上海，共同爲抗日組織「華聯通訊社」努力。1937年抗日戰爭爆發以後，王被日軍逮捕遣送回台服刑，謝則深入重慶。

在此我們看見，側身帝都，兩位難兄難弟對帝國的神聖性更加懷疑。因而悲慟急躁地探尋個人的、社會的、以及民族的出路，同時不約而同地用創作、書寫表達了他們苦惱的歷程。籠罩在近代資本與殖民之強勢力量下的本土社會與青年，他們將往何處去？〈她將往何處去？〉、《台灣人如是觀》、《台灣人的要求》到《荊棘之道》，均反覆不懈地試圖解答這個問題。

日據時期無出路的新知識分子之苦悶，從張文環、王詩琅、翁鬧到龍瑛宗，終於以群體性的頹廢、幻滅登場，龍瑛宗〈植有木瓜樹的小鎮〉、〈黃家〉等小說堪稱此議題表現之極致。然而，早在1920、30年代初期謝春木、王白淵早已識破自己跛足新貴的命運。拋棄殘缺機能的他們，凝視自己坎坷的命運，憤慨著，悲鳴著，流轉著，卻不惜奮進。前進東京——經過不斷擴展的自我探索與覺醒，他們反倒不惜擲棄榮寵，一再勇敢地把自己放逐到殖民主主流價值的邊陲上戰鬥著。

揮別帝都的小閣樓，兩位青年展開各自的人生與思想之旅。經歷覺悟殖民的啓蒙之旅，憂鬱之氣逐漸凝結爲革命之力。在他們攜手踏入荊棘之道後，他們堅毅的精神與動人的智慧，將吸引更多從朝聖隊伍中脫隊而來的難兄難弟。

第三章
荊棘之道

前章概觀了謝春木、王白淵旅日之後的思想變化，討論中尤側重於他們反殖意識與民族認同之萌芽。謝、王的變調之旅固然有其個別特質，不過大體而言頗能反映某些旅日青年的心路歷程。他們在社運、文化或文學領域的活躍，也使兩人對1930年代初期在東京求學的一些文學青年，產生了不可忽略的影響。因此，本書以他們作爲觀察張文環等《福爾摩沙》作家文學、思想源頭的一個開端。

王白淵於謝春木返台之後仍長期滯留盛岡執教，並以旅日前輩身分對1930年代初期在京的部分台灣青年散發影響。當側身帝都的殖民青年覺醒、困縛於被殖民之苦惱時，王白淵早已在前展現了他凝視苦惱根源的智慧。《荆棘之道》(《蕀の道》)出版後，深爲若干台灣旅日青年仰慕的他，幾番遠從盛岡赴京策動後輩，企圖藉左翼文化運動從根本迎擊資本與殖民之不義。最後在張文環等人在文學與文化運動上邁出稚嫩的步履之後，因運動牽累遭受革職處分的他，留下巨大的腳印遠去。然而他悲壯的先行者風采，因此更深刻地烙印在這批青年心中。

王白淵《荊棘之道》欲表達的中心思想爲何？張文環等首代台灣讀者親睹著者志士人生與詩人風采，他們當時是如何理解、闡述或想像這本詩文集的精神呢？由於王氏的傳奇人生與《荊棘之道》充滿魅力的多重風格，使讀者擁有廣闊的詮釋空間。也因此其人及其書對後來張文環等「台灣日語作家最活躍的一代」，造成了不容小覷的影響或餘響。

王白淵現象，充滿了詩一般的趣味。因此從交遊、經歷勾勒其啓蒙輪廓之後，本章將繼續以詩文集《荊棘之道》爲中心，探察王白淵1930年代初期散發的文學與思想魅力。在解答王白淵及《荊棘之道》對它的第一代讀者產生的影響以前，首先讓我們簡要從該書的文本(texts)與脈絡(contexts)，以及詩篇與論文中意象及概念的互文(intertextuality)，揭示其思想之體系。如果說詩是王氏思想的結晶，那麼本章將觀察他豐富的思想如何淬煉成詩的點滴。

如前章所述，王白淵從1923年到日本東京美術學校留學開始，到1933年6月離日赴滬參與謝春木「華聯通信社」工作爲止，由一位殖民主價值的信從者轉變成早期赴華從事抗日活動的台灣人，期間經歷了不小的認同轉折。縱觀東京美術學校求學時期(1923-1926)、盛岡女子師範執教時期(1926-1932)，以及「東京台灣人文化同好會」被捕事件後浪跡東京(1932-1933)的各階段生涯，他11年的帝國之行充滿轉折，十足是一趟變調之旅。在這段變調之旅中，約莫以1926年畢業求職時爲界，前半期充滿了明顯的精神危機。他的精神危機從1921年畢業於台灣師範學校初次任教時開始，一直延續到東京美術學校求學後期。主要因爲這時期他逐漸體認殖民地民族壓迫問題，一方面關切台灣民族運動的發展，一方面又渴望在美術的象牙塔中尋求逃避，內心衝突惶惑所致。當時「藝術和革命不能兩立」的問題深刻困擾著他，而這個苦惱的解決，卻與他深入探索泰戈爾、甘地以及西方浪漫主義詩人的文藝、思想與運動得到的啓示有關。

本章的討論，將以闡述《荊棘之道》一書的多層次構成及其多義性，同時點出王氏思想主要特點爲目的。爲恐討論龐雜，區分爲三節來討論。第一節，從構成詩文集前半冊的主題詩篇，輔以王氏西方浪漫主義文藝閱讀線索，探討王氏生命詩篇、生命詩人之特色及其深廣的文化意涵。第二節，從其〈泰戈爾論〉、〈甘地論〉，探索印度反殖民論述對王氏的啓示，以及王氏如何從中吸取養分，強化其反現代與反殖民論述。第三節，以書末幾篇壓卷之作，整體綜論全書之思想特色與文學表現。

接續變調之旅的視角，本章欲進一步揭示憂鬱的靈魂如何在覺悟之後尋找出路？如何在黑暗之中獲取光明信念？以及文學在這個歷程中的角色及其重要性。藉此作爲了解其文學與思想魅力，特別是他對那些同時代、背景相近的旅日青年們散發的召喚之基礎。

第一節　生命詩人：《荊棘之道》詩篇特色

前言

如同作家坎坷的一生一樣，王白淵及其《荆棘之道》（簡稱詩文集）在1950年代以後被認識的過程也充滿了崎嶇。經歷長久遺忘之後，1980年代以後他的影像逐漸透過老友記憶浮出文學史地表。1988年幾近湮沒的《荆棘之道》詩篇部分，在懷念他的友人巫永福翻譯下，初次系統性地與戰後台灣讀者見面[1]。種種機緣使王白淵於辭世多年後陸續以文化鬥士、詩人、美術評論家等形象，多角度地被「出土」。在努力重建其詩人或美術評論家面貌的學者之中，還出現了主張排除早期「民主主義鬥士」評價的一些觀點衝突[2]。

早在1930年代即出版了台灣第一本日文現代詩集的王白淵，其詩心與思想，經歷一甲子之後片片段段地被了解，是時代的捉弄。然而重新拼湊王白淵之際，將「民主主義的鬥士」與詩人、作家、文化人一分兩界，能否讓藝術回歸藝術，或避免1980年代民族主義文學史觀的熱情迷障？顯然也不見得。王白淵生平第一本、同時也是唯一一本著作《荆棘之道》，正是回答這個疑難的絕佳線索。

作為一位「生命詩人」，王白淵最為推崇的「生命派」是什麼，其「生命」主張又是什麼呢？筆者發現，被探索自我、萬物、宇宙大靈生

1 發表於《文學界》27期，1988年12月。1995年收錄於巫永福（著）、沈萌華（編），《巫永福全集》第5卷（台北：傳神福音，1996年5月）。

2 1980年代以前，以「民主主義的鬥士」評價王氏者，以謝里法《台灣出土人物誌》（台北：前衛出版社，1988年）最具代表性。1990年代開始有學者以詩人或美術工作者、美術評論家進行王白淵研究，其中羅秀芝，《台灣美術評論集・王白淵卷》（台北：藝術家，1999年）一書，頗能多角度展現王白淵的藝術與思想風貌。另外，顏娟英認為將王定義為「抗日英雄」或「民主主義的文化鬥士」皆不適當，她主張藝術家有自己的藝術世界。陳才崑認同其觀點，也主張以詩人、作家、文化人來定位王白淵，兩位均反對謝里法的觀點。

命奧義之嚴肅姿容流貫的這些詩篇，除了受到以泰戈爾、甘地爲主的東方文明論及東方哲學影響，也包含他對西方浪漫主義文藝強調主觀、崇尚自然、主張泛神論等基本特點的掌握。接下來的小節將針對此一議題討論，首先從該書主要詩篇的介紹開始；其次，從王氏閱讀線索探尋其文藝信念與「生命派」詩歌的淵源，藉此分析王氏生命詩篇的文化意涵。

一、詩心與思想

拜巫永福翻譯之賜，《荊棘之道》重見天日。但是詩人巫氏側重詩篇部分的結果[3]，也意外地影響了讀者的閱讀與接受。十餘年來詩人形象覆蓋了王白淵的其他特質。姑且不論文化鬥士之銜是否適當，他擁有詩人、作家、美術評論家、文化人等多重身分是沒有疑問的。同樣地，以詩集聞名的《荊棘之道》，也不只是一本詩集而已。

以象徵與隱喻見長的詩作，與充滿革命信念與民族熱情的論說及幾篇後期創作，如夜與晝，一暗一明的以作者思想左右臂之姿，相互擁抱於這本集子裡。作爲兩者之區隔的，是文集中一首題名〈標界柱〉（〈標介柱〉）有目無文的詩。以〈標界柱〉爲界，64首詩[4]（簡稱主要詩篇）及一首〈序詩〉編排於此之前。奠定王白淵詩名者正是這些詩篇，可見它對讀者散發的吸引力。

不過除了這些詩篇以外，另外由謝春木〈序〉、王白淵〈序詩〉（〈序詩〉）、兩篇論文、一篇短篇小說、一篇劇本翻譯所組成的這本集子，可說異常豐富。現實體驗與文學再現的對話、語露玄機的他序與自序、詩與論文之間的互文，均使這本詩文集由於多層次的構成而擁有複雜多義的內涵。

因此〈標界柱〉前的主要詩篇固然流露了王氏詩想之多元內涵，但若沒有其後幾篇詩文而單以此論斷王氏的話，所掌握到的難免片段。能

3 除了所有詩篇以外，巫永福還譯了小說〈偶像之家〉，不過最重要的兩篇論說並未翻譯。

4 全書所有詩，含有目無文之〈標介柱〉、〈序詩〉，總計共有65首。

夠完整彰顯王氏結合完體與進化、出世與入世、靈與肉、明與暗於一體的思想特質者，正是如晝與夜一般，相對性地存在於〈標界柱〉之後的幾篇詩文。

〈標界柱〉後六篇詩文之創作、發表情況，有如下表：

	文類	篇名	創作或發表時間	附記
1	短篇小說	偶像之家 （偶像の家）	1926.8.15作。	
2	論說	詩聖泰戈爾 （詩聖タゴール）	1927.9.20作、12月刊於《盛岡女子師範校友會誌》第5號。	
3	論說	甘地與印度的獨立運動 （ガンヂーと印度の獨立運動）	1930.1.30作。	
4	劇本翻譯	到明天 （到明天）	1930.2.26作。	作於上海[5] 作者左明[6]
5	詩	給印度人 （印度人に與ふ）	刊於《盛岡女子師範校友會誌》第8號，因尾頁脫落，發行日期不明，不過應為1930年底。	作於上海
6	詩	佇立揚子江 （揚子江に立ちて）	同上。	作於上海

以上六篇詩文主旨與形式雖不盡相同，創作總篇幅也遠不及之前的主要詩篇題目，卻有一貫之思想。比起前面六十餘首抽象迂迴的詩，後半冊這6篇詩文以明快的風格表達了作者的意圖。包括王白淵對真理及明日世界的渴望；對西方資本主義、帝國主義的批判；亞細亞復興必然與必要之主張；以及對中、印革命的推崇與期待。

欲掌握王氏詩心思想，自然必須與〈標界柱〉之後的論文合併觀之。但是因爲王氏思想豐富多姿，相關討論又極爲缺乏，本章將擇重點由淺入深闡述，在最後一節提出總結性看法。因此本節僅概要就《荊棘之道》中詩篇部分的數目、寫作時期及基本特色，稍加介紹。

5　文末標示該時間「作於上海」，但未說明為原作時間還是譯作時間。

6　係文末作者標注，本表第5、6項亦同。

二、詩是我思想的標誌、記錄與渣滓

王白淵的思想曲折深奧，如其〈地鼠〉(〈もぐら〉)一詩所言，猶如「地底天堂」一般。他的文學世界，依其〈我的詩沒有意思〉(〈私の詩は面白くありません〉)之自白，是他思想的標誌、記錄與渣滓。這些詩道出了他思想與文學的關係及特色，當然也是他的自謙之詞。藝術、思想於他人生的關係，或許可以套用他形容泰戈爾的話來說，那就是——「他的藝術即是他的生活，他的哲學就是他的靈魂的記錄」[7]。因此，凝視王氏思想或文學時，總可以看見一個思想與文學、現實與理想、小我與大我、個體與宇宙、光明與黑暗、幸福與受難，互爲表裡變幻不息的流動世界。

《荆棘之道》正反映了其人駁雜多元的思想。詩文集中可見，王氏思想至少受到下列幾個方面影響：一、台灣漢人移民社會傳統與日本殖民台灣的歷史變遷。二、中國、印度、土耳其、波蘭等地的國民革命或獨立運動。三、《奧義書》(*Upanisad*)[8]、泰戈爾、甘地等印度文明及印度現代政治、哲學思想。四、老子、孔子思想。五、米勒、盧梭、拜倫、雪萊、葉慈、羅曼羅蘭、杜斯妥也夫斯基、石川啄木、柏格森等文藝家、思想家之思想。六、社會主義思潮。七、辯證法、創化論(Creative Evolution)[9] 等西方辯證哲學與生命哲學。

7 王白淵，《蕀の道》(盛岡：久保庄書局，1931年6月)，頁86。

8 印度經典《奧義書》(《優婆尼沙士》)，意為秘密和深奧的教理。《奧義書》，與《曼特陀》、《梵書》、《森林書》共同構成印度最重要的古經典《吠陀》，被視為「最後的《吠陀》」。印度教徒一般要在人生最後階段才閱讀此書，以了解人生的意義，參透宇宙的奧秘。甘地在南非推動人權運動時，以及他因鼓動第二次不合作運動於1922-23年被捕入獄期間，皆曾多次閱讀《奧義書》。晚年他對該書尤為重視。馬小鶴，《甘地》(台北：東大圖書公司，1993年8月)。

9 柏格森(1859-1941)之《創化論》著於1907年，一度於思想界蔚為風潮。他對王氏似乎有相當多的啟發，有關「變」與「不確定」的認識論也是其一。從有限的線索可見，王白淵相當注意當代思潮，並從諾貝爾文學獎得主身上獲得不少啟發。1913年獲獎之泰戈爾、1915年獲獎之羅曼羅蘭、1927年獲獎之學界對王氏思想的形成背景仍未充分掌握，顏娟英認爲他可能在學習美術之際透過西洋文藝史或西方美術評論的吸收，接觸了西方近代思潮與辯證哲學[10]。除此以外，依前章的討論可知，1920年代舉世矚目，同時也在亞洲、日本引起旋風的孫文後期革命(廣州政府時期)、甘地不合作運動及泰戈爾熱，對苦惱殖民命運而赴日的他也有不小的影響。王氏是一個對當代思想極其敏感的人，揉和諸多影響逐漸形成個人思想。他到京後約一、兩年，便陸續開始從生命哲學、文明、民族、階級等多重角度，思考東西文明、中印等衰弱民族之出路等問題，並企圖從中尋求個人、社會(台灣)、民族「將往何處去」的解答。

總計《荊棘之道》全書所錄之詩文，有7篇標明創作時間或地點，26篇曾發表於《盛岡女子師範校友會誌》，依此可概略掌握部分作品的創作時間。大致來說，集子前半冊所錄者多半未曾發表或未署時間，而發表於校友會誌或有標記時間、地點者多編排於後半冊。依此推測，作者雖未完全依創作先後排序，但是大致仍以東京時期或盛岡時期來編排前後。了解此一特色，較便於捉住其思想發展的軌跡。基本上，詩文集呈現的思想與風格相當統一。從全體作品深染泰戈爾、甘地思想來看，最早作品應作於其東京留學後期他開始接觸這方面思想之際。最晚作品則至1930年2月他赴華遊歷之後，即盛岡執教後期[11]。

也就是說，這些作品應始於1925、1926年而終於1931年之間。參照其生平可見，此時也正是王白淵從藝術的象牙塔破繭而出，尋思未來去向的思想激變時期。置身異都廣泛接受東西思潮衝擊的他，不啻處於個人生涯與思想之春秋戰國時代，也因此激發了創作的慾望。王氏的人生歷練及其駁雜思想，當然也都影響了他的詩觀與詩風。《荊棘之道》堪稱他旅日中後期，於尋思生存現實與生之奧義的途上，現實體驗與文學

(續)

柏格森，均對他產生不小影響。

10 顏娟英，〈日據時代台灣美術研究之回顧〉，民國以來國史研究回顧討論會報告，1989年8月。陳才崑，〈「王白淵・荊棘的道路」導讀〉，《王白淵・荊棘的道路》上冊(彰化：彰化縣立文化中心，1995年6月)。

11 由於詩的風格、思想相當統一，因此不排除作者於最後成書之際曾全面修潤之可能。

再現之間的對話與結晶。

三、從小我到宇宙大靈的生之探索

在《荊棘之道》中王白淵把自己多年來對人生、藝術與民族認同等問題的摸索歷程與心得，分別以創作及論說等不同形式記錄、表達出來。

除了〈序詩〉以外的這64首詩，可以大致區分爲三大主題[12]。數量最多的一類，是對梵(王氏有時以神、真理、宇宙大靈等稱之)、生命、自然的探求與歌詠，這可謂王詩最大的主題。在〈詩聖泰戈爾〉中，王白淵曾經稱呼泰戈爾、羅曼羅蘭等人爲「生命派詩人」，對他們極爲推崇，由此可以略見他對詩的信念與鑑賞傾向。王白淵深受泰戈爾等人影響，連帶接受泰氏對《奧義書》中梵思想之吸收，他深信梵一方面是完足之體，一方面仍在進化中。人與萬物皆是神的分身，因此也同時擁有圓滿、終極體與進化中體。因此他的詩中處處流露眾生平等、萬物流轉、萬善同歸的觀點。他把眾生與自己視爲尋找歸途的旅人。他期許自己深深與風雨、自然、生命爲友(〈時の放浪者〉)；爲小我與大我的合一默默前行、努力回歸(〈吾が家は遠いようで近し〉)；以臻於無喜無悲、無生無死、無界標的魂的故鄉(〈表現なき家路〉、〈落葉〉)。讀者可以看見——造化的靈巧(〈水のほとり〉)；生命的圓融(〈零〉)；梵、永恆、有限與無限(〈失題〉、〈無題〉)；生死起落(〈死の樂園〉)；靈肉合一(〈二つの流〉)、物我融合(〈春に與ふ〉、〈無終の旅路〉)；世界亙古輪轉(〈四季〉、〈生命の家路〉)等哲理，反覆烙印，交錯表現於詩句之中。所以他說，詩是他思想的標誌、記錄與渣滓，誠屬如此。

第二類，與第一類的主題類似(其中也有重疊者)，不過由於這一類詩文中偶爾穿插意味深長的幾句，諸如永遠的日沒(〈峰の雷鳥〉)、無

12 分類主要為便於介紹。另外，文中夾注之詩題，僅就有代表性者作簡單舉例而已。

盡的東方(〈峰の雷鳥〉)、飼養在籠中的小鳥(〈何の心ぞ〉)、飛旋於被虐者周圍(〈胡蝶〉)、你仍在某處等待時機來臨吧(〈御空の一つ星〉)等，使得詩的現實指涉增加。此外，在提及生命的歸路(〈生命の家路〉)、魂的故鄉(〈もぐら〉)、希望的花園(〈生命の家路〉)、真理的家(〈真理の里〉)、永遠的光明(〈太陽〉)、地平線的彼方(〈蝶よ〉、〈標介柱〉)、永劫未來之里(〈表現なき家路〉)等概念時，除了梵等精神層次的意義之外，還帶有現實社會之明日世界的隱喻在內。因此，比起探求生之奧義爲主，散發宗教、哲學、自然之空靈之美的第一類詩作而言，這些詩帶有更多現實關懷與淑世理想，甚或略帶社會主義色彩。

第三類，占十餘首左右(也有與前兩類重疊者)，是他有關詩及美術的發言，以及對自己思想歷程或思想特色之總括。譬如，〈違つた存在の獨立〉、〈私の詩は面白くありません〉、〈藝術〉、〈向日癸〉[13]、〈私の歌〉、〈フンリー・ルソー〉、〈未完成の畫像〉、〈沉默が破れて〉、〈ゴォギャン〉、〈詩人〉、〈花と詩人〉等詩。在這些詩中，王氏宣稱自己的詩及審美取向和思想是一體的，文學也好、美術也好，都與他對自然的沉思及生命的探求不可分割。另外在〈もぐら〉、〈生の谷〉、〈生の道〉詩中，則透露了他探求生命奧義、真理之路的孤寂與艱辛，以及他於此道之堅信、堅持與不懈。

綜合三類可見，王氏此時的主要思想，舉凡對宇宙萬象之沉思，對自我、文學、藝術、民族等關懷，都不離梵、生命、自然之大前提。在〈標界柱〉之前這六十餘首主要詩篇中，不論哪一類，都大量歌詠了太陽、月、星、夜、曙光、光、黎明、四季、原野、森林、沙漠、河流、草、小鳥、雷鳥、梟、落葉、風、蝴蝶、蟬、秋蟲、魂等題材，或將之作爲象徵、譬喻，用來造境、抒情。王詩用字淺白，結構明晰，然而言淺意深。生之探索與生之詠歎，瀰漫各詩篇。讀者隨處可見詩人虔誠地向自然學習，與自然共鳴，渴望參贊造化的心思，以及他探索自我、萬

13　日文原題〈向日癸〉，即向日葵。

物、宇宙大靈生命奧義的嚴肅姿容。

不過讀者也可以發現，錯落在這些詠歎生命與自然的詩篇或詩句中，同時也包覆了不少作者的現實關懷或隱喻。譬如，在第二類詩中，他有關明日世界的暗示，以及其他許多若有所指的暗喻，明顯都不止於宗教、哲學之精神層次。主旨取向紛雜，現實指涉之隱喻充斥，這些現象的存在也使得評者不免給予他的詩「高度迂迴」或「不甚透明」的評價[14]。

面對內涵豐富的這些詩篇，回歸作者思想將有助於窺探詩人思想本源。對王白淵來說，詩是什麼？他思想的最終歸宿是對生命奧義的解答，其思想的最後形式則是詩。於沉思生命、探索生存而言，他的詩是不折不扣的生之詩篇。因此一方面，誠如其思想，梵、生命、自然的探求與歌詠，構成了王詩之核心；另一方面，其思想寓完體與進化、出世與入世，精神與現實，光明與黑暗，幸福與受難於一體的特質，也造就了其詩豐富的取向與多元的意義。因此，王詩之迂迴正反映其思想之抽象豐富；迂迴含糊，或許也正是王氏表達其多層次的生命思想之必備風格與必然結果。

四、浪漫主義文藝、生命派詩人與反現代批評

王白淵未曾談論自己的文藝傾向，我們只能依據他在各種文稿之中留下的蛛絲馬跡來推測他的閱讀狀況及文藝信念。他曾述及歌德、濟慈、拜倫、葉慈、惠特曼等人，也曾提及羅曼羅蘭、史賓格勒、柏格森等人的著述或思想，並將泰戈爾與上述諸人或其思想一併稱爲「生命派詩人」或「生命派哲學」，予以推崇。循此線索可看見以西方浪漫主義爲主的藝術及思想流派對他產生的一些影響，以下根據王白淵詩文中述及的零星線索，先就其有關浪漫主義文藝的接受狀況略作追蹤[15]。

歌德是德國浪漫主義運動的創建者，集詩人、哲學家、音樂家、社

14　陳芳明，《左翼台灣》（台北：麥田出版社，1998年10月），頁156-159。

15　有關羅曼羅蘭、史賓格勒、柏格森、泰戈爾、甘地對王氏的影響偏於文化及思想面，因此相關的討論，留待次節。

會改革家於一身。王白淵在〈我的回憶錄〉中曾提及他的同窗摯友謝春木早在北師就讀時即已耽讀歌德(Goethe)名著《浮士德》一事；〈詩聖泰戈爾〉也提及該如何評價歌德的問題。濟慈(John Keats, 1795-1821)是英國詩歌史上最輝煌的一個流派——浪漫主義詩歌的代表人物，〈魂的故鄉〉中王白淵引用濟慈的文藝信條「真即是美，美即是真」、「唯有美才是永恆的喜悅」等語，陳述「美是生命的唯一本質」的主張。惠特曼(Walt Whitman, 1819-1892)是美國浪漫詩人，《草葉集》一書對20世紀初期中日文壇都曾造成影響[16]，〈詩聖泰戈爾〉中引用該書「第一要務是生活，不是思想」的名句，解釋泰戈爾藝術、哲學與生活緊密結合，不流於空談的特性。〈詩聖泰戈爾〉中提及的愛爾蘭浪漫詩人葉慈(William B. Yeats, 1865-1939)，視西方爲一枯竭腐爛充滿混亂的文明，並致力於從愛爾蘭民俗與印度文化中探尋文化靈感。葉慈與泰戈爾自1912年開始交往，他對泰氏的詩極其傾仰，不僅翻譯泰氏聞名的《頌歌集》，還在這本英譯詩集前面寫了一篇熱情洋溢的「序言」，大加讚揚[17]。《頌歌集》(Gitanjali)是一部哲理詩，也是一部抒情詩，依孟加拉語音譯爲《吉檀迦利》，是泰戈爾詩歌創作的高峰和代表作，也是他榮獲諾貝爾文學獎的代表作。根據筆者比對，王白淵因爲鍾愛這本詩集，曾特別在其〈泰戈爾論〉一文中抄錄其中的第20與74詩篇[18]，用來說明泰戈爾詩歌「縹渺深遠」、「極具東方味」、「他的藝術與哲學係最佳的生命讚歌」等等特點。與此同時，文中也引用了葉慈在譯序中推崇

16　1919年，惠特曼最早由田漢譯介到中國，後來聞一多、戴望舒、魯迅、艾青等人也曾翻譯、介紹或評論其人及其作品，並贊賞其創作主旨與詩風。郭沫若也在日本接觸到《草葉集》的英文原作與日文譯作，極其喜愛，並從中得到許多創作的啟示。參見劉樹森，〈外國文學的影響：今昔比較〉，《中華讀書報》，1998年12月30日。

17　N. Kuehn著，徐進夫譯，《印度對葉慈的影響》(台北：成文出版社，1977年2月)，頁39-40。

18　參見于土卜里編選，《泰戈爾作品精粹》(石家庄市：河北教育出版社，1995年12月)，頁19、42。Rabindranath Tagore著；劉安武、倪培耕、白開元主編；黃志坤、白開元、董友忱譯，《泰戈爾全集》(石家庄市：河北教育，2000年12月)第4卷，頁277、305。

泰戈爾的一段文句作佐證[19]，可見王白淵應讀過葉慈譯序。

戰後王白淵在〈我的回憶錄〉中，還提及了拜倫(George Gordon, Lord Byron, 1788-1824)。拜倫除了是與濟慈、雪萊齊名的英國浪漫主義健將之外，他和投身愛爾蘭民族解放運動的葉慈相似，也是一位著名的革命詩人。拜倫一生爲民主、自由、民族解放的理想而鬥爭，曾參與英國群眾運動、意大利燒炭黨抗爭，以及希臘民族解放戰爭等。他的詩歌熱情有力地支持了法國大革命以後襲捲全歐的民主及民族運動，並批判了資本主義社會的種種弊端；其代表作《唐璜》，氣勢宏偉，意境開闊，是一部藝術卓越的敘事長詩。拜倫對王白淵的影響並非始於戰後，早在1933年王白淵便曾發表極短篇〈唐璜與加彭尼〉一文，可見他對拜論作品早有接觸。在〈我的回憶錄〉中，王白淵也正是以「革命詩人」一語，表達他對拜倫的敬慕。

根據艾愷(Guy S. Alitto)的研究，英國浪漫主義詩人如雪萊(Percy B. Shelly, 1792-1822)、布萊克(William Blake, 1757-1827)等人，都主張避免現代化，他們對功利個人主義及庸俗商業化，將人與人的關係簡化爲金錢關係，感到極端厭惡。雪萊將當時英國遭遇的各種社會問題視爲現代化產物，另外他和布萊克都強調區分「思考」與「直覺的真知」。在〈對詩的辯護〉(“A Defense of Poetry”)一文中，他曾說：

> 我們需要生命的詩篇，我們的計算超過了理念；我們吃的多過於能加以消化的……在生命外在的物質積累遠超過人們將他們吸收到人性中的能力的時代——這是自私與計算原則過度的結果——詩的教養之重要性是空前的。

從雪萊對詩(特別是所謂「生命詩篇」)的擁護中，可以略見他反智識、

19　這段文字在《棘の道》，頁82，乃葉慈在譯序中提及的某孟加拉醫生對《吉檀迦利》的稱贊。這位醫生告訴葉慈說：「我每天都讀泰戈爾，讀一行他的詩就可以忘卻人世間的一切煩惱。」譯序可參見傅浩，《葉慈詩選》(台北：書林出版有限公司，2000年4月)，頁141。

反科學的認識論觀點。另外，艾愷還指出這些詩人都強調鄉野生活在精神及道德上的超越性，與之相對的都市及商業心理則被他們所貶抑[20]。英國浪漫主義詩人強調精神性、直覺主義、鄉俗精神等等反現代化面向，在泰戈爾、甘地以及王白淵的思想中，也都能看見。以王白淵爲例，〈魂的故鄉〉中他寫道：

> 時代強加予吾人一式一樣的散文生活，使人心生倦怠，失去對生命的興味。吾人經過太多的複雜化與拆解，在沒有目的的工作中敗倒。拋棄那些叫吾人遠離生命、扼殺生氣的教條和雜念吧！
>
> 自然誠無言，卻娓娓訴說著千萬事物；靈魂的故鄉蘊藏著無限的財富。吾人若無法從林蔭的鳥囀中感受到宇宙的神秘，可算是永遠的癡聾了[21]。

以上敘述中，可以看見王白淵對生命與自然的推崇，回歸於梵的概念，以及他對現代生活的批評。從他的話引伸，他認爲的理想生活，是「詩意的生活」，而他所謂的「浪漫」，則是一種反現代的態度。

濟慈、惠特曼、葉慈、拜倫、羅曼羅蘭、史賓格勒、柏格森、泰戈爾等人的文藝取向或思想特色各有分殊，不盡屬同一流派，爲何王白淵將他們一併視爲「生命派詩人」、「生命派哲人」呢？從王白淵對上述諸人的接受情況可見，王白淵所謂的「生命派」，其實包括盛行於西方18世紀末到19世紀上半的浪漫主義作家，以及其他一些有浪漫傾向的詩人或思想家；而在浪漫主義作家之中尤以英國的「革命的浪漫主義」[22]

20　艾愷(Guy S. Alitto)，《世界範圍內的反現代化思潮：論文化守成主義》(貴州：人民出版社，1991)，頁48-49。

21　〈魂の故鄉〉，轉引自板谷榮城、小川英子，〈盛岡時代の王白淵について〉，頁27-28。

22　「革命的浪漫主義」乃相對於「貴族的浪漫主義」而言，19世紀初期在德、法、英等國的浪漫主義運動中，兩派均有激烈論爭，拜倫、濟慈均是代表詩一派，最受他所青睞。

浪漫主義作爲19世紀初期歐洲最重要的文學流派，內容極爲複雜多樣，代表作家各有各的立場觀點和思想取向，但是大致具有以下共同點：主觀性(subjectivity)、抒情性(lyricism)、想像力(imagination)、理想性(idealism)、敏感性(sensibility)、象徵性(symbolism)、神奇性(mysticism)、自然美(beauty of nature)、中古風(medievalism)等[23]。除了最後一點以外，以上特徵在西方以外的浪漫主義詩歌中也相當普遍，泰戈爾詩歌或王白淵《荊棘之道》也具有以上特色。王白淵特別喜好浪漫主義詩歌應當有各種理由，不過浪漫主義詩人強調主觀、抒情、創造、激情與想像、自然崇尚、泛神思想等特性，以及他們反現代化的特質，都與王白淵契合。此外，革命的浪漫主義者之中不乏拜倫、葉慈、雪萊之類致力於民族解放運動或民主運動的革命詩人，觀諸王白淵後期從浪漫主義轉向社會主義的變化，這一層面尤其不能漏看[24]。

小結

趙天儀曾指出，擅於抒情的王白淵並非純粹抒情[25]，誠屬至言。愛好自然的王白淵，也並非以寫實之眼來觀察自然。他以自然談生命、論生存，以自然抒情、說理。他的詩中呈現的生命觀是多層次的，包含個人、人類社會、眾生，而至宇宙大靈。生命、思想與美，交融一片。詩的修辭與風格，也採取與這樣的前提極爲相襯的手法來表現。喜談生命，重視生存，同時好以生命、自然作象徵、譬喻來造境、析理。詩中

(續)———

人。參見趙瑞蕻，《詩歌與浪漫主義》(南京：南京大學出版社，1993年2月)，頁27-28。

23 趙瑞蕻，《詩歌與浪漫主義》，頁27-28。

24 革命浪漫主義者對宇宙、對客觀世界的看法是唯物的，或比較接近唯物的；而對於社會、歷史的看法就明顯帶有唯心主義的色彩。譬如，歌德、雪萊他們對自然的態度、對自然的描繪，往往從泛神論的觀點出發。參見，趙瑞蕻《詩歌與浪漫主義》，頁29。這一點與王白淵詩歌的特性基本上是吻合的。

25 趙天儀，〈台灣新詩的出發——試論張我軍與王白淵的詩及其風格〉，《台灣現代詩史論》(台北：文訊雜誌，1996年)，頁67-77。

有論，論中有詩。從小我到宇宙大靈，思維生命與生存的哲理。凡此成爲流貫這些詩篇，乃至其後論說的最大特色。這是王白淵生命詩篇的重要特質。

然而，更深一層剖析，他所謂的「生命」還包括對「死亡／病態文明」此一相反概念的檢討與批評，誠如在多數生命派詩人的生命詩篇中，「生命」一詞往往含有反現代批評的特殊針對性，王氏的生命詩篇也附屬在他反思現代乃至反殖民的思想框架中。王氏多層次的生命詩人特質，使他對其他體系的思想具有活潑的接受度與涵容力。1920年代後期當他日益左傾之後，泰戈爾式的生命詩人或生命哲人啓示，便被他轉化爲殖民文化抗爭的一種能量。稍後兩節，透過王白淵其他詩稿的討論及其印度論說的分析，本書將更進一步指出王白淵日益現實化的詩想／思想風格以及詩人顯示的文明批判與文化抗爭力量。

第二節　印度啟示錄：王白淵的反現代與反殖民論述

前言

泰戈爾1913年獲得諾貝爾文學獎後，曾於1916、1917、1924、1929年赴日，1924年赴日前曾先造訪中國，兩國均曾掀起泰戈爾熱[26]。甘地的不合作運動在1919年之後日趨白熱化，1922年他自願入獄服刑，使整個運動達到空前高潮。1923年羅曼羅蘭(Romain Rollad，1866-1944)撰寫《甘地傳》，極力贊揚甘地1919到1922年間不合作運動的成就[27]。1920年代前期《台灣》及《台灣民報》上，不時可見有關兩位印度知名人士的報導。

如前章所述，王白淵對泰戈爾、甘地兩人思想之接觸始於東京後

26　王白淵相當注意當代思潮，諾貝爾文學獎得主泰戈爾(1913年獲獎)、羅曼羅蘭(1915年獲獎)、柏格森(1927年獲獎)等人的代表作，都是他當時閱讀的書籍。另外，他喜愛的詩人葉慈也是1923年的諾貝爾獎得主。由此亦可略窺他攝取文學養分和世界思想的取徑。

27　羅大綱，《論羅曼・羅蘭》(上海：上海文藝出版社，1984年10月)，頁311-320。

期。1924年泰戈爾第三度訪日時，王白淵已讀過他的詩和哲學，而且「非常敬慕這位東方主義的詩人」。約莫此時他也讀了甘地的傳記，「深知甘地的心中痛苦」，而有「同病相憐」之感[28]。1926年他首次以〈魂的故鄉〉(〈魂の故郷〉)[29]爲題闡述泰戈爾思想。1927年〈吾們青年的覺悟〉[30]一文中，除了泰氏影響之外，甘地領導的印度獨立運動對他的震撼也相當明顯。1929年他以人道鬥士爲題，發表了首次有關甘地的討論〈人道的鬥士：瑪哈托瑪・甘地〉(〈人道の鬥士：マハトマ・ガンヂー〉)[31]，1930年〈甘地與印度的獨立運動〉(〈ガンヂーと印度の獨立運動〉)一稿可能脫胎於此。

〈魂的故鄉〉與〈人道的鬥士：瑪哈托瑪・甘地〉發表於當年他執教的《盛岡女子師範校友會誌》上，未收錄於詩文集，流通狀況較差，前者曾有研究者板谷榮城加以介紹[32]，後者筆者迄今未見。〈吾們青年的覺悟〉發表於《台灣民報》，〈詩聖泰戈爾〉、〈甘地與印度的獨立運動〉收錄於詩文集《荊棘之道》，因而容易讀見。依文稿內容及發表時間推斷，〈魂的故鄉〉與〈吾們青年的覺悟〉，應是王氏〈泰戈爾論〉與〈甘地論〉的胚胎。〈吾們青年的覺悟〉一文尤値注意，文中王白淵已初步展現他欲把西方的辯證哲學、創化論諸說與泰戈爾、甘地等東方思想家、政治家的東方文明論等思想資源，用來與中、日現實政治的發展，乃至殖民地台灣命運，連結一起進行思考的企圖。該文雖未收錄於詩文集中，但是其精神在〈詩聖泰戈爾〉與〈甘地與印度的獨立運

28 以上兩段引文係王白淵於〈我的回憶錄〉及〈吾們青年的覺悟〉一文的自白。

29 〈魂の故郷〉，原作於1926年8月29日，後來發表於《女子師範校友會誌》第6號，1928年12月5日。

30 〈吾們青年的覺悟〉，《台灣民報》，1927年5月19日。本文為王氏當時發表稿中罕有的一篇中文論稿。

31 〈人道の鬥士：マハトマ・ガンヂー〉，發表於《女子師範校友會誌》第7號(1929年年底)。由於該文未收入中文譯作《王白淵・荊棘的道路》，筆者未見故不知其與1930年所作者之異同。不排除1930年之作係根據1929年該文改作之可能。

32 板谷榮城、小川英子，〈盛岡時代の王白淵について〉，咿啞之會編，《台湾文学の諸相》(東京：綠蔭書房，1998年9月)，頁7-48。

動〉中均得到深入闡發[33]。在諸稿中，〈詩聖泰戈爾〉與〈甘地與印度的獨立運動〉，一從思想面，一從政治面，闡明印度當代政治與思想。論泰氏思想時兼敘其政治主張，論甘地政治運動時不忘其思想，合起來構成王氏印度觀察的一體兩面，堪稱他此問題的成熟之作。

王白淵何以關切印度？泰氏思想或甘地運動何以深深吸引王白淵？陳才崑認爲這兩篇論文，「皆蘊含王氏甚深的投影心理，若以印度比喻台灣，則大英帝國即是大日本帝國」[34]。如此說法，誠能道破身爲殖民地知識人關切印度思想及政治運動的動機。不過如果更本質性地來看，王氏〈泰戈爾論〉、〈甘地論〉並不只是一個相對性的隱喻而已。或許它具有如此效用或目的，不過在作爲譬喻之外，印度觀察本身便已揭示王氏自成一格的思想體系。與其說王白淵著迷於印度文明的魅力或人道主義的偉大，毋寧說兩位印度賢哲以東方觀點、東方文化資源，從思想面和行動面建構出來的東方文明論(王白淵以「東方主義」[35]或「新東方主義」[36]稱之)，使他此前的關懷和龐雜的思想找到了出口與展現的舞台。兩論於介紹泰氏藝術與思想及甘地的革命生涯上著墨甚多，不過對兩氏東方文明論之詮釋與提倡，以及將這些論述往批判日本殖民統治方面的闡發，才是論旨所在。王白淵印度論說的本質，也就是在泰戈爾、甘地東方文明論及反現代批評上發展出來的一種反殖民論述。

陳芳明曾以「台灣社會寫實文學」之定義界定台灣左翼文學，並稱許王白淵爲重要創始者之一。他將王白淵置於文學史脈絡下提出如此評價，掌握了王氏思想的重要特徵。確實王白淵是台灣左翼文學的卓越創始者。黃琪椿則認爲，台灣的左翼文學與日本的左翼文學者，因大環境差異及其他種種因素而有各自特色。譬如，台灣的左翼文學多半是「觀

33　這或許是王白淵不欲蛇足地再行收錄的原因之一。不過，該文以中文寫作，行文鋒利，殷殷呼籲台灣青年奮起、改革，或許也是他不欲收錄於這本以間接論理為基調的作品集的原因之一。

34　陳才崑，《王白淵・荊棘的道路》上冊，頁168。

35　參見〈我的回憶錄〉文末，陳才崑，《王白淵・荊棘的道路》下冊，頁265。

36　參見王白淵，〈詩聖タゴール〉，《蕀の道》（日文原著），頁82；以及陳才崑，《王白淵・荊棘的道路》上冊，頁148。

念上的左翼」，不一定有實際社會主義運動之參與；另外日本左翼運動有明顯的「轉向」問題，台灣方面則是「活動停止」但不一定表示立場轉變[37]。因此對於常被視爲日本、中國左翼運動一環的台灣左翼運動或左翼文學，筆者認爲有需要特別強調「台灣左翼」來觀察。對於偏重「觀念上的左翼」的「台灣左翼」，也必須回歸觀念面來討論及界定。過於執著行動面，或過於寬鬆的觀念界定，可能無法逼近「台灣左翼」的特色。就王白淵而言，王白淵式的「台灣左翼」，究竟是怎樣的左翼便值得玩味。否則「企圖從現有譯成漢文的王白淵新詩，來窺探他的左翼思想，確實是相當困難的」[38]。

「台灣左翼」或「王白淵式的台灣左翼」並非本文討論焦點，不過其思想關鍵亦根植於王氏的印度啓示錄裡。王白淵如何致力於印度論說？如何揉和西方反現代批評者和泰戈爾、甘地等人「東方文明／生命與快樂」、「西方文明／死亡與罪惡」的基本邏輯？如何翻轉「東方主義」生產批評效能，將此邏輯挪用到亞洲現實中，形成「日本／其他亞洲民族(或國家)」等於「西方／東方」的換喻？王白淵以泰、甘兩氏東方文明論爲基礎衍生的思想體系，雖不免帶有延續泰、甘兩氏論述中所具有的東方的東方主義之性質，但卻非東方主義的對立面或衍生物而已，而是混和吸收了中西方不同層次脈絡的政治、哲學、藝術思想，以及他對亞洲現勢及殖民地現實政治的觀察。我們可姑且將之稱爲王白淵的「左翼東方文明論」來加以追蹤，因爲它也正是構成「王白淵式的台灣左翼」不可或缺的基礎之一。以下將透過泰戈爾、甘地對他的啓示，討論《荊棘之道》展現的後殖民批評力量。

一、東方的反現代批評與東方文明論

37 感謝黃琪椿小姐，在本書撰寫期間多次提供相關討論及意見，謹此致謝。

38 陳芳明，《左翼台灣》，頁156-159。筆者認為王白淵的詩在遣辭用字方面，具有強烈的個人特色與隱喻作用，由於目前的中譯多半未注意原作詞彙上的固定用法，因此使詩的意旨及各詩之間的聯貫意義模糊化，這也是造成王氏思想不易掌握的原因之一。

東西方的反現代批評從19世紀後半開始持續到20世紀，一次大戰後西方知識界對西方文化的未來抱持悲觀和疑慮，導致對現代化的批評更形熱烈。亞洲的反現代批評，也在西方文化界的悲觀氣氛與反思論述中獲得激發而蓬勃發展；但是由於亞洲社會當時普遍遭遇殖民的特殊處境，因此逐漸出現與西方反現代批評觀點的差異，亞洲論者更爲關注的是反現代批評與反殖民論述接合的一面。

1910到1930年代，中國、印度、日本都有許多著名的反現代批評者。在大部分的場合，亞洲的反現代批評者也都是以各國固有傳統文化爲中心的東方文化的維護或發揚者；譬如，泰戈爾、甘地之於印度文化；孫文、梁啓超、梁漱溟之於中國文化；岡倉天心、大川周明、北一輝之於日本文化。由於這個特徵，他們其中的某些人(譬如，泰戈爾)，在當時也因而被稱爲「東方主義者」；但是很明顯地，此一「東方主義」並非薩依德(Edward Said)所指的東方論述下孕養的「東方主義」(orientalism)，而是以東方爲觀點、爲主體的一套東方文明論或文化論。

隨後即將討論的泰戈爾東方文明／文化論，乃是東方社會於19世紀末葉到20世紀前期，在西方現代化浪潮威脅下形成的代表性文明／文化論述之一。泰氏在當時亞洲思想、文化、藝術、文學各界擁有非凡的影響力與魅力，泰氏論述與其他東方文明／文化論述的共通內涵至少包括：一，對人與自然、自然與生命關係的議論；二，對東西方文明基本性質的議論；三，對文明性質與帝國主義關係的議論；四，對民族文化復興與文化守成主義的主張；五，對理想的人類未來文明的勾劃等。在東方，反現代批評者未必是東方文明／文化論者，東方文明／文化論者卻通常是反現代批評者。東方的東方文明／文化論述常常帶有自我東方主義、逆向東方主義(orientalism in reverse)或西方主義(occidentalism)的色彩與侷限性[39]。但是不可忽略的是，它亦往往具有動員、整合在地與

39　逆向東方主義或西方主義均企圖翻轉西方對東方文化貶抑，以「西方萬歲，東方墮落」等論述，以其人之道，還治其人。但是這樣的結果不過是位置的翻轉及關係的鞏固，並沒有解構這樣一套宰制性的權力關係。而自我東方主義則強調東方在無意識的層次上，繼續複製、沿襲、自製了東方主義的權力

外來文化資產，辯證性、創造性地對抗西方中心主義的能動性與積極成份。因此，亞洲的東方文明／文化論述其實也是全球廣泛的反現代批評的一環，也可說是反現代議題的東方時空化展現。

此外，亞洲的反現代批評不僅止於理論，更往往廣泛深入到思想運動或政治運動之中；不論是反現代批評或東方文明論，都具有與20世紀初期亞洲民族國家建設熱潮相互呼應的邏輯，一次大戰後世界性的民族自決風潮更鼓舞了這種趨向。反現代批評、東方文明論與反殖民論述的結合，往往形成一股文化民族主義(cultural nationalism)，在大戰後亞洲殖民地與半殖民地颳起的民族國家運動，如印度的獨立運動、中國的國民革命之中，均可見到這種現象。以上諸種論述匯聚形成的後殖民論述，從殖民地時期到戰後建國，乃至當代，也一直是各國文化建設與文化批評的能量貯藏庫。

1910到1930年代的台灣，並沒有產生像中、印、日之類體系性的巨型反現代批評論述，也未見奠基於民族固有文化之上具有廣泛影響力的東方文明／文化論述。不過這不意味盛行於亞洲當時的反現代批評與東方文明論，對台灣未曾發生任何影響。相反地，若干線索顯示，至少在1920到1930年間的10年左右，台灣的反殖民論述受惠於亞洲其他反現代批評與東方文明論不少，只不過由於反殖民的訴求過於顯明，而使反現代批評的面向顯得模糊。此外，台灣的反殖民批評者援借印度或中國的反現代批評與東方文明／文化論述，並用它們來批評同屬亞洲社會一員的日本文化與日本政治，則是台灣反現代批評值得注意的另一特殊面向。

20世紀初期台灣反殖民論述與反現代批評的接合，可以王白淵《荊棘之道》收錄的〈泰戈爾論〉、〈甘地論〉為例，加以說明。1926年後，以印度論說為中心的系列作品，正是王白淵揮別東京時期他自稱的

(續)

邏輯，成為西方權力的本土代理人。參見Pieterse, Jan Nederveen Pieterse and Bhikhu Parekh, "Shifting Imaginaries: Decolonization, Internal Decolonization, Postcoloniality," in Jan Nederveen Pieterse and Bhikhu Parekh ed., *The Decolonization of Imagination: Culture, Knowledge and Power*, pp. 1-9 (Dehli: New York : Oxford University Press, 1997).

「民族憂鬱病」，在思想上展現蛻變與成熟的標誌。王白淵「藝術」與「革命」的矛盾得以化解，基本上乃因爲其藝術理念與政治思考之間具有某種得以和解的共通性。這種共通性正在於他所欣賞的文藝家及思想家與他從泰戈爾、甘地身上接受的東方文明論之間，擁有可接合的特點。以下將探討隱藏在其「東方文明論」中具有的後東方主義或後殖民主義積極意涵，在王氏思想中如何被架構與呈現？

二、泰戈爾的啓示

王白淵如何吸收泰戈爾、甘地思想，及他們有關東方文明的論說？並在他們身上得到什麼啓示呢？這直接關係著王氏左翼東方文明論的內涵。首先，從泰戈爾對他的啓示談起。

在泰戈爾身上，王氏最關心的是——泰氏如何重燃印度古文明光芒，賦予現代活力。他曾說：

> 泰戈爾的思想並無什麼驚人的獨創性，大體都是在闡揚大經典《奧義書》的思想，將之轉化為詩歌式的表現。不過，久被死涅槃所遺誤的印度，經其賦予進化論的新詮釋，納入生命派的哲學，吹起了復甦的福音，這點確實有其偉大的貢獻[40]。

王白淵以「印度文藝復興」稱許泰戈爾在促進印度文明重綻現代活力方面的貢獻，泰氏促進老舊文明生產現代價值，從而催動印度文化的更生，因此王氏推崇之。

那麼，泰戈爾如何促進印度文明發揮其現代價值呢？在王氏眼中，一方面在於他促使沉溺冥想、無常無慾信仰的印度文明重新活化，恢復其寓出世與入世於一體的當代活力，也就是掀起文藝復興。另一方面，在於他將印度文明置於與西歐文明對等的世界文明體系，甚至整個文明

40　此段及以下引文未另附注解者，均引自王白淵，〈詩聖タゴール〉，《蕀の道》，頁74-103。譯文部分參照陳才崑先生譯文，少部分不便掌握詞意之部分，筆者依原文稍作修改。

進化史中，並從中指出了西歐文明及西方中心式文明體系之不足與弊害。簡言之，王氏認爲泰氏帶動的「印度文藝復興」乃是「亞細亞黎明」的先聲，藉此東方文明將救濟西方資本主義宰制造成的頹廢的、無生命的西方中心主義。所以他的〈泰戈爾論〉從「印度的文藝復興」談起，綜論其人、其藝術、其哲學之後，而以「亞細亞的黎明」作結。

印度文藝復興如何裨益世界文明呢？關於這一點王白淵的理解是：泰氏是從西歐文明的缺陷，與印度文明得以救濟世界文明的特質來回答，從東西文明的基本性質，也就是人與自然的關係說起。泰氏認爲：人與自然的疏離隔絕乃人與自然、人與人、人與社會敵對之源。西歐文明與印度文明的最大分野，在於前者以「征服自然」爲本質，而後者以「於自然中實現自我」爲目的。因此他謳歌孕育於自然之中的東方文明，反之則對發源於城市、征服自然、奠基於物質的西歐文明抱持質疑和批判的態度。對於泰戈爾上述的生命哲學與文明進化觀點，王白淵深爲贊同。他引泰氏在東京的一段演講，強調西歐文明終將沒落：

> 歐羅巴文明係一部破壞機，不是吞食其勢力所侵的生民，便是放逐抑或滅絕那些阻止其入侵的種族。這實在是一個食人族的文明，這實在是一個壓迫弱者，建築在犧牲弱者之上以自肥的文明。它到處製造嫉妒與憎惡，然後又製造了虛無。這是科學文明，不是人道文明。

藉由泰氏的演講，王白淵指出——西歐文明，科學文明，是食人族文明，是壓迫他人以自肥的文明。他也樂觀相信「我們毫不猶疑地敢於預測這種文明不可能持久下去」。

泰氏有關人與自然之思想，在其代表作《生命的實現》有詳細的討論。王白淵頗鍾愛此書，在〈詩聖泰戈爾〉一文中對此書內容大幅介紹。他寫道，此書「首先在卷首比較西歐文明和印度文明，指出，歐羅巴是以征服自然爲其本質，相對的，印度是在追求於自然中實現自己」。他並如此歸納泰氏有關人與宇宙關係的思想：

> 簡言之，宇宙乃是一根本的統一體，個人和宇宙之間可以達成和諧。而一切皆靠「梵」來統貫，我們人必須回歸於「梵」，必須參透生命的奧底，以實現個人和宇宙之間的和諧。此即人生最高的目的、永恆喜樂。

泰氏認爲宇宙的最高原則，人生的最高目的，即回歸於梵。

王氏如何理解「梵」呢？王白淵以神、宇宙大靈、真理、(貫穿宇宙時間的)永劫意志、神性深奧大我等不同稱呼稱「梵」(Plama)。以永恆、彼岸、天堂、神的境界、哲人的境界、實在(real)的世界、生母的懷抱、靈魂的故鄉、無限的實現、人類(生存)最高的理想與目的等，稱呼涅槃。他認爲那樣的境界是靈魂的甦醒、完全的解脫、體現神、從萬物中看見神、從一切的存在中發現美、在萬物中發現自己、神性自我的誕生、靜寂的、永遠幸福、無限喜樂、圓滿和諧的。那麼如何達到這種境界，而「回歸於梵」呢？王白淵的理解是——發現法則，探求真理。發現與探求的法門是，不只要「理解」梵而要「愛」梵，不憑「邏輯(理性)」而靠「直觀」。如此方能在萬物中發現自我，誕生「神性自我」，臻於「無限實現」之境。

了解王白淵對「梵」的理解之後，回頭看詩文集前半的詩篇時，便更能理解其涵意了。王白淵或爲文申論，或撰詩歌頌，他對泰氏生命哲學之掌握顯得頗有心得。但是除了歌詠生命、探索生存之道，論說顯示王氏同時關心並發揮泰氏思想積極淑世的一面，以及印度文明救濟世界文明的潛能。所以他在文中努力想揭示——泰氏掀起的思想革命如何使印度國民及印度本土文化「活化」起來？

首先，王白淵指出：泰戈爾駁斥一般人認爲印度文明好冥想不好活動的誤解，強調勤勞、勞動的重要性。受此影響，王氏討論生命或生存問題時，均相當強調勞動及創造的重要性。王氏認爲，泰氏「揭示一個偉大而健康的新時代夢想」，卻不鼓吹「逃出這個世界去尋找神」，其思想乃是「活人生的宗教」。

此外，王白淵強調，泰氏乃主張以捨棄小我、奉獻偉大，來追求精神的自由與永恆。泰戈爾說：「當一個人實際感受到自己所擁有的不過是幻影時，便能明瞭自己的精神乃是比這些偉大。於是解脫束縛，獲得自由。藉著超越已有，而實際感受自己的靈魂，而明瞭邁向永恆之道，乃是必須一再捨棄。」泰氏此說著重於精神之自由，王白淵則強化國家思想、民族前途向度的詮釋。王氏如是說：人類的永久幸福，是獻出一切予比自己尤爲崇高偉大者，「亦即把一切獻給比自己崇高偉大的思想、藝術、國家理想、民族的前途、真理、神等」。藉由泰戈爾之啓示，王白淵把個人生命、人類思想、偉大藝術、國家理想、民族前途，於回歸真理之前提下，很自然地綰合成一體予以發揮，而且強調了實踐之重要。王白淵認爲泰氏吹奏了「使亞細亞從沉睡的死涅槃中覺醒的預言喇叭」。在此王氏所謂的「預言喇叭」，在文藝復興之外更增加了現實政治的指涉與行動實踐的鼓吹。

總之王白淵的〈泰戈爾論〉，發揚的是泰氏著眼活人生而非死宗教，眺望亞細亞黎明而非沉醉於古文明光輝的積極面。王白淵對泰氏淑世思想的最大發揮，表現在他將東方文明論與世界近代史演進詮釋之結合上。我們可以看見，王氏的〈泰戈爾論〉，並未多論其詩藝，即便詳細闡發其人生命哲學，主要論旨也在發揚泰氏對西方文明進行批判的面向。在〈泰戈爾論〉中，王白淵對泰氏文明論的發揮，充分表現在他對近代東方的沒落的詮釋上。在他的觀點中，「19世紀彷彿是個以生存競爭作原理，滿布著苦惱與狂飆的時代」，認爲野蠻功利的西方文明乃東方沈淪的罪魁禍首。因此，他對西方帝國主義、自然主義、近代東方的沒落，提出了如下的歷史解釋：

> 19世紀乃是個沒有理想、沒有信仰的時代，並非是一個追求高遠理想、傾聽永恆聲音的時代。人們追求功利，取代了理想，追求權力，取代了生命。他們的生活標竿，係在於滿足慾望與物質崇拜。人們極端自私，並不關心別人的不幸。泰戈爾也說過，人們是在虛無的面前樹立虛偽的偶像。於是政治上遂變成了帝國主義，思想上遂變成了自然主義。(中略)泰戈爾說：這

> 種文明是食人族的文明，亞細亞當前的不幸、苦惱和反抗，允稱即是這個文明的可悲賜物。

上述解釋，呈現了王白淵以泰戈爾反現代批評對人類現代史演替進行批判的史觀，而這正是一種後殖民史觀。

來自台灣的殖民地知識分子王白淵，從文明的迷失解釋亞細亞民族的不幸歷史及其緣由，同時再三強調印度、中國、土耳其、波斯等地湧現的思想復興與反帝國主義逆流。這無疑不全然是他個人的創見，他深受泰氏以及其他有反省力的西方思想家乃至黑人文學中的反現代批評與後殖民論述所影響，也可能受惠於日本左翼文化界的討論或他們對這些異論的引介。不過在日本右翼國粹主義論述日漸囂張的當時，如此進步的論調卻足以令人側目。

綜上可見，王白淵對泰戈爾的興趣，主要在泰戈爾以「人／自然」、「東方文化／西方文明」關係爲中心的思想，所蘊含的反現代批評與東方文明論。王白淵的〈泰戈爾論〉中已形成了「西歐文明／食人族文明／帝國主義／科學文明／不能恆久」與「印度(或中國等)文明／與自然和諧的文明／人道文明／必然復興」兩個對照的體系。作爲這兩個體系成立的外在證據是近世西力東侵的歷史以及二十世紀日臻榮盛的弱小民族反帝運動；內在支撐，則是印度的文藝復興、獨立運動，以及中國的文學革命、五四運動及國民革命。在思考這些問題的同時，他也開始流露將中國、日本、土耳其、波斯等亞洲國家的現代衰落命運，置入此體系中尋求解答的企圖。但是這個課題對於此時的他來說，確實力有未逮。思想啓蒙落實成革命哲學，印度經驗蛻變成中／日／台三角習題的啓示，則尚要待他寫出〈甘地論〉時才見突破。

三、甘地的啓示

王白淵認爲泰戈爾的貢獻在於活化古文明，促進文藝復興；鬆動西方中心之文明論體系，揭示文明進化的崇高理想。如果說王氏從泰戈爾身上見識了東方文明論在思想運動上的潛能，那麼在甘地身上他則看見這種能量的實踐。

王氏不厭其詳地介紹甘地革命生涯，目的正在探討甘地革命的思想基礎及「堅持真理運動」[41]的思想根據。王白淵曾說：「思想運動和政治運動乃是社會進化的兩個車輪，前者以泰戈爾爲代表，後者以甘地爲代表。於是印度有如一隻擁有巨大雙翼的猛鳥，面朝青天直飛而去。」換言之，泰戈爾也好，甘地也好，印度經驗在文明進化上的正面意義才是王白淵興味之所在。

依據一般了解，甘地哲學的主要傳承出自印度教、佛教和耆納教。真理、非暴力、堅持真理、自我受難、大同，是他最爲核心的哲學概念。一，真理(satya)，就是佛教的諦、真諦、實諦、實。二，非暴力(ahimsa)，就是佛教的不殺生、不害、無害。三，堅持真理(satygraha)，即實現非暴力原則的技巧。它不是爲了追求權力，而是爲了追求人類內在尊嚴。不只是追求印度獨立的工具，而是一種生活方式。四，禁慾與自我受難(tapasya)，就是佛教的苦行，減損飲食。五，大同(sarvodaya)，大同世界不同於以大多數人的最大福利爲標榜的西方社會，而以所有人的最大福利爲目標[42]。

面對既是偉大思想家又是偉大實踐者的甘地，王白淵顯得比較鍾情於甘地哲學在政治運動與世界文明中的啓示。他指出甘地政治運動之精神在於「非暴力、不抵抗、不殺生」，並詳細闡明該運動自我受難，不以惡對惡，「以善和服從來反抗邪惡和暴力」[43]的特性。他歸納性地表示：「甘地的不抵抗主義有兩個根本要素，在認識論上，是真理的堅持；在實踐論上，是基於受難原理的愛敵精神」。王白淵對甘地文明觀

41 「堅持真理運動」(satyagraha)的稱呼成形較晚，但是甘地早在1906年即在南非為旅非印度人爭取居住權而發動過此運動。另外，他早期發起的民事不服從運動，以及1930年代與回教徒合作發起的不合作運動，都是此運動的變貌。他曾說：不合作和民事不服從是堅持真理運動這棵大樹的不同分支。

42 馬小鶴，《甘地》。

43 此段及以下引文未另附注解者，均引自王白淵，〈ガンヂーと印度の獨立運動〉，《蕀の道》，頁103-152。譯文部分參照陳才崑先生譯文，少部分不便掌握詞意之部分，筆者依原文稍作修改。

與革命哲學之關聯頗爲注意，也頗能掌握，他尤其關心甘地的東方文化哲學與殖民地民族解放運動之間的關係。

王白淵指出：甘地認爲擺脫政治性(殖民)或物質性(經濟)的隸屬尙屬次要，最迫切與最終極的目標是「脫離歐羅巴文明的桎梏，回歸印度古老亞細亞幽玄的魂的故鄉」。「甘地極力地想要從印度趕出一切的近代文明，映在他眼底，近代歐羅巴文明乃是魔鬼的文明，是以鐵石心腸爲原理的非人道文明」。但是王白淵認爲甘地並不是一個「偏狹的國家主義者」，他原是一位宗教家，因爲洞悉西歐文明的真相，了解亞細亞、印度在世界文明中的重要性，又有感於帝國主義政治「有如蛇一般纏住我們的要害」，才勇於挺身「與蛇纏鬥」。甘地的「堅持真理運動」是「亞細亞對歐羅巴魔鬼文明的沉痛抗爭」。甘地精神深深觸動了印度「國民的良心」，使獨立革命達到白熱的高峰，王氏在〈甘地論〉中一再流露出印度經驗對他造成的震撼。

從〈甘地論〉的內容可見，甘地對王氏的啓示，也在於甘地的東方文明論(發揚印度傳統、救濟西歐文明的缺陷)及其文明進化史觀(西歐文明的缺陷、西方中心近代文明體系的弊害、東方文明在世界文明中的積極意義)構成的革命哲學。1923年羅曼羅蘭《甘地傳》[44]一書出版，王白淵很快便成爲其讀者，他的甘地觀察受到該書相當影響。或許受到「寄望亞細亞文明去濟度他們人生」[45]的羅曼羅蘭的影響，或許出於殖民地民族同病相憐的立場，王白淵特別注重從文明論的立場來掌握印度革命的智慧、革命的意義，以及甘地對人類的啓示。

甘地與泰戈爾對王白淵的啓示，頗有貫通之處，不過甘地哲學揭示更多「堅持真理」的實踐哲學(譬如群眾運動及國民革命等方面)，甘地的「大同」思想，有如地上天國，入世色彩也較濃厚。以這篇〈甘地論〉觀之，1930年王氏對甘地實踐哲學的推崇，已凌駕他對泰戈爾的讚譽之上。此外，從其他方面也能看見他於〈詩聖泰戈爾〉或同期之〈吾

44　羅曼羅蘭(1866-1944)，其《甘地傳》著於1923年，次年紐約出現英語版。
45　王白淵於〈詩聖タゴール〉文末之語。

們青年的覺悟〉中所展現的左翼東方文明論思想雛型，至此已有某些蛻變。充滿實踐智慧的甘地哲學，使王氏的文明史觀在實踐的向度上更豐富、有力量。這些轉變在論文中幾個地方表現特別明顯。以下將其〈泰戈爾論〉簡稱前論，〈甘地論〉簡稱後論，來加以比較說明。

第一，有關永恆與現實的概念。前論固然留意泰氏思想活化及淑世的一面，但是後論中對現實及實踐更加強調。受到甘地影響，王白淵在〈甘地論〉中說：「為流動的世界，感受到永恆，為自由的蒼穹，奔馳幻想的飛翼，這是詩人的特權，然而我們仍須思索屬於永恆之一瞬的目下問題。」此乃其前後思想批判性繼承的一例。注目當下問題，此時實踐力微弱的生命詩人角色已無法完全滿足他。

第二，有關闇夜與黎明的概念。兩論均將西方物質文明、帝國主義支配下的現代，視為黎明前的長夜，明顯受到社會主義「革命前夜」、「世界革命」論的影響。前論中，長夜是人類疏離自然的結果，是西方中心之人類文明偏重物質造成的弊害。印度湧現的文藝復興則是黎明的曙光。後論把建立於西方價值上的「現代」視為史無前例的大悲劇時代(闇夜)，而將未來非西方文明復興的世界視為悲劇終止的「明日世界」(黎明)。王氏認為：史上最饒富趣味的一頁，即曙光露現前的「大決鬥」正在展開。以進化論觀之，那是以弱肉強食為主的帝國主義，和以互助為信條、受世界普羅階級及蘇聯擁護的社會主義(共產主義)[46] 的決鬥。以人種觀之，是有色人種對白人的反抗。從階級來看，是無產階級對有產階級國際戰爭。大決鬥之後，即是黎明的降臨。因此如果闇夜與黎明的概念，在〈泰戈爾論〉中乃象徵文明的不同類型；在〈甘地論〉中則進一步表徵了不同類型文明在主義、人種、階級方面文／野、優／劣的「進化位階」。另外，在前論中的黎明是自然衍替的結果，後論則強調以行動爭取光明的必要性。

46 共產主義是王白淵自己寫的附記，也是共產主義在全書中出現的唯一一次。共產主義在30年代社會主義的冬天之下，已屬禁忌。王氏有意藉此含混地讓讀者明瞭他所討論的社會主義等同共產主義，社會革命也就是不便明言的共產革命。舉凡此類「偷渡禁忌」的手法，在詩文集中頗多。

第三，有關西方／非西方、壓迫／被壓迫、有產階級／無產階級、少數／多數等概念。前論中可見西方／東方、壓迫／被壓迫概念。不過在後論中，西方／東方的概念被豐富爲西方／非西方(亞、美、非各地)。另外，王氏將甘地哲學之「壓迫／被壓迫」、「少數／多數」概念與社會主義思想之「有產階級／無產階級」、「少數／多數」概念結合了起來。因此在〈甘地論〉中，王氏同時從民族與階級觀點，說明「現代的悲劇」的原因。他認爲現代悲劇的起源，是因爲多數的民族被置於少數的民族剝削下，人口之最大多數的普羅階級受難於極少數金融資本家的宰制之下。現代及其以前的世界，是少數人爲少數人的世界；相反地，明日世界將是多數人爲多數人的世界。

第四，有關民族／階級、民族革命／社會革命等概念。前論強調文明差異，較著重文明與民族(傳統與歷史)的關係。後論強調文明的政治效能，除了文明與民族的關係之外，更注意文明與群眾的關係。〈甘地論〉中，王白淵把民族對民族的壓迫類比爲階級對階級的壓迫，以有產無產、階級壓迫、資本剝削等概念看待帝國主義。他關切西方與非西方社會之間的階級壓迫關係(帝國主義)，同時也注意資本主義國家內部的階級矛盾(階級分化、群眾無產化)。此外，前論他以民族運動觀點推崇印度、中國、土耳其、波斯的反帝運動；後論則改以社會革命、世界革命的觀點來進行評價。此時他明言「民族革命」爲「階級革命的衍生物或里程碑」，強調中國革命已完成了第一階段，而甘地與回教徒的合作象徵階級聯合，因此印度革命也逐漸超越甘地民族運動的標的，邁向社會革命。土耳其也一樣。總之，前論側重於亞細亞「文明」的復興，後論則多談亞細亞「民眾的再起」、「普羅社會的勃興」，同時改口以「青年印度」、「青年中國」、「青年土耳其」來稱呼亞細亞的群眾革命。與此同時，他在行文中也加強了「到底意味什麼？」、「到底說明什麼？」之類與謝春木《台灣人如是觀》、《台灣人的要求》等書中常用的暗示性、煽動性語氣。

第五，「大同」、「社會主義社會」與「大亞洲主義」等概念的結合。前論中尚沒有關於這些方面的論述，後論中則可見王白淵將之相互發明的痕跡。甘地哲學的終極樂土「大同」，乃謀求「所有人的最大福利」的社會。王氏有意將之與社會主義社會理想或孫文以王道說爲中心的大亞洲主義相互類比，浸濡啓發。

在與社會主義理想的結合方面，他指出：現代社會有一股「根本的潮流」在歷史底層奔流，它「不僅超越國界，甚至超越了民族的樊籬」，「這是一項多數人爲多數人的自主運動，例如以互助爲生活信條的普羅社會的勃興即屬之」。他所謂的「根本的潮流」，即不便多言的社會主義或共產主義革命潮流。蘇俄革命與蘇聯共產社會的發展似乎對他也有某些影響，他曾蜻蜓點水地表示對勞農俄羅斯憲法的認同，也曾模稜兩可地把社會主義等同共產主義，皆是證明。此外王白淵對甘地和印度獨立革命的認識，深受羅曼羅蘭《甘地傳》影響，而羅蘭乃基於把甘地的革命和列寧的革命連在一起來推翻舊秩序，從而建立新秩序的理念，從事其印度觀察。羅蘭的觀點影響了王白淵。

相較於羅蘭，王白淵似更有意將甘地哲學、列寧革命進一步與大亞洲主義結合的意圖，可惜限於當時日本政府對共產主義的壓制使他無法多論。不過王在〈甘地論〉中多次呼籲日本人對於「日本之於世界的角色與使命」必須有所反省與抉擇。他也曾多次指出帝國主義國家不僅壓迫他族，也壓迫國內弱小階級。這些論調與孫文的「大亞洲主義」，都有相近之處。孫文談大亞洲主義時曾說道：

> 受壓迫的民族，不但是在亞洲專有的，就是在歐洲境內，也是有的。行霸道的國家，不只是壓迫外洲同外國的民族，就是在本洲本國之內，也是一樣壓迫的。(中略)你們日本民族既得到歐美的霸道文化，又有亞洲王道文化的本質，從今以後對於世界文化的前途，究竟是做西方霸道的鷹犬，或是做東方王道的干城，就在你們日本國民去詳審慎擇[47]。

47　1924年11月28日孫文〈大亞洲主義〉演講。

由此可見，孫文大亞洲主義對他的影響。總之，表面上王白淵對甘地推崇備至，但是其左翼東方文明論實則已包含若干旁徵博引，自行演繹的部分。

第六，明治維新、中國革命、印度革命之關聯。

王氏曾於〈甘地論〉中表示，羅曼羅蘭當以《國父論》作其《甘地傳》的姊妹作。這可說是王白淵的心聲。藉此可見王氏對甘地與孫文、印度與中國的思考早有關聯。對王氏造成相當影響的孫文大亞洲主義，他似乎不便多言或未遑論及。透過前章有關謝春木、王白淵東京時期思想的討論，可知他們最遲在1924年即受到孫文思想及中國革命相當影響。〈甘地論〉末尾王白淵對大亞洲主義的推崇，也可見孫文思想對他造成的衝擊。王氏期待日本肩負亞洲革命使命的觀點，可能受孫文影響。對於日本脫亞入歐，有意爭強於世界的發展，王白淵抱持批判的態度。他說：明治維新以後，日本嫁給了歐羅巴，日俄戰爭後日本好像恥爲亞細亞人，踏上歐洲列強帝國主義的老路。凡此都顯示王白淵對日本拒絕中國、枉顧亞洲責任，與魔共舞的失望和批判。另外，在中國與印度的關係上，他也說：「孫文基於三民主義的大亞細亞主義，係將印度的獨立運動視爲支那革命的延續。」總之，受孫文影響，「日本／中國／印度」的革命在他心中，如擁有正反雙箭頭的環狀關係一般，相互激發且相互深化。王白淵爲什麼沒有寫孫文論，這是一個耐人尋味問題。或許未遑寫出，也或許不便寫出。但是，在前述那個相生相益的循環中，實際上已顯露他對中國革命有獨特的關心，而孫文晚年革命的蛻變也對他造成不小啓示。

第七，對日本的批判與期待。〈甘地論〉中，王氏屢次批判日本自明治維新之後脫亞入歐，以西方是尚，而誤入帝國主義歧途的走向。他認爲受印度、中國文明滋養、發達的東方文明古國日本，應當悔悟對西方的盲從，回歸東方，重新審視亞洲價值。隨著王氏左翼東方文明論觀點的成熟，以及他對亞洲民族命運與共的認識，其「亞細亞青年」概念也隨之豐富化。〈吾們青年的覺悟〉中之「青年」乃指台灣青年，〈泰戈爾論〉已提到「亞細亞青年」一語，但〈甘地論〉則清楚地提到印度青年、中國青年、日本青年等內容。他特別期許日本青年忘記曾爲帝國主義服務的過去，超越種族國界，以自由主義者之姿，投身這場無國界的(社會主義)聖戰。

綜上所論，從1927年的〈泰戈爾論〉到1930年的〈甘地論〉，王氏思想明顯有現實化、左翼化、行動化的傾向。明顯地，1930年當時王氏已無法滿足於生命詩人的角色。在不合作運動達到高潮時泰戈爾不十分認同，他表示：「處在黎明關頭的我們，最重要的義務乃是在於反思神的存在。神並無階級與膚色的區別……」。甘地則反駁泰戈爾說：「願我詩人，拋棄你的豎琴！待戰鬥終止之後，再來歌唱！」王氏在〈甘地論〉中，以此例說明泰戈爾與甘地某些觀念的分歧。這個對話，其實也正是王氏昔日之我與今日之我的對話。

四、反現代與反殖民的演繹

台灣有關文化抗日或反殖論述的相關研究中，一般多注意台灣人藉現代化文明的吸收與操作，對抗殖民主的面向；王白淵的印度論說，卻從東西方的反現代批評中獲取反殖民論述的資源；因此特別有助於我們觀察有關文化抗日或反殖論述不同面向的展現。

在前一節中，我們曾提及王白淵詩文集中出現的浪漫主義詩人或思想家。王從來沒有在文章中多談他們的思想或文藝特色，只在探討泰戈爾、甘地東方文化論時用來作爲輔助說明的例證。不過這倒提示了我們他是在什麼脈絡下接受泰戈爾與甘地思想。在王白淵的思考中，他雅好的英國浪漫主義詩人及其他詩人或思想家，與泰戈爾、甘地的東方文明論有相通處；兩者的最大共同點就在於，他們同樣具有反現代批評的面向。因此，應當注意，王白淵欣賞的不僅是浪漫派的詩藝，更且是這些帶有浪漫主義傾向的藝術或思想家的反現代批評；關於這一點此處將從他對羅曼羅蘭、史賓格勒、柏格森等人的思想評價中，繼續加以討論。

王白淵曾如下理解羅曼羅蘭、史賓格勒等人推崇泰戈爾、甘地的原因：

> 歐羅巴已經疲於人性另一面的探索，歐羅巴文明本身有其缺陷，這是不待引用羅曼羅蘭、史賓格勒的話的。他們兩人都是寄望健全的亞細亞思想去濟度他們的人生。所以他們歡迎泰戈爾的藝術與哲學，而甘地對強勢文明的反抗，也引起了他們的興趣[48]。

1918年一次大戰結束前的幾個月，史賓格勒(Oswald Spengler, 1880-1936)出版其歷史著作《西方的沒落》；該書以一種診斷書和先知預言的姿態宣稱「西歐文化沒落的事實已遍及全球」、「一次大戰是締造新世界藍圖的一個基因」，該書出版後迅速引起熱烈討論。王白淵應該對該書有所閱讀或認識，因此有上述說法。他的說法指出西方思想家羅曼羅蘭、史賓格勒與東方哲人泰戈爾、甘地思想之間的某些相關性，這也恰足以揭示，西方反現代批評與東方的東方文明／文化論述之間具有的共生關係。王白淵之所以援借前述西方文藝家或思想家論理來演繹他的論說，其實也出於類似的需求。

啓蒙運動和現代化產生於世界兩個最早的民族國家英國和法國，反現代批評則首先盛行於德國。歌德等人創建的德國浪漫主義運動，影響英、法浪漫運動的形成，後來許多亞洲的反現代批評也直接間接受到德國浪漫主義者的影響。艾愷指出：德國浪漫主義運動中對啓蒙運動進行的反理性主義批評與文化民族主義，對亞洲的反現代論述有重要影響[49]。

在反理性主義批評方面，以〈詩聖泰戈爾〉中提及的法國思想家柏格森爲例，他堪稱對亞洲反現代批評論者最具影響力的西方哲學家，其創化論(Creative Evolution)[50]便受到德國直覺浪漫主義不少影響。他將「直覺」定義爲一種充滿寰宇的最高共同創造意識，以此與透過機械模式和假設將經驗加以理智化、實用化的「理性」加以區分。他嚴格區分

48　王白淵於〈詩聖タゴール〉文末之語。

49　Guy S. Alitto，《世界範圍內的反現代化思潮：論文化守成主義》。

50　《創化論》著於1907年，於思想界蔚為風潮。柏格森的直觀說對王白淵相當多的啟發，另有關於「變」與「不確定」的認識論也是。

「理性」與「直覺」的學說，在後來中、印、日本等亞洲地區其他反現代批評論者的思想中，常被引伸爲「精神性」與「知識性」(即啓蒙的或科學的)的對峙，泰戈爾與甘地也受到相當影響[51]。「理性／直覺」「精神性／知識性」的論述，往往更進一步與「東方／西方」、「體／用說」、「精神／物質」、「生命／機械」等概念結合，產生了以下一種極其普遍的亞洲文化民族主義邏輯：1.「東方」或「亞洲」常是論者本國國族或民族文化的同義詞；2.東方或亞洲以其精神傳統與文化的超越性見長；3.東方文化與西方文化正好是相反而且完美的互補；4.期待東西方文化融合成未來人類世界的新文化；5.爲了擔負文明調整的使命，東方社會必須對此有所自覺，積極振興、重建或再發現民族的真文化或真精神[52]。

前面有關泰戈爾、甘地的東方文明論或王白淵印度論說的邏輯中，我們都能再三看見上述文化民族主義思考模式的顯現。王白淵印度論說的重要論點之一，「西歐文明／科學文明／食人族的文明／帝國主義／虛無腐朽／不幸的可悲的」與「印度(或中國等)文明／人道文明／與自然和諧的文明／必將復興／理想的快樂的」，便充分流露西歐文明／東方文明─病態／健全的二元思考。在王白淵的論述中，科學、死亡、罪惡與自然、生命、理想成爲絕對性的相對概念；而自然、生命、理想在論述中往往是可互換的同義詞，科學、病態、罪惡的情形也同樣。這種「東方優越性」的論述，其實是翻轉(西方的)「東方主義」邏輯的一種操作。

除了《西方的沒落》之外，史賓格勒還曾於1919年提出下列看法：

---

51 除此之外，印度的依克巴(Muhammad Iqqal)，中國的梁漱溟、張君勱，日本的金子馬治、西田幾多郎，也都接受並提倡柏格森思想。參見Guy S. Alitto,《世界範圍內的反現代化思潮：論文化守成主義》, p. 25. Guy S. Alitto有關梁漱溟的討論，參見Guy S. Alitto, “The Conservativeas Sage: Liang Shu-Ming,” *The Limits of change: essays on conservative alternatives in Republican China* (Taipei: Rainbow-Bridge Book Co, 1976), edited by Charlotte Furth, 213-241.

52 同上，頁108。

> 19世紀是自然科學的世紀；而20世紀則屬於心理學的世紀。我們不再相信理性的能力高於生命；反之，我們覺得生命統治著理性。我們已經從樂觀主義者轉變懷疑論者：我們所關心不再是討論過去什麼事應該發生，而是那些未來將要發生的事[53]。

一次大戰的瘋狂破壞撼動西方自啓蒙時代以後長期的樂觀與自信，西方沒落的危言正是這種背景下的產物之一；而「生命大於理性」之類產生於西方的悲觀之中的反現代批評，除了鼓舞東方的反現代論述，更與東方的東方文明／文化論述相互混合，交互激盪，激發東方後殖民論述的發展。

王白淵認爲，「19世紀彷彿是個以生存競爭作原理，滿布著苦惱與狂飆的時代」。〈詩聖泰戈爾〉末尾，他引了黑人詩人魯涅・馬蘭的這麼一首詩，表達對西方文明的批判：

> 文明啊！文明啊！你是歐洲人傲慢下無辜眾生的靈骨塔！你是建築在屍骸之上的王國！不論要什麼，不論做什麼，一切的一切都只是虛偽的蠢動。那是血淚，那是苦惱的叫喚。那是壓抑正義的暴力，那是火災而不是火炬。它所觸及的一切悉歸灰燼，蕩然無存[54]。

「文明」即暴力，即死亡；相反地，「生命」在王白淵的筆下往往帶有特殊的文化意涵。在他的印度論說中，生命論述對外(對西方)被運用於反現代論述中，對內(對亞洲)則很自然地與針對日本的反殖民論述結合。於是，反現代、反殖民在他的論述中，便形成了一體之兩面。

〈吾們青年的覺悟〉有這麼一段文字，這麼寫道：

---

53 鄧世安編譯，《西方文化的診斷者——史賓格勒》(台北：允晨，1982年11月)，頁29-30。

54 王白淵，〈詩聖タゴール〉，《蕀の道》，頁100-101。

> 回看吾們的民族的現狀，無一日不嘆息，無一日不憤慨。籠中之鳥，尚有飛上空中之志。吾們身居靈長之榮，受於漢族之後，相續四千年的文化，算是光榮之極。然吾們祖宗的面目今日如何？……近世的文明是殺人文明，是弱肉強食的文明，有強權無公理。像英國滅印度以後，三萬萬的民眾皆變做英國奴隸，受二十萬的英人所管轄。失了主權，失了傳統的民族，那裡有民族的光榮呢？那裡有個人的自由呢？……。余在東京的時候，讀甘地的傳記與受難原理，深知甘地的心中痛苦。俗稱曰「同病相憐」。

在這裡，王白淵將帶有東方文明／文化論述色彩的反現代批評，與他對英國的反殖民批評結合起來，同時影射了他對日本及其他帝國主義國家宰制中國及台灣的批判。

王白淵在〈泰戈爾論〉與〈甘地論〉中，企圖將西方的反現代批評與印度思想家的東方文明論結合，用來證明他的「亞細亞復興」論點。不過揭示「西方即將沒落、東方必將興起」，並非他論述的終點，而是論述的框架而已。東西文明的二元對立圖示，是一個換喻，一個讓他進行日本殖民主義批判的背景。他的批判方式是將「脫亞入歐」的日本，當作西歐文明的附驥者，把日本在「西歐文明／東方文明」論述中的位置加以修改，也就是把日本以符號化的方式從它原屬的東方文明空間中移除，藉此生產對日本帝國主義者的批判效應。

日本自日俄戰爭後，成爲「世界列強」之一，但是王白淵對日本朝向帝國主義發展的走向，頗不以爲然，他認爲中國國民革命與印度獨立革命，才是亞洲復興的正道。在〈甘地論〉中，他說：

> 明治維新以後，日本嫁給了歐羅巴，目前的立場已經被逼得必需重新評價其過去自行拋棄的亞細亞娘家了。除卻印度的無常觀和支那的自然觀之外，日本是否曾經思考過自己的文化？沒有了老莊哲學、孔孟的儒教和印度的佛教，過去的日本是何等

寂寞啊！日本就其地理、經濟的情況來看，這並不利於創建屬於自己的文化，日本的文化本質上係依靠大陸而存在的。（中略）。在此意義下，日本堪稱是東方文化的貯藏庫。前面之所以說一度插足世界的日本必須重新評價亞細亞，理由即在於此。

在〈甘地與印度的獨立運動〉中，他批判一次大戰期間日本基於英日同盟鎮壓印度獨立運動一事爲「亞細亞復興運動史上最可恥的污點之一」；在〈詩聖泰戈爾〉中也呼籲日本悔悟其「脫亞入歐」路線。

綜上所述，王白淵在多篇論說中，都強調亞洲文化在宗教、藝術、哲學等精神層面的優越性；然而值得注意的是，他所謂的亞洲文化每每以中、印爲代表，卻不同等評價日本。在〈甘地與印度的獨立運動〉中，他對中印文化的推崇超過日本文化，在〈吾們青年的覺悟〉中他對印度獨立運動、中國國民革命運動寄予高度期待，對中印青年(他的論述脈絡中視台灣青年爲中國青年)的期待高於日本青年；凡此都含有將日本從「優越的東方」的位置中顛覆、移除的空洞化意圖。同樣是「優越的東方」，然而在王白淵的印度論說中呈現的優越東方構圖中，卻以中國和印度爲主，沒有日本的位置。這對自明治維新、甲午戰爭、日俄戰爭以來，一路孜孜於樹立亞洲霸權的日本而言，無疑是莫大的諷刺。

小結

爲什麼王白淵大費篇幅地討論印度問題？爲什麼他特別留意文明論與文明史觀的討論？這似乎與他自旅日之前對文明問題的興趣有關。不過1930年代前後日本國家主義的明顯抬頭，日本左翼文化界對甘地、泰戈爾也多所討論，都可能對王白淵造成某些影響。大東亞共榮圈及大東亞戰爭的口號誕生於1940年代，但是其理論基礎卻根植於一連串漫長畸型的資產階級文明史觀。

1870年代開始，福澤諭吉「東洋盟主論」、「脫亞論」，大隈重信「文明調和論」，大川周明「東西文明對抗統一史觀」，石原莞爾「世界最終戰論」，內藤湖南「東洋文化中心移動說」……接踵而出，王白淵發表印度論說的1920、30年代日本在亞洲世界具有優位性的論述已甚囂塵上[55]。這些論說也都是以翻轉「東方主義」論述的方式，甚至藉「東方精神優越性」之自我東方主義美名，爲帝國主義思想加封神聖光環。與泰戈爾、辜鴻銘被西方人譽爲東方三哲的岡倉天心(1862-1923)，其思想中相當重要的自覺性與禁欲性，於1910年代後期以後也逐漸被日本評者忽略、扭曲。這些擴張性論述在1920年代後期到1930年代初期已相當盛行，可能對左翼知識人王白淵造成不少刺激。1929年四一六共產大檢舉之後日本共產黨和社會主義運動一蹶不振，《荊棘之道》誕生在這樣一個帝國主義論者叫囂，而社會主義慘淡的年代，其有所針對性的批評立場是相當值得注意的。

王白淵在詩文集中費心闡述左翼社會主義文明史觀，並幾次諷刺日本帝國主義躍躍欲試的野心，其目的不難理解。印度論述中「日本／其他亞洲民族(或國家)」等於「西方／東方」的換喻，企圖生產出把自許爲「亞洲白人」的日本人加以貶抑並排除，使東洋盟主論的日本帝國主義理論失去合理性，這種批判模式也正是他對日本右翼國粹主義論述一種間接射擊卻意圖正本清源的批判。1944年謝春木在重慶出版的《日本主義的沒落》一書，對日本主義的起源、發展、內容、現狀，大肆剖析批判[56]，其目的也在從帝國主義的理論基礎直搗黃龍，揭露日本文明史觀與共榮圈神話的假象。

雖然王白淵的論說以印度爲中心，但是透過前述討論可知，其眼光的最終歸宿乃在中、日問題，甚至是台灣問題。整本詩文集中，慷慨激昂地論印度論亞洲，對於台灣問題卻隻字不提，也不曾用過諸如青年台灣或台灣青年等語。只有抽象式地在〈南國之春〉(〈南國の春〉)一詩的標題中用了「南國」一詞，〈晚春〉一詩用及「濁水溪」一語，如此

55 吳懷中，〈「文明史觀」在近代日本對華認識及關係中的影響〉，《日本學刊》1998年第5期(1998年5月)。

56 收錄於謝南光，《謝南光著作選》(台北：海峽學術出版社，1999年)，頁497-547。

而已。誠如其中台論述隱藏於印度論述之中，他的台灣關懷也以幾近隱形之姿包覆於他有關中日關係的思考下。

從論說及最後寫作於上海的一些同期創作，及其至友謝春木當時關懷的問題來推測，孫文聯俄容共、大亞洲主義，北伐(1926-1928)，清共(1927)，統一(1928)等現勢發展，都刺激了他對台灣問題的思考。從前面的討論可以推知，王白淵相信台灣的未來取決於中國的復興，中國的復興取決於帝國主義桎梏的解脫，以及日本帝國主義的悔改。果真如此，在王白淵心中亞洲的復興將是「能謀求全部人幸福」的社會主義世界之肇端，那也就是他心目中理想的文明進化方向。如果真有那麼一天，台灣問題也將不是問題。所以王白淵的台灣關心雖無形無影，卻是他思想的颱風眼。以此為中心，在印度經驗上獲得啓示的他，以獨特文化論述對殖民地台灣的未來投注關懷。

習慣以批判或基本教義作依據，來觀察台灣文化鬥爭的觀察家，面對王白淵如此深刻的批判方式可能不免失望了。但是擅長高明諷刺的王白淵，其左翼立場的文明論述與他善以抒情說理的詩人性格是如此的諧調，而且如此根本地指出帝國主義惡之所從出。誠如陳芳明所言：「台灣左翼文學不是傳統馬克思主義定義下的美學演出」，王白淵式的台灣左翼帶有社會主義色彩，然而民族主義的關懷使其取材超過馬克思主義，因而能多元取向地建構個性化的左翼理論。其目的不止於追隨信仰、建構主體，亦基於深沉的文明反省。台灣左翼文學背後沒有黨的支配，但他們並不是沒有理論、缺乏體系或止於社會寫實的一群。毋寧說，沒有黨指導的政治侷限，他們的思想更為自由而有個性。「台灣左翼」正因此而豐富。

第三節　荊棘之道：反殖的隱喻與革命的召喚

前言

以上依序介紹《荊棘之道》主要詩篇與印度論說的特色，目的在掌握王白淵思想與詩文集精神，並作為本節乃至次章觀察其人其書影響的依據。以下將就前文未遑論及的〈謝春木序〉、〈序詩〉、〈到明天〉、〈給印度人〉與〈佇立揚子江〉諸篇，繼續闡述其人思想及詩文集魅力。

一、分界與總括：〈標界柱〉與〈序詩〉

本章開始時提到：以〈標界柱〉爲界，以象徵及隱喻見長的詩作，與充滿革命信念、民族熱情的論說及幾篇後期創作，如夜與晝，一暗一明，以作者思想左右臂之姿，相互擁抱在這本集子裡。那麼，究竟作者思想的明暗兩面如何被表現出來呢？首先，從〈標界柱〉與〈序詩〉來加以說明。

在詩文集的組成上，〈標界柱〉具有主要詩篇(64首詩)與其他文稿(論說、小說、劇本、詩)區隔的分界作用，不過卻有目無文。由於該書沒有遭檢閱刪削的痕跡，因此雖不完全排除被削除的可能，但可能性不高[57]。河原功也曾推測〈標界柱〉應該就是〈序詩〉(〈序詩〉)[58]。確實〈序詩〉內容極易令人聯想到〈標界柱〉這個詩題，其內容如下：

序詩／王白淵

日出之前魂的蝴蝶
飛向地平線的彼方
你也知道——這隻蝴蝶的去向
朋友啊！
為了共同的作業
撤除標界柱吧
飛向高貴戰地的彼方——

57 筆者曾於〈茨の道：戦争期台湾作家張文環の文学観〉，日本，東方學會，第45回國際東方學者會議論文，2000年5月19日，提及此問題時，認為應遭刪除。在此筆者修正之前的看法。

58 此乃河原功於第45回國際東方學者會議(日本：東方學會，2000年5月19日)中，對筆者提供之教示。

我也知道　你也知道
地平線彼方的光
是東天輝煌的黎明徵兆
朋友啊！
我們互為兄弟
撤除國境的墓標吧
為了神聖的我等的亞細亞——[59]

除了內容與詩題的吻合之外，〈序詩〉將日出之前、魂的蝴蝶、地平線的彼方、東天黎明等主要詩篇中常用的意象，用於呼喚亞細亞青年不分民族、國界，共同戮力於東方復興，其意旨與論說精神直接呼應。

換言之，同時作爲標界與序詩的這首詩，不僅只是單純的界標。毋寧說它是詩篇與論說之間的轉承，作者思想明暗面的聯繫，它提綱挈領地統括了詩集部與論說部的主要精神。它既具起承轉合之效，又具有統括全書精神的作用，可能因而被作者以兩種位置編排。〈標界柱〉一詩原發表於1928年12月之女子師範校友會誌，〈序詩〉末尾卻自署作於1930年2月5日，因此也不排除成書時有修改可能。

詩乃具有眾多文本空白，擁有豐富召喚結構的一種文類。〈標界柱〉在詩文集中發揮區隔作用，是作者明暗表達形式的分野，又是作者思想陰陽面的分際，透過閱讀作用詩集前後兩部分自然形成許多饒富意味的互文現象。

透過〈泰戈爾論〉、〈甘地論〉，讀者可以看見作者思想的兩個向度。其一，是以梵的追求爲中心所構成的，萬物流轉與梵、進化與圓滿、無常與永恆等互爲表裡的生命哲學；另一，是以西方／非西方、機械／自然、征服／和諧、西歐文明／東方文明、帝國主義／仁愛和平、壓迫者／被壓迫者、資產階級／普羅階級等對立體架構而成的左翼東方文明論。因此，透過兩篇論文的解明，讀者可以聯想〈標界柱〉之前的

59　筆者參考巫永福、陳才崑之譯本重行改譯。

詩篇中，對自然、自由、真理等價值的歌詠，除了宗教與哲學的層次之外，還包括了追求殖民地解放、民族獨立、甚至社會主義世界革命之隱喻。王氏認為現實的人生與社會處於闇夜之中，經歷漆黑的荊棘之道，便能獲得光明。因此，詩中時常出現荊棘、樂園、彼岸、故鄉、家路、希望的花園、神的國度等意象。依前類推，這些意象在宗教與哲學的意味之外，讀者同樣也將另有所感。詩文集前後篇之間的互文現象不勝枚舉，在此僅以〈序詩〉為例稍作說明。

〈序詩〉中有幾個相當重要的意象，譬如：日出之前(闇夜)、精靈的蝴蝶(魂)、飛向(歸路)、共同的作業、無標界、地平線的彼方、黎明(光明)、亞細亞(東洋)等。經過前面的討論可知，這些意象不限於〈序詩〉，它們也流貫了大多數的詩篇與論說。

在許多詩篇中，都可以看見蝴蝶、落葉、流水等意象，被當作追求真理的詩人化身加以塑造。蝴蝶─詩人是蝴蝶、追逐自然、追逐美、飛舞於生命上端、飛往自由的樹蔭、嚮往希望的花園、胸懷神的旨意、傳遞自由與歡喜、編織夢、消失於地平線的彼方。落葉─紛飛如蝶、靜靜飄落於命運的流水、滑向無界標的人生路。流水─汲汲奔向深淵家路(歸路)、不捨晝夜、(濁水溪)流向永遠。王白淵運用不少自然意象作為詩人化身[60]，其中以蝴蝶最為重要，落葉也是蝴蝶的變體。蝴蝶不只是詩人的化身，有時更是詩人的真我。蝴蝶不停飛舞，一如流水不捨晝夜。不止息的目的為何呢？在〈詩人〉中，王白淵說「詩人孤吟／訴說萬人的塊壘」。在〈詩聖泰戈爾〉中他說，詩人(泰氏)介於天人之間，對人傳遞上天的消息。因此，蝴蝶不只為自己追逐生命和真理，也為眾人吐露生之感受，同時也傳達了生命和真理的啓示。

此外，在詩篇中王白淵也大量使用了梟、雷鳥、黑鳥、靈鳥、風、星、太陽、向日葵、孩童等意象，以及佛教中象徵渡化者的船夫、陌生人等詞。王白淵用他們來表現他對先知、先行者、渡化者、革命家、聖

60　此外，地鼠、花、蟬、明月、小鳥、秋蟲等，也被當作詩人的化身，或用以表現詩人清高的心志。不過使用較少。

潔的靈魂、偉大思想家、藝術家的禮讚。同時表示對他們偉大、孤獨、受難、堅貞、聖潔、勇敢、光明、真摯、熱情之深刻崇敬及追隨之志。這樣的意象也烙印在〈泰戈爾論〉、〈甘地論〉中。譬如，王白淵把泰氏比喻爲「一顆明星」(智者)、稱許甘地爲促使獨立運動「白熱化」的太陽(光明的使者)、形容印度爲面朝青天直飛而去的「猛鳥」，在〈佇立揚子江〉一詩中也把青年中國譬喻爲即將展翅向上的大鵬。前述諸意象，皆蘊含了正義的蟄伏、聖者風行草偃、渡化人生、永遠的光明、返樸歸真等多重指涉。

蝴蝶爲何不止息？乃爲自由、爲希望、爲夢想。那麼，大自在、大希望、大夢想何在？梟、風、星、太陽、孩童、船夫、陌生人皆說，在彼方。彼方——是無界標的、從亞細亞黎明起始的、真理的家鄉、人類魂的故鄉。由此可見，王氏思想中的理想世界(真理的家鄉、魂的故鄉)，必須從爭取亞細亞的黎明開始。亞細亞的黎明，是亞細亞青年的「共同作業」，是實踐多數人爲多數人幸福的開端。因此他呼籲亞細亞青年「撤除國境的墓標」，追求世界主義理想。這個世界主義的理想，也就是他在〈泰戈爾論〉、〈甘地論〉中逐漸建立起來的，以東方文明論爲基調的左翼文明史觀勾勒出來的明日世界。

二、去向與歸宿的暗示：〈序〉與〈序詩〉

闇夜中，一隻蝴蝶追尋光明，羽翼開合不息，直向地平線的彼方，光之所在，飛舞而去。她所走過的路是一條荊棘之道，此路的歸宿則是一個意味深長的明日世界。除了〈序詩〉以外，謝春木〈序〉、〈到明天〉、〈給印度人〉、〈佇立揚子江〉等編置於詩文集首尾之作，也都深淺不一地觸及了去路或歸宿的問題。

謝春木〈序〉，非常有技巧地談及這個問題。鳥瞰自己與好友從同化教育中醒悟的啓蒙過程，暗示並肯定王白淵此書出版後的新去向，是這篇〈序〉的兩大重點。文中謝有如打啞謎似地暗指《荊棘之道》，是一本活生生的台灣青年啓蒙記錄而加以讚揚。他說：

> 這本詩集描繪的是你廿九歲階段以前的現實，並且是做為日本教育忠實反射鏡的現實。你將此反射鏡問諸於社會，又想將之擊碎，代之以台灣人所居住的現實社會之正射鏡。正如同品嘗糯米紙[61]溶化後的藥物苦味，你把這本詩集當作清算藥吞了下去。你的真面目必須是清算這些以後的歷程[62]。

透過謝春木懸疑式的提醒，作者王白淵究竟在書中埋藏了什麼有關思想蛻變的啓示越發引人興趣，特別是對那些與作者承受同樣命運、或面臨類似思想危機的台灣讀者。因此，在文本與文本、文本與脈絡的互文之外，讀者對著者生平的體會，或對著者精神的想像，也將使讀者對這本詩文集的閱讀與接受變得更奇麗多姿。

謝春木深諳老友蛻變軌跡的老成口吻，有意無意地引導讀者把《荊棘之道》的出版視作一種宣示。他煽動性地寫道：

> 《荊棘的道路》是你廿九歲以前的倒影，同時也是你將往何處去的暗示。不，與其說是你，不如說是你所屬的社會來得恰當吧！尤其是在殖民地成長的我們更是腳踏著雙重的荊棘道路，而其克服的方法卻只有一個。方法到底是什麼呢？在此我不想明講，唯我們必須彼此握緊雙手，分別踏入這條荊棘的道路[63]。

由引文可見，謝春木不以個案看待王白淵，而將王氏的啓蒙歷程視作殖民地知識人的集體覺醒之一，同時將他的抉擇解讀爲台灣社會的一種出路。何謂「荊棘之道」呢？謝認爲：就王白淵來說，荊棘之道是他29歲以前，人生的坎坷，思想的波折。但它不是一個青春的墓碑，而是其未來動向的開端。就全體而言，橫陳在台灣青年面前的是一條不容規避的

---

61 糯米紙(荷語oblaat)，包住藥一併服下的一種服藥紙。

62 謝春木，〈序〉，《王白淵・荊棘的道路》上冊。

63 同上。

荊棘之道[64]。儘管它坎坷難行，卻是克服苦難的一條出路。

揮別帝都的小閣樓後，謝、王這一對難兄難弟始終聯繫未斷。王白淵到盛岡任教後不久(1926年)，可能在謝的引薦下[65]兼任《台灣民報》特約撰稿[66]。1929年中(5月4日-6月26日)，王也可能曾受謝之邀同赴上海旅遊[67]。如果當時確曾同往，那麼出書在即之際知交同遊，對於彼此即將出版的書或許不免討論，作序之約也可能商定於此時。即使未曾同遊，擁有深厚默契，彼此保持聯繫的兩人應該也互知心意。〈序〉文中，謝南光諸如「孕育詩的你的生活，我比任何人都清楚」的自信口吻貫穿全文；戰後王白淵也說：「那序文可說該書中的白眉，他在這文中很婉曲地又很厲害地，暴露出日本帝國主義的殖民地政策，揭破帝國主義的基本理念」[68]。凡此都顯示謝、王對於《荊棘之道》欲表達的思想確實有相當默契。

婉轉迂迴，充滿隱喻，然而終極意旨卻又堅定而不辯自明，謝春木〈序〉爲詩文集的讀者，作了一個深具激勵又引人深思的解題。如同詩文集含沙射影一樣，謝氏的序也耐人尋味。作爲全書的開頭，〈序〉和〈序詩〉，謝、王兩序，前後呼應，一唱一和。他們／它們語帶玄機地，一面揭示有良知的殖民地青年應有的動向，一面允諾追隨者得分享光明廣闊的明日世界。而且越是熟悉王、謝的讀者，他們之間一唱一和的絃外之音也就越能引人想像。

---

64 所謂「雙重荊棘之道」一語謝春木在其他文稿中，也沒有任何說明可供了解。筆者依兩人當時在許多論述中顯露的思想來推測，應該是指「封建渣滓」與「帝國主義壓迫」兩者對台灣社會構成的桎梏而言。

65 任職記錄參見《王白淵‧荊棘的道路》下冊，頁421。依謝南光在東京、台北擔任《台灣民報》編輯多年的資歷，此職可能由謝居中促成。

66 王白淵兼任《台灣民報》特約撰稿一職，此工作是否使王與島內民族運動及社會運動有所聯繫？另外1930年謝南光與黃白成枝創刊《洪水》報，以王、謝交往，王是否曾在該刊執筆？王與日本其他左翼運動團體是否有聯繫？這些問題尚欠缺資料佐證，但是未來在討論王白淵「由文學而政治」的思想、行動蛻變，甚至「東京台灣人文化同好會」的組成前史時有必要再多加考查。

67 詳見第四章第一節。

68 王白淵，〈我的回憶錄〉(二)，《政經報》1卷3號(1945年11月25日)，頁21。

三、到明天：〈到明天〉、〈給印度人〉與〈佇立揚子江〉

這種既暗又明，隱喻兼催促的呼喚，從詩篇到論說乃至最末壓卷之作，貫通全書。初時婉轉曲折，最後則波瀾壯闊。詩文集收錄的作品，越是後期之作越能顯現王氏思想強韌積極的一面。壓卷之作〈到明天〉、〈給印度人〉與〈佇立揚子江〉，皆明顯流露「宣示」與「行動」的意味。與〈甘地論〉、〈序詩〉同樣，這些作品都完成於1930年前後。〈到明天〉創作於1930年2月26日，依照詩文集編輯習慣，編排於其後的〈給印度人〉與〈佇立揚子江〉創作時間應晚於〈到明天〉。全書中只有〈到明天〉、〈給印度人〉與〈佇立揚子江〉三篇，有「作於上海」的註記。此間王白淵曾赴華遊歷，因此有這些流露祖國震撼的作品[69]。如果說書首兩序之精神可以用「她將往何處去？」一言以蔽之的話，那麼〈到明天〉、〈給印度人〉與〈佇立揚子江〉這最末三作則適足以作爲它的答覆。

三作之中最值得玩味的是劇本〈到明天〉。該文標註作者「左明」，譯者「王白淵」，是全書中唯一的譯作，也是社會主義氣息、革命情調最濃郁的一篇。該劇本描寫大罷工前夕風雨交加的黑夜裡，堅強的老革命家、病弱的少年工、不堪剝削亡命的女傭，三人革命意志結合的故事。劇中反覆出現幾個意象，諸如黎明前、風雨長夜、對資本主義的覺醒、偉大的明天、戰鬥的明天、解救性的明天等。此外劇中也一再強調：必須奪還我們所失去的、寧願死也要自由、我們同樣都是可憐的被壓迫者、覺悟者就是我們的同志、革命是爲所有被壓迫的人爭取自由、爲偉大的活而光榮赴死、大自然的力量人力不可阻擋等等。總之，理念掛帥的這篇戲劇，從題目到內容不斷鼓吹以青年革命(社會主義革命)接續老革命(民族革命)，呼喚(性別、階級)弱小者的階級意識與受

69 王白淵赴華遊歷之說眾說紛云。板谷榮城推測王未曾赴華，這些作品乃因閱讀謝春木〈新興中國見聞記〉有感所寫。陳才崑則認為王白淵可能於1929-1930年間遊歷中國，才有此類作品。依據上海領事館調查報告推測，王白淵曾於1929-1930年間赴華，因此陳說較可信。詳見第四章第一節討論。

害自覺，並強力渲染「革命前夜」氣氛，暗示階級革命締造之明日世界即將到來。綜觀上述，闇夜與黎明的意象，明天或明日世界的渴望，民族革命與無產階級革命的階段論，革命的最終目的，以及死生一體、自然不可逆等概念，都與王白淵主張相近。在當時中國左翼戲劇中，類似主旨、用語、風格的劇作不在少數，由於共產革命的需要，作者也大量使用、更換筆名，因此這篇原作及作者左明甚難追查[70]。依此推測，這篇劇作可能是與王氏思想契合，受其鍾愛，而被選錄於詩文集中的一篇革命劇作；不過由於收錄於個人詩文集內，因此也不排除他自己創作的可能。

〈給印度人〉與〈佇立揚子江〉，同樣明顯表現作者對帝國主義的批判及其強調民族主義的認同取向。〈給印度人〉是給同爲被殖民者的在滬印度人的忠告：

給印度人／王白淵

繁華的列強租界大街
戒備森嚴的銀行門前
大商店吵雜的出入口
我們看見　我們看見
全副武裝的印度弟兄……
六尺巨軀四肢強健
白巾纏繞著黑臉
大英帝國的走犬
上海的要地汝無處不出沒
噢！印度人呀！世界的看門奴
厚顏無恥的錫克人
汝為誰武裝　汝為誰勞動

70　筆者曾調查相關劇作家、文學家名錄，並請教清華大學中文系戲劇學者王安祈教授，均無法得知「左明」的背景。

為誰奉獻……
悲哀堂堂釋尊後裔
亞細亞無限的侮蔑
印度人啊！印度人！
厚顏無恥的錫克人！
你的槍口對準誰人的胸前？[71]　　（於上海）

對於同樣背負被殖民命運的印度人，王白淵從亞細亞被殖民民族命運與共的立場，以兄弟相稱。一面對之同情，一面又恨其奴隸化，因而怒斥其不事抵抗，甘爲鷹犬。「你的槍口對準誰的胸膛？」身爲發問者的王白淵，表現出對自己身分、立場確立不疑的自尊和自信。然而這厲聲的詰問，何嘗不是對同樣處境的台灣人而發呢？

〈佇立揚子江〉，寫的是初臨祖國的他佇立江畔的心情：

佇立揚子江／王白淵
黃色濁流滔滔注入黃海
源自四川奧地悠悠千餘里
興亡五千年人世盡收眼底
比歷史悠遠的揚子江水
岸邊楊柳也比時光古老
清濁併吞的你
靜寂無為似哲人
兇猛咆哮若猛虎
你是幾億民眾的心臟
中原四百餘州的大動脈——

清朝惡政後繼之列強搾取

71　王白淵，《蕀の道》，頁172-173。引文使用陳才崑先生譯本。

桃花之夢華胥之國今何在？
然而你血液未冷之前
奮起的國民革命之聲
燃燒果敢鬥爭與犧牲
青年中國的普羅列塔利亞
從炮火和流血中對我們
訴說些什麼……？

老中華於黃河流域
發祥、繁榮而老去
老子的冥想孔子的教誨
貴妃之夢已過去
葬送吧！葬送一切的過去！
青年中國和揚子江一起
以葬送封建殘滓與殖民地壓抑為目標
整翼待發——

至今尚未開啟的數千年門扉
揚子江啊！揚子江啊！
偉大的揚子江黎明來了
孕育著赫赫的光輝……[72]　　（於上海）

長江，民族活力所繫，歷史文化的心臟，民眾經濟的血脈。王白淵用它來象徵中華民族不死之魂，也用它來象徵下層人民眾志成城的革命熱血。

文明新生之血，民眾覺醒之血，它顛覆帝制，驅逐異族，促成了現

72　王白淵，《棘の道》，頁174-175。引文依據陳才崑、巫永福兩人譯本(因有部分漏譯或改譯，讀者不易深入原作思想)修改，修辭盡量忠於原作。原詩未分段，此乃筆者依王氏分段習慣(破折號等標點)，加以分段。

代中國的誕生。現代中國，是國民革命締造的成就，國民革命乃普羅大眾覺醒、犧牲的流血革命。國民革命的最大啓示在於普羅大眾的覺醒。王白淵相信，隨著普羅大眾的甦醒與青年中國的誕生，新中國將葬送一切封建與殖民的制壓，開啓新紀元。而後新中國和印度，將有如整翼待發的大鵬迎向前所未有的光明境界。

佇立江畔，中華五千年歷史文化、漢族近世被滿人及西方人征服、被殖民的挫敗史，國民革命的啓示……，在詩人眼前激盪翻滾。爲追尋祖國而踏上中國土地的王白淵，懷想古今，流露深刻的(漢)民族認同。但是他無意自限於韃滿族之屍，也不想在古文明的光輝中自我陶醉，僅自許成爲肩負振興祖國中挫命運的一員。儘管民族觀念甚重，但是這位來自台灣的殖民地知識分子卻能跳脫種族視閾以普羅運動來評價辛亥革命，從中尋求革命啓示並思考革命事業的後續出路。這首詩表露了，詩文集中王氏罕言的民族認同與中國革命啓示。

由上可見，王白淵面對祖國問題時依舊不離文明觀點。他從文明興衰衍替的大歷史，思考中國的生命力。長江，被他視爲與黃河所代表的老中國對照的——新中國的象徵。然而或許面對動盪祖國時無法從容，或許對祖國歷史文化有所隔閡，也或許北伐完成後的新中國讓他寄予厚望，總之身爲文明古國後裔的王白淵與泰戈爾、甘地不盡相同的是，他似乎無意多凝視過往華麗的民族文化與歷史，唯獨器重南方中國的現勢進展。這首詩裡雖無法窺見更多具體的社會主義概念，但是從他對「青年中國」與「普羅大眾」的強調，足以肯定王氏思想超越民族主義的取向。這與他在〈甘地論〉中顯現的革命觀是一致的。總之，放眼濤濤江水，奔流在一位民族離散者眼前的是與自己坎坷身世相應的民族滄桑史。但是反封建、反殖民、對普羅大眾的注目，卻使他的自我認同與民族意識增加了現實性與開闊性。

如前章所述，王白淵的民族認同以血緣爲本位。漢民族認同爲內圓，國民革命建立的(五族共和)中國爲外圓，之後外擴至東洋衰弱民族，甚至所有世界弱小民族，呈一多層次構造。與他極其強調的民族主義並存於其思想之中的，是其他弱小民族，還有帝國主義者。他把台灣的殖民地命運與中國的衰落，置於廣泛的帝國主義與弱小民族之殖民史中加以思考。早在1927年〈詩聖泰戈爾〉或1931年《荊棘之道》中，這些思想已具備雛型。透過《荊棘之道》，我們看見令論者迷惑的階級與民族問題、台灣認同與中國認同問題，在1930年代的王白淵身上很自然地並存著。對於像王白淵這樣一位殖民地左翼知識分子而言，台灣與祖國本來就不是二選一的問題，而民族主義與社會主義也並不矛盾。這非但是台灣左翼的另一特色，也是許多覺醒的殖民地知識分子的共同面容。

綜合上述，作爲壓卷之作〈到明天〉、〈給印度人〉與〈佇立揚子江〉三篇，宣示了王白淵對被殖民者覺醒的期待、(漢)民族認同、對國民革命的推崇、對無產階級繼續革命的期許。慷慨激昂的這些詩文，以高昂的革命熱情粉碎了煩悶和憂鬱。如果書首兩序的精神可用「她將往何處去？」一言以蔽之的話，那麼最末三作又提出了怎樣的答覆呢？踏在祖國土地上，王白淵感慨過往眺望未來，以激情口吻寫下對甘爲鷹犬者的批判，抒發對祖國的信賴，宣示前所未有的明日世界行將到來。他究竟向讀者訴說了什麼？這個問題一如以括弧存在於上海的王白淵一樣，豈不是有點抽象卻又那麼不辯自明嗎？她(他)將往何處去？從同化教育出走，行過探索藝術、生命、真理的曠野，經歷文明史觀與印度革命思想的洗禮，最後踏上祖國新生的土地，在群眾革命中看見民族與民眾的黎明。她(他)所經歷的，正是一條兼具民族主義與社會主義向度的荊棘之道。

小結

日籍研究者板谷榮城曾針對女子師範學校日誌、校友會誌、當地人士及王任教期間的學生，進行詳細調查及訪談。他發現：王白淵在岩手師範女子學校度過了五年又九個月的教書生涯，教授美術並指導學生網球。他親切生動的教學，幽默風趣的談吐，深受學生愛戴。學生口中的「王せんせい」，是一位無時不笑容滿面，對藝術充滿熱情，堅決於台灣獨立運動的人。常於授課間熱情談論台灣獨立及其他政治問題的他，受到學生們的同情與支持，常藉由學生們的提示或校長巡堂的鞋音，迅速將話題從政治轉回美術[73]。

此外，民眾黨曾於1929年底起在台、日等地發起反總督府鴉片特許制度之運動，並連絡上海、國聯等國際反毒團體，最後導致國聯派員來台關切，予總督府極大壓力。此事被譽爲「非武裝抗日運動中打得最漂亮的一戰」，它對統治當局造成了難堪也被認爲是導致民眾黨被禁的重要原因之一[74]。相對於民眾黨在島內活躍的集體作爲，隻身在盛岡的王白淵對學生思想造成的影響，在校友會誌中也歷歷可見。該誌曾出現學生以台灣鴉片問題爲主題所作的詩，明顯受到王白淵的影響。此外當年他教導過的學生，至今也有人對他上課時痛批三菱、三井等財團搾取殖民地產業一事印象深刻[75]。由此可見當時王白淵對島內運動持有高度共鳴，對民族運動理念的散播也相當積極。

1932年9月22日，王白淵因「東京台灣人文化同好會」事件遭到檢束，在講台上遭無情拘押。半世紀後受訪學生對當年此一驚人情景，仍印象深刻[76]。1979年在日本曾出版一部名爲《南部紫》的自傳小說，小說的第二卷中有幾段關於參加獨立運動的女子師範學校朝鮮人美術教師「菱白淵」，及與菱結婚的女學生「妙」的插曲。作者山合芳繪正是王白淵任教期間女子師範學校的學生，似乎熟知王氏等人當年情事。小說中「菱白淵」與「妙」等角色，正以王及當年與他相戀結婚的日籍妻子(該校學生久保田ヨミ)爲模特兒[77]。小說最後以「菱白淵」投身獨立運動返回朝鮮，臨行與妻女訣別作結。小說塑造的「菱白淵」，多少反應了王白淵烙印在作者(或其他學生)心目中的形象。在山合筆下王白淵是一位民族獨立運動者，在年逾半百回首前塵的日籍女性心中，這位來自殖民地的美術老師想必就像旋風一樣，在她或友人的青春中留下某些震

73 板谷榮城(等)，〈盛岡時代の王白淵について〉，頁10-12。

74 黃煌雄，《蔣渭水傳》，頁128。

75 板谷榮城(等)，〈盛岡時代の王白淵について〉，頁18-20。

76 同上，頁7-43。

77 同上，頁9。

驚吧[78]？

除了教學以外，王白淵與盛岡當地文士也有所來往。譬如，雅好文學的學校同事松本慎吾，以及與松本同爲岩手縣山嶽協會一分子、同時也是岩手詩人協會成員的小山和吉等人。板谷推測透過這些文友，王與當時同屬岩手詩人協會成員之一的知名文學者宮澤賢治(1896-1933，詩人、童話作家)，或其他當地文學者，極可能也有一些透過印刷物或其他形式的交流或接觸[79]。這些訊息讓我們可以約略想像王白淵活躍於盛岡的情形。

此外上海領事館報告書中的特務調查記錄，還呈現了他此時的其餘活動片段。據調查王白淵在盛岡任教期間，曾「誘引岩手醫學專門學校學生組織「親交會」，努力對他們進行民族意識之宣揚煽動」[80]。換言之，他不只以文學宣洩不滿，甚至可能有意以文學進行組織了。「親交會」此一組織詳情如何恐難考察，然而當時岩手醫專台灣留學生有限，「親交會」應是類似當時左翼外圍團體「讀書班」或非左翼的一般「讀書小組」那樣，由數人到十數人組成的極小團體或研究會[81]。無論如何，這個截至目前爲止尚未被注意的史料，至少透露了此時積極關切民族主義及社會主義運動的王白淵，正急切尋覓志同道合之士。

綜上可知，王白淵於盛岡時無法滿足於夫子之職。他熱心啓發日本學生的政治關懷與殖民地認識，教書之餘廣交文友，同時開始著手召募同族志士，宣揚民族思想。陸續執筆作詩及論說的他，不只以文學宣洩不滿，更有意以文學展開革命。此時積極關切民族主義與社會主義運動的他急切尋覓志同道合之士，而詩文集《荊棘之道》遂自覺或不自覺地

78　除了她以外，板谷榮城還提到王白淵離日赴滬以後，曾有學生到上海探訪他。而年事已高的受訪學生，在獲知老師後半生坎坷的際遇時，都感到十分悲傷。

79　板谷榮城(等)，〈盛岡時代の王白淵について〉，頁7-48。

80　《要視人關係雜纂、本邦人ノ部・台灣人關係》，亞細亞局機密第800號。

81　類似團體在當時極多。東京台灣旅日學生從事民族運動或共產運動時，辦有許多這樣的讀書班。島內也一樣，譬如王詩琅等人1923年曾組「勵學會」。這些組織常遭警察干涉或取締。

成爲他召喚同類靈魂的笛聲。

1923年王白淵在謝南光的激勵下來到東京，10年後當他被檢舉喪失教職之際，促使他毅然踏向另一土地的仍是好友謝春木。1933年王在謝的鼓舞之下前往上海。日本外交史料館所藏上海領事館報告書「關於要注意台灣人來滬之件」有關於王白淵的調查報告。該件記載，1933年6月23日王白淵從東京搭乘上海丸前往上海，居住於上海法國租界維爾蒙路116號。王在謝春木主辦的「華聯通信社」工作，主要在接替5月1日被日軍逮捕的蔣文來(上海台灣反帝同盟幹部)，翻譯日本廣播電台消息提供中國相關機構參考[82]。此文件證實了王白淵追隨謝春木腳步之後，也進一步以實際行動往抗日路途前進了。

戰時蘇薌雨(即蘇維霖，蘇維熊之兄)經友人介紹進入漢口中央宣傳部國際宣傳處日本科工作，擔任類似任務。他曾回憶道：

> 這時候，日軍沿長江而上向武漢進迫，要從廣播知道敵軍從什麼地方和什麼方向前進，我軍從什麼方向轉進，有時候亦收日軍新聞記者從戰地打回本國的長途電話，瞭解綜合消息。工作從下午三時開始，夜裡十二時停止，收得的廣播，逐條立時翻譯成中文，全部翻譯完了之後，立刻付印，訂成小冊子，軍政部每天於午夜二時派車來取回。每天的工作，要等軍政部派車來取小冊子之後才結束，(中略)。休息不久又要工作，十分辛苦，但是想到「抗戰第一、勝利第一」，辛苦也都忘光了[83]。

蘇氏擔任此職時抗戰已進入決戰階段，在軍事單位工作的他固然辛苦卻沒有被當作間諜的危險。1933年從事情報蒐集、抗日思想宣傳的王、謝

82 上海領事館報告書〈要視察台灣人渡來ニ關スル件〉，《要視人關係雜纂、本邦人ノ部・台灣人關係》，亞細亞局機密第800號・昭和8年7月1日，日本外交史料館藏，I・4.5.22-2-2。

83 蘇薌雨，〈祖國廿五年回憶錄〉，《傳記文學》27卷1期、27卷2期(1975年7月、8月)。

等人，工作雖不急迫，但是身為先行者、又是台灣人，既受日方取締又缺乏中國政府信賴，屢遭日中兩方所忌。1935年「華聯通訊社」便因受日本政府壓制不得不軟化反日言論，而失去中國人士支持，國民政府補助款減少，5月經濟陷入困難，不得不發行《中外論壇》向各地僑民銷售，結果8月謝春木被國民黨租界幹員以有共產黨員及日本間諜嫌疑逮捕，最後央請當地有力人士關說才獲釋，由此可見「華聯通信社」經營之困難[84]。此案之後「華聯通訊社」雖曾對外發表布告說明此事，但難挽頹勢終致關閉。1937年王白淵等人曾有意重建該社，不過最後因上海八一三事變爆發，成員走避而未能實現。八一三事變後王白淵攜有孕在身的四川籍妻子避往上海法領事館，不料被捕，遭強行押解回台，從此與妻音訊中絕。謝春木則由於深入重慶，而逃過一劫。

拋妻棄女，為抗日奔赴祖國，無非志士氣魄。好於理論思索的王白淵踵繼謝的腳步之後，終於進一步以行動往抗日之途前進了。然而，為抗日反帝、追求中國徹底革命而毅然拋妻棄女奔走祖國土地的王白淵，此後再嘗牢獄之災與骨肉分離之苦，他的人生確實荊棘遍布。

從東京到盛岡，王白淵對個人及自我之自由追求日廣而且更具現實性，從生命的自由(梵)、思想的自由(藝術)，到民族的自由(獨立與回歸)，亞洲的復興，弱小民族的解放(世界革命)，甚至普羅大眾的自由(社會主義明日社會)，皆包含在內。在他身上，昔日的憂鬱以及藝術／革命的矛盾，逐漸在自由的大前提下昇華、化解、融合。隨著《荊棘之道》問世而被讀者認識的王白淵，已不僅是一位民族運動者，也是一個社會主義運動者。1931年他提倡組織日本左翼文化運動外圍團體「東京台灣人文化同好會」，以及1933年後他在《フォルモサ》發表的作品，都散發出他作為一位帶有民族主義色彩的社會主義者之思想特質。

詩文集《荊棘之道》中，並無一首題名〈荊棘之道〉的詩，只不過在詩與論文中曾幾次使用到「荊棘」一詞。究竟，荊棘之道暗示著怎樣

84　上海領事館報告書〈在滬要視察台灣人謝春木ノ動靜ニ關スル件〉，上海警察秘第485號。

的道路？這是一個狀似缺席，卻又無所不在的文本。透過王白淵的人生探索和詩文集豐富的文本與脈絡，其實不難明白它的含意。總之，「荊棘之道」是台灣、中國、東方被壓迫民族、世界弱小民族在現代面臨的無情挑戰，也是人類當下社會邁向明日世界的一條坎坷之路。它訴說著王白淵從個人、社會、民族各方面對此一課題勇敢摸索的幾番波折，同時也預示了堅持此一信念者未來坎坷的前景。

《荊棘之道》，它是一件示範、一個暗示、一類志向、一種召喚。

本章總結

王白淵思想以辯證、進化論諸說，結合泰戈爾、甘地等人之生命哲學及東方文明論，構成主體。以辯證、進化為前提的文明史觀，是王白淵東方文明論的核心，藉由他的文明史觀可以明瞭他左翼東方文明論思想的發展。王氏早期思想中便已顯現他對文明問題的關心，1920年代初期激勵他赴日原因之一的米勒對他的啟示，便包含文明反省的成份。赴京求學以後，黑格爾、柏格森、泰戈爾、甘地等人，均影響了他文明史觀的建構。1927年盛岡初期的〈吾們青年的覺悟〉及〈詩聖泰戈爾〉中，進化論與文明論等觀點的結合已浮現文稿之中[85]。前者可見社會主義思想基礎的黑格爾辯證史觀對他的影響，後者則可見泰戈爾萬物流轉、萬善同歸等思想的烙印。此時王白淵對活力論的進化論觀點已相當有心得，顯然受到柏格森創化論不小影響，故強調直觀與生命衝力在宇宙進化中的重要性。這種活力論與達爾文等機械論大異其趣，與泰戈爾強調愛(直觀)、萬物流轉等思想則能相互發明。到1930年代〈甘地論〉，王白淵的文明史觀逐漸臻於成熟。

從甘地身上，王白淵明瞭革命的意義不在奪還失去的權力與物質，乃在恢復生命與生存的尊貴；革命的終極目標不在以暴制暴，而在於健全人類文明的進程。在這樣的啟發下，革命對王氏而言是追求理想社

85　許多詩作中也有這些觀點的流露，由於未標明寫作時間故未予析論。

會、文明進化的一個實踐過程。理想社會、文明進化，必須奠基於文明與文明、民族與民族、人與人的全面平等。因此，革命必須從扭轉西方文明的獨霸、非西方世界的不幸、普羅階級的被壓迫開始。也就是說，革命是在促進文明進化的意義上而開始，而存在，而有價值；文明進化、文化發展則是革命唯一的、終極的目標。以上便是王氏的文明觀、革命觀。這是王白淵式左翼東方文明論的外廓，也是王白淵式台灣左翼的基調。

王氏對泰戈爾、甘地的傾仰，一方面基於進化論、文明論的關懷，另一方面則出自探求台灣、中國出路的現實渴望。王氏深受兩氏影響，相信進化乃持續往善邁進，社會進化(文明史)、萬物流轉(自然史)同爲生生不息之宇宙一環，而以梵之回歸爲最高理想。不過王氏思想來源駁雜，與其說王氏一意追隨泰戈爾、甘地，毋寧說關心進化與文明問題的他，在他們身上找到了讓自己思想成熟與表現的道場。〈詩聖泰戈爾〉與〈甘地與印度的獨立運動〉兩文，是王白淵印度觀察的一體兩面，同時也是他思想的載體，理論表現的舞台。在其上，大至人類進化、文明演化，小至民族出路、個人未來，王白淵層次井然地一一加以演繹，並將它們網絡化地連構成和諧的一體。他樂觀取向的進化論思想，與泰戈爾、甘地對印度文明的詮釋結合後，形成了具有個人風格的東方文明論。

1930年，王白淵兼具民族主義與社會主義色彩的文化鬥士運動哲學終於誕生，而其左翼政治運動者的面容也才真正成形。此前的他，無論煩悶於台灣，憂鬱於東京，悟生命、文明之道於泰戈爾、甘地，但是個人思想尚未形成體系，異議思想也沒有付諸實踐的衝力與強度。可是《荊棘之道》成書前夕，情況至此不同了。除了厚實有力的兩論，詩文集中最後執筆的〈到明天〉、統括全書靈魂的〈序詩〉、抑或洋溢反帝熱血與祖國憧憬的壓卷詩作，皆不斷閃現他熱情激動，躍躍欲試的志士氣質。

王白淵在其〈泰戈爾論〉的最後曾說，「站起來！亞細亞的青年們！除了我們自己之外，何處還有我們的守護神？神就在我們大家的心靈裡面，神一邊在痛苦中，一邊在創造途中。(中略)就讓老年人隨便去追憶過去，讓我們踏上自己的路吧！」。王白淵在泰戈爾、甘地、孫文……身上找到了什麼？簡單來說，是一條屬於自己的路。一條起源於東方文明，通往人類文明理想境地之靈魂故鄉，也指向弱小民族復興、社會主義明日社會誕生，既救贖小我也解放大我的出路。而那路不是別的，正是一條荊棘之道。

我們應該如何評價王白淵呢？這個問題或許應從王白淵的自我期待回答起。他對泰氏的評價，充滿自我的投射。他說：「泰戈爾被稱爲現代的歌德，到底他是詩人、哲學家、音樂家，還是以藝術作爲生命原理的社會改革家呢？」[86]很顯然王白淵的答案是全面肯定的。不過他的答法非常有特色，他說：與「人中之人」歌德一樣，泰戈爾乃是最富人性的人物。和任何人一樣，泰戈爾首先也必須「先是一個人」，然後才能夠成爲一個詩人、哲人、藝術家、社會改革家。這無疑是王白淵對自我的期許。

精心整理、翻譯王白淵生平及詩文集的陳才崑，曾從編輯策略指出王白淵似乎曾刻意透過編排來包裝這本詩文集，因此把看似歌頌日本大東亞共榮圈的序詩擺在卷頭，把較有抗日或反日等政治意識的詩文置於書的後半[87]。王白淵確實對詩集的組成、編排相當用心，並藉此含蓄內斂地宣示了自己的理念。他的印度論說及〈標界柱〉等詩在書中的暗示作用，正是一例。不過筆者以爲這本詩文集的包裝手法遠比諷刺或僞裝高明，它無疑採用了「以理想克復妄想」這樣更根本的對決之道。而《荊棘之道》中所有迂迴展現的關懷，也不僅只是僞裝或暗喻，毋寧說其思想本身具有多層次的內涵，而詩人的藝術家性格也使他思想的呈現不得不展現出那樣的特色。

早在旅日以前，便與謝春木同樣開始注目台灣文化協會運動的王白淵，在民族自決與抗日行動的萌發方面爲何顯得較爲徬徨、遲疑呢？其

86 王白淵，〈詩聖タゴール〉，《蕀の道》，頁83-84。

87 陳才崑，〈「王白淵・荊棘的道路」導讀〉，《王白淵・荊棘的道路》上冊。

實，這正顯示了王白淵不同於謝春木的才性所在。堅持藝術、堅持理想、堅持美的他，即使在鬥爭將要開始時也選擇了美麗的姿態。王氏注重青年的覺悟，他筆下的「精靈」一詞，與「魂」、「良心」等詞有類似意涵。借用他的話來形容，王白淵也正是「精靈的蝴蝶」、「台灣的良心」。

如果說詩集《荊棘之道》中，有一首用隱形墨水寫的〈荊棘之道〉的詩，那麼使它顯影的便是具白眉作用的謝春木〈序〉，以及〈標界柱〉後同樣具有導讀作用的作品。作者傳奇性的浪漫人生，豐富多元的思想特質，不可明言的時代苦衷，若有所指的〈序〉及〈序詩〉，充滿革命信念與呼籲的論說，以及大量採用象徵、隱喻所形成的高度迂迴手法，造就了《荊棘之道》這本作品集的多層次結構與多義性性格。

編輯上的設計、印度殖民問題的啓示、反現代與反殖民論述的接合，以及對祖國的禮讚，在在散發出民族的憧憬與革命的暗示。因此這本集子對於他的第一代台灣讀者，一開始便散發出獨特的魅力。這本詩集因爲這樣奇妙的書寫與組合，才具有不可言表而又不辯自明的魅惑之力。也因此，它才吸引了那麼多行動上與認同上的追隨者，而不只是文學仰慕者而已。

第四章
難兄難弟

青年謝春木與王白淵都曾沉浸在文學的世界裡，然而殘酷的現實使他們不得不從謬斯的使徒變爲甘地、孫文的追隨者。我們已以變調之旅的視角觀察了東京經驗對赴日而覺醒的謝春木、王白淵造成的影響，同時也以《荊棘之道》爲中心探討王白淵1930年代的文學及思想魅力。繼兩位先行者抗日反帝思想之揭示後，接下來我們將探討1930年代前半期在兩位前輩直接間接影響下，東京留學生界掀起的一股文學脈動。

以謝、王兩人爲首，加上以共鳴或景從的旅日學生爲主的文學脈動，爲時有限。它和當時台灣文壇上多數的小脈動類似，並未十分明確地標舉或形成某種特定的文學主義或風格，成員彼此間的文學類型、民族認同及思想傾向也分殊不一。不過他們相似的成長教養背景，緊密的同鄉同學關係，書寫對象與主題的高度近似，以及籌建團體、創立刊物、發起文學運動的共同志向，在台灣現代文學破土抽芽的年代，足以被推崇爲一種珍貴的系譜。也正是這些林林總總，繽紛短暫卻不失影響的眾多小系譜，豐富了日據時期的台灣現代文學。

本章將以王白淵爲中心，概要展示王白淵與《福爾摩沙》文學系譜之關聯以及王白淵對這個集團中某些重要成員的影響力。第一節：探討謝春木、王白淵1930年代著述中流露的中國志向，以及這種志向在民族運動或社會主義運動凋零後，對某些猶思奮戰的知識青年散發的魅力。第二節：鳥瞰王白淵現象，對林兌、吳坤煌、張文環、蘇維熊、陳在葵等旅日青年之文學與思想衝擊，以及類似背景的他們在創作、思想及行動上的景從現象。

當時這一干人在東京及上海留下的殘跡，顯示他們彼此間在思想、文學、政治運動各方面確實有相當的共鳴關係。謝、王對《福爾摩沙》重要成員的影響相當廣泛，不限於文學方面，文學方面的影響也不一而足。本章將努力發掘一些罕受注意的文本與史料，希望從片段而幽微的史料釐析之中，勾劃他們之間的文學及思想淵源。

總之，接續變調之旅、荊棘之道等視角，本章欲繼續揭示更多從母土離散形形色色的憂鬱靈魂。探討他們對殖民的覺悟，以筆代劍踏上文學革命之路的歷程，以及文學在他們思想啓蒙與抗爭實踐中的角色與重要性。

第一節　地平線的彼方：謝春木與王白淵吹奏的祖國福音

前言

謝春木、王白淵各有4年及10年長短不同的旅日留學、工作經歷，但是「前進東京」的經驗恰恰使他們的反帝意識與國族認同更加堅定。

1925年謝春木聲援台灣二林事件而棄學返台，1926年王白淵幾經波折後在日本尋得教職。訣別東京後的謝春木與前往盛岡的王白淵，青年時期的憂鬱之氣逐漸昇華爲革命之力。活躍於島內農工陣營前線的謝春木，以農工運動維繫左右派建立抗日聯合戰線。異鄉執教的王白淵則於教室內外宣揚反殖思想，以健筆傳布暗喻深遠的詩作與論說。謝春木優於策略與組織，王白淵擅長理論建構。最後兩人更爲奉獻於抗戰以前的中國早期抗日運動，先後前進上海。

1930年前後，謝、王初遊中國。這次中國之行對後來謝春木移居上海從事抗日活動(1931-1945)、以及王白淵的跟進(1933-1937)有決定性影響，此外對於王白淵的文學追隨者《福爾摩沙》集團若干作家也有一些啓示。出版於1930、1931年間的《台灣人如是觀》(《台灣人は斯く觀る》)、《台灣人的要求》(《台灣人の要求》)及《荊棘之道》(《蕀の道》)[1]，可說是兩位難兄難弟召喚同類靈魂的笛聲。這三本出版於台

1　謝春木，《台灣人は斯く觀る》(台灣民報社，1930年1月)；《台灣人の要求》(台灣新民報社，1931年9月)。王白淵《蕀の道》(日本盛岡市：久保庄書店，1931年6月)。

灣民族運動與階級運動嚴冬的著述，從時論與文論兩方面，闡述了兩人從文學而政治、從批判到實踐的一段荊棘之道，同時宣示了兩人後續的反帝志向。書中顯示，令他們共鳴不已的「荊棘之道」一詞，既指對殖民不義從朦朧意識到矢志對抗的一段摸索，也象徵展示在覺悟者眼前的艱難未來。荊棘之道，是他們摸索認同的道路，也是他們捍衛認同的道路。這條路所通往的「地平線的彼方」，近者爲中國，遠者爲人類理想社會。他們的國族認同以台灣爲核心爲終結，卻不限於台灣。它同時包含他們心中難以忘情的苦難祖國，以及被他們視爲命運共同體的世界弱小民族。特別是「祖國」，在他們的認知之網與論述之體中，扮演了槓桿性的樞紐角色。

謝春木與王白淵在行動上或精神上召喚了不少反日的殖民地知識分子，中國之行使他們在共鳴者眼中尤具有先行者魅力。他們思想與著述的主體，以及蘊藏在荊棘之道與地平線彼方的那些暗示與召喚，在三書的祖國紀行或祖國詩篇中爲讀者預留了最具想像力的解答。因此本節欲從這些祖國文稿中，說明從「前進東京」轉而「前進中國」的兩人，對祖國抱持怎樣的情懷(過去)與憧憬(未來)？他們先後奔赴祖國的目的何在？他們在著述中有意無意地散播了什麼樣的祖國想像？他們的母土審思與中國志向之間具有什麼樣的多層次視野？藉此更深一層地掌握「謝王魅力」的本質，同時對充滿反帝熱情的殖民地台灣知識分子複合式的認同取向，作一舉隅及說明。

一、台灣青年與新中國的對話

在深入探討謝春木、王白淵的祖國憧憬及他們散布的祖國論述、祖國福音以前，首先讓我們略窺同時代台灣知識分子的類似情懷。

台灣人的原鄉情懷其來有自，台灣有志之士期待祖國扮演解放者角色或提供反日助力，把母土命運與祖國前景聯合起來考量也非一朝一夕。在被迫與祖國割離的台灣人之中，這種近乎反射性的想像確實存在著。特別是儘管台灣淪日期間祖國充滿苦難，然而也屢屢展露革新奮起的跡象。因此她每一次的曙光乍現，都深深激勵著殖民統治下的台灣人，特別激盪著青年們的血潮。

1907年秋，《清議報》、《新民叢報》[2]愛讀者林獻堂(名朝琛，號灌園，1881-1956)在奈良旅店中，巧遇欽仰多時的梁啓超先生。於是台灣青年與亡命日本的革命家一次歷史性會面，便在梁任公旅店住室展開。

語言隔閡的兩人，在林氏秘書以不甚純熟的北京話翻譯後，深感無法暢言而撤去譯者改用筆談。梁啓超寫道：「本是同根，今成異國，滄桑之感，諒有同情……今夕之遇，誠非偶然。」任公文字充滿感情，婉轉動人，據說林獻堂等人「大受感動，幾至於掉下眼淚來」。隨後27歲的林提出「台民如何爭取自由」的嚴肅問題，向梁請教。任公答覆大致如下：

> 中國在今後三十年，斷然沒有能力幫助台胞爭取自由，警告台胞切不可輕舉妄動而有無謂的犧牲。最好倣效愛爾蘭人對付英國的手段，厚結日本中央政界的顯要，以牽制台灣總督府的政治，使其不敢過分壓迫台人。

據長年追隨，熟諳林之性格、事跡、思想的葉榮鐘表示，此次會談對林獻堂日後的抗日策略及政治立場，影響甚大。葉表示：

> 是夕的晤談，大有水乳交融的樂趣，所以灌老所得印象甚深，尤其是最後一段，乃是奠定台灣民族運動的大方針。不但灌老終身奉為圭臬，台灣的民族運動所以會採取溫和的路線，雖說是歷史的教訓和時代的環境逼使他不得不如此。但是任公這一夕話極有份量，確實給與該運動的領袖人物灌老以重大而又切實的啟示，無疑地也是發生決定性作用的因素之一[3]。

2 均係梁啟超亡命日本時先後發刊的雜誌。

3 以上有關兩人會面的描述及對話、反應，均出自葉榮鐘1967年的記述。葉榮鐘，〈林獻堂與梁啟超〉，葉芸芸主編，《台灣人物群像》，《葉榮鐘全集》第2卷(台中：晨星，2000年8月)，頁199-203。

「倣效愛爾蘭人對付英國的手段，厚結日本中央政界的顯要」，此道確實深得林獻堂之心，同時適於他發揮。

奈良之遇彼時，維新已敗，革命尚未成功。1913年，民國肇造，氣象一新，林獻堂隨即遣秘書甘得中在東京往見戴季陶，再次請教台灣問題。戴答以袁氏竊國，無暇他顧，10年內無法幫助台人[4]。此後林獻堂若有了悟，逐漸將精力投注於與總督府層峰或日本國會議員、知名知識人保持良好關係方面，藉以折衝台灣事務。他穩健不躁進的右翼抗日運動領袖面容，也於焉成形。

知名青年林獻堂與祖國知識人、革命家的這些歷史性接觸，由於葉榮鐘的記述已眾所周知。除了林梁之會，台灣青年與祖國知識人、革命家的島外歷史性邂逅，最常被提起的應屬張我軍與魯迅的北京之會了。1926年8月11日，張我軍前往魯迅北京寓所求教台灣問題。此時正值北伐軍出師不久，旋即傳出長沙大捷的激動年代。在西三條魯寓，青年張我軍悲憤地向魯迅請教到：「中國人似乎都忘記了台灣了，誰也不太提起。」魯迅則老成持重地回答道：「不，那倒不至於的。只因爲本國太破爛，內憂外患，非常之多，自顧不暇了，所以只能將台灣這些事情暫時放下。」[5]

1907、1913與1926年，這些關鍵時刻的對話歷來被津津樂道[6]。橫跨此間，另一個台灣青年與祖國知識人、革命家的對話則顯得寂寞多了。那是一個徒有信文而無會晤的對話。

五四運動方興未艾的1922年10月3日，旅居日本福岡的郭沫若在

---

4 林瑞明〈魯迅與賴和〉，中島利郎編，《台灣新文學與魯迅》（台北：前衛，2000年5月），頁83。

5 魯迅把張氏來訪一事寫入日記，同時在〈寫在「勞動問題」之前〉（張秀哲譯著，《勞動問題》序，1927年出版）中提及概略。張我軍對此事則未以文字發表感想。有關魯迅與張我軍的討論，參見陳芳明、中島利郎、林瑞明等論文，收於中島利郎編，《台灣新文學與魯迅》。

6 日本、台灣、大陸三地都有學者論及此事。中、台不同立場的研究者，對此詮釋各據一詞。筆者覺得魯迅對台灣新文學的影響無庸置疑，過度拘泥於任一立場的政治性解釋都沒有太大意義。反之這些現象所顯示的，台灣知識人對於台灣生存問題的多元想像較值注意。

《創造》第2號發刊後，接獲一封署名「S君」的台灣青年來鴻。信文內容不詳，只能從覆信中略知其主旨。因此以下不憚冗長，將郭氏覆信摘錄如下：

致台灣青年S君(1922年10月3日)／郭沫若

S君：

你的信我接到了。你叫我在本誌上來回答你，所以我便沒有直接和你通信。

你說：你要「遙飛祖國，向文學煅己一身，欲為個真個的中華人」，你這種悲壯熱誠的大志，令我淚涔涔地湧起無限的敬意與感慨。S君，我們的祖國已不是古時春花爛漫的祖國，我們的祖國只是冢中枯骨的祖國了。你將來縱使遙飛得到，你也不免要大失所望。S君：人只怕是莫有覺悟。一有覺悟之後，便向任何方面都好，我們儘管努力，努力做個「真個的人」罷！

我住的地方是在海岸上，離寓不遠有座神社，要重新建造迴廊，最近從台灣運了許多大木來堆在岸頭。我自從接到你的信後，我走到岸上去坐在木堆上觀海時，素來是沉默無語的大木，都和我親熱地對語起來了。

我從前是青蔥蔥地
懷抱在慈母之懷
如今被人斫伐了
飄流在這兒海外

可是我胸中的烈火
是不會消滅的
我縱使化石成塵
我也是著火即燃的

我暫且忍辱負重
在此替神像建築迴廊
有一朝天火飛來
我會把神像來一齊火葬

用著暴風雨般的聲勢，我坐下的一隻大木，好像振動起來的一樣。他們吹了一首詩到我耳裡來，我便寫來獻給你[7]。

台灣青年致郭沫若的這一封信早已湮沒不可考，不過從覆信可知「向文學煅己一身」與「做個真個的中華人」，是這位台灣青年去信的主旨。這麼一封來自中國失土的來函，讓觸景傷情的郭沫若作了這麼一首以神木比喻台灣，慟其飄零並深深期許殖民地解放的詩。然而這則出自中國憂國知識人手筆，慟惜台灣命運的詩文，在台灣文學史的大海中也有如大木飄零一般，被長久遺忘於歷史的深淵裡。台灣青年「S君」是誰未見人談起，殖民地時期台灣青年與祖國知識人的這個對話也乏人注意。透過《郭沫若書信集》所錄回函，才閃現當年寄件者與收信者激動不已的心情。

從S君去信的主旨推測，這位青年對祖國懷抱美好期待，其祖國憧憬之內蘊是「文學煅造」與「真正的中華人」，文學修鍊與民族追尋在他的思維中是線性相關的。與林獻堂、張我軍略爲不同的是，S君關懷的不是祖國是否立即解救台灣的問題，而是文學鍛造新中國血魂的偉力。很明顯，他受到五四新文學運動的感召與影響。因此這個發生在台灣新文學初萌時刻，涉及文學與認同問題的對話，在台灣文學史上格外值得注目。

二、S君及其周邊

「S君」何許人也？讓我們試著從當時的一些外緣脈絡試加揣想。

7　原載1922年12月《創造》季刊第1卷3期，題為〈反響之反響・答一位未知的台灣青年〉。本文引自黃淳浩編，《郭沫若書信集》（北京：中國社會科學出版社，1992年12月），頁242-243。

藉此亦能爲進一步理解謝春木、王白淵的祖國憧憬及祖國志向，提供一些基礎。

1922年5月《創造》季刊創刊。7月2日郭沫若爲負責編《創造》第2號，從日本返回上海編輯所。由於第一期銷售情況不佳，郭沫若曾與郁達夫大歎「同情我們的人真少」。8月第2期發刊後，郭於9月上旬爲完成醫學院最後課程返回福岡。就在這個期間，他接獲台灣青年的這封來函[8]。台灣讀者的迴響，顯然使他甚爲感動。

1923年7月，透過《台灣民報》許乃昌〈中國新文學運動的過去現在和將來〉一文，《創造》季刊曾以極小篇幅公開介紹到台灣。在此之前，台灣青年如何獲悉這份初試啼聲的祖國刊物？什麼樣的青年較易接觸祖國文學新刊？這些問題直接關係到「S君」是何許人也的解答。然而很遺憾地，分裂年代中的這個偶然對話，沒有爲我們留下更多線索。

1920年代初期以迄1930年代以後，魯迅、郭沫若、陳獨秀、郁達夫、徐志摩、劉大杰、張資平、王獨清、冰心、周作人、梁宗岱等新文學作家，以上海商務印書館、亞東書館等書局郵匯方式，或諸如蔣渭水文化書局[9]等供應中國書刊之島內書局，漸次擁有台灣讀者。與此同時，1923年以後《台灣民報》對胡適、陳獨秀等人文學革命的介紹，以及作家作品的刊載，也開始對某些知識階層、青年作家產生重要影響。

但是在1922年這位文學青年致信郭沫若的時節，以《台灣青年》、《台灣》等誌爲主的有關中國現代文學的引介才剛起步，內容僅止於文學用語問題、文學的社會使命、中國新文學運動概況等，作家、刊物、團體、理念的簡介與羅列而已[10]。放眼當時台灣新文學界，往後崛起於1920-40年代的新文學作家們，此時莫不是紅顏美少年[11]。這時正是即將

---

8 筆者依郭氏年譜所作之推斷，參見龔濟民(等)，《郭沫若年譜》(天津市：天津人民出版社，1982年5月)。

9 文化書局於1926年成立。

10 1920年陳炘、1922年陳端明、1923年陳逢源等人的文稿中，皆可見中國文學革命的影響。參見林瑞明，《台灣文學與時代精神：賴和研究論集》(台北：允晨，1993年8月)，頁61。

11 譬如，賴和、陳虛谷一代不滿三十；王詩琅、張文環、吳坤煌、龍瑛宗一輩

誕生的以漢文爲主體的第一代新文學作家，捧讀文學革命作品，或揣摩試煉白話文筆的時刻。日語作家方面除了謝春木以外，不是尙在島內，就是還未踏出創作步伐。後來在中國發起抗日民族運動或左翼組織的社運人士或左翼學生，也才初潛入中國不久。因此當時熟知祖國文藝新刊，崇尙狂飆式的創造精神，並擁有中文讀寫能力的文學青年，畢竟不多人。當然S君可能只是一介沒沒無聞的文學青年，但是如果敏銳、先進的S君已在台灣文壇展露頭角，那麼在台灣新文學初起步時最早綻放光芒者，特別是中文方面的張我軍，日文方面的謝春木，則不能不加以注目。

張我軍，1902年生於台北板橋。公學校畢業後在鞋店當學徒的他，受新高銀行董事長李延禧提掖，於1921年赴廈門分行裏理業務。赴廈以後他於接受新式中學教育之餘，在一位前清老秀才引導下熱衷舊文學，此間似乎也受到五四新文學運動的衝擊。陳芳明認爲他對台灣舊文壇的挑戰深受胡適理論影響，中島利郎則推測他將北京攜回的魯迅作品與譯作刊載於《台灣民報》，使魯迅被介紹到台灣來[12]。透過曾對張氏文學與思想履歷詳加勾勒的林瑞明與蘇世昌兩人的研究[13]稍加注意，可以發現1922年張我軍曾一度回台奔喪，稍後(1923年4月)開始在《台灣》發表作品。因此1923年4、5月間在《台灣民報》連載、被視爲中國新文學創作來台嚆矢的胡適〈終身大事〉，或許也出自張我軍返台時的介紹。1924年前往北京升學的他寫了第一首白話情詩，同時在《台灣民報》上發表了引爆「新舊文學論戰」的〈致台灣青年的一封信〉一文。綜而言之，雖然張我軍較爲嫻熟地使用白話文是在1924年之後，但是至遲在1922年時他已受到五四新文學運動洗禮，也可能於當時因返台之因緣際

(續)

不及十五；巫永福、呂赫若、王昶雄、鍾理和不及十歲；周金波、陳千武、楊千鶴出生未幾。

12 參見陳芳明，〈魯迅在台灣〉、中島利郎，〈日治時期的台灣新文學與魯迅〉，《台灣新文學與魯迅》，頁1-78。

13 林瑞明，〈張我軍的文學理論與小說創作〉，收於《台灣文學的歷史考察》(台北：允晨，1996年7月)，頁224-252。蘇世昌，〈張我軍及其作品研究〉(中興大學中文所碩士論文，1998年6月)。

會，開始把新文學運動的若干代表作介紹回台了。

在新文學作家、旗手張我軍的文學胎動期(1922到1924年)，他的抗日思想也有所啓發，曾一度參與上海台灣留學生抗日團體[14]。1925年因北京第一次直奉戰爭動盪而束裝返台的他，很快便成爲北部文化界活躍分子。除了擔任《台灣民報》編輯之外，他還與蔣渭水、翁澤生等人組織「台北青年體育會」與「台北青年讀書會」，並出版了台灣第一本華語現代詩集《亂都之戀》。1926年7月他與從北京逃婚遠來私奔的羅文淑，在林獻堂、王敏川等人證婚下結爲連理。婚後返回北京，仍受託擔任《台灣民報》駐北京通訊員。向魯迅求教台灣問題的張我軍，是如此一位追隨五四新文學運動，深愛歌德作品[15]，對殖民地現狀不滿，對祖國寄望深厚的青年。郭沫若曾以「很有點像青年歌德時代的狂飆突起運動」來形容五四運動。當年的張我軍，於文學、於抗日、於愛情，均堪稱散播五四烽火的狂飆青年。

魯迅與張我軍會面的記述，魯迅將之寫入台灣青年張秀哲翻譯的《國際勞動問題》譯著〈序〉中。所以連帶地，時任廣州中山大學教務長的魯迅對張秀哲有關台灣民族問題的請教，以及魯迅聲援張等人從事的廣東革命青年團(1926-27年)一事也被知曉。

張秀哲，又名張月澄，台北人，1905年生[16]。早在魯迅南下任教之

14 1923年冬他前往北京升學旅經上海時，曾參加台灣留學生在南方大學成立的抗日組織「上海台灣青年會」，並發表演說。參見，蘇世昌，〈張我軍及其作品研究〉。

15 郭沫若是將歌德介紹到中國的先驅。他翻譯的歌德名著《少年維特的煩惱》，在當時風靡一時，後來他將此書版稅捐予「左聯」作為籌備基金可見一斑。

16 張秀哲之父張聰明為台灣煤礦界鉅富，張秀哲是家中獨子，靠著父親的經濟奧援，1920年代於香港拔萃學院中學畢業後，因憧憬祖國革命而至廣州嶺南大學就讀，後轉入中山大學法科政治系，在學期間曾多次拜會魯迅。隨後與友人林文騰、李友邦、張深切、郭德金等人組成「廣東台灣學生聯合會」，進而擴充為「台灣革命青年團」，編印機關誌《台灣先鋒》。1927年7月因廣東革命青年團檢舉事件，及其自費出版的《勿忘台灣》一書封面諷刺日本帝

前，他與郭沫若已有接觸。1926年6月25日，他曾請當時任教於廣東[17]的郭沫若爲他《台灣痛史、一個台灣人告訴中國同胞書》作序，郭氏慨然應允。這本封面題有「毋忘台灣」的反日革命小冊，也曾秘密傳布回台。書首郭沫若寫了「台灣人是我們嫡系的同胞」，期待台灣人「徹底的革命」等語[18]。在魯迅方面，1927年魯迅南下任教之後，予當地求學的台灣青年接觸機會，張秀哲與之親近。1927年2、3月間，張秀哲、張深切(化名張死光)、郭德金等人於課餘及夜間多次造訪魯迅。依《警察沿革誌》記載推測，此時正是他們欲把1926年12月成立的旅華學生親睦團體「廣東台灣學生聯合會」，改組爲左翼團體「廣東革命青年團」的節骨眼上。後來1927年張秀哲翻譯的另一本革命小冊子《農工問題》完稿，也請魯迅作序，可見左派人物郭、魯，對廣東革命青年團這位激進派領導分子的影響與指導。換言之，1926、1927年間張秀哲與郭沫若、魯迅等人的接觸並非偶然，似乎還有某種潛在的指導關係。「廣東革命青年團」成員，後來與台灣共產黨的結成也有若干淵源[19]。因此當時台灣學生受到諸如郭、魯等中國左翼人士的幕後影響，應無疑問。

爲什麼魯迅在張秀哲譯著的序中，會聯想到張我軍？同是台北人的張秀哲與張我軍是否認識？在祖國土地上，活躍於抗日台灣人組織或周邊的他們有否聯繫？另外張我軍也曾一度於《台灣民報》(1925年6月)上介紹郭沫若新詩[20]。他有沒有可能在介紹、訪晤魯迅的3、4個年頭以前，以書信求教郭沫若？這些都關係到張我軍是否爲S君，不過很遺憾地，這些問題我們同樣無法回答。

(續)——

國主義等問題，遭日警逮補，拘禁兩年。後遷居上海、東京，進入東京帝大的「神川松彥博士研究所」，修讀國際法和外交史。參見張超英(口述)，陳柔縉(執筆)，《宮前町九十番地》(台北：時報，2006年8月)，頁59-69。

17 郭沫若1926年3月前往廣東大學任教。

18 參見《郭沫若年譜》，頁160；台灣總督府警務局，《台灣總督府警察沿革誌(三)》(台北：南天書局，1995年6月，2刷，復刻本)，頁117-118。

19 參見〈廣東台灣革命青年團〉，收於《台灣總督府警察沿革誌(三)》，頁117-137。

20 參見郭沫若，〈仰望〉、〈江灣即景〉、〈贈友〉，《台灣民報》第3卷第18號(1925年6月21日)。

撇開考證依常情而論，1922年之前已身在廈門的張我軍，似乎並不需要如此渴望於「遙飛祖國」。1922年底以前他同時受到新舊文學之美的召喚，隨後對於新文學作家也比較注意胡適、魯迅兩人。他造訪西三條魯寓在1926年再次赴京後，1924年曾於北京短暫逗留的他也不曾拜訪或致信魯迅。陳芳明也認爲，張我軍拜訪魯迅之後似不甚在意此事[21]。果真如此，S君是張我軍的可能性則又低了一點。那麼，S君有沒有可能是張秀哲呢？由於張與郭、魯接觸多在運動的場合，未見表露文學興趣，因此可能性不高[22]。

那麼，謝春木的情況呢？一如張我軍現存文稿中未存有任何相關記載或回憶一樣，謝方面也未留下任何足以佐證的蛛絲馬跡。不過當時身在東京，1922年底能以生動流利的白話文書寫論文[23]，甫發表日文處女小說〈她將往何處去？〉，同時也正琢磨著現代詩的謝春木，似乎比張我軍更具有遙飛祖國，以文學鍛鍊自我的衝動及條件。

1922年底謝首次以中文執筆論文，在這個時點上偏巧以「人格主義」爲探討主題，撰寫了〈我所了解的人格主義者〉一文。同樣與他一起經歷思想蛻變的王白淵，在其發表於1927年的〈詩聖泰戈爾〉中，也不謀而合地提及：泰戈爾首先必須「先是一個人」，然後才能夠成爲一個詩人、哲人、藝術家、社會改革家。透過〈我所了解的人格主義者〉這篇稱述阿部知二人格主義論點的論文，可以看見謝受到大正教養主義影響的一面。但是另一方面，也不得不讓我們聯想到郭沫若對S君語重心長的諄諄叮嚀——「S君：人只怕是莫有覺悟。一有覺悟之後，便向

---

21 陳芳明前揭文。張我軍訪魯迅有兩次，此為首回。1929年6月他欲往見旅次中的魯迅沒見到。參見蘇世昌，〈張我軍及其作品研究〉。

22 1920年前後到南京求學、1922年入北大哲學系的蘇維霖，身在中國而且正苦於中文。此時15歲左右的王詩琅已開始閱讀中國新文學作家著作，但是尚未有立志文學的志向。通曉中日文，當時在日本明治大學求學，熱心文化協會運動，1924年曾赴中國遊歷的陳虛谷，依其日後發展及新文學作品之晚出看來，也較不可能。

23 謝春木，〈我所了解的人格主義者〉，《台灣》第4年第2號-第4號(1923年2-4月)。稿末自注起稿於1922年「東京初雪夜」，可見為1922年底之作。

任何方面都好，我們儘管努力，努力做個『真個的人』罷！」。

對新中國充滿憧憬、對祖國多所期待的S君，要求郭氏於雜誌上回覆，對直接通信似略有警惕[24]。東京時期的謝春木，中文(Hsieh)或日文(Sha)拼音，都是S君。1922年創作衝動迸發的他，在思想與行動上深受文化協會蔣渭水等人影響，也符合S君對民國充滿期待，對殖民統治充滿反感，相信文學革命足以救國的形象。在東京的謝春木，對中國新文學運動、作家與作品，或許也擁有比島內更多的接觸機會。爾後在1923、1924年前後開始，與王白淵一起接受孫文後期革命、印度獨立革命運動衝擊的他，有可能早在此時便已憧憬作個「真個的中華人」。

另外許多跡象也顯示，與謝春木共同經歷認同啓蒙的摯友王白淵也是郭沫若的景仰者。郭沫若對台灣作家的影響廣泛不限於王白淵，而王氏思想源頭紛雜多端不限郭氏，固不待言。不過，詩風、思想同樣曾深受泰戈爾、羅曼羅蘭、康德等人影響的郭沫若，1920年代初中期以前偏好一些有關自然的隱喻或意象，與王白淵《荊棘之道》中的某些用法近似[25]。1923年9月，郭沫若在《創造周報》上駁斥「藝術家與革命家不能兼并」一說時，強調「我們要做自己的藝術的殉道者，同時也正是人類社會的改造者」[26]。藝術與革命不能兩立的問題，曾困惑著王白淵，這個問題或許也曾苦惱著同樣背離文學之神的謝春木。而郭氏的體會，正好也與立志朝「人類社會改革者」一途努力的謝、王往後的抉擇與發展若合符節[27]。

如果不是純屬巧合，那麼王白淵對長江與黃河的歌詠，不得不令人驚訝他對郭沫若之私淑。1923年1月郭在上海《孤軍》雜誌「打倒軍

24　這也讓我們聯想到謝春木於北師時期投身學運，之後卻能順利獲得總督府獎學金赴日，或許也因為對憲警監視有一套提防之道。

25　譬如，收入郭氏早期詩集《前茅》中的一些詩作，有關闇夜、曙光、黎明、太陽、星、蟬鳴等意象或暗喻的用法，與王詩相類。

26　上海《創造周報》18號，後收於《沫若文集》10卷，〈藝術家與革命家〉（北京：人民文學出版社，1959年6月），頁76-78。

27　另外，泰戈爾來華、關東大震災期間中、朝人被虐殺等事，同樣引起郭沫若關切。

閥」專號上，發表一篇題爲〈黃河與揚子江對話〉的小說。該文透過黃河與長江對斯土斯民語重心長的對話，指出封建桎梏與帝國荼毒對中國造成的禍害與危機。作者急切呼籲同胞倣效「俄羅斯無產專政一樣，把一切的陳根舊蒂和盤推翻，另外在人類史上吐放一片新光」。他渴望中華民族能這樣在「20世紀的世界舞台上別演一場新劇！」，完成「人類解放的使命，世界和平的使命」，讓「20世紀的兩個新星雙肩並舉」[28]。1928年郭氏再度以〈黃河與揚子江對話〉爲題創作，此次則藉詩譴責帝國侵略和軍閥內鬥而寄望工農大眾，認爲工農大眾「這是一個最猛烈、最危險、最龐大的炸彈，它的爆發會使整個的世界平地分崩！」[29]深受俄國革命召喚、主張無產階級革命的郭沫若，呼籲掃除封建，推翻帝國主義，並鼓舞工農大眾揭竿而起。這兩篇作品分別被收錄於1928年出版的創造社叢書《恢復》及《前茅》之中。兩作出版年餘，也約莫是謝春木及王白淵初次遊歷祖國的時節。

郭沫若這兩篇以黃河、長江爲題的創作，很容易讓我們聯想到王白淵1930年初用長江、黃河譬喻「青年中國」和「老中國」的〈佇立揚子江〉一詩。郭詩譏誚，王詩澎湃，各異其趣。但是如果兩詩確有思想上的血緣關係，那麼他們的精神相似處大致如下。王白淵一方面將郭詩中長江、黃河的平等對話，賦予長江(南方革命精神)超克黃河(北方官僚軍閥氣息)的優劣位階；另一方面則總結郭氏兩詩精神，一口氣期待新中國(社會主義中國)同時革除封建渣滓與驅除帝國主義。最後和郭詩一樣，王詩的理想是——開啓中國史、乃至人類史上未曾有的新紀元。在象徵的使用上，郭氏使用「新光」、王氏好用「曙光」，郭氏以「新星」比喻中蘇未來，王則曾使用「星」、「太陽」比喻明日中國與明日印度。王詩與郭詩精神貫通之處，不言可諭。

1933年王白淵決心離開日本投奔上海之際，在《福爾摩沙》創刊號

28 參見《郭沫若全集》文學編第1卷(北京：人民文學出版社，1982年)，頁310-315。

29 原詩作於1928年1月7日。參見《郭沫若全集》文學編第1卷，頁382-384。

中發表了一首題爲〈行路難〉的詩[30]。王白淵以此詩回首自己懷抱青年情熱，在歷史進化中背負被殖民苦難，爲追逐理想從故鄉而東京而盛岡飽嚐試煉；以及他今後決心爲開啓新世紀曙光奔赴祖國的決意。〈行路難〉，所行之路、路之難行、路之所之，其實也正是《荊棘之道》裡「立志革命，前進中國」的理念與意志之凝縮。巧合的是，郭沫若也有篇自傳體小說名爲《行路難》。該作描述旅日青年「愛牟」[31]矢志爲文，在異國飽受經濟折磨與自尊羞辱，妻兒隨之流徙不定，仍堅持理想繼續苦鬥的故事。該文原載於1925年《東方雜誌》，1933年出版單行本[32]。1920年代後期馮乃超、鄭伯奇等人在東京與京都設立了「創造社日本分社」。或許單行本出版前王白淵讀過該文，因此在人生悲壯的轉捩點，對郭氏獻身革命備嚐坎坷的生涯與志向產生共鳴而有此詩。

戰後初期，王白淵與蘇新等人創辦《政經報》。蘇新於回憶錄中提及他擔任主編時，編輯群諸人以王白淵提供的稿件較多[33]。細查《政經報》可以發現王白淵除了本名之外，還曾以「王溪森」之名發表論說或詩歌[34]。此外從內容來看，一些作爲補白的無署名文稿或中國作家作品應也是王白淵提供的，譬如〈關於郁達夫〉、〈同心同德一戎衣〉[35]等便是。

〈關於郁達夫〉一文，內容提及郁氏與郭沫若、成仿吾等人組織

30 王白淵，〈行路難〉，《フォルモサ》創刊號(1933年7月)頁32-33。

31 「愛牟」，即英文I(我)之音譯。

32 原載1925年4月《東方雜誌》22卷7、8號，1933年12月由上海商務印書館出版了單行本。參見《郭沫若全集》文學編第9卷，頁282-296。

33 《政經報》編後記顯示，創刊號至2卷2號(1946年1月25日)間，蘇新擔任主編，之後由陳逸松負責編務。王白淵在2卷3號以後也逐漸淡出，與蘇新另創辦了其他立場尖銳的雜誌。戰後初期王、蘇與呂赫若等人相當親近。

34 譬如，以王溪森之名發表〈獄中別同志〉(詩)、〈歡迎我軍歌〉(歌詞)、〈起用人材應有的認識〉等。改用別名似乎為避同期內作者重覆。王白淵赴上海後好以王氏另創別名，使用別名或無署名的這些稿件，常與王白淵本人稿件放置於同一版頁，從議題、內容、思想、主張、慣用詞彙及手法等方面識別，不難判定。

35 〈關於郁達夫〉、〈同心同德一戎衣〉與〈地鼠〉，都刊於《政經報》1卷5號(1945年12月25日)。

「創造社」，「對中國文壇貢獻極大」，同時也提到郁達夫主編《洪水》雜誌等事。〈同心同德一戎衣〉係郭沫若之七言律詩，與王白淵鍾愛的〈地鼠〉一詩並列於同頁，詩意頗能投射王白淵因從事抗日運動，在大時代中兩度被迫拋妻棄女的境況。同時也顯示戰後初期的王白淵，樂觀天真地希望在文化陣線中與祖國人士共創未來的心志。郭詩如下：

同心同德一戎衣／郭沫若

又當投筆請纓時，欣將殘骨埋諸夏
別婦拋雛斷想系，哭吐精誠賦此詩
去國十年餘血淚，四萬萬人齊踏厲
登舟三日見旌旗，同心同德一戎衣[36]

郭沫若投筆從戎投身革命，抗日期間幾番別婦拋雛，陷安娜妻兒於險境。這首詩作於盧溝橋事變後，郭氏自日本返國聲援抗日活動的船中。1937年8月3日刊載於上海《立報・言林》，烈士之情躍然紙上。發表當時上海八一三事變尚未爆發，王白淵尚未被捕，因此他極可能注意到自1928年起長年流亡日本的中國左翼作家郭沫若返國之事，也有可能讀到這篇作品。郭詩採用了魯迅「慣於長夜過春時，挈婦將雛鬢有絲。夢裡依稀慈母淚，城頭變幻大王旗。忍看朋輩成新鬼，怒向刀叢覓小詩。吟罷低眉無寫處，月光如水照緇衣」一首七律的原韻。魯迅一詩記於哀惋左聯五烈士慘遭國民黨特務秘殺的〈爲了忘卻的記念〉一文中。1933年赴上海的王白淵在與東京同人恢復聯絡之際，魯迅這首詩恰巧也刊載在1933年12月發行的《福爾摩沙》第2號上，因此不排除王白淵提供的可能性。

總之，魯詩也好，郭詩也好，似乎均頗得王白淵喜愛與共鳴。或許多少也因爲改革者命運無獨有偶，郭氏經歷亦切中王白淵當年痛事。以致

36 這首作於1937年7月26日歸國船中，最初發表於8月3日上海《立報・言林》。1937年10月，郭氏應邀將包括〈同心同德一戎衣〉在內之七首歸國前後的詩作合成〈歸國雜吟〉，後來以手稿形式被收於《戰聲集》中，1938年1月由廣州戰時出版社出版發行。

王白淵似乎不知早從什麼時候起，便把〈同心同德一戎衣〉當作座右銘一般來自我激勵，於百廢待舉的戰後此際，他則用以勉勵中台同胞諸人。

在《政經報》中，〈同心同德一戎衣〉與主旨強調「忍耐孤獨孜孜於建造地下烏托邦」的〈地鼠〉一詩之旁，應非巧合。〈地鼠〉也好，〈同心同德一戎衣〉也好，很明顯都是王白淵的自況與自許。投筆請纓別婦拋雛，同心同德埋骨諸夏，可見革命文學家郭沫若對王氏心志的影響。被王氏轉介的〈同心同德一戎衣〉與被王氏比賦的〈行路難〉，具有精神上的聯貫性。如果說〈行路難〉回首正道尋覓之艱辛，那麼〈同心同德一戎衣〉則吐露了行將踏上征途者別婦拋雛的悲壯之志。

上述對王白淵若有啓發的郭氏作品，多創作於1923、1925、1928年間，王氏接觸它們多在集結成冊之前，可見王白淵仰慕郭沫若之早，以及郭氏精神在王白淵思維中散發的持久性影響。在多如繁星的中國新文學作家中，王白淵何以注意郭沫若？何以對他自早即格外鍾情？或許有種種原因。不過倘若謝春木是S君，透過謝的影響，或兩人間的相互影響，王白淵注目、欽仰郭沫若則不無可能。

謝春木寫作於1927到1929年間的《台灣人如是觀》中，無獨有偶的也有一個關於台灣檜木的寓言。這個沒有標題的二幕劇本未曾受學界討論，卻是目前所見謝的唯一劇作。該劇藉由蘭陽地區伐木工人及基隆港搬木苦力之口，對日本內閣官員濫用職權，以「宣傳台灣」之名濫砍檜木大興宮殿，同時把山林劃歸國有的作法，予以嚴厲諷刺。故事架設的背景爲1928年。透過這篇劇作，謝春木批判殖民者強占山林等台灣公共財，處處以惡法約束台灣人零細利用，導致台灣人動輒觸法，被迫無產化奴隸化的不義現象。

台灣人與日本統治集團之山林原野溪埔所有權、使用權鬥爭，淵源久矣，大者如竹林事件、二林事件、無許可開墾地批售退職官員事件等，它們或成爲賴和等作家健筆哀悼、討伐的對象[37]，或成爲蘇新等運

37　譬如，賴和的長篇敘事詩〈流離曲〉，深歎農民流離苦況，嚴厲批判總督府強占措施。

動者潛入從事啓蒙、運動的據點。謝春木的台灣檜故事，是殖民地廣大不義現象之一端，其所安排的蘭陽某林場與基隆等場景，也是蘇新等台共分子於1929年農組遭取締受創風塵僕僕從東京返台聲援時，發展最後組織時的經營重點[38]。熟知台灣左右翼抗爭史的謝春木，筆下的這則劇本具有相當的寫實性與寓言性。爲什麼在以論體批判警察政治、共學制度、土地制度、法律問題、茶商權利、墓地爭議、農民命運、民權問題的這本時論性著述中，唯獨山林問題以文學手法進行討論？此外，1930年8月謝春木與黃白成枝共同創刊《洪水》報。《洪水》此名與1925年9月創造社在上海創刊的《洪水》半月刊相同，也饒富意味。這些巧合意味著什麼呢？

1931年台灣的民族運動或階級運動步入寒冬，民眾黨幾近停擺、台灣文化協會面臨解散、農組等左翼分子及台共被捕殆盡。謝春木在《台灣人的要求》中以思考民眾黨發展爲表象，實際乃思考整體台灣解放運動的前景。此時他曾輕描淡寫地表示台灣的民族或階級解放運動未來只有「進行地下活動」或「從海外間接射擊」兩途[39]。

當時謝對於「間接射擊」策略無從多言，僅此帶過。不過民眾黨第三次全島黨員大會宣言中(1929年10月)，即已提出「聯絡世界無產階級與殖民地民眾，參加國際解放戰線」的主張。這個主張的根本基礎，在於殖民地民眾的自覺與帝國主義內部無產階級的不平，所利用的則是帝國主義者彼此之間以及帝國主義內部日益尖銳的矛盾。民眾黨解散後，謝春木與蔣渭水等領導核心發表的「共同聲明書」中，也呼籲勞動者與農民強化勞農組織，無產市民、青年與婦女儘速確立大眾陣營，建立勞動者、農民、無產市民及一切被壓迫民眾的「三角組織」，反對政府彈

38 1929年4月前後，蘇新潛入太平山林場從事台共工會組織及教育工作，行蹤漸露以後轉往基隆礦區繼續類似任務。從謝春木1930年代以後的動向來看，他可能對台共也有接觸或有所共鳴，不過缺乏具體證據，詳情仍待了解。

39 謝南光，《謝南光著作選》(台北：海峽學術出版社，1999年2月)，頁343。

壓，早日達成「解放運動」的目的[40]。稍解台灣民族運動者，不難了解「間接射擊」所指。很明顯地，「三角組織」是島內聯合戰線，「間接射擊」則是國際統一戰線，這是民眾黨、同時也是日益艱困的台灣民族運動最後的反撲與唯一生路。謝春木隨後的行動，便身體力行地展現了他延續民眾黨此一理念及個人主張的意志。

何義麟也曾指出，謝春木於滿洲事件爆發後前往中國有兩個主要因素。第一，爲突破1930年代初期島內反對運動困境，繼續並擴大個人的抗日規模；第二，有意在中日民族衝突深化之際探求中台人民聯合的可能，以實現民眾黨「世界無產階級與殖民地民眾聯合」的新運動方針[41]。誠如何義麟所指，此時的謝春木不僅注意島內的運動也關切國際的動向，他渴望民族聯合更期待階級合作。謝春木的抗日意識、祖國認識深受蔣渭水啓蒙。他與蔣至爲親近，曾爲蔣的左右手。但是逐漸深入農工運動的謝春木，對中國的未來、革命的發展，顯得比奉國民黨農工路線爲圭臬的蔣更爲激進一些[42]。

蔣氏逝世，民眾黨因大環境受限而僵滯之際，攜眷遷居上海的謝春木展現的正是設法打開民族運動寒冬，不惜爲「間接射擊」破釜沉舟的信念。在「明右暗左」的1930年代謝春木思維中，民族聯合及階級合作這樣的條件，不只是祖國、更且必須是「進步性」的「新」中國，才能具備。孫文後期的聯俄容共政策，中國境內農工運動的抬頭，日資工廠中蓬勃的民族摩擦，北伐完成獲得國際承認的統一局面等等，都讓他有所期待[43]。

---

40 黃煌雄，《蔣渭水傳》（台北：前衛，1999年12月），頁142-147。

41 何義麟，〈台湾知識人における植民解放と祖国復帰——謝春木の人物とその思想を中心として〉（東京大學大學院總合文化研究科國際關係論專攻碩士論文，1993年2月），頁38。

42 在中蘇合作問題上，屬於文協右翼陣營的謝春木，似乎也受到新文協及農組視為指導者的布施辰治相當影響。

43 譬如，民眾黨1929年大會宣言中，對北伐後軍政統一、抑制軍閥、取得列強承認、回收部分主權等方面的表現，對中國甚感樂觀。謝書中對這些動向極其關注，一再檢討、觀察。

前進中國的謝春木，想把他在台灣無法實現的所有夢想，寄託予祖國。他殷殷希望將殖民地反抗力量置諸充滿潛力、民族摩擦日深的新中國之上，從而有效顛覆中台共同敵人，在他眼中新中國無異是一支能讓台灣解放運動者以小搏大的最佳槓桿。從1920年代初開始對嶄新民國便充滿高度注意，對諸如孫文左傾、日本侵華野心等中國最新發展有深刻掌握與期待的他，是不是S君呢？我們無意對號入座加以妄斷。不過在大膽妄臆S君真實身分的過程中，多少已揭示了當時部分青年的祖國憧憬。不管謝春木是不是S君，經過前面的討論，他與王白淵對新中國的關注、期待、嚮往，與付諸行動的堅強信念已毋庸置疑。

三、荊棘叢生之里

1930年前後，謝春木、王白淵初遊彼方中國土地。這次中國之行對後來謝春木移居上海從事抗日活動有決定性影響，同時對於王白淵、乃至其追隨者也有不少啓示。那麼，謝春木、王白淵先後奔赴祖國的目的何在？他們祖國觀感如何？他們的母土審思與祖國憧憬，具有如何的共同視野？接下來我們將解答這些問題。

1931年底謝春木遷居上海以前，曾兩度赴華。第一次，於1929年5月4日至6月26日之間，前往中國上海、南京、無錫、蘇杭、青島、東北、廈門等地旅行，並以民眾黨代表身分參加孫文奉安盛事。其紀行以書信寄回台灣，在《台灣民報》上連載，之後集結爲〈新興中國見聞記〉一文，附錄於《台灣人如是觀》書末，於1930年1月出版。第二次，於1931年7月21日至9月10日間再訪上海。此時民眾黨遭解散，民眾黨核心人士也有不再組織「空骸政黨」的共識，此行也可能爲未來移居上海作準備。同年12月11日，他攜眷移居中國。

依上海領事館調查報告記載，1933年7月王白淵赴「華聯通訊社」工作，於上海抵岸接受特高盤查時，自白「曾於三、四年前來過上海一次」[44]。以此推測，王白淵也曾於1929-1930年左右到中國遊歷。謝春木

44　日本上海領事館報告書《要視人關係雜纂、本邦人ノ部・台灣人關係》，亞

第一次赴華時曾取道日本、途經東京，第二次則從福州直往。謝第一次赴華時王白淵是否同行不詳，因爲〈新興中國見聞記〉中並無王氏同行的記載或跡象，而《荊棘之道》中寫於上海的詩文不是未標時間，便是時在謝遊歷中國稍後(1930年2月)[45]。不過，依王謝交情、兩人對中國的嚮往、對孫文的禮敬，亦不排除謝第一次赴華時與當時身在日本的王白淵會合同行的可能性。

不管王、謝是否同遊，我們關心的是他們眼中筆下的上海印象。上海扼揚子江咽喉，華中地區之門戶，同時也是乘東京—上海快輪前來的殖民地遊子，親炙祖國的第一入口。初臨長江，王白淵在〈佇立揚子江〉中驚歎她的清濁並容、源遠流長，痛感祛除封建渣滓與殖民地壓抑、促使民族新生的必要。〈新興中國見聞記〉卷首，謝春木也同樣「爲揚子江如此之大而吃驚」，爲長江水面上四處橫行的外國船隻，嗟歎主權淪喪的悲哀[46]。

上海鬧區的印度人門衛，令王白淵百感交集地寫下憐之且惡之的〈給印度人〉一詩。他的感慨正與謝春木中國紀行中〈世界看門人——印度人〉一則，如出一轍。

> 在我看來，印度人巡捕事實上是上海的一大景觀。無論銀行、大商店，還是大公司的出入口、大旅館的大門口，必有我們偉大的印度人站崗。(中略)。他們健壯的體魄和正直的性格，使他們在世界上成為帝國主義的忠實門衛，他們用肉體做成的圍牆，保衛著帝國主義的享樂。(後略)

> 我們崇拜的泰戈爾，也是留著美麗的關公鬚的印度人。以不抵抗主義抗擊大英帝國主義的世界民族主義者甘地也是印度人，

(續)

細亞局機密第800號。

45　包括〈到明天〉(劇本翻譯)，作者左明，1930年2月26日作於上海。〈印度人に與ふ〉(詩)，自署作於上海。〈揚子江に立ちて〉，自署作於上海。

46　謝南光，《謝南光著作選》，頁162。

（中略）我們漢民族也正在跋涉在一條和他們有著共同悲慘命運的道路。（後略）

當印度人手拉手站起來時，當穿著長袍的中華民族掙脫長袖站起來時，世界的黎明就在眼前。從上海旅舍一走到街上，留著關羽鬚的印度人門衛的身影，時時敲打著我的心[47]。

謝春木在這則隨筆中，發抒了他對甘爲鷹犬者奴隸性格的怒斥、對泰戈爾及甘地志業的推崇、對中印衰落民族的同理觀照、對亡國民醒悟的吶喊、對弱小民族攜手奮起的願景描繪、對世界黎明的詮釋等，凡此均與王白淵〈給印度人〉一詩發出的歎息與期待，異口同聲。〈給印度人〉與〈世界看門人——印度人〉視野(看)與觀感(看見)的高度雷同、對同一歷史現實的高度共鳴、同仇敵愾的情緒，予人置身同一歷史現場之感[48]。

諸如此類雷同之處，在兩人有關上海(中國入口)、南京(民國首府)的視野／觀感中，也表露無遺。首先從兩人的上海印象談起。在〈新興中國見聞記〉裡，壯闊的揚子江口，主權淪喪的象徵——租界，日資工廠中惡劣的勞動條件，扒手、綁匪、娼妓、鴉片煙販横行的街肆，名流、賭場、賽馬、咖啡座、舞廳的夜夜笙歌，都讓初次體驗祖國的謝春木訝異不已。初抵祖國的謝春木，祖國予他的召喚遠不及極盡繁華與罪惡於一身的上海驚異來得深刻。不過即使在撩人眼目的上海，他取得的啓示仍是：「上海是軍閥、土豪、劣紳的避難享樂地，也是各國革命家的亡命之地。」[49] 在此我們可以略見謝春木關切革命的志向，同時也可預見他日後赴華活動的標的。

47　謝南光，《謝南光著作選》，頁166-167。

48　板谷榮城認為，發表於1930年2月有關上海的這兩首詩，或許是王白淵讀完前月甫出版的《台灣人如是觀》之後，藉由友人之眼創作出來的也不一定。參見板谷榮城(等)，〈盛岡時代の王白淵について〉，咿啞之會編，《台湾文学の諸相》(東京：綠蔭書房，1998年9月)，頁22。

49　謝南光，《謝南光著作選》，頁185。

〈新興中國見聞記〉出版兩年半以後，1933年7月《福爾摩沙》創刊前後王白淵揮別長居十年的日本，前往謝設於上海日僑主要居住區北四川路的「華聯通信社」工作。隨後他寫了一首〈詠上海〉（〈上海を詠める〉）[50] 的詩，寄給《福爾摩沙》同人。這首詩隨即以開卷首作的方式，載於12月發刊的《福爾摩沙》第2號。編輯張文環也以「因環境被迫去上海的王白淵，在那裡發現了新天地，這是他寫的第一首詩」[51]，加以介紹。王氏移居上海不久寄回的這則詩稿，受到同人的矚目，可見同人們對他的推崇，以及對他祖國動向的關切。然而在有如報訊的這則詩稿中，奔赴新天地的大前輩傳遞給他的關切者的卻不是什麼美好禮讚。

〈詠上海〉，沒有歌詠。只有王白淵對法租界內次殖民地亂象的滿腔憂憤。他以充滿嘲諷卻又百感交集的哀調嗟歎國人任宰制者在國土上歡度國慶，感慨「奴隸民族」的悲哀。觸目可及的娼妓、乞丐、飢民、遊民與苦力，使他質疑「孔孟後裔」何以淪落至此？迂腐、無智、迷信、懦弱、貧困橫溢，也使他痛呼「誰云上海是歡樂之都」？他對中國的首善之都深感失望，對祖國的淪落與墮落，憐之也惡之。懷抱憧憬奔向彼方土地的王白淵，看到的不是上海的華麗，而是次殖民地的不義與蒼涼，其觀照方式與觀察所得與謝春木何其相似？

〈詠上海〉中，王白淵曾以安徽發生的「群鼠暴出盡食貓隻」之事，期待中國大眾覺醒，掙脫強者壓制與搾取，同時革除固有文化中的無智與迷信。詩末他還以法人役使安南人的譬喻，寄望同為殖民地人民的島內大眾奮起，創造弱者逆轉的新世界。王白淵在這首詩中，稱述馬克思無神論、信賴民眾革命力量、留意民族矛盾、呼籲解除奴隸地位。他的觀點與主張廣泛團結反抗資源，實現「世界無產階級與殖民地民眾聯合」的「間接射擊」策略不乏類同之處。

如果〈詠上海〉，沒有禮讚，那麼詩人為什麼又要謳歌呢？究竟王

50　《フォルモサ》第2號（1933年12月30日），頁1-4。

51　張文環，〈編輯後記〉，《フォルモサ》第2號（1933年12月30日）。

白淵吹奏什麼樣的曲子？王白淵眼裡的上海乃惡之華，謝春木心中的上海亦如是。她，是充滿殖民資本罪惡與東西民族矛盾的地方，誠如〈詠上海〉詩末所言，她是「大砲與軍隊蠢蠢欲動」的城市。然而正因為她衝突至深、腐化至極，也使她被謝、王估計為來日最有希望的革命爆發地。這場新革命，是中台民族解放革命，是階級解放革命，也是人類文明進化的革命。它將解放世界弱小民族，促使亞洲復興，中印崛起，台灣脫殖民。這其實也正是他們1930年代著述中，以荊棘之道、台灣人如是觀、台灣人的要求、地平線的彼方、新興中國等概念，反覆辯證、暗示、呼求的主旨。在兩人的思想中，新中國不只是一支讓台灣解放運動者以小搏大的槓桿。如果「世界無產階級與殖民地民眾聯合」，攜手將力量置諸對罪惡覺悟的土地，那麼它將空前有效地顛覆在中國所有土地上的不義，改造人類社會體制，重寫人類文明的進化方向。這是謝春木和王白淵共同的夢，也是王白淵追求真理世界的肇端。

故都，比新興都會更能觸動謝春木、王白淵的祖國情結。在來自中國失土的旅行者謝春木眼中，紫金山下有黃興輝煌的革命史，軍政府奠基之地、孫總理埋骨之所，無異是革命的聖山；洪秀全革命時的首都，民國肇造的第一首府——南京，則是「民族革命家拋頭顱、灑熱血」，充滿「革命發祥地的歷史感激」的不凡所在。踏在這個「令人懷念的都城」，他有著比訪上海更多的感動。

審視自己的激動情懷，謝春木曾如此解釋：

> 南京有種種感慨和追憶在召喚著我。一踏上這塊土地，一種思念、親切、喜悅的感覺油然而生。何故懷念呢？我們台灣人的一次大移民是在明末，作為今天的台灣人，是當時不甘屈從清朝統治的人們佔大部分。明朝——握有漢民族政權的明朝倒台了，明洪武帝在此處奠定了帝都，然而昔日蹤跡今何在？我想著那時台灣人的氣魄，數百年間屈辱隱忍著清朝暴政統治漢民族的忍耐力，以及二次革命等，同時聯想起第二天六月一日孫文的葬禮，心中充滿無限感慨與喜悅。我的感慨不是沒有道理

的[52]。

總之使他感激涕零的，有血統溯源的魅力，有台灣漢人移墾、隱忍精神的發酵，還有辛亥偉業與孫文後期革命的感召。

同樣的祖國情懷，反覆出現在謝春木遊太湖、訪西湖之際[53]。遊太湖時，對早已物換星移的朱元璋討元參謀部舊址黯然神往，連他自己也驚異於「血統魔力的偉大」。訪西湖時，陳其美銅像、秋瑾紀念亭、徐錫麟之墓、革命紀念館，也使他對美人相伴遊湖，或犬養毅、頭山滿等日本政要蒞臨的杭州博覽會，興趣缺缺。不顧盛會美景，佇足流連於革命紀念館的他與同行友人，血潮澎湃，大呼「正義點燃了年輕人的熱血」，最後還表示「毫不猶豫地」將此行作爲「這次旅行中最欣慰的記憶」。革命精神與史蹟對他的感召可見一斑。

世紀性的孫文奉安大禮，是吸引謝春木興致勃勃地前來中國的原因之一。謝春木將之與列寧喪禮並比，可見他對孫文的評價以及他崇仰總理的理由。在大禮中他特別注意台灣以外東方被壓迫民族團體的參與情形，反之對國民黨以誇大喪禮樹立「孫文教」的作法則不甚苟同。〈新興中國見聞記〉末尾，謝春木對一意向機械文明急進的中國革命所蘊藏的新矛盾，國民政府清共、鎮壓民眾運動、資本主義化走向等潛在危機，覺醒的工農大眾日益蓄積的不滿……，提出警告；同時意味深長地表示，中國確實需要「重新來一次革命」[54]。

神州名勝史蹟繁多，但是謝春木的台灣本位，對中國潛力的期待，使他鍾愛革命勝跡，拜訪青島、大連、哈爾濱、奉天等地也多注意中日衝突，或這些地區未來於新中國社會整體發展上的潛力。謝春木第一次赴華的1929年，正值民眾運動不斷擴大與深入的全盛時代。該年發表的大會宣言，從世界情勢、日本情勢、中國情勢、島內情勢，綜論黨的回顧與前瞻，可謂意氣昂揚。此時胸懷大志的民眾黨正躍躍欲試地，欲

52　謝南光，《謝南光著作選》，頁191。

53　同上，頁200-219。

54　同上，頁261。

「聯絡世界無產階級和殖民地民眾參加國際的解放戰線」，以期「匯合於世界解放之潮流」，達到「人類解放的目的」[55]。在民眾黨高昂的發展中謝春木前往中國，關切國民黨政策走向，調查中國要地產業、經濟、工農運動、民族摩擦概況，同時與在華台人廣泛會晤。他在遊記〈新興中國見聞記〉的記述之外，可能還多少有些未便表露的重要任務或活動。青年時代憧憬民族運動而前進東京的謝春木，在第一次的中國之行中，確實也戴著仰望革命烽火的共鳴者眼鏡。辛亥革命與革命後的中國，在謝春木心中盤桓不去；祖國與現代中國姿影錯駁，但是顯然後者更吸引他的目光。

在王白淵的南京印象中，也出現類似情形。《福爾摩沙》第3號刊出兩首署名「托微」的華語詩〈紫金山下〉及〈看「フォルモサ」有感〉[56]，從以下線索推測應爲王白淵作品。第一，該稿以華語寫作但略有生澀之感，似乎是華語初作。第二，《福爾摩沙》的中國讀者不多，能以指導性、激勵性口吻發言者更少，謝春木詩筆久封，故以王白淵最爲可能。第三，該稿於詩題下方署名「南京　托微」，頗像王白淵客途賦詩標示撰地的習慣。第四，〈編輯後記〉中張文環介紹寄稿者時，詳列托微、王登山、張碧華、吳希聖等投稿人，獨缺也是投稿者之一的王白淵，托微似有可能是王白淵，故編輯不再贅列。

除了外緣因素之外，詩意、思想與敘述習慣的吻合，提供了更爲關鍵的佐證。以〈紫金山下〉一首爲例便極明顯——

紫金山下

巍然的紫金山！
　　有時雄視一世、而有時則頹廢不堪
在複雜的歷史過程中、
　　只遺下兩個瘡痕、坑穴。

---

55 黃煌雄，《蔣渭水傳》，頁112-127。

56 托微，〈紫金山下〉、〈看「フォルモサ」有感〉，《フォルモサ》第3號（1934年6月），頁31-32。

朱紅的圍牆、高大的祭壇
雖明室榮華的廊郭、
但、密茂的梅林、墓邊的叢草、
在暮霞延延中、
號哭這封建的霸王。(明孝陵)

灰白的士敏土路、崇高的殿宇、
　　雖謂民國的革新、
但、流離無所的貧民、墓邊的小蟲、
　　在夕陽熾熾中、
　　　　哭淚資本社會的英雄。(中山陵)

惟不久的將來、
　　或再開掘一坑穴、
做為負有歷史使命者的休息所。
　　那時候、
在初曉將明中、
　　大家微笑著向他致敬。

在台灣當時少有以中國文化、歷史、革命爲主題的詩稿中，托微以紫金山象徵中國榮枯並陳的歷史，很容易令人聯想到王白淵以黃河清濁並容比喻華夏文明之興替，以及藉長江象徵革命後的新興中國之手法。在殖民地知識分子眼中，長江、黃河、紫金山所表徵的文化意涵是非常突出的，失去祖國的他們往往比祖國人士對這些具有表徵性的符碼更存敏感。〈紫金山下〉與〈佇立揚子江〉都不約而同地流露這樣的視野／觀感。另外，「墓草、墓蟲、夕陽、暮霞」與「初曉」兩組相對性的概念，還有以自然、晝夜衍替象徵新、舊、生、滅，比喻「新革舊」、「生起死」等革命概念與王氏慣用手法也極其酷似。末段中歷史再啓、曉明終露、群眾微笑，在這樣的新世界圖景中開啓的，不也正是〈佇立揚子江〉末尾所指的那扇「至今尚未開啓的數千年門扉」嗎[57]？凡此都顯示〈紫金山下〉與王白淵其他作品具有血緣性，因此也提高了「托微」是王白淵的可能性。

如果我們大膽地將〈紫金山〉當作王白淵的作品，或至少是王白淵欣賞、推薦的作品的話，那麼可以看出下列現象。王白淵的祖國觀察與謝春木同樣，緬懷漢民族共同之「舊」，與追隨民國未來之「新」，同時吸引並制約他們的目光與思考。〈紫金山下〉對匡復漢族的洪武革命、民族革命兼民主革命的辛亥革命的推崇，對元清異族征服王朝的否定，以及將他們於個人歷史建構中的排除，都顯示作者漢民族本位的民族主義思維。不過在展現保守的民族主義思維的另一方面，詩人又予紫金山及山下的兩個歷史名墓，社會主義式特有的文化涵意與革命詮釋。

紫金山，曾發生民族革命與民主革命的這個革命聖地，是闡釋社會主義革命進化論的最好喻體。在詩人筆下，明孝陵象徵逝去的封建，中山陵象徵未完成的革命；漢族帝王是獨榮一方的封建霸主，未解決群眾問題的民國締造者孫文則是資本社會的悲劇英雄。他一方面贊揚洪武革命與孫文革命的進步性，另一方面並列式地提示了「革命家孫文」帝王般的舊式英雄形象，揭露民族革命與民主革命的不足。由於前賢均未完成歷史的使命，故而「最後的革命」必須也必然產生。從帝王墓裡的封建主，到總理墓裡的革命者，到未來墓裡的社會主義革命家，這則勝跡憑弔展現三段論式的「中國社會主義革命進化論」。這樣的三段論，著力於發揮馬克思社會主義革命進化論中的——民主主義革命遞嬗到社會主義革命的過程，但是卻突出原論中不特別強調的「民族革命」一項，帶有濃厚的民族共產主義特色。

透過〈紫金山下〉詩中描繪的圖景與它顯示的史觀，可以看見托微（王白淵？）觀察祖國時，戴著與謝春木極其相似的革命者眼鏡。第一，

---

57 同樣地，〈看「フォルモサ」有感〉詩中也很容易找到王氏慣用邏輯與語氣。譬如，慣以太陽、星、風比喻偉大先行者、革命家的他，在這裡對這些共鳴者以「美麗的月兒」來期待之。在鼓勵月兒不畏黑雲風雪阻撓時，其用法也與《棘の道》中〈御空の一つ星〉極其類似。

比起1920年代對孫文的崇拜，1930年代左傾的他們已不滿於孫文革命的成果。第二，他們都憧憬革命，這使他們對昔日革命惺惺相惜，但是由於信仰世界性社會主義革命，所以憑弔之餘又急欲指陳舊革命的不足。第三，他們都自恃爲社會主義信仰者，但是卻每每被保守的(漢)民族主義牽動最細膩的神經。第四，他們都後設性地認定中國的未來革命，將毋庸置疑地同時解決台灣問題。因此，在他們所詮釋的革命進化論中，不只民主主義革命的階段多了民族革命的分枝，甚至在社會主義革命階段這個分枝仍在。固然民主主義革命與社會主義革命裡頭，本來也就包含民族革命的層面，但是顯然在他們心中兩者並非包覆性關係，而是更爲對等性的。

王白淵對「中華民族」概念充滿認同，同時又對林爽文抗清事件推崇備至，屢屢述及台灣人係不屈「漢族」之後。在〈甘地與印度的獨立運動〉、〈佇立揚子江〉、〈給印度人〉、〈詠上海〉等作品中，期待中印兩國以社會主義，謀求殖民地與次殖民地下普遍民眾的幸福。他同時呈現的單／多民族多元觀點，民族主義與社會主義信仰的重疊，以及對中台共同前景的想像，與謝春木也相當神似。

總之，謝、王充滿民族主義色彩的革命者志向與特殊的革命史觀，深深地影響了他們的祖國視野與祖國觀感。抱持對新舊革命的高度關心，使他們進行了印證式的觀察。印證式地履踏革命舊蹟，證明社會主義革命的必要。殖民統治下只接受過短暫私塾舊學教育的兩人，祖國於他們的血統意義與革命意義，遠大於文化意義。他們多數的文稿與紀行中均可見，在他們極其稀薄的文化記憶與強烈的社會主義革命史觀交錯下，除了孔孟老莊、洪武革命、鄭氏抗清、太平天國起義、孫文革命等片段之外，漫長悠久的中國史顯得虛無飄渺。

他們擁有祖國意識毋庸置疑，但是構成這種祖國意識者包括「祖國情懷」與「新中國憧憬」。他們不怎麼沉湎於祖國的五千年過去，對於民族文化缺點的體會比優點多，他們念茲在茲的是「革除封建渣滓」與「解除帝國主義壓迫」。「祖國情懷」與「新中國憧憬」在他們的祖國意識中共生，但是顯然比起「祖國之舊」，具有民主國家未來性與民族國家主體性的「民國之新」，更吸引他們。也因此，如何將「民國的昔日革命」進一步往「中國的新未來」貫徹，便成了他們兩人的關注所在。而這個問題的解答，也就是——社會主義革命。

民眾黨1929年宣言中，也曾勾勒「最後決鬥」的圖景，如下：

> 我們統觀世界、日本及台灣的情勢，知道帝國主義國家間和帝國主義國內的矛盾和尖銳化，其基礎已瀕動搖，其崩壞之日必不在遠，而世界上一切無產階級和殖民地民眾之互相聯合，共同鬥爭，實為其致命之傷。然而因為世界無產階級和殖民地民眾結合不堅固聯絡不緊密，他們加倍反動而逞其暴威，故世界無產階級和殖民地民眾，今後益當對內堅固其陣營，對外緊密其聯絡，努力奮鬥猛烈進攻，以期和他們做最後之決鬥，這是很切要的事[58]。

很明顯地，民眾黨全盛時代最有鬥志的訴求，繼續閃現於民眾黨進步分子謝春木的思想與行動中。對大革命的呼求，對中國槓桿性潛力的期待，在他與摯友王白淵的祖國觀察中斑斑可考。不過比起1929年口號式的宣言，此時兩位難兄難弟的大革命理念已有更具體的內容與實踐性。

在充滿預設期待與印證情懷的中國觀察中，不管祖國或民國，它們的存在都因攸關台灣解放而有意義。謝春木與王白淵的祖國認同與他們的母土審思，分享同一視野。即將結束第一次祖國之旅的謝春木，在歸途上便意味深長地稍稍流露他祖國憧憬與母土審思間的想像聯繫。他對中、台兩地的未來命運，提出了如下的比較性思考：

> 我在回去的船中深思著，殖民地和半殖民地到底哪種對原住民更幸運？殖民地服侍的國家只有一個，而半殖民地(如中國)伺候的則是多個國家。殖民地人民完全沒有自主權，而半殖民地

58 黃煌雄，《蔣渭水傳》，頁123。

> 雖然不完全且微力，但畢竟是一個主權國家，取決於你努力多少，有機會改變為有力。而殖民地完全不是這樣，要麼完全屈從於命運的安排，要麼站起來戰鬥，把自由權奪回來，要麼走上自亡自滅的道路。殖民地伺候一個主子操心較少，而半殖民地一僕幾主，操心太多，但反過來也能操縱主人，使自己處於有利的地位[59]。

在此清楚可見，表面上謝春木自稱此行乃以學術立場考察祖國的經濟產業，實際上卻在評估台灣解放運動與祖國解放運動聯合的可能性與可行度。

在他眼裡台灣比中國安逸，但是如果「強烈地意識到生存的不易」因而努力，結果「反而會好」。反之如慣於服伺，心存苟安，養成奴隸性，那麼只有自取滅亡。他認爲比起奮鬥精神較低、又完全沒有自主權的台灣，中國尚有微力，較有機會，猶可努力。台灣脫殖民必須借助中國，中國的反帝則必須從列強的衝突矛盾間下手。借力使力，這正是「三角組織」、「間接射擊」等策略所展現的弱者的戰鬥邏輯。這些現象讓我們發現，由於共同的血統與歷史，使他們對眼前破敗而充滿非近代性的中國，儘管憂愁、失望卻依然敬愛偌深；但是如果民國不曾代清，那麼我們也將無從評估台灣知識分子是否孺慕異族祖國。台灣知識分子的祖國意識，苦澀曲折饒富意味。

如上所述，無情展示中國次殖民地頹敗的上海，促使謝春木、王白淵對大革命的到來，充滿樂觀；古都南京的洪武辛亥故事，則刺激了兩人社會主義史觀的「革命中國」想像。由此可見，謝、王所宣揚的曙光，不只是中國的，更且是台灣、印度等東方弱小民族黎明的徵兆。它，是人類美麗新世界降臨的序幕；它，是大革命將起之前的微光。這就是懷抱新中國憧憬的謝春木與王白淵，有如使徒般反覆吟唱，汲汲散

59 謝南光，《謝南光著作選》上冊，頁259-260。文中，原住民指原有住民之意。

播的亂世福音。他們所吹奏的寄情祖國的世界革命福音，無疑是左右翼反抗運動凋零的1930年代台灣最有希望的號角。

四、地平線的彼方

謝春木、王白淵認同與思想上的親近與共鳴，使他們先後踏上中國這條並非偶然的道路。摸索民族、建構認同，固不是謝王個別的、偶然的道路，而是殖民統治下有所覺醒的一代知識分子共同的命途，然而他們的母土審思與認同建構卻具有多層次的視野。對於謝春木、王白淵的中國志向有了如上了解之後，再回顧《荊棘之道》卷首兩序，則更能掌握他們充滿隱喻的「地平線彼方」的理想了。

謝春木〈序〉這麼說：「……在殖民地成長的我們更是腳踏著雙重的荊棘道路，而其克服的方法只有一個。方法到底是什麼呢？在此我不想明講，唯我們必須彼此握緊雙手，分別踏入這條荊棘的道路。我相信，我們的同胞會苦惱你的苦惱。並且會和王君一樣追求唯一的拯救之道。」[60]王白淵〈序詩〉也說：「日出之前魂的蝴蝶／飛向地平線的彼方／你也知道——這隻蝴蝶的去向／朋友啊！／為了共同的作業／撤除標界柱吧／飛向高貴戰地的彼方——／我也知道　你也知道／地平線彼方的光／是東天輝煌的黎明徵兆」[61]。

謝春木提示，台灣人有那麼一條、而且是「唯一的一條拯救之道」的存在，它的名字就叫作「荊棘之道」。此外他與王白淵更分別在《台灣人如是觀》、《台灣人的要求》、〈新興中國見聞記〉及《荊棘之道》中，揭示了這條「間接射擊」的拯救之道，在「地平線的彼方」。

王白淵好稱的「彼方」或「彼岸」一語，在形而上的層次具有康德對現象界、認識界彼岸之「彼岸性」意味[62]，以及佛教「渡化於彼

60　謝春木，〈序〉，此處引用陳才崑譯文。引自王白淵（著）、陳才崑（譯），《王白淵・荊棘的道路》上冊（彰化：彰化縣立文化中心，1995年6月）。

61　王白淵，《蕀の道》（日本盛岡市：久保庄書店，1931年6月）。筆者參考巫永福、陳才崑之譯本重行改譯。

62　彼岸性（Jenseitigkeit），係康德用語，與此岸性相對。康德認為自在之物，處於人所認識的現象界的彼岸，是人所無法認識的。

岸」、基督教天國、救贖等涵意，總結表現於王氏對「真理」概念的強調上；在形而下的層次，則或大或小地指人類理想的生存形態或彼岸中國。他不只一次在《荊棘之道》詩中，描繪光明彼岸的圖景。在〈地鼠〉中，他允諾「受迫害」而潛伏「暗無天日」、「彎彎曲曲」的地底之路者，必將達到「無上光明」的「希望的花園」與「神的國度」。〈生命之谷〉宣稱，敢於涉險穿越「荊棘」，淌血深入「黑不可測」的「生命之谷」的人，將「驚異於瓊漿般的靈泉」。〈不同存在的獨立〉高唱「踟躕在荊棘滿布的道上／穿過愛的森林／越過生的砂漠／游過生命的大川」，便能到達「驚異之里」。〈生命之道〉描繪，在「愛的森林」與「廣袤的荒漠」中間，有「一條無盡的小路」。這路通向劍一般的冰山，冰山雲端放射著「永劫的銀色光芒」，那是「永恆之鄉」[63]。苦與樂、黑暗與光明、瞬下與永恆，這些詩反覆傳揚光明福音，同時允諾受難者將得救贖，信從者可分享樂土。希望的花園、神的國度、美妙靈泉、驚異之里、永恆之鄉，都是王白淵「真理」的變體，也都是「彼方(岸)」的代名詞。

謝春木曾把《荊棘之道》比喻爲王白淵或其所屬社會「廿九歲以前的倒影」。殖民地人民影子般失魂落魄的生存，正是社稷倒懸的圖景。因此，他們宣示日後將「站起來」向希望的「彼方」奮進。謝春木在紀行中載及他乘船初臨吳淞口時，「大陸氣氛」使他陶醉。王白淵決心前往上海時，在〈行路難〉中也以「踏越永遠的闇路／看見地平線的曙光／在荊棘叢生之里的彼方」揭示志趣及去向。時代的制約，使他們將不便稱述的「祖國」[64]，稱爲「大陸」或「彼方」，抑或「新民國」、「新中國」、「新興中國」、「祖先的發祥地」等。然而不論何者，〈新興中國見聞記〉與《荊棘之道》或其他《福爾摩沙》中的王氏創作，均以「彼方」是「荊棘叢生之里」來看待祖國。一如郭沫若對「S君」的提醒，謝春木與王白淵對於他們行將奉獻的祖國，不是「古時春

63　王白淵，《棘の道》。

64　林獻堂遊歷中國時因失言「祖國」，造成的「祖國事件」軒然大波可見一斑。

花爛漫的祖國」，而是「冢中枯骨的祖國」，有相當的體悟與決心。封建與殖民雙層束縛的祖國所在荊棘叢生，但是新中國的潛力與充滿可能的大革命，仍使他們不惜爲呼喚黎明的到來埋骨彼方。

把「前進中國」當作台灣解放唯一道路的謝春木，欣慰他的刎頸之交終於跟進，因此他意味深長地向《荊棘之道》的讀者表示，「我相信，我們的同胞會苦惱你的苦惱。並且會和王君一樣追求唯一的拯救之道」。王白淵則繼之以充滿樂觀的口吻附和道：「我也知道　你也知道／地平線彼方的光／是東天輝煌的黎明徵兆」。謝、王兩序，前呼後應，一唱一和，對台灣青年發出聲聲召喚與催促。與此同時，攜手奔赴荊棘叢生之祖國的兩人，也爲他們的民族革命(抗日反帝)與社會主義革命理念作了令人肅然的示範。對越是熟悉王、謝的讀者而言，他們之間一搭一唱所吹奏的祖國福音也就越發引人想像。

小結

從林獻堂到謝春木、王白淵，以及許多我們未遑論及的其他前進中國者均顯示，對台灣青年來說「新中國」比「祖國」更迷人。

不論辛亥革命前後、聯俄容共之際、北伐軍挺進之時或中日衝突加深以後，每當祖國看似浴血奮起之際，徘徊在祖國新時代大門之外的台灣青年便殷殷寄望。或欲獻一己之力，或勾勒革命藍圖，躍躍欲試。於是他們忍不住探問未來，渴望取得一些指示，大呼毋忘台灣，或索性懷抱理想前進中國。1906年林獻堂與梁啓超；1913年甘得中與戴季陶；1922年S君與郭沫若；1926年張我軍與魯迅；1926、1927年張秀哲與魯、郭兩氏；1931年謝春木奔赴上海；1933年王白淵跟進，皆出自類似情懷。在充滿希望的大時代面前，台灣青年對祖國人士提出的疑問與呼籲，無疑反映了島內的集體渴望。而祖國人士的答覆則不約而同地顯示了新中國無暇顧及台灣。S君的渴望正是其一，而郭沫若無奈的答覆也同樣具有典型性。

林獻堂、張秀哲、謝春木、王白淵的案例讓我們認識到，台灣青年與新中國的對話不僅僅只是對話而有更多的實踐動機。攜《台灣民報》

前往拜訪魯迅的張我軍，也可能於私訪之餘背負了島內(諸如台灣文化協會)人士委託的任務。因此謝春木、王白淵的祖國活動，值得更多人繼續關注。何況新中國讓這兩位台灣青年勾勒了如此一個攸關中台命運、亞洲復興、以及世界和平的大夢，而且他們所建構的夢想又是如此豐贍，如此之歷歷可見。

一些研究者對於王白淵是否適稱「抗日英雄」或「民主主義鬥士」存疑，對於謝春木算不算得上左翼分子也不敢定論，大概因爲無法尋獲他們抗日或左翼的具體事證，特別在他們前往中國之後。事實上這樣的情形不只在活動方面，在創作方面也一樣。嗜詩如命的王白淵赴滬後發表頓減，兩本時論中意猶未盡的謝春木在深入重慶以前也未見其他論著。筆者認爲，他們有可能開始顧忌身分而採用了化名。本稿首次指出的王白淵幾則易名之作，譬如托微、王溪森等，即是佐證之一。

如果謝、王赴滬後確實從事私人民間組織的諜報性工作，以至連文化活動也必須低調處理，那麼他們在反對運動檯面上漸行無蹤也就不難理解了。因此若堅持要找到他們「抗日」的具體事證，無異緣木求魚。反觀一般多被視爲傳奇僅作輔助參考的《南部紫》小說，對王白淵的詮釋則較明快。《南部紫》中特別著墨於「歸國獻身革命」與妻女慘痛訣別的一幕，刻劃「菱白淵」獻身朝鮮獨立運動的志士面容。由王白淵對〈同心同德一戎衣〉一詩的鍾愛來看，或許被視爲一種虛構的這則傳奇，更深刻地捕捉了行將赴滬前王氏悲壯的心志。謝春木的情況也一樣，向來因爲他參與民眾黨便將他判定爲民族運動右翼分子的評價，同樣也失之過簡。

不管謝春木是不是S君，謝、王是否曾同遊神州，比起王詩琅、朱點人、劉捷、張深切、鍾理和、吳新榮等文學者，更早懷抱希望奔赴大陸的這兩位難兄難弟，他們台灣本位、深待中國的祖國志向，以及他們祖國視野及觀感的類同性，昭然若揭。兩人抱有「漢人」思維，卻又受到孫文多種族共和說，甚至社會主義撤除民族畛域的國際世界觀多元影響。他們所緬懷的「民族過往」，無非是漢人社會共享的血統、歷史與文化；而他們所寄望的「新中國」，則指向中台住民藉由革命的聯合與持續共同締造的，一個符應多民族、全階級利益的新共同體。從民族革命到社會主義革命，對於漢人認同與國際主義無抵觸的重層性認同與主張，則反映了近世以來多元思考解殖問題的台灣知識分子之思考特色。

謝春木與王白淵在行動上或精神上召喚了不少同類的靈魂。而謝春木、王白淵式「台灣左翼」特質中的星星點點，恰巧不是奉社會主義教條或普羅文藝規範爲圭臬，或是深信民族運動表象性左右分類標準，進行削足適履解釋或後設性印證者，所能說得清的。

第二節　同類的靈魂：王白淵及其追隨者們

前言

1933年7月，日據時期第一份日文純文藝雜誌《福爾摩沙》(《フォルモサ》)，從「台灣藝術研究會」一群旅京青年手中誕生。

身爲《福爾摩沙》推手之林兌、吳坤煌、張文環、巫永福、蘇維熊等人，均曾躬受王白淵鼓勵，親炙其風采，他們是異鄉出版的《荊棘之道》(〈蕀の道〉)的第一代讀者，同時也是詩人長期以來最深情的知音[65]。在林兌從事的左翼運動，陳在葵早夭的青春，或吳、張、巫、蘇等人的詩文裡，均可見王氏人格、文學、思想或政治關懷對他們的影響。閱讀與交遊雙重經驗的交織，使《荊棘之道》在其第一代讀者間掀起了一股文學的、同時也是社會關懷的熱情。離京赴滬之後，「王白淵」仍以一種「精神」繼續影響著被他遺留於東京的文學後進們。誠如他與《福爾摩沙》若離若即的關係，王白淵精神若無似有地在張文環等人的文學或思想中投下了斑斑光影。

本節將從「東京台灣人文化同好會」到「台灣藝術研究會」凝成與蛻變的軌跡中，透過《荊棘之道》的第一代讀者，探察王白淵對此一脈

65　譬如，王詩之出土多賴巫永福翻譯、介紹。除了台灣讀者以外，依《台灣總督府警察沿革誌(三)》(頁53)所見，《荊棘之道》出版後，在左翼文壇小有名氣。因此似乎也吸引了一些日本讀者，不過有關這方面目前沒有其他線索可供進一步了解。

動與這些新進作家產生的影響。討論焦點將置於下列幾個方向：一、林兌、吳坤煌等東京左翼青年與王白淵的聯繫。二、王白淵在「東京台灣人文化同好會」(簡稱「同好會」)與「台灣藝術研究會」中扮演的角色。三、從創作方面觀察王白淵對這些旅京青年的文學及思想影響。

截至目前爲止，有關東京台灣左翼運動的了解，均仰賴當時特調資料《台灣總督府警察沿革誌》的記述，本文無法跳脫這樣的限制。爲了廓清《福爾摩沙》的立場，掌握文學運動背後的根柢精神，我們也必須不憚冗雜地再次詳敘1920、30年代東京台灣左翼運動的發展與轉型。不過本章另外挖掘了諸如日本內務省警保局保安課《特高月報》或〈日本共產黨台灣民族支部東京特別支部檢舉始末〉調查報告，希望進行更爲多元的重建。比起若干直接引述、不辯自明的相關研究，我們也將試著對這些特調資料進行多一點的闡發。尤其將著重說明兩會在旅京台灣民族運動史上的意義、進步青年之間的人際網絡，以及王白淵、林兌、吳坤煌、張文環等人在其中扮演的角色等三方面。除此之外，也將從《福爾摩沙》的王白淵熱中，援引若干未受注意的作品，闡析王白淵及其景從者間的緊密關係，以及《荊棘之道》對其隱含讀者(implied readers)持續不歇的魅力。

總之，我們一方面將追蹤張文環等赴京青年，如何因閱讀或交遊歷經一次凝視殖民命運的啓蒙之旅；另一方面，也將特別注意彼此共鳴的他們，如何召喚同類，先後景從，攜手踏入文學啓蒙與文化抗爭的荊棘之道。

一、林兌與吳坤煌

1931年6月《荊棘之道》出版後不久，兩位心儀的台灣讀者開始與王白淵有書信往來。一位是林兌，另一位是吳坤煌。他們除了是詩集的共鳴者，還是詩人的中部同鄉。

《台灣總督府警察沿革誌》對此一聯繫，有如下記載：

這時候(昭和5年)(按，應為昭和6年)，在岩手縣女子師範學校

> 擔任教諭的王白淵，剛出版詩集《荊棘之道》，聞名於左翼文壇，旅居東京的左翼青年林兌、吳坤煌等開始與之通信，彼此間自然也交換對無產階級藝術運動的意見。昭和七年二月，終於提出組織台灣無產階級文化聯盟的計劃[66]。

《荆棘之道》如何「聞名於左翼文壇」，讀者如何接受，產生了哪些迴響？還有這個應該係指台灣左翼文化運動界的「左翼文壇」[67]，注目這本詩集的背景爲何？由於線索隱微，即使對《福爾摩沙》誕生前後文學史及成員背景有相當鑽研的研究者也難於回答[68]。我們也不擬困宥在這則調查記事上，而想進而關心在此聯繫之後掀起的台灣左翼文化運動與文學史盛事。

眾所周知，1932年初林兌、吳坤煌與王白淵等人，召集旅京學生張文環等10餘人，組成左翼文化運動團體「東京台灣人文化同好會」。成立未幾便因成員葉秋木(1908年生，屏東人，中央大學畢業，台灣共產黨事件脫逃者、反帝同盟成員)被捕事件導致組織暴露，主要成員被拘而瓦解。後來成員陸續獲釋後，將組織改組爲鄉土文化研究合法團體「台灣藝術研究會」，發行純文學刊物。首開文藝獨立風氣，脫離政治社會附庸地位的新文學雜誌《福爾摩沙》[69]，於焉誕生。而這場文化運動與文學史盛事，便是從林兌、吳坤煌與王白淵之間的聯繫開始。因此，首先我們必須關心與王白淵聯繫的兩人是什麼樣的人物？也就是從

66 《台灣總督府警察沿革誌(三)》，頁53。調查記錄有些錯誤，譬如書名《荊棘の道》，應為《棘の道》，出版年應為昭和6年夏。沿革誌中偶有此類錯誤，應當注意。

67 根據筆者調查並未發現王氏詩集有受到日本左翼文壇介紹或討論的現象，故此處「聞名於左翼文壇」一事，應指在台灣或在日本的台灣左翼文化運動界引起的注意而言。

68 下村作次郎對《フォルモサ》創立過程及成員背景作過詳細討論，該文便曾提出此一疑問。本文受惠良多。參見下村作次郎，〈台湾芸術研究会の結成〉，《左連研究》第5輯(左連研究刊行會，1999年10月)，頁39。

69 此係黃得時語，參見〈張文環氏與台灣文壇〉，《張文環先生追思錄》(台中：家屬自版，高長印書局印刷，1978年7月)，頁39。

林兌、吳坤煌這兩位向來不怎麼被討論，卻是談論1930年代前期東京左翼運動或文化文學活動時，不能忽略的兩位人物開始談起。

林兌(1906年生)，台中州大甲郡龍井庄人[70]。1925年2月前往東京升學，插班進入五年制的日本大學中學校三年級就讀，1928年3月畢業。在東京與台灣學生陳植祺、王連盛、林添進、王敏川、林朝宗、何火炎、莊守等人居住期間，思想日益左傾。四一六[71]台共支部檢舉事件被捕後，他曾自承左傾及加入共產黨的經緯。林兌表示於1926年日大中學在學期間受到同住者林朝宗、林添進影響[72]，開始對社會主義產生興趣，崇拜列寧，憧憬共產社會，共同議論社會主義問題，閱讀山川均、堺利彥等人著書及《唯物史觀》、《無產者新聞》(日共機關報)等左翼書物。1927年4月加入台灣青年會左翼組織「社會科學研究部」，1928年10月加入共產黨[73]。

在東京加入共黨組織的林兌，是「日本共產黨台灣民族支部東京特別支部」的基礎成員。「日本共產黨台灣民族支部」(1931年改稱「台灣共產黨」)，在謝雪紅、林木順創建下1928年4月於上海法租界成立[74]。林

70　本文大部分人物之出生資料均參考《台灣總督府警察沿革誌》或其他警調資料推算所得。在出生年方面，相關資料多載「檢舉時幾歲」而非詳細的出生年，當事人對自己年齡也有足歲或虛歲等計法的差異。所以逆推時偶爾會出現一年左右的誤差，謹此說明。另外，為便於觀察旅日青年之間的地緣、同鄉關係，故本文稱述討論對象之出生地多採用當時行政區劃之名稱。

71　1929年4月16日拂曉，日本田中義一內閣逮捕共產黨及進步人士共七百餘人，日共組織受到潰滅性打擊，一般簡稱為「四一六事件」。四一六事件稍後台共東京支部及其他台灣左翼團體也遭受大取締。

72　依他的供詞推斷，他們可能於1926年4月開始同住，10月林兌隨林添進移居，1928年加入共產黨時兩人仍同住。山邊健太郎編《台湾》(現代史資料22，東京：みすず書房，1986年3月，5刷)，頁101-111。本文有關林兌、林添進、陳來旺等人加入台共的情形，參考前揭書所錄〈日本共產黨台灣民族支部東京特別支部檢舉始末〉調查記錄。

73　在〈日本共產黨台灣民族支部東京特別支部檢舉始末〉中顯示，林兌、林添進等人初到東京時原本相當積極地支持議會請願運動，後期則轉而拒絕參與此活動，可見他們有日益尖銳化的趨向。

74　「東京特別支部」成立經緯如下：1927年11月日共分子渡邊政之輔，接獲第三國際要求組織「日本共產黨台灣民族支部」的指示。此時謝雪紅、林木順

兌友人陳來旺(1908年生，台中州大甲郡梧棲街人)，受林木順、蘇新等人吸收入黨後，以「東京台灣學生激進團體代表」出席了上海的成立大會。事後「東京特別支部」於9月間成立，陳來旺爲支部負責人，支部準備團體「馬克思主義小組」多數成員在其運動下先後入黨。林兌也在該年10月與林添進、陳來旺、何火炎、莊守等人同住時，受陳來旺推薦，與林添進秘密會見林木順一同被吸收入黨。雖然支部規模極其有限，但是它確實使當局嚴密控制下聯繫極爲困難的日共、台共及島內同志間有了較具體的互動管道。1929年1月底，東京支部開始初次聚會。2月林兌以郵件方式接獲黨員證，並開始從陳來旺及其他同志手中傳閱黨刊《赤旗》。到4月被捕之前，林兌等台共支部成員還陸續召開過幾次秘密例會。林兌供稱與會者只有他與陳來旺、林添進三人，不過依台共相關研究來看，其他同住友人莊守、林朝宗，或同爲台灣學術研究會重要分子的蕭來福等人，可能已分別加入中共或日共組織[75]。而林木順赴京發展組織時的聯繫者，後來亦爲東京特別支部前身「馬克思主義小組」負責人的蘇新，於支部成立或更早也已入黨[76]。這些人日後也都是台共核心分子。由此觀之，當時林兌身近友人許多都是共黨分子，只不過加入途徑的不同使他們有日共、中共或台共(屬日共分支)之別。林兌雖是其中新進分子，卻是意圖在中共、日共、鮮共之間發揮聯繫功能的台共，在發展黨內重要分支東京支部時選定的種子成員。

林兌參與社會運動的第一個舞台開始於東京台灣青年會「社會科學研究部」，亦即四一六事件前東京最重要的台灣人左翼部會。其緣起與

(續)————————

也由莫斯科取得同樣指示返回上海，因此不久兩人前往東京與日共接觸。謝參加日共中央執行委員會，從渡邊處取得支部領導綱領與組織「馬克思主義俱樂部」的指示；林則透過《無產者新聞》分子居中介紹，與蘇新、陳來旺等「社會科學研究部」活躍分子接觸，並成立支部準備團體「馬克思主義小組」。9月「東京特別支部」成立後，「馬克思主義小組」多數成員先後入黨。

75 據目前相關研究可知，林朝宗可能加入中共或台共，莊守加入日共，蕭來福加入日共。他們都是共產組織或文協左傾後的活躍分子。參見簡炯仁，《台灣共產主義運動史》(台北：前衛，1997年1月)，頁167-168。

76 蘇新，〈蘇新自傳〉，藍博洲編《未歸的台共鬥魂》(台北：時報文化，1993年7月)，頁41。

發展大致如下：1927年3月左傾學生與「帝大新人會」成員聯手，在台灣青年會內部運作設置了「社會科學研究部」，以聯繫中、日、朝、台左翼團體爲目標。10月，「社會科學研究部」成功奪取青年會指導權，並開始與島內文協左翼、農組幹部及日本「學生社會科學聯盟」、「東京無產青年同盟」、「帝大新人會」等左翼學生組織合作，與日本共產黨也有聯繫。次年由於三一五事件爆發，校園內的社會主義活動遭受嚴重取締，青年會右翼分子楊肇嘉等人趁勢奪回指導權。受此衝擊研究部改名爲研究會，從青年會中脫退獨立，5月再更名爲「台灣學術研究會」，不過仍相當不振。1928年10月陳來旺著手擴大共黨在「東京台灣青年會」與「台灣學術研究會」的影響力時，在其策動下沉寂的研究會才逐漸活潑起來。

林兌自1926年初以來，便因在台灣議會設置請願運動、台灣文運革新會中的不法表現，遭到警方數次檢束[77]。1927年4月他加入甫告成立的「社會科學研究部」，爾後研究部經歷奪權、鼎盛、失勢、獨立、更名、沉寂等起落，此一過程中與他往來密切的林朝宗、黃宗垚等人均是左傾策動的主要分子，林兌應該也有涉入。1928年10月研究部在「東京特別支部」支持下意圖再起時，林兌扮演的角色已相當重要。台共分子陳來旺、蕭來福等人於1928年10月起到次年1月間，數度在蘇新主持的台灣大眾時報社[78]，討論組織、財政、刊物、島內外左翼團體聯繫、獄中同志救援諸問題。林兌是陳來旺企圖對青年會進行左傾策動時最早號召的戰友之一，也是各次例會的主要參與者[79]。11月下旬，林兌受陳來旺之命，攜林木順返滬前委託的《農民問題對策》、《農組的情勢和大會對策》秘密文書回台，之後在謝雪紅等人指揮下策動農組內部共黨操縱大會，任務成功後返回東京。期間林兌與至交農組重要分子簡吉也多

77　另外，他於1928到1929年期間又因參與勞農黨及台灣青年會不法活動遭到兩次檢束。以上均參見〈日本共產黨台灣民族支部東京特別支部檢舉始末〉之林兌口供，山邊健太郎編，《台湾》，頁143。

78　《台灣大眾時報》係台灣文化協會左傾後的機關報，《台灣民報》則為文協右翼主控。

79　《台灣總督府警察沿革誌》中此段記錄將林兌誤記成「林裳」。

所接觸。

在台共分子操縱下「台灣學術研究會」組織快速擴張，1929年1月東京都各地域、各學校內的細胞組織網羅青年會活躍分子在內40名左右成員[80]，短時內便恢復三一五事件前「社會科學研究部」的盛況。此時研究會委員長爲蘇新，林兌爲蘇新負責的中野班成員之一。2月3日學術研究會分子奪取青年會主導權，青年會再次被改造爲左翼學生團體。此時林兌擔任更爲核心的常任執行委員暨宣傳部幹部，他活躍的情形可見一斑。繼1927年以後二度左傾的東京台灣青年會意氣昂揚，與島內外左翼組織聯繫，發行刊物，提出高砂寮使用自由、台語使用自由、反對內台航路中對學生進行身家調查、反對奴隸教育等要求。此外，還擬結合東京、大阪、名古屋、岡山等地旅日學生組織「留日台灣學生聯合會」。如上所述，1929年初東京台灣人左翼運動臻於最後高峰，共黨新人林兌也躍昇於陣營的第一線。

不過這樣的盛況並未持續多久，此後不到兩個月(1929年4月)以肅清日共及左翼組織爲目標的四一六事件爆發。日共受到覆滅性打擊，台共東京特別支部、東京台灣青年會、台灣學術研究會無一倖免，各會主要成員共43名被捕。經調查後除了林兌、陳來旺、林添進等共黨身分暴露者遭到長期拘禁之外，其餘成員均不久獲釋。不過此番衝擊卻使三一五事件後復甦不久的研究會與青年會，以及甫誕生不久的東京特別支部幾近覆滅。

林兌在此案中被拘禁一年，從審判到拘禁共歷時兩年，1931年3月始獲假釋[81]。林繫獄期間，台灣青年會活躍分子林寶煙、黃宗垚、郭華洲、陳在葵、吳新榮等人曾數度集會或成立讀書會組織，企圖重建青年會與研究會，但始終缺乏成效，不久便淪於空泛。另一方面，先前激進分子中最活躍的蘇新、蕭來福、莊守等共黨分子，早於台灣農民組合檢舉(1929年2月12日)受創後背負聲援使命返台；何火炎、吳新榮等活躍

80 如吳新榮、陳在葵、林寶煙(對呂赫若多所影響的堂兄)、陳逸松等文學者或關係者，也列名其中。

81 〈在京左翼台灣人の策動〉，《特高月報》，1932年9月號。

者也陸續返台結婚或開業；東京支部另兩位靈魂人物陳來旺、林添進則尚在獄中。因此環顧事件後兩年多來一片零落的東京台灣人左翼陣營，林兌成了其中最重要的分子。他似乎也勇於肩負這樣的角色，在他頑強的奔走聯繫下，該年年底左翼分子終於再次有了充滿野心的聚會。

1931年12月，林兌與葉秋木、賴通堯等人，協商延續運動，另組「以東京台灣留學生爲主的民族鬥爭團體」。這是一個充滿野心的提案。12月2日台灣總督府逮捕台共、赤色救援會及其共鳴者310人，台共陷入休止狀態。故此案之提出不僅意圖持續東京台灣人左翼運動命脈，似乎還有意在黨組織破碎不堪之際，重建或另建替代性新鬥爭團體之意圖。在策劃這樣的新組織時，他們的構想也充滿了企圖心。第三國際指示建立台共時雖將台共置於日共組織之下，不過其終極目標並非使台共成爲日本或中國解放運動的一支，而是欲「以台灣爲一民族單位」擴大民族解放運動的效能與理想[82]。儘管黨內對台共隸屬中共或日共系統的歸屬問題始終爭議不斷，但是1931年黨主導分子卻以行動表現了他們欲在日共及中共控制之外，展開「獨立自主」的「民族共產主義運動」之企圖[83]。林兌等人的提案承繼了這個民族共產主義，亦即獨立台共的新精神。雖然此案未獲堅持隸屬日共組織的其他成員支持，不過藉此可見林兌等人立場特殊之處。

前案失敗後，林、葉等仍堅持「爲研究台灣之特殊處境以便在台推展運動」必須建立某種組織。此案獲得支持，乃成立「台灣問題研究會」。「台灣問題研究會」以林兌、葉秋木、呂江漢、張麗旭等東京左翼學生爲主，於12月中旬左右起開辦讀書會，針對台灣各項問題、台灣的共產主義運動、以及文化協會解消等問題進行討論。

林兌除了投注精力於「台灣問題研究會」之外，同時也致力於救援

82　台共1928年「上海綱領」中，對「台灣民族支部」的特殊角色已有言明；1931年1月促使黨採取左傾激進路線的「鳳山決議」，也進一步落實此原則而將「台灣民族支部」改組為「台灣共產黨」。參見簡炯仁，《台灣共產主義運動史》。

83　台共黨員並不反對共黨的國際主義原則，但特別強調台共解放運動與任務的特殊性。簡炯仁，《台灣共產主義運動史》，頁63-74、126-127。

四一六共黨事件繫獄中的其他同志。此一被共黨視爲重點工作的救援行動在台、日早已展開多時，島內方面由於台共與赤色救援會遭逢1931年大檢舉而成爲未竟事業，這個使命也只有讓島外同志來接手。1932年1月，林兌指導台灣問題研究會成員張麗旭、廖清纏、葉秋木、呂氏芬、呂江漢等人，在「日本赤色救援會」組織下成立「東京地方委員會城西地區高圓寺第十五班」。十五班核心成員林、張、廖、葉等人，追溯其來歷多爲1928、1929年起便投入東京台灣人左翼運動的活躍分子。經過四一六事件打擊，在優秀分子與多數成員陸續返台或被捕後，東京地區擁有如此資歷的激進分子已不多見，領導人林兌與日本、朝鮮及島內的共黨或左翼團體均有聯繫，尤爲突出。1932年7月日本赤色救援會設立「殖民地對策部」時，林兌擔任該部「中央組織部」與台灣、朝鮮左翼人士之間的聯繫工作。爾後他還協助廖清纏、呂氏芬攜任務返台，連絡島內左翼分子，並設法進行島內外受難同志的救援工作。上述任務之外，以台灣學術研究會及赤色救援會第十五班爲中心，林兌等人還努力舉辦各式留學生親睦活動，藉此吸收台灣旅日學生並擴展組織[84]。

綜上所述，身爲「社會科學研究部(會)」早期成員的林兌，躬逢三一五事件前與四一六事件前兩次台灣人左翼運動高峰的洗禮。他在研究部成員首次企圖改造青年會之際入會，參與了第一次左傾策動；在三一五事件後研究部更名爲「台灣學術研究會」再次奪權的過程中，他則以台共身分擔任了重建及聯繫的重要角色；四一六事件後拘押長達兩年的他，假釋後未嘗轉向，還努力凝聚同志、吸收新人、營救舊黨、聯繫台日朝左翼團體。儘管最後證明他們的一切努力均影響有限，但是放眼1930年代初期的東京台灣人左翼運動界，四一六事件後最能振奮人心的領導人物非林兌莫屬。

吳坤煌(1909-1989，台中州南投街人)，1929年3月赴京升學。設籍於日本齒科專門學校、日本神學校、日大藝術專門科、明治大學文科等

---

84 以上有關台灣青年會的左傾、社會科學研究會、台灣學術研究會的遞變，林兌及其他人員的相關活動，參考《台灣總督府警察沿革誌(三)》，頁37-61；及〈在京左翼台灣人の策動〉，《特高月報》。

多所學校[85]的他，在友人眼中是求知慾旺盛的人。《福爾摩沙》同人劉捷曾以「流學生」形容這位精力充沛、求知慾旺盛的友人[86]。1932年9月葉秋木事件導致同好會成員被捕時，吳坤煌也是其一。當時《台灣總督府警察沿革誌》、《台灣日日新報》、《特高月報》等，都特別強調他的罪責。《台灣日日新報》在標題中指名道姓稱他是「組織文化同好會企圖赤化台灣的首魁」[87]；《特高月報》也視他與林兌爲此事件的主導分子。文獻記錄如下：

> 中心人物林兌及吳坤煌，從去(1931)年10月左右起，加盟反宗教鬥爭同盟、赤旗讀者班等團體。本年7月[88]左右，與日本共產黨資金局聯絡、吸收台灣留學生中比較富裕者為《赤旗》讀者、奔走籌措資金屬實。本件之文化同好會，也極可能是林兌及吳坤煌企圖藉此作為黨活動舞台而組織的，因此必須繼續嚴加調查[89]。

反宗教鬥爭同盟即「日本反宗教同盟」，爲日本左翼團體「勞農文化聯盟」下的組織之一。《赤旗》爲日本共產黨報。「讀者班」形同黨的細胞，在日本共產黨轉入地下後也扮演凝聚、吸收、教育黨員的重要角色。如前所述，林兌係共黨分子，曾多次接觸日共組織，因此重建之際接受日共指導或協助的可能性相當高。在吳坤煌方面，以上文獻是目前吳加入日本左翼組織或共黨組織的唯一記錄，然而他是否入黨、與日共接觸的深度如何則無法確定，不過藉此已能略窺當時他激進活躍的若干

85　參見下村作次郎，〈台湾芸術研究会の結成〉，頁37。北岡正子，〈「日文研究」という雜誌(下)：左連東京支部文芸運動の暗喩〉，《中国——社會と文化》第5號(1990年6月)，頁261。

86　劉捷，《我的懺悔錄》(台北，農牧旬刊，1994年)，頁50。

87　《台灣日日新報》，1932年9月25日。

88　《台灣總督府警察沿革誌》的記載為2月。

89　內務省警保局保安科，〈在留朝鮮人(台灣人)の運動狀況・東京台灣人文化同好會關係者檢舉〉，《特高月報》，1932年11月號。

情形。

極少受研究者注意的《岩手日報》記事，進一步提供了吳坤煌左傾的梗概。該記事(1932年9月25日)提及：

> 主犯吳文惶[90]素有志於民族解放運動。自去年(按，1931年)起與交往中的東京女子大學畢業生、青森出生的篠原久子理論鬥爭，受其感化而轉向馬克思主義，企圖赤化台灣全土。此外吳和之前認識的四一六事件出獄中的林龍井[91]暗通款曲，因而愈加投入赤化運動。今年8月1日組織了「台灣民族解放運動文化同好會」，著手小冊子的出版等等。但是因為缺乏運動資金，而數次自好友岩手縣盛岡市天神町字久保田三一岩手縣立女子師範學校講師台灣人王白淵處取得資金數百元之支助，並與王聯絡，汲汲努力於擴大強化……[92]。

此記錄對林兌等人「企圖赤化全島」的指控不無渲染之處，不過將同好會指為「台灣民族解放運動文化同好會」則相當傳神地表露出該組織在當局眼中的基本屬性及其威脅性；另外有關吳坤煌左傾及涉入運動的經緯也頗值參考。《福爾摩沙》創刊號中，吳坤煌有一篇〈致某女性〉(〈或る女性へ〉)一文，正是寫給點燃他社會改革激情的日本女同志K子(久子，發音字kuko)的心語[93]。從這些線索推測，1929年上京升學的吳坤煌，於1931年左右受日本左翼運動影響而逐漸左傾；此時適逢結識林兌，因而積極投入台灣人左翼運動。

吳坤煌1929年3月抵達東京，4月林兌被捕，因此兩人若有深交應在林兌假釋後的1931年3月，或更晚(譬如6月《荊棘之道》出版)以後。換

90 係吳坤煌化名或特務調查資料誤記。

91 林兌化名，因為他為龍井人。此外筆者依《台灣總督府警察沿革誌》記錄歸納，他也曾使用林眾生、林象生等化名。

92 轉引自《台湾文学の諸相》，頁41-42。

93 《フォルモサ》創刊號，1933年7月，頁23-27。「K子」極可能便是「篠原久子」。

言之，林、吳應該在1931下半年間才與王白淵有書信聯繫。四一六事件爆發前一個月來到東京的吳坤煌，錯過了東京台灣左翼運動最風起雲湧的年代，與活躍於左翼組織的台中師範學校先期學長陳來旺，想必也失之交臂。林兌假釋以前極其低潮的台灣左翼運動，使吳坤煌受到台灣左翼分子影響的機會不多，1931年才逐漸左傾的他在東京台灣人左翼運動界算是一個十足的新人。但是他卻在短時間內與日共組織甚至核心有所接觸，積極於台灣人之間奔走，他的活躍無法排除林兌的影響。由此推測，不管吳坤煌是否入黨，他應是林兌出獄後吸收或感化的分子之一無疑。

綜上所述，當1931年林兌假釋出獄後，陳來旺、林添進另兩位領導人仍在獄中，部分成員與重要活躍分子業已返台，面對台灣人左翼運動空前的殘敗景象，他只能獨力奔走。不過此時左傾分子吳坤煌的出現，卻傳奇性地揭開了東京台灣左翼運動的下一個序幕。最後這個序幕更因爲主張文化抗爭的王白淵熱情加入，而掀起一波意想不到的文學熱潮。事後也證明，吳坤煌將在林兌的領導無以爲繼時，突破林兌政治抗爭路線的限制，在王白淵的感召下，成爲三〇年代前期旅京左翼文化及文學運動中重要的新旗手[94]。

二、北師因緣

理解了林兌、吳坤煌在1930年代初期左翼運動上的重要性之後，讓我們再回到林、吳與王白淵聯繫的問題上來思考。1931年當林、吳等人企圖延續台灣人左翼運動命脈而四處奔走時，爲什麼會想到王白淵？從《台灣總督府警察沿革誌》的記載以及前面諸多章節的討論約略可知，那是由於「聞名於左翼文壇」的《荊棘之道》向它的共鳴者散播了充滿魅力的革命訊息。不過除此之外，王白淵與林、吳諸人之間尚有其他淵源，其中最重要的就是北師因緣。

94　吳坤煌在1930年代跨域左翼文化運動中的角色與活力，詳見第五章第一、二、三節。

如前所述，吳坤煌上京後遊走各校，興趣廣泛，左傾之後搞運動多於上課。《大阪朝日新聞》記載，吳係「於台中師範在學期間投身民族解放運動，於即將畢業之際遭到退學處分」而負笈東京；另有一說，則指吳坤煌乃因校內學運而離校[95]。1923年4月，吳坤煌與吳天賞(1909-1947)、翁鬧(1910-1940)、楊杏庭、張錫卿等人考入首屆台中師範學校，為同窗好友。即將畢業前曾發生舍監(一說體育教師)小山教諭以歧視性字眼「清國奴」辱罵學生，引起學生激憤抗議的事件。此事最後由校長出面安撫才告平息，《台灣民報》也曾加以報導。1929年翁、楊、吳等人都履行師範生義務任教，只有吳坤煌前往東京留學。據楊杏庭表示吳天賞(1909-1947，台中市人)為學運領導者之一[96]。綜合上述各種線索，吳坤煌極可能也是重要領導人之一，因此學業受影響，未擔任教職而直接赴京升學。

無獨有偶，林兌與同在「台共東京支部檢舉事件」中被捕的林添進(1906年生，台中州大甲郡梧棲街人)、陳在葵(1906年生，台中州能高郡埔里街人)等人，也都是學運退學生。他們都是台北師範學校三、四年級同學，1924年11月由於為「遠足事件」觸犯校規被開除的同學請願罷課，結果26人遭到集體退學的嚴厲處分[97]。這便是與1927年台中一中

95 前後兩說參見，《大阪朝日新聞》「台灣版」，1937年3月12日記事：以及，張恆豪等編，《復活的群像》(台北：前衛出版社，1995年9月)，頁269。吳坤煌如果不是中輟或畢業後賠償公費，應於1929年畢業後教書。

96 黃琪惠，《台灣美術評論全集：吳天賞‧陳春德卷》(台北：藝術家出版社，1999年)，頁39。

97 1924年11月，台北師範學校台籍三年級學生對學校旅行，只擬前往宜蘭而不赴中南部有所意見。然因校方堅持學生也就作罷，並已分批啟程。遽料11月17日，校方在毫無預警下對三年級學生許吉作出勒令退學的處分，罪名是「態度不遜」。當時仍在校的三年級學生約120名，共同向學校懇求，結果學校不予理會，並命校警以武力強押許吉出校。此舉激起學生更大憤慨，決定罷課，並由陳植棋為首的四年級代表居中向校方質問理由，同時希望圓滿解決。不料校方態度傲慢，激起四年級學生的公憤。陳植棋等人堅持面見校長據理力爭，反遭校長怒斥，事態越發不可收拾。終於11月18日爆發了全校罷課，19日學校全面停課，責令家長帶學生返家，各地刑警即登門調查。28日校長公布初步懲處結果，30名「肇事者」遭退學，另64名涉案者予以停學。

同盟罷課事件齊名的日據時期兩大學運之一——北師事件。北師事件沸騰一時，也曾受到蔣渭水等文協分子積極聲援。譬如，蔣氏即提供自宅供退學生林兌等人借住、鼓勵學生赴日、爲學費不足者籌湊款項，並協助赴京後無居所的學生暫居於東京台灣民報社內。林兌、林添進、陳在葵、陳植棋(學運領導人之一)、何火炎、林朝宗、王連盛、呂江水[98]等人，皆於此事件後在蔣的歡送下前往東京升學。從台共〈東京特別支部檢舉始末〉調查報告可知，這些難兄難弟赴京後多半同住，相互影響，進而先後左傾。如前文所述，在東京台灣青年會或社會科學研究部(會)中，他們也多屬激進或活躍分子。

北師是日據時期台灣學運的開展地，而蔣渭水的大名與北師學運聯結在一起也非偶然。早在謝春木、王白淵在學期間，以謝文達故鄉訪問飛行爲全島學運聯結嚆矢的1920年，蔣渭水即是北師學運的扶掖者。1924年林兌等北師事件退學生上京時受蔣支助，抵京後寄宿台灣民報社。除了與蔣氏的因緣之外，這些情形也不得不讓我們聯想到他們可能與謝春木發生的邂逅。因爲，此前關注台灣教育問題，多所發表，並數度返台從事文協夏季演講而小有名氣的謝春木，1925年正擔任《台灣民報》編輯。謝在《台灣人的要求》一書中，也曾提起這次事件[99]。因此他不可能不接觸到這批——與當年從事學運的自己相仿，受自己的敬重者蔣氏安排而來，於初抵之際寄居報社內的——北師學弟們，甚至還可能對他們有所啓蒙或影響。

另一位北師大學長王白淵，在1925年初林兌等人抵京後到1926年12月底之間居住東京多時，應該也有相當機會接觸這批青年學弟。此外，學弟諸人之中不乏與王白淵性向相近、就讀同校者，譬如陳植棋、陳在

(續)

結果學生譁然，引起媒體及文化協會高度關切，事後校方與學生家長又作了幾番折衝之後，驚動一時的學潮才逐漸落幕。參見，連溫卿《台灣政治運動史》(板橋：稻鄉出版社，1988年)，頁309-315；藍博洲，《日據時期台灣學生運動》(台北：時報出版社，1993年)，頁26-39。

98　不確定與前述呂江漢是否為同人或手足。北師事件參見，山邊健太郎編，《台湾》，頁117-118。

99　謝南光，《謝南光著作選》(台北：海峽學術出版社，1999年)，頁296。

葵等人。北師學運發起人之一的陳植棋(1906年生，台北州汐止街人)美術天分早露，遭退學處分後石川欽一郎與鹽月桃甫等旅台美術名師還曾親赴家中，勸請家人支持他赴日深造。1925年春，他與一行退學生抵達東京後，隨即考入東京美術學校。另一位退學生陳在葵也曾兩度報考東京美術學校，最後如願進入雕塑科就讀。東京美術學校也正是1923年容納王白淵救贖之夢的學校，陳植棋、陳在葵因此有機會與王白淵再續學長學弟之緣。王白淵在令人稱羨的美術學校，一步步體會象牙塔之夢的虛幻：

> 東京美術學校為中心的日本藝術，當然形成著日本上層階級的沙龍藝術，此種個人主義和民眾隔開的藝術，一天一天不能使我滿足。我以為藝術是民眾感情的組織者，萬人共有的文化價值。絕不可為少數特權階級的玩物，更不可為俗不可耐的商品。但是現實的社會絕對不是這樣，藝術家——自稱精神貴族的藝術家，竟一個一個變成權門底精神奴隸，而不以自愧，反而以為成功者。(中略)由此我的眼睛，亦就不能不向現實的社會，加以研究和批判[100]。

同樣地，擁有獨特美術理念的陳在葵，也不能滿足於資本階級的沙龍藝術。1927年前後他開始醉心左翼美術，不追逐名譽、地位、流派，孜孜於企圖拓展台灣藝術的處女地。王白淵歌詠讚美的梵谷、羅丹等人恰巧是陳在葵的最愛，殖民地的苦難與社會主義的號召，也使他最後和王白淵一樣從象牙塔投身左翼運動。這些雷同應該不只是單純的巧合吧！

此外，在蔣渭水支持下設立於東京的「文運革新會」，也或許曾使謝春木、王白淵及林兌等北師退學生之間，有深入接觸或結合的機會。「文運革新會」是北師事件的副產品之一，因爲該會創立於1924年底蔣

---

100 王白淵，〈我的回憶錄〉(四)，《政經報》2卷1號(1946年1月10日)，頁12-13。

與退學生商議出路的集會間，林兌、林添進、陳在葵、陳植棋等人都是重要成員。1925年該會隨著這些學生赴日移往東京發展，成立宣言表示他們糾集「憤慨時弊的同志」組織此會，乃爲圖「台灣民眾的覺醒」；該會精神在會報中一則〈由破壞到新社會〉的激烈文稿中，表露無遺。它如此寫道：

> 破壞噢！破壞噢！奴隸養成所的一切學校，為養肥壓迫民族而建設的製糖會社、鐵路、工廠等，一切的阻礙物都應破壞。現在是破壞的好時機。破壞！破壞吧！藉由破壞實現自由平等的新社會。……親愛純潔的年輕人！仗劍站起來吧！站在解除三十年來被鞭打、被燒毀、被虐待的同胞們的大解放戰的最前線，向萬惡的總督刺出你的劍，以餘力破除所有的障礙物……[101]。

這篇文稿把殖民教育機構批評爲奴隸養成所，痛斥殖民近代化設施爲利己營業，全盤否定殖民統治。該會還曾發表批判總督府教育政策的檄文及發動其他運動，機關紙取名《想華》則充滿祖國思慕色彩[102]。此外，成員之一的陳植棋結婚時，文運革新會成員合贈孫中山繡像作爲祝賀[103]。這些青年受蔣渭水相當影響，至於他們是否也受到向來關懷教育問題、注意祖國動向、信仰孫文主義的謝春木影響，無法確定但值得注意。

上述種種因緣相當可能把謝春木、王白淵，與林兌、林添進、陳植棋、陳在葵等人聯繫在一起。此外值得注意的是，這些同質性甚高的北師退學生，與陳來旺(台中師範中退)、莊守(台中商業學校)等中部旅日學生，也有不容忽視的淵源。譬如，台共東京支部首要人物陳來旺與北

101 《台灣總督府警察沿革誌(三)》，頁33-34。

102 〈日本共產黨台灣民族支部東京特別支部檢舉始末〉之林兌、林添進口供，山邊健太郎編，《台湾》，頁112、143。

103 葉思芬，《英雄出少年：天才畫家陳植棋》，台灣美術全集第14卷(台北：藝術家，1995年)，頁23。

師學生林添進同爲梧棲人，又是梧棲公學校同學，赴日後曾一同居住，便是一例。陳來旺於1925年台中師範在學期間主動休學，要求家人支持前往東京。由於前一年甫發生北師事件，此案可能對同爲師範生、又爲林添進友人的陳來旺也產生了某些影響。另外，1928年上京升學後與陳來旺、林兌、林添進等人同住的莊守(1905年生，台中州彰化郡大竹庄人)，雖不是師範生，卻與陳來旺同爲彰化學生親睦團體「東京磺溪會」[104] 的活躍分子。在1929年高達八十餘人的會員中，他們同任常任幹事。從陳來旺的供詞可知，約莫1927年初左右他開始與林添進、林兌等北師學生同住。陳、林兩位老同鄉、老同學，恰巧也是北中兩地學生間的活躍分子，北師學生與中部學生這兩個具有同質性的小集團，便因此有所交流。在社會科學研究部初創時他們開始聯繫，共同策動左傾，三一五事件後他們先後加入共黨或成爲共鳴者，四一六事件後同遭檢舉。「東京特別支部檢舉事件」中陳來旺與林添進長時身陷囹圄，林兌也繫獄不短，證明他們確實是兩方學生中的活躍分子。

最後，在追索林兌、吳坤煌與王白淵的關係時，吳的台中師範好友吳天賞也是一個重要線索。師範畢業生吳天賞酷似當年的王白淵，於任教數年後賠款辭職，懷抱音樂之夢出奔東京。抵京後他雖未列名「東京台灣人文化同好會」及「台灣藝術研究會」等組織，卻是《福爾摩沙》重要撰稿者之一。「台灣藝術研究會」成立時，吳坤煌爲該集團靈魂人物，而抵京不久的吳天賞與當時尚在島內任教的翁鬧、楊行東，都從台灣寄稿聲援，可見四位同窗好友畢業後仍維持著密切的關係。吳天賞於1931年結婚，其婚前交往多時的妻子李玉梅正是二林事件主導人物李應章醫師教養成人的親姪女[105]。李父早逝，李應章視李玉梅如親生女，故與吳天賞有如翁婿。由於李應章與謝春木私交甚篤形同異姓兄弟，因此吳天賞對謝春木應該也有相當了解或接觸。吳天賞的姻親關係，可能使林兌、吳坤煌等人因此與謝春木有所接觸，以致進而結識王白淵。

104 1927年9月旅京彰化學校出身者，以懇親目的成立的親睦團體。莊守負責通訊編輯工作。

105 黃琪惠，《台灣美術評論全集：吳天賞‧陳春德卷》，頁39。

檢討上列進步分子間的人際關係後，很容易歸納出林添進、林兌、林朝宗、何火炎、陳在葵、陳植棋等北師學生，與陳來旺、莊守等中師或中部學生間，乃至較晚赴日的吳坤煌等人之間的一些共同點。第一，這些旅日學生年齡相仿，而且多出身當時台中州(台中、南投、彰化等)地區。第二，他們多是師範生，而且絕大部分是學運退學生。第三，他們之間具有校友、同學或學長學弟的關係。這些淵源使他們之間的互動性更爲加強。

我們或可如此想像：北師事件中一些不幸的退學生在前往東京前後，受到諸如蔣渭水、謝春木或王白淵等人士的影響，排日思想日益強烈；往後更受到其他日本左翼學生團體或東京台灣人左翼組織的激發而快速左傾。四一六事件導致在京左翼組織遭受致命打擊之際，這群運動界新銳也遭受不小波及，其中少數分子較早獲釋，便成爲日後運動再起的主力。1931年以積極重建台灣人左翼組織的林兌爲中心，吳坤煌逐漸與林兌、陳在葵等殘餘的北師學生，或葉秋木等檢舉事件中的脫逃者親近。隨後吳坤煌以其活潑的個性，陸續吸引其他晚到的中部學生加入。在東京地區運動分子凋零的此刻，他們昔日與謝春木、王白淵的短暫邂逅、中部人的同鄉情誼、師範生的學長學弟關係、蔣渭水或台灣民報社淵源、以及負笈他鄉的共同處境，都使他們於策劃再舉時不得不注意到1930年代初期極其閃耀的兩位北師大學長們。特別是當時身在盛岡的旅日大前輩王白淵，正以《荊棘之道》宣示他從民族主義、民主主義蛻變爲社會主義者的志向，並不斷以深具感染力的詩文散播殖民地解放的福音，自然也就成爲他們急欲商議、擘劃的最佳對象。

總之，以詩文集《荊棘之道》在進步分子間引起的熱潮爲起點，由於北師因緣以及殖民地青年的思想共鳴，使台灣青年在東京與盛岡之間開始了不尋常的聯繫。林兌、吳坤煌懷抱重建使命致信他們的仰慕者的此時，碰巧也是潛沉於革命思想多時的王白淵靜極思動的時刻。此時的王白淵透過教學或讀書小組積極散播思想、召募同志，同時透過詩文表明參與革命實踐的決心。因此林兌、吳坤煌來自東京的聯繫，立即得到了熱烈的迴響。

三、王白淵與「東京台灣人文化同好會」及「台灣藝術研究會」

逐漸挺身於運動前線的王白淵，在「東京台灣人文化同好會」及「台灣藝術研究會」的創建中，扮演什麼樣的角色呢？

如前所述，1931年底林兌等人組織了台灣問題研究會與十五班等團體，企圖藉國際統一戰線勉力存續；不過由於統治者的高壓與成員內部的路線爭議，上述團體成立後難有發展。在此稍前(1931年11月)隸屬日共外圍之合法左翼文藝組織「日本無產階級文化聯盟」(簡稱「克普」)[106] 成立。「克普」採取小團體或同好會形態活動的新策略，使共黨或左翼運動依附於文化運動下稍有發展空間，其中同好會扮演日共與全協「貯水池」角色，尤其重要[107]。林兌等人也想藉此捲土重來，此事因王白淵的提案而落實。

1932年2月王白淵南下與林兌於東京進行首次會商。王白淵提案以「克普」所屬「文化同好會」形式，「藉文化形式給予大眾革命的教育」爲目標，成立「台灣無產階級文化聯盟」。林兌自假釋以來一直希望以台灣留學生爲中心組織「民族的階級鬥爭團體」，因此支持此案。3月25日王會同林兌所率成員葉秋木、吳坤煌、張麗旭等人於高圓寺召開組織準備會；會中擬就文藝諸部門、機關誌、校園組織等方案。在各校組織中吳坤煌任中央大學、日本大學負責人；張文環任東洋大學負責人。除了針對東京台灣學生以外，由於王白淵的關係，同好會也強調歡迎岩手縣及其他地區的有志青年加入[108]。不過準備會召開後，由於部分

---

106 日本無產階級文化聯盟，KOPF，簡稱「克普(コップ)」。1931年11月經藏原惟人倡議設立。由「全日本無產者藝術聯盟」所屬各團體和「無產階級科學研究所」、「新興教育研究所」、「日本戰鬥的無神論者同盟」、「日本無產階級世界語工作者同盟」等團體組成。同年12月創辦機關刊物《無產階級文化》，還出版啟蒙讀物《大眾之友》、《勞動婦女》等。1932年遭當局鎮壓，藏原惟人、中野重治、壺井繁治等主要成員相繼被捕。1934年3月被迫解散。

107 此後多年，以「克普」或類似組織為領導核心的同好會或同人誌，成為共黨再建運動中最有活力的基地。

108 台灣文化同好會《通訊》創刊號中所言。以上參見台灣總督府警務局《台灣總督府警察沿革誌(三)》，頁53-55。

成員返台及其他因素並無具體活動。

7月31日王白淵二度來京與林兌、吳坤煌、張文環等人會商，才有實際進展。這次集會更明確地決議「藉文學吸收旅京台灣學生，灌輸階級意識，與內地極左團體相聯結，進行台灣民族解放鬥爭」[109]，並決定在機關誌《台灣文藝》發行以前先發行《通訊(news)》，以便宣傳、籌款、召募同志。8月13日創刊號在吳坤煌編輯下完成70份，廣發旅日台灣學生，並傳布回台，8月20日第二號編輯會議也在負責人張文環寓所召開。然而，正當同好會緊鑼密鼓地展開活動之際，便因葉秋木參與震災紀念日遊行被捕，而爆發了「同好會檢舉事件」。

葉秋木一案，暴露了1930年代以後東京台灣左翼運動的脆弱性。關東大地震期間日本政府趁機對朝鮮人進行虐殺，因此在日鮮人稱9月1日爲「朝鮮人虐殺紀念日」。日本政府對此不敢輕忽，《特高月報》中每年均有關於此遊行的調查報告。1932年7月「克普」於旗下作家組織「日本無產階級作家同盟」(「納爾普」)[110] 組織內，設置了「朝鮮台灣委員會」，稍早「克普」內部也設有「朝鮮台灣協議會」[111]。葉秋木聲援朝鮮人遊行，應出自左翼運動相互援結的背景。該次遊行中朝鮮人主要分子於當日即遭檢束，調查後證實受「日本反帝同盟」、「日本勞動組合全國協議會」等左翼團體協助及指導，因此廣泛查緝。朝鮮人檢舉事件後「東京台灣人文化同好會」受到波及，乃繼此而來。一般認爲葉秋木導致了同好會檢舉事件，事實上除了葉秋木之外，林兌也參與了

109 《特高月報》，1932年10月號有關「東京台台灣人文化同好會」的調查記事。

110 日本無產階級作家同盟，簡稱「納爾普」(ナルプ)，1929年2月由「全日本無產者藝術聯盟」文學部獨立而成。1932年3月加入「國際革命作家同盟」。1931年10月到1933年10月發行機關刊物《文學新聞》，1932年1月到1933年10月另發行機關刊物《無產階級文學》。主要成員有藏原惟人、小林多喜二、德永直等。因受當局殘酷鎮壓，內部產生分歧，於1934年2月解散。引自，呂元明主編，《日本文學辭典》(上海：上海辭書出版社，1994年11月)，頁65。

111 日共為加強援助台、朝革命運動，於1932年3月於「克普」內部設置「朝鮮台灣協議會」，其目的在組織殖民地民眾並聯絡殖民地既有反對團體。參見台灣總督府警務局，《台灣總督府警察沿革誌(三)》，頁62-67。

該次活動，同樣也遭到檢舉[112]。以林兌在台灣與日鮮左翼團體間樞紐性的聯繫角色來看，他的重要性不亞於葉秋木。同好會在林兌奔走下成立，又在林兌牽連下暴露。在同好會成立與覆滅的過程中，他始終扮演了關鍵性的角色。

四一六事件以後極其微力的台灣人左翼運動，已無法不依附於日鮮運動之下；附屬克普旗下另創生機的策略，最後也不得不以同生同滅告終。同好會事件發生前數月，「納爾普」東京支部城東及城西地區的同好會組織已遭檢舉[113]，震災紀念日相關活動開始便被破獲。同好會檢舉事件，不過是日本檢肅日鮮共產及左翼運動風暴中的一個小漣漪。然而此案中主導分子林兌於假釋期間犯案處置嚴重，被關年餘；王白淵被認爲涉案不深僅拘禁21日，卻因此失去教職，流徙東京，妻小隨之受累；張文環、吳坤煌被關29日左右，以未達處刑程度獲釋，不過據說兩人均因此被迫中斷學業[114]。兩年後張文環入選《中央公論》的名作〈父親的臉〉(〈父の顔〉)描寫的便是這段經驗，可見其震撼。經過此事打擊，同好會瓦解，十五班等政治性的台灣左翼組織消聲匿跡，林兌假釋後重整陣營的一年半努力盡付東流。11月4日林兌再次陷獄，證明他所堅持的非法路線與隸屬策略此時已不適用。爾後林兌這個名字，也從此在台灣左翼運動的舞台上消失了。〈父親的臉〉這篇小說中，引導主人公投身社會主義運動、被捕後轉向最後因此發狂的人物，名叫林得貴(與林兌音近)，人物雖爲虛構，名字靈感卻應非巧合[115]。

檢舉事件過後，林兌下獄、王白淵遠在盛岡，承繼左翼運動香火的使命便落在吳坤煌與張文環等人肩上。此時同好會面臨組織重建與走向調整等兩大課題，因此10月下旬獲釋的張、吳便與林兌的昔日戰友或他領導下的一些分子密集會商。11月召開的三次重建會中，巫永福提供討

---

112 〈震災紀念日に於ける在京鮮人の動靜〉，《特高月報》1932年9月號調查記事。

113 《特高月報》1932年6月針對「納爾普」旗下同好會組織的調查記事。

114 巫永福1998年4月3日致下村作次郎書簡，參見下村教授前揭文，頁45。

115 相關討論，請參見本書第五章第四節。

論場所，吳坤煌、張文環等人則努力招募人員。第一次集會便提出採用「台灣藝術研究會」名稱、推官方信賴者爲會長、舉辦台灣音樂演劇之夜、籌募資金等具體提案，不過由於成員路線之爭未能定案，第二次集會成員才同意暫用張文環等穩健案作爲過渡性措施。第三次集會，研究會名稱定案，綱領中強調「民族藝術的研究機關」，以廣募學生及資金，組織方面則倣同好會設置演劇、音樂、文藝、文化各部[116]。

就在內部爭議並未完全平息之際，遭免職處分的王白淵前來東京，研究會成員於黃宗葵[117]經營的料理店爲他舉行慰安會。席間張文環報告同好會重建情況，卻遭激進派林添進強烈批判。林指責張等人收受民族運動右派分子楊肇嘉提供的資金、對林兌行動有所誤解、首次重建會議金錢使用過當、以欺瞞方式急於廣泛吸收會員等作法，主張由幹練、富戰鬥性的精銳成員，組織諸如「克普」朝鮮協議會的激進團體。在此爭論中，王白淵分析主客觀情勢，力陳暫時應以穩健爲宜。雖然最後兩方仍不歡而散，但是此後穩健走向已成定案。1933年2月間，吳坤煌獲得三一劇場朝鮮人金波宗協助，演出具有台灣特色的舞蹈及民謠，「民族藝術研究機關」的面貌更爲成形。演出結束後不久，「台灣藝術研究會」於3月宣告成立，5月《福爾摩沙》發表創刊宣言，召開首次編輯會議。7月創刊號發行後，警調當局認爲「內容上較少宣傳煽動的色彩，不需特別注意」，《福爾摩沙》終於成功地以穩健路線朝合法鬥爭形態邁進了。在這個過程中，王白淵扮演了關鍵性的定奪角色。

由上可見，同好會重建過程中，內部有穩健派與激進派的路線分歧。主張「害怕官方鎮壓勢必給左翼運動帶來障礙」的林添進、魏上春、吳鴻秋、柯賢湖等激進派；與力主「枉顧客觀情勢會阻礙無產階級文化運動的發展」的張文環、吳坤煌、巫永福等穩健派，互不相讓。他

116 張文環負責演劇部，巫永福負責文藝部，魏上春等激進分子負責文化部。

117 黃宗葵於1940年發行綜合雜誌《台灣藝術》，與張文環等文學者往來甚密。他與活躍於20年代後期東京台灣人左翼團體中的黃宗堃是否為手足或親戚不清楚。但是林兌與黃宗堃過從甚密，同好會事件中被檢舉時兩人同住，其地點也就在黃宗葵料理店附近。

們最大的衝突點何在呢？林添進、魏上春等人反對接受右派運動者資金贊助、反對採用中間路線吸引會員、肯定林兌非法鬥爭路線，主張繼續隸屬「克普」之下。倣效「克普朝鮮協議會」成立民族激進團體。總之，激進派堅信林兌路線的正確性。林兌路線採行的是與日共、日本赤色救援會、朝鮮左翼團體聯合或隸屬其下的非法鬥爭路線，「東京台灣人文化同好會」就是這種路線下的產物。

同好會重建之際林兌下獄，其領導或影響下的十五班班員或台共戰友林添進等人，便成了林兌路線的接班人。反之，不具學運生背景的張文環，與左翼運動界新人吳坤煌等人，則反對繼續沿用非法路線。經歷被捕教訓的這批新人，主張以「民族藝術的研究機關」爲訴求，在形式上爭取當局信任，減低加入者的心理顧忌，至於長期發展或實際運動中則不排除採取非法運動。他們不計以各種方式謀求組織財源與吸收成員。譬如，張文環引介巫永福加入重建籌備會，在王白淵慰安會席上他也提議取家鄉匯款成立咖啡屋由妻子經營，以便籌湊運動資金，同時作爲同志聚會場所。另外，吳坤煌也吸收南投人莊光榮(就讀日本齒科大學、與巫永福、曾石火同爲台中一中校友，與吳一道赴日)、芬園人張水蒼(就讀東京帝大法律系、吳坤煌公學校同學、竹馬之交)等友人參加重建籌備會，後來又介紹林衡權、黃波堂、謝榮華、吳遜龍等人加入台灣藝術研究會[118]。凡此都顯示他們汲汲營營以各種可能，探索新路線的意圖。以合法掩護非法，以合法鬥爭擴大非法鬥爭的界限，穩健派認爲這是維繫左翼運動發展的手段。這樣的主張其實也是諸如民眾黨等民族運動右翼組織常採取的鬥爭策略。然而在激進派眼中，這無異犯了右傾機會主義的錯誤，這就是兩派爭執不下的理由。

同好會路線之爭，潛伏自創立之際。如前所述，東京台灣人文化同好會是王白淵、外圍關係者與林兌爲首的十五班分子共同組織的。其中王白淵具有倡議者、主導者的地位，文化抗爭或文學抗爭是他一貫的主張。不過另一位運動戰線出身的主導者林兌，則傾向政治抗爭。震災示

118 吳坤煌，〈懷念文環兄〉，《台灣文藝》81期(1983年3月)，頁76。

威被捕後，他供稱同好會有兩個目的，一是集合同志研讀傳播左翼理論；二是吸收留學生加入階級鬥爭組織[119]。由此可見，同好會主導人與組織成員的思想及背景分殊不一。紛雜的組成反映在綱領上，則形成「藉文學吸收旅京台灣學生，灌輸階級意識，與內地極左團體[120]聯繫，進行台灣民族解放鬥爭」等多重目標。標榜國際聯合戰線，追求民族解放的同好會，一方面是啓蒙團體，另一方面又是運動團體。在這樣的團體裡，啓蒙與運動的不同訴求，共鳴者與同志之間的分歧，埋下了日後運動步調不一的紛擾。當兩派路線議決不下的時候，也唯有倡議者王白淵的仲裁，才能使它勉強告一段落。

同好會事件中，王白淵被警方認爲涉案不深，他在同好會中扮演的角色究竟如何呢？《岩手日報》記載他提供資金給從事共黨活動的林兌、吳坤煌等人；同好會檢舉事件調查報告則指出，他是同好會的首倡者與主要創建人。在重建與轉型過程中，由於他與其他成員的努力，使先前居主導地位的激進路線獲得調整。王白淵在同好會中扮演的角色並不簡單。他被拘禁的時間最短，主要因爲日警查無他「與黨資金局的直接關係」[121]，但是這並不表示他確實與相關運動無關。一些隱微的線索顯示，在王白淵協助同好會改造爲合法民族運動團體的同時，可能以化名參加了其他日本境內激進的左翼聯合組織。台灣左翼分子參與「納爾普」朝鮮台灣委員會活動一事，便是一例。據日警調查，1933年1月台灣人吳慶濱、白秀悟及部分朝鮮人，在作家同盟「納爾普」成員指導下成立「日朝台文學愛好者同好會」，並發表機關誌。機關誌中白氏發表〈台灣獨立運動略記〉，吳氏發表〈這就是殖民地台灣〉、〈請看看這個〉等稿[122]。深入日本無產階級作家同盟「納爾普」組織，卻從未在其他運動或相關憲警記錄中出現過的「白秀悟」、「吳慶濱」等台灣「文

119 〈在京左翼台灣人の策動〉，前揭文。

120 在日警的分類裡，「極左」與「左翼」相對，同屬共產主義運動系統，不過「極左」特指共黨或全協直接領導下的極激立場者。

121 《特高月報》，1932年10月號有關「東京台灣人文化同好會」的調查記事。

122 台灣總督府警務局《台灣總督府警察沿革誌(三)》，頁62-67。

學分子」，究竟是誰呢？1933年前後仍有活動的旅京台灣左翼分子寥寥無幾，主張文學抗爭的文學激進者更屈指可數。這使我們不得不從同好會諸人中加以臆測，如此一來在左翼活動上活躍，在姓名上也略有關聯性的王白淵與吳坤煌兩位，也就不無可能了[123]。

由於日本左翼組織對民族團體具有指導或合作關係，同好會或研究會成員加入這些聯合組織的可能性不低。如果王白淵、吳坤煌確實從事上述活動，那麼它提醒我們同好會檢舉事件以後，東京左翼運動者並非徹底偃兵息鼓，可能特意以合法組織來掩護最後的、極其脆弱的民族組織，轉而以個別身分進行與日朝團體之聯繫，將決戰場外移到相對強韌的國際戰線上。這似乎也能解釋爲什麼此後這些左翼分子所推動的團體運動不受取締，但是他們個別牽涉其他左翼運動被捕卻仍有所聞[124]。不管「白秀悟」、「吳慶濱」的真實身分如何，我們更需注意的是1930年代左翼運動與運動者的隱密特質。只要未被破獲便不爲人知，這種空窗地帶特別是討論或評估殖民地人民左翼運動時必須商榷的。

最後，王白淵於同好會成立時提出的文學啓蒙及鬥爭團體構想，其先見之明也值得特別一提。同好會初立時雖已標榜以文化、文學進行革命啓蒙或鬥爭，但是實際成員多非文學青年，以林兌、張麗旭(東京帝大，專攻地質學)[125]、葉秋木等激進分子爲主。檢舉事件發生後這些分子流失不少，因此在重建階段文學青年或一般留學生的比例與重要性略有增加。此時以魏上春、吳鴻秋、柯賢湖等1932年之際出現的左翼運動

---

123 第一，林兌、王白淵、林添進等人熱心於日本左派分子領導下的聯合陣線，林添進曾明白呼籲倣效「克普朝鮮協議會」建立類似台灣組織，可見同好會分子與該組織可能早有聯繫。第二，往往「同好會」與「台灣藝術研究會」活躍之際，「朝鮮台灣委員會」也相對活潑。第三，「納爾普」所屬的東京各地同好會負責人之中，武田麟太郎、松田解子、金斗鎔等日鮮文藝人，後來與張文環、吳坤煌等人也有所交往。第四，《フォルモサ》諸人中以吳坤煌最篤信左翼文學理論，其活動與作品均明顯可見文學抗爭的企圖，他還曾因感於《フォルモサ》成員戰鬥性不足而脫退。

124 詳見本書第五章第四節。

125 據吳坤煌回憶，他畢業後返台服務於台北帝大地質研究所，光復後也當過台大教授。吳坤煌，〈懷念文環兄〉，頁76。

新人及出獄的台共分子林添進，所形成的「運動派」；與缺少運動經驗的張文環、巫永福、張水蒼、施學習、莊光榮等中部青年及主張調整林兌路線的吳坤煌，所形成的「學生派」，不相上下。不過到研究會機關誌《福爾摩沙》創刊時，《沿革誌》的調查中未見任一「運動派」分子參與，組成分子已脫胎換骨以文學青年爲主體，執筆群也以文學青年爲主。未參與的運動派分子此後也未見於其他場合活躍，足見激進路線已無活動舞台；相反地《福爾摩沙》雖限於環境與成員背景鬥爭力有限，卻不失爲名符其實的文學抗爭團體。以文學、演劇、美術、音樂等同好團體進行鬥爭，是「克普」文化同好會運動的策略。然而透由王白淵的提倡與其下諸人的努力，經過內外考驗，直到《福爾摩沙》創刊時，它才真正落實爲1930年代以後台灣左翼運動的新形態，成爲不附庸政治運動、不依附日朝團體、合法的、常態的、獨特的抗爭方式。

綜上所述，王白淵是「東京台灣人文化同好會」的倡議者，與林兌爲同好會靈魂人物。在「台灣藝術研究會」的誕生過程中，他的支持使張文環與吳坤煌得以順利地修正激進主義者林兌路線，爲惡劣局勢下的台灣左翼運動打開了新窗口。與此同時，王白淵可能還接替林兌等無以爲繼的分子，以台灣激進分子代表的身分，領導其他成員深入日鮮左翼激進團體，勉力於聯合戰線。他力主的「文學抗爭」模式，到「台灣藝術研究會」終於有了初步規模。這種新策略則爲東京台灣左翼運動點燃了新的生機，同時爲台灣現代文藝的荒土播下了幾許文學種子。

四、不墜的王白淵魅力

由上可知，在同好會諸人之中旅日最久、沉潛民族問題最深的王白淵，其實在兩會中扮演了超過統治當局想像的——指導者角色。他幾次的東京之行成功凝聚東京地區的左傾分子與青年學生，在1930年代初期黯淡的東京台灣左翼運動中，他舵手性的角色清晰可見。在思想與文藝方面，王白淵對同好會諸人產生什麼影響呢？這個問題較難深入解明，不過王白淵魅力在《福爾摩沙》及其他方面卻斑斑可考。

1933年7月幾經波折的《福爾摩沙》即將臨盆，6月23日王白淵卻離開了長居十年的日本[126]。他似乎選擇在他的追隨者成功邁出文學運動的步履之後，才安然擱下一年多來的扶掖者角色。不過此後王白淵的影子並未因爲他的遠行而消失，他的影響力在《福爾摩沙》中仍歷歷可見。《福爾摩沙》發行的每一期中他的作品從未缺席，便是一個明證。他在《福爾摩沙》上的發表情形，參見下表：

文類	篇名	《福爾摩沙》	備註
日文詩	行路難	創刊號(1933.7.15)	行將前往上海時所作。
日文詩	上海を詠める(詠上海)	第2號(1933.12.30)	本篇及以下諸篇，皆為從中國寄回的稿件。
日文小說	ドン・シャンとカホネ(唐璜與加彭尼)	第2號(1933.12.30)	同上。
日文詩	愛しきK子に(致親愛的K子)	第3號(1934.6.15)	同上。
中文詩	紫金山下	第3號(1934.6.15)	署名「托微」，疑為王氏作品。
中文詩	看「フォルモサ」有感	第3號(1934.6.15)	署名「托微」，疑為王氏作品。

上列諸詩除了〈行路難〉以外，都是王白淵從中國寄回的稿件。〈行路難〉，作於行將赴滬時，刊出之際王氏已遠在上海。這首詩，回首個人十年日本啓蒙之旅，同時眺望未來坎坷之路；詩中銘刻了殖民地知識分子艱辛摸索的心路歷程，以及他願爲實踐信仰經歷苦難的心志。〈詠上海〉，作於抵達上海不久，詩中抒發他最初的中國印象與上海啓示。帝國主義宰制下頹敗的祖國以及上海的亂世圖景，使他對民族革命與社會主義大革命充滿渴望。及短篇〈唐璜與加彭尼〉，帶有寓言色彩。以世人眼中的浪蕩者與大盜之間的詭辯，從精神(愛情)與物質(財貨)兩方面探勘社會價值與資本體制的僞善不義，帶有寓言色彩。〈致親愛的K子〉一詩，鋪寫他對妻子久保田氏(KUBOTA)及未曾謀面的初生女的愛戀，以及家人迫於環境海天一方的悲哀。〈紫金山下〉，藉明孝陵與中山陵闡發民族革命及民主主義革命的不足，從而抒舉社會主義

126 根據《要視人關係雜纂、本邦人ノ部・台灣人關係》，亞細亞局機密第800號中之特務調查報告記錄所示。

革命的必要。〈看「フォルモサ」有感〉，則表達對《福爾摩沙》同人的肯定、鼓勵與期待。

直到《福爾摩沙》停刊前，王白淵的影響力持續不墜。在疑似他以中文寫作的〈看「フォルモサ」有感〉一詩便相當明顯：

看「フォルモサ」有感／托微

美麗的月兒、
　　不要傷心吧！
終有一天爾能以正義的光輝來排除牠。

在爾向著漂泊道上狂跑的當兒
　　受盡了啞口弄藝、
當洪水般的黑雲襲擊的時候、
　　儘管嚐著人生的痛苦。
但、惟要爾的心兒無點畏縮、
　　那勝利終歸於爾的！

嬌美的月兒、
　　不要畏縮！
冰雪的厲風在叫喊、
　　正是時候。
快叫醒無數的星兒、
　　同來推進時代的巨輪、
勝利就在前面!!![127]

嬌弱的正義使者孤獨地奔馳在通往光明的險惡道上，飽受黑暗勢力

127 托微，〈看「フォルモサ」有感〉，《フォルモサ》第3號（1934年6月），頁32。

的欺凌與阻撓；先知般的鼓舞者激勵她說，光明就在眼前，勇敢堅持，結合群眾潛力，共同迎向新的時代吧。「革命前夜」理論深深影響著王白淵的思維與詩維，因此王詩的世界多半籠罩在長夜或嚴冬之中，〈看「フォルモサ」有感〉也帶有這種思維／詩維。所不同的是，在《荊棘之道》中他堅信興衰衍替、萬物輪轉法則，相信至黑至冷後黎明與春天必將到來。但是這首詩中詩人期勉《福爾摩沙》同人，強調知識分子革命的局限、群眾力量的無窮，以及等待不足恃、正義須勇敢爭取等更爲激進積極的概念。

在詩文集《荊棘之道》中，王白淵曾以太陽比喻真理，以「家父火紅的太陽」隱喻中國，以明星比喻泰戈爾等先行者或大思想家。闇夜世界觀，使王白淵好以黑夜裡的景物來敘寫同處逆境的弱小者。〈看「フォルモサ」有感〉中他以嬌弱美麗的「月兒」比喻年輕力薄的《福爾摩沙》知識青年們；以無數沉睡的「星星」比喻其他有待啓蒙、組織的大眾；以全知觀點隱身敘事的正義終極者「太陽」，則象徵了他自己或其他先行者。〈看「フォルモサ」有感〉展現了王白淵對東京後進極其慈愛的呵護，但是他身爲「指導者」、「啓蒙者」的自負，同時也不經意地流露了出來。

《福爾摩沙》第2號曾轉載《上海新夜報》兩詩作爲補白之用，這部分可能也與王白淵有關係。其一爲魯迅的舊體詩〈無題〉。「慣於長夜過春時，挈婦將雛鬢有絲。夢裡依稀慈母淚，城頭變幻大王旗。忍看朋輩成新鬼，怒向刀叢覓小詩。吟罷低眉無寫處，月光如水照緇衣。」這首相當知名的詩，乃是魯迅爲悼念1931年2月17日被國民黨特務秘密殺害的李偉森、胡也頻、柔石等，後來被稱爲「左聯五烈士」的五位左翼作家所作[128]。另一首清代詩人鄭世元的作品，則傳達了遊民的悲哀：

母抱兒／(清)鄭世元(《上海新夜報》所載・民生疾苦詩選)

母抱兒、兒在懷中啼、

128 《フォルモサ》第2號(1933年12月)，頁7。

「我兒且勿啼、村中榆樹剝盡皮！三日不食氣一絲、那得有乳哺汝飢？」抱兒出門去、負兒行道周、不知東西與南北、仰而乞食低面羞。行人來往各炳炳，嗚呼誰能救汝母子命！」[129]

故里饑荒榆樹剝盡皮，負兒四處行乞而淪落都會街肆的母子，在浮華人海中含羞殘喘。窮鄉慘況與飢民之苦躍然紙上，衣衫楚楚的都會人與掩面抱兒的乞婦鮮明對比。〈母抱兒〉這幅由都會昇平與窮鄉流民構成的難民圖，是鄭世元眼中亂世中國的一景，而類似的圖景在王白淵〈詠上海〉、〈紫金山下〉也歷歷可見。王白淵在東京倡導文學抗爭，《福爾摩沙》成員日後與「(中國)左聯東京支部」有往來[130]，他赴上海以後與上海左聯是否有所接觸不清楚，不過魯、鄭兩詩頗能投射出王氏關懷，而且第2號正值王初次將詩稿寄回之際。因此這些作品似乎有可能是他提供的，或由他寄給同人的書刊中抽錄的。

由上可見，王白淵在《福爾摩沙》發行的一年內，不僅不斷寄稿，以作品豐富新刊質量，還持續透過創作對同人散發文學的亦是思想上的影響。此時的他，或鼓吹有志青年不畏犧牲追求解放，或散播解除封建與帝國主義桎梏的革命福音，或提供自己及其他作家對社會的批判。總之，他積極向他的共鳴者揭示「正確的」前進方向，並樂觀預告「新社會」的美好圖景。在他殷殷鼓勵之際展現的正是啓蒙者、指導者與先行者的姿態。

五、梟的生活模式

《福爾摩沙》同人如何看待王白淵呢？身爲詩文集第一代台灣讀者的《福爾摩沙》同儕，從《荊棘之道》中獲得什麼樣的訊息？繼承什麼樣的精神？《荊棘之道》對其隱含讀者散發的魅力，在《福爾摩沙》的王白淵熱中，可以得到最好的說明。

129 《フォルモサ》第2號，頁53。
130 詳見本書第五章第三節。

遠行後的王白淵在第2號發刊之前，寄來形同報訊般的〈詠上海〉一詩，王白淵熱隨即在該號上蔓延開來。〈詠上海〉刊載於卷頭，其後充滿唱酬意味的一干詩作簇擁在後，同人欣喜敬慕之情表露無遺。編輯張文環在後記中也以興奮的口吻寫道：「因環境被迫去上海的王君，在那兒發現了新天地」，顯見他們私下對王白淵的近況有更多的了解。緊隨在〈詠上海〉詩後的巫永福、蘇維熊等詩，則熱情十足地獻上他們對王白淵精神的高度禮讚。

《福爾摩沙》諸人之中創作手法顯著受到王白淵影響者，首推其中最年輕的巫永福[131]。巫永福(1913年生，台中州能高郡埔里社人)，《福爾摩沙》雜誌的化妝師，每當需要補白之處，便可見他以同人面影爲題的俏皮打油詩。第2號中就有一首極其生動的〈王白淵素描〉：

王白淵素描／巫永福

闇夜
他在夜裡哭
他在夜裡笑

熱血多情的詩人，台灣的啄木。長年在此方成長，他的神經纖

---

131 有關巫永福整體文學活動與思想的研究，可參見許惠玟，〈巫永福生平及其新詩研究〉，國立中正大學中國文學系碩士論文，1999年。該論文依序針對巫永福生平事蹟、文學歷程、詩觀、詩的主題思想、新詩的特色，進行分析；最後，並舉出巫永福詩在民族意識的呈現與對日本殖民者的批判、對故鄉及親人的眷戀與追懷、現實生活的記錄與批判、台灣意識的追尋與認同、對生命的體悟與困境的企求超越等方面，展示的獨特價值。其餘相關研究亦可參見，趙天儀，〈從自我的覺醒傾聽解凍的聲音——巫永福詩作解析〉，《台灣現代詩》5卷(2006年3月)，頁84-90。葉笛〈呼喚祖靈和土地的詩人巫永福〉，《葉笛全集》4評論卷一（台南：國家台灣文學館籌備處，2007年5月）頁276-311。許惠玟，〈巫永福戰前小說分析〉，《中國文化月刊》263期(2002年2月)，頁92-111。林亨泰，〈現代詩的光芒——巫永福的「枕詩」〉，《笠》215期(2000年2月)，頁115-116。陳明台，〈強韌的精神——試論巫永福詩的主題和表現〉，《笠》203期(1998年2月)，頁181-192。

弱了，在上海發現自個兒日本人的作為而心驚。然而此刻他的詩魂自由了，同人們準備將來在揚子江畔替他拾骨吧。詩人噢！引吭高歌吧[132]！

「此方」困縛了台灣的石川啄木，「彼方」則使詩魂自由。中國之行似乎予王白淵不少意想外的啓蒙，他的震顫以及他埋骨中國的心向，似乎也得到同人們相當的理解與祝福。

除了這首打油詩之外，巫永福〈故鄉噢〉（〈故郷よ〉）是他最早的公刊詩作之一，詩中王白淵對他的影響清晰可見：

〈故鄉噢〉／筆者譯	〈故鄉〉／巫永福自譯
踏上永遠昏闇的路吧 尋求一線的光吧 背負重荷的苦難的 故鄉噢 推開冥獄的門吧 苦難的荊棘之道 是你淌出的一滴血淚 故鄉噢　為你不知的未來 前進吧　探尋吧　受難吧	踏出永遠昏闇的路吧 尋求一線眾生的光吧 負了殖民苦難的重架 故鄉 勇開冥門的扉吧 看過苦難的荊棘之道 雖會流出多少辛酸血淚 故鄉呀　步步　探索　勇敢求取 為你子孫代代的榮光

「踏上永遠昏闇的路吧／尋求一線的光吧」與「苦難的荊棘之道／是你淌出的一滴血淚」呼應，「推開冥獄的門吧」與「爲你不知的未來」對照，前進、探尋、受難等概念前後重覆，流貫全詩。這首詩在黑暗、苦難、幽閉的冥界之外，暗示了一個光明、幸福、自由的新世界，而通往這個未知世界的就是那條「荊棘之道」。詩人相信「荊棘之道」，是「故鄉」追求光明的一條漫漫長路，探索殖民解放的一種嘗試，獲得救贖的試煉之一，唯有淌血前進、摸索、受難，才能抵達光明

132 《フォルモサ》第2號(1933年12月)，頁57。筆者譯。巫永福曾提及寫打油詩補白之事，參見《張文環先生追思錄》，頁108。

世界中。閱讀這首詩，讀者很容易想像一幅圖景：在光明被隔絕於外的苦難世界，背負殖民重荷的靈魂爲尋求一絲光明，跨出艱難的步履，他們無畏磨難、不惜血淚地步向禁錮之門，發願推開它，迎向未曾有的世界。

這首完成於1933年的日文詩，浮現王白淵詩中時常可見的革命前夜構圖，不過巫永福爲它抹上了更爲詭譎的冥界色彩，以及更加騷動的受難氣息。時而婉轉時而激昂，大量的詠歎與和諧的結構，使這首詩反覆迴盪著慘淡而悲壯的旋律。詩中深情的詠歎、重疊漸進的手法、二元對立的概念、荊棘之道的隱喻，以及對明日世界憧憬，在在可見王白淵的影子，對熟悉王白淵思想或《荊棘之道》的讀者而言更是如此。〈故鄉噢〉雖是一首袖珍之作，然而在主題、形式或內涵各方面，都掌握了王白淵詩風與思想的精要之處。

戰後巫永福將此詩譯爲中文時，將原詩隱喻之處改以直抒，呼求式的詠歎調由肯定句式取代，因此詩的主旨與風格有所轉變，「長夜中隱忍負重」的堅忍，也變成了「爲可見的未來戰鬥」的樂觀精神。對照兩稿可以窺見戰後詩人思想的一些變化，譬如對集體未來的信心增強，以及主體意識投射標的日趨明確等等，同時也更容易深入原詩精神。譬如，原詩所謂的「光」乃指群眾之光；「苦難」乃指殖民地的苦難；「荊棘之道(蕀の道)」乃指王白淵的詩文集《蕀の道》等。從〈故鄉よ〉到〈故鄉〉，詩人巫永福翻譯詩，翻譯時代，也翻譯了自己的思想與認同。從他的夫子自道中，我們因而能確定他確實讀過《荊棘之道》，而且這本詩文集帶給他文學與思想的深刻啓蒙。晚年巫永福曾表示戰前台灣現代詩人之中他最喜歡的便是王白淵，他不只一次地提到他與這位「深沉而傑出的憂愁詩人」初識時受其親贈《荊棘之道》的往事[133]。由此我們也略可想見，王白淵當年親贈詩集與東京後進，對他們造成一定鼓舞的情形。

---

133 〈思想起〉、〈光復前的台灣文學〉，《巫永福全集6》評論卷Ⅰ(台北：傳神福音，1996年5月)，頁30、73。

〈故鄉噢〉這首詩中，擬人化的「故鄉」象徵地理上的母土、民族上的台灣人，以及文化與政治上的殖民地主體意志。巫永福歌詠、鼓勵、愛憐、祝禱的殖民地主體意志，是他心中的真故鄉。它是台灣未嘗失去，也未曾完成的主體性；它是台灣人的集體心魂，也是個別良知者的高貴意志。巫氏眼中王白淵及其詩文集如一縷光、一條路、一滴血淚，是一種理想、一個希望；王白淵精神是台灣未嘗失去或未曾建立的主體意志的表徵或寓言，它閃爍著台灣真精神，投射出殖民地知識分子的精神故鄉。〈故鄉噢〉虔誠覆誦王白淵話語，巫永福儼然熟諳王白淵精神，深解《荊棘之道》箇中秘密。身爲讀者的他，看起來如此深愛這本集子，如此讚美王白淵精神，如此樂於成爲他的追隨者。

《荊棘之道》封面是一個荊棘纏繞的十字架。它象徵殖民苦難困縛的母土台灣，隱喻某種對決性的自覺與抉擇，也懸示一種在多重歧路上勇於赴難的獻身精神。對巫永福及其他《福爾摩沙》同人來說，在詩集中運用聖經教示或宗教典故演繹生命哲理與信仰抉擇的王白淵，其人生實踐也散發著爲信念獻身的精神，如此的理念受難者在他們眼中具有選民般的形象。與〈故鄉噢〉緊臨的〈乞食〉一詩，是巫永福最早的公刊作品。這首詩歌詠受難者，洋溢虔敬忍從、追求精神超越的受難氣息，是巫永福的另一首佳作。詩人從乞丐與基督的一動一靜、一現一隱、一高一微，辯證俗世追求物質價值的淺薄虛妄，同時揭示神與貧窮者受難者同在，以及神讚揚「心靈的富者」之真諦。

乞食／巫永福

生垢三寸　蓬亂生蟲又骯髒的頭髮三寸
穿著油垢和泥土而破爛的暗茶色衣褲
卻帶有如國王般的錦帶
「汝呀！貧者將富」
基督是對乞食垂愛

自尊虛榮和傲慢的垃圾場

由破衣露出殘病的難看裸體
士女如過動物園般匆匆走過
「心貧者……」
基督欲言又止
把額皮著地刷擦行禮
憐憫風雨暑寒的可憐人
頭家請賜慈悲
「汝呀！貧者將樂」
基督吐出名言[134]

〈乞食〉採用對話體穿插的寫作手法與王白淵〈仰慕基督〉(〈キリストを慕ふて〉)一詩極其類似。〈仰慕基督〉提到新約聖經《馬太福音》第五到七章的〈山上垂訓〉，又名〈山上寶訓〉，為耶穌的訓誨性言論集。該詩以神的口吻教導世人在生命面前應當虔敬謙卑。因為，一切精神與物質的追求、一切有關生命或永恆的謳歌或爭論雖有高下之別，在時光長劫與深不可測的生命奧義裡，卻都是微末幼稚、轉瞬即逝的。這首詩也以對話體呈現：

仰慕基督／王白淵
晴空萬里無雲的某日
仰慕基督
漫步春的原野
口中低吟山上垂訓
微聞——
野外雜草似私語：
「雖然索羅門王的榮華極盡，但其服飾不及一枝花——」

134 巫永福，〈乞食〉，《フォルモサ》第2號(1933年12月)。後收於《巫永福全集》詩卷1，頁87-88。

一望無盡的蒼翠林木／樹蔭啼鳥彷彿歌曰：
「一切皆逝——唯藝術留存
藝術亦逝——唯愛留存
愛亦逝——唯生命留存
萬物皆逝——唯時光靜默無語啊！」
這時好像有一聲音高喊：
「安靜——
汝等喧囂的池中之蛙」[135]

〈乞食〉與〈仰慕基督〉演繹貧／富、生／滅等價值概念的手法與氛圍，何其神似。事實上，除了這幾首詩之外，巫永福日據時期乃至晚年中文精進之後的作品中，歌詠與反思生命的類似靈光仍閃耀詩句之間。同樣也是詩人的研究者葉笛，曾以〈寒冬過後就是春天〉一文，綜論巫永福小說與詩的整體文學軌跡[136]，葉文雖未遑留意巫詩與王詩強烈的血緣性，不過其標題卻一針見血地道破巫永福文學的主要特徵。此一特徵正是巫、王精神貫通之處，這種特徵在巫永福詩作中表現得格外明顯。

緊接在巫永福之後的蘇維熊作品，也明顯受到王白淵影響。蘇維熊(1908-1968，新竹州人)，1931年考取東京帝國大學文學部英語科，《福爾摩沙》發起人之一，也是創刊辭的起草者。〈梟的生活模式〉(〈梟の生活様式〉)也是他目前可見的最早公刊作品：

梟的生活模式／蘇維熊
梟呼呼地啼著
那確是一種生活模式

清冷的細瞇的眼神中

135 王白淵，〈仰慕基督〉，《王白淵・荊棘的道路》上冊，頁114-115。
136 葉笛，〈寒冬過後就是春天〉，《巫永福全集》小說卷2，頁203-234。

有著豁達和譏誚的神色

白晝世界對這個鳥中哲人來說
過於華麗和虛榮吧

如絕望之人彷徨於荒野
梟於闇夜何其諧調

我知道在同樣的春秋戰國亂世
誕生了孔子和老子

呼！呼！從月夜的森林寂寥地
梟呼喚著同類的靈魂[137]

《荊棘之道》中花鳥蟬蝶和宇宙星辰，最常被用來歌詠先行者、革命家。在鳥的譬喻方面：小鳥或籠中鳥多被用來比喻殖民統治下的台灣人(譬如，〈何の心ぞ〉、〈春〉)，雷鳥指改革者、革命家(譬如，〈峰の雷鳥〉、〈魂の故鄉〉)，梟指有良知的哲人或先行者(〈梟〉)。蘇維熊〈梟的生活模式〉極其明顯地吟詠了王白淵〈梟〉的話語：

梟／王白淵

山間幽谷中擁抱沉默的灰色體
夜陰出巢的白晝叛逆者
你是無語無歌的沉默之鳥
春野無法慰解你
嚴冬也不會使你悲哀
無友無家當然更無社會

137 《フォルモサ》第2號，頁5-6。筆者譯。最早譯本為月中泉的翻譯。

永遠於沉默的深淵
尋找孤獨
我不是讚美你的生活
不過你的存在確是世界的驚奇
將一切命運熔化於沉默的融爐
在宇宙大氣中昂首闊步的你
不是鳥類英雄會是什麼[138]

王白淵以卓爾不群、晝伏夜出、無語無歌、無喜無悲的哲人形象，歌詠梟族之深沉孤高。梟叛逆太陽、眾人皆睡我獨醒的形象，被他用來表徵濁世的良知、反殖民的先行者。同樣地，蘇維熊筆下的梟，看破紅塵，譏誚俗世，批判現實，對紅日當頭的亂世深感失望，明顯繼承了王白淵筆下卓然出世、反逆太陽、無畏孤獨的英雄形象。

同中有異的是，蘇維熊刻劃的梟雖看破紅塵仍不惜勉力呼喚。這方面則較接近王白淵筆下在闇夜聲聲提醒，苦苦呼喚，伺機雄飛的雷鳥形象。王氏〈魂的故鄉〉中便有如下詩句：「夜裡哭啼的明峰靈鳥／黑闇中衝天而上／噢！那是惜春落花的啜泣嗎／抑或報曉的雷鳥在展翅」[139]。另外他在〈峰頂的雷鳥〉一詩中，也賦予雷鳥詛咒黑暗、預告黎明、伺機雄飛的正義者、先覺者形象：

峰頂的雷鳥／王白淵

太陽未出前靈魂之鳥在哭啼
噢！峰頂的雷鳥喲！
黑暗中聽見你在展翅？
抑或你向東直飛的雄姿？
眾鳥皆睡你先醒

138 王白淵，《蕀の道》（日本盛岡市：久保庄書店，1931年6月），頁14。
139 王白淵，〈魂の故鄉〉，《蕀の道》，頁43-44。

今朝清晨一直啼不停
噢！這是黎明春的預告？
還是詛咒黑夜的聲音

從夜深到太陽起
可是雷鳥又復在哭啼
噢！峰頂的雷鳥
你打算哭哭啼啼到幾時
直到永遠的日沒嗎
抑或直到抵達無限的東方

太陽幾度昇起又沉落
可是雷鳥依舊哭哭啼啼[140]

「峰之雷鳥」即「明峰靈鳥」，亦即靈魂之鳥，精神之鳥，乃象徵真摯精神的符碼。在王白淵筆下，牠是被壓抑而蟄伏於闇夜的台灣人集體心魂，也是個別良知者不甘受辱、呼喚自由的高貴意志。詩人告訴他的讀者，雷鳥在闇夜中蟄伏、哭啼、詛咒、呼喚、振翅，不滿足於階段性革命，孜孜於追求「永遠的日沒」，盼望實現「無限東方」的光明復歸之境。社會主義最後革命、帝國主義永遠終結、弱小民族解放、東方文明復興、人類向真理進化，是王白淵念茲在茲的理想，也是《荊棘之道》的主要訴求。雷鳥，弱者的理想，亂世的良心，牠所體現的正是先覺與先行者的苦心孤詣。

王白淵在〈我的回憶錄〉中曾以孔子、老子爲例，表述他對先覺者與先行者的觀感：

140 王白淵，《蕀の道》，頁45-46。筆者參考巫永福、陳才崑譯本改譯，並將原詩分段。

> 老子以為「國家即大盜」，孔子對這個認識，當然亦沒有異議的。但是老子之透徹，竟看破這個問題，在封建社會裡，絕對不能解決。因此遂深藏於草莽之間，只留下《老子》五千言，終不知其去向。其心志之高潔，心情之痛切，在三千年後的今日，還脈脈地痛聲著，我們的心頭。至於孔子之聖，當然能理解春秋戰國時代的支配者，竟屬何種人物。但是這個偉大的現實主義者——亦能說偉大的理想主義者，不能因此放棄全體社會，遂蹶起向賊說教，對牛彈琴，以為可能改造社會。其心志之可敬，努力之可佩，至今還被稱為聖人[141]。

他在〈零〉、〈佇立揚子江〉及〈詠上海〉等詩中，也曾多次稱述孔孟老子。從自述可知，王白淵所感佩的正是大理想主義者的聖潔與大現實主義者的偉大；事實上他的思想與人生也一直深受兩種精神的感召。經過蘇維熊再次演繹的梟，老子遺世獨立的哲人氣質與孔子知其不可爲而爲之的英雄形象冶於一爐，得兼王白淵思想與精神的不同向度。

除了上述較明顯的一些作品之外，《福爾摩沙》其他詩篇中王白淵旋風也若隱若現。譬如，施學習(1906-1997，彰化縣鹿港人)、楊基振(生卒年不詳，台中清水人)等詩便是。施學習〈早朝〉一詩，嗟歎他對周遭胸無大志、因襲疲乏的人生及社會的厭煩。首段如此寫道：「閑古鳥一對在東林呼叫／群雀早朝在屋上爭鬥／帶著鳥黃委靡的顏色／默默地母親少妹在梳頭」。他以貞潔之鳥杜鵑與汲汲覓食求偶的麻雀，對照先覺者與凡夫俗子之別，然後跳接百年如一日、了無生氣的人生與社會加以批判。末段則以「一時一刻東天漸漸發光輝／一時一刻人間愈加哀聲／我想和氣藹藹的桃花源／不過是苦悶的詩魂捏出的仙境」，表示他對遙不可及的理想社會不甚樂觀。施學習的〈早朝〉雖不見巫、蘇等人筆下的共鳴與贊和，但是(一對)貞潔之鳥、東天黎明及苦悶詩魂等譬

141 王白淵，〈我的回憶錄——象牙塔裡的美夢〉，《政經報》2卷1號(1946年1月10日)，頁12-13。

喻，仍很容易令人聯想到王白淵或謝春木兩人，而略有唱酬之味。

楊基振〈詩〉（中文詩），歌詠詩之美好。他說詩是他的憧憬，他的希望。「爾使我底滿溢著哀愁的心田歡暢」、「爾使我的閃耀著淚珠的瞳兒開放」、「爾給我以生命之力」、「爾使我的思想發揚」、「沒有爾／我決難生存在世上」、「假如爾要到墳墓裡去／我也要和爾同往……／我願和爾一塊兒存亡」[142]。詩爲楊基振帶來了憧憬與希望，歡喜與光明，生命之力與思想之光，爲此他願以身相許。楊基振讚不絕口的「詩」，隱喻了什麼？光明、理想、樂觀、戰鬥、追隨，豈不是《荊棘之道》最常爲讀者點燃的熱情？《福爾摩沙》的文學新人們，在王白淵的催動下紛紛綻放文字之花，王白淵魅力豈不是詩的魅力？不管這首詩與王白淵有沒有關係，在王白淵魅影逡巡的《福爾摩沙》中，它的讚美畢竟無法不令讀者想起王詩人，以及他所引發的啓蒙與創作熱情。

當然，不是所有王白淵的仰慕者都把他們的禮讚珍藏在作品裡，也不是所有人都及時在《福爾摩沙》中表盡他們的敬意，不過他們的共鳴仍烙印在其他篇章各式場合，而有跡可尋。繼王白淵之後堪稱東京台灣左翼文化、文學運動中最活躍的兩大人物吳坤煌、張文環，便是最好的例子。

如前所述，《台灣日日新報》對吳坤煌參與同好會之犯行曾大肆報導。報導表示吳原信奉甘地主義，意圖以此策畫民族運動，破除台灣人所受的差別待遇；但是與篠原氏理論鬥爭之後轉向馬克思主義，轉而主張以赤化台灣的方式追求解放。吳坤煌從甘地主義蛻變爲共產主義的變化，是這則報導最值注意之處。1927年以後社會主義、共產主義籠罩左翼運動界或思想界，此後直到運動凋萎的1930年代，甘地主義全然不是左翼文化界的主流話語。《荊棘之道》於1931年6月出版，10月吳已涉足共產團體，如果吳坤煌與篠原氏的理論鬥爭發生在這期間，那麼其導火線可能正是《荊棘之道》。事實上，詩文集中王白淵後期的甘地論正充分流露社會主義觀點對甘地主義的詰辯。因此，吳坤煌的激進化除了

142 《フォルモサ》創刊號（1933年7月），頁31。

同志間的理論鬥爭之外，《荊棘之道》中王白淵思想的伏線可能也不無影響。

吳坤煌在《福爾摩沙》發表的〈致某女性〉一文，顯現《荊棘之道》對吳坤煌的影響如斷線珠玉般零星灑落。這則心情草書，主旨在鼓勵身爲沒落中產階級的女性密友「久子」，不要沮喪放棄，也不要侷限在女權運動或宗教慰藉之中，積極投入能同時解除女性與弱小民族問題的「現代社會根本改造法」—共產主義行列。文中相當有意思的是，當吳坤煌憶及兩人過去的交往以及聽聞佳人今日身處逆境時，他所吐露的眷戀與關懷，居然都是《荊棘之道》的話語。譬如，與同志妳的邂逅喚起了我的熱情，「我的心再次打破沉默」。譬如，輕撫手中妳忘了取走的《近代日本女權史》，眼前浮起妳「墜入」悲哀之谷卻不放棄希望，勉力「尋光」的倩影。又譬如，想起妳此刻的命運，「妳彷如在重雲遮掩，星光絲毫不露的闇夜，逡巡於夢境的旅人。」最後，他還以羅曼羅蘭「命運，是自己意志的放棄」，期勉這位他眼中堅強的進步女性。吳坤煌與K子情事無關王白淵，但是王白淵的革命詩情卻幻化爲愛人同志間的深情默契，在文中飄盪不去[143]。

吳坤煌對王白淵衷心的禮讚與虔誠的追隨之志，在王白淵遠去的數個年頭以後仍縈繞口中。在《福爾摩沙》中從鄉土文學之反省[144]開始其文學之道的吳坤煌，在1934到1936年間陸續在《台灣文藝》及日本左翼詩誌《詩精神》上發表了一些現代詩。他與《詩精神》、《詩人》等日本詩人，以及左聯東京支盟的中國詩人都有相當交流。1935年他曾在左聯東京支盟刊物《詩歌》上，用中文向中國左翼文壇介紹台灣詩壇的近況。在〈現在的台灣詩壇〉中，他的批評深刻流露他堅持理論指導的左翼文學觀點。他從布爾喬亞階級的脆弱性、信仰破產者的虛無頹廢、現實主義詩人理論根據的貧乏、日文創作中漢語舊調的夾雜、自然主義手法欠缺人性與社會性等多重角度，批評了蘇維熊、巫永福、江燦琳、翁

143 〈或る女性へ〉，《フォルモサ》創刊號(1933年7月)，頁23-27。
144 吳坤煌在該誌第2號發表的〈台灣の鄉土文學論ず〉，留待次章討論。

鬧、王登山、郭水潭、黃裕峰等，當時活躍於《福爾摩沙》、《台灣文藝》、《台灣新民報》上的重要日語詩人。他嚴厲地認爲「從現實逃避出來的這些人，必然地對社會沒有關心」，他們是「沒有什麼思想的詩人」。奉行社會主義文學理論的吳坤煌認爲，詩人應該更加關心現實與大眾，在他眼中「大眾是藝術的處女地」：

> 不管他們怎樣的認識或他們對於現實怎樣的盲目，然而推進歷史底輪齒　的，就是大眾。從這些大眾生活產生出來的藝術，是有他的未來性的，但是他們的歌聲大部是充滿虛偽的。台灣底現實。事實上是最迫切了的，在貧困化的農民和中間層，正意識化下去的事實，是很顯然。並且左翼派的詩人，就是他們的代辯者。只有這，才是可相信為真實的台灣的鏡，最早具有普洛列塔利亞思想的詩人，則有王白淵和吳坤煌[145]。

放眼台灣詩壇，吳坤煌儼然只推崇王白淵。他並爲自己追隨其後，深感自豪。他進一步寫道：

> 出版詩集《荊棘之道》的王氏，多用有諷刺性的三行律(即啄木調）的短歌，那是很優美的，這種啄木調也是日本新詩壇所稱讚的。〈行路難〉、〈詠上海〉這二篇，是他底代表作，他的大陸的擴漠和有流露性的詩情，吸引許多的青年們。可是最近他流亡上海，幾乎為生活所迫，好像沒有工夫寫詩了。他的活動正是我們所期望的[146]。

如同吳坤煌所指，王白淵吸引他的除了啄木式的嘲諷與社會激情之外，還有王白淵的祖國憧憬。文中吳坤煌也表示他常「爲著生活不能寫

145 吳坤煌，〈現在的台灣詩壇〉(下)，《詩歌》1卷4期(1935年10月)，頁16。本稿為中文，引文中不流暢處，係保留原文用法。下段引文情形亦同。

146 吳坤煌，〈現在的台灣詩壇〉(下)，頁16。

詩」，但是「自己常常想著雖是孤軍，到底正是要作爲民眾之一員，把民眾的歌銘刻在墓碑上的。」懷抱孤軍精神跟隨王白淵緩步前行的吳坤煌，在其景仰者與自己均如此黯淡的時節，猶然瀟灑豪氣。由上可見，吳不只在左翼思想上與王白淵有所共鳴，在創作、文學觀、乃至人生觀上，也以身爲王白淵的景從者自恃自豪。

除了吳坤煌外，日後成爲戰時文壇領袖的《福爾摩沙》重要成員張文環，與王白淵也有不淺淵源。張文環(1909年生，嘉義梅山人)，1927年赴岡山中學就讀，1931年轉往東京升學。1965年10月王白淵因腎結石引發尿毒症去逝，張文環爲治喪委員之一，告別式中張代表遺族致謝辭，顯現他與王白淵不凡的交情。惜別餐會中，張文環提到王白淵離開日本時的往事，提到了王氏當時的心情：

> 白淵兄和他日本太太離婚而到祖國大陸去的前後情形，我是最清楚的，也知道得最詳細。他的太太是他在盛岡師範學校教書時的學生。他們倆到了東京的時候，聽說曾有一個男孩因流產而死掉。後來白淵兄因事，師範教員被解職，要離開日本到大陸去，不得不與日本太太離開，夫妻話別實在很慘痛，並不是愛情有問題而仳離。因為日本政府對於民族的歧視，才為了民族意識及尊嚴離別的。他到了祖國後，雖然知道他日本太太生一個女孩子，而非常高興，但卻寫了一首石川啄木調的詩——「被日本帝國主義者放逐的人，不能讓他親生的孩子叫一聲「爸爸」，哀哉兮」，藉此諷刺他自己的心情[147]。

張文環提到的這首詩，應該就是〈致親愛的K子〉[148]。王詩除了譏刺之外，也表露一種自許爲烈士的心志。張文環深解這樣的心志，因此才說王白淵是因爲民族的歧視，才爲了民族意識及尊嚴離開日本。張文環的

147 巫永福，〈緬懷王白淵〉，巫永福著，沈萌華主編，《巫永福全集》評論卷1(台北：傳神福音，1996年5月)，頁209-210。

148 該詩雖有類似描寫，但與張文環記憶的詞句略有出入。

王白淵觀，帶著濃厚民族氣節的肯定。對於王白淵抗日的抉擇及因此而坎坷的命運，張文環是充滿共鳴與肯定的。

《張文環先生追思錄》書首，有張文環年輕時遊上海的一張照片；似乎攝於某公園的這張照片，有張文環與一位狀似親近的友人之合影。照片中的兩人身著大衣、戴帽，張文環繫著圍巾，一副嚴冬景象；由於身形微小，合影之人已模糊難辨，不過從張文環當時的交遊情形推斷，極可能是王白淵[149]。張文環赴上海最有可能的時間，應是1934、1935年之交的冬季時節[150]。1934年6月以後，財源困難的《福爾摩沙》與台灣文藝聯盟合流而停刊，之前爲財務、編輯及同人脫退諸事忙碌的張文環[151]，應該較有屬於個人的時間。野間信幸也認爲張文環的成名作〈父親的臉〉，便是利用這一段時間完成的[152]。此外，1935年初張文環〈父親的臉〉入選傳出，張似有可能在欣慰之情下，渡海探訪素來對自己影響頗多的這位大前輩。

1943年春夏期間西川滿等人掀起的「糞寫實主義論爭」在台灣文壇上引發了一場文學主義、族群文化與認同政治的衝突。張文環、呂赫若被敵對陣營當作主要攻擊對象。此時張文環曾發表一篇名爲〈荊棘之道繼續著〉(〈茨の道は續く〉)的文稿，極有技巧地駁斥敵手的攻訐，同時也強固了己方陣營。日文題名中的「茨の道」一詞，和王白淵詩集

---

149 張文環與中國人士的往來起始於1935年蘇維熊之兄蘇維霖從中國轉往東京深造之後，此外便是在1935、1936年以後與左聯東京支盟一些中國留學生的交往，這些都晚於他的上海之行。

150 1933年冬日，王白淵甫到異地半年，張文環也正為《フォルモサ》的出刊(12月30日)奔忙；1936年冬日，張文環受人民戰線檢舉餘波入獄；1937年冬日，王白淵被日軍逮捕回台服刑，因此只有1934、1935兩年冬季較有可能。然而，1935年9月赴日就讀中學與張文環夫妻同住的堂弟張銶漢，表示自他赴日後未見張文環赴上海。因此張文環赴上海最有可能的時間，應是1934、1935年之交的冬季時節。

151 《フォルモサ》第2號、第3號的編後記中可見張文環忙碌奔走、苦撐該誌的情形。

152 野間信幸，〈張文環の東京生活と「父の要求」〉，《野草》54號(中國文藝研究會，1994年8月)。

《蕀の道》，用字雖有不同，但讀音、語意完全相同。王白淵也曾把「蕀の道」翻譯為「荊茨的道路」。此文發表之際正值王白淵出獄之際，〈荊棘之道繼續著〉書寫的時點與典故運用，再次使王白淵《荊棘之道》之隱喻高度發酵。王白淵獲釋後一時職業無著，張文環、龍瑛宗也曾為他的求職奔走說項[153]，此外王白淵更以匿名在《台灣文學》上發表作品[154]。對張文環來說，王白淵是同志、難友、終生的摯友，也是一位令他敬仰、景從的前輩。與王白淵交往的那一段時光，是張文環人生中的激進歲月，同時也是他初識帝都之華麗與蒼涼，開始萌動文學意念的時候。雖然張文環不像巫永福、蘇維熊等人在創作中留下明顯的王白淵影子[155]，也不像吳坤煌那麼明白推崇王白淵的左翼文學觀，不過王白淵對他的影響卻是肯定的，而且也相當耐人尋味。

由上述討論可見儘管規模有限，王白淵在《福爾摩沙》重要同人之間，確實曾經颳起一陣不小旋風。

小結

隨著日本左翼運動的整體式微與方向轉換，強調非法政治鬥爭的東京台灣人左翼運動也面臨了轉型的考驗。以林兌、吳坤煌與王白淵的聯繫開始，東京台灣左翼青年與文學青年間激起了文藝運動的熱情。最後將左翼運動順利地朝合法文化運動或文學啓蒙運動轉換的是王白淵、張文環、吳坤煌一干人，其中王白淵尤為關鍵。從前述討論可見，在同好會組織中，王白淵不僅是發起人，對其中不少成員更產生了思想啓蒙。

在《福爾摩沙》裡，王白淵的姿影並未因為他腳步的離去而消逝，同人們對他的推崇與禮讚也未曾稍歇。〈故鄉噢〉、〈乞食〉傳揚《荊棘之道》裡隱喻的那一條具有受難意味的革命道路；〈梟的生活模式〉道盡王白淵身為理想主義者同時又是現實主義者的志向。〈早朝〉與

153 張文環、龍瑛宗均曾引介王白淵參見總督府保安課長後藤氏，獲得《旬刊台新》編輯工作。參見，第六章第三節。

154 詳見第六章第三節。

155 詳見第四章第一節。

〈詩〉中王白淵掀起的啓蒙與創作熱力氤氳不散。吳坤煌與張文環更把《荊棘之道》的精神深刻轉化成個人人生觀或本土文化運動的資產。《荊棘之道》布滿棋子般的符號，這些符號也因為隱含讀者的忠誠與理解，而持續散發意義的幽光。《福爾摩沙》同人長期異口同聲地以《荊棘之道》中的意象與符碼，吟唱共鳴與禮讚的詩篇，不愧為王白淵的深情知音。他們口中歌詠的故鄉、梟、杜鵑、詩、荊棘之道等等，有時幾乎與王白淵互為代名詞。在《福爾摩沙》的重要成員心中，《荊棘之道》揭櫫的理想是他們日趨黯淡的抵抗精神之依靠，王白淵則是他們敬慕景從的先行者。他／它是他們共享的一個秘密圖騰，他／它為不能滿足於殖民地的其他靈魂高懸了一則充滿想像空間的寓言。在革命志業與人生道路上王白淵毋寧是寂寞的，但是他與他的共鳴者共同掀起的華麗傳奇卻如此生氣勃勃。

《福爾摩沙》同人在創作上留下的斑斑光影，強有力地為我們說明了《荊棘之道》在這些文學青年創作初開之際散發的魅力與影響。只不過，由於反殖符號的闡述有各式變異，反殖理念的薪傳往往也使符號表徵的範疇具有流動性而產生意義的轉移或變化，以致在認同取向上，《福爾摩沙》同人不似王白淵有寬闊樂觀的社會主義理想與中國認同；在文學風格上，王白淵揉和泰戈爾、石川啄木及社會主義文學理念的風格也獨樹一幟。但是無疑地，楊基振、施學習等人的創作熱情；巫永福、蘇維熊詩作的手法與風格；張文環、吳坤煌以文學作為文化抗爭資本的抗爭策略，都受到王白淵影響。

不過在越來越暗黑的時代下，戴著桂冠的精神領袖在荊棘之道上漸行漸遠，戰鬥的曲子也越來越不可高吟；在這樣的局面下，年輕力微的《福爾摩沙》後進如何堅持下去，他們將如何在文學活動中各自演繹王白淵精神，則是眼下最大課題。

本章總結

吳坤煌在〈現在的台灣詩壇〉中表示，他最自豪的作品是〈悼陳在葵君〉。如前所述，陳在葵係林兌同窗，北師事件退學生之一。或許由於林吳因緣，吳坤煌與出入社會主義運動的陳在葵也成爲莫逆之交。這首副題爲〈謹以此獻於客死旅舍的同道陳在葵君靈前〉的長篇輓歌，深悼同志，慷慨淒涼。瘖啞悲慟的情緒迴旋跌宕，彷彿闇夜中同類靈魂發出的陣陣哀鳴。本章將以這一首足以貫穿本節若干論述的長詩，作爲漫長討論的最後一個尾音：

悼陳在葵君——謹以此獻於客死旅舍的同道陳在葵君靈前／吳坤煌

雪花紛飛的早晨
帝大分院的白床上
咯血三年的你
安詳底　寂寞底停止了呼吸
生前無所容身
死後不願汝靈飄浪荒野
負笈異鄉的新高山下友人
舉行了一個小小的喪禮

來不及見你最後一眼的我
默默無語
如今唯一的紀念是
在淚眼婆娑之中
抱著散發你清澈思想的文章
哀你在武藏野茅屋寄身
生不逢時的半生悲慟

縱於貧困與悲運中流轉浮沉
你年輕的胸臆
摒棄名譽、地位、派系

拓展前代未開的處女地
如獸一般的
新興藝術的火焰燃燒
擁有古文化歷史的
大陸之子血液奔流

出於自負與倔強
你以生命打下生平僅有的石膏像
竟遭受訕笑和批評唾棄
營求讚美和阿諛
他們以絢爛和瑰麗塗抹畫布
卻得意於世俗的榮光
但是為真實之美不屈服的你
一如反逆的皮球

嚮往美與人生
愛上美術的你
卻被世間埋沒
未及綻放便凋萎了
比起幸運揚名的美術家
你更傾心那些與不幸命運搏鬥的幾許先哲
喬治・秀拉
保羅・塞尚
羅丹
梵谷

嗚呼　然而從泥濘與黑闇裡
從不幸中
熱血沸騰年輕的你懷抱著

與世界各地青年同樣的
被時代波濤撥弄的命運
將陳腐之物連根摧毀
建設新物代之
殉道者和改革者的熱情
把你的青春驅上陣地　擲向街頭

我深知　為什麼
你從瘦弱的胳膊捲起袖子
由象牙之塔　藝術的殿堂
投身喧囂的現實
不諳人生春天滋味的悲慘同胞的淚
在火紅燃燒的歷史齒輪上
鑄印著憎恨與憤怒

我深知　為此你
雖痛楚猶上了十字架
扣上二重三重的手銬
與許多同志一塊兒被拖走
為此　你嚐盡多少苦楚
為此　你蒙受何等恥辱
終於　得了不治之症
忍無可忍地
你吐出了多少血

爾後　武藏野荒野
落寞地　你纏綿於病榻
沒有慰藉的友人
沒有訪客

你是路傍受踐踏的枯草
青梅竹馬的老友早已離散
有心朋友喪失了自由
你沒有父母
你的骨肉兄弟現在也不認你了

日月川流
窗外鳥囀　你憶起春天
劃破午夜之夢的寒風　你想起冬天
白色床上你已挨過
兩個命運交關的年
鼓舞你　安慰你
僅有的訪客昔日的同志
不過是裹著襤褸衣衫
生活無著的路邊流浪漢

嗚呼　在你光滑的肉體營巢的病魔
穿過窮愁苦痛的無情地獄
繞行曲折迷濛的鬼魅之道
榨擰你的青春之血
愈愈黑暗的本質
令人窒息的絕望的本質
匍匐的死亡之影追逐你
如鬼魅一般

眼窩深深陷下
宛如一架失血骷髏
在結核菌乙醚之中
你和病友眼巴巴地瞪視著

沒有一絲希望
沒有任何快樂
嬝嬝迴旋的紅色煙霧中
你織著淡淡的夢吧

不給染紅
白色的南方之島
孕育你的思想　你的青春
如今水分和養分都已流失
皺紋橫生的蕃薯島
滿是奸巧饒舌的紅猴子
炎熱和饑餓
住民精神瘋狂
唇乾如土龜裂的
島

踏向黃泉旅途的朋友喲
陳君喲
在病榻上猶鼓舞我們堅強振作的你
說朋友來訪是無上幸福的你
祝福我們藝術團成功的你
這個你卻永遠不會來看我們了
仰天長嘯高度熱情的姿影
在命運的重壓下全然潰滅了
人生至高的呼喚永遠沉寂了

噢　夭逝的朋友喲　同胞喲
你的生命短暫
比起那些已逝的吾島美術家

你留下的是如何渺小的一培土
然而　你的聲音
將永遠澎湃全島
彷彿允諾明日之約的記念碑
我們決不會暴殄你的事業
繼續與貧困、重壓、不安搏鬥
永不休止地走向
黎明之路[156]

赴日後陳在葵醉心美術，特別傾心於塞尙(Cĕzanne, 1839-1906)、羅丹(Rodin, 1840-1917)、梵谷(Van Gogh, 1853-90)、秀拉(Georges Seurat, 1859-91)等印象派或後期印象派畫家及雕刻家。藝術品味與王白淵接近的他，命運也與王白淵類似。受到藝術之神召喚的同時，也正是他與林添進、陳來旺、林兌、林朝宗、何火炎等人密切往來，快速被左翼運動洪潮捲入的時期。1929年前後林添進積極勸說他入黨，他認爲自己羸弱之軀難免早夭，遂慨然允諾「以共產主義投身無產階級解放運動的第一線」[157]。檢舉事件中陳在葵涉案程度僅次於正式黨員。遭受嚴厲審問之後，也證實他曾接受林添進指導，爲台共後補黨員，預備返台養病後藉藝術活動在鄉里勞動者間從事馬克思主義啓蒙工作。被審時他坦承不諱表示，信奉共產主義、主張弱小民族解放都是爲了推翻殖民統治。因爲他認爲「現行總督政治完全否定台灣人的人格和人權」，台灣人「絲毫沒有做人的價値」[158]。這場牢獄之災使他染上肺結核，卻未使他妥協。在林兌、林添進、陳來旺繫獄其間，他曾數度與台灣青年會其餘分子聯繫，爲重建台灣人左翼組織做最後的努力。從前詩推斷，他出獄

156 吳坤煌，〈陳在葵君を悼む〉，作於1935年1月20日。載於《台灣文藝》2卷4號(1935年4月1日)，頁39-41。此前曾有月中泉翻譯，但前譯本有一些漏譯及美術家名字誤譯之處，因此筆者重行改譯。

157 山邊健太郎編，《台湾》所錄〈日本共產黨台灣民族支部東京特別支部檢舉始末〉中陳在葵口供，頁117-128。

158 同上。

後帶病度過兩年愁慘的浪人生活，病重後住院療養三年，於1934年冬或1935年春辭世。或許因爲病重，他未參與東京台灣人文化同好會或藝術研究會等活動，不過直到去世前他對友人的活動始終相當關切、不斷鼓勵。

極權主義的禁臠，共產主義的禁地——吳坤煌在詩中以「白色的南方之島」稱之。它使謝春木、王白淵出走，令陳在葵飲恨，讓吳坤煌誓與周旋。然而在異民族制壓與搾取下，精神與身體均將爆裂乾枯的蕃薯島，古老民族大陸之子的熱血終究也被壓成了一團黃泥。陳在葵由美術而政治、從青春到病歿的悲劇，在充滿社會主義幻滅氣氛的1935年舞台上，以吳坤煌感人的長篇敘事抒情演出。它浮現了殖民地青年啓蒙、覺醒、追求認同、尋求革命、凋零沒落、寄寓明日的一幕幕。一個個純潔青年在紅色的時代巨輪召喚下，與世界青年同步，爲著不諳人生春天的島上同胞，從充滿抱負的藝術與知識的殿堂走出。他們相率與同志奔向街頭戰線，步入黑牢，不畏受難地上了十字架。拘押與審問，羞辱與痛苦，帝國主義的惡魔與世紀黑死病，無情啃噬著熱血青年的心胸。結果意氣風發奔走運動的戰友，或零散，或身陷囹圄，窮病潦倒的出獄者浪居街頭。人生最後的青春，在異鄉病室和一具具骷髏般的病友躺在不知春秋晝夜的冰冷世界，訪客是落魄街頭的昔日同志。白色病床前，相濡以沫的病人和流浪漢，在高突黝黑的顴骨間交換著閃亮的黑色眼睛，他們共同思慕黎明，眺望明日。他們或喃喃笑著，或低語斷續編織永恆的紅色之夢。最後，則把無用的身軀混合明日世界的希望，付諸一培黃土。

殖民菁英的跛足之痛，曾使王白淵因此啓蒙。當這樣的殘廢感襲向退學生陳在葵胸際時，我們看見深沉之慟把一位蒼白青年推向了勇敢爲主義殞命的途上[159]。東京美術學校堪稱台灣先行代美術人士的搖

159 被認為最具美術潛力的陳植棋，也在1931年因肋膜炎去世。有可能也曾受台共特別支部檢舉事件波及而短暫繫獄。據年譜推測，他在1930年或更早即已患病，是否和陳在葵一樣在拘押期間染病則不詳。葉思芬，《英雄出少年：天才畫家陳植棋》，《台灣美術全集》第14卷(台北：藝術家，1995年)。

籃，但是王白淵、陳在葵並不在意她的光環，而甘願爲更崇高的藝術理想或淑世目標，成爲她美麗裙下沒沒無聞的過客。爲理想獻身的陳在葵，他所走過的荊棘之道，和由藝術而文學而政治的王白淵何其酷似。在陳在葵身上，可以看見王白淵的心靈。陳在葵的藝術追求與思想蛻變，儼然有如另一個王白淵，他同時也片段映照出了吳坤煌，以及其他與他們相類的殖民地靈魂。吳坤煌這首詩哀婉吟誦的，是另一個台灣青年的變調之旅，是爲故鄉勇於獻身十字架的受難精神，也是長夜中紅色青年的同族輓歌。

在越來越黑暗的夜裡，《福爾摩沙》像月兒一樣高潔，也如月兒一般嬌弱。在異鄉憂慮故鄉的遊子，追隨梟一樣不容於光的先行者。他們的道路如何不成爲一條荊棘之道？他們將如何走完此路迎向明日世界？他們能不能抵達光明的地平線彼方？解救性的彼方是否在前輩謝春木、王白淵想望的那一方？這些都令推崇梟的生活模式、企圖叛逆太陽的《福爾摩沙》青年們，不得不沉重。

第五章
妖魔之花

在張文環、巫永福等文學新生眼中，比他們年長的王白淵散發著令人崇敬的文化志士風範。然而他們聯手努力的左翼文化運動，在經過「東京台灣人文化同好會」的實戰之後，證明非法抗爭已無法在1930年代社會主義運動零落的時代存活。就時代精神而言，不論是讓謝春木、王白淵憂鬱煩悶的大正末期，或讓他們躊躇滿志的社會主義風靡之昭和初年，1920年代那種自由或激越的空氣在《福爾摩沙》同人登上舞台的1930年代，已成昨日黃花。在日本軍國極權主義日益抬頭之際，謝春木、王白淵把他們受挫的文化抗爭理想轉而寄託於中國。對年輕力微的《福爾摩沙》同人而言，戰鬥的曲子也越來越不可高吟，戴著桂冠的精神領袖在荊棘之道上漸行漸遠，在這樣的局面下他們將往何處去呢？他們能否透過文學再行演繹或創新當時對他們啓示頗多的「王白淵精神」？這無疑是身處異鄉的年輕旗手面臨的最大課題。

透過前幾章討論我們看見，從1920年代以降謝南光、王白淵、林兌、林添進、陳在葵、陳來旺、吳坤煌、張文環、巫永福等台灣留日青年，或早或晚、或深或淺，體悟了殖民統治的殘酷。當他們得以像籠中鳥暫時飛出充滿桎梏的蕃薯島時，在帝都的繁華中流連時，他們反而不約而同回首，凝視母土命運，苦思台灣的未來，甚至前仆後繼以各種方式相率踏上反殖之途。他們共同的特徵是，多多少少都受到社會主義思潮的影響。王白淵在〈我的回憶錄〉中的一段告白，或許正適於用來形容這類青年。他如此寫道：

俄國有一種傳說，說「俄國有一個地方的山野，至秋深青葉落

> 盡的時候，不知從何處漂來一種難說的花香，但是這「妖魔之花」的本體。是不容易看到的。但是不幸一見到。那人就要發狂了！」這是俄國帝制時代的傳說，我覺得很有帶著人生的深義。文豪杜斯杜要扶斯基亦有一篇小說叫做《著魔的人們》，描寫莎皇專制治下的俄國青年，好像發狂一樣向著革命前進。我想這班青年都是不幸看著這「妖魔之花」的人[1]。

杜斯妥也夫斯基筆下的帝俄激進青年，追逐的是社會主義的「妖魔之花」。不過對殖民地台灣的青年而言，「妖魔之花」則同時是民族主義、社會主義兼而有之的一株複雜的想望。王白淵是窺見妖魔之花而狂舞於革命之途的人，同樣地懷抱延續抗日烽火而挺進上海的謝南光，以及張文環、吳坤煌等其他覺醒者，也都是日帝統治下窺見「妖魔之花」的青年。絕色之花使這些殖民地青年魂牽夢縈賭命爲之，他們的青春與生命也因而慷慨激越或坎坷難行。在民族運動與社會主義運動蓬勃的1920年代，首開風氣的運動青年如此，在政治運動或非法抗爭不可行的1930年代，後繼的文化青年猶不放棄。對於民族未來的命運、對於殖民解放的想望、對於理想社會的憧憬，也正是政治抗爭沒落後，鄉土文學、台灣話文、文藝大眾化等文學運動繼而在1930年代勃興的歷史驅力之一。

在社會主義思潮的洗禮之下展開文學步伐的《福爾摩沙》同人，在轉向風潮中如何自處？是否轉向？如何轉向？如何尋覓新方向？這種種問題與「文學是什麼？」、「從事文學的目的又是什麼？」的思考，也就是殖民地青年從事文學的基本立場與宗旨，是休戚相關的。本章將以張文環、吳坤煌及其身近若干友人爲中心，追索1930年代一些窺見「妖魔之花」的殖民地青年，以筆作劍蹣跚行走於他們「想望的革命」之道的足跡；以及，這些從左翼文化運動垂死母體中脫落的文學小細胞，如

1 王白淵，〈我的回憶錄〉（一），《政經報》1卷2號（1945年11月10日），頁17。

何勉力求生？星星之火如何勾勒照亮母土甚至世界的想望？本章旨在：一、描述台灣藝術研究會、台灣文藝聯盟東京支部等旅京青年，在民族主義、社會主義(或兩者兼融)召喚下，奔走於文學或文化運動的狀況。二、探討這些文藝青年如何將文藝活動視爲一種具有「革命效能」的事業，加以實踐的過程。

本章將從以下五節來加以闡述：第一，透過《福爾摩沙》同人在京時期的文學文化活動，探討他們對殖民的覺悟，對鄉土的重審，以及他們在文學活動中流露的左翼鄉土觀。第二，探討張文環、吳坤煌等舊《福爾摩沙》同人以「台灣文藝聯盟東京支部」爲中心，在1935-1936年間締造的跨域文藝活動新局面。第三，闡述「文聯東京支部」與台、中、日文學團體或左翼作家的交往、活動及其意義。第四，以張文環爲例，藉由〈父親的臉〉及〈父親的要求〉等小說，觀察旅日作家如何因政治環境的緊縮與個人思想的轉換，於1930年代中後期一步步踏上文學的歸鄉路。第五，以張文環〈山茶花〉爲中心，分析張文環返台後，如何進一步發展其故鄉書寫，藉此進行本土傳統的回溯與殖民現代性的批判，使其故鄉書寫日益具足與殖民主爭奪歷史詮釋權的「國族寓言」之能量。

第一節　他鄉之眼：《福爾摩沙》的鄉土凝視

前言

在殖民行爲起始的那一刻起，台灣本土的武裝反抗便已經發生了。不過從鄉土論述誕生，到此概念被左翼化，其文化反殖能量被廣泛注意，卻要到武裝抗日或政治社會反抗運動相繼陣亡以後的1930年代。1930年代及其以前，台灣反殖群眾或知識菁英忙於注視著殖民主的一舉一動，直到正面對決或政治協商的可能性越來越渺茫以後，他們才有較多的餘力或動機去凝視本土。當他們爲了尋找本土文化的抵抗能量而注視自我時，此時鄉土的面目也才逐漸清晰起來。這樣的趨勢一直斷斷續續地持續到1940年代終戰以前，乃至戰後。

1920年代民族運動或社會主義運動蓬勃之際，當時反殖青年尙可藉由團體硏究或具體運動，揭露並抵抗殖民統治的黑暗。然而1930年代以後同樣對帝國的神聖性萌生異心的台灣青年，除了像謝春木、王白淵等人懷抱革命藍圖奔赴「地平線的彼方」(中國)之外，還能夠做些什麼呢？此時我們看見更多的青年，把他們的突圍之道寄託在文化運動，特別是文藝方面。1932年1月《南音》在台灣發刊和1933年7月《福爾摩沙》在東京誕生，分別象徵了島內外台灣反殖運動從政治抗爭轉換成文化抗爭的指標。相當有意思的是，在這種態勢下不論島內或島外，鄉土性都是他們不約而同努力的重要方向。

以島外的台灣文藝運動而言，從《福爾摩沙》誕生的過程可見，「台灣」(Formosa)、「民族」、「鄉土」、「文藝」是強調重點，「鄉土文學」是他們略有爭議但大體獲得認同的基本立場，而一個最常被用來統括這些主張的總合性概念就是「台灣文化」(或「民族文化」、「文化」)。對於異鄉求學的文化青年來說，何謂鄉土？何謂文化？鄉土與文化(包含文藝、美術等)有什麼關係？鄉土文化(或鄉土文學)與民族建構的關係又如何？本節將由憂鄉意識談起，指出1920年代台灣旅日青年獻身文學或藝術的個人及民族動機。同時從張文環、吳坤煌、巫永福等人的文藝立場，探討旅居異鄉者如何以他鄉之眼、文學之筆，進行母土審思。

本稿希望以《福爾摩沙》代表作家爲例，概要指出旅日文藝青年心中的「鄉土」與「文化」關係，同時試著解釋「鄉土文化」這個概念群或符號，當時爲何會被他們提出來作爲不辯自明的抗爭符碼？此現象背後有什麼共通的物質經驗或心理基礎？他們如何透過創作與論述將「文化」或「鄉土」這些概念左翼化？還有他們的左翼鄉土視野，與島內的鄉土文學者有什麼基本的區別？

一、文化與鄉土：旅京青年的憂鄉意識與文化運動

1930年代初期台灣島內熱絡一時的鄉土議題，譬如台灣話文論戰、鄉土文學論戰等，在留學生爲主的旅京台灣文化界並未掀起同樣的熱

潮。不過故鄉的政經社會各種問題從1920年新民會成立以來便一直左右著他鄉青年的視線與思維。1930年代的文化或文藝運動也以「整理研究鄉土藝術」，或創立「真正的」母土文化或文藝為目標。

在這方面，1927年3月28日東京台灣青年會設置社會科學研究部時發表的〈檄文〉，頗具代表性。它道出林兌、陳在葵在內的旅日青年之憂鄉情懷，以及左傾青年基於憂鄉意識對殖民主一舉一動充滿敵意的注視。〈檄文〉中的一段如此寫著：

> 在離鄉背井、遠赴海外遊學的人們胸中，不時飄盪的浮雲，無非不是思鄉及憂慮其將來的情懷嗎？尤其是想到在所謂殖民地政策下，日甚一日地荒廢下去的鄉土時，不知同胞的心中作何感想？更何況是熱血沸騰，純真的青年學生，胸中又是怎樣的感受呢？(中略)我們應該怎樣看待、面對，混沌的現下社會的所有問題和一切現象呢？又應怎樣看待、面對當前的民族問題、殖民地問題，或切身的我台灣之總督獨裁政治的詭計，又應如何來應付它呢？本研究部的使命，便是要忠實地、科學地來分析究明這些和我們密切相關的各種問題[2]。

「離鄉／思鄉／憂鄉」的情懷，在左傾青年或對殖民統治有所警醒的留學生之間，似乎是一種普遍的心理狀態。

這種心理狀態構成他們共同行動的基礎，也是1920-30年代海外反殖運動持續不歇的原動力。當反殖運動陣線從政治運動退卻到文化或文藝陣線時，這樣的憂鄉意識也流貫其中，並且持續左右文化或文藝運動的性質。而且，經過1920年代中後期社會主義思潮的浸潤洗禮，旅日者的憂鄉情懷更具批判意識，1930年代的旅京文化運動也因此帶有左翼的文化抗爭性質。

2　台灣總督府警務局，《台灣總督府警察沿革誌(三)》(台北，南天書局，1995年6月，復刻本)，頁38-39。

1932年「東京台灣人文化同好會」成立宗旨中，文化運動與憂鄉意識之間的關聯以及該運動的文化抗爭意圖，清晰可見——

> 我同好會就是為了幫助發展各人所具有的藝術興趣，而互相聚首來研究的會。但我們不單單偏重個人的趣味，我們還有重要的另一件事。那就是凡是台灣青年都明白的，我們殖民地人比母國人忍受更多的痛苦。(中略，引證言論、母語、教育各方面)我們所受的教育到底是什麼？公學校教科書第一頁的題目是〈天皇陛下的行幸〉。嗚呼！這就是我們台灣的現實啊！這裡還有什麼獨自的文化可言呢？所以我們必須依靠我們自己的雙手來創造**台灣眞正的文化**。我們東京台灣青年文化同好會的組成，也就是在這種現實的環境下應運而生的[3]。

一如謝春木對殖民教育的批判，側身東京的王白淵、張文環、吳坤煌等同好會分子也深深體會殖民統治對母土文化造成的壓抑與扭曲。成立宗旨中，他們還明白指出「台灣獨立性的、文化性的發展任日本帝國主義蹂躪，我們所享有的文化是帝國主義性的被壓迫文化、奴隸文化、是不能反映我們生活要求的文化。」[4]因此，憂鄉意識使他們決心以自己的立場創造「台灣真正的文化」。他們所主張的獨立性的、文化性的、反壓迫反奴隸的、可以反應台灣人生活要求的「新文化」。其實也正是與殖民統治製造的殖民地文化相區隔或相抗衡的本土文化。

當「台灣真正的文化」的理想，進一步以合法鬥爭形態落實於台灣藝術研究會時，則產生了「真正的台灣人的文藝」(台灣藝術研究會〈檄文〉)、「真正的台灣純文藝」、「真正的美麗島」(兩者均出自《福爾摩沙》創刊辭)等相關理念。台灣藝術研究會創立〈檄文〉，憂心忡忡地指出：台灣現在是「表相美麗，內藏朽骨爛肉」的「白色墳

3　台灣總督府警務局，《台灣總督府警察沿革誌(三)》，頁54-55。
4　同上。

墓」，十餘年來肇始於東京留學生界的政治運動和文化啓蒙運動破而未立，又欠缺「賭命貫徹」之人，所以成效不彰。然而台灣擁有「固有的」、「優秀的文化遺產」，因此他們希望藉由文藝運動，振興委靡的文化，再造「真正的美麗島」。

〈檄文〉部分內容如下：

> 擁有數千年文化遺產，現在又處於各種特殊情形下的人們，迄今未能產生特殊的文藝，可以說是一大不可思議之事。台灣已經萎死了。他們不是沒有充裕的精神和才能，毋寧說是勇氣不夠。到了近年，才有新人出現，開始創作繪畫和彫刻，實堪慶賀。向來拘拘束束的漢詩，只有束縛偉大思想之弊，今日已不適於作為一種文學形式。同人於茲會合，自立為先驅者。或消極地把向來微弱的文藝作品，以及現於民間膾炙的歌謠傳說等鄉土藝術加以整理研究；或積極地以誕生於上述特殊氣氛中的我等全副精神，吐露內心湧出的思想和感情，新創真正的台灣人的文藝。我們要新創「台灣人的文藝」[5]。

稍晚〈檄文〉成爲該會機關誌《福爾摩沙》的創刊辭，不過其中若干較涉政治的敏感段落或文句均已刪除，「真正的台灣人的文藝」也改爲「真正的台灣純文藝」。儘管如此，島內文壇仍清楚他們於文藝運動外的文化啓蒙企圖[6]。

東京台灣人文化同好會宗旨與台灣藝術研究會〈檄文〉可見，兩會皆基於深刻的憂鄉意識，高舉文化再建或文藝振興口號。此外，兩會在避免台灣主體性被消滅、扭曲或貶抑，也就是對抗殖民主文化改造方面，基本精神也是貫通的。東京留學生運動自1920年代初期發軔以來，

5　台灣總督府警務局，《台灣總督府警察沿革誌(三)》，頁58-60。筆者譯。

6　譬如，《フォルモサ》發行後任職於《新高新報》的左傾文化人賴明弘，即在報上指該團體的目的在「啟蒙台灣的文化」。〈文藝春秋〉，《新高新報》1933年9月8日。

便高舉文化大纛，提倡文化啓蒙，追求現代性。不過早期的台灣青年會致力於觀念引介與運動促進等肇始工作，對啓蒙方向與文化性質似乎未遑思量。研究者游勝冠也曾指出1920年代文化運動中的文化啓蒙主義，有被殖民主文化改造利器——殖民現代主義混用、收編、纂改，以致削弱其民族解殖效能的弱點[7]。直到東京台灣人文化同好會或台灣藝術研究會時期強調本土性，使啓蒙與文化建設的方向日益顧及民族主體，解殖運動之批判性格也才日益清晰。

相較於猶寄望以文化運動之名行左翼運動之實的文化同好會，台灣藝術研究會則更能潛心探索文藝運動的目標、作法與效能[8]。因此，雖然台灣藝術研究會也一再強調創造具有台灣立場的新文化如何迫切，但是這個集團採行的手段已不是政治運動而是文化抗爭。他們最關切的是，如何找到一種具體有效的形式、策略或資源，讓本土文藝運動發揮他們期待的反殖效能？而此時他們似乎已有意以新文藝運動促使固有鄉土文化重現既有文化潛力，或消化台灣特殊的歷史與現實，從中創造新的文化活力。

換言之，他們追求現代性的同時，不忘關切本土性，從本土文化的復興出發，因此形成追求「左翼鄉土性」、「左翼現代性」而非「殖民地方性」、「殖民現代性」的一種另類方向。從社會科學研究部到台灣藝術研究會，旅京左翼運動在時局高壓下不得不逐漸傾頹。然而從「台灣真正的文化」到「真正的台灣人的文藝」或「真正的台灣純文藝」，未必不是整體反殖運動從「被動抵抗」到「主動創造」的一種深化和昇華。

這源源不絕的動力，來自於憂鄉意識與他鄉啓示產生的母土思考。當他們必須在更爲艱難的環境下以「主動創造」來進行深層抗爭時，過

7 參見游勝冠，〈殖民進步主義與日據時代台灣文學的文化抗爭〉，清華大學中國文學系博士論文，2000年6月。

8 巫永福曾說：「走純文藝路線的雜誌是從福爾摩沙開始，1920年代以前台灣文學都是政治派，1930年代可說是文藝派，我們注重文藝發展。」巫永福〈我的青年文學生涯〉，巫永福(著)、沈萌華(編)，《巫永福全集6》評論卷I（台北：傳神福音，1996年5月），頁281。

去鄉土與現下鄉土中潛在的民族與文化能量，便成爲文化抗爭的最佳資源。由此可見，憂鄉意識使文化或文藝運動發軔且充滿戰鬥性，而使這些充滿野心的文化或文藝運動進一步落地生根的，則是歷史的鄉土(鄉土的文化傳統)與鄉土的現實(民族的集體意志)。

「憂鄉／反殖抗爭／文化振興／鄉土資源」的邏輯，使旅京文化運動中「文化」、「鄉土」等概念與反殖訴求相互交纏，從而形塑了它們左翼現代、左翼鄉土的特性。

二、藝術與自我：天才畫家陳植棋與台灣鄉土

從前面的討論可以發現，不論是文化、文藝或純文藝，反殖青年反覆強調的一個共同重點，那就是—「真正的台灣的□□」。毋庸贅言，「真正的台灣」此一文化(或文藝)運動的目標，與宣言中明示或暗倡的「言論、母語、教育的自由」或「政治、經濟方面完全自由的生活」[9]，互爲表裡。它們是與殖民主建構的權力價値體系對立區隔的另類系統，都具有反殖的政治意義和效力。它們都是針對殖民統治對台灣造成的「他者化」貶抑的反彈，也都是深刻的憂鄉意識之下的產物。「真正的台灣」，不只是文化或文藝運動的目標，也正是反殖運動的至高理想。由於這個理想在1930年代只能以文化或文藝運動之名含混高呼，故而造成了本土「文化」或「文藝」一語帶有反殖民的隱喻性質。

對台灣反殖知識人而言，何謂「真正的文化或文藝」？什麼是「文化或文藝運動的理想」？從東京台灣人文化同好會和台灣藝術研究會等旅京文藝團體可知，「文化(包含文藝)」一語具有「獨立性的」、「伸張台灣人要求的」、「反對被壓迫文化」、「反對奴隸文化」、「民間的鄉土藝術」、「吐露內心的思想和感情」等內涵或效能。而他們所謂的「文化(或文藝)運動」，則是兼具「固有文化回歸」與「理想文化創造」的民族文化追尋與現代重建運動。所謂的「自我」，小者如個人自我，大則爲民族自我。在某種程度上，「台灣真正的文化」、「真正的

9　〈創刊の辭〉，《フォルモサ》創刊號，1933年7月，頁1。

台灣人的文藝」、「真正的台灣純文藝」或「真正的美麗島」等理想的重要標的，都在伸張遭殖民主義所壓抑的「台灣人的人格」與「台灣人的民族自我」。因此，鄉土與藝術、藝術與自我，環環相扣。它們的關聯性可以從文學或藝術活動中得到很好的說明，本段先從個體自我的層次談起[10]。

在知識分子缺乏出路的日本1920、30年代，特別在製造「跛足新貴」的殖民地，台灣知識人的人格是挫折、殘缺、無法充分發展的。那個年代知識青年的苦悶不獨在台灣，於日本本土也是。明治二十年代(1887-1896)以後學歷主義之官僚機構快速擴張，知識分子攀附權力機構的距離日益拉遠，產生了許多失意的苦悶者，德富蘇峰稱之爲「煩悶青年」。在這種社會背景下，知識青年的人生取向也逐漸由明治前期外向式的「立身出世主義」，轉變爲內向式的、探索人生意義爲主的「人格主義」。當時知名的思想家阿部知二，主張超越歷史、社會、宗教，追求個人的「內在自我」與「自我完成」。這種以「人格的成長和發展至上」充滿理想主義的理念，便爲構成大正思想界(1912-1925)主流的「大正教養學派」之原點。大正教養學派和昭和後期盛極一時的自然主義，同樣強調與現實保持距離。不過前者並不認同後者脫離現實的態度，他們在強調內在探求的同時，也主張保持客觀距離來關懷現實[11]。如前幾章所述，日據時期的知識分子由於普遍缺乏上昇之路，或被賦予劣等的機能性知識分子角色，因而也產生了許多苦悶青年。

從稍早赴日的謝春木、王白淵，北師事件後出奔的林兌、陳在葵，

10 本文以美術現象說明藝術與個人自我的關係、以文學說明藝術與群體自我的關係，因當時藝壇與文壇的文化關懷確實各有偏重。不過這並不表示美術創作者便沒有民族關懷動機，或文藝創作行為中不包含自我探尋。當時藝壇、文壇或演劇界的本土文化菁英互動頻繁，對於文化問題或社會問題也多有相近關懷。譬如，吳坤煌與陳在葵、顏水龍與張文環、吳天賞與藝壇諸人士的往來皆可證明。王白淵、吳天賞等人，則集美術與文藝活動於一身。另外，許多畫家也喜好文藝，或有諸如陳春德之類以文學思考來進行繪畫創作者。

11 參見坂本多加雄，《知識人：大正・昭和精神史的断章》(東京：讀賣新聞社，1996年8月)，頁67-82。類似日本思想潮流對殖民地旅日青年的影響，目前研究貧乏，有待更多深入的研究。

到張文環、吳坤煌、巫永福、施學習、楊基振等《福爾摩沙》同人，他們的活動或創作均顯示煩悶、憂鬱、躁動、渴望掙脫困境，幾乎是他們共有的心理特徵[12]。面對故鄉他們多抱持破敗、黑暗、沉鬱的觀感。直到1930年代後期、1940年代初期龍瑛宗在〈植有木瓜樹的小鎮〉及其他以知識分子爲題材的小說裡，仍一再表現這樣的主題。未曾有過留學機會的本土小知識分子，往往困縛感更深。在龍瑛宗筆下，失意知識分子如困獸猶鬥的「陳有三」、行屍走肉的「蘇德芳」、等待光明作永遠冬眠的「林杏南長子」等，不一而足。教育與現實的巨大落差，使他們不能置信地一再吶喊，「知識怎麼會讓我們陷入不幸呢？不是唯有知識才是我們生活的開拓者嗎？」、「總而言之，我們都碰上大大的幻滅了。真不知道是爲了什麼而讀書的。」、「在學校時代，我們把社會看得太樂觀了吧？」[13]殖民統治限制本土菁英參與權力或分享利益，使他們不得不保持距離來觀察或關懷現實。此外，殖民社會的民族歧視、社會上昇管道之阻滯、高等就業機會的貧乏，都構成「知識遊民」的暗鬱心理。因此在台灣新知識分子身上也可以看見德富蘇峰「煩悶青年」的部分特質，其中也有若干追隨「大正教養學派」的現象[14]。只不過由於台灣的背景特殊，殖民地青年的苦痛更深，以至堪稱「苦悶青年」。

在公眾事務與政治參與受到高度限制的台灣，當時被認爲較無涉政治的藝術與文學，便成爲「台灣苦悶青年」最顯著的脫出之道[15]。1920

12　直到《フォルモサ》合流於台灣文藝聯盟時，在「文聯東京支部」的作家，譬如翁鬧，〈戇伯仔〉、〈羅漢腳〉等作品中，仍可看見一方面憂慮鄉土、以陰鬱批判的色調塗抹鄉土主題，另一方面卻寧可在異鄉自我流放的青年，心靈分裂無依的慘況。

13　龍瑛宗，〈パパイヤのある街〉，原刊於《改造》19卷4期，1937年4月1日。中譯文〈植有木瓜樹的小鎮〉，引自陳萬益主編，《龍瑛宗全集》中文卷．第一冊(台北：行政院文建會，2006年12月)，頁1-48。

14　例如，謝春木曾為文發表他對人格主義的心得，王白淵的作品也顯現他極為關心自我的探索。

15　黃得時曾提到，知識遊民的出現是使台灣新文學發軔發展的因素之一。另外，張文環也曾表示，不管做什麼最後都會失業、吃苦，那不如學文學。參見張文環，〈強ひられた題目〉(《台灣文藝》3卷6號，1936年5月)，頁50。

年就讀於日本東京美術學校雕塑研究科的青年學生黃土水，入選日本藝術家晉身之階的「帝展」。此後四年內連續入選「帝展」四次，造成極大轟動，甚至受到皇太子接見。日本文化界首次見識到台灣青年優秀的潛力，此事也帶動了台灣學子赴日學習藝術的風氣。在繪畫方面，從1920年代中後期開始，陳植棋、陳澄波、陳清汾、林玉山、郭柏川、楊佐三郎、廖繼春等人陸續赴日，於各式大型美展中創下佳績。1926年陳澄波爲台灣畫家奪下首次的「帝展」殊榮，隨後1928年有陳植棋、廖繼春，1929年有藍蔭鼎、陳澄波陸續入選，1930年陳植棋再度入選。另外，陳清汾、顏水龍等人則先後入選巴黎秋季沙龍，揚名國際[16]。稍晚於1930年代，樂壇與文壇方面也有突出的表現。江文也於1934年起以〈白鷺的幻想〉在日本全國音樂比賽中屢獲大獎，1936年以「台灣舞曲」管絃樂曲獲柏林「第11屆奧林匹克國際音樂比賽」特別獎聞名國際樂壇。文壇方面，則有楊逵、張文環、呂赫若、龍瑛宗等人，受到中央文壇肯定。

美術青年們驚人的榮耀率先打破窒息的台灣知識界，展現台灣人出頭的可能。而且這些藝術青年展示了他們立身出世的憑藉不是別的，而是台灣的文化、台灣的鄉土。黃土水〈蕃童〉、陳澄波〈嘉義郊外〉、陳植棋〈台灣風景〉、〈淡水風景〉等眾多得獎名作都顯示：台灣人熟悉的鄉土景物、尋常的南島風情或民間固有的文化，經過藝術手眼的重組與創造後，便能產生動人的藝術力量與崇高的名譽榮耀。這種動向對台灣文化界產生莫大的激勵作用，同時也爲台灣青年揭示除了醫、法之外出人頭地的其他可能。1930年代江文也取材於台灣的〈白鷺的幻想〉、〈台灣舞曲〉等樂曲，以及楊逵〈送報伕〉、張文環〈父親的臉〉、呂赫若〈牛車〉、龍瑛宗〈植有木瓜樹的小鎮〉等小說，也都受到這種氣運與審美趨向的影響。前引台灣藝術研究會〈檄文〉中，曾特別稱許台灣青年在繪畫和雕刻上的傑出表現，可見文藝運動也直接受到藝壇勃興的激勵。

16　參見顏娟英(編著)，《台灣近代美術大事年表》(台北：雄獅，1998年)。

在王白淵身上，我們曾指出他如何在殖民地藝術家崛起的動向下，將夢想寄託油繪的烏托邦，從「殖民地煩悶青年」脫出，最後由於看破資本主義藝術的限制才毅然踏向反殖的荊棘之道。北師事件後鍾情東京美術學校，日後受到社會主義運動感召而投身運動的陳在葵，可能也經歷了與王白淵相似的心路轉折。如果王白淵、陳在葵一類青年不曾走出象牙塔，在藝術的世界獲得滿足與肯定，或者除了以藝術立身出世之外別無選擇的話，那又會是怎樣的情況呢？同樣因北師事件赴日攻讀美術不再涉身運動的陳植棋，正是一個很好的例子。

如前章所述，陳植棋是1924年北師學運的領導人，林兌、陳在葵、林添進、林朝宗、何火炎等赴日後奔走社會主義運動或加入共黨組織者，都是低他一屆的學弟。「遠足事件」爆發時，陳植棋為聲援無理遭受退學處分的學弟，以學生代表身分向校方交涉。當時同學對他連場演講，指揮若定的神采印象深刻[17]。然而學運擴大後他也慘遭退學，不受父兄諒解，一度有家歸不得，與林兌等人浪跡於文化協會領導人蔣渭水及其他友人的一些住所，嚐到社會的不公不義[18]。此時，對他的美術天份早有注意的石川欽一郎與鹽月桃甫兩位畫壇名師，突然聯袂親訪，勸說家人，陳因此取得父親諒解，赴日習畫。1925年他擊敗眾多考生進入東京美術學校西畫科，就此潛入深奧的美術世界之中[19]。

退學事件爆發以前，陳植棋愛好文藝，思想深沉，帶有反叛性格，很早關切民族問題，儼如另一個謝春木。蕭金鑽是其北師學長也是至友，他曾說：二年級時陳植棋「開始討厭師範學校。他與同志五、六人

17　根據名畫家李石樵回憶，當時他們一年級新生被集合在教室內，聽從高年級的陳植棋等人指示。參見葉思芬，《英雄出少年：天才畫家陳植棋》，台灣美術全集第14卷(台北：藝術家，1995年)，頁21-25。

18　此驚動一時的學潮，由於校長處置失當，曾引起大量台籍生拒絕返校，聲援運動者。最後在學生家長求見總督府內務局總務長官，長官答應調查改革校務，並予停學者(較不涉案者，退學者不計在內)無條件復學之後，學生才在父兄要求下返校。12月4日返校的200多名學生，有感於愧對運動中被犠牲的退學生，全體自行罷食謝罪。可見學生們普遍認為此事件極不公義。

19　陳植棋赴日後雖然也是文運革新會成員，不過他潛心繪畫，與林兌等人熱衷社會運動、奔走街頭，大不相同。

一齊商量，想逃到中國去唸書」，爲此於課後勤習中文年餘。後來因祖父來校監視，堅決反對其遠行而作罷。結果「他爲了去不成中國非常傷心，曾經留戀於大稻埕酒家，不過很快就不去了。他一方面表達對學校的不滿，同時投入思想方面的研究。」三年級時，「深藏地裡的鑽石終於被發掘出來般，石川先生發現了他的畫才，他也忘了其他一切，全副精神用在繪畫上。」四年級時，他又喟歎：「公學校教員沒路用」、「一個月44元夠做什麼？」。就在此時學潮爆發，他潛伏的民族思想與憤慨之心再度激動起來[20]。

陳被勒令退學之後，蕭金鑽曾如此形容當時兩三個月間都在蔣渭水家「混日子」，內心充滿「深刻怨恨」的好友：

> 他像是徘徊十字街頭般非常苦惱，到底應該向前追求新目標，還是安於舊的；是學藝術，或者奔赴社會運動呢？……當時他徘徊於十字街頭，左顧右盼。如果不是石川先生關心他的未來，伸出愛的手，他一生的未來將以什麼方式展開，難以預料，而他的藝術天才是否被埋葬也說不定。所以，對他而言，石川先生好比身陷於地獄中見到的佛也不為過[21]。

誠然石川先生對陳植棋幫助頗多，但是真正讓陳植棋「地獄中見佛」的，或許是「藝術」這一扇僅供少數殖民地卓越青年脫出的狹小窗口。

如果不是這扇窗的存在，如果不是陳植棋極度突出的才華與運氣，那麼等待於類似青年面前的就只有投身社會運動；或安於現狀、降服於現實；甚至沉淪下去幾種有限選擇而已。前者有如無法滿足於東京美術學校圖畫師範科的王白淵，以及在學習美術之途上較爲波折的陳在葵，

20 蕭金鑽，〈故陳植棋君の追憶〉，原刊於《台灣新民報》1934年10月19-20日。轉引自，顏娟英(譯著)，《風景心境：台灣近代美術文獻導讀》(台北：雄獅，2001年3月)，頁391-393。

21 同上，頁391。陳遭退學後，石川勸說其父祖准陳赴日，又為他安排名師指導。陳過世後石川老師為他舉辦遺作展，關心其遺族，曾多次寄畫具鼓勵陳植棋之幼子習畫。

變調之旅把他們推向獻身運動的荊棘之道[22]。而後者則有如王詩琅筆下喪失社會熱情或社會主義信仰的精神破滅者，或龍瑛宗筆下本土知識分子欠缺上昇流動造成的抑鬱者與沉淪者。

王詩琅小說〈沒落〉[23]描寫某青年投身風起雲湧的海外社會主義運動，運動受挫後成爲頹廢的脫退者，內心充滿迷惘與掙扎。很湊巧地，該作主人公被設定爲北師學運退學生，赴上海升學後奔走於「社會科學研究會」，儼如林兌、林添進、陳在葵、何火炎一類進步青年的寫照。逡巡在現實與理想的巨大鴻溝中的台灣青年，命運難測，誠如研究者葉思芬所言，「石川老師的知遇，藝術的發軔，曾讓他(陳植棋)對社會運動的熱情一度稍減；學潮退學，復讓思想問題的烈火復燃；而東京美術學校的"pass"，再度讓他澆滅走上街頭的激情。」[24]當時台灣，「苦悶青年」的脫出窗口極其有限，知識青年的未來充滿不確定。

1931年陳植棋因病猝逝[25]。在短短的6年學習間，擅長台灣風景畫的他有兩次入選「帝展」(作品爲〈台灣風景〉、〈淡水風景〉)、三次「台展」特選、三次無鑑查，及十數次大小美展的輝煌記錄。參選密度之高在當時堪稱空前，他的突出表現令東京美校教師因而對台灣留學生刮目相看。有台灣西畫界「畫伯」美譽的石川欽一郎(1871-1945)，也在其遺作展中推崇他爲「鬼才」。石川並指出，陳是「天才加上十分的

22 東京美術學校當時有日本畫、西洋畫、雕刻、圖案、金工、鑄造、漆工、圖畫共八科。王白淵就讀北師時，石川尚未旅台教書，因此未得啟蒙，而東京美術學校也以美術教育師資培訓為主，這些都可能導致他無法從美術世界中獲得滿足。陳在葵報考美術學校較不順利，第二年才考上，其作品也未曾獲得公開肯定。

23 王詩琅，〈沒落〉，《台灣文藝》2卷8、9合併號(1935年8月)。

24 葉思芬，《英雄出少年：天才畫家陳植棋》，頁23。

25 據葉思芬研究指出：1931年陳準備前往東京參加帝展，出發當日遇到颱風漲水，陳不顧家人反對，將準備參加帝展的畫作頂於頭上，與另一名畫家張萬傳泅泳過河，趕火車赴基隆登船。不料抵東京後便因肋膜炎住院，病情兇險，經友人細心照顧後半年稍癒。但不久後，仍以肋膜炎併發腦膜炎急逝。陳渡河時細心呵護的畫作，便是使他二度入選帝展的名作〈淡水風景〉。

努力」，因此畫風不斷轉變突破，「無稍歇的進步、提昇」[26]。陳植棋胞妹也曾以「廢寢忘食地努力建設未來」，形容其兄長。促使他努力不懈的原動力何在呢？李石樵的看法是：「他有信心，他要人家知道他。」[27] 另外，陳在東京習畫時致信鼓勵胞妹的一段話，或許也是很好的答案。他寫道：

> 要擺脫那種令人窒息的邪惡的人生實在很困難，只能以寄託將來，安慰自己[28]。

窒息邪惡的人生，是殖民地青年的共同夢魘。那些暫時脫出島嶼，稍可遠眺鄉土與個人命運的人似乎更能體會。《福爾摩沙》中，施學習〈早朝〉一詩對「百年如一日」、「憂鬱無生氣」的人生之喟歎，巫永福〈故鄉噢〉一詩以地獄形容殖民統治下的故鄉，還有其小說〈首與體〉[29]中眷戀東京自由又無法拒絕返鄉召喚的青年……，莫不在詛咒這個惡夢。在窒息邪惡的人生中，自我肯定、自我實現，是一種本能渴望，讓被貶抑的個體與民族自我在帝國中央揚眉吐氣，則有如救贖或報復一般暢快。

1929年，台灣美術團體「赤島社」成立，每年春季舉辦展覽，與官方(台灣教育會)秋季舉辦的「台展」競豔。陳植棋在這個首次純粹由台灣藝術菁英組成的民間藝術團體中，扮演靈魂人物。「赤島社」強調如下使命：

> 忠實反映時代的脈動

---

26 石川欽一郎，〈陳植棋君の藝術的生涯〉，《台灣日日新報》，1931年9月11日。

27 葉思芬，《英雄出少年：天才畫家陳植棋》，頁25。

28 陳鶴子，〈兄の畫生活を思ふ〉，原刊於《台灣文藝》1935年7月。轉引自顏娟英(譯著)，《風景心境：台灣近代美術文獻導讀》，頁394-395。前段他對兄長的形容，也出於同稿。

29 〈首と體〉，《フォルモサ》創刊號(1933年7月)。

> 生活即是美
>
> 吾等希望始於藝術，終於藝術，化育此島為美麗島。
>
> 愛好藝術的我們，心懷為鄉土台灣島殉情，隨時以兢兢業業的傻勁，不忘研究、精進。
>
> 赤島社的使命在此，吾等之生活亦在此。
>
> 且讓秋天的台展和春天的赤島展來裝飾這殺風景的島嶼吧[30]！

上述宣言隱約可見，藝術青年對殖民地社會的不滿以及爲台灣殉情的高度熱情，如何轉換成藝術創作的動力，在創作的世界迸發出來。在黯淡的社會，在不能高吟反抗進行曲的時期，藝術爲台灣知識人提供了另一個揮灑夢想的角落。

「赤島社」因組織名稱敏感、成員悉爲台籍菁英，曾遭當局猜忌，首屆美展險被取消[31]。蕭金鑽見「赤島」之名，也曾私下詢問陳植棋：「陳君，你還在『赤』嗎？」陳回答：「你這先生還是老樣子不知變通（中略），赤島是貫注赤誠，以藝術力量滋潤島上人的生活的意思。」[32]不論此語是否爲肺腑之言，它至少反應了赤色青年三〇年代的「變通之道」，而藝壇將鄉土關懷落實於藝術耕耘的這種動向，與後來文壇上的發展極其類似。「赤島社」宣言中以「藝術化育台灣」的使命，與台灣藝術研究會「以文藝創造美麗島」的理想相仿；一宣稱「爲台灣殉情」，一標榜「賭命爲之」，兩者將藝文建設視如生命的志向也極其雷同。

30　葉思芬，《英雄出少年：天才畫家陳植棋》，頁34。

31　「赤島社」展出前幾天，《台灣日日新報》、《台灣新聞》、《台南新報》等日系報紙突然一再揭載不利於該團體的報導，指該團體有意與官方的台展對抗、立場不穩等等。有驚無險地展出後，《台灣日日新報》美術記者鷗亭以「新台灣的鄉土美術」為題，讚賞本島美術水準之整齊與進步，此嫌疑才稍見解脫。後來一向敢言的《新高新報》，便以「神經過敏的當局」為題，批評當局對此次美展的抵制。葉思芬，《英雄出少年：天才畫家陳植棋》，頁34。

32　蕭金鑽，〈故陳植棋君の追憶〉。此為赤島社首展在官方阻撓後好不容易如期展出的會場上，兩人偶遇所言。展出受此波折之後，陳的答覆或許也有某些言不由衷之處。

在1930年代的殖民地台灣，以鄉土特色進軍日本或世界，從而肯定自我，建設鄉土，展示民族文化的自尊，幾乎是有良知的藝術家或文藝青年的共同路徑。鄉土使藝術發光，藝術使母土崇高。藝術是小我脫出也是大我創建的管道。文學與藝術的創造，成了民族自我表現、自我對話、自我建構的一種進程；因此取材於鄉土的藝術或文學也就成了最後的、最真誠的、也是最有未來性的「自我」，所以能——「生死與之」[33]。

陳植棋曾在1929年家書中提到：「在現實生活中，除了藝術，我是一無所有的。」[34]是的，如果不像謝春木、王白淵奔赴地平線的彼方，那麼除了藝術這個窗口，1930年代具有叛逆精神的知識青年們還有什麼光明的出口呢？

三、文藝與民族：張文環的文學出發

在陳植棋身上，我們看見了藝術、鄉土與殖民地青年的自我實現之間的關聯。除此以外，藝術、鄉土與集體自我有什麼關係呢？在這方面，作家張文環的例子則是很好的說明。

1931年春，在林兌、吳坤煌開始與王白淵聯繫稍前，23歲的張文環抵達東京。張文環出生於嘉義縣梅山鄉大坪村的小地主家庭。父張察租田與人佃作，也經營竹紙業及屠宰業。大坪附近多山，上學要走數小時山路，村人多等入學孩童人數多了以後，再一起入學。因此張文環曾於書房就讀多年，到12、13歲左右才入學[35]。小梅公學校學生不過百餘人，在張文環眼中「是一個稱心快意的樂園」。他曾如此回憶道：

> 功課很輕鬆，也沒有現在小孩子讀的書或繪畫書，只要隨手拿得到的，大人們看的山伯英台、七俠五義之類的東西，都拿來亂讀一通。在芒果樹下打陀螺，是當時學生們最風靡的遊戲。

33　此為陳植棋胞妹在前引〈兄の畫生活を思ふ〉一文中，對他的形容。

34　葉思芬，《英雄出少年：天才畫家陳植棋》，頁24。

35　1999年3月13、28日，張銃漢口述，柳書琴採訪。

> 我口袋裡經常都裝滿糖果、瓜子，邊吃著零食，邊耽讀著愛情故事。夏日強烈的陽光傾瀉在合歡樹葉上，耳邊聽見的是鼓噪的蟬鳴[36]。

19歲才從山村公學校畢業的張文環，在赴日以前沒有明顯的對殖民、民族等問題的憂鬱，可以說是一位相當淳樸的青年。他曾如此自白：

> 我出生的故鄉是山裏的部落，不像都市的孩子，能有玩具或能看戲。所以只能用在書房學習的漢文，看歌仔簿或吟千家詩，慰藉自己的無聊。因此九歲的時候就知道了山伯英台的苦戀故事。……。我羨慕街市，想進入公學校唸書。就這樣子，我到進入中學以前都茫然地在鄉下渡過。自己喜歡甚麼？討厭甚麼？連這種事都沒有想過[37]。

1927年透過仲介商介紹，張文環結束了日後對他性格、思想與文學影響頗深的鄉居生活，與胞弟張文鐵(一名文瑞)一起前往本州南端的岡山就讀。

進入岡山第一中學[38]以後，張文環對社會現象與人生問題逐漸產生觀察思考的興趣。1931年中學畢業後，北上東京升學。當他踏上帝都土地之後，思想逐漸產生變化。在張文環少數提及個人東京經驗的文稿中，有一篇叫作〈荊棘之道繼續著〉(〈茨の道は續く〉)的隨筆。1943年在西川滿、濱田隼雄等人掀起的「糞寫實主義」論爭中，張以「荊棘之道」對自己萌動於東京的文學之道作一告白。文中可見他對王白淵文學志向的共鳴，也可以看見他踏上文學之道的原因[39]。

36　張文環，〈公學校の回憶〉，《興南新聞》，1943年4月4日。

37　張文環，〈茨の道は續く〉，《興南新聞》，1943年8月16日；中譯文〈荊棘之道繼續著〉，收於陳萬益編，《張文環全集》卷6，頁162-163。

38　今縣立岡山朝日高等學校。

39　詳見本書第六章第三節。

> 我從中學時期就喜愛文學，雖是自信滿滿，但是從未夢想過要進入這一條路。
>
> 進入中學對人生的興趣逐漸萌芽，我對孩提時期看過的七俠五義或八俠小說等人物，轉眼對照現實民眾的精神生活而感到興趣。然後到了東京，在我的腦海裏滲進了各種的雜音，我就越來越對啄木的詩或金色夜叉那樣的作品感到不能滿足。常常閱讀雜誌，而時常看到寫台灣的記事，看完就會覺得很不耐煩。因為從來沒有看過寫台灣人生活的嘆息，或台灣人感情微妙的記事。那些大部分屬於任意吹捧自己的文章比較多。主觀太強，而對象焦點都很模糊。這使我很不耐煩。自己的嗜好，被第三者說到毫無道理的地方去，沒有比這種事更令人氣憤的。或許沒有遇到這種事，我也不會進入文學也說不定。到今天為止，在內地的雜誌，寫有關台灣的記事，寫得很正確的文章，很不幸，我連一篇也沒有讀過[40]。

透過張文環的自述，我們看見從小喜歡閱讀的張文環從中學時代起喜好文學，不過依他所言那是基於個人觀察人生百態的興趣使然。但是到了東京以後，帝都的生活體驗，卻在他平靜天真的生活中引發了若干騷動。正是這些「雜音」，讓張文環的文學品味與人生志向發生了變化，因而開始思考創作問題[41]。

1931年2、3月間[42]，初到東京的張文環在中野區西武鐵道沿線的沼

40 張文環，〈荊棘之道繼續著〉。

41 此時張文環開始思考如何將故鄉問題書寫成作品。當時他曾為如何下筆寫作深感苦惱，而求教於居所附近的左翼作家平林彪吾。參見張文環，〈平林彪吾の思ひ出〉，《台灣日日新報》，1940年4月13日。

42 依日本學制，當時中學於2月畢業，大學於4月開學。以此推算張文環於2、3月間到東京。當時他的租屋地點，依野間信幸推測為今中野區新井5丁目32番地到33番地一帶。

袋附近賃屋而居，到第二年初春爲止小住一年左右[43]。張文環來到中野的當時，中野區爲外國人及中國、朝鮮、台灣留學生、日本左翼運動者雜居之所，也是社會運動活絡的地域。據《中野區史》記載，1930年前後中野區內日本勞動爭議、左翼學生運動不斷，該地高揚的抗爭氣勢，對東京地區的勞動運動、社會運動、學生運動都有帶動作用。此外由於中野區乃東京都內「在日朝鮮人」最多之處，因此也常爆發朝鮮人學運及勞動爭議。距離張文環租屋處步行10分鐘左右的新井藥師公園常是示威活動的舞台；住處遠眺可及的豐多摩刑務所也曾留置諸如河上肇之類，堪稱共黨精神象徵的人物。東大新人會出身的淺野晃、日本共產黨刊《赤旗》主任水野成夫等人，1930年代初期都曾住於中野一帶[44]；不少作家、文人也住在這個地域，譬如後來與張文環有交往的普羅文學者平林彪吾、林芙美子等人。1931到1932年初張文環與平林彪吾(1903-1939，左翼作家、詩人)的交往，對當時正在思考帝都／故鄉／民族／文學等問題的他，產生了重要的啓蒙作用。

除上述之外，林獻堂等人發起的台灣議會設置請願運動，從1921年到1934年共發起15回請願，該運動受到東京僑界與旅京台灣留學生支持，運動鼎盛時，請願人士上京受到英雄般歡迎，此運動對張文環應該也不無影響。雖然該運動自肇始以來即屢以「不列入議程」、「不接受審理」或「審議不通過」爲由遭議會打壓，但是運動發起諸人始終不放棄，每年往返台日之間，進行勸說、連署或遊說請託日本議員與官員等工作[45]。根據吳三連的回憶，當時留學生也積極協助，奔走各地進行連

43　吳坤煌曾提到1932年「初春左右」經由南投同鄉莊光榮介紹到「本鄉」拜訪張文環。吳坤煌，〈懷念文環兄〉，《台灣文藝》總81號(1983年3月)，頁75。根據張文環堂弟張銃漢表示，張文環在進東洋大學之前，曾於立教大學有過短期的學習，實際情況不詳，不過位於池袋的立教大學，毗鄰中野區，或許是張文環租屋於此的原因之一。

44　〈中野の社會運動〉，《中野區史》，頁294-317。本文獻承蒙垂水千惠教授教示，謹此致謝。

45　參見周婉窈，《日據時代的台灣議會設置請願運動》(台北：自立報系文化出版部，1989年10月)，頁71-75。

署勸說，努力爭取日本社會的同情與支持[46]。以張文環在東京居留的時間推斷，他較有可能接觸或參與的應是1932到1934年間發起的第十三到第十五回請願[47]。其中第十三回請願(1932年)是繼1929年運動減弱持續三年之後，連署人數再次回昇，成為運動中止前最後高峰的一次。以張文環當時活躍於留學生運動團體的情形推斷，他極可能參與或接觸了此次請願，也可能從中對熱情、艱辛與充滿挫敗感的民族運動有所體驗。

總之，張文環初到中野的當時，民族騷動、運動激情和文藝氛圍充斥周遭。或許正是這樣的環境，讓張文環逐漸體會到帝國統治下的各式雜音與變調吧？張文環在另一篇談論個人文學歷程的文稿中，也提到東京經驗對他的影響。他說自己的人生煩惱從東京開始，「精神層次的問題」經常苦惱著他。他說：

> 回顧以往盲目突進，而走來的路，自問是不是因此我底煩惱才萌芽？我曾在興南新聞文化欄敘述過的是，在東京讀到有關台灣的讀物都會覺得很憤慨。不以正確的看法來判斷，就不會得到正確的理解。而缺乏正確的理解的地方會有怎麼樣的文化？我想這是重要的問題。我們必須迅速建設台灣的文化。如果台灣沒有文化，那麼從日本內地這支樹幹伸出來的台灣樹枝，會形成怎麼樣的姿態呢？這是不難想像的，(後略)[48]。

在殖民主義與帝都媒體的自我中心觀點下，無法被正確理解的台灣文化

46 吳三連(口述)、吳豐山(撰)，《吳三連回憶錄》(台北：自立晚報，1991年12月)。

47 1931年2月12日提出申請的第十二回，不確定張文環是否已抵達東京，因此無法推測他是否有接觸到此次運動。另外需要說明的是，當時此一連署活動在日本內地留學生界廣泛展開，因此也不排除張文環在岡山就讀時便對此事有所關心或接觸。

48 張文環，〈私の文學する心〉，《台灣時報》第285號(1943年9月15日)。中譯文〈我的文學心思〉，收於陳萬益編，《張文環全集》卷6，頁164-169，但文末原作出處誤植為《興南新聞》，1943年8月16日，謹此說明。

將遭受怎樣的扭曲呢？張文環提出的警語，很容易使人聯想到台灣青年會社會科學研究部〈檄文〉中提出的反問——「尤其是想到在所謂殖民地政策下，日甚一日地荒廢下去的鄉土時，不知同胞的心中作何感想？」張文環關切精神面、文化面，社會科學研究部成員則注意政策面與物質面，然而兩者顯現的憂鄉與反殖意識卻是貫通的。

來到東京的張文環，昔日在家鄉時的純真快樂、中學時耽讀的通俗浪漫巨構，都由於某些新觀點的啓蒙而走了樣、失了味。1932年春他遷居臨近東京帝大的本鄉西竹町寓所，此時吳坤煌的到訪使他更加速地投入了海外台灣人運動。兩人透過吳坤煌的南投同鄉莊光榮認識。莊與曾石火、巫永福同爲台中一中前後屆同學，1929年與吳坤煌一道赴日。1932年春吳、張在他的介紹下「一見如故」，吳坤煌曾回憶與張文環結識的經過說：「雖彼此尚是大學留學生，但因抱著濃厚的民族意識熱情，又非常愛好文學，可說志同道合」[49]。此後兩人便成爲東京台灣人文化同好會、台灣藝術研究會、文聯東京支部的活躍分子，在兩人努力下凝聚不少旅日學生加入海外運動。

從上述回顧可知，1930、40年代張文環都爲了台灣文化被內地文化主宰、吞沒、歪曲焦慮著，而這樣的憂慮正成爲他從事文學的原動力。一如王白淵，在東京聽見雜音的張文環也逐漸無法平靜。他筆下含蓄的「東京的雜音」或「煩惱的萌芽」，何嘗不是一種受到「啓蒙」的「民族的憂鬱」呢？這憂鬱同樣是覺悟殖民統治本質的一個思想啓蒙歷程，地點也同樣在東京。促成他覺醒的關鍵，正是帝國對台灣殖民地充滿貶抑、扭曲、污名化的帝國主義「他者論述」。而覺醒後的他，則把民族自我的恢復與建立啓蒙寄望於「重述鄉土」的文藝運動上。

這並非張文環個人的感受而已，《福爾摩沙》創刊號卷尾，也熱切強調如下一段勉勵之辭：

> 親愛的台灣兄弟姊妹喲！

49　吳坤煌，〈懷念文環兄〉，《台灣文藝》81期(1983年3月)，頁75。

協助我們創造文藝吧！
莫再排他、躊躇，勇敢奮起吧！
成敗褒貶都是其次，大大驅使春秋破邪的健筆吧[50]！

《福爾摩沙》成員認爲，文學創作的成敗褒貶尚是其次；以台灣人的視野書寫、發聲，對殖民論述進行回應，更爲緊要。綜上討論，當吳坤煌拜訪張文環，張文環開始熱衷奔走於「東京台灣人文化同好會」之際，來京不過一年左右。因此他積極投身運動，顯然與其東京經驗不無關係。與前輩們類似，1930年代初期來到東京的張文環，其留學之旅也在帝都產生了變調，從而和其他「同類的靈魂」一起逐次踏上以筆代劍、文化抗爭的荊棘之道。在此我們看見，帝國之眼造成的文化壓抑激發了張文環等台灣藝術研究會同人們以文藝運動重審鄉土、重述鄉土的義憤與熱情，也因此文藝、鄉土與民族的追尋與建構，便產生了互爲表裡的關聯。

四、台灣鄉土與民族書寫：論巫永福〈我們的創作問題〉

1930年代的台灣知識人已頗能注意「鄉土與文化」、「文化與個人／集體自我」；簡言之，也就是「鄉土與民族」的深刻關係。那麼，他們如何以藝術的符號來表現這些關係，建立獨自的文化表徵系統，從而達到母土改造或建立台灣主體性的目的呢？這個問題可以從《福爾摩沙》雜誌中的一些評論與作品來加以探討。以下以巫永福爲例加以討論。

1931年5月，到京年餘的張文環正爲文化同好會的成立與發展奔走之際，另一位陌生的同好者來到他的門前[51]。又一位台灣中部青年來到東京，他是名古屋五中畢業，前來就讀明治大學文藝科的巫永福。巫永福就讀台中一中時期，因閱讀《戰爭與和平》等世界名著大受感動而立志文學之路。1929年插班進入名古屋五中，之後由於喜好志賀直哉、山

50　《フォルモサ》創刊號卷尾，頁76。筆者譯。

51　〈1998年4月3日巫永福致下村作次郎書簡〉中，巫永福所言。參見下村作次郎，〈台湾芸術研究会の結成〉，《左連研究》第5輯（左連研究刊行會，1999年10月1日），頁45。巫永福在東京待至1935年4月返台。

本有三等日本作家作品，因此進入山本主持的明治大學文藝科就讀[52]。初蒞東都兩個月左右的巫永福，聽說張文環是「同好者」慕名前去拜訪，結果兩人一見如故，「在一種強烈的民族意識之下談得很投機，甚是志同道合」[53]。後來巫永福便在張文環鼓動下，參與了文化同好會的重建及《福爾摩沙》的創刊。不惜違背父親期望堅持就讀文科的巫永福，他口中所謂的「同好者」乃指文學同好而言；然而很顯然，與張、吳初識時的情形類似，兩位青年之所以志同道合，除了文學之外還有民族意識的因素在內。

對於殖民地青年來說，藝術或文藝是什麼？如前所述，張文環投身文藝的最初動機是不滿母土被殖民主義他者化；陳植棋獻身藝術則是爲了追求自我實現、化育鄉土。在巫永福身上，文藝理想與鄉土關懷也是不可分的。他曾說，到日本求學以後「比較台灣和日本的生活，覺得實在非常落伍，台灣不論在封建、思想閉塞上都差得很遠。台灣不論在經濟、言論自由，或藝術上都急須迎頭趕上，此亦爲我念文科之原因。」[54]

1934年賴明弘爲成立全島性文藝組織「台灣文藝聯盟」，前往東京與《福爾摩沙》同人會商並討論合流事宜時，巫永福也參與了這次重要討論。1934年11月「台灣文藝聯盟」機關誌《台灣文藝》創刊時，巫永福一篇精采的議論〈我們的創作問題〉（〈吾々の創作問題〉）[55]刊於和文部卷首。比起文化同好會或台灣藝術研究會創立之際發表的一些扼要聲明，這則充滿自信的具體論說，有如《福爾摩沙》集團從青澀步入成熟後的文藝宣言，主要思想流露於起首幾段之中：

> 我們是臺灣人。在我們呱呱落地的同時，我們就命中註定擁有

52　據他在《巫永福全集》〈總序〉所述，爾後他曾受教於山本有三、里見淳、橫光利一、岸田國士、豐島與志雄、小林秀雄、萩原朔太郎等知名文學者。

53　張良澤、張孝宗編，《張文環先生追思錄》（台中：家屬自版，高長印書局印刷，1978年7月），頁105。

54　巫永福，〈我的青年文學生涯〉，頁279-280。

55　巫永福，〈吾々の創作問題〉，《台灣文藝》創刊號（1934年11月），頁54-57。

各種必然的遺傳性向。我們的性向呈現在我們的氣質和體質上，顯出和其他種族的相異之處。因此我們是臺灣人。也就是說，我們是一種人種，(後略)。

在此，我們必須要注意一件事，就是我們的環境和時代所造成的我們的扭曲思想。(後略)

臺灣人如何教化、感化生番呢？日本文化這種異族文明把我們改變成什麼模樣呢？還有，和日本文化一樣，西洋文化又帶給我們什麼樣的改變呢？而我們原來保有的的姿態和這些後來的姿態，又會如何彼此糾纏不清呢？還有還有，我們稱之為「祖國」的中華民國的種種動靜，對臺灣人又會有什麼影響呢？是什麼程度的影響？而臺灣風土氣候的分布所造成的種種利弊事象，在本質上會怎麼影響我們臺灣人呢？我們必須這麼想：我們臺灣人擁有順應這種種狀態的氣質和性格。我們的活動形式、習慣、語言，我們的能力、我們的食物和呼吸，總是受到外來的影響而反覆無常。也就是說，我們要明白，我們擁有遺傳的種種性向，也同時擁有根深蒂固的後天性。

現在我們的語言有本島語、日本語和支那語，錯綜複雜。是我們的時代、環境和我們臺灣人等緣故，讓我們走到這種地步的。我們處在所有的影響之中，我們要小心至上。我們的行為像臺灣人，感覺像臺灣人，這是很自然的。這是應該多加注意的事。如果把這個理論加以衍生，我們就有我們的鄉土文學[56]。

葉笛曾指出：巫永福這篇文稿中流露的文學觀點，深受法國文評家泰納

56 巫永福〈吾々の創作問題〉。筆者引用之譯本為涂翠花所譯，收於黃英哲主編，《日治時期台灣文藝評論集》雜誌篇‧第一冊(台南：國家台灣文學館籌備處，2006年10月)，頁106-107。

(Hippolyte Taine，1828-1893)影響，認爲文學的產生受到種族、環境和時代三者的制約。巫氏的關懷在於：一、台灣文學是什麼樣的文學？二、台灣文學在本質上不同於中國文學和日本文學的內蘊是什麼？三、該如何創作真正的台灣文學[57]？葉笛的評析，相當扼要地道出了巫永福台灣文學論的基本觀點。

〈我們的創作問題〉一文旨在闡述下列幾點：一、台灣人的人種(體質、性向)、環境(氣候風土)、時代(民族問題、政治形態、經濟發展、傳統社會的宗教信仰、命運觀及人生觀)，如何歷史性地形塑「台灣人」的人種特性，從而形成了台灣人「民族性的氣質」與「民族性的性格」。二、台灣人應注意台灣人如何在中日民族、政治、文化的諸影響之下，「台灣人式」地行動著、感覺著。三、台灣文學(巫稱之爲鄉土文學)，就是把台灣人在先天後天各種因素交錯形塑下產生的民族氣質或民族性格，以及這種氣質、性格顯現於行爲及知覺上的表現，加以捕捉和描寫的藝術活動。四、因此台灣文學，是書寫「我們的精神史」，認識、分析、研究「我們的心理法則」的一種文化行爲。「我們的心理法則也就是我們的感情方法」，越能將「我們的感情方法」有效地表現於文學，文學的價值也就越高。五、台灣文學的創作方法，也就是掌握民族心理的方法。必須逐一考察影響台灣的各種因素，同時以自我(自民族)之中含攝他者(他民族)的形態，追尋台灣與他者共同的終極。六、總之，須具有客觀而不失主體性的立場，秉持「台灣人的道德價值」，進行理解、選擇、裁斷和描寫。

巫永福一文的中心思想在強調(鄉土)文學創作與民族建構不可分割；優秀的鄉土文學必須立足於對民族精神、心理與感情的正確認識上。他認爲：「台灣人」擁有特有的民族氣質與民族性格，台灣文學正欲捕捉、表現這種「台灣人」的精神內容。因此創作活動必須從認識、分析、研究構成此一精神內容的台灣人心理，從表現台灣人的感情著手。在認識的方法上，則必須具有台灣人的主體性，同時又具備客觀

57　葉笛，〈巫永福的文學軌跡〉，《葉笛全集5評論卷二》，頁112。

性、涵容性與批判性。歸納言之，〈我們的創作問題〉可以說是一篇關於台灣文學與台灣民族的認識論，其中心論旨在提示台灣文學欲表現什麼？台灣人的精神是什麼？如何以文學捕捉民族特徵、建構集體意識？

將巫永福的論點與《福爾摩沙》雜誌的創作加以比對，可以發現若干創作確實反應著這樣的文藝理念。譬如，張文環首篇公刊小說〈落蕾〉（〈落蕾〉），就是一個很好的例子，這篇小說探討沒有出路的殖民地青春的騷動、挫折與悲劇。小說中，中產階級出身的明仲爲日益沒落的家庭憂心忡忡；充滿抱負的小農之子義山，畢業後不得不無奈地扛起鋤頭加入農夫行列；他們的公學校女同學、義山的戀人秀英則爲了家計而犧牲愛情答應富戶求婚。

留學生明仲爲著黯淡的社會煩惱，於返鄉時「幾次想縱身躍入美麗的瀨戶內海」，大船駛入久違的基隆港時感覺胸中「苦悶、鬱積的塊壘就像一個小島塞住港灣入口」。此時，義山卻爲著起碼的升學問題挫折著。他向明仲說：「當你去東京的時候，我獨自目送著你的背影遠去，那種寂寞的心境，又豈是滿懷希望乘上火車的你所能理解？」、「爲什麼你能夠朝著自己的理想繼續向前邁進，而我卻不能？這才體會到，實在沒有比毫無希望的人生更悲慘的事了。」最後，比起一心向學、奢談如何征服環境的義山，孝順的秀英甚至悲慘到連拒絕馱負家計、不讓婚姻成爲商品交易的基本人權都沒有。她說：「比起你，我爲了每天的生活而削斷了腸似地過著日子，這樣子你還說要我出力反抗社會？」[58]在殖民地青年黯淡的集體命運下，階級與性別的差異使他們的痛苦深淺不一。明仲追求階級的上昇，義山追求個人的實現，秀英則被重壓於貧窮和傳統女德的桎梏下。三者命運分別象徵著民族(明仲)、階級(義山)、女性(秀英)的壓抑和出路，張文環似乎想表達不論何者在島內都沒有光明的未來，因爲殖民地台灣是一個在民族、理想、青春各方面都沒有出口的社會。就像每日躬著腰、踩著沉重的步伐，趕早從山間挑農產奔向市場的農民一樣。爲了應付殘酷的生存，受過教育的他們常常也必須

58 張文環，〈落蕾〉，《フォルモサ》創刊號(1933年7月)，頁37-58。

「殺掉自己的精神」，殺掉夢想、愛情與肉體，眼睜睜地看著民族與階級日益沈淪，任憑生命「像冰塊一樣溶化」或「像汗水一樣地蒸發」。

在沉悶無出路的社會，情愛變成青春唯一的出口，因此鄉間青年在月夜鳴琴或暗夜私會，如「發情的野狗」般狺吠著。在此愛情不全然是個人主義的時髦物，而是殖民地苦悶青年所剩無幾的自我。不論知識青年或勞動青年，愛情或情慾爲他們寄託了生之聖潔或生之歡愉的渴望，也因此當愛情消逝時他們幾乎痛不欲生。秀英決心離開義山時，義山幾欲尋死，最後因明仲大力幫助前往東京升學才獲得解脫。此時秀英墮胎被知，遭到婚家退婚，擺在秀英面前的似乎也只有死，再不就是和也曾有一段秘密往事的表嫂一樣——勇敢地活下去而已。爲家道中落煩惱的明仲、失去理想也失去愛情的義山、喪失愛情及富戶婚約的秀英，他們似乎都曾「覺得自己已經沒有力量再活下去」，但是辛酸、委屈反而「促成了她(他)的反抗意識」。張文環在他最早的小說中一心探索的，便是各色「苦悶青年」的困厄與出路。

他們有罪嗎？「如果有罪，這種罪是誰推給他們的呢？」，張文環在小說中爲不幸的青年如此詰問著。他把使青年們推向深淵的罪責歸咎於台灣人著眼家庭私利、缺乏社會眼光的曚昧思想，以及殖民統治造成的社會貧困與無出路。不過張文環對於這些罪惡不過輕輕咒罵了幾聲。與其交待、渲染這些罪惡帶來的不幸及不幸的瑣碎細節，他似乎花更多精神於表現「無出口的生命」揮發出的陳腐、沉悶、盲動與焦躁，同時孜孜於關注佇立絕境之前人們如何探尋脫出之道？此時的張文環或許也是苦悶的吧？不過他似乎對如何脫離這樣的困境已略有心得，因此透過明仲勉勵義山勿尋死時說的一句話，他告訴讀者——經過暴亂的生存之浪洗禮，最後足以憑恃的唯有「因應生活的韌力」而已。不論出奔帝都或困守故鄉，台灣青年都必須尋找智慧，或徹底覺醒，勇敢與令人窒息的現實對抗。

張文環同期的另一篇小說〈貞操〉(〈みさを〉)[59]，也以鄉間男女

59　張文環，〈みさを〉，《フォルモサ》第2號(1933年12月)，頁41-52。

純真而躁動的情慾，思考了婚姻自由及自我追尋等問題。主人公翠鳳和傭工德順在開滿山芙蓉的山野，滲著汗水辛勤勞動，同時困惑於難以割捨的情愛與遭受懲罰的憂慮之中。張文環透過年輕農婦對沒有愛情的婚姻之背叛、對婚外情的忠貞執著、山野中無拘束的情愛，賦予筆下的這位女性一種與鄉野自然、繁重勞動，極其和諧的野性。這種直到東窗事發也毫不後悔的野性，正是一種堅韌性格的表徵。

〈落蕾〉、〈貞操〉都同時探討了傳統社會中的前近代性格與沉重的殖民地經濟桎梏，如何壓抑鄉間青年鮮活的青春與理想。在這兩篇小說中，張文環對鄉間景物、色彩、光線、氣味的捕捉，與對人物理想、愛慾、性格、動作、命運的刻劃交映，粗獷厚重地表現出堅韌慓悍的殖民地青年男女的性格、心理與生存態度。這豈不正是張文環對「從來沒有看過寫台灣人生活的歎息，或台灣人感情微妙的記事」的他者論述，進行的具體反駁呢？

此外，在巫永福身上也可以看見對殖民地知識青年問題的思考。擅詩的巫永福寫起小說時與張文環偏好的寫實風格略有不同，他較熱衷於事象本質或理念本質的探索，作品帶有現代主義風格。巫永福受到當時日本文壇風行的法國象徵主義風潮洗禮[60]，一方面感興趣於客觀分析的認識論，另一方面卻能以直觀主義的抒情、意象的凝聚、高度象徵的氣氛來表現他觀察與思考的結果。他的小說〈首與體〉（〈首と體〉）[61]，便是一個很好的例子。小說描寫某台灣青年希望留在東京繼續過著欣賞戲劇、音樂、上咖啡屋的生活，又無法抗拒故鄉家人返鄉結婚的安排，因而陷入身心分裂的矛盾之中。巫永福在描寫這種相當有代表性的留學生心理時，跳脫傳統的寫實手法，採用側寫的方式。巫永福並不像張文環那樣認真追問造成知識分子鬱悶的社會因素，而致力捕捉、渲染台灣青年置身於這種無法逃脫的典型命運時，普遍帶有的情感特徵與心理結構。

「台灣人」之爲台灣人的內涵是什麼？除了山川草木，風土氣候，

---

60 參見李敏勇，〈台灣現代詩的鑑賞〉；李魁賢，〈巫永福詩中的祖國意識和自由意識〉等，收於《巫永福全集5》詩卷V。

61 巫永福，〈首と體〉，《フォルモサ》創刊號。

除了特殊的殖民地社會處境之外，更深層、恆長而持久的文化底蘊是什麼？《福爾摩沙》一些同人，似乎想從現代青年男女遭遇現代社會的挫折苦惱、他們曲折複雜的心理結構、他們被環境逼迫出來的人格特質中，去尋找、商榷與打造「現代台灣人」的認同、傳統、精神、心理與價值。正如謝春木、王白淵以「地平線的彼方」、「新中國」、「新興中國」等用語抒發他們的祖國憧憬；巫永福也用「台灣人是一種民族」一語承續台共標舉的「台灣民族」一辭，卻巧妙迴避了其中的政治敏感性。用文學議題側面議論民族問題，這種方法似乎已是1930年代中期台灣文藝界心照不宣地公開討論民族認同問題時的極限。那麼誠如巫永福所言，這樣的台灣文學，是鄉土性的，更是民族性的。因此當他們用文學書寫鄉土時，無異也在用文學追尋或建構自己的民族。

五、社會主義鄉土：論吳坤煌〈論台灣的鄉土文學〉

從台灣藝術研究會〈檄文〉、《福爾摩沙》創刊辭到〈我們的創作問題〉顯示，《福爾摩沙》集團認為「真正的台灣人的文藝」或「真正的台灣純文藝」實踐於創作就是「鄉土文學」。那麼，這些旅日文藝青年聲稱的「鄉土」定義是什麼呢？他們認為「鄉土文學」應具有怎樣的內容與形式呢？

眾所周知，1930年代「鄉土文學」曾在島內文學界掀起熱烈論戰。事實上，鄉土與藝術創作之間的關聯性，在大量從台灣風土或民間傳統中攫取創作靈感的美術界、音樂界，也十分受到重視。旅台畫家以異族「他者之眼」或異域「他鄉之眼」，對台灣風土進行藝術性的掌握由來已久。日籍畫家石川欽一郎、鹽月桃甫等畫家帶動的風土熱與風土論述早見於藝壇。被台灣特殊的風土、色彩、光線深深吸引的他們，以藝術之眼熱衷於台灣風土素材之創作，同時不斷探索適於表現台灣風土的形式。1920年代隨著台灣美術畫題的出現，一套台灣風土論述也逐漸從藝壇誕生[62]。他們的審美取向、凝視與表現方式，也透過教學或畫展影響

62　這個嶄新論述的形成過程中，石川欽一郎的觀察與撰述最為突出。參見王淑

了學習美術的台灣學生。

1924年石川欽一郎從日本前來北師任教，組織「寫生會」，吸引陳植棋等不少北師學生跟隨寫生。研究者指出，「他輕快明朗，幾近透明的英國水彩畫風，讓台灣青年開了眼般的初次發現：在異民族高壓統治下的殖民地台灣，原來是這麼美麗的。發臭的豬寮、低矮的茅舍，甚至晾在竹竿上的短衫、黑褲在彩筆下居然變得清新、悠閒，這些年輕人長期抑鬱的心情剎時獲得紓解，很高興地拾起畫筆，在石川老師指導的取景、色調中，對自己的鄉土重新建立起信心。」[63] 透過日籍老師們的「他者之眼」或「他鄉之眼」，這些學子們產生了重審鄉土的勇氣、興趣和信心。儘管他們最初的視野深受老師的影響或侷限，但是日後他們也逐漸建立了屬於自己的美感與眼光。譬如，陳植棋很早就有自己的美術主張，他認爲「台灣繪畫的前途應由後期印象主義作爲出發點，踏過野獸主義，然後才能建立一個屬於自己的現代繪畫」[64]。他爆發力強大的畫風與他的啓蒙老師石川欽一郎清麗秀雅的風格顯著不同。天才洋溢的陳植棋與天份被蹉跎的王白淵、陳在葵命運各異，然而對台灣藝術的表現形態卻英雄所見略同。

藝壇的風土論述固然影響了文壇，但是由於藝術性質的不同，在文壇中異民族的「他者之眼」或「異國情調」並未吸引太多追隨者；反倒激發了本土作家的反駁慾望，而旅日青年客居異都的「他鄉之眼」則賜予他們觀察與思考的從容。巫永福在〈我們的創作問題〉中，曾充滿哲理地以河川譬喻鄉土創作的問題。他認爲：有價值的創作應該以自己爲中心，測度自己人性與神性的距離。自己有如一彎流水，在水流中自己與他者的距離既是客觀的也是一體的，自己凝視著自我之河前行。這樣的文學，是一種印象、感覺、詩意、捕捉，卻能打動內心、解釋自己、批判自己、使自己客觀化，而且與外物諸相有一種依存關係。正譬如，

(續)

津，〈南國虹霓：鹽月桃甫藝術研究〉(台灣大學藝術研究所碩士論文，1997年7月)，頁104-105。

63 葉思芬，《英雄出少年：天才畫家陳植棋》，頁23。

64 謝里法，《台灣美術運動史》(台北：藝術家出版社，1991年)，頁54。

河中有水，水中有污物、細菌、木片，水底有石礫、砂土，水面映照著蒼穹與景物，然而水流仍兀自朝河之終極奔流。河水包含眾體，卻仍爲一彎流水。創作若能如此，則作品之中將有生活，有真理，有萬物[65]。這也正是他主張台灣文學(鄉土文學)的創作方法，必須具有主體性，但是同時也必須具備客觀性、涵容性與批判性的理由。

面對鄉土書寫，巫永福所代表的《福爾摩沙》立場，強調的是整體性、精神性、民族性的原則。如前所述，他的作品對於鄉土的片段表相、瑣碎內容不十分感興趣。他較關心的是如何從眼下現實中，更爲統整性地、深刻真確地掌握台灣人作爲一民族的深層結構；以及如何以恰當的文藝形式來表現這種深層結構。《福爾摩沙》集團的此一野心，非同小可。如果立場穩健的巫永福之發言代表了該集團的右派思維，那麼熱衷左派運動的吳坤煌則反映了該集團的左派思維。

早在巫永福指出鄉土文學的人種與歷史成因，以及鄉土文學應有的內容與形式之前，吳坤煌已在《福爾摩沙》中極其犀利地檢討過類似問題。吳對於當時島內《台灣新民報》上的一些鄉土文學討論甚不滿意。他認爲那些討論要不是沉湎於不切實際的懷舊，就是漫無天際地把「以台灣爲舞台，矢志表現台灣生活的作品」一概視爲鄉土文學，以致對鄉土文學與當代社會的關係、鄉土文化的承繼與批判問題、鄉土文化與民族文化的關係、鄉土文學論述的陷阱，以及鄉土文學應有的內容與形式等基本問題語焉不詳、思考欠周，毫無方向可言。〈論台灣的鄉土文學〉(〈台灣の鄉土文學を論ず〉)[66] 一文，大幅引用藏原惟人、列寧、史達林文章，即在企圖對島內文壇辨明這些基本問題。吳坤煌欲申明的重點大致如下：

一、文學的性質：文學是生活的表現，生命的表白，社會意識的具體化。鄉土文學也應具備這樣的基本自覺。

65　巫永福，〈吾々の創作問題〉，前揭文，頁56。
66　吳坤煌，〈台灣の鄉土文學を論ず〉，《フォルモサ》第2號，頁8-19。

二、鄉土文學與當代社會的關係：鄉土文學的創作，牽涉到回憶或認識等行爲，因此與當代意識密不可分。而當代意識不論感情或觀念，都是現實生活的具體化，都具有深刻的社會性，因此鄉土文學不應疏離於當代社會或當代意識之外。

三、資產階級鄉土文學創作的缺陷：浪漫主義者的濫情沉湎，或自然主義者的片面描繪，都游離於現實之外。他們筆下的鄉土是陳腐、虛幻、歪曲、非現實的鄉土。

四、鄉土書寫須正視故鄉今昔之異：今日疲弊的台灣鄉土，已非幼年記憶中的美麗鄉土。與其一味謳歌、沈湎舊夢，不如正視20世紀下處於世界歷史一環的台灣現狀。譬如：經濟大恐慌、思想紊亂、社會亂象充斥、農工中產階級沒落、支配階級與被支配階級鬥爭等緊迫問題。

五、鄉土文學運動中潛藏的反動性格：鄉土運動原爲德國資產階級藉「愛鄉精神」防止農工階級思想激化提倡的運動。日本於一次大戰後引進目的在藉「愛鄉即愛國」邏輯，抵制社會主義文化運動，同時強化殖民地效忠精神。台灣文化人士在討論此議題時，必須對此運動的反動性質有所警覺。

六、鄉土文化遺產與文化建設的關係：文化與歷史均非自然產生而是人爲製作的結果，因此須有主動創造的自覺與慾望。另外，文化具有歷史性與連續性，創造須從繼承出發。我們必須以馬克思、列寧主義的武器，批判性地攝取我們過去的文化遺產；同樣以此武器，建設我們的普羅文化。亦即推動社會主義立場的鄉土運動。

七、特殊性民族文化與普遍性無產階級文化的關係：鄉土文化具有民族色彩是不爭的事實，異民族之間擁有相異的意識形態也是事實。因此，台灣的鄉土文化是一種民族文化，反應台灣人特有的意識形態。然而，在批判性繼承文化遺產以建立民族文化時，還須進一步考慮具有特殊性的民族文化應經過如何的改造歷程，才能與普遍性的世界無產階級文化或社會主義文化匯合的問題。

八、建立社會主義民族文化：資產階級民族文化與社會主義民族文化的根本差異在哪裡？借用史達林的話來說：「民族資產階級支配下的民族文化，在內容上是資產階級性的，在形式上是民族性的。無產階級執政下的民族文化，在內容上是社會主義性的，在形式上是民族性的。」台灣的鄉土文化運動，也就是台灣的民族文化運動，應該以建立社會主義民族文化爲方向。

九、民族文化的建設以邁向「社會主義國際文化」爲終極目標：在民族文化與社會主義文化合流的方式與目標方面，應倣效蘇聯文化政策。廢除統治階級民族的特權、尊重各民族文化的自由競爭，達成「社會主義國際文化」。

這篇對島內鄉土文學討論頗有微辭的論說，目的不在反對資產階級民族文化或鄉土文學運動，而在強調左翼立場的迫切性。吳坤煌大肆檢討「鄉土」的定義，與日本1930年代浮動不安的社會背景與當時盛行的鄉土教育有關。

昭和初期日本社會受到世界經濟恐慌衝擊，農村凋弊，失業者與遊民充斥，社會問題嚴重，社會主義思想因此得到發展。與此同時日本本土也受到一次大戰後德國鄉土教育運動勃興的影響，產生全國大規模的鄉土教育熱潮；當時日本鄉土教育運動，有左右派立場與各種理論差異。大致而言，在日本國內馬克思主義者著眼於挽救農村經濟危機，建立社會主義國際文化；日本政府則欲藉此使民眾眼光集中於地方事務。在殖民地，鄉土教育或研究極可能導致地方主義與國家主義對立，所以日本政府決定比民間更早掌握此一運動的主導權，並且在施行中特別注重以愛鄉愛國情操培養民族國家意識，以便壓抑地方分權思想[67]。1930至1935年(昭和5-10年)爲日本近代鄉土教育的第二個高峰期，此時鄉土

67　參見詹茜如，〈日據時期台灣的鄉土教育運動〉(台灣師範大學歷史所碩士論文，1992年)。

教育在台灣的學校系統、社會教化系統(如青年團、部落振興會等)和官方文化運動(譬如，台展即標榜「內台融合的新鄉土藝術」)[68]中，皆蓬勃展開。

島內自1930年黃石輝提出「提倡鄉土文學」的提案以來，早已出現過從社會主義立場對「鄉土文學」一詞提出的質疑。譬如1931年廖毓文〈給黃石輝先生：鄉土文學之再吟味〉一文，便指出發軔於德國的此一運動之落後性，而主張將「鄉土文學」定義爲符合社會主義歷史進化原則的文學[69]。不過放眼台灣當時諸多議論，一口氣將鄉土文學置於民族文化、社會主義民族文化、社會主義國際文化脈絡之中，清晰揭示「社會主義鄉土」原則者，並不多見。前述論稿中，吳坤煌多次稱述列寧、史達林、藏原惟人等人對民族文化、世界主義國際文化的相關論調，可見他受到日本左翼鄉土論述的影響[70]。不過他鄉經驗應該也是使他能保持從容觀察的重要因素之一。吳坤煌或許正受惠於上述各種因素，所以能夠提出不一樣的鄉土文學論調，甚至影響了其他《福爾摩沙》同人。

吳坤煌在〈論台灣的鄉土文學〉曾說：現在台灣眾多的文學創作中，如果不是描寫台灣人的生活、民族的動向，或呈現地方色彩的芳香，就不叫「鄉土文學」。事實上，以「台灣人如何生活著」爲母題，從各種觀點來創作，應該有各式各樣的文學才對。譬如，我們如何受日

---

68 就文化殖民的統治技術而言，殖民當局以台展為手段提倡鄉土藝術，把台展定位為鄉土文化運動，具有將台人眼光轉向地方文化以防止顛覆殖民體制的功能。參見，王淑津〈南國虹霓：鹽月桃甫藝術研究〉，前揭文，頁104-105。

69 廖毓文指出「鄉土文學」一詞首倡於19世紀末德國，然而今日已淪為田園文學，內容空泛缺乏時代性與階級必然性的社會價值。因此他主張所謂的「鄉土文學」，不應只是黃石輝主張的一地需要有一地的文學、代表民眾說話的文學或文藝大眾化而已，應該是「以歷史必然性的社會價值為目的的文學」。參考廖棋正，〈30年代台灣鄉土話文運動〉(成功大學史語所碩士論文，1991年)，頁70。另外，賴明弘也曾在報上點到從德國引介來的此一運動值得商榷之處。賴明弘，〈文藝春秋〉，《新高新報》，1933年9月22日。

70 日本左翼知識界民族文化論議對吳坤煌的影響，可參見張文薰，〈1930年代台灣文藝界發言權的爭奪：《福爾摩沙》再定位〉，《台灣文學研究彙刊》第1期(2006年2月)，頁116-117。

本人教育，能寫流利日文，卻從小在各方面遭受種種差別待遇，若能直接地將此不平不滿具體表現於創作，自然能夠產生與日本人不同的文學。如果繼之接觸世界思潮，產生價值轉換，甚至會產生以無產階級的世界觀即辯證法唯物論爲基點的新文化，爲人類的明日文化奠下重要基礎。

從吳坤煌〈論台灣的鄉土文學〉(1933.12)到巫永福〈我們的創作問題〉(1934.11)，展示了《福爾摩沙》集團從激進派到穩健派之間的思想光譜。不過仔細追究，吳坤煌的論旨雖在闡明「鄉土文學」的左翼基點(即「社會主義民族文藝」)，但是他似乎也受到1930年代日本文藝復興的影響，因此也留意於台灣人認知、感情、情緒、觀念、意識的具象化問題。而他討論不多的這部分，後來俱成爲專擅此域的巫永福闡述的重點。其次，巫永福欲語還休的「台灣與他民族的共同終極」，似乎與吳坤煌直截了當的「社會主義民族文化」與「社會主義國際文化」也不無共通點。除此之外，巫強調「鄉土文化是民族文化」、「民族文化反映民族意識形態」、「台灣文學從特殊的歷史與環境中誕生獨特的內容」等論點，也與吳坤煌英雄所見略同。

1930年代台灣與祖國的關係越來越疏離，台灣文化人合法的、檯面上的民族想像也不得不快速縮小。1934年底巫永福台灣本位式的民族想像，與前此一年吳坤煌的討論比起來已有退縮。不過吳側重於向外強調「鄉土文化／民族文化／社會主義民族文化／社會主義國際文化」之間的關係，而巫則在不否認這樣的前提下，向內闡述「台灣民族／民族的深層結構／台灣文學」的關聯。因此他們所想像的鄉土，在某種程度上也都脫離了殖民設限而擁有新的認同國界。我們可以說，巫永福的台灣人論含蓄反映民族主體立場，而吳坤煌建設社會主義國際鄉土的主張則是這個集團左翼立場的極致。

總之，從吳坤煌到巫永福的鄉土文學論顯示，《福爾摩沙》同人深愛鄉土，卻不認同一味謳歌、沉湎舊夢、侷限地方眼光、對文化遺產不事批判的「一島主義式鄉土」，或效忠帝國的「帝國主義式鄉土」。他們提倡的鄉土無疑是帶有世界性文化眼光或社會主義國際思維的「知識分子鄉土」。這樣的鄉土，是孕育他們文學與思想的土壤，是他們創作與表現的舞台，是他們改造或建設的對象，也是他們政治與文學信仰的故鄉。

小結

與華麗自由的帝都對照，蕃薯母島顯得貧弱蒼白。殖民主將台灣「他者化」的結果，使遭受他者之眼扭曲的台灣知識界產生了文化危機感。在陳植棋、張文環、吳坤煌、巫永福身上，似乎都能看見謝春木或王白淵當年的影子。從台灣青年會、社會科學研究部(會)、赤島社、東京台灣人文化同好會、到台灣藝術研究會，文化危機感越來越強烈。這種危機感持續湧動於東京留學生界並非偶然，離鄉背景的學子們對母土往往更有關切的動機和反省的餘裕，何況他們具有相近的成長背景與人際關係。

懷抱民族關懷的旅日青年們，他們共同憂慮、畏懼、詛咒的，無非不是殖民統治下「那種令人窒息的邪惡的人生」，與孕育如此人生的那令人愛之也憎之的鄉土。因此，他們渴望從暗鬱的殖民地尋獲脫出之口，建立「台灣人的人格」與「台灣人的民族自我」。而建立「台灣人的人格」與「台灣人的民族自我」的出發點，最終有一個重要的交集，那就是——「鄉土」。不論是個人自我或民族自我，「鄉土」都是他們溫柔的搖籃，也是他們最有利的競技場。小我與大我都在鄉土中誕生育成，個人或民族的自尊也藉由「鄉土」特質獲得伸展。當「鄉土」以藝術的形式(雕刻、美術、音樂、文學、演劇)被表現出來時，它顯現的競爭效能或文化力量更是突出。「鄉土」一直被藝術和文學闡釋著、訴說著，因此台灣的文學和藝術中也就持續凝縮了台灣人的深層結構。

對於殖民統治者與台灣知識人而言，「鄉土」的意味有何差異呢？前述赤島社首展在獲得「新台灣的鄉土藝術」之輿論肯定之後，便從企圖對抗台展的不軌嫌疑中解脫。這種情形與東京台灣人文化同好會潰滅後，重建成員高舉「民族藝術的研究機關」之宗旨，終於成功建立合法抗爭組織台灣藝術研究會的情形有些類似。換言之，「台灣藝術」、

「民族藝術」、「鄉土藝術」，常被旅日文藝青年提出來作爲鄉土振興、鄉土改革的工具，或是文化抗爭，甚或世界主義革命不辯自明的象徵。然而恰恰相反地，站在統治者立場，相對於民族運動、社會主義運動、共產主義運動，鄉土文化運動似乎是較不構成威脅的穩健保證。由此可見，殖民主與被殖民者之間，對「台灣文化」此一包含「鄉土」、「台灣」、「民族」、「藝術」諸內容的概念之認知與想像有所不同。

不只殖民主與殖民地菁英的文化想像不同，島內外文藝運動處於不同的社會與思想背景，他們對母土文化或文藝運動的想像也不盡相同。《福爾摩沙》同人固然充滿憂鄉意識，關切鄉土，然而拜他鄉之眼所賜，他們的鄉土想像寬廣而帶有世界眼光。左翼現代主義或社會主義國際家庭是他們主張的極致，也是他們寄託理想的烏托邦。此後以吳坤煌、張文環爲中心，他們繼續在這樣的世界性想像之下，展開短暫卻充滿野心的文藝活動。

在日愈黑暗的時代下，凝視鄉土、重述／重現鄉土，或許是文化抗爭的最後出路了吧？在謝春木、王白淵眼中，象徵真理與正義的「地平線的彼方」就是中國，但是對於陳植棋、張文環、巫永福、吳坤煌等未能奔赴彼方的人來說，只有眼前的「鄉土」才能蘊涵他們最後的狂放希望。

台灣人的民族自我蜷縮在本土文化裡，本土文化運動的目的正爲了探尋它、護翼它、哺餵它。因此，在台灣反殖者的世界，鄉土是台灣精神的搖籃，民族文化的溫床，而鄉土文化就是台灣的真精神。這也正是張文環、吳坤煌等人，孜孜矻矻獻身於「文化」運動，目不轉睛地凝視「鄉土」的理由。

第二節《福爾摩沙》新高峰：文聯東京支部

前言

如前節所述，《福爾摩沙》代表作家張文環、吳坤煌、巫永福等人的鄉土觀點中，左翼鄉土、世界性鄉土是他們的共同理念。他們深爲關切的是，如何將台灣鄉土書寫置入建設民族文化乃至社會主義國際文化的脈絡中加以實踐？相應於這樣的關懷，一個超越旅京文學者限制的、更大規模的文藝組織遂有其必要。因此《福爾摩沙》遂與島內最大的文學團體合流，蛻變為「台灣文藝聯盟東京支部」（簡稱「文聯東京支部」）。

從1935年初「文聯東京支部」成立，到1936、1937年張文環、劉捷、吳坤煌等人先後因人民戰線事件及其他嫌疑被捕之前，是《福爾摩沙》系統作家第二個活躍期。在約莫兩年的期間內，旅京作家與在日本的中日左翼作家或島內文學團體合作，進行了台灣文學史上罕見的跨域活動，當時交流活動便是以文聯東京支部為舞台展開的。

本節旨在勾勒1934至1935年間文聯東京支部的活動概況。以下的探討將特別注重下列兩方向，一、台灣藝術研究會與台灣文藝聯盟合流的背景及經過；二、文聯東京支部成立後的活動、角色及使命。除此之外，討論中也將兼敘台灣藝術研究會到文聯東京支部的成員變化，並以支部活躍分子為例，略為考訂、點描旅京文藝青年交遊與活動的網絡。

一、台灣文藝界的大團結與文聯使者賴明弘的東京行

在《台灣新民報》、《南音》、《福爾摩沙》、《先發部隊》、《第一線》等報刊或文藝團體長期努力之後，首創的全島性本土文學團體「台灣文藝聯盟」終於誕生了。

1934年5月6日由賴明弘、張深切、張星建等人歷經三個月奔走籌備的第一回全島文藝大會，在日警戒備下於台中市小西湖咖啡館舉行。大會宣言強調：在非常時代召開此會絕非偶然，伸張發言權的文藝舞台誠為重要；文學者應努力實現文藝大眾化，排斥腐舊文學。

中日文並行之機關誌《台灣文藝》於11月創刊，至1936年8月停刊為止共出版15期。該誌網羅《フォルモサ》、《南音》、台灣文藝協會、鹽份地帶文學者及其他各路作家，也吸引若干島內外日籍作家投稿，為台灣新文學成熟期極具代表性之刊物。文聯成立締造文藝界的空

前團結，內部雖不免有意識形態分歧問題，不過在突破地域限制展開多元活動方面廣受肯定[71]。1935年8月文聯召開第二次文藝大會時，成員已達數百人可見一斑。1940年代在日籍作家或台灣文學奉公會主導策劃下尚有幾次全島文藝家大會，不過以本土作家爲主體者，文聯之後已不復見。

文聯成立後除致力凝聚島內文學者之外，也把觸角伸向島外。在這樣的背景下，文聯催生者之一，擔任常委要職的賴明弘，背負締結台灣藝術研究會的任務來到東京。1935年4月學成後率先返台的巫永福曾提及此事，他說：「東京台灣藝術研究會幾乎都是留學生，1935年以我畢業爲始，大家都畢業了。因此改名爲台灣文藝聯盟東京支部。另一個原因是，1934年台灣文藝聯盟成立前，賴明弘曾到東京和我、蘇維熊、張文環會面提議合流。當時我們決定如果大家都畢業，那麼1935年我回台加入台灣文藝聯盟，東京方面便改爲東京支部。」[72]

賴明弘(1909-71，原名賴銘煌，台中豐原人)，公學校畢業後，前往日本岡山縣中學「岡山黌」就讀四年，並轉赴東京就讀日本大學創作科一年半，後因家境轉劣輟學返台[73]。從岡山到東京、立志文學，中部青年賴明弘有著與他同年出身的張文環極其相近的求學歷程。不過在現有的東京留學生運動相關文獻或回憶文字中，並沒有看過有關他的記述。因此他可能在東京台灣人文化同好會成立(1932年夏)之前即已離京返台，而錯過了以此爲機肇始的旅日青年文藝盛會。

1933年之際，賴明弘已是同情台灣立場之日系週刊《新高新報》漢

71　文聯成立的兩年半期間內，除設置文學獎鼓勵創作之外，提倡戲劇，邀請崔承喜、江文也等藝壇名人來台演出，各地盟員亦經常舉行座談會。文聯與其機關誌向來採用「為人生的藝術」之廣義路線，凝結藝術主義與意識形態各異的作家，但是1935年底2卷10期發行之際，仍因編輯意見不合導致楊逵與葉陶等人脫退，另創《台灣新文學》雜誌。此事予《台灣文藝》不小打擊，該誌雖意圖奮起，但因環境及各方面因素最後仍日趨沉寂。

72　〈1998年4月3日巫永福致下村作次郎書簡〉，下村作次郎，〈台湾芸術研究会の結成〉，頁45。

73　施懿琳(等)，《台中縣文學發展史田野調查報告書》(豐原：台中縣文化中心出版，1993年)，頁243-244。

文部主任了。他因工作往來台灣南北，與各路文學者熟稔，「創設一個強有力的文學團體展開文學運動」的提議因而誕生[74]。此後該報漢文版也成爲鼓吹文聯的一個舞台，相關報導不少。稍晚則出現了有關賴明弘個人異動的消息。該年十月，該報消息欄刊出賴氏因養病前往東京的消息，聯絡住址是張文環東京住所(妻子定兼波子的娘家)。次年三月，該報又記載賴氏於1934年「九月初旬上京，抱遠志而負笈東都，在京研究文藝，現已歸台續任編輯工作。」[75]依報導推測，從1934年9月到1935年3月，賴明弘約莫半年時間滯留東京住於張家。賴明弘自1934年初全力籌備文聯，五月大會中當選常委，對文聯的發展極其熱心，因此「抱遠志而負笈東都」應該也與策劃文聯的海外發展有關。巫永福前述說法指他來京斡旋合流之事，正是有力的證明。

二、東都文壇膝前的望鄉者：台灣藝術研究會回流的背景

文聯與台灣藝術研究會的合流，除了島內文壇大團結的氣運之外，旅京文藝者對母土的關切，他們素來與島內文藝青年的往來，以及孤懸島外的文藝運動之艱辛，皆是重要誘因。

台灣藝術研究會宗旨強調文化振興、母土重建，《福爾摩沙》自創刊以來也始終注意島內文壇狀況。蘇維熊〈台灣歌謠試論〉、楊行東〈對台灣文藝界的期望〉、吳坤煌〈論台灣的鄉土文學〉、劉捷〈一九三三年的台灣文藝〉等論稿，分別從形式、語言、內容、文學與社會、文學與民族、文學與世界的關係[76]，表達他們對台灣文化及島內文壇的檢討及期待。另外該刊也十分注重與島內文藝人士的聯繫。創刊號卷尾強調：「親愛的台灣兄弟姊妹喲！協助我們創造文藝吧！莫再排他、躊

74 賴明弘，〈台灣文藝聯盟創立的斷片回憶〉，《台北文物》3卷3期(1954年12月)。

75 《新高新報》1934年10月5日記事，及該報1935年第467號記事(可能為1935年3月29日，文獻模糊故日期略為不清)。

76 〈台灣歌謠に對する一試論〉、〈台灣文藝界への待望〉、〈台灣の鄉土文學を論ず〉、〈一九三三年の台灣文藝〉，分別刊於《フォルモサ》創刊號及第2號。

躇，勇敢奮起吧！成敗褒貶都是其次，大大驅使春秋破邪的健筆吧！」第2號卷頭則刊載島內徵稿啓示：「《福爾摩沙》募集新會員。在台諸兄喲，奮力使本誌強化吧！」[77] 由上可見，誕生於東京的《福爾摩沙》雖被島內文藝人士以位於「東都文壇膝前」期待著，他們也以此自詡[78]，不過他們卻不時把眼光投向母土，而且熱情吆喝島內同好加入他們的陣營。

除了公開徵求島內會員與稿件之外，台灣藝術研究會同人也透過私人關係邀請島內優秀文藝青年助陣。譬如，創刊號楊行東鏗鏘有力的評論〈對台灣文藝界的期望〉、翁鬧哀憐鬻身少女的詩作〈淡水海邊寄情〉[79]，以及第2號賴慶揶揄富戶倫常崩毀的小說〈御妾難〉[80]，便可能是吳坤煌促成的。

楊行東這個戰前文壇上極少出現的陌生名號，其實正是吳坤煌同窗楊杏庭(1909年生，台中龍井人，筆名楊逸舟)的另一筆名[81]。吳坤煌、楊行東、翁鬧、吳天賞都是台中師範學校第一屆學生(1929年畢業)，因緣際會使他們後來又陸續重逢於東京。吳坤煌因畢業前參與學運影響學業，於1929年率先赴日。吳天賞則在1932年任教三年後，難耐公學校教

77　《フォルモサ》創刊號卷尾，頁76；及第2號卷頭，無頁碼。筆者譯。

78　此為劉捷初到東京時對該刊的形容，參見〈一九三三年の台灣文藝〉，《フォルモサ》第2號，頁31。此外，吳坤煌也以此自詡，參見〈東京支部設立について〉，《台灣文藝》2卷3號(1935年3月5日)，頁67。

79　翁鬧，〈淡水の海邊に〉，《フォルモサ》創刊號，頁35-36。

80　賴慶，〈妾御難〉，《フォルモサ》第2號。標題也曾被譯為〈納妾風波〉。

81　楊杏庭戰後長年旅日，他另一知名的筆名為楊逸舟。參見張良澤，〈關於翁鬧〉，《台灣文藝》95期(1985年7月)。不過楊行東即是楊杏庭，此前未曾被研究者指出。楊氏除了本稿署名楊行東之外，其餘發表稿多署名楊杏庭。但是從《フォルモサ》稿件的來源、他以楊杏庭或楊行東等不同名字發表於《フォルモサ》及《台灣文藝》上的論稿內容，很容易斷定。此外，從《台灣文藝》2卷4號〈文藝同好者氏名住所一覽〉推測，楊杏庭與曾在《台灣文藝》上發表評論〈台灣文藝の鄉土的色調〉的楊杏東似為兄弟。不過楊杏庭有加入文聯支部為盟員，楊杏東則未加入。楊家留學生不少，另一位楊杏鏜應該也是親族。

師生活而賠償公費，赴青山學院就讀[82]。經濟情況較差的翁鬧依規定在田中公學校鬱悶地任教五年[83]，1934年義務期滿之後和龍泉公學校期滿的楊行東一樣，迫不急待地奔赴東京[84]。另一位投稿者賴慶(台中北屯人)，也是台中師範學校出身。屆數不詳，可能比吳等人略低一兩屆[85]，與張文環等人有所交往[86]。賴慶1934年任教期間，曾參與台灣文藝協會《先發部隊》雜誌，後來活躍於文聯，成立大會中致開會辭同時當選常委。以他與《福爾摩沙》成員的關係推測，在促成台灣藝術研究會合流一事上可能也曾發揮一些影響力。

曾將處女作投稿《福爾摩沙》未中的呂赫若(1914年生，台中豐原人)，1934年畢業於台中師範學校，他也可能因爲校友關係接觸該刊[87]。如上所述，數位有中師淵源的同好者都在《福爾摩沙》發表稿件，當時楊行東、翁鬧、賴慶都在島內，編後記曾銘謝三人賜稿，顯見友情贊助的性質。雖然當時楊行東與翁鬧僅提供一回稿件，不過文聯東京支部成立後他們仍爲重要成員[88]。

---

82 黃琪惠，《台灣美術評論全集：吳天賞・陳春德卷》(台北：藝術家出版社，1999年)，頁39。

83 翁鬧任教時期心情非常苦悶，參見翁鬧，〈新文學三月號讀後感〉(《台灣新文學》1卷3號，1936年4月)，及楊逸舟，〈憶夭折的俊才翁鬧〉(《台灣文藝》95期，1985年7月)。

84 根據《台灣文藝》雜誌創刊號同人住所名錄資料顯示，1934年11月翁鬧已在東京。據楊杏庭回憶文表示，他當時掛名於東京某一私立大學。楊杏庭則進入了謝春木先前曾就讀過的東京高師研究科。

85 除了上述諸人之外，江燦琳(1911年生)也是台中師範畢業，屆數不詳。他任職溪湖公學校期間常與翁鬧往來。據《光復前台灣文學全集》卷11《森林的彼方》(遠景，1982年5月)中作者介紹所記，他曾赴日本大學就讀。不過依照東京支部現有公開活動資料及成員回憶，並未提及江氏在日本的情形。因此江氏與東京支部成員的往來詳情待查。

86 張文環，〈強ひられた題目〉，頁46-50。

87 台中師範人才輩出，除了上述與《フォルモサ》集團有關者之外，在文藝、美術界有所表現的還有下列諸人：邱淳光(本名邱森鏘，號琴川)、雕刻家張錫卿、畫家楊啟東、楊啟山、藍運登、李紫庭、葉火城等人。參見巫永福，〈台中之為文化城〉，《巫永福全集6》評論卷Ⅰ，頁121。

88 翁鬧發表了不少優秀的創作，楊杏庭發表較少，但其哲學立場的藝術論稿台灣藝術研究會積極與島內聯繫固然出自該集團對母土的關懷，不過旅京文藝青年人力、財力、稿件有限也是重要原因之一。《福爾摩沙》從第2號起便一再表露該刊的經濟困境，第3號更出現了重要同人吳坤煌、施學習脫退事件[89]。當時負責2、3號編務的張文環，不時在編後記中對同人不團結表示憂心，或以篤志文學的同人是願意當「金缺症」、「無毛症醫生」的「傻瓜」來自我解嘲[90]。因此與台灣文藝聯盟合流的提議，對他們而言也是重新調整腳步的一次機會。

三、匯流與新生：《福爾摩沙》集團的蛻變

果然以支部成立爲契機，搖搖欲墜的台灣藝術研究會重獲活力。旅日文藝青年中活動力最強的吳坤煌歸隊擔任領航人，老將張文環、蘇維熊、吳天賞、曾石火(南投人)[91]俱在，才氣縱橫玩世不恭的翁鬧、篤學勤勉論文精闢的楊杏庭抵京會聚。另外，朝日新聞資深旅日記者賴貴富，甫從法國載譽赴日的畫家顏水龍，早稻田大學青年作家陳瑞榮(陳垂映，1916年生，台中豐原人)[92]，早大青年詩人陳傳纘[93]，早大語言學者郭明昆(筆名郭一舟，1905年生，台南縣麻豆人)[94]、郭明欽兄弟，

(續)〈無限否定と創造性〉(《台灣文藝》2卷6號，1935年6月)，極為精闢。此外他們兩位也都參與了東京支部的一些座談活動，也都是東京支部的盟員，參見《台灣文藝》2卷8、9合併號(1935年8月)。

89 施學習於戰後也提到第3號因經費短缺導致頁數減半。參見，〈台灣藝術研究會成立與福爾摩沙創刊〉，《台北文物》3卷2期(1954年8月)。至於同人脫退問題，參見《フォルモサ》第3號編輯後記。戰後吳坤煌曾表示他當時乃因理念不合，忙於他務而遠離，施學習則未提及自己脫退一事。

90 參見由張文環執筆的《フォルモサ》第2號、第3號〈編輯後記〉。

91 曾石火，東大英文學部畢業後，入東大法學部研究國際法，曾擔任國際文化振興會翻譯部主任，於1940年3月7日病逝於東京帝大醫院。參見《台灣文學》，創刊號〈編輯後記〉(1941年5月)，頁172。

92 陳瑞榮，1933年台中一中畢業後，前往早大第二高等學院文科主修英文兩年，並於此時開始發表小說與詩。1936年文科畢業後，繼續在該校經濟科就讀，1939年以優秀成績畢業，1940年返台。旅日八年期間有包括其代表作《寒流暖流》在內的諸多創作。

93 背景資料不詳，此係當時雜誌上所記。

94 郭明昆，日據時代語言學者，就讀日本慶應大學，後任教於早大，擔任第二

吳天賞胞弟陳遜仁、陳遜章[95]，楊基振手足楊基椿，新人鄭永言、莊天祿、溫兆滿等人，也陸續前來助陣。雖然巫永福、蘇維熊、施學習、劉捷等人於1934至1937年間陸續返台，但多數返台成員仍活躍於文壇或報界而且熱衷於島內外聯繫，此外新血也持續加入。稍晚劉捷再次旅京，蘇維熊之兄蘇薌雨前來東京帝大大學院進修心理學[96]，文聯重要人物賴明弘、張星建等人也往來策劃或接洽活動，可謂熱鬧一時。

1935年5月號《台灣文藝》上刊出台灣藝術研究會3月28日的來信，該會表示「爲合力團結共同推動台灣文藝」，決定與《台灣文藝》合流[97]，可視爲合流的公開宣告。不過早在前一年《台灣文藝》創刊號發行之際(1934年11月)，原台灣藝術研究會同人多數已被列入〈文藝同好者氏名住所一覽〉中。創刊號也揭載了反應台灣藝術研究會立場的巫永福〈我們的創作問題〉一文。1935年2月5日一場以「台灣文藝聯盟東京支部」爲名的茶話會，在支部負責人吳坤煌主持下召開。出席者除了文聯常委賴明弘之外，主要爲舊《福爾摩沙》同人吳坤煌、張文環、吳天賞、翁鬧、楊杏庭，或該誌外圍關係者，如畫家顏水龍、朝日新聞社調查員賴貴富、早大留學生陳傳纘，以及吳坤煌中國友人雷石榆等人[98]。《台灣文藝》東京經銷處，也設立於支部負責人吳坤煌住處[99]。

(續)

高等學院教授。曾赴北平，1935年3月在北平完成〈北京話〉一文，針對北京話與河洛話的歷史文化特性做比較。其他還有〈福佬話〉、〈北京雜話〉等隨筆刊於1935、1936年之文聯雜誌《台灣文藝》上。參見，呂興昌網路論文〈郭一舟「北京話」〉一文。

95 二弟陳遜仁1934年就讀東京醫專，三弟陳遜章於1936年進入早稻田大學法國文學科。

96 依據蘇薌雨，(維霖)〈祖國廿五年回憶錄〉(上)、(下)(《傳記文學》27卷1期、2期，1975年7月、8月)所記，他於1935年春到1937年5月旅居東京，詳見次節。

97 〈フォルモサと台灣文藝合流〉，《台灣文藝》2卷5號(1935年5月5日)，頁66。

98 〈台灣文聯東京支部第一回茶話會〉，《台灣文藝》2卷4號(1935年4月1日)，頁24-30。

99 《台灣文藝》2卷3號(1935年3月5日)，頁10。吳坤煌遷徙不定，當時住於東京市淀橋區東大久保1之433。

《台灣文藝》創刊號上沒有創刊辭，只有一則代替創刊辭的〈熱語〉，揭舉如下一些標語：

- 最荼毒台灣的是台灣人的偽指導者們
- 我們以其有偽路線不如寧無路線！
- 最惡毒的人最怕人議論
- 我們的雜誌最歡迎人議論
- 我們希望把這本雜誌辦到能夠深入識字階級的大眾裡頭去
- 惜乎台灣還未有春秋
- 擁護我們的木鐸！
- 把台灣的一切路線築向全世界的心臟去！
- 看我們的藝術之花在世界心臟上開放吧[100]！

透過這些反映基本立場的標語可見，《台灣文藝》有意以團結本土知識層同時放眼國際的姿態，以亂世春秋、濁世木鐸爲己任，與荼毒台灣的「僞指導者」抗衡。這種立場與《福爾摩沙》標舉的「世界性鄉土」視野及「春秋破邪」精神，有某種程度的共通性。

綜上可見，台灣藝術研究會與台灣文藝聯盟的合流，早在1934年秋開始蘊釀，11月《台灣文藝》創刊後研究會同人多已爲盟員，並開始投稿。《台灣文藝》創刊號到第2號中，巫永福〈我們的創作問題〉、蘇維熊〈台灣民謠與自然〉等論稿，顯示《福爾摩沙》整理鄉土文藝、摸索台灣人新文藝的立場，仍爲他們堅持著。1935年2月舊台灣藝術研究會同人結合其他旅京藝文人士，正式以支部之名公開活動。此後《福爾摩沙》活潑的文學視野與追求主體性的文化抗爭精神，隨著組織的整合匯入《台灣文藝》之中；而借助文聯之力旅京文藝青年的表現，也似乎比先前更能開展。

100 〈熱語〉，《台灣文藝》創刊號(1934年11月)，頁1。

四、文聯東京支部：台灣文藝聯盟的海外生力軍

賴明弘曾回憶表示，東京留學生的合流使文聯的聲勢日益浩大[101]。位於「文學的帝都膝前」而倍受矚目的東京支部，在誌面上的表現也充滿了自信，積極而活躍。

繼1935年2月茶話會之後，3、4月又緊鑼密鼓召開了兩次座談會。1936年支部促成知名朝鮮舞蹈家崔承喜來台演出，此外並舉辦了其他座談會[102]。除了積極舉辦文藝活動之外，支部也成爲《台灣文藝》日文稿件的主要來源。參與《台灣文藝》2卷10號(1935年9月)編輯工作的張星建，曾說：「本號日文部分的執筆者幾乎都是東京支部的人，支部同人很多是先前《福爾摩沙》的會員，因此感覺本號就好像是《福爾摩沙》特輯號似的。」[103] 除了支部成員的稿件之外，支部成員還透過個人關係邀請日本人或旅日中國作家投稿(容後述)，因此也提供了一些其他的中、日文稿件。在文聯鹿港、豐原、台北、嘉義、埔里、佳里、東京眾地方支部之中，東京支部的角色是獨特而突出的。

東京支部的影響力在《台灣文藝》發刊的最後一年(1936年)，文聯遭遇內訌危機時尤其明顯。1935年12月8日，自文聯成立以來在組織和編輯意見上一直與張深切、張星建抱持不同理念的楊逵，終於另起爐灶創刊《台灣新文學》[104]。此事給文聯帶來相當衝擊，不過也迫使得文聯銳

---

101 賴明弘，〈台灣文藝聯盟創立的斷片回憶〉。

102 梧葉生，〈感想通信〉，《台灣文藝》3卷4、5合併號(1936年4月20日)，頁44。以及，吳坤煌〈懷念文環兄〉，《台灣文藝》81期(1983年3月)，頁77。

103 張星建，〈編輯後記〉，《台灣文藝》2卷10號(1935年9月24日)。

104 分離事件始末可參見，黃惠禎，《楊逵及其作品研究》(台北：麥田，1994年7月)，頁85-88。趙勳達也曾從1930年代文藝大眾化思潮的流行及其在台灣文壇掀起的議論，對造成台灣文藝聯盟分裂的深層因素進行結構性分析。參見趙勳達，《《台灣新文學》(一九三五～一九三七)定位及其抵殖民精神研究》(台南市立圖書館，2006年12月)，頁13-84。此外，下村作次郎認為，台灣文藝聯盟式微的主要原因是，張深切、劉捷和楊逵間在1935年7月左右起在《台灣新聞》上展開關於台灣大眾文藝的論爭，之後又是互揭瘡疤的派系攻擊及個人攻擊。以及，最後楊逵離開《台灣文藝》，在那年十二月創刊《台

意振興。《台灣文藝》3卷2號(1936年1月)刊出的〈原稿募集〉，可視爲這種背景下推出的興革之一。其內容如下：

> 本誌最近將發行增大號，預定動員我島新銳作家推出特輯號，因此委託張文環、曾石火、翁鬧、呂赫若、郭水潭、巫永福、吳希聖等人寫作。另外，基於開拓台灣文學新生面之意，徵募如下的評論和創作。期望大家努力投稿。
> 評論：現代台灣作家論：徵求與翁鬧、張文環、呂赫若、楊逵等人的作品及其傾向有關的作家和作品論。(後略)[105]

1936年的此時，張文環、曾石火、翁鬧、呂赫若、郭水潭、巫永福、吳希聖等人已有「新銳作家」之譽，而翁鬧、張文環、呂赫若、楊逵被視爲「現代台灣作家」。受到重視的上述作家之中，不少爲《福爾摩沙》同人或有淵源者。譬如：張文環、巫永福、曾石火、翁鬧、吳希聖[106]等人爲同人。任教於新竹峨嵋公學校的呂赫若，也曾將其處女作〈暴風雨的故事〉(〈嵐の物語〉)投到《福爾摩沙》[107]。在文聯銳意革新的文稿募集活動中，多位《福爾摩沙》系統出身的支部成員，被列爲邀稿或品評對象，支部成員作品在台灣文壇的份量可見一斑。

除了舉辦徵文活動，文聯成立後除了文學，原本即關注演劇、電影

(續)

灣新文學》等原因。參見下村作次郎，〈現代舞蹈和台灣現代文學——透過吳坤煌與崔承喜的交流〉，東亞現代中文文學國際學會《台灣文學與跨文化流動：東亞現代中文文學國際學報》第3號(2007年4月)，頁159-175。

105 〈原稿募集〉，《台灣文藝》3卷2號(1936年1月28日)，頁31。筆者譯。此外同啟示中還徵求，台灣文學和語言問題的討論及以台灣固有傳說和民間故事為題材的作品。這些反應了支部成員在創作、民間文學整理、語言問題各方面的關懷。

106 吳希聖並未留學，當時係從島內投稿到東京《フォルモサ》，並於第3號起加入為同人。

107 該稿投稿到《フォルモサ》第3號，不過似乎未獲錄用或未及刊出。參見，朱家慧，《兩個太陽下的台灣作家：龍瑛宗與呂赫若研究》(台南：台南市立藝術中心，2000年11月)，頁62。

等活動，受到楊逵分離事件影響更銳意強化這種走向。1936年7月邀請聞名日本的韓國旅日舞蹈家崔承喜來台演出，便是文聯企圖提振士氣的一支強心劑。《台灣文藝》編輯張星建，在迫近崔氏來台之際親自赴京接洽，可見文聯對此事之重視。當時到東京的張星建，也曾公開指出文聯有意藉相關活動振興組織的企圖。他表示：

> 在日本還好，但是想要在台灣發行單一的純文藝雜誌，則虧損百出，很難維持。因此最近積極兼辦電影或演劇，以及其他相關企業。但是一朝一夕實難臻於理想。(中略)我們希望以崔承喜女士公演為機會，大力鞏固文聯的基礎[108]。

邀請崔承喜來台乃爲推動多角化經營振興文聯，而促成崔承喜來台公演，東京支部功不可沒。其中與旅日朝鮮左翼演劇界、文學界有所交往的支部負責人吳坤煌爲最大功勞者，支部其他成員也出力不少。

崔承喜來台之行敲定後，東京支部同人便舉行一系列的暖身活動。首先於2月23日舉辦歡迎晚宴，邀請崔、經紀人及同伴舉行座談。會中張文環等人向崔承喜討教了朝鮮舞蹈與西洋舞蹈等問題，討論熱絡輕鬆。會議記錄記載，崔承喜還「特別對同處境的台灣人，給予許多同情的批判。」[109] 4月《台灣文藝》上發布支部將負責編輯〈崔承喜特輯號〉一萬冊，免費贈送給會員[110]。6月上旬，崔承喜恩師石田漠在東京日比谷舉辦的「漠門七人會」舞蹈會，東京支部成員前往觀賞，隨後曾石火、吳天賞並在《台灣文藝》上發表觀後感。7月崔承喜來台，在各地巡迴演出受到相當好評，支部負責人吳坤煌則一路陪同。綜上可見，

108 〈台灣文學當面の諸問題：文聯東京支部座談會〉，《台灣文藝》3卷7、8合併號(1936年8月28日)，頁2-3。

109 〈來る七月來台する舞姬崔承喜孃を圍み東京支部で歡迎會〉，《台灣文藝》3卷4、5合併號(1936年4月20日)，頁39。該記事相當簡要，因此並未明言崔氏「同情的批判」之內容為何。

110 〈崔承喜特輯號を東京にて編輯〉，《台灣文藝》3卷4、5合併號(1936年4月20日)，頁46。後來此事是否有落實，不甚確定。

支部成員對此次活動的支持。

除了崔承喜來台演出的消息之外，4月出版的《台灣文藝》3卷4、5合併號，也刊載了不少東京支部的活動消息。這些活動消息和知名舞蹈家崔承喜的訪台消息一樣，令人感受到東京支部的活躍。譬如，在「台灣文聯東京支部通信」中，吳坤煌以「梧葉生」之筆名對文聯內訌一事表示關切，他認爲文聯應從「努力充實內容」及「強化其他文化事業」等方面擺脫眼前危機。吳坤煌除了對文聯總部表示關切和期許之外，也強調了東京支部的責任：

> 我東京支部雖力量微薄但是也召開了三次座談會，另外在個人方面也以《福爾摩沙》傳統培育出的力量，提供了許多創作。這一年大家都拼命努力地奮鬥過來了。但是作為支部員，仍有團體性的集體活動至今不熱絡之患。因此作為支部所應做之事，可說堆積如山。這次的狀況特別也是如此，如果我們支部能提供什麼意見的話，或許可以防患未然也不一定。如果不想袖手旁觀的話，那麼現在就熱烈地來討論吧，大家應秉持信念與熱情來參加這個討論會。此外，使支部的組織確立，更而擴大強化，也是守護我聯盟的一個義務[111]。

吳坤煌此語非對東京支部發言而已，似乎也有期待其他支部奮起之意。吳坤煌的發言顯示，「守護聯盟」是東京支部的立場，同時也是他們對支部角色的認知和期許。東京支部的領航人對於支部的活動並不滿意，他殷殷期望同人多付出心力。而且他似乎堅信東京支部的強化將有助於聯盟的存續與發展，並認爲此乃支部責任所在。

吳坤煌並非徒發豪語而已，《台灣文藝》該期〈編輯後記〉(1936年4月)中，寫道：「東京支部從本月開始，每月發行通信(news)，開始

111 梧葉生，〈感想通信〉，《台灣文藝》3卷4、5合併號(1936年4月20日)，頁44。筆者譯。

有機的活動。希望其他各支部也一樣每月發行通信，謄寫或印刷皆可。」[112] 與此同時文聯還決定派遣劉捷赴東京，「協助支部會員，設立支部所屬演劇研究會」[113]。從上述現象看來，楊逵分離事件以後，東京支部確實企圖以更多積極的行動鞏固文聯，他們的行動獲得總部相當的重視和支持。由此可見，總部似乎也期望東京支部能夠對其他支部產生正面示範效果。

從文聯創立伊始到文聯中衰以後，「文聯東京支部」始終站在擁護文藝聯合陣線的立場上，積極活動著。

五、支部雙柱吳坤煌、張文環及其他旅京青年的文學放浪

東京支部成立以後，集團性文藝活動成為他們的目標之一；而努力貫徹此一目標的，首推支部負責人吳坤煌及其好友張文環兩位。

吳坤煌曾回憶他與張文環在東京支部一起努力的往事。他說道：

> 我與文環兄，同是在日據時代，由強烈的民族意識下，同甘共苦，在日本東京，點燃了台灣新文學的火焰，創立「台灣藝術研究會」。並於民國22年7月15日，創刊《福爾摩沙》文藝雜誌。後來也一同參加了「台灣文聯」。而由我主持「台灣文聯東京支部」時，有文環兄的極力鼓舞及協力，才能夠拓開了對文學創作的目標，及今後發展的方向有重大意義的幾次座談會，以及種種文藝活動[114]。

翻閱《台灣文藝》雜誌，東京支部活動曾在誌上留下記錄者有下列幾次：第一次為1935年2月5日，即支部創立時的茶話會[115]；第二次為1935

112 〈編輯後記〉，《台灣文藝》3卷4、5合併號(1936年4月20日)，頁68。

113 同上，參照劉捷回憶錄，此事可能也與劉捷等人欲在海外發行一名為《台灣情報》之刊物有關。

114 吳坤煌，〈懷念文環兄〉，《台灣文藝》81期(1983年3月)，頁75。引文中筆者稍更動標點。

115 〈台灣文聯東京支部第一回茶話會〉，《台灣文藝》2卷4號(1935年4月1日)。

年4月14日支部第三回座談會，內容與「東京支部呈台灣文藝聯盟總會提案」有關[116]；第三次，爲1936年2月23日，歡迎崔承喜來台表演的晚餐會[117]；第四次，1936年3月15日召開的支部例會[118]；第五次，1936年6月7日爲有關「台灣文學當前諸問題」的座談會[119]。在這些記錄中，除未羅列出席名單者之外，每一次吳坤煌與張文環都有參加，而且從發言與參與情況來看，吳、張可謂核心分子。當時支部成員中除了吳坤煌以外，大概便屬張文環投入最深。

比張文環小兩歲的劉捷(1911年生，屏東萬丹鄉人)，與張文環結識於1933年左右。他曾表示：他在島內接獲《福爾摩沙》創刊號後，有感於「以往在台灣報紙副刊發表作品的作家，多半擅長舞文弄墨，比較缺乏札實的文學思想和藝術趣味」，所以他一看到《福爾摩沙》大爲心動。他曾如此寫道他對「台灣藝術研究會」的觀感：

> 這些留學生的大部分是愛好文學，正式在各大學攻修文學的青年人，例如蘇維熊(東大英文科)、曾石火(東大英文科)、施學習(日本大學中文科)、巫永福(明大文學科)、王白淵(東京美術科)、張文環(日大文科)等等。以往台灣留學生的主修科目是法律、醫學，以實利經濟取得社會地位為目的，唯這一群志向文學，有的像張文環、吳坤煌、曾石火、巫永福諸人志在成為日本文壇的作家，可見時代的轉變，也可以說是台灣人思想

116 吳坤煌，〈東京支部の提案——台灣文藝聯盟總會に呈す〉，《台灣文藝》2卷6號(1935年6月10日)，頁30-31。此次出席者名單未錄。

117 〈來る七月來台する舞姬崔承喜孃を圍み東京支部で歡迎會〉，《台灣文藝》3卷4、5合併號(1936年4月20日)，頁39。出席者有崔承喜、崔之經紀人及其同伴、吳坤煌、張文環、吳天賞(吳鬱三)，及其他支部成員。

118 〈東京支部例會報告書〉，《台灣文藝》3卷7、8合併號(1936年8月28日)，頁57。

119 〈台灣文學當面の諸問題：文聯東京支部座談會〉，《台灣文藝》3卷7、8合併號(1936年8月28日)。這大概也是支部舉辦的最後一次座談。出席者有莊天祿、賴貴富、田島讓、張星建、劉捷、曾石火、翁鬧、陳遜仁、溫兆滿、陳瑞榮、陳遜章、吳天賞、顏水龍、郭一舟、鄭永言、張文環、楊基椿、吳坤煌。

> 文化的一步前進，由政治的現實再上一層邁向追求精神文化的新階段哩[120]！

因此他開始覺得「在台灣這小天地那裡有「文藝」的出路呢？」、「我羨慕這一群文學者」，遂決定藉記者工作之便奔向東京[121]。此後他在1933-1934年、以及1936-1937年的兩段旅京生涯中[122]，與台灣藝術研究會或東京支部同人頗多接觸，與吳坤煌、張文環等人交往尤爲密切。透過劉捷的回憶，可以看見當時吳、張等文學青年，在東京生活與學習的大致情形。

1933年劉捷抵達東京的第一天便寄宿張文環家。據劉捷表示，張立即爲他通知了《福爾摩沙》等文友，此後他倍受張文環、吳坤煌等人照顧。以下是劉捷對吳坤煌的一些回憶：

> 在張家出入的大部分是沒有上課各處流浪聽講的文學青年，吳坤煌兄是最典型的**流學生**。他有一表令人可親可愛的長相，精力充沛，求知欲旺盛，他先是台中師範，來日後學美術、音樂、演劇、宗教、文學等無所不學。家鄉老爹是地方上的郵政局長，但「糧絕無援」之後，他在東京市內的任何臨時工作都

---

120 劉捷，《我的懺悔錄》（台北：農牧旬刊，1994年），頁37。部分成員的求學背景，劉捷有誤記。

121 劉捷，《我的懺悔錄》，頁37；及劉捷（著），林曙光（編譯），《台灣文化的展望》（高雄：春暉出版社，1994年），頁8-9。劉捷原文多缺乏標點，為便閱讀筆者自行斷句。以下引文亦同。

122 劉捷曾有多次旅日經歷，因此《我的懺悔錄》對旅日時間與活動的憶述，有些誤記與紊亂之處。筆者從劉捷發表於《フォルモサ》第2號的論稿文末標注「寫於東京」推測，他在1933年底以前已在東京，居留時間不確定。不過1934年11月《台灣文藝》〈文藝同好者氏名住所一覽〉記載他在台灣，次年2月東京支部召開第一回茶話會時他也未參加，1936年初還以郭天留之名參與過島內文藝座談。因此筆者推測，他1933年末到1934年在東京，1934年底到1935年春回台，1936年4月派往東京到1937年初返台。同年他有感於島內生活不易，而轉赴華北發展。

嘗試過。最常見，時間較長的是築地劇場的臨時演員。築地劇場在東京是著名的左派劇場，吳君在此工作學習獲益非淺。

吳君的活動力很強，當時在日的台灣留學生幾乎與他相識。台灣藝術研究會、福爾摩沙雜誌、韓國舞蹈家崔承喜等的來台巡迴表演，實際上都是由他籌劃成立實現的。其他，他與留日中國學生、朝鮮留學生也有密切的往來。我的初到日本提供住所的(是)張文環兄，每日陪我訪友認識在日本人士以及增加見聞的是吳坤煌君[123]。

巫永福曾表示「東京台灣人文化同好會」檢舉事件，導致吳坤煌與張文環學業中斷。從劉捷的回憶可見，吳坤煌興趣廣泛、激進積極，離開校園後嘗試各種工作，並因戲劇與日本左翼演劇人士、甚至劇界的中、朝人士有所往來。在前段有關東京支部活動概況的討論中，也能看出吳坤煌自信、積極、熱心，充滿決斷力的領航者風采。

除了吳坤煌之外，劉捷在東京最親密的友人便是張文環，他成了張文環家的常客。「他的家是我每日必訪之處，因爲文環有自己的房子，本人好客，凡是初來日本的文學者『必訪之處』，像我乃是每日的常客，有時候也住在他家三兩天。」[124] 劉捷表示當時張已輟學，自修勤讀戮力寫作，與台日青年作家往來。劉捷白天通常泡在張家，與大夥縱論文學或針砭時政。他說「那時候文環兄已不上東洋大學文科了，但起居仍穿著一套黑色學生服，書生、文學青年的面貌十足。他家訂一份《朝日新聞》，每日我們都注意該報的文藝欄，所談論的是日本文壇，法國、俄羅斯文學等無微不至。」[125] 當時張文環本鄉的寓所，樓下由岳父母居住，樓上則由他與妻子居住。「文環兄和我常在這家樓上漫

123 劉捷，《我的懺悔錄》，頁50。

124 同上。

125 劉捷，〈張文環兄與我〉，張文環(著)、廖清秀(澤)，《滾地郎》(台北：鴻儒堂，1976年12月)，頁311。

談，冬天他放一個日式木炭火缽，我和他，有時候也有其他的人參與，一面取暖一面談話，所談的是故鄉台灣之事，台灣的文藝運動、作家的活動等等。」[126] 此外在張家他們和其他留學生也談論台灣、日本或世界文學。常客之一的吳坤煌，也常在張家吃晚飯，享受親族般的溫暖，逾半世紀後他對當年享用的雞素燒、日本年糕，以及文環家人從故鄉捎來的肉干、香腸等佳餚，仍津津樂道[127]。

在劉捷眼中，張文環是一位「一心一意專攻文學爲業(其實無業)的標準台灣人作家」。他說，當時作家如果想在文壇上樹立地位，入選東京《改造》、《中央公論》、《文藝》、《新潮》等雜誌，乃是躍登龍門的捷徑。不但有相當的稿費，單行本也不愁沒有銷路，對生活的安定有一定的幫助。這樣的外在條件，鼓舞了以文學爲志業的青年們投入。劉捷說：

> 那時候的留學生，尤其是修文學這一門的人，因為目的不在文憑學歷，目標盡在實力寫作，登上日本文壇成名，所以處處聽講，學習自己所好的幾成風氣[128]。

立志文科的巫永福，流連於大學校門之外的吳坤煌、張文環，以及來京後掛名私校實則四處放浪的翁鬧等人，應該都有志於此。

據劉捷表示：他當時表面上白天在台灣新民報東京支社[129]上班，晚上學習速記。實際上大多時間跟隨留學生，前往各大學或各地聆聽免費的文學演講、參觀百貨公司的各種文化展覽。東京大學、明治大學、法政大學是他每日必到的學府，因爲在那裡講學的有日本文壇的名人學者、評論家、文藝作家，還可以利用圖書館借閱市面不易尋見的書籍，

126 劉捷，〈張文環兄與我〉，頁311。

127 吳坤煌，〈懷念文環兄〉，《台灣文藝》81期(1983年3月)，頁76。

128 劉捷，《我的懺悔錄》，頁38。

129 劉捷誤記為台灣民報社。《台灣民報》在1929年1月已更名為《台灣新民報》，1932年4月發行日刊，1933年10月設立東京支局。劉捷當時就是在東京支局工作。

上野圖書館、東京大學、大橋圖書館，都是他們常去的場所[130]。

東京市內文化人開設的「喫茶店」，也是學生們聚集的重鎮。10錢一杯的咖啡，便可長坐欣賞音樂或與文人作家同席談天，台灣來的文學青年因而流連忘返。當時劉捷曾因吳坤煌的介紹，在這些場所認識秋田雨雀、中野重治(1902-1979，小說家、評論家、詩人、日共分子)、大宅壯一(1900-1970，評論家)、森山啓(1904-1991，詩人、文藝評論家)等知名左翼作家與評論人，其中劉捷對集戲劇家、詩人、小說家、兒童文學家於一身的秋田雨雀(1883-1962)，印象特別深刻[131]。

除了流連於大學講堂、圖書館、演講、展覽或咖啡館之外，1933年11月設立於東京都心丸之內的「台灣新民報東京支社」，也是張文環等人的一處梁山泊。1935年9月赴日讀書而與文環夫妻同住直到歸台的堂弟張銃漢，提到張文環自學生時代起便主張「台灣獨立」[132]。他指出此時張文環除了每日攜便當前往上野圖書館苦讀、創作之外，便與該報東京支社人士往來或針砭時政。他說：

> 這個期間堂兄除了自修、寫作以外，與台灣新民報社東京支社

---

130 劉捷，《我的懺悔錄》，頁38。

131 劉捷，《我的懺悔錄》，頁59。曾回憶道：「他當時已經是八十多歲的銀髮作家，但毫無「年老」的感覺，滔滔不絕，邊喝咖啡，邊與我們數位的青年談論風生，不知時刻已晚矣！」依年歲推算，劉捷認識秋田雨雀時他應該才50餘歲，似有誤記。

132 獨立一語係張銃漢使用的詞彙，受訪時他多次強調當時張文環的夢想即為「台灣獨立」。不過，筆者認為當時台獨的意涵與今日略有不同，因此張文環的「台獨」主張仍須商榷。較接近今日台獨主張的是，當時台共公開使用的具有脫離中、日意味的「台灣獨立」一詞。右翼民族運動陣營的宗旨也是脫離殖民統治，但是他們穩健的鬥爭策略使外在表現更顯複雜。譬如有希望脫離日本統治，但是於公開場合揭舉自治主義者；也有確實以地方自治為目的，無意脫離日本者。另外對於是否與中國分離，不論左右派或各派內部，也有不同主張。當年張文環雖明顯反殖民而且同情左派運動，但是從他尚稱穩健的活動來看，他的「台灣獨立」主張偏向高度自治主義，而不似台共激進。不過這往往也是1930年代民族運動不得不虛與委蛇的鬥爭姿態。因此張文環的台獨主義，內容及程度如何，似不宜完全以今日之台獨思想來理解。

> 的人也多有往來。當時在東京的昔日參與台灣文化協會的有識階級們，不希望台灣被日本人統治，常邀請台灣來的優秀學生聚會或吃飯。他們很器重文環，當時還是年輕學生的文環常被楊肇嘉、吳三連(時任台灣新民報社支局長)、羅萬俥(社長)等邀請到支社去閒坐或議論時事[133]。

1929年台灣新民報社成立之後，林獻堂任董事長，楊肇嘉等人爲監察人。1933年10月爲配合東京支局之設立，報社有一次人事大調動，羅萬俥擔任社長，吳三連出任支局長，記者江允楝派駐東京，劉捷也爲學習速記前來。吳三連表示當時總社要求東京支局長的工作有三：一、採訪新聞；二、招攬廣告；三、從事抗日政治聯繫[134]。東京支局設立後成爲海外台灣人運動的中心、台灣菁英造訪東京必到之地，平日亦爲關心海內外時事與故鄉問題者的聚集之地。1940年代張文環回台後活躍於文化界，除了他本人的努力和魅力之外，與本土報界人士的淵源也不無關係，而他與這些深具本土立場的菁英們便結緣於東京[135]。

除了張文環以外，當時不少旅日學生與新民報諸名士也有往來。南投人張水蒼，與吳坤煌、張文環、曾石火、巫永福感情極好[136]，當時他通過行政與法律兩科高等文官考試，在吳三連的作媒撮合下娶板橋林柏壽千金爲妻，在留學生界傳爲美談[137]。巫永福則因擔任「背水會」會長(埔里同鄉會)參加「台灣同鄉會」(楊肇嘉發起、高天成任會長)的因緣，與林獻堂、楊肇嘉、吳三連、羅萬俥、張星賢等人認識。留學日、美，任職於林、楊等人創設之台灣民報社的羅萬俥，更是巫永福的埔里

133 1999年3月13、28日，張銑漢口述，柳書琴採訪。

134 吳三連(口述)，吳豐山(撰述)，《吳三連回憶錄》(台北：自立晚報文化出版部，1991年12月)，頁82。

135 詳見本書第六章第二節。

136 張銑漢口述表示，張水蒼對張文環極為照顧，也曾借金錶給張文環典當周轉。吳坤煌與張水蒼則為公學校同學、竹馬之交，張水蒼與巫永福、曾石火則為台中一中前後期同學。

137 張銑漢口述、吳坤煌，〈懷念文環兄〉，都提及此事。

前輩。此外當時住在東京的楊肇嘉，也曾援助旅日奧運級運動家張星賢、林月雲、音樂家江文也及其他美術家等多人[138]。

1920年代中後期以後逐漸匯聚東京的藝術青年與文學青年間，也很自然地產生交流。在音樂界方面，1934年由楊肇嘉提議、台灣新民報支持，旅日音樂家江文也等人組成「鄉土訪問團」，於8月11日到19日在台灣各大城市巡迴演出[139]。這場被研究者稱為台灣西式音樂會之始的音樂盛筵，起因與「台灣同鄉會」的成立有關。1934年夏以楊肇嘉為首，旅日台灣人約莫一千人左右，在東京丸之內「報知新聞社」禮堂通過了「台灣同鄉會組織會則」。或許因為氣氛熱烈，因此同鄉會案通過後，「暑假返鄉訪問演奏會」也隨即組成[140]。旅日音樂家也因此與其他旅日青年有所交流。

江文也(本名江文彬，1910年生，台北縣三芝鄉人)，因父親經商關係於1914年舉家遷往廈門，後來進入台灣總督府直營、專供台籍小孩就讀的日語小學就讀。1923年進入日本長野上田中學，受到國文老師知名作家島崎藤村(1872-1943)的啓蒙，對藝術產生興趣。1929年轉赴東京學習電機，並利用課餘時間學習音樂。爾後父親經商失敗他必須靠打工維持生活，卻反而全心轉向音樂，受教於著名音樂家山田耕筰(1886-1965)，並受其相當影響[141]。巫永福曾回憶到，他與江文也結識於台灣同鄉會成立會上，在報知講堂的同樂會中巫永福深為江氏優美的男中音感動。1934年返鄉期間，江文也受台灣碧綠水田中的白鷺所感動，返日後創作「白鷺的幻想」，結果榮獲日本全國音樂比賽作曲組第二名，揚名日本。1935年4月21日台灣中部大地震之後，台灣新民報主辦之「震

138 巫永福，〈風雨中的長青樹〉、〈埔里的傳統〉，《巫永福全集6》評論卷I，頁9、23、153。

139 除了江文也(男中音)之外，返鄉演出的音樂家還有高慈美(鋼琴)、林秋錦(女中音)、柯明珠(女高音)、陳泗治(鋼琴)、林澄沐(男高音)、林進生(鋼琴)、翁榮茂(提琴)、李金土(提琴)等人。參見吳玲宜，〈江文也生平與作品研究〉(台灣師範大學音樂研究所碩士論文，1990年6月)。

140 吳玲宜，〈江文也生平與作品研究〉，頁8-9。

141 同上，頁6-9。

災音樂會」江文也雖無法返台演出，但也特別作了〈賑災歌〉支援災區，並流傳一時[142]。1936年在張星建策劃下江文也曾再度返台舉行獨唱會，已任職於台灣新聞社的巫永福也前來歡聚，由於江氏也曾在《台灣文藝》上發表詩〈獻給青年〉（〈青年に捧ぐ〉），兩人相談甚爲投機[143]。

在美術界方面，如前章所述北師生與中部青年因緣不淺，在文運革新會、台灣社會科學研究部(會)、台灣學術研究會、東京台灣人文化同好會各時期，謝春木、王白淵、林兌、林添進、陳在葵等北師青年，與陳來旺、吳坤煌、張文環、巫永福等中部青年，交往甚深。王白淵與《福爾摩沙》同人的往來、吳坤煌對陳在葵的追念、顏水龍參與東京支部座談會，以及陳植棋過世多年後《台灣文藝》誌上對他的追悼，皆顯示美術青年與文藝青年之間，氣質之相類與思想之相契。

張文環住家所在的本鄉一丁目圈內，除了他、莊光榮、蘇維熊、曾石火之外，李梅樹、陳炳煌、李石樵、陳植棋等已有聲名的新進美術家們也住在附近。吳坤煌可能因爲陳在葵的關係，很早便接觸了這些美術青年。他曾介紹李石樵給張文環認識，「也爲了欣賞繪畫，也多少好奇，我們也到過他們樓上的畫室，參觀了珍貴的女人露體繪畫時的情況。」[144] 文學青年與美術青年在帝都結下的因緣，使他們爾後擁有相當深厚的友誼。1940年代《台灣文學》創刊時美術界人士公開相挺，在報章雜誌上畫家的圖繪與作家的文稿也經常同列。私底下李石樵曾贈畫給張文環，巫永福託李石樵爲雙親作畫，而橫跨文壇與藝壇的吳天賞與畫家們的交流更不在話下。

除了與旅日文學者、美術家、台灣新民報系本土菁英時有接觸之外，張文環、吳坤煌、劉捷等支部文學者與東京朝日新聞社唯一的台籍記者賴貴富，也有相當往來。賴貴富(1904年生，苗栗人)，1926年8月起長年任職於知名報社，在當時委實不易。在日本轉居各處的他，以熟

142 吳玲宜，〈江文也生平與作品研究〉，頁9-11。

143 巫永福，〈風雨中的長青樹〉，《巫永福全集6》評論卷Ⅰ，頁22-23。江文也〈青年に捧ぐ〉，發表於《台灣文藝》2卷5號(1935年5月)。

144 吳坤煌，〈懷念文環兄〉，《台灣文藝》81期(1983年3月)，頁76。

諳東京自豪，是支部同人眼中的「老東京」[145]。與賴氏多所接觸的劉捷，曾如此形容這號人物：

> 賴貴富認識多方面有關台灣問題的(日本)政客。例如因他的引進，我見過尾崎行雄、清瀨一郎、許丙、下村宏等。賴貴富兄是一位對於中國革命，尤有興趣的評論家。他認識很多歷史上與中國革命有關的人物，我也常常隨他前往會見這些名人。例如支持國父孫中山從事革命運動的宮崎(按，滔天)及其夫人百蓮夫人等[146]。

賴貴富1925年即曾在楊雲萍主編的《人人》雜誌上，以「賴莫庵」之名發表過隨筆；1935年以後他則以本名或筆名「陳鈍也」在《台灣文藝》上多次發表隨筆或論評。在吳坤煌、劉捷、楊肇嘉等人催促下，他曾相當自負地擬在《台灣文藝》上設立主題不限的議論信箱[147]。張文環也曾在一篇隨筆中提到，他曾在嚴冬前往鶯谷公寓拜訪這位素來景仰的前輩渴望與他秉燭夜談[148]。

賴貴富算是文藝圈外人，不過文聯東京支部成立的第一回茶會與支部最後一回座談會他都有參加，他對文聯以及支部旅日青年文藝活動相當關心。然而廣泛訂閱中日報刊關注世局動態，思想激進言辭銳利的他，曾爲文多次批評《台灣文藝》乏善可陳，缺乏刺激性、吸引力和幽默感。即使對於旅京的文藝友人，也絲毫不客氣。他曾批判文藝青年缺乏積極的生活態度及深入現實生活的勇氣，以致成爲知識遊民，在不景氣的世局中長吁短歎，如乞食者般沒有骨氣，對於迫切的社會問題與時

145 他曾說自己是住在東京十年的市民，依此推測他大約在1926、1927年左右赴日。參見陳鈍也，〈文學界の「敵」として立つ〉，《台灣文藝》3卷7、8合併號(1936年8月)，頁61-63。

146 劉捷，《我的懺悔錄》，頁60。

147 陳鈍也，〈陳鈍也信箱の開店廣告〉，《台灣文藝》2卷10號(1935年9月)，頁85。

148 張文環，〈強ひられた題目〉，頁46-47。

勢動向也缺乏掌握[149]。像賴貴富這麼一位熟知中日情勢、交遊廣闊，而且激進敢言的「老東京」，極可能也豐富或刺激了張、吳等文學青年的交遊與見識吧。

六、文聯東京支部的使命

如前所述，《台灣文藝》創刊號發行之際，背負合流使命的賴明弘已在東京，住在張文環家中[150]。張文環是賴明弘來京商談的對象之一，張家同時也是賴居住的處所，張文環在支部成立過程中應有相當參與。吳坤煌在回憶支部往事時，也一再強調張文環在支部中的重要性。他表示《福爾摩沙》發行兩期後，他不滿於雜誌的平穩路線，加上戲劇演出及認識許多中國來的友人，以致逐漸與台灣藝術研究會同人脫離。「但是我與文環兄的深厚友誼仍舊不變，後來合併於『台灣文聯』而主持東京支部時，更有他協助，才多少有成就，讓我完成責任及使命」[151]。文聯東京支部除了發揮凝聚同好、加強島內外聯繫以及提供稿件的職能之外，還有什麼「責任」和「使命」呢？

關於這方面，吳坤煌曾有如下說明：

> 台灣文聯東京支部的任務為推銷雜誌，並向在日本的僑民及日人，宣揚與傾訴在日本帝國主義下被壓迫的台灣人的心聲，並由此所產生的殖民地新民族文化[152]。

歸納而言，也就是：一、推銷雜誌。二、向僑民及日人宣揚「台灣人被殖民的心聲」，以及因此產生的「殖民地新民族文化」。推銷與宣揚互為表裡，因此兩者實際上可能是同時進行的。總之，也就是透過文化活

149 參見陳鈍也，〈陳鈍也信箱の開店廣告〉、〈文學界の「敵」として立つ〉等。

150 依《台灣文藝》創刊號〈文藝同好者氏名住所一覽〉記載，賴氏通訊地址為東京市本鄉區本鄉一丁目13之2，即張文環住所。

151 吳坤煌，〈懷念文環兄〉，頁76-77。

152 《台灣文藝》3卷7、8合併號(1936年8月28日)，頁77。

動爭取日本一般社會人士或日本左翼團體對台灣民族運動的同情與支持。這一點與台灣新民報東京支局的角色相當類似。「台灣新民報東京支局」與「文聯東京支部」，一藉輿論，一藉文藝運動，然而目標卻是一致的，也因此彼此往來密切。

文聯東京支部這些任務，迄今罕爲人知。有關此任務實踐的成果並不清楚，但是《台灣文藝》及其他文獻殘存的蛛絲馬跡顯示，支部確實曾往這個方向努力，吳坤煌、張文環兩位尤爲努力。從《台灣文藝》雜誌文藝同好者氏名住所的數回普查可見，來自東京地區的台、日誌友確實有逐漸增加的傾向。這應當是東京支部努力推銷、宣揚獲得的成果。張文環在隨筆〈被迫用上的題目〉(〈強ひられた題目〉)[153]中，曾提到拜訪僑界領袖李延禧、蘇鳳鳴，及前總督上山滿之進友人「吉田先生」等事。從張文環拜訪超越其日常交往範圍的名流之一二記述，約略可見他當時似乎確有文藝以外的特殊活動。

李延禧(台灣士紳李春生之孫)，1896年赴日讀書，開啓台灣富家子弟留日先河。他是新高銀行發起人及董事長，1921年膺選台灣總督府評議員，一次大戰後移居日本，成爲旅日台灣人領袖之一。據當時留學東京的朱昭陽回憶，李延禧娶日本太太，在東京鶯谷有一豪華大宅，「他對台灣人非常照顧，許多留日學生有困難就去找他幫忙。」[154]前文也述及他曾提拔張我軍，派遣他赴廈門襄理業務，促成了張我軍人生的蛻變。至於「吉田先生」，應該是對台灣議會設置請願運動出力頗多的眾議院議員田川大吉郎。根據帝國議會的請願程序，人民向貴、眾兩院提出請願，至少需由各院一名議員擔任介紹議員，呈交請願委員會審查。台灣議會設置請願運動前數回直接仰仗田川氏推薦，到1930年代田川氏仍持續介紹日本有影響力之法、政人士支持此一運動[155]。因蔡培火

153 張文環，〈強ひられた題目〉。

154 林忠勝(撰述)，《朱昭陽回憶錄》(台北：前衛出版社，1994年6月)，頁35-36。

155 田川氏為富士見町教會的長老，因此與蔡培火(基督徒)結緣。參見周婉窈，《日據時代的台灣議會設置請願運動》(台北：自立報系文化出版部，1989年10月)。吉田氏與林獻堂等運動發起人交往頗深，與台灣留學生也有接觸。

之因緣支持請願運動的田川氏，早在1921年便在《台灣青年》上發表一些有關台灣統治或教育普及的同情言論。依張文環的描述，當時年事已高的他對台灣留學生充滿了親切親愛之情。

張文環自1932年投入留學生運動以後，曾多次奔走籌款。譬如：1932年他負責東京台灣人文化同好會的募款事宜；同好會重建時可能接受當時旅京民族運動右翼領袖楊肇嘉支助；1932年提議以家鄉匯款開設咖啡館籌湊運動資金；負責《福爾摩沙》編輯工作時也爲了開銷大傷腦筋等。文聯東京支部成立後，在這方面經驗豐富的張文環，再次擔任起募款和促銷等工作。他曾描述自己以一介文學青年拜訪社會名流時，遮遮掩掩隱藏襪子破洞，或爲失禮衣著如坐針氈的模樣[156]。當時不擅交際的他自輟學以後過著節儉的苦學生活[157]，可能因運動或籌款需要才走訪這些顯達人士。

除此之外，同樣在〈被迫用上的題目〉中，張文環還提到和朋友約好要去見大阪方面過來的工人。張爲什麼會去拜訪這些平素並不熟悉的人呢？文中未提及緣由，不過從當時他與《台灣新民報》人士的往來推測，他有可能還接觸其他與台灣團體相奧援的日本工運，甚至地下運動吧？

楊逵成立《台灣新文學》雜誌之後，與東京日本文士特別是左翼文學者聯繫是雜誌的經營重點。此時楊逵似乎有意跳開不甚支持分離走向的吳坤煌與張文環，另倚重翁鬧來協助東京方面的聯繫事務。不過翁鬧認爲張文環比自己更適合，而加以婉拒[158]。可見當時張文環有相當的活動力，而且有廣闊良好的人際網絡，因此被同僚認爲能勝任聯繫工作。

綜上所述，在文聯東京支部中，興趣廣泛、激進積極的吳坤煌爲支部領航人，而活躍風趣、廣結善緣的張文環，堪稱吳最得力的搭檔。在兩位同年兄弟的合作下，東京支部日益有方向感地活躍了起來。在他們

156 張文環，〈強ひられた題目〉。

157 據堂弟表示，張文環體念父母負擔，匯款盡量供給當時在早稻田大學上學的弟弟使用，自己相當儉省。1999年3月13、28日，張銳漢口述，柳書琴採訪。

158 〈明信片〉，《台灣新文學》1卷3號(1936年4月1日)。

的領導下，使陷於疲態的台灣藝術研究會重現活力，也使本土文壇獲得新力刺激而更能發揮文化聯合陣線的力量。在隨後的小節我們還將繼續指出，東京支部的傲人成就並不止於支持島內文藝運動而已；以旅京之便廣結島外資源，爲島內已無希望的若干運動找尋出口，是他們更爲珍貴的貢獻。

小結

眾所周知，1930年代新文學運動雜誌與團體的蓬勃，與政治反對運動受挫有關。賴明弘回憶文聯成立往事時也提到這一點，他說：「表面上看來，進步的台灣政治運動被摧殘，被壓迫得零落無聲，呈現著一片蕭條景象，這使台灣智識分子必然的要找出路。一方面，自由主義思潮的澎湃是控制不住的，由於這客觀情勢的要求，台灣的智識分子自然而然的對建立新文學這一條路認真的站起來，大家並且認爲有組織文學團體的必要，所以才很快的就能成立台灣文藝聯盟。」[159] 如賴氏所述，反對運動受挫，智識分子被迫求一隅之存續而轉往文學。想在這裡重建陣地的他們，也因而很早即認識到團體組織與集體運動的必要性。

吳坤煌在東京收到《台灣文藝》創刊號時，也抱持同樣看法。他說：

> 思鄉心切，夢裡也忘不了南方星星的我們，收到《台灣文藝》時恰如乾渴時望見泉水一般欣喜，不是沒有道理的。但是喜悅中，在文學的帝都膝下鑽研的我等也有些著急。想到諸兄們忍受極度難產之苦，為生下漂亮寶寶而努力，常覺得不知如何感謝才好。在此先一揖禮，雖然來晚了，但是我們從遠地風塵僕僕而來，想助諸君不敗之一臂之力。現在時勢要求文學活動集結，我們相信越強固的地方團結，越能創造地方文化[160]。

159 賴明弘，〈台灣文藝聯盟創立的斷片回憶〉。

160 吳坤煌，〈東京支部設立について〉，《台灣文藝》2卷3號(1935年3月)，頁67。筆者譯。

吳的發言流露旅日青年的自信與優越感，但是比這個更重要的卻是他們對島內同好手足般的親愛之情，以及將《台灣文藝》視若己出的珍愛之意。文聯的成立以及支部的合流，便是建立在島內外文藝青年對集體活動及創造地方文化有所共識的基礎之上。

如正文討論所述，文聯爆發楊逵分離事件之後，東京支部於1936年初做出許多決議，企圖以積極行動鞏固文聯。經此決議之後，支部果然於次號如期舉行例會，並於《台灣文藝》上刊出例會報告書。此例會於1936年3月15日召開，不過出席者含場地(郭明欽經營的牡丹亭)提供者郭明欽、郭明昆兄弟在內，僅吳坤煌、張文環及新人鄭永言等五人參加[161]。看來儘管支部負責人躍躍欲試，在雜誌上熱血高呼，但是成員的凝聚力已日益衰退，同時擁有優越創造力與活動力的新人也未誕生。不過儘管成員凝聚力有限，支部老將仍意氣昂揚地做出許多有關總部發展及支部擴展的重大決議。其內容如下：

> 一、東京支部絕對支持文聯。但現有幹部若有需要改正之處，希望趁此大加改革。
>
> 二、支部今後的活動，將於每月一日召開例會，並恢復作雜誌月評。基於促進雜誌進步之意，希望總部儘可能將每月的支部月評刊載於誌上。建議誌面提供支部刊載會評的空間。
>
> 三、將來的希望：希望未來東京支部發行特刊，並時時藉各支部之間的創作競賽，促進台灣文藝向上[162]。

此外張文環也在會中提出三點個人意見表示：一、沒有成立《台灣新文學》的必要。二、文聯應摒棄獨裁。三、文聯應致力雜誌的銷售與大眾

161 梧葉生，〈感想通信〉，《台灣文藝》3卷7、8合併號(1936年8月28日)，頁57。

162 〈東京支部例會報告書〉，《台灣文藝》3卷6號(1936年5月29日)，頁57。

化[163]。

這次集會是支部最後集會。會中可見吳坤煌、張文環兩位支部靈魂人物不計寥落，依舊奮勇高呼前進。然而越來越黑暗的時代，終究沒有給長年放浪異鄉的殖民地文學者太多機會。1936年9月以後張文環、劉捷、吳坤煌三人，因日本政府掃盪人民戰線運動關係者及其他因素先後下獄。《台灣文藝》於1936年8月號出版後停擺。此後東京這一群文學青年的活動近乎停頓，即使在仍發行中的《台灣新文學》上也罕見他們的蹤跡。1937年初劉捷、張文環出獄，卻體認到東京戰色日濃，社會緊張，不容台灣人再作任何活動[164]。1937年初劉捷意識風雨欲來，倉促攜妻返台；同年櫻花綻放時節張文環與妻子及堂弟跟進；1937年底獲釋的吳坤煌也遭日本政府遣返而黯然離京。1938年才華橫溢的翁鬧，也因目前尚無法究明的原因遭刑事追捕逃往神戶，最後於1940年死亡，死因不詳，結束其幻影般的一生[165]。此時雖然其他支部成員、陳瑞榮、陳遜仁、陳遜章等人尚居東京，但局勢日壞，又失去了張文環、吳坤煌等靈魂人物，再也無法凝聚。1932、1933年左右開始長達數年之久的異鄉文學饗宴，以及1935至1936年底野心勃勃的文聯東京支部，在時代的寒風中終究不得不如花散落。

賴明弘曾談到文聯停擺的原因：「後來因爲異民族統治者的加緊壓迫，和自身的經濟條件，以及文學同志等的離開台灣，《台灣文藝》於兩年後終告停刊，台灣文藝聯盟在無形中也停止活動了。」[166]除了文聯常委提出的政治、經濟及總部人力因素之外，1936年秋以後東京支部核心分子陸續被捕入獄，支部無法再發揮支援角色，也是重要因素之一吧？

163 〈東京支部例會報告書〉，頁57。

164 參見劉捷，《我的懺悔錄》，頁61；以及張銥漢口述。

165 參見杉森藍，〈翁鬧生平及新出土作品研究〉（成功大學台灣文學研究所碩士論文，2007年1月），頁93-94。

166 賴明弘，〈台灣文藝聯盟創立的斷片回憶〉。

第三節　台灣文學的邊緣戰鬥：跨域左翼文學運動中的旅日作家

前言

1930年代台灣反殖運動的主力，從激越的政治社會運動逐漸遁入穩健的文學文化抗爭中。在反殖形態的轉換過程中，政治運動者和文學運動者的重疊性不高。這或許是因爲1920年代後期社會主義運動高漲的年代，文藝運動的政治潛力尚未被充分重視，文學議題常附屬在政治議題之下顯得模糊。而進入1930年代以後，從事左翼政治運動者經歷數次大檢舉，或流亡入獄、或脫離陣線、或停止運動，此前政治熱高漲時期潛心文藝議題者也有限，故而從政治社會運動轉進文藝領域進行抗爭者並不多見。因此當社運旗手受到政治制壓零落之後，接替他們活躍的是另一批文藝新秀[167]。

反殖形態的轉換過程以血輪更替的換手方式展開，因此1933年日共佐野學及鍋山貞親等人掀起的轉向風潮[168]，對往往集文藝者和共產黨員(或社會主義運動者)於一身的日本文藝界所引發的衝擊，在台灣文學界似乎並未同樣廣闊深刻地發生。日本作家在獄中經歷長時反覆刑求、訊問及「思想善導」之後，簽署「轉向聲明」的體驗，在台灣作家身上也

167 以在東京的海外反殖運動轉換經過而言，1920年代後期林兌、蘇新、陳來旺、林添進、何火炎、吳新榮等台共或左翼運動者當時並不注重文化文學議題，而1930年代文化文學運動的主要旗手張文環、吳坤煌等人雖曾稍涉社會主義運動，但是當時整個運動已進入尾聲，故參與有限。

168 1933年6月，被日本政府判處無期徒刑的日本共產黨中央領導幹部佐野學和鍋山貞親，在檢察官誘導下，發表《叛黨聲明書》，承認皇室是「民族統一的核心」，並譴責共產黨提出的打倒天皇口號。《叛黨聲明書》對日本帝國主義侵略朝鮮和中國表示支持，並稱之為「這是歷史的進步」。此聲明發表後，在佐野和鍋山的影響、帶動下，許多被捕的普羅作家，也紛紛發表「轉向」聲明，一時出現了所謂「轉向」的時代。參見劉柏青編，〈日本無產階級文藝運動簡史(1921-1934)〉(長春：時代文藝出版社，1985年10月，1版1刷)。

不多見。「轉向」題材似乎只在王詩琅〈沒落〉、〈十字街頭〉、張文環〈父親的要求〉(〈父の要求〉)等少數參與過左翼運動的作家筆下閃現。換言之，除了曾躬逢左翼政治運動尾巴的少數作家之外，對1930年代大多數的殖民地文藝新秀而言，「轉向」與其說是一種試煉抉擇的風暴，不如說是一種不容多作掙扎的既成現實。比起探究「轉向」問題或刻劃迎拒掙扎的心路歷程，他們更關心如何以不同取向的文藝運動繼承反殖運動，實現文化抗爭理想，同時繼續維持和擴張既有文壇的發展[169]。在當時日益傾頹的日本左翼文化運動迫需聯合東亞左翼文化人士爭取最後的生存的背景下，旅居東京的台灣青年出於語文之便以及殖民地文化人的身分，在日本左翼文化界與留學／流亡日本的中國左翼青年文化人之間，扮演了某些翻譯、介紹與協調的角色。這個過程中，文藝創作與活動方面累積出來的人脈、視野、指導理念和各種資源，便使他們在思索台灣島內文壇出路、勾勒殖民地文化抗爭圖景時，更為開闊有力。

1934年底到1936年秋之間，以台灣文藝聯盟東京支部(簡稱文聯東京支部)為舞台，旅京文藝青年與日、中、台文學團體或左翼作家結合，開始了台灣文學史上罕見的跨域活動。儘管這些互動並不廣闊頻繁，沒有共同組織或固定活動，嚴格來說不過是旅日青年以私人人際構聯的一個不甚穩定的交流網絡。但是在這樣的文學網絡中，卻閃爍了旅日文學菁英跨域文學運動的思維。在島內左翼政治社會運動的赤焰近乎熄滅的時刻，星星之火猶不放棄，聯結其他國際左翼邊緣勢力，他們意圖另尋文化抗爭的資源。透過1930年代前半期日本左翼文化界勉強存續的日、中、朝、台、滿左翼文藝及戲劇運動之交流網絡作為平台，軍國主義抬頭下發展日益困難的台灣文學界獲得了海外結盟的機會。藉此台灣旅日作家不僅與日本左翼文化運動人士進行交流，也進一步與中國左翼文化人，乃至朝鮮、偽滿洲國作家有所接觸。除了文藝活動上的交流，稿件的交互刊載，還包含郭沫若等中國旅日作家的理念指導。在這

169 當時島內外文藝雜誌均熱衷於台灣文學的出路、語文表達工具、文學內容與形式等議題，便是一特徵。

一頁歷史中，令人炫目的不只是這些交流本身，亦是隱藏在這些互動背後，堅守理想、勉力爲之的價値視野和行動模式，流露的野心和遠見。

台灣文學史上這罕見的東亞多國左翼文藝人士的海外結盟，除了北岡正子在以中國左翼詩人雷石楡爲中心的研究中稍有涉及之外，向來乏人研究[170]。筆者將以台日兩地調查所得的零碎文獻爲基礎，以吳坤煌、張文環等活躍分子爲觀察中心進行討論。目的在闡述文聯東京支部、左聯東京支盟、日本左翼詩壇劇壇、及台灣島內文壇之間，如何逐次形成一個帶有左翼性質的跨域文學交流網絡？台灣作家在這個交流網絡中的活動情形，以及此一現象在台灣文學史上顯示的意義如何？

一、中國左翼作家聯盟東京支盟

如前節所述，1934年在吳坤煌、張文環的領導下，陷於疲態的台灣藝術研究會(1932年成立)因爲與台灣文藝聯盟合流重現活力，本土文壇也因旅京菁英的合流更能發揮文化聯合陣線的效力。台灣藝術研究會與台灣文藝聯盟合流後，改稱文聯東京支部。支部的志向並不止於支持島內文藝運動而已，他們更大的野心在於以旅京之便廣結資源，爲島內已無希望的若干運動找到出口。除了向旅日同鄉或對台灣持同情態度的日本人士進行募款及宣揚之外，支部也積極與日本左翼同人雜誌、旅日中國留學生、旅日朝鮮人進行串聯或合作。這個部分投入最深、最活躍的，是吳坤煌和張文環兩位。

1935年5月，中國左翼作家聯盟東京支盟[171](簡稱左聯東京支盟)機

170 1999年筆者在日本進行相關資料的調查時承蒙愛知大學黃英哲教授多次指導與幫助，謹此致謝。北岡正子相關論文有：〈「日文研究」という雜誌(下)：左連東京支部文芸運動の暗喩〉，《中国——社會と文化》第5號(東大中國學會，1990年6月)。〈雷石楡「沙漠の歌」：中国詩人日本語詩集〉，《日本中国学会報》第49集(日本中國學會，1997年10月)。

171 東京支盟，也有人稱為東京支部、東京左聯，依林煥平表示當時一直以「東京支盟」自稱。另外東京支盟在東京時也簡稱「左聯」，與「劇聯」、「學聯」、「社聯」等組織相應。

關誌《雜文》[172]創刊號出版。該號目錄上明載〈台灣文壇之創作問題〉一篇，作者爲張文環。不過翻閱該誌各期均未見此篇，也沒有其他署名張文環的文稿[173]。換言之，這篇評論應是有目無文的。

張文環爲什麼投稿《雜文》，又爲什麼與左聯東京支盟發生關聯呢？遍查東京支盟其他刊物之後，吳坤煌的名字意外映入眼簾；支盟詩刊《詩歌》第2號，以顯著標題刊載吳坤煌的〈現在的台灣詩壇〉[174]一文。依誌面顯示張、吳是當時左聯東京支盟刊物中僅有的兩位台灣作家。吳坤煌參與了東京支盟較多活動，與支盟往來最密切者非他莫屬，因此他爲我們探查當年的跨域交流留下了一些線索。本小節首先從中、日團體中與台灣作家互動甚多的「左聯東京支盟」談起。

「左聯東京支盟」是一個什麼樣的團體呢？1930年3月中國左聯於上海成立，1931年春至5月前後，以葉以群[175]、任鈞爲主幹，加上謝冰瑩、孟式鈞、樓適夷、胡風、聶紺弩等中國青年學生不滿十人，於上海左聯支持下成立左聯東京支盟。支盟分子與「日本無產階級作家同盟」（「納爾普」）、「日本無產階級科學研究會」、「中國問題研究會」等左翼團體，或秋田雨雀、小林多喜二、德永直、中野重治、村山知義、森山啓、上野壯夫、窪川稻子等左翼作家、演劇人都有接觸。不過此支

172 根據林煥平回憶，《雜文》第2期（1935年6月）出版後便受到東京警視廳注意，第3期後被禁。在當時旅日的郭沫若建議下，更名為《質文》。林煥平〈從上海到東京：中國左翼作家聯盟活動雜憶〉，收於中國社會科學院文學研究所編，《左聯回憶錄（下）》（北京：中國社會科學出版社，1982年5月，1版）。

173 該文標題刊於《雜文》創刊號目錄（1935年5月）。張文環與左聯東京支盟人士的往來問題，承蒙陳萬益教授教示，同時感謝愛知大學黃英哲先生，惠賜吳坤煌、雷石榆、張文環等人與支盟活動相關之珍貴文獻。

174 吳坤煌，〈現在的台灣詩壇（上、下）〉，《詩歌》（詩歌社）1卷2號（1935年8月3日）；1卷4號（1935年10月10日）。

175 譬如，葉以群（本名葉元燦，筆名華蒂，1911年生），1929年於法政大學經濟學部，但是主要興趣為閱讀、翻譯日本左翼文藝理論及作品。當時他經日本進步同學的介紹，參加「日本無產階級科學研究會」、「中國問題座談會」，並與「日本無產階級作家同盟」取得連絡，在上海《文藝新聞》、《文學導報》發表其日本左翼文化人訪問記、小品。

盟成立時間只有幾個月，1931年9月便因成員陸續返國而陷於停頓，學界一般稱之爲「前期左聯東京支盟」。

1933年停滯的支盟有了轉機。該年9月林煥平[176]在左聯組織部長兼黨團書記周揚指示下，背負重建使命抵達東京。他與前支盟未返國成員孟式鈞聯繫之外，還特別拜見與前期支盟及郭沫若往來密切的江口渙(1887-1975，小說家、評論家)[177]，請教組織及發展問題。林煥平回憶拜訪情形如下：

> 江口先談當時日本的形勢：資本主義經濟大恐慌尚未復甦，日本軍閥對外加緊推行侵略中國的政策，妄圖在侵略戰爭中尋求解脫恐慌的出路。對內加強法西斯統治。對日共和左翼文化界鎮壓很殘酷。1928年「三・一五」大逮捕以後，日共就瀕于潰滅的狀態。左翼文化團體很難活動，他們改變了方式，以辦同人雜誌的形式，一個雜誌團結一批人，組織形式比較鬆散，卻

176 林煥平(1911-2000)，廣東台山縣人。1930年6月加入中國左翼作家聯盟，1931年9月入暨南大學就讀，因參加中國共產黨，成為學生領袖之一，後遭學校無理開除。1933年9月赴日留學，進入鐵道專科學校，課餘從事文藝理論及哲學研究。同時任左聯東京支盟書記，及機關誌《東流》主編，並兼《雜文》編委。1934至1936年間，在上海《申報・自由談》、《太白》等進步報刊上發表多篇文論，並於上海新潮出版社出版譯作《蘇聯教育大觀》。1937年5月因「反日作家」罪名被日本政府驅逐回國。1938至1942年，任香港廣東國民大學教授，香港中國青年新聞工作者協會常務理事。後轉赴內地，先後任教於廣西大學、桂林師範學院、西南商專等。1947年再度赴港，任《文匯報》社論委員，並與人創辦南方學院，擔任院長，亦為中國文協香港分會理事。其後歷任廣西大學、廣西師範學院教授兼中文系主任等。著有詩集《新的太陽》，文藝論集《抗戰文藝評論集》等。參見姚辛編著，《左聯詞典》，頁156-157；謝榮滾(主編)，《陳君葆日記(下)》(香港：商務印書館，1999年4月)，頁890。

177 江口渙，1920年參加日本社會主義同盟，1927年組織無產階級文藝同盟，1929年加入日本無產者藝術聯盟，1933年以後幾度入獄。1933年發表短篇小說《人生入口處》，反對轉向文藝。二次大戰期間隱居山林，從事兒童文學與古典文學研究。參見呂元明主編，《日本文學詞典》(上海：上海辭書出版社，1994年11月)，頁391。

又是有核心，這樣開展活動，應付日本法西斯的壓迫。當時有《文化集團》、《日本詩歌》、《唯物論研究》等雜誌。我也把中國左翼作家聯盟的情況向他介紹了。並表示今後我們在東京的活動，希望得到日本左翼作家的關照。江口高興地連聲說好[178]。

當時日本情勢極不利共產主義或社會主義運動發展，因此江口渙建議林煥平等人倣效左翼文化團體新策略，以散立的同人雜誌形態發展組織與活動。

1933年12月左聯東京支盟重新被建立了起來，江口的教示對組織和活動產生了決定性影響。為落實以同人雜誌廣結同志之目的，同時避免一旦出事便全體覆滅的危險，支盟從1934年8月到1936年11月期間先後發行了《東流》、《詩歌》、《雜文》(後改名《質文》)[179] 等三個同人刊物。各誌發行時間略有重疊，刊物同人不盡相同，有部分重覆。東京支盟活動據點設於神田區青年會，此亦為台灣人海外運動重地。除了組織上採散立政策，活動也以小組聚會方式展開。蔡北華回憶當時的活動情形如下：

在日本法西斯統治下，左聯只能採取以專業愛好為基礎，三三兩兩組成小組，而公開活動通過藝術界座談會，大約一周或兩周舉行一次，地點多在神田區和新宿區的咖啡室，每人付五角左右，可以在餐室座談三、四個小時。每次座談都有中心題目，如《社會主義和現實主義》等等。(中略)。來自祖國各地的同志也都扼要報告了各自從事左翼文化活動的情況。通過這種方式，無形中把大家團結和組織起來了[180]。

---

178 林煥平，〈從上海到東京：中國左翼作家聯盟活動雜憶〉，頁683。

179 三刊發行時間如下：《東流》(1934.8-1936.7)、《詩歌》(1935年5-10月左右)、《雜文》(1-3號，第4號到2卷2號更名為《質文》)(1935.5.15-1936.11.10)。

180 蔡北華，〈回憶東京左聯活動〉，《左聯回憶錄(下)》，頁698-699。

「藝術界座談會」，包括了戲劇座談會、詩歌座談、詩歌朗誦、美術座談會、音樂座談會等。其中詩歌社舉辦的詩歌座談會兩週一次，討論詩歌理論和創作，及同人作品互評。除了這些活動之外，也舉辦習作展覽會或戲劇演出。當時支盟成員大概有四、五十人，經常參加藝術座談會者約有七、八十人。從活動的頻率、類型之多元及參與人數來看，支盟活動相當活絡。

出身北平中國大學的林林爲支盟活躍分子，曾同時參與《詩歌》和《雜文》等多種雜誌[181]。他提及支盟活動時指出支盟並無明確的活動方針。他說：「那時『左聯』東京分盟的盟員，都是二十歲出頭的年青人，文學修養底子薄，外文水平也不高，憑一股要進步，要搞革命文學的熱情，同時崇敬魯迅、郭沫若兩位前輩，並得他們的支持和鼓勵，就幹了許多爲中國和日本當局所不容的文學活動。」[182] 林林並舉出他們傲人的活動有：翻譯馬克思、恩格思文藝論文；討論文學遺產的接受問題；介紹羅曼羅蘭、紀德及蘇聯革命詩人馬耶科夫斯基等人的作品；介紹世界文學及日本文學動態等。還有便是與台灣文藝青年交流與合作，他說：

---

181 林林(1910-?)，原名林仰山，福建詔安縣人。原於中國學習政治經濟，1933年入日本東京早稻田大學經濟系，後因對資產階級經濟學不感興趣，轉而學文學。1934年夏，由詩人蒲風和陳辛人介紹加入中國左翼作家聯盟東京分盟。1935年與丘東平同任東京左聯幹事會幹事。在東京左聯領導的《雜文》(後改名《質文》)、《東流》、《詩歌》雜誌及上海的《光明》、《文學叢報》上發表詩歌和詩論，描寫中國工農紅軍的詩〈鹽〉曾被譯成日文，在日本《詩精神》雜誌刊出。亦曾任《留東新聞》副刊編輯。1936年6月，加入中國文藝家協會，擁護文藝界抗日民族統一戰線。同年7月，在橫濱參加郭沫若主持的國防文學座談會，隨後為擺脫日本便衣警察干擾而回上海。同年11月，《質文》2卷2號發表林林的〈詩的國防論〉，認為詩人必須負起「社會的使命」，詩歌應該「有變革現實和推進生活的藝術力量」，號召學習拜倫、海涅，創作「國防詩」。參見姚辛編著，《左聯詞典》(北京：光明日報出版社，1994年12月)，頁155-156。此外有關林林，林煥平曾回憶道：他「原是北平中國大學的學生，參加北平『左聯』的活動，受環境所迫，到日本去了。」參見，中國社會科學院文學研究所編《左聯回憶錄(下)》，頁685。

182 林林，〈「左聯」東京支盟及其三個刊物〉，《左聯回憶錄(下)》，頁712-713。

> 和與祖國分離的台灣文藝青年合作，我們的刊物登了張文環的〈台灣創作問題〉（《雜文》第一期），吳昆煌(按，吳坤煌之誤)的〈現在的台灣詩壇〉（《詩歌》第四期），台灣朋友又選擇較好的作品譯為日文，送到日本文學雜誌刊登。對當時所謂「滿洲國」的留學生也不歧視，是採團結的姿態的[183]。

林煥平重建支盟以後，支盟先後透過他及林爲梁與周揚單線聯繫，接受中國共產黨與國內左聯(也在共黨領導下活動)的長期指導。此外支盟的三雜誌都曾受到魯迅和郭沫若，在財務和稿件上的諸多支持。魯迅曾從國內多次寄稿聲援，當時客居日本的郭沫若對支盟的協助尤多，經常投稿、接受支盟員拜訪，指導或出席支盟相關活動。東京支盟書記林煥平，曾說明當時他們與「郭老」的聯繫方式：

> 郭若沫住在東京附近的千葉縣，經常在日本憲警的監視之下。郭老把自己在日本的處境喻為在『監獄』之中。怕影響郭老的安全，我們不隨便去找他。我們也是請魏猛克去同他聯繫。正如猛克自己說的，『我自由散漫慣了，不易引起注意。』當初我們有顧慮，總是把郭老的安全放在首位去考慮。郭老自己有把握，倒是熱情地支持我們[184]。

此外依《郭沫若年譜》所見，1935年5月支盟及「雜文社」成員魏猛克、陳辛人、孟式鈞等人曾赴郭府商談，結果郭沫若應允參加左聯東京支盟，並答應爲《雜文》撰稿。因此，郭沫若也是支盟重要一員。

《東流》、《雜文》、《質文》上不時可見郭氏稿件，支盟成員陳子鵠、任白戈、林林、蒲風、張香山等人也常拜訪或在其他場合接觸郭氏。支盟成員聶耳溺斃時郭氏悲慟撰寫〈悼聶耳〉一詩；1935年《東

183 林林，〈「左聯」東京支盟及其三個刊物〉，頁712-713。
184 林煥平，〈從上海到東京：中國左翼作家聯盟活動雜憶〉，頁691。

流》刊載他在中華基督教青年會演說「中日文化之交涉」之講稿；1936年他參與《質文》編委會與同人討論「國防文學」問題；同年6月他參加任白戈等中國旅日進步青年舉辦的「高爾基追悼大會」；繼而11月又參加「魯迅追悼大會」，由此可見郭沫若與支盟成員交往之密切。1937年5月郭沫若出席左聯東京支盟成員返國前的一次餐會時，對大病後的林煥平十分關心，親自爲他按脈、量體溫，並叮囑他時刻注意，親愛之情溢於言表[185]。

1933到1936年間，東京地區的中國留學生和僑民高達1萬2,000人左右。因研究、留學或逃避國內政府壓迫左翼分子前來避難的進步文化人和學生，估計有500多人[186]。1930年代的東京是中國左翼進步人士臥虎藏龍之地，在國內左翼文化運動日受壓制之後，左聯東京支盟成爲國內左翼運動的窗口之一而日益重要[187]。支盟活潑的活動，一直持續到盧溝橋事變爆發以前。1937年5月下旬，重要分子林煥平、林爲梁、任白戈、魏猛克、魏晉、張香山、林林等人，陸續被日本政府以反日作家名義驅逐回國，使支盟遭受嚴重打擊[188]。此後爲配合舉國一致的抗日形勢，支盟才隨著國內左聯的解散而劃上了休止符。

綜觀支盟三刊物成員：《東流》編輯前期有林煥平，後期有陳達人、魏晉、張香山等人。主要成員尙有林煥平、林爲梁、陳子谷(鵠)、駱劍冰、陳斐琴、麥穗、雷石榆、俞鴻模、歐陽凡海、陳一言、杜宣、蔣婉如、劉子文等人。《詩歌》編輯委員爲雷石榆、魏晉、林林、林蒂等人，其他成員尙有蒲風、陳子谷、澎湃、陳紫秋、蔡冷楓等人。《雜文》爲響應魯迅提倡的雜文精神而創辦的，專登小品和理論，魯迅也曾以匿名寄稿聲援。該誌編輯發行兼印刷者爲雷石榆、魏晉等人，杜宣擔

185 參見《郭沫若年譜》1935至1937年記事。龔濟民(等)，《郭沫若年譜》(天津市：天津人民出版社，1982年5月)。

186 以上數據，參見蔡北華前述回憶。

187 譬如，魯迅在上海讀到郭沫若在《質文》上發表的文章之後非常高興。他認為，由於國內反動統治者的法西斯壓制，左翼作家的作品已很難發表出去，郭先生能出來發表文章是非常重要的。參見《郭沫若年譜》，頁249-250。

188 林煥平，〈從上海到東京：中國左翼作家聯盟活動雜憶〉，頁693。

任編輯，其他參與者尚有林林、魏猛克(一八藝社同人、魯迅培養的新人)、陳辛人、孟式鈞、林煥平、任白戈、刑桐華、張香山等人[189]。

依支盟情形可見，雜誌同人並不一定是盟員。盟員以中國人爲主，未見台灣人參與；同人方面，依當年參與者回憶也無台灣人。因此吳坤煌、張文環應不是盟員，可能也非雜誌同人。不過從參與者回憶、誌面活動與發表記錄推測，吳坤煌即使不是盟員或同人也是極重要的外圍關係者。張文環與支盟成員的關係較疏離，不過他應該也是除了吳坤煌之外與支盟成員發生過較多關聯的台灣作家。

二、吳坤煌、張文環與中國旅日青年的戲劇交流

吳坤煌、張文環與左聯東京支盟成員往來的契機是什麼呢？限於戰後台灣反共、反社會主義的情勢，吳、張於公開場合對自己當年與支盟往來的情形所言甚少。然而一些蛛絲馬跡顯示，他們藉著東京交流之便以及戲劇活動與中國留日學生逐漸有深入接觸。以下，依序考察兩人與旅京中國青年接觸與交流的情形。

(一)張文環與中國留日學生

張文環早年發表的隨筆〈教育和娛樂〉(〈教育と娯樂〉)顯示，1934年左右他透過東京留學生團體曾與中國留學生有所接觸。他寫道：

> 應該是三、四年前的秋天吧！當時，由東京留學生組織的外交團體主辦，在東京報知講堂召開了「留學生慰勞會」，來招待中國的留學生。我的朋友剛好是主辦單位的幹部之一，我不是被叫去幫忙，而是混入中國留學生中，有了開開眼界的機會。看到友人們誠誠懇懇地站在會場努力工作，我覺得他們實在很可憐。我的記憶中，大會曾有邀請跟這方面相關的某位名士來

189 關於東京支盟活動、三刊物內容，以及支盟成員與日本作家的交流情形，北岡教授曾作過相當深入的研究。參見北岡正子，〈「日文研究」という雜誌(下)：左連東京支部文芸運動の暗喩〉，頁217-266。

演講的計劃[190]。

在東京，張文環很自然的在各種場合接觸到中國留學生。當時張文環對中國留學生似乎頗感好奇，而且與個別中國學生已有一些交往。文中也提到，他曾與一對從北平大學前來研究日本文學的夫妻交往。這對友人曾向張請教如何欣賞日本傳統舞蹈及曲藝，他們一起去淺草曲藝場觀賞日本民謠、相聲、浪曲和舞蹈，也曾魚雁往返分享觀賞歌舞伎的心得。

除了張文環公開提起的留學生聯誼活動或北平大學的夫妻之外，張文環與蘇維熊之兄蘇維霖的交往，也可能使他接觸了一些中國人士。直到1946年蘇維霖攜眷返台之前，除赴日進修的兩年之外，在中國居住長達23年。戰後他曾表示，他早年曾赴東京讀書，但是「因爲民族意識在作祟，很不高興在日本念書，所以在正則補習學校補習功課的時候，越來越感覺不是味道，終於決意還回祖國讀書。」1921年他先後就讀上海的英文補習學校和南京暨南大學，1922年北上就讀北京大學預科和哲學系。1928年畢業後，輾轉在上海暨大附中、河北省立第四師範、國立北平大學附中任教。居留北平期間，他與旅居北平的台灣人洪炎秋、張我軍、連震東等人經常聚會，一起上澡堂、吃飯、聽戲。1935年春他赴東京帝國大學大學院進修心理學，1937年5月左右重返北平。抗戰爆發後他擔任情報翻譯工作，隨國軍輾轉重慶、桂林等地[191]。

對個人生涯頗多憶述的蘇維霖，唯獨對東京之行未曾多談，因此無法得知他在東京的活動與交友狀況。不過當時在東京留學的張文環堂弟張銃漢曾提到，1935年蘇維霖來京時，張文環與蘇氏兄弟過從甚密。蘇維霖因爲長年在中國留學友人甚多，在東京時常與旅日中國學者或留學生來往，以他爲中介張文環認識了不少中國人士。張文環和很多中

190 張文環，〈教育と娯樂〉，《台灣日日新報》1937年11月30日、12月4日；中譯文〈教育和娛樂〉收於陳萬益主編，《張文環全集》卷6，頁9。依前後文判斷，引文中所指的「朋友」應非中國留學生，筆者推測有可能是吳坤煌。

191 參見蘇薌雨(維霖)，〈祖國廿五年回憶錄〉(上)、(下)(《傳記文學》27卷1期、2期，1975年7月、8月)：以及童勝男監修《新竹市志》卷七・人物志(新竹：新竹市政府，1997年12月)。

國來的留學生感情不錯，交往友人中有些後來成了中共要人[192]。蘇維霖旅日之前任教於北平大學附屬中學，前述張文環於文中所敘的北平大學夫婦，或許也與蘇維霖有關。另外，劉捷曾提到1936年秋他和張文環因人民戰線事件餘波被捕時，在東京本鄉本富士警察署拘留所發現蘇維霖也遭難[193]。牢獄之災或許是蘇氏不愛提及東京往事的原因之一吧？蘇維霖被捕原因不詳，據劉捷說僅關數日而已。比較張、吳、劉等人被捕的情況，蘇案並不嚴重，或許與他和中日(左翼)人士頻繁的往來有關。

(二)吳坤煌與日本左翼戲劇界及中國留日學生戲劇團體

張文環與中國友人的往來見諸文獻者不多，吳坤煌則留下較多線索。吳坤煌與左聯東京支盟人士的因緣又如何呢？主要是因爲戲劇活動和詩的交流。首先，從戲劇活動說明之。

1931年初到1932年同好會檢舉事件爆發之前，吳坤煌由於結識林兌而奔走於垂危的東京台灣人左翼運動。檢舉事件落幕後，隨著同好會的重建轉型，他也逐漸從運動青年蛻變成文學青年。就在著手重建組織的時期，他同時對戲劇與文藝產生了興趣。此時的他除了與張文環、蘇維熊、巫永福等人致力於創立台灣藝術研究會與發行《福爾摩沙》之外，也因謀生關係出入築地劇場。

築地小劇場爲日本實驗新劇與左派戲劇之重鎭。1924年由小山內薰(1881-1928，戲劇家、小說家)成立，因劇場設於東京築地二丁目得名。該劇團以新劇爲主，注重吸收西方表演藝術，具實驗性之非商業風格。初期上演均爲歐洲劇目，1926年以後才開始上演本國戲劇。1929年劇團分裂，激進成員土方與志領導另立「新築地劇團」，舊團體則改稱「劇團築地小劇場」(簡稱「築地小劇場」)。不過彼此仍保持合作，「新築地劇團」、「築地小劇場」與「左翼劇場」曾合組「新興劇團協議會」，1930年參與日本無產階級演劇同盟，共同推動新戲劇運動。

---

192 1999年3月13、28日，張銥漢口述，柳書琴採訪。不過張先生已無法道出姓名。

193 劉捷，《我的懺悔錄》(台北：農牧旬刊，1994年)，頁52-53。

1933年以後「新築地劇團」受到政府壓制，土方被迫出走法國、蘇聯，1940年主要成員遭逮捕而解散。「築地小劇場」也於1940年受當局命令改稱「國民新劇場」，1945年毀於戰火。

旅京文藝青年對於築地劇場並不陌生，1932-1935年就讀於明治大學的巫永福，也常跟隨教授出入築地小劇場上課或觀戲[194]。吳坤煌自1932年同好會事件被捕輟學之後經濟無著，有兩年半期間在築地小劇場當臨時演員，因此逐漸有正式演出的機會。劉捷等人也曾在吳坤煌介紹下串場打工，「到製片場當臨時演員，一方面賺些外快，一方面接觸一些電影藝術的工作人員。大夥熱情澎湃，樂此不疲。」[195] 1933年2月15日，東京左翼劇團根據國際革命演劇同盟(簡稱「莫爾托」)指揮，在築地小劇場舉辦莫爾托日記念演劇會，並訂25、26日舉辦兩天遠東民族之夜。吳坤煌獲朝鮮人金波宗主持的左翼劇團「三一劇場」支持，在築地小劇場參加演出〈出草智〉、〈搗杵手〉、〈霧社之月〉等台灣舞蹈及民謠。此次演出的成功，也奠定了台灣藝術研究會「民族藝術研究機關」的基礎[196]。

《福爾摩沙》創刊號封面為吳坤煌繪製，第一、二號上他也分別發表了鼓舞女性戰鬥的隨筆與有關台灣鄉土文學的精采議論。不過各方人士匯聚的築地劇場，顯然比《福爾摩沙》更吸引他，為此他曾一度疏離台灣藝術研究會的故鄉同好們。對此連好友張文環也不太能諒解，他曾以「台灣人放尿不作堆」一語對吳坤煌、施學習的脫退表示失望[197]。戰後吳坤煌說到自己與中國留學生的淵源，表示這正是當年脫離《福爾摩

194 參見巫永福，〈思想起〉，《巫永福全集6》評論卷 I(台北：傳神福音，1996年5月)，頁28。巫永福當時也參與校內演劇研究會，並參加一些演出。他與吳坤煌在回憶中都簡稱「築地小劇場」，因而無法確定他們指的是「新築地劇團」還是「築地小劇場」。

195 劉捷(著)，林曙光(編譯)，《台灣文化的展望》(高雄：春暉出版社，1994年1月)，頁9-10。原書1936年出版時被禁止，1994年出版中文版時，作者又增加了一些補述。

196 參見台灣總督府警務局，《台灣總督府警察沿革誌(三)》(台北：南天書局，1995年6月，復刻本)，頁67。

197 〈編輯後記〉，《フォルモサ》第3號(1934年6月)，頁48。

沙》的原因之一。他說：

> 我在「福爾摩沙」第三號發行前，離開了他們，與文環兄較為疏遠緣由，簡言之，一來種種想法與作法不同，二來我參加了日本新戲劇運動，並在東京築地小劇場受訓練，再者，當時來日研究文藝的眾多中國大陸的戲劇家，各方面的文學作家，留學生都要我做他們的橋樑，教日語、翻譯工作，參觀活動等等，教我無暇去參涉一本非大眾化的雜誌了[198]。

吳坤煌在同好會重建過程中與張文環一起堅持穩健路線，從而使同好會成功轉型爲台灣藝術研究會；然而他的社會主義信仰始終表露於言論之中，未曾有大改變。吳從運動轉至文藝的經歷，在眾多對社會主義運動涉入不多、或完全未涉入的同人中較爲特殊，他的背景與思想傾向也使他漸漸無法滿足於《福爾摩沙》的穩健路線。他在1934年6月或稍早以前脫離，1935年2月「文聯東京支部第一回茶話會」舉辦時歸來領隊，脫離時間並不長。脫離期間適逢左聯東京支盟負責人林煥平抵京(1933年9月)、中國青年陸續匯集的時期，此後吳坤煌熱衷與中國左翼青年交往，參與中國留學生的演劇或藝文活動，在那裡找到更適合自己思想、立場的舞台，從而調整了一度穩健是尙的活動方向。

在與中國旅日青年之戲劇交流方面，吳坤煌表示他曾參與〈洪水〉、〈雷雨〉、〈五奎橋〉等劇的導演工作[199]。依北岡正子的研究，這些都是旅京中國留學生演劇團體於1935至1936年間代表性的演出。譬如，曹禺〈雷雨〉(1935年4月、5月)及洪深〈五奎橋〉(1935年10月)，爲「中華同學新劇公演會」的名作[200]。「中華同學新劇公演會」

198 吳坤煌，〈懷念文環兄〉，《台灣文藝》81期(1983年3月)，頁76-77。

199 王鈴，〈再出發的詩人——訪吳坤煌老先生〉，《中央月刊》第14卷第7期(1982年5月)，頁90。

200 北岡正子，〈「日文研究」という雜誌(下)：左連東京支部文芸運動の暗喩〉，頁264-265。這些戲當時都在一橋講堂演出。

與「中華戲劇座談會」、「中華國際戲劇協進會」，爲當時東京三大中國留學生演劇團體，三者後來聯合爲「中華留日戲劇協會」，簡稱「劇聯」。另一齣吳坤煌參與田漢〈洪水〉(1936年5月)一劇，便是「中華留日戲劇協會」的力作。

「劇聯」與當時簡稱「左聯」的「左聯東京支盟」，以及其他旅京中國左翼團體，諸如「社會科學左翼聯盟」(社聯)、「世界語左翼聯盟」(語聯)、「中國留日學生會」(學聯)，皆有聯繫。左聯東京支盟部分成員，也參加了劇聯、社聯、學聯、語聯等組織[201]。吳坤煌參與導演的上述演出，多半爲多人共同導演，中國旅京戲劇團體擔任演出，左聯東京支盟部分成員也有參與。譬如，在東京轟動一時的〈雷雨〉演出時，除了吳坤煌以外，支盟成員之一、《詩歌》同人、同時也是「中華戲劇座談會」成員之一的杜宣，也參加了導演工作。郭沫若爲中國旅日戲劇團體的指導者與支持者，〈雷雨〉演出時他曾到場鼓舞，演出後並在支盟刊物《東流》上發表觀後感多所期勉。1937年7月曹禺〈日出〉公演時，他也與秋田雨雀一致讚美劇本和演員[202]。

1935-1936年間劇聯主演的戲劇活動極爲頻繁，熱絡一時。劇聯除了受郭沫若關切指導，也受到日本「新協劇團」和「新築地劇團」左翼人士的協助[203]。「新協劇團」是除了「築地小劇場」之外，討論1930年代旅日中、台青年戲劇活動時不可忽略的另一重要團體。「新協劇團」與「新築地劇團」，都爲當時著名的左翼劇團，彼此之間也有交流。「新協劇團」由村山知義於1934年倡議成立，1940年奉當局之命被迫解散。6年之內該劇團以實現「新劇團的大團結」爲目的，團結了許多左翼劇作家和演員。主要成員有久保榮、藤森成吉、秋田雨雀、久板榮二郎等人，成員大多有參加左翼文藝運動的經歷。〈雷雨〉演出時，「新協劇團」事務長秋田雨雀、重要分子藤森成吉(1892-1977，左翼小說

201 蔡北華，〈回憶東京左聯活動〉，頁700-701。

202 參見，《郭沫若年譜》，頁255、278。

203 北岡正子，〈「日文研究」という雑誌(下)：左連東京支部文芸運動の暗喩〉，頁255。

家、劇作家)等人皆蒞場鼓勵[204]。

在支持中國旅日劇團的日籍人士中，秋田雨雀可以說是中國演劇青年最重要的顧問和支持者。秋田曾於1927-1928年應邀訪問蘇聯，返國後停止創作，30年代他最重要的工作之一便是擔任「新協劇團」事務長一職。除此之外，秋田也擔任「國際文化研究所」所長及「日本世界語同盟」委員長，林煥平、蔡北華等人也提到秋田曾參與「劇聯」和「語聯」活動，對中國旅日青年的各式活動多所支持。

吳坤煌與秋田雨雀等日本劇壇名人相識甚早，可能淵源於築地劇場時期。據北岡指出，吳坤煌曾受村山知義、秋田雨雀、丸山定夫指導[205]。這些人士屬於「新築地劇團」和「新協劇團」。1935年後他不僅參加中國旅京戲劇團體的活動，也活躍於日本左翼劇團。「新協劇團」成立後曾推出村山知義根據島崎藤村小說改編的〈黎明前〉、久板榮二郎〈東北風〉、歌德〈浮士德〉等代表作。吳坤煌便曾參加〈浮士德〉與〈黎明前〉的演出[206]。吳坤煌從1932、1933年左右開始，因參與東京地區左翼劇壇的機緣與日本左翼劇團、在日鮮人演劇團體及中國旅日戲劇組織有所接觸，1935年以後逐漸邁向個人戲劇活動的高峰期。此時的他同時參與了日本「築地小劇場」、「新協劇團」與「中國留日戲劇協會」諸團體的演出。放眼文聯東京支部幾乎未有比吳坤煌更深入戲劇活動者。1936年《台灣文藝》遭遇分裂危機力圖以多元發展振作時，曾派劉捷赴京「協助支部會員，設立支部所屬演劇研究會」[207]。如果此事屬實，那麼能讓文聯產生如此的跨域野心並寄予重望者，應該也與吳坤煌的活躍有關吧？

---

204 參見蔡北華、林煥平前述回憶。另外，藤森成吉1928年曾任日本無產者藝術聯盟首任主席，1930年以日本無產階級作家同盟(納爾普)身分，代表赴蘇聯出席「國際革命作家同盟」第二次國際會議。

205 北岡正子，〈「日文研究」という雑誌(下)：左連東京支部文芸運動の暗喩〉，頁261。

206 王鈴，〈再出發的詩人——訪吳坤煌老先生〉，頁91。

207 同上。另外，參照劉捷回憶錄發現，此事可能也與劉捷等人欲在海外發行一名為《台灣情報》之刊物有關。

吳坤煌可能在1932、1933年之後在築地小劇場打工接觸了日本劇壇人士，同時逐漸結識一些從中國來的戲劇人、學人或文藝青年，因此奠下了1933、1934年左右與「左聯東京支盟」成員結識的機緣。1934年以後他與左聯東京支盟成員的交往交流見於文獻(容後述)，在詩刊中可以發現除了戲劇活動之外，他在詩方面與日本左翼詩壇及中國旅日作家的交流亦是可圈可點。

三、吳坤煌與《詩精神》、《詩人》集團及左聯東京支盟的詩交流

如上所述，旅京中台青年的戲劇交流乃建立於日本左翼劇壇既有的跨域交流基礎之上。正如戲劇界的情況，中台青年的詩交流也受惠於日本左翼詩壇的既有環境。所不同的是，戲劇交流限於現場演出的藝術形態無法影響台灣，文學交流透過出版物之載體則能較直接地對偏遠的南國文壇產生推波助瀾的效果。《福爾摩沙》系統作家除了與旅日友人切磋琢磨，與故鄉文壇遙相勉勵之外，各成員也因不同領域的興趣或機遇，而與劇壇、文壇、樂壇之日本文化人或旅日中國人士有所交流。在小說的領域，張文環與日本左翼作家平林彪吾等人有所交流；在詩壇交流方面，最爲活躍者則爲吳坤煌。在正式討論「文聯東京支部」與「左聯東京支盟」的具體交流之前，本節將以吳坤煌爲例梳理台灣旅日文藝青年與日本左翼文壇、中國旅日作家之間的淵源。

(一)吳坤煌與日本左翼詩壇及中國留日學生詩人團體

吳坤煌除了透過戲劇活動和中、日劇界人士有所交流之外，同樣透過詩的交流與中、日左翼文壇有所往來。他與左翼戲劇界的接觸較早，與左翼詩壇的往來則淵源不詳，可能也與左翼演劇人士的往來有關。譬如，秋田雨雀、藤森成吉等人皆同時跨足文學與戲劇，中野重治也是詩人兼小說家。

除此之外，王白淵對他的影響也值得注意。王白淵在1920年代後期逐漸左傾，1930年代《荊棘之道》(《蕀の道》)壓卷詩篇與1933年以後發表於《福爾摩沙》的一些詩，顯示其左翼詩人面貌已趨成熟。雖然目

前學界所知有限，但是他離開日本前已有相當成熟的創作能力、曾與盛岡文士交流、與宮崎賢治(1896-1933，詩人、童話作家)也可能有刊物上的接觸，因此他赴華以前極可能與日本詩壇或詩人已有接觸。赴滬初期王白淵曾寄稿回《福爾摩沙》刊載，但《台灣文藝》發刊後便不再有署名「王白淵」的稿件發表。

王白淵赴華後與台、日作家是否保持聯繫？他赴華後是否曾繼續與日本詩壇保持接觸？這些都是探討王白淵個人文學活動，乃至他對《福爾摩沙》同人的影響時遭遇的瓶頸。不過一些線索顯示，他赴華後仍以通訊方式與島內雜誌或日本左翼文藝雜誌保持聯繫。譬如：《台灣文藝》創刊號〈文藝同好者氏名住所一覽〉中，有「王白淵氏上海」的記錄，1935年8月上〈本聯盟正式加盟者氏名〉中國欄下也有王氏大名。張深切甚至一度在1935年5月發行的《台灣文藝》上表示文聯將借重王白淵設立「上海支部」[208]。可見王白淵相當早便加入了文聯，而且一直維持著聯繫。此外，日本普羅詩刊《詩人》(《詩精神》後身)1935年12月的「全國詩人住所錄」中，仍可見王白淵姓名[209]。當時他是「中國、滿洲國」同人欄中唯一的台灣人，通訊地址爲「上海中華民國郵政總局信箱」，除他以外的其餘五人全是日本人士。不論《台灣文藝》或《詩人》名錄中，王白淵均未詳細提供通訊住所，對於居處的暴露似乎有所顧慮，這一點可能與他加入帶有情報任務的華聯通訊社有關。故而，表面上王白淵淡出文壇，實際上與台、日文藝同好之間仍有某些聯繫，甚至可能易名發表[210]。

---

208 張深切，〈「台灣文藝」的使命〉，《台灣文藝》2卷5號(1935年5月)，頁19。

209 〈全國詩人住所錄〉，《詩人》3卷1號(1936年1月)，頁164。該名錄台灣部分者，有秋元貞造、黃金富、呂石堆(赫若)、西川滿、後藤大治等五位。可見呂赫若對日本詩壇也相當注意。

210 依筆者調查目前已能確定的王白淵筆名或化名有，戰時「王博遠」、「洗耳洞主人」與戰後「王溪森」等。此外，1933年謝春木主持「華聯通訊社」時更名謝南光。1936年賴貴富與王白淵等人在上海從事抗日宣傳，將反戰、反日稿件翻譯為日文後，多以化名寄往日本左派刊物登載。凡此都證明王白淵有可能以其他名號，與日、台，甚至中國詩壇保持某些接觸，有待進一步研究。

吳坤煌因學運風波赴日、旅日後出入社會運動，這些經歷都使他比其他旅日同儕更具左翼色彩。他與林兌兩人甚早接觸王白淵，從他發表的一些評論觀之，《福爾摩沙》諸人之中屬他最能繼承王氏社會主義思想與詩觀。從吳坤煌詩創作的萌動過程觀之，王白淵甚至堪稱吳坤煌詩作的啓蒙者之一。

1933年吳坤煌與友人創辦《福爾摩沙》之後，開始有隨筆與評論發表，不過從未有小說或詩的發表。1934年以後他一邊出入築地小劇場，一邊開始將王白淵的詩推薦到創刊未幾的普羅詩刊《詩精神》上，隨後也在該誌上發表了他的第一篇詩〈烏秋〉。吳坤煌在島外的詩活動，已知者大致如下表：

	篇名	作者／譯者	發表狀況	發表時間
轉介	上海雜詠	王白淵(作)　日文 吳坤煌(選)	(台)《フォルモサ》第2號 (日)《詩精神》1卷3號	1933.12.30 1934.6.1
轉介	行路難	王白淵(作)　日文 吳坤煌(選)	(台)《フォルモサ》創刊號 (日)《詩精神》1卷5號	1933.7.15 1934.6.1
詩	烏秋	吳坤煌　日文	(日)《詩精神》1卷5號	1934.6.1
評論	現在的台灣詩壇	吳坤煌　中文	(中)《詩歌》1卷2號 1卷4號	1935.8 1935.10
譯詩	鹽	林林(作)　中文 吳坤煌(譯)　日文	原作發表刊物不詳 (日)《詩精神》2卷8號	 1935.9.1
評論	台灣詩壇の現狀	吳坤煌　日文	(日)《詩人》3卷4號	1936.4.1 注：與前列〈現在的台灣詩壇〉同稿。

注：《詩精神》、《詩人》為同一系統之日本普羅詩刊，《詩歌》為左聯東京支盟詩刊。

依上表可見，1934年是吳坤煌詩創作的萌動期，其詩心的萌動似乎多少受惠於王白淵和中國旅日詩人的影響激盪。當時他同時致力於與中、日詩壇的交流。前述林林提到「台灣朋友又選擇較好的作品譯爲日文，送到日本文學雜誌上刊登」，這位「台灣朋友」正是吳坤煌。

戰後吳坤煌在「橋副刊」舉辦的「如何建立台灣新文學」茶會中，也曾提到他與中日人士的交流。會中吳坤煌特別指明旅京台灣文藝運動在台灣文學史上締造的成就，以及肇始團體「台灣藝術研究會」在這一段海外文藝運動中的重要性。不過他似乎有意避稱「左翼人士」或「左聯東京支盟」，對於左翼文化人遭受的「壓迫」一語帶過。僅以進步文人的互動，輕描淡寫地交代了一群左翼文化人當年的野心。他說：

> 我們以前在東京時，組織過台灣文藝研究會(按，台灣藝術研究會)出版三期雜誌，有這個基礎我們造出不少事。但受了日人的極大壓迫，不過幸而有一些日本進步文人給我們極大的同情和幫助所以我們和他們很合作，後來我就以嫌疑被監禁起來，有的跑到內地去。這算是台灣文藝運動的歷史上最重要的一頁。關於我們在東京工作情形特別值得一提的便是與剛木先生等的合作，那時內地來的林煥平先生、詩人蒲風等都參加我們這個團體，他們很同情我們，因為他們也受到壓迫，所以大家都有「同病相憐」的感覺[211]。

從吳坤煌的回顧可知，當時文聯東京支部與日本進步文人以及左聯東京支盟主持人林煥平、《詩歌》雜誌重要成員蒲風等人確有交流。而且「剛木先生」[212]、林煥平、蒲風等人，似乎也曾參與、支持文聯東京支部的一些活動。

1930年代中期的日本左翼詩壇，是以日本左翼詩人爲中心的多國族左翼詩人共同活動的平台。來自殖民地的青年作家吳坤煌也在其中，發展自己的創作活動與文學網絡，並將此資源回饋到島內，促成中國旅日左翼作家對台灣文壇的交流與關注。現有調查中尚未發現支部成員與「剛木先生」、林煥平、蒲風等人交流的具體事跡，不過吳坤煌與支盟

211 吳坤煌，〈希望大家能打破這目前文藝界的沉寂〉，《新生報》，1946年4月7日。

212 有關「剛木先生」線索太少難以查證。有可能是左翼詩人岡本潤(1901-1978)。岡本於1920年參加日本社會主義同盟，在《熱風》雜誌發表反對現實的詩歌，1923年與壺井繁治等創刊《紅與黑》，主張詩歌改革。他1933年出版的詩集中反對強權和獨裁，表現無政府主義者的激情。

另一位活躍分子雷石榆的交流，卻有許多線索可供佐證，特別在《詩精神》與《台灣文藝》雜誌上。

(二)東京左翼詩壇中的吳坤煌與雷石榆

吳坤煌與雷石榆以東京左翼詩壇爲中介的交流，開始於1934年間。1934、1935年間吳坤煌參與《詩精神》集團諸多活動，包括日本左翼詩人「遠地輝武出版記念會」(1934年10月3日)、日本左翼詩人作品合集「《一九三四年詩集》出版記念會」(1934年11月13日)、以及雷石榆日文詩集「《沙漠之歌》刊行記念會」(1935年4月7日)等。在這幾次以《詩精神》日本作家爲主的記念會中，除了來自台灣文聯東京支部的吳坤煌之外，還有另一位特別的參與者即中國左聯東京支盟的雷石榆。吳、雷側身於眾多日本作家之中致力於交流，祖國青年與台灣青年，在此結下深厚情誼。在台、中、日左翼文學者交流活動中，他們的身分帶有邊緣性卻又具有一定代表性，顯得格外特殊。

《詩精神》雜誌對《一九三四年詩集》出版記念會及雷石榆《沙漠之歌》刊行記念會，略有記載。《一九三四年詩集》出版記念會，以江口渙演講開場，出席者36名，包括《詩精神》同人及其他知名詩人多人[213]。詩刊上的活動記錄中，還特別強調「又雷石榆、吳坤煌、朱永涉等中國及殖民地諸君的氣勢也使此會增色不少。」[214]《沙漠之歌》刊行記念會，從遠地輝武的演講開始至北川冬彥的演講作結，與會者除了《詩精神》同人植村諦、後藤郁子等人之外，還有左聯東京支盟詩人林林、陳子鵠、魏晉、蒲風、林煥平，滿洲國駱駝生及台灣吳坤煌等人。從誌面上的記錄可見，在這些以日本左翼作家爲主的詩集出版會場合，雷石榆、吳坤煌等中台文藝人士的參與及表現也受到矚目。除了上述幾

213 譬如，有中野重治、窪川鶴次郎、北川冬彥、土方定一、植村諦、本庄陸男、森山啟、後藤郁子、新井徹、小熊秀熊、高橋新吉等人。次年該團體繼續推出《1935年詩集》(前奏社，1936年1月)，雷石榆詩，〈故國を離れて〉也被收錄其中。

214 此為〈一九三四年詩集出版記念會〉於《詩精神》雜誌上的活動記事。

個記錄較詳的出版會之外，台灣作家可能也參與了其他出版聚會或《詩精神》同年記念會、懇親會等。譬如，匯聚詩人、小說家、評論家、畫家、勞動者80餘名參加的「《小熊秀熊詩集》《飜ぶ橇》出版記念會」(1935.7.1)，據載便有中華民國、台灣、朝鮮多人參與[215]。雷石榆是其中之一，吳坤煌很可能也有參加。

吳坤煌、雷石榆當時均爲《詩精神》同人，在以日本作家爲主的集團中，他們極可能是唯一的台灣人或中國人，因此兩人的身分是特殊的。吳坤煌似乎比左聯東京支盟的中國作家更早就接觸了日本左翼文壇。他比雷石榆早在該誌發表作品，隨後也幫忙譯介中國旅日作家的作品。雷石榆接觸日本左翼詩壇的時間稍晚，不過根據北岡正子研究日後他與《詩精神》同人的交流相當深。雷石榆與新井徹、後藤郁子、遠地輝武、小熊秀熊等人交往密切，也曾多次參與該集團諸如同人著作出版記念會、詩精神懇親會等集會。這些集會都是以茶話會的形式舉行座談，會費50錢，除了同人以外也邀請其他左翼作家和評論家出席。依雷氏回憶，當時便曾邀請秋田雨雀、中野重治、窪川鶴次郎、岡本潤、槙木楠郎、藤森成吉、德永直、森山啓、江口渙等人與會[216]。這些日本文士彼此多爲朋友，他們與中國旅日文藝人士也都有接觸。譬如，秋田與江口彼此是好友，他們與前支盟的胡風等人都有接觸，與郭沫若也有往來[217]。秋田、藤森也曾投稿支盟刊物《質文》。

吳坤煌與雷石榆兩人結識左翼詩人遠地輝武的出版記念會，也是茶話會場合[218]。此後雷石榆與吳坤煌結下不淺之緣，雷石榆曾說：「我與吳坤煌君認識了以後，《台灣文藝》才親熱地和我訂了姻緣。」[219]雷石榆晚年曾提到自己與《台灣文藝》的這一段文學因緣，說道：

215 北岡正子，〈雷石榆「沙漠の歌」：中国詩人日本語詩集〉，頁222。

216 北岡正子，〈雷石榆「沙漠の歌」：中国詩人日本語詩集〉，頁221-222。

217 參見鷲巣益美等(譯)，胡風，《胡風回想錄》(東京：論創社，1997年2月)。

218 此係遠地輝武出版《近代日本詩の史的展望》及《石川啄木の研究》兩書之紀念會。

219 雷石榆，〈我所切望的詩歌〉，《台灣文藝》2卷6號，1935年6月，頁123-126。

> 與參與「左聯」東京支盟同時，我參加了日本左翼詩歌雜誌《詩精神》，是同人中唯一的中國人。這樣，我在中國的詩歌營壘，參加愛國反侵略的鬥爭，而在日本的詩歌營壘，參加國際主義的反法西斯的鬥爭。又通過我在這兩方面的活動，既支持台灣進步青年的文藝活動(通過吳坤煌等編輯的《台灣文藝》雜誌)，又為中日文化交流，加深兩國人民友誼盡了棉力[220]。

雷石榆是左聯東京支盟文學者中的活躍者，當時他以支盟爲中心同時參與日、中左翼詩人團體的活動。透過吳坤煌引介，這位中國詩人與台灣作家結緣；而吳坤煌驚人的活動力，也令雷石榆印象深刻。

吳坤煌除了促成雷石榆與《台灣文藝》集團交流，還介紹支盟另一位重要成員魏晉投稿。雷石榆詩集《沙漠之歌》出版後不久，魏晉便將詩集中〈給某詩人們(祖國的感想之一)〉譯爲中文，隨後又發表〈最近中國文壇上的大眾語〉一篇。兩文分別刊載於《台灣文藝》2卷6號、2卷7號上[221]。魏晉一文開頭便寫道：「承吳君的盛意，我像在夢中似的，讀到了《台灣文藝》。」吳坤煌以《台灣文藝》爲舞台致力於中台作家交流，可見一斑。

中國青年雷石榆、魏晉等人熱情參與文聯東京支部，相對地台灣青年也可能參與了他們的座談會或其他活動。張文環〈台灣文壇之創作問題〉發表於《雜文》，吳坤煌〈現在的台灣詩壇〉刊載於《詩歌》。台灣作家於兩刊初創之際便有意從小說和詩方面分別介紹台灣文壇現狀，可見彼此交流之積極。以當時的情況推測，張在《雜文》上有目無文的稿子，極可能是吳居中介紹的，此一殘跡多少也爲中台青年的異域交流作了見證。

---

220 雷石榆，〈我在「左聯」時期的活動〉，中國左翼作家聯盟成立大會會址記念館、上海魯迅記念館編《左聯記念集1930-1990》(上海：百家出版社，1990年2月)，頁243。

221 雷石榆(著)，魏晉(譯)，〈給某詩人們(祖國的感想之一)〉，《台灣文藝》2卷6號(1935年6月)，頁131。魏晉，〈最近中國文壇上的大眾語〉，《台灣文藝》2卷7號(1935年7月1日)，頁193-194。

在旅日作家努力下，不僅中、台文學者的交流日益拓展，日本左翼詩壇與中、台詩人的互動也漸次增加。1935年初雷石榆在《詩精神》上發表〈中國詩壇の近況〉進行介紹後，中日詩人交流日漸頻繁。1936年9月《詩人》推出雷石榆等「中國青年詩集」，並公開募集中國青年詩稿，持續至次號不歇。在台日交流方面，吳坤煌在《詩歌》上發表〈現在的台灣詩壇〉後，又將同稿譯爲日文發表於《詩人》(參見前表)，同樣致力於台灣詩壇的介紹。終於在日益熱絡的跨域交流之下，1936年4月號《文學案內》以「朝鮮、台灣・文學的將來 I 」特輯，登載了楊逵的作品。該誌次月號(2卷5號)又推出「台灣詩抄」小欄，轉載葉冬日〈烏秋〉、楊啓東〈朝の市場〉兩詩[222]。雖然這些作品的轉載可能是楊逵促成的，不過即便如此也無損於吳坤煌開風氣之先、推動交流氣運之貢獻[223]。

以1934年《詩精神》譯介活動爲始，吳坤煌在《詩精神》上發表了第一首詩，此後發表不輟。以《台灣文藝》所見，1934年12月到1936年8月之間，他總共在該刊上發表了七次。此外他還先後與日本普羅詩刊《詩精神》及左聯東京支盟刊物《詩人》等團體交流，也曾在這些詩刊

222 兩詩發表及轉載情況如下：

作者	篇名	原發表刊物	時間	轉載情形
楊啟東	朝の市場	《台灣文藝》2卷2號	1935.2.1	《文學案內》2卷5號、1936年5月
冬日	烏秋	《台灣文藝》2卷3號	1935.3.5	同上

223 依筆者調查所見，吳坤煌與日本詩壇的交流集中於《詩精神》、《詩人》兩誌，楊逵則與《文學案內》、《文學評論》等誌較有交流，因此上述作品的轉載較可能出自楊逵推薦。楊逵與日本左翼文壇的交流所憑藉的管道與模式則與本文所討論的吳坤煌等人不同，限於篇幅本文略而不論，相關研究可參考：垂水千惠〈台灣新文學中的日本普羅文學理論受容：從藝術大眾化到社會主義〉，「正典的生成：台灣文學國際研究會」論文，中研院文哲所主辦，2004年7月15-16日；垂水千惠，〈為了臺灣普羅大眾文學的確立——楊逵的一個嘗試〉，收於柳書琴、邱貴芬主編《後殖民的東亞在地化思考：臺灣文學場域》(台南：國家台灣文學館籌備處，2006年4月)；及吳坤煌先生之子吳燕和散文集《故鄉・田野・火車：人類學家三部曲》(台北：時報，2006年5月)。

上向中、日文藝人士介紹台灣詩壇。1935年9月，他還曾在《台灣新民報》上爲文批判島內詩壇並引發迴響。1937年春以後吳坤煌被捕[224]，拘禁10個月以後被日本政府遣返，回台後透過在《風月報》工作的張文環謀職，不久後赴華謀生。他赴華之後的情形不詳，戰後則被文友誤爲棄文從商，而漸離文學之道[225]。因此，1934到1936年間極可能是他創作活動的巔峰期。這個時期他不僅開始嘗試發表詩，與日本左翼詩人及中國旅日詩人也展開了具體交流；他與日、中左翼文學者的接觸交流，也開啓了帶有左翼色彩的台／中／日作家交流的機緣。

四、「文聯東京支部」與「中國左翼作家聯盟東京支盟」的交流

「文聯東京支部」與「左聯東京支盟」以吳坤煌與雷石榆的交流，構築了台灣文壇、旅日中國左翼文學者以及東京左翼詩壇之間的多邊互動。隨後，以東京支部爲接觸舞台，以作品投稿爲途徑，吳、雷兩人的交流，開啓了中國旅京左翼作家與他們所陌生的台灣文壇一段難得的接觸。1935年《台灣文藝》上陸續出現了中國左翼青年作家的稿件，在中、台新文學交流逐漸減弱的當時，這些爲數不多的中國青年左翼作家來稿，無比激勵人心。

(一)雷石榆、魏晉等人與《台灣文藝》

吳坤煌將《台灣文藝》創刊號介紹給雷石榆之後，1935年2月雷便出席了文聯東京支部的首次茶話會。會中他還向台灣同好報告了中國文藝界動態。當時日文還不甚流利的雷石榆，在賴明弘的翻譯下發表了如下感想：

---

224 吳坤煌在〈懷念文環兄〉一文中曾提及，他於崔承喜來台公演時，同行到台灣各地巡迴，公演後他回到東京旋即被捕。但根據筆者考察，吳應是在次年受何德旺牽連而遭到逮捕，詳見本章第四節。

225 參見吳坤煌，〈懷念文環兄〉、王鈴〈再出發的詩人——訪吳坤煌老先生〉等憶述。

《台灣文藝》這本雜誌我翻了，但沒有全部看完。我很敬佩各位的努力。台灣現在的文藝雜誌跟以往不同，有新的意識，立場也不限於台灣，需要跟中國合作，事實也在互相合作前進[226]。

雷石榆對於《台灣文藝》創刊號的內容似乎興趣不高，不過對於該誌的立場、主張與野心略有了解，而且相當肯定《台灣文藝》「立場不限台灣」、「與中國合作前進」的方向。自《福爾摩沙》時期開始，「立場不限台灣」便是旅京台灣文藝青年的共識，而「與中國合作前進」則是文聯東京支部野心勃勃的重點工作。反帝、反戰、反侵略的理念，使中國左翼作家雷石榆與台灣反日作家相契而聲氣相通。

雷石榆與台灣作家的交流，以《台灣文藝》為舞台展開。1935年4月起《台灣文藝》上不斷刊載雷石榆作品，總計有詩作4篇、詩評2篇、通信1篇、小說1篇。從他發表的諸多文稿中可見，當時雷石榆與文聯東京支部相當親近，透過《台灣文藝》他對島內作家有所認識並提出建言，對島內作家也相當關心。

《台灣文藝》2卷6號(1935年6月)除了刊載雷石榆〈給某詩人們(祖國的感想之一)〉之外，還刊出了他對《台灣文藝》2卷4號(也就是雷石榆稿件首次刊出該期)的詩評。在這篇〈我所切望的詩歌——批評四月號的詩〉文中，雷石榆除了對吳坤煌〈悼陳在葵君〉一詩讚譽有加之外，對楊守愚、吳坤成、巫永福、翁鬧、楊華、子敬、管頂人等詩，不是褒貶相摻便是不肯定。他對《台灣文藝》詩歌滿是「悲觀、傷感、戀愛的醉吟、身邊瑣事雜唱」不甚欣賞，對台灣詩人缺乏社會主義人生觀及欠缺唯物辯證法的思考方式，也委婉批評了一番。他寫道：

台灣的作家們啊！詩人們啊、體驗得比我觀察更明晰的壓在你們的頭上的現實的枷鎖、和在那枷鎖下的大眾生活，以及和世

226 〈台灣文聯東京支部第一回茶話會〉，《台灣文藝》2卷4號(1935年4月1日)，頁27。

> 界的矛盾尖銳化的現階段的種種關係不可分離性底諸樣事象不是清清楚楚的纏在你們的身邊麼？然而作為詩人的你們、為什麼在無數的現實的題材的棚下隱著低唱著代無關痛癢的調子呢[227]？

雷石榆呼籲台灣詩人勇敢表現「大眾生活」、「社會事件」，大膽創作「表現時代的現實作品」。他認爲儘管作家的藝術表現各有所長，只要透過「一致的世界觀」，便能創作出擁有「歷史的現實價值」的作品。

雷石榆基於左翼文學理念，在《台灣文藝》上對台灣詩壇發出的批評，隨即引發吳坤煌回應。8月吳坤煌在《詩歌》上發表〈現在的台灣詩壇〉一文。他略有反駁之意地表示台灣除了無病呻吟的詩人之外，並不是完全沒有凝視歷史進展，深入枷鎖下的大眾生活，企圖從社會矛盾中把握台灣現實的詩人。譬如王白淵和他自己便是。對於王白淵，吳尤其推崇。不過他也承認整體而言，台灣詩壇確實必須從困於現實泥沼不能翻身的懦弱醜態中掙出，停止長吁短歎，積極以世界性的普遍矛盾來掌握和表現現實才對。受此刺激，九月吳坤煌進而在《台灣新民報》文藝欄中，對本土詩評界提出批判，進而引發了島內文壇的一些迴響[228]。他山之石雷石榆對台灣詩壇的關心和批評造成的影響，可見一斑。

除了誌面上清楚可見的吳坤煌與雷石榆、魏晉等人的交流，以及吳於憶往中提及與林煥平、蒲風等人的合作之外，台灣文藝聯盟與左聯東京支盟可能還有其他一些互動。《台灣文藝》創刊不久，不斷刊載有關魯迅、高爾基、托爾斯泰等人的研究或作品的中譯稿。譬如：增田涉著、頑銕譯〈魯迅傳〉(連載4期)；高爾基著、宜閑譯〈鷹之歌〉；高爾基著、張露薇譯〈在輪船上〉；托爾斯泰著、春薇譯〈小孩子的智

227 雷石榆，〈我所切望的詩歌——批評四月號的詩〉，頁123-124。本稿為中文。

228 吳坤煌，〈現在的台灣詩壇〉。吳在《台灣新民報》上發表的批評筆者未見，此係他在〈現在的台灣詩壇〉一文中所提及。文載：「九月『新民報』底文藝欄，吳坤煌所投的巨彈，動亂了詩底評論界，一些無定見的詩人們，提出反省和再出發，那是頗值得討論的問題。」

慧〉等。這些稿件似乎不盡出自台灣青年之手，其來源不得不令人聯想到在左翼文學譯介交流上貢獻頗多的東京支盟中國青年們。

(二)文聯常委賴明弘拜訪郭沫若

1934年9月上旬，台灣文藝聯盟發起人亦是常委之一的賴明弘，背負擴展文聯海外發展的任務，來到東京[229]。除了促進活動陷於停滯的台灣藝術研究會與島內台灣文藝聯盟主導的文學活動合流之外，這位文聯常委還走訪了1928年亡命日本以後被中國旅日左翼青年奉為指導者的郭沫若先生。依《台灣文藝》第2卷第2號(1935年2月)相關文稿推測，透過曾於1933年5月拜訪過郭氏的台灣旅日學生蔡嵩林[230]引介，賴明弘於1935年11月19日致信郭沫若，11月21日獲得允諾來訪之覆信，12月2日兩人興奮地拜訪郭寓[231]。此次拜訪之後，《台灣文藝》獲得了郭沫若的稿件，刊物上對於郭老相關訊息的報導雖然低調，但是該集團以尋訪「指導者」為目標，殷切期盼獲得指導的用心，卻清楚可見。

賴明弘致郭的信中，於介紹「台灣文藝聯盟」成立目標及理想之後，深切表達了文聯人士對郭老賜稿與指點的願望。他如此寫道：

如上言我們現在祇痛感缺乏優秀之指導者，我們委員學識未

---

229 《新高新報》442、467號的〈編輯餘墨〉載有以下記事「本報漢文部編輯主任賴明弘氏，邇來身體湫弱，有害健康，是故乃辭厥職，欲渡內地，轉地靜養，本報諸同人，莫不為之惋惜。」、「元本報漢文部編輯賴明弘君，自去年九月初旬，抱遠志而負笈東都，在京研究文藝，稗益斯途不尠，此回歸來，仍在本報編輯部活躍。」參見，《新高新報》442號，1934年9月15日，頁13。有關賴明弘的最新代表性研究可參考，張雅惠，〈賴明弘及其作品研究〉，台灣師範大學台灣文化及語言文學研究所碩士論文，2007年6月。

230 蔡嵩林，生卒年背景不詳。1933年時已旅日，不過仍與島內台灣文藝協會成員有往來，並在《先發部隊》及《第一線》上發表〈郭沫若先生的訪問記〉及詩〈窗前〉。依其文稿推測，他可能是旅日學習理科但對中國當代文藝有所關心的青年。

231 參見賴明弘，〈郭沫若先生的信〉、〈訪問郭沫若先生〉，《台灣文藝》2卷2號(1935年2月)，頁98-100、106-112。可惜《郭沫若年譜》及《郭沫若書信集》中無相關記載，因此無法深入得知郭氏觀感。

宏，經驗又少，是以此後很盼望先輩諸公之指導和鞭撻。尤其是對素為我們崇仰之先生，我們很伏望多指示開拓台灣新文學之處女地的方法和出路，使我們同一民族之文學能夠伸展而且能盡夠歷史的底任務！那麼，我們的任務之一，可謂完成了[232]。

信函顯示文聯常委賴明弘往見郭沫若乃爲取得中國左翼作家的指導或建言，以便讓「同一民族的文學」能夠交流、聯繫、拓展，從而恪盡「歷史的任務」。「歷史使命」或「歷史任務」等詞，爲當時左翼人士的慣用語。賴明弘所謂的「文聯的歷史任務」和吳坤煌「東京支部的歷史使命」，都隱含藉文學活動促進台灣解殖、復歸祖國或建立社會主義國際等等涵意。以當時情況而言，「同一民族的文學」之聯繫伸展，較安全、便利的方式不外藉東京相對自由之便與中國旅京作家先取得交流。以文聯東京支部的活動來看，東京支部確實在這個方向上努力甚多。

從賴明弘發表於誌面上的郭沫若覆信或訪問記來看，郭氏除了鼓勵台灣作家廣泛聯絡新舊文學者、更「積極大膽」地展開文學活動之外，對文聯人士的指示甚少。不過「積極大膽」一語，已概略可見郭氏的期許。與左聯東京支盟刊物相比，當時處於島內高壓狀況下的《台灣文藝》確實顯得保守消沈。儘管誌面記載有限，但是依文聯人士或東京支部成員與中、日左翼文學者的交流推測，郭氏私下的指示或影響可能不止如此。前述吳坤煌、張文環與支盟成員的交流足可證明中台青年交流之深，此外在許多交流場合台灣青年也不難接觸到郭沫若。郭沫若與日本左派學者增田涉在《台灣文藝》上的一段小對話，便是一個例子。1935年元旦郭沫若致文《台灣文藝》，對增田涉於改造社出版的《魯迅傳》中有關創造社扣留羅曼羅蘭致魯迅信一事提出澄清。《台灣文藝》於2月號刊出郭氏〈魯迅傳中的誤謬〉[233]一文後，隨即贈予增田涉。增

232 賴明弘，〈郭沫若先生的信〉，《台灣文藝》2卷2號(1935年2月)，頁99。《郭沫若年譜》對此事也有記載。

233 郭沫若，〈魯迅傳中的誤謬〉(中文)，《台灣文藝》2卷2號(1935年2月)，頁87-88。

田氏讀完後也立即在3月號發表〈關於「魯迅傳」之辯解〉(〈「魯迅傳」について言分〉)[234]一文，向郭氏致歉、說明，文末他還祝福《台灣文藝》日益發展。郭將一則與台灣文壇無涉的批評文寄往《台灣文藝》而非其他中國刊物，從而促成了《台灣文藝》與日本中國研究界重要學者增田氏的接觸，並引起了一段難得的中日左翼文學人士的對話。這或許也是郭沫若對《台灣文藝》的特別用心吧？

(三)跨域交流活動與《台灣文藝》的活化

赴京進行合流工作的賴明弘於1935年3月左右返台[235]，隨著這位靈魂人物的歸來，《台灣文藝》誌面更明顯地反應了他們所受的刺激，或許賴明弘私下帶回了什麼更令人振奮的消息吧？他返台次月，《台灣文藝》4月號隨即刊出了「文聯東京支部第一回茶話會」記錄，以及左聯東京支盟成員雷石榆的詩〈顫動的大地〉(〈顫へる大地〉)。這是舊《福爾摩沙》同人首次以「文聯東京支部」新團體名義現身於《台灣文藝》，也是「左聯東京支盟」分子首次公開參與《台灣文藝》，因此格外有意義。

五月號刊載的一些文稿，也處處流露受激勵之情。賴明弘翻譯了森次勳於日本《文藝》上發表的〈中國文壇的近況〉一文。在譯文之前賴氏特別說明：「中國文學是台灣文學的母體，也是有著不解之緣。攝取消化中國文學之精粹，是我們的共同欲求。可惜！近年來我們離開中國文學太遙太遠了，因爲種種的情勢」[236]。另外，賴明弘還發表了〈我們目前的任務〉，反覆強調文藝運動深入大眾、愛民眾、反映民眾

234 增田涉，〈「魯迅傳」について言分〉，《台灣文藝》2卷3號(1935年3月)，頁42-44。

235 此係根據《新高新報》467號〈編輯餘墨〉所載記事：「元本報漢文部編輯賴明弘君，自去年九月初旬，抱遠志而負笈東都，在京研究文藝，稗益斯途不尠，此回歸來，仍在本報編輯部活躍。」參見《新高新報》467號(1935年3月30日)，頁14。

236 森次勳(著)，賴明弘(譯)，〈中國文壇的近況〉，《台灣文藝》2卷5號(1935年5月5日)，頁22-24。

心聲的重要性，並標舉文聯成員「親近讀者，和大眾握手」、「超越個性，提攜前進」、「支持文聯，擁護台文」的三大任務。不過，賴明弘曾興奮地強調「與中日競賽」、「與世界文學比肩」的目標。他說：

> 「台灣文藝」獲得了劃期的底成績，作了未曾有的記錄，在這精神文化最為落伍的我們台灣。然而還不是耀武揚威的時候呢，現在的程度還是太低下。能夠和中國文學比拳，和日本文學競賽，和世界文學並肩，路途遙遠，當待死狂般地奮鬥而奮鬥，努力又努力，拚命再拚命之後[237]。

由此可見，賴明弘在呼籲島內文藝者接受文聯領導，注重群眾，精誠團結的前列「三大任務」之外，似乎還熱衷另一不便過度強調的任務。那就是——與中日作家合作。

同號刊載的張深切〈「台灣文藝」的使命〉一文，顯示深入群眾、與中日作家交流、積極大膽展開文藝活動等，此時已是文聯核心人士之共同希望。張如此說道：

> 「台灣文藝」自出版以來，得諸同志們的鼎力，逐號內容充實，嘉義支部的奮鬥，東京支部的努力，台灣支部的組織活動等等，咱們的工作時時刻刻在著擴大化，最近上海又決定組織支部，以王白淵、張慶璋、張芳洲諸同志為中心，在進行活活潑潑地活躍，台南方面也開始著手組織支部，廈門方面已有幾位同志來函要求本部准許設置支部，咱們的工作漸由文墨運動而進展於行動運動了[238]。

台灣↔東京↔上海！擔任文聯常委及《台灣文藝》編輯重任的張深切，

237 賴明弘，〈我們目前的任務〉，《台灣文藝》2卷5號(1935年5月5日)，頁65。

238 張深切，〈「台灣文藝」的使命〉，頁19。

也充滿企圖地勾勒著台灣文藝運動的新藍圖。在這位曾受左翼思想洗禮的文學旗手心中，藉由跨域活動使台灣文學運動從「文墨運動」進展爲「行動運動」是他的理想，也是《台灣文藝》的使命。

第2卷第7號(7月號)以後賴明弘加入編輯陣營，該號刊出了陪同他拜訪郭老的蔡嵩林〈中國文學的近況〉一稿，內容也在介紹中國現代文壇的動態。編輯張深切在編後記中也說：「咱們機關誌受了重大的刺激，開始奮鬥的躍進了。由保守的而跑進擴大化，由消極的而進出積極化，由敷衍的而演進戰鬥化了。」[239] 誌面上文稿顯示，隨著跨域交流的展開，《台灣文藝》深受激勵，從而躍躍欲試了。

除了將《台灣文藝》介紹給雷石榆、魏晉等中國旅日作家，並邀請他們投稿之外。東京支部成員可能也積極地把《台灣文藝》介紹給其他日本左翼文士，因此誌面上也出現一些來自東京文士的稿件。譬如：久野豐彥〈東京文學を輕蔑し給へ〉、沖田順之〈邦畫の貧困〉、植村諦的詩作〈高圓寺驛前通り〉等[240]。植村諦曾與吳坤煌一起出席過《一九三四年詩集》出版記念會及《沙漠之歌》刊行記念會，他的詩稿在《台灣文藝》登載時與吳詩並列，因此極可能是吳坤煌居中介紹的。久野豐彥(1896-1971，小說家、評論家)[241]〈予東京文學蔑視吧〉(1936年4月)一文，尤有意思。久野在文中大肆批判淪於商業主義、頹廢虛無的東京文壇，呼籲台灣作家莫以東京文學是尙，盲目追隨。他認爲台灣作家應勇敢描寫新的社會形勢，像賽珍珠一樣取材於中國土地與農民的厚實作品才是值得效法的。

1936年之際東京文士中出現了呼籲台灣作家捨棄東都文壇，追求台灣文學主體性的呼聲，這是相當難得的。然而這種思維的誕生，不能不歸功於台灣旅日青年長期的鍛鍊、摸索與努力。在渴望前進東京，浪跡

239 張深切，〈編輯後記〉，《台灣文藝》2卷7號(1935年7月1日)。

240 植村諦一文刊載於3卷6號，另兩稿刊於3卷4、5合併號。

241 久野豐彥，曾參與《葡萄園》、《近代生活》等雜誌，著有短篇小說集《第二個列寧》、評論集《新藝術與達達主義》等。1932年長篇小說《人生特急》出版遭禁後，興趣轉移到經濟學。參見呂元明主編，《日本文學詞典》，頁421。

帝都不歸的台灣文藝青年心中，向日本文學者模倣、效顰從來都不是他們唯一的目的。在新感覺主義、左翼文學或其他流派華麗並陳的東都文壇中，不論台灣青年作家取哪一瓢飲，多數人的眼光仍是凝視著南國鄉土的。那令人愛之且痛之的老鄉土，還有拜現代論述或社會主義理論之賜，浮現於弱小者眼前令人羨慕之想望之的新夢土，始終左右著旅日青年的情感與視線。台、中、日左翼文人聯合建構的超殖民、超種族新國度，便是這些失去祖國或失去容身社會的弱者心中勾劃的夢土之一。對台灣作家而言，東都文壇充其量不過提供較自由的想像空間、較多的思想資訊與文化資源，以及較優越的藝文條件而已。

台中日左翼文學者、文化人的跨域交流，也是1935年11月創刊的《台灣新文學》的重點經營之一。左翼旗手楊逵在《台灣文藝》跨域交流的基礎上，與日本左翼文士進行的互動絲毫不遜色，在爭取中國左翼旅日作家方面則不如文聯積極。在跨域交流方面，文聯東京支部與推動各式活動的左聯東京支盟相較未免稚嫩。但是比起高達萬餘人的旅京中國學生和僑民以及不下500名的進步分子，文聯東京支部以寥寥十數人卻能共襄交流盛舉，實在相當不容易。

誠如吳坤煌所言，文聯東京支部締造的跨域交流，在台灣文學史上確實是絕無僅有的。

小結

《福爾摩沙》苦撐三期之後，決定與台灣文藝聯盟合流。支部設立後異鄉文學者與島內文壇有了較密切的聯繫，文聯對支部的期許也爲這批旅日文學者帶來了新刺激。以文聯東京支部爲中心，脫退者吳坤煌重新歸隊，在張文環等人協助下合力推動許多活動。支部藉著地利之便與中國、朝鮮、滿洲國旅日的文學者都有往來，與日本的左翼文學團體也有交流。

吳坤煌、張文環等支部作家有意以文學承繼反殖運動，寄生在東京各個反帝團體中。雖然活動有限，但是在日、中左翼團體中確實可以察覺他們的蹤跡。對這些旅日青年來說台灣是他們終極的關懷，在反帝運動中他們是獨立的中心主體，在統一戰線中與其他民族平等合作。但是另一方面，依附於以中、日民族爲運動中心的國際陣線，他們也難免成爲戰線中的邊緣客體。這種既中心又邊緣的文學運動與文化抗爭形態，以及當時台灣作家與中、日，甚至朝鮮、滿洲國等文學者的往來，在台灣文學史上堪稱特殊的一頁。

日本左翼文化界早有相當規模的跨域活動，以日本左翼劇壇、文壇爲中心的跨域活動，參與者包含了中、台、朝鮮，甚至國際左翼團體在內的各國旅日人士，台灣文藝青年與中國旅日戲劇、文學人士的交流接觸正建立於這個基礎上。廣泛聯合被壓迫民族，建立社會主義民族文化或社會主義國際文化，是社會主義革命策略，也是社會主義文化運動的理想。以台灣島內之禁錮與旅日青年之薄力，借重日本左翼陣營廣結中國及其他民族革命勢力，似乎是建立國際聯合陣線、追求台灣解放的便捷辦法。吳坤煌在築地劇場接觸日中鮮各地左翼人士後逐漸往此方向發展，曾因此疏離他認爲不夠大眾化、激進的《福爾摩沙》集團。直到文聯東京支部成立後，文藝大團結的走向再次燃起了他對故鄉文學團體的熱情，才又回頭引領難兄難弟們追求那片夢土。

固然，《福爾摩沙》作家絕非全數皆爲左翼作家，但是他們的民族處境、思維方式、對抗策略很自然地使他們具有左翼性質卻毋庸置疑。或許旅日青年的文學志向，在標榜「民族藝術研究機關」或「純文藝」路線的《福爾摩沙》階段，尚不十分明顯。但是到文聯東京支部時，他們與各方左翼勢力進行串聯，欲藉此與權力中心對抗的野心已歷歷可見。1937年事變前後返台的他們被迫進入另一個更爲壓制的空間與年代；戰後反共、反社會主義的台灣社會也不容許他們詳敘這一段往事。不過文化菁英意圖螳臂擋車的那種悲壯志向確曾存在，而左翼思維那一涓細流也斷斷續續潛行於台灣知識人的精神結構之中。

第四節　十年一覺東京夢：論張文環轉向小說〈父親的臉〉及其改作

前言

1930年代中期開始，楊逵、張文環、呂赫若、龍瑛宗等人的作品先後入選《文學評論》、《中央公論》、《改造》等雜誌。表面上台灣作家一步步迫近中心；深究起來，不可諱言台灣作家並未真正深入日本文壇。楊逵、張文環、呂赫若等人一作成名後，缺乏其他後續作品挺進；得獎後保持日本發表最久的龍瑛宗，則在終戰前發表的小說〈歌〉中不經意流露台灣中堅作家對殖民母國中央文壇極度渴慕的自卑形像[242]。台灣作家在進軍東都文壇這條路上吃足苦頭，結果未如朝鮮作家般受到日本文壇肯定，誠屬事實。但是當許多島內作家仍未放棄遙飛東京的美夢時，在東京獲得《中央文壇》小說甄選佳作的張文環，卻在1935年〈父親的臉〉（〈父の顔〉）入選後不久開始思考「文學歸鄉」的課題了。1937年他結束長達10年的日本之旅返台，日後幾經摸索終於在1940年長篇小說〈山茶花〉發表後，以善於營造充滿國族寓意的鄉土世界見重於文壇。

在缺乏社會上昇管道的殖民地社會中，自我肯定、自我實現，是本土知識人舒展民族自尊的本能渴望，讓被貶抑的民族自我與個體自我在帝國中央揚眉吐氣，則帶有救贖或報復的意圖。多種文獻顯示，在處處受制、百無可爲的昭和十年代(1926-1936年間)台灣，創作成爲某些殖民地苦悶青年的精神出口，本土藝術和文學因而蛻變成長，台灣青年作家與藝術家也開始在東都文化界展露頭角。然而當時台灣藝文界對東都文化界的嚮往並非全然傾倒，而帶有濃厚的自我證明與競爭心理。譬如，1935年賴明弘順利完成整合旅日文藝青年成立「台灣文藝聯盟東京支部」任務返台後，便充滿自負地表示：「誰說台灣人是劣種？誰

242 龍瑛宗，〈歌〉，皇民奉公會，《台灣文藝》2卷1號(1945年1月)。龍氏透過日本文學吸收日本及世界文學精華，卻不像多數日語作家有日本留學體驗。留學經驗匱乏引發的自卑情結，似乎使他對日本現代文學／文化對殖民地的文化殖民問題，缺乏反省。

說台灣人不能產生睥睨於世界(文)學的大文學出來？」[243]。特殊的時代、特殊的處境使此時期的藝術和文學日益蓬勃，同時亦使他們在藝術的實驗和探索之外，散發著追尋民族自由與文化重建的光輝。在殖民地，文學書寫與民族解放終究是難分難解的。

以下我們將對1930年代台灣作家「前進東都文壇」的集體渴望、〈父親的臉〉得獎背景與經過、〈父親的要求〉[244](〈父親の要求〉)的內容、原作與改作在創作動機與刊行流通中呈現的「逆返現象」、張文環在文學活動與創作中對社會主義信仰及殖民地青年轉向問題的辯證、日本左翼作家對其鄉土寫作的影響等問題，逐一析論。本節希望以張文環爲例觀察曾有「前進東京」志向的旅日作家，如何因大環境的變遷與個人思想的變化，捨棄對東都文壇的憧憬，一步步踏上文學的歸鄉路。藉此對台灣殖民地時期「文學書寫」與「民族自我追尋」之間的關係，略作闡釋。

一、從〈父親的臉〉到〈父親的要求〉：前進東京或逆轉歸鄉？

1935年台灣作家張文環以一則轉向文學小說，獲得日本文壇肯定，同時振奮了台灣文壇。然而，殖民地作家日後是否能以同樣題材、姿態，繼續向東都文壇挺進，或回歸本土文壇呢？這便是本節所欲究明的問題。

1934年10月楊逵的〈送報伕〉入選日本《文學評論》第二名(第一名從缺)，振奮了台灣文壇。訪日的文聯常委賴明弘旋即於次月《文學評論》「讀者評壇」，提出如下感想與呼籲。他希望台灣作家繼續以「殖民地歷史現實」爲題材，推出比朝鮮作家張赫宙更有特色的作品進軍日本文壇；同時也呼籲日本作家「繼續伸出溫暖的同志的手，栽培、輔導殖民地文學」。此外，他的感言也反映了楊逵獲獎一事對台灣作家的激勵，他說：

243 賴明弘，〈我們目前的任務〉，頁65。括弧中字，原文獻缺字，係筆者所補。

244 張文環，〈父親的要求〉，收於陳萬益主編，《張文環全集》卷1，頁57-92。

刻苦又刻苦的磨練後，比朝鮮晚了一年，我們台灣的作家終於進軍日本文壇了。在《文評》上發現吾友楊逵的名字時，我的胸膺充滿歡喜。為了進軍日本文壇，我們每一個幾乎都拼命競爭過，終於被楊逵君搶先了。不論如何，我們先要祝福台灣文學的新發展[245]。

刻苦自勵！揚眉吐氣！充滿欣慰之情的上述感言，反映了台灣有志文學的新世代心中，「進軍日本文壇」幾乎被他們當作共同目標渴望著。

除了賴氏之外，吳坤煌在東京支部第一回茶話會上也表示：近來表現台灣情緒的作品，也進出內地雜誌，就要爬上中央文壇了。譬如，楊逵、張文環等人均已迫近日本文壇的水準。另外還有二、三位未露臉的同志也以入選《文藝春秋》或《改造》爲目標。因爲大家都在努力奮鬥，相信不久將來會產生像張赫宙那樣的作家[246]。1932年張赫宙以〈餓鬼道〉入選《改造》第五屆懸賞徵文登上日本文壇，成爲當時許多台灣作家的努力標的。以張赫宙之名取筆名的呂赫若，以中央文壇作家交往自我鼓勵的龍瑛宗，以及張文環、翁鬧等旅日作家，不都流露類似的「前進東都文壇」的夢嗎？

就在楊逵的作品風光登岸後，另一篇亦將披受東都光華的小說正要誕生。同樣刻苦自勵多時的張文環，在10月31日截稿前將小說寄往《中央公論》。「新人作家作品」甄選結果於1935年元旦揭曉，穎田島一二郎〈待避驛〉與大鹿卓〈野蠻人〉入選。「選外佳作」的〈父親的臉〉，與正獎殊榮及一千圓豐厚獎金失之交臂，也未引起太多迴響。但是一如懸賞廣告上標榜的「期待新人的飛躍」一般，在文學之路上默默刻苦數年的張文環總算一舉揚名了[247]。

殖民地青年作家於帝都文壇的佳績，立刻博得了島內文壇喝彩，

---

245 引自下村作次郎(著)，邱振瑞(譯)，《從文學讀台灣》(台北：前衛出版社，1997年2月)，頁2-3。

246 〈台灣文聯東京支部第一次茶話會〉，《台灣文藝》2卷4號(1935年4月1日)。

247 參考《中央公論》50卷1號(1935年1月)，及稍前的徵文記事。

《台灣文藝》以「一九三五年劈頭的喜訊」爲題報導此事[248]。張文環於1932、1933年左右開始文學之路，得獎前曾於《福爾摩沙》上發表〈落蕾〉與〈貞操〉等小說，但〈父親的臉〉卻讓他受到前所未有的矚目。對張文環個人而言，獲獎及獲獎後島內文壇的肯定確實給他帶來相當鼓舞。劉捷曾提到：

> 文環兄所寫的是日本純文學，自從他的一作〈父親的臉面〉入選於《中央公論》的佳作之後，他對小說的信心越強。他與丹羽文雄、武田麟太郎、林房雄、林芙美子等中流作家都有交流[249]。

純文學[250]乃與大眾文學相對而言，指不迎合讀者趣味、不計商業銷售，從純藝術立場出發的小說。張文環曾提到〈父親的臉〉以後，他開始思考小說本身的問題，在此之前只想藉小說傳達本島人實情而已[251]。可見張氏的文學之路雖始於《福爾摩沙》時期，但是真正使他自覺性地從「報導」蛻變爲「創作」，從社會運動精進於文學抗爭，認真思考創作問題的卻非〈父親的臉〉莫屬。

依張文環自述，其文學興趣自中學時期萌芽，與他喜好觀察社會人生有關。然而，綜合其活動、經歷及其他作品可見，素樸的文學興趣若非帝都經驗的種種催化刺激，未必發展成終生志趣。特別是，張文環的文學志趣深刻，帶有革新的使命感，洋溢著革命的熱情，驅使他在戰爭

248 〈お知せ〉，《台灣文藝》2卷2號(1931年2月1日)，頁17。同期之〈編輯後記〉中也報導了張文環入選的消息。

249 劉捷，〈張文環兄與我〉，收於廖清秀譯，《滾地郎》(台北：鴻儒堂，1976年12月)，頁311。

250 純文學，始於1920年代私小說流行時期，1925年久米正雄曾提出純文學即私小說的主張。其後純文學作為獨立概念為文壇所承認，不過各派解釋仍有出入。張文環的小說雖具有純文學特性，但是由於社會關懷面較廣、罕以第一人稱敘述、偏重個性而非心境的描寫，因此私小說的特徵並不十分顯著。參見呂元明主編，《日本文學辭典》(上海：上海辭書出版社，1994年11月)，頁27。

251 張文環，〈荊棘之道繼續著〉，頁163。

期皇民化的惡劣環境中仍孜孜於此。然而弔詭的是，儘管在許多方面他的活動充滿了捨我其誰的社會使命與民族熱情，卻罕見他如其他作家般正面討論民族問題或社會主義相關信念。得獎作〈父親的臉〉及其後改作的〈父親的要求〉，是少數能觀察此一問題的例外。

〈父親的臉〉及〈父親的要求〉取材於張文環1932年參與東京台灣人左翼文化運動的一段經歷。1932年王白淵、張文環等人籌組「東京台灣人文化同好會」，9月該組織遭日警取締，重要成員遭短期拘禁，最後雖然眾人以「未及懲處程度」獲釋，但王白淵因此事件失去教職流徙東京，張文環、吳坤煌也因此學業中斷[252]。在張文環多篇小說中，〈父親的臉〉(及其改作〈父親的要求〉)是唯一以他東京求學、運動生涯為書寫對象者，可見此事對他有一定程度的震撼。

〈父親的臉〉創作於1934年下半。該年6月《福爾摩沙》(《フォルモサ》)第3號發行後陷入停刊狀態，從第2號開始為編務及同人分合奔忙的張文環也因此解除了重任。〈父親的臉〉就是他在停刊後到截稿前的四個多月期間，參加《中央公論》懸賞徵文所作。〈父親的臉〉原稿至今仍未出土，據日籍研究者野間信幸調查朝日新聞社亦無留存，應已亡佚。不過該作曾被張文環改作為〈父親的要求〉[253]在島內揭載，因此〈父親的臉〉與〈父親的要求〉具有血緣性，應無疑義。野間氏曾就〈父親的臉〉的創作背景、〈父親的要求〉的內容、張氏當時的生活及學習狀況進行分析，發現這篇小說有許多地方是張文環初期東京生活(1931-1932)及其參與東京台灣人文化同好會的寫照。本鄉及沼袋等租屋地點、與房東女兒戀愛、參與社會運動被捕的情節，皆其來有自[254]。

〈父親的要求〉以留學生「阿義」的升學、考試、戀愛為主軸，逐一描述殖民地知識青年在追逐社會階級上昇的過程中，如何因挫折而涉

252 〈1998年4月3日巫永福致下村作次郎書簡〉中，巫永福所言。參見下村作次郎，〈台湾芸術研究会の結成〉，頁45。

253 張文環，〈父の要求〉，《台灣文藝》2卷10號(1935年9月24日)，頁1-27。

254 野間信幸，〈論張文環的「父親的要求」〉，行政院文化建設委員會主辦，「賴和及其同時代的作家：日據時期台灣文學國際學術會議」論文，1994年11月25-27日。

入社會主義運動、因異民族之愛激化民族認同危機、社會主義運動挫敗後如何思索未來、其轉向思考與母土社會產生何種關聯等問題。小說最後，脆弱的資產階級知識分子阿貴因轉向而發瘋。主人公阿義則從社會底層苟延殘喘的庶民大眾身上觸發了對生命的不同思考，體悟單憑階級意識無法認清社會的深度和眾生百態，將返台視爲超越節操之舉，從而獲得生機。

以〈父親的要求〉內容逆推，〈父親的臉〉應該也是一篇轉向小說。以感染左翼思想的殖民地青年「轉向心路」爲小說主題，在張文環作品中相當特異。這可能與轉向問題在當時日本社會與文壇引發的震盪有關。〈父親的臉〉參賽前後正是轉向文學的鼎盛期，1934-1935年間村山知義《白夜》(1934)、島木健作《癩瘋病》(1934)、中野重治《村家》(1935)等作陸續發表，轉向文學盛極一時，此背景也使〈父親的臉〉擁有某些被日本文壇接受的條件。「轉向文學」爲反映1930年代參加過左翼運動的作家之轉向經歷，或以轉向諸現象爲題材的作品，一般以私小說形式敘述轉向經過，表現主人公轉向後苦悶愧悔的心理，偶有表達轉向者欲重返鬥爭舞台者。不過殖民地作家與母國作家的表現仍有不同，台灣作家更實際思考了如何繼續以文學創作轉化信仰、延續反殖香火的問題。在這種態勢下，旅居者的他鄉之眼與憂鄉意識，使張文環在其轉向小說中注意到鄉土民間社會的重審。從〈父親的要求〉來看，張文環筆下的轉向文學，不以「愧悔」或「再戰鬥」爲重，而以「認同追尋」、「鄉土回歸」、「發掘本土社會文化活力」爲焦點，別具殊相；或許此亦爲受青睞的原因之一。

〈父親的臉〉得獎多少受惠於轉向文學風潮，但該作卻非附和流行風潮之作。它誠摯地反映了在社會主義思潮影響下投身文化文學運動之路的作家本人，在社會主義運動日漸受抑後，對自己文學、信仰與認同之路的切身思考，因此擁有特出之處。而且值得注意的是，得獎作〈父親的臉〉並未對「前進東都文壇」帶來具體助益。與正獎失之交臂的〈父親的臉〉未獲《中央公論》刊載，因此也就沒有讀者群，沒有討論，沒有迴響。在東京，作家和他的這篇小說毋寧是寂寞的。幸而，島內文壇對此作倒是早已拭目以待。《台灣文藝》原本預定於5月刊出這篇大作，張文環臨時以「坦白而言當我再次讀這篇文章時，發覺就這樣發表的話實在是慘不忍睹」爲由，要求給予修改時間而延期。9月發行的《台灣文藝》終於刊出了這篇倍受期待的小說，然而自完成後幾近一年才問世的〈父親的臉〉已改作爲〈父親的要求〉，並以「回歸鄉土」爲小說歸結。

得獎作行將刊載於故鄉文壇之際，張文環爲何倉促改稿？張文環是否意識到東都文壇與台灣文壇存在相異的接受環境？除了對作品的完成度不滿意之外，涉及個人運動經歷的這篇小說，是否令作家有其他政治顧慮？分別完成於1934年10月及1935年9月之前的兩稿差異性如何？儘管這些問題因原作亡佚已成懸案，但仍可藉由其改作〈父親的要求〉中觀察到如下的逆返現象。

從〈父親的臉〉之得獎、刊行及讀者接受狀況來看，這個得獎經驗，給作家增添了光環，也給台灣文壇帶來鼓舞；但是對於「前進東都文壇」而言卻是一次「不太完全」的經驗。這樣的經驗反倒鼓舞了張文環，回首對自身鄉土文化及文學進行重審。簡言之，〈父親的臉〉這篇進軍東都文壇的小說，故事及其發表刊載的形式卻適巧呈現了與前進東京逆返的方向。側身東京的作者、矢志進軍東都文壇，他以帶有殖民地特色、同時又爲日本脈動一環的殖民地青年轉向題材，進軍東京。在中央文壇的讚賞下，好不容易獲得了新人作家的身分證；這張身分證使他更受母土文壇肯定，也使他產生了自信。但是由於未獲刊載，他的成名作竟無緣在東京問世，這意味著什麼呢？前進東京的殖民地作家，其作品必須經中央文壇接受標準的考驗，未完全挑戰成功的作品，其最後的歸宿只有故鄉。或許不是東京，〈父親的臉〉的光華便無從彰顯吧？然而倘若失去故鄉，它的成就終究無法落地生根。帝都與故鄉糾纏矛盾、共生寄生，非但在張文環思考殖民地青年的社會民族處境時存在著，在作品刊行流通的過程中也是既對立又互補的。

綜而言之，張文環以「轉向」題材獲得評審肯定，其背後可能有某些當時東都文壇或《中央公論》集團，對「殖民地作家」、「轉向文學」的特殊接受背景。至於張文環日後是否能繼續以「殖民地青年的民族苦悶與認同思考」爲主題，繼續在軍國主義陰影日漸濃厚的東都文壇發展，或回歸總督府統治下的台灣本土文壇？前者從日本國內轉向文學隨著戰爭文學的興起快速式微可見一斑；而後者在殖民地厲行的戰時統制動員與皇民化政策下，也顯得不太可能。在日愈暗黑的時代下，作家張文環顯然必須從其他方向尋求出路。

二、「舊父之命」與「新母之愛」的雙重否定：轉向者的心靈歸宿

除了在刊行流通上，進軍東京的〈父親的臉〉有悖離創作動機、逆轉歸鄉的傾向之外，〈父親的要求〉在主題上也強調「回歸鄉土」的思考。以下將從小說的內容來進一步說明。

〈父親的要求〉主角陳有義於台北的高校畢業後，到東京的大學留學，設籍法學部，以通過高等文官考試爲人生目標。對於來自台灣「偏僻鄉下」的青年而言，優秀的阿義受到父母與鄉人的期許，「穿著飾有金色飾繩金光閃閃的制服回鄉的阿義身影」一直是父母鄉黨的期望。因此畢業後未能順利通過考試時，他人的期許便成了沉重的壓力。考試失利後他爲走出低潮從本鄉的宿舍搬到中野區的沼袋，結果問題未獲解決，房東母女的親情愛情反而刺激了他對民族、階級問題的思考。因此他受有社會主義傾向的同鄉學弟林得貴[255]影響，開始閱讀社會科學書籍，最後終因投身社會運動而身陷囹圄。

與金光閃閃的文官服對照，黑牢裡的陳有義嚴重悖離了雙親的期待。這種悖離從考試失敗爲開端，到投身左派運動被捕達到巔峰。如果父母的期望(在殖民官僚機構中立身出世)反映故鄉人一般的價值取向，這種價值在成長過程中一點一滴灌輸爲阿義人生價值的一部分的話；那麼相對地，構成他人生價值另一部分的則是同樣在殖民統治與教育的過程中，不經意被培養出來的對民族與階級問題的變調思考。

阿義在製造「機能性知識分子」的殖民教育體系中成長，由於表現

255 小說中某些處誤作「簡得貴」。

符合那樣的價值體系而被認為是一個值得期待的人，在象徵與此價值體系不符的「考試失敗」之前，他的生活是安適的。考試挫敗造成價值搖動，才開始使他產生民族與階級的認同焦慮。主角繼而更因「愛」（日本女性賀津子的愛情與房東太太的親情）發覺了民族、階級問題的糾纏，而更加不安。最後在他將「愛」視作民族、階級問題的一環，企圖以社會主義運動一併解決卻不幸失敗之後，「立身出世」、「異民族之愛」再度考驗他「追求民族解放」的立場，至此小說也到達了衝突的高峰。

阿義如何解決價值衝突的危機呢？關於這個問題，小說中安排了另一位參與社會運動的旅日青年「林得貴」作為對照。阿貴雖是學弟但較早參與社會運動，阿義顯然受了他的影響。但是在社會主義運動受到彈壓取締，運動者先後被捕或紛紛「轉向」之際，阿貴也因被捕後難忍痛苦加上親人的哀求，因而「轉向」返台。阿貴的最後留言如此寫著：

> 我已經不想再說什麼了。總而言之，就是由於小市民的根性和難以忍受的肉體痛苦……！求你別再問我任何事好嗎？我打算就這麼回去，再也不跟你見面了。現在想來，與其呆在那種地方，不如受到階級的批判，那不知要好多少倍呢！叔父告知我父親瀕臨發狂的樣子，我才醒悟自己不顧一切愛惜生命的理由（頁73）。

阿義對因小市民根性、牢中肉體痛苦及父叔勸誘而放棄信仰堅持的阿貴，沒有批評但似乎不甚認同。因此他受盡訊問之煎熬仍勉力堅守精神之堅貞，甚至有犧牲的覺悟，對親情召喚也不為所動。迫使阿貴「轉向」的幾種典型手段[256]在阿義身上並未奏效，但是暗無天日的囚禁與訊問，肉體與精神遭受的極度摧殘，已使他的思想潛伏了變化因子。他

256 反覆訊問、親情脅誘、刑求，是當時日警對社會運動者威逼、懷柔的幾種常見手段。

「渴望從這沈鬱的牢裡去和外面柔和的感情相互連繫」，牢友小偷卑微的生存姿態更激發了他對生的慾望。阿義心想：

> 這個人為了活下去，必須不停地從一個屋頂跳向另一個屋頂。……。或許自己會成為比那個男人更下等的人也說不定。他是不是該受到輕視？只有喪失了「生」的意識的人們才應該被看輕，才是毫無希望的人！這些人還是有救的(頁80-81)。

這是阿義在生存遭受摧殘、求生意志殆盡時對生的呼喚與死的警覺，也是張文環對苟延殘喘的人們強韌的生存意志的初步發現。

獄中歸來的阿義，看見賀津子久違的美麗臉龐怦然心動，差點無法按捺即將崩潰的感情。但是他很快便壓抑了降服的衝動，「超越民族的喜悅，超越友情的愛，更帶給他階級的痛苦」，阿義無法忘卻民族的階級差異，因此倏地又繞回了堅守民族、階級立場的思考上去了。

小說中有關賀津子以及兩人感情的描寫始終曖昧不明，相對於始終缺乏心理描寫的這位日本女性，以及這段若有似無的愛情本身，賀津子所代表的象徵意義更爲重要。對阿義而言，嫻雅中帶有幾分世故的日本女性賀津子是女神也是女妖，是可能使他的民族、階級信仰或節操墮落的一種誘惑和試煉。在台灣的男性作家當中，張文環算得上善於描寫女性的了[257]。擅於捕捉女性纖細感情、獨特個性的他，有血有肉地刻劃像賀津子那樣撲朔迷離的女性恐非難事。因此賀津子如此被塑造，可能是有意的安排。「全日本無產者藝術聯盟(簡稱「納普」)」[258]時期

257 關於張文環對女性的描寫，可參閱陳千武(譯)，津留信代(著)，〈張文環作品裡的女性觀：日本舊殖民地下的台灣〉(上、下)，《文學台灣》13、14號(1995年1月、4月)。原作發表於《中國文學評論》復刊號第1號(北九洲：中國文學評論社，1993年4月)。

258 全日本無產者藝術聯盟，簡稱「納普(ナップ)」，1928年3月25日以「日本無產階級藝術聯盟」和「前衛藝術家同盟」為主體，聯合其他左翼文藝團體組成。5月創刊《戰旗》，故又稱「戰旗派」，12月改稱「全日本無產者藝術團體協議會」。原設文學、演劇部、美術部等機構，翌年分別改組成「日本無

愛情題材的描寫曾引起爭論，最後認爲無產階級文學不應排斥愛情題材，但必須以馬克思主義的觀點和方法來正確處理[259]。張是否受過這些理論影響不可得知，但是這篇小說有意將賀津子母女之愛作爲「帝國之母」的召喚象徵，可謂意味深長。從阿義對賀津子刻意保持距離的態度看來，轉向出獄後的阿義仍舊是阿義，他的階級與民族立場並無太大改變。

返家後的阿義閱讀著被囚期間寄來的家書，「讀來讀去，其中卻找不到一封能夠喚起內心感動的東西」。然而爲了不負房東母女(「轉向」)的期盼，遂勉強抽出一封應付。父親如此寫著：

> 阿義吾兒收知，阿義吾兒！為了養育你至今日，你的父母花費了多少財產，你應該知道吧！我作父親的並不期待你能報恩孝順我們。這也是前世的因果吧！父親不恨你！我們只盼望看見你成為一個好兒子，長大成人的模樣，也就可以死而無憾了！阿義，如果你有替我們設想的話，就讓我們安心的離開這個世間吧！此外，我們再沒有更多的期望了！只要我倆死去，你要怎麼處置您自己都無所謂，我們也不致於再為你飽受煎熬，感到痛苦。以後，想成為共產黨徒，想獻身民族解放，都隨便你了！千刀斬不死還不如就讓它一刀斃命！你若尚念父子之情，千萬先解決父母之苦，然後再去實行自己的主張，可也！(頁85)

(續)

產階級作家同盟」(簡稱「納爾普」(ナルプ)、「日本無產階級劇場同盟」、「日本無產階級美術家同盟」、「日本無產階級音樂家同盟」、「日本無產階級電影同盟」等五團體。1930年9月創刊機關誌《納普》，《戰旗》則改為群眾性啟蒙刊物，脫離納普。納普於1931年因「日本無產階級文化聯盟」(簡稱「克普」)成立告終。納普時期是日本無產階級文藝運動的全盛期。引自呂元明主編，《日本文學辭典》(上海：上海辭書出版社，1994年11月)，頁65。

259 劉柏青編，《日本無產階級文藝運動簡史(1921-1934)》，頁103-104。

當房東太太勸誡他「樹欲靜而風不止」的道理時，爲了不辜負對方的好意，他只裝作一副唯命是從的樣子。透過「孝」的觀念，舊父之命（母土傳統，也包含台日混雜、新舊交織之傳統）或新母之愛（帝國溫情）合而爲一，在阿義面前共同織張著一面「忠孝一體」、「忠良臣民」之網。

這封信正是標題「父親的要求」之由來。依上述內容來看，與其說要求不如說是一位慈父的「懇求」，然而充滿倫理、因果、孝順等道理的這封信也流露了極爲保守反動的思想。這封信雖然對阿義沒有說服力，卻不得不加速他的返鄉。因此，父親的要求可說是促使阿義從社會主義運動回歸殖民地價值主流的一次「價值的要求與召喚」。不過對於這樣的要求或召喚，阿義卻自有主見。

小說尾聲以阿義寫給賀津子的一封信作結。信中寫到：回鄉後的阿義表面承歡膝下，實際無所事事，村夫村婦的粗俗言語也使他煩躁不已。此時一位盲乞丐卻意外地再次激發了他對生命價值的思考。這位善於辭令阿諛奉承，以致反比一般人富有的乞丐，在阿義眼中原是粗鄙狡猾的，但是當他看見那些卑微營生於社會底層的村民，受奉承之後頓時享有超越身分階級的幸福與滿足時，他的看法便開始動搖了。

> 嗚呼！這究竟是階級的興起呢？還是沒落呢？……可以說他們是愚昧無知的人嗎？不，我漸漸覺得並非如此！（頁89）

無產大眾的某些惰性、不思進步，令知識人只管在都會裡搖旗吶喊，實則望鄉生怯，難以忍受。但是在深入認識他們社會處境的複雜面後，責難終於變成了理解與同情。那慣於以理想、理論的高姿態俯視遙望的知識分子之眼，也變得謙卑了起來。嗚呼！愛之深責之切！欲痛責之卻實不忍！這是阿義也是張文環的悲歎。

「文藝大眾化」之類向受日本無產階級文學運動關切的議題，對於在社會主義思潮影響下嘗試寫作並登上文壇的張文環應有一定程度影響。對於被無產階級文藝理論認爲是「藝術泉源」之「大眾生活」，他確實相當注意。這篇小說的字裡行間也可以看出張文環，不以「市井小民」來看待村民，而是把他們當作一個階級，即無產階級、無產大眾來思考。面對大眾的真實生活，以及生活中那些實實虛虛難以用理論、用階級論定的幸福或悲哀時，他不得不重新考慮自己混雜殖民現代主義、民族主義與社會主義思考的複雜成見。然而受過社會主義洗禮、關切大眾啓蒙覺醒的他，面對盤固在下層社會這種淺陋與安逸畢竟無法袖手旁觀，甚至焦急憤恨！

爲了發洩心中的矛盾和鬱結，他在夜裡「飛奔似地逃到田圃間徬徨，發散心情」，卻在此時撞見被關在鄉間洋房中的阿貴。這位從運動中脫退的小資產階級瘋了。是價值的迷失還是階級的衝突使他崩潰？或許兩者都是吧。

阿貴瘋了，阿義雖有苦惱但好歹能逐漸安頓身心。阿義致賀津子的信中透露兩人返台後的生活情形，同時也巧妙對照了兩位脫退者的不同結局。小說最後對於阿義徘徊於進步理念與庶民價值之間的苦惱，沒有更清楚的交代。但是透過對比張文環似乎暗指，在進步者眼中闇昧無識的大眾比有識青年擁有更頑強的生命意志，狀似粗鄙的庶民生活中也蘊涵獨特的生命意涵等待發掘與重估。

> 只有喪失了「生」的意識的人們才應該被看輕，才是毫無希望的人！（頁81）

> 可以說他們是愚昧無知的人嗎？不，我漸漸覺得並非如此！（頁89）

小偷與乞丐激發的思考融匯了起來，受囿於信條的腦袋也活潑了。小偷也好，乞丐也好，村夫村婦也好，作爲一個階級而言，他們不正是運動者關切的無產大眾嗎？他們究竟怎樣活著？爲何活得如此頑強？這般滿足？阿義渴望了解在「沒有生存條件」的地方，頑強生存的大眾們「生的意識」、「生之姿態」及「生之奧秘」。從鄉土現實出發對大眾進行深入關懷，或許就是阿義／張文環體悟的新價值吧？

如果小說沒有安排這封信就結束，那麼阿義除了小市民的根性淡薄些、承受肉體痛苦的耐力強韌些，「愛惜生命的理由」非出於父命難違之外，與他眼中的運動逃兵、信仰背叛者阿貴沒有太大的不同。此外如果沒有將對「生」的醒悟落實到賴以生存的鄉土，同時對週遭的「生」感到認同、讚美的話，那麼在異鄉對生命的醒悟可能只是一個短暫的火花吧？阿義的社會主義思想始終與其殖民地身分相應，這種信念如果不能與殖民地現實充分聯結，那麼他的內心便不可能獲得真正的安定。沒有價值認同的、自我決裂式的肉體回歸，只會造成精神上更大的痛苦。破滅型知識分子阿貴，豈不正是活生生的例子？因此如果說小偷啓示使阿義擁有一顆蘊藏生之秘密的種子，那麼使這顆種子得以萌芽的則是故鄉的泥土。也因此在那重獲生機的嫩綠底層，社會主義的某些理念正以新的在地化樣式伸展著。

綜上可知，在這篇題爲〈父親的要求〉的小說中，表面上兩位進步青年都順從了「父親的要求」轉向返鄉，但是結果卻全然不同。阿義思想的成長藉著新舊內外多種價值的交纏、衝突和化解來鋪陳，他最後的體悟也不是教條式或單選式的。保守反動、被殖民主價值浸透襲奪的「舊父之命」，或帝國溫情馴化引誘的「新母之愛」都沒有使他降服。儘管貧弱昏愚，他情願選擇「母土」與「民眾」作爲自我的最終皈依，並寄望從本土文化內涵的發掘與建設中尋求個人與社會的出路。

三、轉向思考與鄉土書寫

在書寫上述轉向小說的同時，張文環實際上也面臨了政治信念與文學創作的諸多轉向課題。就張日益成熟的鄉土書寫與國族寓言而言，〈父親的臉〉及其改作〈父親的要求〉帶有里程碑的意義。

1920年代後期是台灣海外運動最爲風起雲湧的時刻，於1930年代大放異彩的左翼作家楊逵就在這種氣氛中踏出了他文學的第一步[260]。然而

260 楊逵除了參與勞工運動、政治運動以外，還參加了佐佐木孝丸家中舉行的戲

1932年才開始文學之路的張文環，面臨的卻是完全不同的環境。1928年「三・一五大檢舉」和次年「四・一六大檢舉」，使日共、台共遭受重創。在無產階級藝術與文學運動方面，在三一五事件中誕生、由日共幹部藏原惟人、小林多喜二等人領導的「納普」也於1930年5月遭到大逮捕，此即著名的「共產黨共鳴者(Communist Sympathizer)事件」[261]。受創後的「納普」於1931年11月宣告解散，繼之「日本無產階級文化聯盟(「克普」)」[262]成立。然而就在1932年3月「克普」細胞之一「東京台灣文化會」籌劃之際，「克普」中央部及各團體約400名成員被捕，機關誌遭禁，無產階級運動領導者小林多喜二也在從事地下活動中被捕遭酷刑虐殺。《福爾摩沙》創刊號發行的前一個月佐野學等人轉向事件爆發，張文環曾將此寫入〈父親的要求〉，可見這些重大意味的事件對他產生了某些影響。

〈父親的臉〉／〈父親的要求〉正是在時代傾斜復傾斜、運動轉向復轉向、受社會主義思潮影響的殖民地青年屢敗屢戰，終究無法越過險阻的時代下誕生的作品。小說的內容透露了張文環從運動轉往文學的心路。若干跡象顯示，同好會檢舉事件後張文環輟學，開始投注於文學，但是此時的他內心極為黯淡。數年之間，他每日步行到上野圖書館讀書、創作，生活唯賴家鄉匯款。當時與張往來密切的劉捷曾說：「他想到其父為了望子成龍，一塊一塊出售耕地變成他的學費，難過得有時候

(續)

劇研究會，並開始嘗試在各報刊上投稿。他初嚐稿費滋味的〈自由運動者的手記〉，刊載於東京記者聯盟機關雜誌《號外》。

261 劉柏青編，《日本無產階級文藝運動簡史(1921-1934)》，頁106-112。

262 日本無產階級文化聯盟，簡稱「克普(コップ)」，1931年11月經藏原惟人倡議設立。由「全日本無產者藝術聯盟」所屬各團體和「無產階級科學研究所」、「新興教育研究所」、「日本戰鬥的無神論者同盟」、「日本無產階級世界語工作者同盟」等團體組成。同年12月創辦機關刊物《無產階級文化》，還出版啟蒙讀物《大眾之友》、《勞動婦女》等。1932年遭當局鎮壓，藏原惟人、中野重治、壺井繁治等主要成員相繼被捕。1934年3月被迫解散。引自呂元明主編，《日本文學辭典》(上海：上海辭書出版社，1994年11月)，頁6。

會像小說中的人物自言自語。」[263]《福爾摩沙》編輯後記中，張文環曾自我調侃道：「故鄉老爹希望兒子當大官，老母盼的則是當醫生，卻不得不把沉溺文藝的兒子當作廢物而死了心。」[264]這正是實際生活中的「雙親的要求」，悖離這期待的張文環將它寫在編輯後記裡顯現了他的不安。

得獎消息傳出後，他曾在《台灣文藝》發表〈說自己的壞話〉[265]（〈自分の惡口〉）。在這篇有如得獎感言的隨筆中，他的發言出人意外地低調。

> 對文學這一句話，好像渡過了青年的某一段時期一樣，譬如要說年輕女人，寧可說半老徐娘比較有直接的感受，傲慢地想起一種成熟的感情。其實是除了這麼想之外別無安慰自己的方法，才會產生那種情感。（中略）。當然對文學這一部門，持有自負的想法，卻不斷地無法遺忘自我批判的反省。到現在也是一樣，枯木也能添綴山的熱鬧似的，自己只想做為台灣精神文化的一個士兵，跟大家一起忠實地工作以外，甚麼都不想[266]。

這段亦莊亦諧的感言不太有得獎的喜悅，反而有些少年老成、任重道遠之感。不愛嚴肅作態的張文環接著更謙虛地說：

> 這麼說好像是英雄征服了一個領土那麼地不無感到壓力。其實就是小丑兒的的滑稽角色。不過，也要想一想小丑兒在生活當中有何必要。弛鬆感情以期明天能夠提高生活意識，不也是社會的一種任務嗎[267]。

---

263 劉捷，〈張文環兄與我〉，頁312。

264 張文環，〈編輯後記〉，《フォルモサ》第3號(1934年6月15日)。

265 張文環，〈自分の惡口〉，《台灣文藝》2卷4號(1935年3月5日)。中譯文〈說自己的壞話〉，收於陳萬益主編，《張文環全集》卷6，頁1-5。

266 張文環，〈自分の惡口〉，中譯文〈說自己的壞話〉，頁1。

267 同上，頁1-2。

儘管說來幽默輕鬆，但是自步入文學之道以來張文環確實一直帶有某種作烈士、作傻瓜的沉重心情，以及一種知其不可爲而爲之的滄桑感。此時不過27歲的他說：

> 真正能夠稱為今天的和尚，畢竟要真正了解社會的內面，而被那社會性、良心的苦痛追趕，為了顧慮自身的問題要逃避，就依自己的意向，買進好多的書，在家研究而遺忘俗世，才是今天的和尚。這麼說，我自己好像屬於這一類，是每天要逃避世俗進入圖書館裡的人[268]。

爲了搞文學出入當鋪，張文環表示自己其實也焦急萬分，但是反正不管做什麼都會吃苦不如選擇文學，至少「抱著稿子努力寫作時覺得是世上最積極的事」。

得獎後寂寞於文學路的張文環稍受鼓勵，詼諧老成卻不乏勇氣與自信。然而曾經高舉激進運動大旗的前衛青年，最後竟淪落到從小偷狡丐身上詭辯尋思群眾啓示，並以和尙、小丑自況，張文環豈能不感到蒼涼？殉道者也好，慰解大眾苦樂的小丑也好，得獎者張文環在其志趣中流露了一股黑色幽默式的了悟。笑中帶淚，淚中笑看人生的氣質與哲學，是張文環其人及其作品的重要特點之一。這種特質是天性稟賦，但多少與他在帝都中對民族及個人的挫敗體會有關吧？

有關在帝都中對民族及個人的挫敗體驗，張文環所言甚少，〈父親的臉〉／〈父親的要求〉是少數告白之一。〈父親的臉〉創作於《福爾摩沙》停刊後。《福爾摩沙》的誕生，一方面承續同好會的某些理念，另一方面又在文藝領域上擴展了新成果。對於投入甚多的張文環來說，那是生命中的一段激進青春。在《福爾摩沙》停刊的此刻，張彷彿告別過去般凝視這段歷史，〈父親的臉〉／〈父親的要求〉便是他把自己的感悟與省思以文學的形式記錄、呈現出來的結果。透過〈父親的

---

268 張文環，〈自分の悪口〉，中譯文〈說自己的壞話〉，頁3-4。

臉〉／〈父親的要求〉的審思、得獎的鼓舞，張文環稍能樂觀地表示：同好會檢舉事件後他脫離左翼運動，卻重新體會了鄉土文化與庶民社會的重要性。此後他將要從汲汲營營勉力爲生的人們的生存姿態中，探尋個人、階級與民族存續的韌性與活力。1932年事件後他初有此悟，1934年得獎後更爲確信，「非憑理論」、「而是生活中所生出的力量」[269]的張文環文學也因此逐漸萌芽、綻放。

攤開張文環的創作年表，以〈父親的臉〉或〈父親的要求〉兩篇「轉向」小說爲中心來觀察，可以發現一些重要現象。第一，張文環的創作活動確實開始於他從左翼運動脫離之後。從同好會重建過程與後來吳坤煌不滿穩健路線而與張分道揚鑣看來，張文環被捕後確實努力於穩健的文藝運動。此時的他開始以故鄉人事爲主題，發表了〈落蕾〉、〈貞操〉等鄉土色彩濃郁的小說。第二，〈父親的臉〉／〈父親的要求〉之後，他陸續以嘉義山村或其他鄉間之眾生悲歡爲題材創作，但是此時他有關故鄉的書寫水準並不穩定。其中，以帶有清晰階級觀點的〈重荷〉(1935年12月)最爲突出。〈重荷〉描寫相依爲命的貧農母子擔蕉外賣遭受剝削，從而體認殖民傷害的經驗。少年「健」崇拜新式教育，將市鎮視爲文明與進步的象徵，一心嚮往；「母親」則清楚其爲公權力施行之處所，以沈重腳步踏上畏途。最後，健在市集中目睹商販的狡膾與稅法的剝削之後，終於理解母親的弱勢與屈辱，從而對政治權力、殖民資本及教育體系共同架構起來的壓迫體制，產生疏離與憎惡感[270]。其他作品如〈部落的元老〉(1936年4月)、〈豬的生產〉(1937年3月)情節題旨紛亂，比起〈父親的要求〉或〈重荷〉，則有明顯落差。但是與其說張氏文學之筆略爲遲鈍了，倒不如說此時他正嘗試消化整理個人鄉土經驗、鄉土素材，並摸索更成熟的表現方法。1940年黃得時策

269 呂赫若語，詳見〈想ふままに〉，《台灣文學》創刊號(1941年5月)，頁106-109。中譯文〈我見我思〉，收於黃英哲主編，《日治時期臺灣文藝評論集》雜誌篇•第三冊(台北：行政院文化建設委員會，2006年10月)，頁134-138。

270 陳萬益指出，這篇小說因為深刻地刻劃了「一個殖民地青年的啟蒙之旅」，因此具有重要價值。參見陳萬益，〈一個殖民地少年的啟蒙之旅──析論張文環的小說《重荷》(上、下)〉，《中央日報》，1996年6月29-30日。

劃下刊載於《台灣新民報》的〈山茶花〉獲得空前好評，證明了這一點。〈山茶花〉以環繞知識青年阿源週遭的一對姊妹的成長及婚姻爲主軸，在如歷如繪的鄉村生活描寫中，刻劃人物的愛恨悲歡。這種敘事手法開始於〈落蕾〉、〈貞操〉等短篇，至長篇〈山茶花〉成熟，確立了張文環成熟小說的主要風格。

張的知心好友呂赫若曾如此評價〈山茶花〉：

> 能夠創造出這樣的文學絕非憑理論，或者書桌上的死讀書；而是生活中所生出的力量、從體內自然湧動的血潮，是浪漫，是天才方能產生的。我一直都認為張文環文學的強處正在此，張文環的生命也正在此[271]。

呂赫若指的理論是什麼呢？曾引用黑格爾、馬克思、森山啓和盧那查理斯基等人文藝理論，多次強調「藝術脫離階級的利害關係就不存在」的呂赫若[272]，所指乃是無產階級文藝理論。從1936年4月發表的〈部落的元老〉開始到1940年1月〈山茶花〉發表前，正橫跨張文環結束旅日生涯返台(1937年)的前後，此時他的創作呈現不穩定的狀態，是他沉吟動向的轉換期。不靠理論，需憑生活力、民族性、個性與天賦。親密戰友呂赫若的評語，適與〈父親的要求〉的結論不謀而合。深入群眾，這是1932到1935年間「阿義」的發現；而捕捉台灣庶民生活、社會文化，也成爲張文環1940年以後致力書寫的方向。1930年代前半期軍國主義日熾、社會主義與自由主義受抑的激變，使張文環的信仰與認同也隨之振

271 呂赫若，〈我見我思〉，頁135。

272 呂赫若，〈文學雜感——古い新しいこと〉，《台灣文藝》3卷7、8合刊號(1936年8月)；中譯文〈文學雜感——舊調重彈〉，收於黃英哲主編，《日治時期臺灣文藝評論集》雜誌篇・第二冊，頁122-126。垂水千惠曾指出這篇評論主要闡述森山啟《文學論》之主張。參見垂水千惠，〈初期呂赫若的足跡〉，《呂赫若作品研究》(台北：聯合文學，1997年11月)，及其《呂赫若研究：1943年までの分析を中心として》(東京：風間書房，2002年2月)，頁102-107。

盪，1940年他終於結束了對個人「信仰與創作的轉向問題」之長考。〈山茶花〉問世時距〈父親的臉〉的發表已五年，至此張文環終於以充滿田園詩與民族寓言風格的鄉土書寫，在本土文壇獨樹一格[273]。

在佐野學等人掀起的轉向風潮中，多數日本轉向者被迫降服於天皇體制下叛黨。身為一位殖民地的社會主義共鳴者而非實際的共產黨員，張文環及其筆下主人公卻反映了台灣進步青年從社會主義信仰回歸本土社會、轉而不降的一種典型。由於日、台社會主義運動的發展史、規模、形態有異，轉向風潮在台、日間引發的形態、規模、結果也不盡相同。張文環轉向小說的價值之一，在於反映了「台灣式的轉向」中的某一類型。同時，它和〈自己的壞話〉一樣，都交代了作家的文學心路。一條從運動中出發、成名，卻也因運動之累而坎坷、轉折的文學之路。這篇對張文環頗富意義的小說呈現了他初期創作的曲折軌跡，及其文學與思想中流貫的某些特質。

四、張文環與日本左翼作家平林彪吾

張文環是否從同好會被捕事件後就放棄非法抗爭，徹底脫離社會主義運動？他「回歸鄉土」的抉擇是否不帶左翼思想的遺留？以小說〈父親的要求〉反映的思想狀態推測，至少在1935年左右他有意脫離知識分子主導的左翼運動。但是若從其文學活動觀之，1935年「文聯東京支部」設置後他與吳坤煌攜手推動各式文藝活動，並與日本左翼作家、中國旅日左翼作家、劇作家交流，活躍一時。此前的穩健想法似乎多少有變。

此時他與平林彪吾的交往，正是一例。兩人的交往除顯示張仍持續保持對左翼文化界的關心與聯繫之外，對張鄉土書寫的摸索也產生了某些影響。早在張文環創作初開、思索文學與民族等問題時，平林便予不少影響。由於具體文獻有限，以下僅能從1932到1938年間兩人交往的細

273 以〈山茶花〉為起點，他接二連三創作出〈辣薤罐〉、〈藝妲之家〉、〈論語與雞〉、〈夜猴子〉、〈閹雞〉、〈迷失的孩子〉、〈媳婦〉等膾炙人口的作品，多不離其梅山經驗。

微線索略作探討。

1937年仲夏，返台已數個月的張文環將其譯作《可愛的仇人》(《可愛の仇人》)寄給平林彪吾。《可愛的仇人》原作者徐坤泉(阿Q之弟)，是當時轟動一時的漢文大眾文學暢銷名著。返台後張被網羅於徐坤泉、謝火爐等人主持的電影公司，並進入《風月報》擔任日文編輯，譯著出版乃為拍製電影準備。根據野間信幸研究，張文環除了翻譯以外也作了大幅的修改[274]。張文環對譯作的出版似乎期待甚多，因此投注不少心思。他將返台後的初步成果與平林先生分享，可見與平林氏交情之特殊。

稍後張文環收到平林先生的謝函。張文環曾記述：「那是表達非常替我高興的明信片，以微細的字寫滿整張明信片」[275]。後來平林友人星野順一於1939年赴廣州途中順道來台時，與張、藤野菊治(雄士)三人到草山溫泉徹夜歡談。張從星野口中聽說向來健壯的平林突然臥病，三人還一起寫信慰問。1940年春張文環從星野處接獲平林彪吾的小說集《月のある庭》(《月出的庭院》)。樸素的封面上印有平林氏熟悉的簽名，書中所收錄的作品大部分也是張文環讀過的；然而平林已於此前一年(1939年4月28日)因敗血症去世了，張文環從平林夫人的來信中，獲知訃音。

在友人故去週年捧讀遺著，他百感交集地寫下〈懷念平林彪吾〉(〈平林彪吾の思ひ出〉)。文中寫道：

> 接到改造社寄來的平林先生的全集《月出的庭院》，就好像接到平林先生的來函一樣，胸膛竟意外地鼓動起來。寂寞感與高興一起打動心懷。還有平林先生周圍的美麗的友情，也打動

274 野間信幸，〈張文環の翻訳「可愛的仇人」について〉，《関西大学中国文学研究会紀要》17號(1996年3月)，頁153-170。

275 張文環，〈平林彪吾の思ひ出〉，《台灣日日新報》，1940年4月13日。中譯文〈懷念平林彪吾〉，收於陳萬益編，《張文環全集》卷6，頁49-52。此為張文環於平林先生過世一週年紀念遺著集《月のある庭》出版時，所寫的追思文。《可愛の仇人》出版時間應該不會與平林接獲贈書後的覆信時間相同，若無其他原因則可能是張文環誤記。

我，我便不斷地撫摸這套全集[276]。

撫今追昔，張憶起與平林之間的種種舊事。兩人在東京有多年交情，特別有些難忘的文學因緣。

平林彪吾（本名松元實，1903-1939），出生於鹿兒島縣自作農家庭。1934年3月以前使用松本實、奧山彪太郎等筆名，1934年7月以後才改稱平林彪吾，因此在這篇追念文中張有時稱他爲松本先生。以此文輔以其他文獻，可大致勾勒出兩人如下交往。

1935年6月平林小說〈飼雞的共產黨員〉（〈鶏飼ひのコムミュニスト〉）入選《文藝》懸賞徵文。張文環雖未參加平林友人爲他舉辦的慶功宴卻深爲高興，似乎與平林友人也不陌生。張返台前曾拜訪當時「遷居歌舞伎座附近的腳踏車行樓上」的平林。依年譜記載，平林氏於1935年2月到1937年3月居於木挽町歌舞伎座前小松腳踏車店二樓[277]。由於張文環於1937年4月左右返台，因此推算起來兩人最後的會面，大約是在1937年春季間，即1937年1月張被捕出獄後至離日前最爲可能。

最後一次見面兩人相伴到銀座喝啤酒，此時張行將返台。他回憶道：

> 我就談一些台灣鄉下的生活狀況讓他聽，松本先生聽後勉勵我加油，激勵我應再進一步努力才行。不過我是覺得不但是一步、連二步、三步都還是努力不夠。「不，你就照剛才講給我聽的一樣寫就好！」他的話就這樣不可思議地縈迴在我耳裡[278]。

張文環談起台灣鄉下生活，平林鼓勵他將這些題材表現於創作中，張深受激勵。兩人見面談文學，在談文學的時候張說起了故鄉事。文學與故鄉，故鄉與文學，在此時他的思考中如此關聯性地存在著。而他的傾聽

276 張文環，〈平林彪吾の思ひ出〉，中譯文〈懷念平林彪吾〉，頁51。
277 參見平林彪吾年譜，《月のある庭》（東京：改造社，1940年3月19日）。
278 引自〈懷念平林彪吾〉，頁51。

者平林先生，似乎對此也抱持理解與同情。

張文環與平林的文學往來淵源久矣，依時間推算認識時間應在1931年春到1932年春之間。1931年春張文環從岡山來到東京，前一年十月平林氏從五反田移居中野區的上落合。張來京後第一年居於中野，移居本鄉以前兩人便有來往。張文環曾回憶居住中野地區時拜訪平林先生的情形：

> (按，松本先生)用完早餐後，我們倆個人就到新宿去，走著走著，自然而然地腳就向淺草方面走去。倆個人在流覽電影院的看板後，進入一家全場一律十錢的電影院，決定看電影。到底是看了甚麼樣的電影，其內容已無記憶，松本先生一面看電影一面向我說：「張君，看了電影就想要寫小說是不是？」我忽然間想到自己的文學前途及將來，心情就變得很悶，從環境以及各方面著想，連松本先生也如此煩惱著，何況是我，就好像伸手捉雲霧般的沒有信心，感到腳下都很黑暗。像這樣安逸的刺戟，對從事文學的人來說，是不能時常享受的[279]。

看完電影後兩人去吃了廉價鰻魚飯，明知是死鰻魚做的兩人卻相顧而笑，吃得津津有味。張文環筆下的松本先生，幽默豪放，善解人意。兩人的相處親切自然，流露超民族的友情。

平林彪吾於1926年從參加仁木二郎《詩潮》雜誌時開始寫詩，1927年參與仁木主辦之《想華輪燈》時期發表小說〈砂山〉，獲得片岡鐵兵的好評，同期也寫「階級主義藝術論」，逐漸成爲一位左翼作家。1927年4月他獨立發行詩、評論雜誌《第一藝術》。日本大學高等工學校建築科畢業的他，1927年獲任爲復興局建築技手，1928年進入日本大學文學部社會學科(1931年3月畢業)，同時開始經營咖啡店，不久加入左翼

279 〈懷念平林彪吾〉，頁49。文中張文環還提到拜訪時間為「松元真出生之前」，地點為「下落合」等。然而對照平林先生年譜，應為「松元真出生以後」，地點應為「上落合」，這些細節為張氏誤記。

同人雜誌《尖兵旗》、《大學前衛》[280]。

張文環與平林結識的1931年，正值張文環初識帝都炎涼心中充滿雜音之際。而此時平林也佇立在命運的轉捩點，5月他因復興局解散被免官。張於文中提到他赴上落合拜訪平林時，平林賦閒在家經濟不寬裕，可能是解職後。失去公職後平林開始將心力投注於文學，6月加入「日本無產階級作家同盟」(「納爾普」)。此後直到1935年6月入選《文藝》徵文之前，是平林沉潛苦練的階段，而1935年1月〈父親的臉〉獲肯定之前同樣也是張文環黯然努力的時期。回想文中提及當時兩人都爲文學前途煩惱，便出於如上背景吧？

在〈懷念平林彪吾〉中，張也曾提到「松本先生常催我寫些東西，說讓我讀讀你寫的東西。但是讓人當著面讀我的作品，自己覺得難爲情，所以一次也沒拿稿給他看」。當時居住於中野的張文環如何認識平林彪吾？1931年以前同樣曾設籍於日本大學的林兌、吳坤煌，是否認識這位有左翼傾向的前輩？曾居住於中野區的林兌、張文環，是否曾在文學者、運動人流連的喫茶店，結識這號人物？張文環認識平林的經過已難清楚，但是可知兩人因地緣之便在1931年到1932年初之間認識，之後陸續往來直到張返台以前。

張文環與平林的契合除了文學之外，可能還有其他因素。平林入選《文藝》徵文後倍受文壇矚目，此後直到病逝前是一生中最活躍的時期。1936年1月，他與伊藤整、本庄陸男、田邊耕一郎、上野壯夫、湯淺克衛等人共同發刊《現實》，4月參加武田麟太郎主持的《人民文庫》成爲同人，7月開始與《九州文學》同人交友往來。這些都在他遷居於木挽町歌舞伎座的時期，張最後拜訪之際平林已受文壇肯定。不過文學之路雖日漸得意，但是解職以後平林在創作、編輯以外以經營撞球場維生，生活卻十分不穩定。1936年12月平林發表於《文藝》的小說〈輸血協會〉，便是寫賣血糊口的親身經歷。而標題被採用爲書名的小說〈月のある庭〉深具力道，也是描寫失業者生活。平林過世時家境清

280 〈平林彪吾年譜〉，見平林彪吾，《月のある庭》。

貧，多賴友人武田、上野等人照料遺族，奔波出版，遺作才得以問世。

由於出身、經歷、文學興趣種種原因，平林彪吾與張文環這位來自殖民地的青年似乎有某種親近的階級共感。比張文環大六歲的「松本先生」，一如另一位對張影響頗大的王白淵，在張早期的創作生涯上具有某些引導作用。特別是在張思考帝都與故鄉、鄉土書寫等問題時，九州出身的這位左翼文學者很可能對他產生了某些刺激或啓蒙作用。劉捷曾提及張文環與武田麟太郎有交往，由於平林與武田等人私交甚篤，張文環接獲遺作時也曾提及平林周遭友人，依此推測張文環可能與《現實》或《人民文庫》等作家也有接觸或往來。

張與平林的一段友誼，提示了「故鄉書寫」在殖民地作家與日本左翼作家創作活動中的重要性。

五、1936年旅日台灣作家被捕事件

張文環是否真的從同好會被捕事件後就放棄非法抗爭，徹底脫離社會主義運動？以〈父親的要求〉反映的思想狀態推測，至少在1935年左右他的想法如此。但是同年「文聯東京支部」設置，他與吳坤煌攜手推動各式活動並與日本左翼作家、中國旅日作家往來之後，此前的穩健想法可能逐漸生變。1936年他與劉捷、吳坤煌被日本政府逮捕的事件，也證明他被捕以前確實有些不爲人知的激進面。

1936年張文環、劉捷、吳坤煌等旅日文學者何以被捕呢？乃與人民戰線檢舉事件有關。日本政府取締人民戰線行動中於1936年7月有一波相當知名的「共產學者」關係者檢舉事件，淺野次郎等江東地區左翼同人雜誌《ズドン》因與「共產學者」有連帶關係遭檢舉[281]。隨後特高繼續對淺野周圍關係人物進行追查，9月1日張文環因與淺野氏有神秘交往接受金錢支助，而且持有《ズドン》被捕，當時劉捷適巧來訪因此一同

281 參見《特高月報》1936年6月份「所謂人民戰線運動の狀況」、7月份「共產學者(コム・アカデミー)關係者檢舉事件」、8月份「プロレタリア文學運動の非合法的指導體再建活動」等相關記事。以及，張銃漢口述，柳書琴採訪，1999年3月13、28日。劉捷，〈張文環兄與我〉，頁312。

被捉。張、劉被捕後不久，吳坤煌也因事被捕。

根據張銶漢、劉捷回憶，張等人乃受共黨分子淺野氏及其所辦刊物《ズドン》牽連。戰後劉捷曾有如下回憶：

> 1932年，日本警視廳彈壓國際人民戰線運動，逮捕大學教授文化人，又順便修理朝鮮台灣的民族反日分子。同年的九月一日清晨特務警察搜查文環兄及我的住所，然後扣留於本富士警察署，直接的嫌疑是文環兄參加日本作家淺野某的左派組織發行刊物，我是讀刊物的讀者，其實是借題加害的。我們倆被扣押九十九天，那時候吳坤煌隨崔承喜舞踊團回台，我們寫信通知說日本警察要抓他，他不信，結果一到東京就被捕，也被留置約有半年的時間[282]。

劉捷誤記被捕時間爲1932年，不過卻十分清楚指出被補原因(日本政府取締人民戰線)和導火線(張與《ズドン》負責人交往)。他的說法和張銶漢說法一致，張也提到劉捷無辜受累之事，不過對堂兄活動有相當了解的他卻不認爲張文環被捕事出無因。他曾說道：

> 1936年秋天左右那是受到朋友牽連，警察說文環是共產黨員的友人，所以進來他住的地方搜查，結果搜出一本同人雜誌叫做ズドン，就是「碰！」槍聲的意思。這個同人雜誌的負責人之一名叫淺野(好像是淺野次郎的樣子記不太清楚)，文環似乎曾和他們一起從事社會運動。他常來找文環，但是他怕被特高捉因此行跡神秘，每次都是三更半夜來，聽說這個人戰後好像當了社會黨的議員。淺野也有拿錢支助文環。那一次東京本富士署的警察來搜查的時候，劉捷剛好來找文環，他很倒楣，就這樣兩個人都被捉了，被關到次年春天才釋放。

282 劉捷，〈張文環兄與我〉，頁312。

張文環與《人民文庫》負責人武田麟太郎及左翼作家平林彪吾等人有所交往，已如前述。不過除此以外他與其他日本左翼人士的往來，由於線索較隱微難以調查，《ズドン》風波提供了另一些線索。

何謂「人民戰線」？1935年7月蘇聯鑑於德、義法西斯主義抬頭，共產主義危機日深，於共產國際第七回大會中通過「反法西斯勞動階級統一戰線」，以「擁護大眾利益」旗幟廣結共產主義與社會民主主義左右派人士，組成世界「反法西斯人民戰線」，此乃日本「人民戰線」(Front Popularize)運動的由來。共產國際提出此一新戰術後，法國、西班牙等國大選曾被人民戰線派奪下，中國共產黨提出「抗日救國統一戰線」(即著名之「八一宣言」)，日本合法左翼團體也於1936年1月捨棄單打獨鬥開始串聯。

除了刺激左翼運動復甦之外，人民戰線運動也使消沉一時的日本無產階級文化運動重獲活力。1934年1月「日本無產階級文化聯盟」(「克普」)解體，運動分子有意修正向來偏重政治的主義，因此廢除全國組織，以「旺盛創作活動」、「戲劇聯合」、「親睦聯絡」等名義組成分散的小團體保留實力伺機而動。1936年8月共產國際第七回大會提出人民戰線策略後，各分立團體嘗試合組全國性組織，活動目標也積極化爲宣傳煽動或建立非合法組織。此外左翼新文化團體不斷組成，同人雜誌簇出，出版物發行量也顯著增加。直到1937年12月15日「第一次人民戰線事件」爆發，日本無產黨、日本勞動組合全國評議會、勞農派關係者417人被捕之前，無產階級文化運動曾有一段顯著復甦。

根據《特高月報》調查記錄顯示，《ズドン》屬於《文藝街》系列刊物之一。《文藝街》原爲江東方面以勞動者爲中心的同人雜誌，後來逐漸擴大並激進化。除吸收同地方含舊「納爾普」成員在內的同人雜誌《警笛》之外，也成爲江東左翼運動團體「江東讀書俱樂部」、「江東娛樂俱樂部」[283]的準備機關紙。《文藝街》同人努力與極左分子的連

283 「江東讀書グラプ」1933年10月成立，姐妹團體「江東娛樂グラプ」於1935年10月成立。兩者表面上「以一般勞動者的慰安和親睦為目的」，但實際上該部「為極左分子的聯絡場所」，致力於「左翼分子的結合」。內務省警務

結，因而結合了淺野次郎、松尾洋、淺野辰雄、深田一三、中島正伍等尖銳分子。後來這些尖銳分子逐漸轉入非法活動，企圖以同人誌重新建立「文學活動的非合法指導體」，遂另組一派發行《文學地帶》，不久易名爲《ズドン》[284]。

1935年12月下旬開始，淺野次郎、淺野辰雄、中島正伍三位同人，在「ズドン社」內秘密集會討論統一同人雜誌之運動方針，東京地區當時有20餘種小型同人雜誌都被他們列爲聯合目標。1936年4月淺野等人成功結合《文藝街》、《羅針盤》、《文藝山脈》、《東大春秋》、《文學實踐》、《ズドン》等同人雜誌，組織「同人雜誌協議會」。

《特高月報》其他調查顯示：江東左翼團體及《文藝街》、《ズドン》等團體，受「共產學者」山田盛太郎、平野義太郎、小林良正等人理論指導，秋田雨雀也曾支持山田等人發起的「日本資本主義發達史講座」、「日本封建制講座」。此外江東左翼團體及《文藝街》、《ズドン》等團體，與朝鮮左翼團體也有合作。與日本左翼戲劇人村山知義交往密切的朝鮮藝術座[285]金斗鎔，便希望透過江東地區戲劇運動重建共黨活動基地。總之，淺野等人希望將「同人雜誌協議會」建設爲「文學運動的政治性組織」，以文學愛好者在其外部組織新人俱樂部，從中吸收優秀者爲協議會成員，強化協議會組織，進而達成共黨再建目的。不過，最後這些都因1936年7月爆發「共產學者關係者」取締事件，《ズドン》及朝鮮藝術座等團體先後被取締而成爲泡影，而此案亦牽連外圍分子張文環等人入獄。1936年7月「共產學者

(續)

局編，《社會運動の狀況(一)》，昭和10年～17年(東京：日本資料刊行會)，頁173-174。

284 《特高月報》1937年8月〈プロレタリア文學運動の非合法的指導體再建活動〉記事。

285 「朝鮮藝術座」為知名朝鮮左翼劇團「三一劇團」後身。「三一劇團」於1934年7月，受政局高壓改名「高麗劇團」，發表宣言清算舊來極左主義錯誤，後來分裂為「朝鮮藝術座」和「東京新演劇研究會」。1936年1月在日本左翼戲劇人村山知義斡旋下，分裂舊部結合，標榜「以民族演劇，發揚民族意識，建立統一戰線，促進朝鮮人解放」，繼承三一劇團的革命傳統。

關係者」檢舉事件中，金斗鎔曾與淺野等人一同被檢舉，1937年1月朝鮮人檢舉記錄中，朝鮮藝術座委員長金斗鎔再次被檢舉。張、劉等台灣作家取締事件，《特高月報》則未記錄。這兩次台灣、朝鮮文化人之檢舉，大概便是劉捷回憶中所謂的「順便修理朝鮮台灣的民族反日分子」一事吧？

依劉捷、張銥漢等人說法，吳坤煌被捕為張文環、劉捷之後續。不過據吳坤煌本人說法，他乃受認識不久的何德旺牽連。他表示當時何德旺被懷疑是「中國地下工作人員」被捕，他也因此受嫌疑，適巧衣物中被搜出何氏名片故被捕[286]。依此推測，吳坤煌並非帶團歸來後即刻被捕，而是在次年春天何案發生之後[287]。何德旺(藝名何非光，1913年生，台中市人)，此人經歷特殊。1932-1934年間在上海聯華、聯星等影片公司擔任演員，1935年參加抗日影片〈昏狂〉演出，12月遭日本駐滬領事館特高以「保護送還」為由押送返台。回台期間(7月)曾參與「台灣演劇研究會」活動[288]。之後赴東京入日本大學選讀文學戲劇，課餘在「日活映畫株式會社」學習電影製作，並在築地小劇場邊打工邊學戲。1937年1月曾參加「中華留日戲劇協會」〈復活〉(托爾斯泰原著，田漢改編，11至13日演出)導演團執行導演[289]。他被捕至快應在此劇演出之後，不過僅拘禁一週左右，「日本人認為抓錯了」勸誡他不可再和中國留學生「混在一起」便予釋放[290]。何德旺1936年下半年來京與旅日作家李石樵同住，獲釋後也在李支助旅費下渡往上海繼續從事抗日戲劇電影活動，日後有「中國影壇上最有成就的台灣人」之譽[291]。李石樵與吳坤煌、張文環等人往來密切，何德旺、吳坤

286 吳坤煌，〈懷念文環兄〉，《台灣文藝》總81號(1983年3月)，頁78。

287 劉捷曾云他被捕後妻子聞訊遠從台灣趕來，曾由吳坤煌代為安排工作。此一說法也可佐證吳並非返日後即刻被捕。

288 〈消息通〉，《台灣文藝》1卷7號(1936年11月)，頁62。

289 參見黃仁，《何非光：圖文資料匯編》(台北：電影資料館，2000年)。有關何非光的相關資料，感謝友人石婉舜小姐多所教示。

290 同上，頁56-57。

291 同上，頁11。

煌都曾參與中國旅日學生「劇協」活動，因此牽連被捕之說是可以成立的。不過何被捕後僅拘禁一週，吳卻被關了十個月，之後並被迫遣返回台，顯然何德旺不過是原因之一。

「何德旺」誤捉事件提醒我們注意另一條線索，那就是在上海進行抗日活動的共產黨員台灣人「何連來」。1937年上海八一三事變爆發後謝春木投靠重慶，王白淵避居上海租界被捕回台判八年重刑。事實上，王案並非孤案。9月10日賴貴富也於東京被捕，經兩年審理後於1939年4月6日以「違反治安維持法」及「意圖遂行共產國際、日共、中共目的」等罪名提起公訴。判處結果不詳，應該不輕。另外，9月11日台灣新民報東京支局長吳三連也因曾與賴貴富多次往來，並於社內討論抗日情勢被拘受查[292]。何連來相關調查記錄未見，因此詳情不知。不過依賴貴富公訴資料可知，何連來確實曾與王、賴一起進行反日運動。

如前章所述，賴貴富自1926年起長年任職於東京朝日新聞社調查部，參與「文聯東京支部」，與支部文學者交往密切。依《特高月報》調查記錄，1936年12月他離開東京，表面上在上海日本外務省所轄「上海日本近代科學圖書館」擔任館員，實則與共產主義者王白淵、何連來等人同住，並與中國共產主義者研究左翼理論，研議中日情勢。王等人奉行共產國際人民戰線運動戰略，希望透過抗日民族統一戰線，抗日救國，並解除殖民收復台灣及關東州失土。1937年以後，王、賴、何等人爲促成中國「抗日民族統一戰線」與日本「反法西斯人民戰線運動」合作，致力於翻譯中國抗日狀況、中國共產黨運動方針、反日反戰文章及消息。以筆名投稿到日本《中央公論》、《改造》、《日本評論》等刊物上，或發行單行本進行反日宣傳。事變爆發後他們的活動尤爲積極，7月15日到8月16日一個月間王白淵、何連來、張芳洲等台灣人與一些中國共產主義者密集聚會。除了發文讚賞死守盧溝橋的吉星文之勇武外，還基於「昂揚同人抗日意識」及「與人民戰線諸團體協力，

292 〈企圖攪亂後方潛入內地之不法台灣人檢舉〉，《特高月報》1939年4月號調查記事。

擴大強化抗日戰線」等目的，擬重建「華聯通訊社」、創刊《戰時週報》、對日軍散布反戰海報、援助農民軍聯繫。8月19日事變擴大，近代科學圖書館暫時封閉，賴氏於8月25日與避難僑民一起返回東京。返京前夕，王、賴、何三人還在住所商議賴氏離滬後的對策，結果決定三人繼續蒐集、交換抗日資料，共同努力抗日運動。此後王白淵攜妻避入法租界。9月1日賴貴富抵達東京後，赴新民報東京支社對吳三連及另外重要幹部劉明電表示中國抗日運動高昂之近況，並表示中國資源豐富，長期抗日獲勝利，屆時「台灣民族」也將獲得解放。1937年9月10日，賴氏遭到逮捕[293]。次日吳三連被捕。王白淵被捕時間不詳，應也在其前後。

事變爆發後與王白淵等人一同與中國共產黨員秘密集會的張芳洲，背景不詳。不過如前節所述，他曾是1935年王白淵意圖於上海設立「文聯上海支部」[294]時的成員之一。以他持續至1937年仍與王白淵有密切交往推測，1935年間他們意圖成立「文聯上海支部」可能也有文藝運動以外的政治企圖。所以，當時張深切也才會說文聯的運動要從「文墨運動進展於行動運動」了[295]。

接續以上諸人的逮捕之後，1938年翁鬧也被刑事追捕避居神戶，逃亡的經驗曾反映在他生平最後一篇小說〈有港口的街市〉(〈港のある街〉)之中[296]。同年吳天賞赴日旅遊，順便訪弟，不料受翁鬧牽連，遭池魚之殃也受到了逮捕。陳遜章如此回憶：「1938年(昭和13年)間，有一天來了個刑事，才知道這些都是源於翁鬧。他們找不到翁鬧，才來找我們。翁鬧和大兄是同學，而且一來日本就找他，並曾住在一起過，他們要調查翁鬧，自然得從大兄調查起囉！……，其實我們已經和翁鬧失去聯絡，也不知道他在那裡，最後他是否被抓，也不可得知，之後他

293 〈企圖攪亂後方潛入內地之不法台灣人檢舉〉，《特高月報》1939年4月號調查記事。

294 上海支部最後是否設置，《台灣文藝》未見續後報導，因此不詳。

295 張深切，〈「台灣文藝」的使命〉，《台灣文藝》2卷5號(1935年5月5日)，頁19。

296 參見杉森藍，〈翁鬧生平及新出土作品研究〉，頁124-126。

就失去了蹤影，猜想他可能就是在日本過世的。」[297]〈有港口的街市〉刊載於1939年7月，隸屬由黃得時策劃之《台灣新民報》「新銳中篇小說特輯」之一。眾所周知，這個專輯的出現具有標示事變後沈寂的台灣文壇由「文學之夜」進入「文學之曙」的重要意義，《福爾摩沙》集團最後一位滯留日本的重量級成員翁鬧，也從海外寄稿參與了這個本土文運復甦的難得時刻。只不過，這卻也是《福爾摩沙》最後一位旅日作家其短暫生命中的最後一篇作品了。

綜上討論，1936年秋至1937年初張文環、劉捷被拘與日本人民戰線運動有關。1937年春何德旺、吳坤煌被捕，與台灣反日分子「何連來」有關。1937年夏秋王白淵、賴貴富、吳三連被捕，則與王、賴、何參與中國「抗日民族統一戰線」，並意圖與日本「人民戰線運動」取得聯繫有關。因此整體觀之，儘管取締時間有早晚，理由不盡相同，且不乏未參與任何運動而無辜受牽連者，但是1936年9月到1937年9月張文環、劉捷、吳坤煌、何德旺、賴貴富、王白淵、吳三連等人陸續被捕，1938年翁鬧之避居神戶，乃至同年赴日旅行無辜受牽連的吳大賞兄弟，其背後應有憲警單位關切的某個重要案件存在。參與「文聯東京支部」或「台灣新民報東京支局」，長年積極於台灣旅日人士及國際反日人士之串聯，固然使他們難逃取締；不過張、吳、王、賴諸人所分別涉入的日本人民戰線運動或中國抗日民族統一戰線，才是更爲主要的原因。與淺野氏往來的張文環，與中、日、朝鮮人在京左翼文化團體有密切關係的吳坤煌，遭受修理並非完全無辜，很可能有實際的抗爭行爲或人際來往。而導致他們被捕最關鍵的導火線，可能還是日本政府對於旅華台人謝春木、王白淵等人抗日運動的極度警戒。

小結

1920年代末期以降日本社會主義政治運動遭取締，繼而社會主義文

297 參見張炎憲、曾秋美，〈陳遜章先生訪問紀錄〉，《台灣史料研究》14卷（1999年12月），頁161-181。

化、文學運動也被壓制。在左翼運動的力量先轉到文化團體，而後又轉入文學陣營的一波波退潮聲中，張文環與友人組織的「東京台灣文化會」與「台灣藝術研究會」之出現與潰滅，都與整個運動的發展與消退相呼應。而張文環個人的活動或思考歷程也與這樣的外在趨勢有某些一致性。

在1930年代的日本文學界(包括日本及其殖民地)，當實際運動遭受打擊，理論又克服不了現實窒礙之際，張文環以〈父親的臉〉及〈父親的要求〉繼承卻也批判了教條化的社會主義文學理論，有血有肉地刻劃一位殖民地青年參與運動的緣由、經歷及其脫退卻不悖離的方式。經歷轉向風潮的試煉，張文環開始在朦朧中追索一種新目標、新價值；這個時候有什麼能比辛苦營生的故鄉眾生更能提供他創作和生活的啓示呢？這兩篇轉向小說，何嘗不是作家對自身文學方向與主義信仰的反省？雖然整個思索過程略為黯淡，但是作家在創作與活動間反覆辯證、嘗試的勇氣，與「回歸鄉土」、「書寫鄉土」那一道指引出路的靈光卻令人驚艷。

放眼張文環的小說創作史中，〈父親的臉〉及〈父親的要求〉確實是相當異質的。在特定的人生階段、特定的政治氣氛、特定的出版條件下，描寫特定題材成名的殖民地作家，日後是否能以轉向小說回歸故鄉的文壇？答案是否定的。轉向小說雖使張文環的文學光華受到矚目，但是身為一個在社會主義運動日益瓦解之際登場的新世代而言，如此光芒如曇花一現，僅僅驚鴻一瞥。不過這些火花並沒有永遠熄滅，它們啓發了張文環日後深入群眾生活的創作之道。在激變的洪流中，它們就像叛逆時代的遺腹子，為日益傾頹的年代也為出入運動的張文環，留下了令人遺憾卻生生不息的註記。

經歷1936年共產學者關係者檢舉事件之後，張、劉等人確實體會了戰時高壓氣氛難容台灣人進行任何活動，繼續留京已無有作為。吳坤煌獲釋後被強制遣返。王白淵、賴貴富則被送回台灣開始漫漫黑牢歲月。都曾有十年左右東京長居經驗的上述諸人，回首前塵，滄海桑田，十年一覺東京夢！歷經帝都之春花秋雨，誕生於東都的作家張文環，經歷坎坷的返鄉路，卻將一步步擁有揚起本土文壇大纛的力量。

第五節　從部落到都會：張文環〈山茶花〉與進退失據的殖民地青年男女

前言

〈山茶花〉是張文環以故鄉爲背景，多角度刻劃鄉間少男少女成長經歷及其心理的一篇小說。〈山茶花〉構思於1939年秋[298]，次年1月23日到5月14日刊載於《台灣新民報》學藝欄，前後共110回。除〈山茶花〉之外，同期《台灣新民報》還連載了其他本土作家的小說。策劃此一「新銳中篇創作」特輯的是1937年3月接任徐坤泉之後出任《台灣新民報》學藝欄主編、出身台北帝大東洋文學科的黃得時。該特輯從1939年開始持續近一年，總計連載九篇小說，〈山茶花〉爲其中第五篇[299]，而這也是張文環唯一的一篇報紙連載小說。

受惠於報紙連載較自由的篇幅，張文環完成了就當時文壇及他個人而言罕有的長篇。在連載開始前的預告中，他流露了首次挑戰長篇的興奮之情[300]。此後直到日本統治結束以前，由於文藝誌的限制及小說單行本出版困難，作家沒有機會再嘗試長篇創作。日文小說〈山茶花〉全篇多達二十萬餘字，可與《滾地郎》(《地に這うもの》)並稱爲張文環兩大長篇。不過由於《台灣新民報》保存狀況欠佳，有關〈山茶花〉的研究遲至1998年才出現[301]，未如《滾地郎》一般受到注意[302]。踰越一甲

298 參見藤野雄士，〈張文環と〈山茶花〉についての覺え書〉，《台灣藝術》1卷3號(1940年5月)，頁63-64；中譯文〈關於張文環和《山茶花》的備忘錄〉，收於陳萬益主編，《張文環全集》卷8，頁8-10。

299 其餘尚有翁鬧，〈港のある町〉；龍瑛宗，〈趙夫人の戲畫〉；呂赫若，〈季節圖鑑〉；陳垂映，〈鳳凰花〉；新人作家王昶雄，〈淡水河の漣〉；陳華培，〈蝴蝶蘭〉；中山ちえ，〈水鬼〉等篇。

300 〈山茶花——明後日より愈よ連載、作者の言葉〉，《台灣新民報》，1940年1月21日。

301 〈山茶花〉最早的兩部研究均為日籍青年在台灣與日本完成的學位論文。其一為，森相由美子，〈日據時代張文環「山茶花」作品論〉(中國文化大學日

子，〈山茶花〉終於撥雲見日，重新以中日文不同版本與新世代讀者見面[303]，而日益受到研究者注意[304]。

事實上，〈山茶花〉刊出當時，便受副刊編輯、文評家、作家及讀者相當的好評；而〈山茶花〉發表之後，張文環更逐漸進入個人創作的巔峰，此後他的故鄉書寫愈益具備「台灣」即「被殖民者的自我社會」之象徵，國族寓言的深度因而日益具足。作爲「張文環的第一部長篇」，〈山茶花〉的意義在於這部跳脫篇幅限制的小說中，作家首次展現了他對殖民地社會與價值變遷的書寫自覺，並爲他往後的鄉土書寫勾勒了基本的批判結構。這篇小說同時具有回溯本土傳統與批判殖民現代

(續)

文所碩士論文，1998年6月)。其二為，食野充宏，〈張文環作品論「山茶花」の構造〉(東京：東京大學文學部中文研究室學士論文，2000年1月)。本稿受食野一文啟發甚多，謹此致謝。

302 1975年《地に這うもの》由日本、現代文化出版社出版，獲日本出版協會推薦為優良圖書。翌年該書中文版《滾地郎》由作家廖清秀翻譯、台北鴻儒堂出版社出版，也受到關心本土文學的台灣讀者及研究者注目，1991年該書再版。迄今該作已成為張文環在日台兩地最知名的代表作之一。「地に這うもの」一詞頗受張文環鍾愛，1943年他曾擬以此標題由東京的道統社出版短篇小說集，不過後來並未實現。

303 《台灣新民報》文藝欄所刊載的〈山茶花〉，因為部分版面污黑破損、字體模糊，以及報紙缺期等因素，無法窺其全貌。1997年陳萬益教授主持張文環文學資料蒐集整理計畫時，承蒙家屬提供張文環生前自輯的〈山茶花〉剪貼簿，才使整部長篇拼出全貌。〈山茶花〉後由陳千武先生翻譯，收於陳萬益編《張文環全集》卷4。海外出版方面，岐阜聖德學園大學中島利郎教授親自繕打、校訂，以日文原文方式出版，收於中島利郎編，《日本統治期台灣文學集成2・台灣長篇小說二》(東京：綠蔭書房，2002年8月)。

304 近年相關研究有：陳建忠，〈一個殖民地作家的自畫像：論張文環小說中的「成長」主題〉，「張文環其同時代作家學術研討會」宣讀論文，國家台灣文學館、靜宜大學中文系、台灣文學系主辦，2003年10月18-19日。李進益，〈張文環《山茶花》創作前後的相關問題〉，《國立花蓮師範學院通識教育年刊》2期(2004年12月)。陳淑容〈開眼看世界：張文環《山茶花》的認同之旅〉，「文學行旅與世界想像：第三屆國際青年學者漢學會議」宣讀論文(蔣經國基金會、哥倫比亞大學東亞系、哈佛大學東亞系、蘇州大學海外教育學院主辦，2005年6月18-20日)。張文薰，〈由「現代」觀想「故鄉」：張文環〈山茶花〉作為文本的可能〉，《台灣文學研究學報》第2期(台南：國家台灣文學館，2006年4月)。

性的多重價值。

本節將對〈山茶花〉、其餘故鄉書寫、作家實際故鄉經驗，進行交叉比對，依序探討：一、〈山茶花〉在張文環個人創作生涯及台灣文學史上的重要性。二、〈山茶花〉與作者故鄉經驗的關聯。三、〈山茶花〉與張文環其他故鄉書寫的互文性現象。四、作家透過描寫進退失據的殖民地新世代，對殖民現代性提出的質疑。藉此希望能勾勒張文環故鄉書寫的整體環境、作家對鄉土傳統生活及價值的追尋緬懷，以及他對於殖民地新世代青年與鄉土社會日益疏離的隱憂。

一、張文環的故鄉書寫與〈山茶花〉

身為一位從左翼文化運動中出發的殖民地作家，張文環的文學創作與其母土關懷緊密相扣，特別在他從東京歸來以後，他成熟的鄉土書寫具體展現在他以小梅為背景的小說上。他的創作可歸納為下列四個時期：一、創作初期：1932年參與文化同好會到1937年4月返台期間。二、適應思考期：1937年返台後到1941年春《台灣文學》創刊前。三、巔峰期：1941年《台灣文學》創刊後到1945年終戰止。四、晚年復出期：1970到1978年逝世前。

1933年張文環等人發行《福爾摩沙》，於此發表以鄉間女性為取材的小說，邁開他文學生涯的第一階段。1935年《福爾摩沙》與島內最大的文藝組織「台灣文藝聯盟」合流，張成為「文聯東京支部」的活躍分子。1935到1936年間，他與吳坤煌等人與日本築地小劇場、新協劇團、《詩精神》、《詩人》、《人民文庫》等戲劇、文藝界人士交往，並促進島內文藝界與旅日中國留學生戲劇、文藝團體「左聯東京支部」、「中華留日戲劇協會」的交流；此外，他與平林彪吾、武田麟太郎、丹羽文雄、林房雄、林芙美子等作家，也略有交往。1936年9月張文環、劉捷因與「人民戰線」事件相關共黨人士聯繫往來，被牽連入獄99天。稍後吳坤煌也以相關嫌疑被拘禁十個月，導致「文聯東京支部」癱瘓，前述支部與台、日、中多邊的文藝交流因而式微。此前因《台灣新文學》發刊及其他爭端，而經營困難的文聯機關誌《台灣文藝》，在活動策劃與創作稿件方面頗依賴東京支部，受此衝擊之後終於停擺。1935年張文環以〈父親的臉〉榮獲《中央公論》新人小說懸賞佳作。〈父親的臉〉(及其改作〈父親的要求〉)表達了殖民地知識青年轉向、歸鄉、追尋母土價值的思考，顯露張文環從左翼理論回歸鄉土關懷的思想軌跡與心路歷程。總之，1932年春到1937年春，張文環文學活動的初期在日本度過，此時的他對東京台灣人左翼文化運動及故鄉台灣的文化運動，都抱持高度的關心。

經歷1936年9月「人民戰線被捕事件」之後，張文環與其他旅日文友有感於日本政治情勢日趨緊張，不利台灣人再作任何海外運動，因而於1937年4月左右返台，進入其文學創作的第二階段。返台後兩年間，他曾翻譯徐坤泉大眾小說名著《可愛的仇人》，任職於大稻埕實業家陳火爐主辦的「台灣映畫株式會社」，並擔任通俗雜誌《風月報》日文編輯。攜帶日本妻子返台的他，以作家及文化知識分子爲職志奔波於職場，輾轉於幾個不如意的工作，無法專心寫作。此外，挾帶長年留學的光環歸來的他，也面臨缺乏理解的親友們以世俗功成名就標準對他進行的無情檢證[305]。回首旅日時期兩次牢獄之災，放眼激變的世局與蕭條的文壇，究竟該如何尋覓理想容身之處？文學之路該如何繼續下去？困擾著這位歸鄉者。因此，從1937年回台後到1940年春發表〈山茶花〉以前的第二階段，他的發表不多，以隨筆、雜文居多，可說是他創作的適應思考期。野間信幸曾指出，這個階段在生活與精神上都是張文環充滿壓力、極不安定的時期[306]。幸而由於返台前日本左派作家平林彪吾對他創作上的點醒，使他逐漸掌握到故鄉敘事的角度。長篇故事〈山茶花〉的誕生，象徵此一低潮的結束。

1940年春以〈山茶花〉爲界，張文環從〈父の顔〉以來對小說之道

305 〈地方生活〉(1942年)及〈土の匂ひ〉(1944年)便是他以返台初期的經歷為靈感創作的小說，兩作之中譯文〈地方生活〉、〈土地的香味〉，皆收於陳萬益主編，《張文環全集》卷3。

306 野間信幸，〈張文環と風月報〉，收於咿啞之會編《台湾文学の諸相》(東京：綠蔭書房，1998年9月)，頁75-104。

的長期摸索有了重要突破，創作量逐漸提昇，此時也與友人龍瑛宗、富名腰尙武等人提出了發行新文藝雜誌的構想[307]。最後，終於在1941年5月與中山侑、陳逸松等人創立了《台灣文學》雜誌，與西川滿主持之《文藝台灣》分庭抗禮。在《台灣文學》發行的階段，身爲編輯者的他密集發表了與〈山茶花〉具有血緣關係的多篇優秀創作，此後直到1943年底該誌停刊以前的第三階段，堪稱他創作生涯的黃金時期。張氏巔峰時期的代表作多取材於梅山故鄉或其他地域之台灣風土，其中〈夜猴子〉(1942年)曾獲首屆皇民奉公會「台灣文學獎」，充分展現他樸實厚重的現實主義風格；〈閹雞〉(1942年)則在戰火聲中被改編爲戲劇與皇民劇拚台，掀起了本土演劇史上傳奇的一頁。編輯及創作上的活力，文化建設的使命感，對殖民統治的批判意識，以及對其他台灣作家的提掖及關懷，使他成爲戰時本土文壇靈魂人物。

1941至1945年間，他以職業作家被徵召擔任「皇民奉公會」台北州支部參議、文化部委員等職，以此因緣直到戰後初期逐漸活躍於地方政治。228事件後避入山區，逃過一劫[308]，此後漸離公職，轉入台灣省文獻委員會擔任編纂工作，最後又輾轉服務於壽險、染織、銀行及飯店各種行業。在1970年以前的25年間，張文環限於語言、政治及生活問題，雖偶有短評、憶舊文字，但幾近停筆。1970年初他任職於日月潭大飯店的晚年，重燃創作慾望。利用晨間創作，重行修改戰前舊作〈閹雞〉、〈部落の元老〉(改爲〈部落の插話〉)、〈夜猴子〉(〈夜猿〉)、〈憂鬱的詩人〉(〈憂鬱な詩人〉)、〈地方生活〉(改爲〈里は山のなか〉)，並創作〈日月潭羅曼史〉(〈日月潭ロマンース〉)、〈地平線的燈〉(〈地平線の燈〉)、〈莊稼漢〉(〈田舍者〉)等小說[309]。1975年

307 參見富名腰尚武，〈文學の場所——龍瑛宗、張文環兩氏について〉，《台灣藝術》2卷3號(1941年3月5日)，頁24-25；中譯文〈文學的場所—給龍瑛宗・張文環兩氏〉，收於陳萬益，《張文環全集》卷8，頁11-15。

308 參見本書第六章第四節。

309 以上均為張文環家屬在陳萬益教授主持的「台中縣作家全集・張文環全集資料蒐集與整理計劃」期間，提供的珍貴手稿。除了《地に這うもの》之外，作家生前均未發表。

他以「文學遺囑」的心情推出同樣取材故鄉生活的《滾地郎》，以及敘述跨時代前後台灣知識人社會關懷與個人苦惱的小說〈地平線的燈〉，締造了個人創作第四階段的高峰。1978年同系列之另一部未完成，即因心臟病辭世。晚年作品的出現，使他的故鄉書寫與文學世界更全面地成熟。

縱觀張文環創作史，故鄉梅山也正是張文環文學的原鄉。堂弟張銃漢表示，張氏家族居住於梅山附近山村大坪歷經數代，張文環與胞弟張文鐵都在大坪出生。張文環曾祖有五個兒子，其中第四房張銃漢祖父與第五房張文環祖父兩家，子嗣多，山林田產殷實，村人尊稱爲「總理老大」及「老大」，是村中的有力者。到文環、銃漢兩人的父親一代，尙有祖傳的山林與田產。從大坪入山、步行約半小時的「出水坑」部落，在當地向以出產竹產、野猴眾多聞名。張文環父親張察與叔父張和，早年在「出水坑」從事竹紙製造與筍乾山產銷售，後來爲孩子入學才遷往小梅鎭上。張銃漢父親在小梅街役場擔任助役工作，是親族中較早搬到街上者。張文環就讀公學校的時期，眾多親族聚居小梅一帶，經營山產、米店、雜貨店、屠豬業、藥房等各種營生，十分熱鬧[310]。因此親族的故事、親戚間的往來點滴，多次在張文環的小說中登場；在部落以及小梅這十餘年間的幼年生涯，是他許多膾炙人口小說的靈感泉源。

張銃漢表示，小梅地區入學年齡偏晚而且早婚，因此張就讀公學校時已是少年，同學中甚有更年長而已婚者。張文環成績優秀，日文流利，擔任級長，朝會時常被校長派上台對全校演講，深受校長、老師喜愛，也十分有女性緣。小梅公學校曾有一位高女畢業的女教師，十七、八歲左右帶著查某嫺來校教書，對年齡相仿的文環十分有好感，常邀他到宿舍閒談。此外他與美麗的堂表姊妹們之間，也有很多羅曼史[311]。從張銃漢的回顧可以證實，〈山茶花〉中「RK庄」的人物與環境、優秀學生「賢」的形象、「賢」與表姊妹與女教師之間的感情，都與故鄉生

310 張銃漢口述，柳書琴採訪，1999年3月13、28日。
311 同上。

活經驗密切相關。

故鄉與童年，獨特空間與美麗時光的交織，造就了作家張文環獨自的鄉土世界。對他來說，廣義的「故鄉」爲台灣，狹義的「故鄉」則應該包括小梅街(舊名梅仔坑、今名梅山)和小梅附近的山區部落大坪、出水坑等地。在小說中張文環多以「街市」或「街路」稱呼前者，以「部落」稱呼後者。所謂「童年」其實廣泛包括兒時、少年與青年前期，亦即他19歲負笈他鄉以前。出生於大坪山村的張文環入學甚晚，13歲才進公學校，赴日時已是青年。從台灣中央山脈邊緣的農村到日本內地的岡山、乃至帝都，跳躍性的異空間／異社會轉換，使張文環的成長充滿了戲劇性的衝擊與轉折。因此，也造成了他對故鄉及幼年獨特時空的孺慕之情；各種豐富的情感，一一綻放爲故鄉書寫的花朵。

〈山茶花〉也是張文環眾多以小梅街上熟稔的親友鄉人來造型書寫的佳構之一，標題「山茶花」乃美麗山間故鄉的象徵。在〈山茶花〉之前張文環雖然也曾以故鄉爲靈感，創作出〈落蕾〉、〈貞操〉、〈重荷〉、〈豬生產〉、〈部落的元老〉等小說，但是如歷如繪地塑造一個名叫「RK庄」的空間、揭示它與周圍部落或市鎮的社會關聯，同時有血有肉地賦予生存其間的人們與環境的競爭、人物彼此之間同中有異、異中有同的個性與命運，確實始於〈山茶花〉。此外，〈山茶花〉前半部以孩童之眼呈現淳善、明朗、愉悅的山村社會，也與〈落蕾〉、〈貞操〉等帶著沈鬱黯淡色彩的小說不同。不論就整個日據時期的鄉土書寫或張文環個人的故鄉書寫而言，不以充滿敵意的、露骨的批判視野著墨殖民地的黑暗陰慘，而以感動人心，引發思慕懷想，生活步調與生存價值自成一格的美麗小社會來吸引讀者，召喚共同感情，從而揭示異民族社會的文化及價值差異，正是〈山茶花〉故鄉書寫的一大蛻變。以上皆是〈山茶花〉作爲一則嶄新的殖民地鄉土書寫，出現在台灣文學史上的重要意義。

二、文壇之曙與〈山茶花〉

關於〈山茶花〉在張文環創作生涯及台灣文學史上的意義，還可以從文壇變遷的角度加以解明。

1937年中日事變爆發後文壇大不如前，對台灣作家而言尤其如此。事變前後由於漢文欄廢止令、社會動盪及殖民統治強化等因素，1920年代開始以台灣作家爲主體、標榜自由主義或社會主義理念的台灣新文學運動陷入空前低靡。在文藝誌方面，凝結島內外多數台灣作家的《台灣文藝》與《台灣新文學》先後於1936、1937年停刊，直到1941年5月張文環等人創立《台灣文學》以前，以台灣作家爲主體或強調本土立場的新文學雜誌付之闕如。在作家方面，漢文作家失去舞台而喪失了文學的發言權，日語作家在激變的時代中也失去了創作的從容與方向。龍瑛宗曾以「文學之夜」稱呼事變到1940年文壇復甦前的此一階段，黃得時也稱之爲「台灣新文學運動的空白期」[312]。

在文學之夜中，殖民地的文壇生態也產生了相當大的變貌，以詩歌創作者、俳人、青年學生爲中心的日文詩歌誌林立，取代了以小說、批評爲主的綜合文藝誌。日籍作家不再與台灣本土文壇隔閡，改以積極活躍的主導態勢介入本土文壇，甚至在台、日作家逐漸接軌的殖民地文壇中成爲主流族群。相應於此，文壇中有關「台灣文學」的定義與詮釋，也開始產生了變化。以島田謹二爲代表的、強調外地史觀的台灣文學史論述，反映「台灣文學」的詮釋方向，正日益由台灣中心的「本土／台灣」轉換成大東亞視野下的「外地／台灣」。原爲台灣民族運動一環的台灣新文學運動被吸納到殖民文化的脈絡中進行新評價，其內容也逐漸被外地文學的詮釋角度所浸透和置換。在台日本文學者的活躍，使事變前由本土文學菁英領導的文壇，逐漸變成以日本人主導或日台人激烈交流競爭的文壇。

戰爭宣傳與文學動員的環境以及新的文學群落之間的競爭，刺激了

312 參見龍瑛宗，〈ひとつの回憶、文運ふたたび動く〉，《台灣新民報》1940年1月1日；中譯文〈一段回憶——文運再起〉，收於陳萬益主編，《龍瑛宗全集》，第5冊(台南：國家台灣文學館籌備處，2006年11月)，頁20-22。黃得時〈輓近の台灣文學運動史〉，《台灣文學》2卷4號(1942年10月)，頁7；中譯文〈輓近台灣文學運動史〉，收於葉石濤譯，《臺灣文學集2：日文作品選集》(高雄：春暉，1999年2月，頁93-110)。

事變後低靡的文壇。1939年9月在西川滿、黃得時等日台文學者合作下促成的「詩人俱樂部」及1940年1月的「台灣文藝家俱樂部」成立，使文壇逐漸復甦。隨後《台灣藝術》、《台灣文學》的創立更進一步使文壇邁向多元互動的繁盛局面。不過，整個發展也意味著，在1940年代以日文書寫為主流的文壇中，台灣作家已不得不從1920、1930年代的主導位置退而與日籍作家交流分享，甚至幾經漢文欄廢止等惡性官方文化控制後淪於文壇客體，成為文學的弱勢族群。最後，隨著大東亞文學者大會等一連串的文學統制與作家動員，1943年12月張文環主編的《台灣文學》接獲當局停刊通知，台灣作家勉力維持的舞台終於面臨了全面性的喪失。

1940年左右台灣文壇的復甦，雖受惠於戰爭局勢的穩健發展，以及本土文化者對大政翼贊運動地方文化扶掖政策的巧妙運用，當時各報文藝欄的努力與合作也功不可沒。西川滿編輯的《台灣日日新報》學藝欄和黃得時編輯的《台灣新民報》學藝欄，是其中較活躍者。〈山茶花〉等優秀作品在《台灣新民報》學藝欄的連載，對本土作家與整體文壇發揮相當程度的振興作用。最早從事台灣文學史書寫的黃得時，曾表示：「新銳中篇創作」的出現，是「台灣新文學運動空白期」宣告結束的重要指標之一[313]；張文環也肯定，以台灣中青代作家為主的此一特輯對文運復甦有相當助益[314]。此外〈山茶花〉連載稍前，黃得時翻譯的《水滸傳》也開始在《台灣新民報》晚報上連載，造成轟動[315]。1940年元旦《台灣新民報》文藝欄刊載了張文環、黃得時、龍瑛宗三人的新年感

313 黃得時，〈輓近の台灣文學運動史〉，頁7。

314 張文環，〈獨特なものの存在，今年は大いにやらう〉，《台灣新民報》，1940年1月1日；中譯文〈獨特的存在——今年也要奮鬥〉收於陳萬益編，《張文環全集》卷6，頁43-44。

315 〈水滸傳〉從1939年12月5日到1943年12月26日連載，共1131回，大受歡迎。因此後來在東京出版單行本，並由日本出版配給株氏會社在台灣、日本、朝鮮、滿洲各地銷售。參見黃得時，〈日據時期台灣的報紙副刊：一個主編者的回憶錄〉，《文訊》21期(1985年12月)，頁62-64。

言，三人以事變後少有的樂觀認爲「文學之曙」[316]已提前到來。《台灣新民報》學藝欄編輯者充滿活力的方針與優秀作品的連載，在文壇復甦的過程中發揮了一定的催化作用。

在本土知識人苦悶驚惶的年代，1939-1940年間連載的「新銳中篇創作」促使本土中青代作家連袂寫作，提振了台灣作家的士氣。長篇小說〈山茶花〉的誕生，與其他作品一起預告台灣新文學運動再次被承繼的訊息。它與特輯中的其他小說，共同爲沈寂的文壇掀起了一次小小的文學復興。張文環倍受歡迎的〈山茶花〉，正是以本土文壇破冰系列之一的力作姿態，綻放在這樣一個由剝而復的文壇之中。

〈山茶花〉刊出當時，受到各方好評。《台灣新民報》文藝欄主編、「新銳中篇創作」特輯策劃人黃得時，於該作連載前(1940年1月)在報上表示〈山茶花〉優秀的質量令人感覺荒廢的本島文壇，終於再度有「像創作的創作承繼下去了」[317]。他也提到在張氏眾多的小說中，〈山茶花〉和〈閹雞〉爲近期傑作，特別受各方讀者喜愛[318]。從一般讀者的迴響可見，小說中對鄉間青年男女的命運描寫頗能打動讀者，一名女性讀者投書表示，捧讀〈山茶花〉彷彿看見了自己逝去的青春年少[319]。日籍記者藤野雄士在張文環構思〈山茶花〉時，與張過從甚密，常聽張談論情節的構想。他表示：〈山茶花〉可視爲「張文環半生的自傳」、是讓內地來的青年了解「台灣的情意面」及「今日在從事台灣文化工作的本島知識分子，他們堅忍成長的經歷」的最佳讀物[320]。1940年代本土文壇另一位重量級作家呂赫若則於翌年回憶到，當時「曾經和台

316 「文學之夜」與「文學之曙」均係龍瑛宗之語。

317 〈山茶花——明後日より愈よ連載〉，《台灣新民報》，1940年1月21日。

318 黃得時，〈輓近の台灣文學運動史〉，頁11。戰後他也提到當年〈山茶花〉係他向張文環邀稿，獲得讀者一致好評。參見張孝宗、張良澤編，《張文環先生追思錄》，頁42。

319 參見林清文，〈玉刺繡〉(山茶花歌)，《台灣新民報》，1940年5月29日。李氏秋華，〈南方の果實——「山茶花」を讀んて〉，《台灣新民報》，1940年5月21日。

320 藤野雄士，〈張文環と〈山茶花〉なついての覺え書〉。

中的友人一起，閱讀文章開頭描寫「雞生病，麻雀喝醉」的部分時，捧腹大笑的往事」[321]。此外，呂赫若並予〈山茶花〉極高的評價，他認爲「能創造出這種文學，所憑的絕非理論，也不是埋首桌前努力一番就行的。完全是源自生活能力、浪漫、體內沸騰的血，是天才的所爲。我時常以爲，張文環文學的強有力之處，張文環的生命，就在那裡。」[322]

誠如前述種種迴響，張文環文學中自傳色彩、自成一格的淳樸鄉土社會、殖民地知識青年的成長／啓蒙歷程、愉悅濃郁的台灣情意、召喚懷想／認同等幾項特質，戰前戰後皆令不同世代、背景的讀者印象深刻。然而，〈山茶花〉的特色與價值，不僅於此。在〈山茶花〉發表以前，已經有六年餘創作經歷的張文環，已在〈落蕾〉、〈貞操〉、〈哭泣的女人〉、〈父親的要求〉、〈重荷〉、〈部落的元老〉、〈豬的生產〉、〈兩個新娘〉等8篇小說中，從個人成長背景取材，對故鄉梅山的鄉土社會人情、人物悲歡、青年成長與啓蒙、女性命運等，進行書寫。期間他嘗試刻劃各種人物(農村女性、兒童、留日青年、老嫗、理髮師傅)，並屢次變換不同書寫視角，也創作了像〈落蕾〉、〈貞操〉、〈父親的要求〉、〈重荷〉等完成度甚高、與後期作品相較絲毫不遜色的佳作。

但是若從「張文環文學」整體建構、勾勒的殖民地「社會像」，及其企圖對這種殖民地社會現象提出詮釋的「世界觀」來進行評價的話，〈山茶花〉之前諸作除了少部分例外，儘管人物或情節的描寫出色，但是作者欲表現、傳達的「社會像」與「世界觀」卻不免顯得片段和模糊。如果我們把張文環透過文學的藝術行爲所展現的社會像與世界觀比喻爲一個與日俱變、逐漸成熟的藝術與思想的混合體，那麼〈山茶花〉以前諸作顯示張文環對自己企圖表現／表達的這個主體，尚處於朦朧意識的摸索階段，因此便出現了這些與後期帶有清晰殖民批判意識或殖民現代性反省的小說相較，有如側寫般未能完整捕捉議

321 呂赫若，〈想ふままに〉，《台灣文學》創刊號(1941年5月27日)，頁107；中譯文〈隨心隨想〉，收於陳萬益主編，《張文環全集》卷8，頁16-17。

322 同上。

題關鍵的作品。

張文環對於自己身為一位殖民地作家書寫／詮釋的基點、取向何在，曾有過幾階段的思考，〈父親的臉〉得獎後及〈山茶花〉撰寫時均是，此後直到終戰他仍不斷思索這些問題。在他對此一問題尚未有充分答案以前，他的作品中呈現一些完成度不高、主旨模糊、近乎片段素描的作品。這樣的缺陷在〈哭泣的女人〉、〈部落的元老〉、〈豬的生產〉、〈兩個新娘〉幾篇相當明顯。在〈山茶花〉之前，完成度比較高的四篇小說中，除了〈重荷〉之外，一般說來，多半具有自然主義色彩高過現實主義，封建批判多於殖民批判的特點。〈山茶花〉雖然沒有完全掙脫結構鬆散、主旨飄浮的缺失，但是作品顯示張文環已意識到梅山並非一獨立世界，梅山小社會與整個殖民地大社會之間具有不均衡的結構關係，而殖民統治力又深深地衝擊著、牽制著梅山鄉鎮及梅山人的集體或個別命運。在此之前，除了〈重荷〉一篇之外，張文環對此似乎沒有太多自覺性的書寫。

在張文環逐漸增強了身為被殖民者一員的主體批判眼光之後，在〈山茶花〉及其後的作品中，對殖民現代性的滲透描寫與批判意識逐漸增強。在〈山茶花〉中，張文環企圖以自身經歷為基礎，對山村青年的成長史進行回眸，以殖民力對鄉村人民的塑造力，對其曾經處理過的兒童、女性、成人等各式人物進行再書寫。藉此對殖民政經統治力及其現代化波濤入侵梅山後，梅山的社會與價值變遷，進行批判性的重審。這樣的回眸與重審，不再只是追憶或描繪，它一方面具有對個人先前鄉土書寫欠缺的社會向度進行自我挑戰的企圖，另一方面也為作家日後更豐富的故鄉小說整理了各式素材，並鋪設了一個有特定隱喻意涵的大舞台。至此「梅山／故鄉」作為「台灣／被殖民者的自我社會」的象徵，「故鄉書寫」帶有與殖民主爭奪歷史詮釋權的「國族寓言」的意圖，也才逐漸具足。

不論就鄉土書寫或作家本人而言，〈山茶花〉都是一道具有劃期意義的曙光。在〈山茶花〉的摸索之後，張文環對自己書寫／詮釋的基點流露自信，掌握熟練，各篇小說越發結合成一個個焦點清晰的有機體。

它們往往具有共通的舞台、互文性的人物與情節、相互衍生的意義，共同形構並體現出洋溢張文環個性的、帶有台灣知識分子批判觀點的社會像與世界觀。

三、〈山茶花〉與張文環的小說世界

〈山茶花〉既是作家第一次擺脫短篇限制自在揮灑的一篇小說，又是一篇在文學史與作家創作生涯中均具有劃期意義的作品，那麼這篇小說與他其餘作品有什麼關係呢？我們可以從人物、背景、時間、主題等方面的設計來觀察。

在人物方面，〈山茶花〉以屬於殖民地第二世代之少年賢(ケン)、少女娟的成長與兩人感情發展爲主軸。以賢爲中心，旁及就讀R中學的劉萬傳，以及街上、山中其他未繼續升學的少年。以娟爲中心，旁及姊錦雲、同學嬋(娟之對照組)、公學校女教師(嬋的分身)、早夭表姊(錦雲的分身)，以及其他村姑。除上述之外，還有以配角存在，卻以人格特質、教養方式、學業婚姻安排，對青年男女們的價值觀與命運造成巨大影響的殖民地第一世代，譬如賢父、娟母、嬋父、劉父等。

在小說舞台方面，〈山茶花〉堪稱張文環學生時期的文學自傳。參考張文環生平及其他小說推測，張氏戰前以故鄉爲舞台的小說，背景多集中在大正八、九年到昭和初年之間。取材於他部落私塾兩年及小梅公學校六年，即1919到1927年間的生活經歷。不過，〈山茶花〉設定的時間稍晚。小說從「賢」公學校六年級的秋天寫起，經歷R中學四年、台北的高校三年，到進入大學的該年夏天爲止，即主人公14-22歲的九年期間。〈山茶花〉研究者食野充宏認爲「賢」公學校畢業的時間應在昭和元年(1926年)之後[323]。以此推算，那麼〈山茶花〉設定的背景可能是1926年到1934年，或稍微向後推移幾年；然而，比對張文環14到22歲之間的經歷及其他小說來推測，賦予〈山茶花〉創作靈感的應該仍是他1919到1930年之間的經歷，即從公學校到岡山中學時期才是。

323 食野充宏，〈張文環作品論「山茶花」の構造〉，頁8。

在故事時間設定方面，張文環多數作品都以故鄉爲舞台，因此故事與故事之間往往具有血緣性。若以故事發生的時序而論，故事時間設定在〈山茶花〉之前的有〈夜猴子〉、〈重荷〉、〈論語與雞〉(〈論語と鶏〉)對淳樸美麗的山野生活的戀慕、「父」對「部落」農民被街市商人剝削的體驗以及與商號發生的債務衝突。〈重荷〉描寫「父不在」時(暗示可能因先前某衝突而暫失自由)，從部落挑香蕉外賣的農婦與少年「健(ケン)」對市街原有不同認知。母親以公權力施行及經濟交換的場所觀之，少年則視爲文明與進步的所在。最後兩人因體驗了商販的狡獪與稅法的剝削，從而共同體會殖民權力剝削的本質。〈論語與雞〉，描述山村部落書房教育的沒落。小說中也出現了少年「源(ゲン)」和夫子千金「嬋」等角色。嬋的地位原本高於源，後來由於其父的僞善使嬋在源心中的好感與地位一落千丈。小說中的人物關係與〈山茶花〉中「嬋」畢業女學校、任教公學校、嫁給村中富豪之子，「賢」反而覺得她庸俗的情節類似。「賢」、「源」、「健」等讀音酷似(ken或gen)的「青少年」們，似乎是異名同體的[324]。

故事時間設定在〈山茶花〉之後的，有〈父親的臉〉、〈父親的要求〉、〈土地的香味〉、〈故鄉在山裏〉(〈里は山のなか〉)等。〈父親的臉〉及其改作小說〈父親的要求〉描寫殖民地青年「阿義」悖離父母立身出世期望，投身社會主義運動身陷囹圄，從而重新思考安身立命之道的故事。〈土地的香味〉、〈故鄉在山裏〉則從學成歸來的男性菁英眼光，思考台灣新／舊女性的差異、新／舊教育對女性人格的影響，以及新教育對他個人的意義等問題。小說中也描寫到青年返鄉後，另嫁他人的舊情人來家中作客對青年刻意冷眼以待的一幕，有如〈山茶花〉中賢、娟破裂後的後續情節。

青梅竹馬的戀人「賢」與「娟」無緣的結局，似乎是張文環生命中一個遺憾的片段。張文環首篇小說〈落蕾〉中，也曾描寫青年「義山」

324 除了男性人物具有異名同體的互文性之外，張文環各篇小說中的女性人物一樣具有血緣性。

因戀人決定另嫁他人而前往東京求學，從此兩人命運殊途。情投意合的戀人因種種社會壓力或觀念落差未能結合，在張文環多篇小說中重覆出現。在張氏筆下，愛情婚姻的挫折最足以反映困縛於傳統社會陋習、利己主義，以及對殖民近代文明盲目崇拜下的台灣民情與社會性格，如何深深影響人們的命運。同樣地，「阿義」也帶有「義山」或「賢」的後身之意味。

故事背景的設定與〈山茶花〉部分時間平行的，則有〈貞操〉、〈哭泣的女人〉、〈閹雞〉等不幸女性的故事。這些題材的靈感在〈山茶花〉中，都曾以細節閃現。〈貞操〉描寫困縛於現實生活壓力與傳統婦德觀念，無法勇敢追求愛情與婚姻自主的「秀英」，不被戀人諒解又被婚家退婚，終於進退失據的故事。透過這篇小說可以更容易理解〈山茶花〉的主題，也就是賢娟戀失敗的根本原因。「賢」認爲應從全盤思考人生價值的態度，來積極掌握、爭取作爲人生、家庭、社會一環的婚姻與愛情問題。「娟」則由妻以夫爲貴、都會憧憬、私奔等，封建、投機、自利的想法，虛榮、斷裂地看待婚愛與社會的關聯。因此表面上頗有個性、主張的「娟」，在遭遇社會保守力量的威脅時，實際上欠缺正面對決的智慧和勇氣。結果和聽任安排、逆來順受的傳統女性「錦雲」，或與富戶聯姻、形同利益交換的新女性「嬋」，同樣不具有女性的主體性。

「嬋」、「娟」到「錦雲」構成的新舊女性光譜，反映了張文環對日本統治後誕生的新世代女性的思考。〈閹雞〉中因追逐商機的自利父母，成爲交換婚姻下之犧牲品的主人公「月里」，其坎坷的命運在〈山茶花〉中如同「山茶花」或「百合花」般的「錦雲」，以及「像被風吹落的梅花般」早夭的姑母女兒身上也隱約可見。兩部小說中都再三感慨「女人的命運像菜種」。在張筆下，婚姻對台灣女性而言有如狂風驟雨，善良美麗的妙齡女子一旦涉入婚嫁，很少能不如殘花飄零。〈哭泣的女人〉是一位在溽暑中路過墳場的青年，對不明原因獨自在兄嫂墳前痛哭的某女性素描。這段令人印象深刻的奇遇，哭斷肝腸的悲泣聲也以一個回憶的片段迴盪在〈山茶花〉的細節中。

〈山茶花〉的主要舞台設定於殖民基礎建設才初步整備[325]的RK庄(其他小說中有時稱R庄、SS庄、R部落、R町)。RK庄的環境、民情、輿論與習俗，深深影響此地成長的青年男女們的性格與命運。小說中對鄉下人盲目的都市崇拜、家庭人際封建的階級關係、利益交換的買賣婚姻、功利主義的立身出世觀等，多所批判。不過在另一方面，以RK庄爲中心所輻射出的外圍山村、城鎮或都會，對小說中青年男女的命運同樣有不可忽略的影響力。這些外圍舞台有：(一)RK庄往山區方面深入的山村部落。(二)從RK庄出發，藉由糖業輕便鐵路向外伸展1小時左右可抵達的TA庄、O庄。在某些小說中它們也被設定爲輕便鐵路與西部縱貫線的接合點。(三)比TA庄、O庄更遠一些的R市、K市(嘉義)、彰化市等中部都會，它們是中學、女子公學校高等科的所在地。(四)修學旅行時藉由長程縱貫線才能抵達的台北、基隆、淡水、士林等北部都會。

除了北台灣各地之外，〈山茶花〉描寫諸地其實也都是張文環其他小說常出現的舞台。歸納來說，張文環的小說世界以「RK庄(及其異名同體者)」，即作家故鄉「梅仔坑」爲中心。以此爲中心，向山區方向輻射出幾個「部落」。向中部平野，以現在已經不存在的新高製糖會社的「會社線」與台灣西部「縱貫線」聯結，而有研究者推測爲「大林」的TA庄(「大」之擬音)與O(「オバヤシ」之擬音)[326]。此外稍遠則有可能是嘉義市的「K市」，以及所指不明、可能是縱貫線或阿里山線[327]週邊城鎮或都會之「R市」等。張文環故鄉書寫主要舞台，如下圖所示：

325 食野充宏，〈張文環作品論「山茶花」の構造〉，頁8。

326 食野充宏，〈張文環作品論「山茶花」の構造〉，頁8。

327 當時小梅地區的出入要道，除了東向可達的新高製糖廠會社線之外，還有南向可及的阿里山線。從小梅沿公路南下，可達阿里山線上鄰近小梅的最近據點竹崎站。

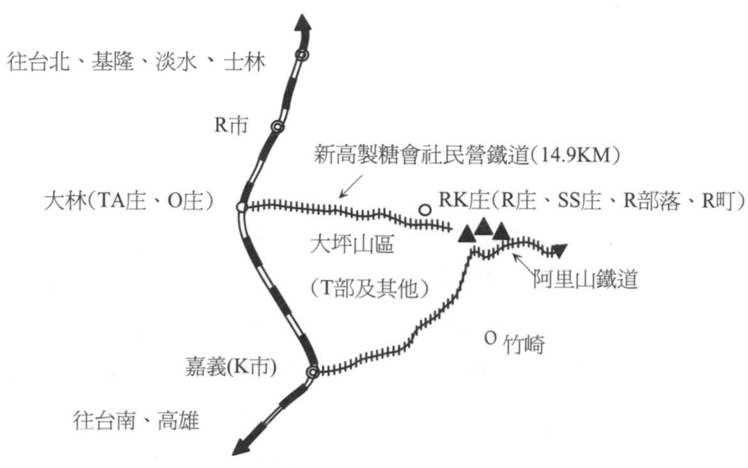

張文環故鄉書寫舞台簡圖

張文環其他小說，也提供我們進一步理解這些舞台彼此關係及其象徵意義的線索。〈閹雞〉[328]，以小鎮少婦「月里」大膽扮演車鼓旦的原委，鋪陳一段家父長交換婚姻下被犧牲的鄉村女性的自覺過程。小說以環繞鐵道線延長所引發的房地產預期利益，進行鄭三桂、林清標家運興衰與人物禍福的描寫。在新站建設的傳聞、狐狸鬥智的老謀深算、老辣媒人的婚姻磋商、滑稽土氣的半新舊婚禮，以及林家店面改造、鄭家新樓起建之中，禍福相倚，故事一幕幕展開。充滿變數的地方建設案、急功近利的謀略、傳統祭典與戲劇、閨房女兒心事、冷眼旁觀的農民們，前景後景，互爲表裡。展演出傳統社會在殖民現代化激流中，無德無學、投機算計、自利主義掛帥的人們，最後終究難逃更爲隱形龐大的新興資本洪流撥弄之荒謬本質。在〈閹雞〉中造成一對青年男女悲劇的關鍵，即「TR庄」(「大林」之擬音)啓始的「會社線」在「SS庄」(小梅，可能爲「ショオ」之擬音)的延長問題。長達14.9KM的會社線[329]，

328 〈閹雞〉原載《台灣文學》2卷3期(1942年7月)；中譯文〈閹雞〉收於陳萬益編，《張文環全集》卷2，頁144-190。

329 此係食野充宏的調查。

終點站設立於小梅庄邊緣，居民必須以台車接駁貨物，十分不便；此事〈山茶花〉中也曾提及。SS庄的「鄭父」覬覦鐵路延長後山產輸運的利益，以子女聯姻爲由，將自己的藥房與TR庄渴望行醫致富的貨運行老闆「林父」交換。結果「會社線」並未延長，開南客運公司通車，貨運利益落空，造成鄭家破產及林女的婚姻悲劇。

〈夜猴子〉（〈夜猿〉）[330] 以張氏兄弟幼年跟隨父母前往工作的「出水坑」竹紙工廠爲舞台，刻劃「石有諒」遷回山村從事祖業的原委、石赴街市接洽時妻小獨自在深山中寂寞相依的情景、後山部落的人情溫暖、竹紙廠開工的熱鬧蓬勃、資金陷阱與厄運的降臨等等情節，藉此訴說山村竹紙業生產者石姓一家的興衰。小說表面上大幅鋪寫民間慣習、庶民生活的豐富細節，營造淳美溫馨的山村田園情調；但是對於無孔不入的資本主義、對村居生活造成破壞，實則隱含尖銳的批判。〈夜猴子〉營造的是一個詩意的台灣文化主體殘存空間，作家以生動具體的風俗人情來經營這樣一個最後的夢土，除了流露對傳統社會的鄉愁，反映出對戰爭／皇民化的疏離與抗拒，也表現他批判殖民資本主義的一貫立場。石氏一家寄身於猴群聚居的部落，在「R部落」與人發生債務爭執的「石父」、獲悉消息後漏夜攜帶幼子從部落趕到R部落，又繼續向前趕路的「石母」，共同向讀者揭示了一幅「竹紙廠部落—R部落—更中心的×鎮或×市」的階層式空間構圖。

〈重荷〉中，健與母親居住的「部落」，與「R町」相去一里半、以崎嶇的山間坡道相通，小說也同樣以「部落／街市」關係來襯托人物的性格與命運。〈地方生活〉與〈故鄉在山裏〉也提到與主人公居住的「K市」相隔6公里的「R部落」(可能爲小梅鎮)與「T部落」(可能爲大坪村)，有親友、祖墳、工廠、幼年訂親的未婚妻、兒時讀過的書房等。〈山茶花〉中，修學旅行時天未亮便走山路下來的「部落」小孩、「賢」偶爾去拜訪的「開滿山茶花」的部落，應該和上述一樣是鄰近小

330 〈夜猿〉原載《台灣文學》2卷1期(1942年2月)；中譯文〈夜猴子〉收於陳萬益編，《張文環全集》卷2，頁42-85。

梅的幾個山村小聚落。

張文環在渴望破繭而出的時期，創作充滿回憶及自傳色彩的〈山茶花〉，其動機是什麼呢？或許與一位悖離殖民地社會主流成就評價期待（譬如，醫生、律師），而以作家、文化人爲職志的知識人歸鄉後的自我追尋有關。張文環的追尋包括個人安身立命之道，也包括我族社會的集體未來。這樣的焦慮展現在文學創作時，便以對故鄉小社會及個人成長歷程的回顧與探討展開。〈山茶花〉因而整理了不少重要的個人社會觀察與自我成長經驗，其中有的早先曾片段表現於〈山茶花〉之前的早期創作中，有的則成爲他續後巔峰時期深入書寫的題材。

不過〈山茶花〉絕不只是一篇寫作備忘錄或成長回憶而已。它更重要的意義在於與他篇共同從政治、經濟、教育各層面，揭示台灣鄉村被殖民統治吸納、 控管的過程。以上的空間構圖，不僅僅是作者爲架構小說偶然鋪設的背景或舞台而已。在一幅幅由相近空間呈現的動人風土與人物悲歡之外，作家同時有意識地以鐵路線、教育體系等殖民力的物質與精神羅網爲隱喻，揭露外來統治力侵入、浸透、扭曲台灣社會的霸權地圖。

張文環1940年代的作品甚至開始突破山村視野，關注流離於都會的鄉下人或其他底層民眾，〈頓悟〉[331]、〈迷失的孩子〉（〈迷兒〉）[332]皆屬此類作品。〈迷失的孩子〉以大稻埕獨眼花生湯攤販之痴兒「黑面仔」的走失，所引發的一場小風波爲中心，呈現戰時下都會小市民紛亂的道德價值與人心樣貌。父親「大日仔」，是在都會底層營生的鄉下人之一，子孫三代蝸居在狹小的三樓租屋裡。他們與其他底層市民或者盲眼的走唱者，和諧互助，辛勤卻知足的生活著。但是住在二樓的富裕房東，卻不惜讓女兒從事賤業以追逐更多金錢，同時鼓動大目仔讓女兒賣笑，遭到大目仔嚴峻拒斥。在痴兒走失風波中，弱者安貧樂道的誠實生活與富者笑貧不笑娼的虛榮敗德，孰迷孰醒，成了鮮明對比。

331 有關〈頓悟〉的討論，參見本書第六章第一節。

332 〈迷兒〉原載《台灣文學》3卷3期（1943年7月30日）；中譯文〈迷失的孩子〉收於陳萬益編，《張文環全集》卷3，頁83-94。

在張文環的小說中我們看見他一貫關心的是：台灣舊有的社會共同體在無力抗拒殖民統治、資本侵略、殖民現代主義等洪流沖刷下，如何逐日崩解？社會變遷與民眾命運的關係如何？在共同體崩解與價值轉換的過程中，人們感情、意識、價值的發展變遷又如何？因爲那不僅是民族的命運，也正是小說家自身及其同時代人的難題。那便是——進退失據。

四、進退失據的殖民地新世代

綜合張文環及熟稔其構思過程的友人藤野雄士的說法，〈山茶花〉的創作動機大致有兩點。第一，召喚台灣人有關鄉土的愉快回憶[333]。第二，勾畫「台灣的情意面」及「今日從事台灣文化工作的本島知識分子堅忍成長的經歷」[334]。前者或許考慮到連載小說的趣味性，後者則是他長期從事文化活動的一貫關懷。

上述兩大動機彼此雖不衝突，但是性質卻略有不同。畢竟殖民地知識分子被夾擊在新舊價值之間被教養、訓練，其堅忍成長的經歷往往無法十分愉快。不同創作動機的拉扯，使小說部分情節略嫌蕪蔓、情調也欠缺統整[335]；另外，小說中幾個原本似乎具有譬喻人物命運用意的小標最後並未發揮作用，也是一例。食野與森相等研究者都曾指出，台灣傳統戲曲歌仔戲中膾炙人口的「孟麗君」、「映雪」故事[336]，以及張氏岡

333 〈山茶花——明後日より愈よ連載、作者の言葉〉。

334 藤野雄士，〈張文環と〈山茶花〉についての覺え書〉。

335 小說前半部筆調愉悅，偏重故鄉人情淳良美善的一面，後半部卻充滿衝突與決裂的陰影，並集中於揭示鄉人自利愚昧的種種可憐相。與此相應，小說中幼年階段的故鄉描繪生動活潑；青年期以後的故鄉描寫則顯得抽象黯淡，略有理念先行的意味，多少折損了小說的美感與完整性。

336 故事內容大致如下：父親將才貌雙全的孟麗君許配給皇甫少華，引發失意的仰慕者(皇后外甥劉奎璧)的奪婚奸媒。劉用計誘殺少華並迫害皇甫一家，意圖強娶麗君。結果麗君乳母以女兒映雪偽裝代嫁。映雪與麗君情同姊妹，因而預謀於洞房花燭夜刺殺新郎復仇。事敗，映雪投河，被丞相所救，收為義女。此後孟家欺瞞劉氏，因此也遭迫害。麗君女扮男裝潛逃，投考科舉入朝為官，受丞相賞識而許以映雪為妻。皇甫少華在劉奎璧誘殺奸謀中，因劉妹

山求學時期改編自法國小說而在日本風靡一時的電影「曼儂」(「マノン・スコオ」)，都被使用爲小標。但是這些具有戲劇性命運、充滿個性的女性，與小說中的女性卻無明顯關聯[337]。但是，除了這些缺失之外，〈山茶花〉意圖反省殖民現代性的意圖及其成就，卻是很明顯的。以下試由小說的主要情節，探討張文環〈山茶花〉故鄉寫作的主題。

小說以青梅竹馬的「賢」、「娟」成長、戀愛、分手爲主軸，穿插故鄉其他人物與事件。表兄妹「賢」與「娟」原爲公學校同班同學，成績優秀，不相上下。但是後來「娟」因父母反對她參加修學旅行，無緣見識都會，憤而自動退學，此後表兄妹命運各異。「賢」往後的人生，一如搭乘會社線、縱貫線北上向總督府、博物館、專賣局、植物園、芝山巖等殖民象徵事業頂禮的修學旅行一樣順利，從中學而高校而大學一路未間斷地向帝都奔進。然而與此同時，「賢」卻也從天真善良、充滿同情心的少年，變成爲了立身出世逐漸與鄉人脫節，最後成爲帶著批判之眼俯看親友的深沈青年。他一次次負笈他鄉成爲在殖民教育中出人頭地的新知識人，然而卻也在同一個過程中一步步失去了自己的故鄉與容身之所。相反地，「娟」在輟學之後喪失社會上升之路，卻在日復一日的農林山野勞務生活中，出落爲亭亭玉立、健康開朗的姑娘。

都會中的漫長求學生活，使「賢」逐漸感到迷失、疲憊。一次返鄉的偶然邂逅，使他想從堅韌開朗、充滿活力的「娟」(故鄉、接納者的象徵)身上找到認同和慰藉。「娟」也基於與其他繼續升學的女同學(嬋)的競爭心理，而期待藉由與「賢」的戀愛，重獲地位晉昇之階。幼年時期倔強而充滿自信的「娟」，曾在寫生課時以原野中一株高突的野

(續)

燕玉相救逃過一劫，之後以匿名與父親於朝鮮戰役中苦戰，立下戰功。經過諸多波折之後，麗君、少華終於為兩家平冤，有情有義的四人也終成眷屬。

337 食野充宏在論文中，對標題的使用有一些討論。另外，森相由美子曾以殖民主／被殖民者對立構圖的觀點，闡釋標題「山茶花」、其他若干小標題，以及諸如麻雀、雞等細節的隱喻意義，相當有意思。參見〈日據時代張文環「山茶花」作品論〉，前揭文。不過筆者認為，作家的主題意識或隱喻意圖，往往透過小說的語言、人物、情節、結構整體來呈現，有時亦透過多部作品之間交互輝映的意義之網來呈顯，因此本文採取較宏觀的視角來分析。

菊，抒發自己企圖從現實中脫出的渴望。然而這個願望在該次課程結束後不久，便因修學旅行事件而難以己力實現了。此後成爲家庭生產工具的她，再想脫出，唯有憑靠最傳統的女性出頭模式——婚姻。然而，就在幸福之神靠近的時刻，卻因爲某些輕率行爲流露了對都會青年與殖民物質價值的盲目崇拜，鑄成他與「賢」的愛情破滅。「娟」始終有如一朵未能舒展的花，其因無知而薄命的處境，十足可悲。小說最後，「賢」體會到新青年和村姑之間橫亙的觀念鴻溝，使兩人的結合根本不可能。他也認識到表面上健康、堅韌、開朗、充滿活力的「娟／故鄉」，實則固陋、盲目、投機、缺乏自尊與主體，因而不可能爲遭遇價值危機的遊子提供堅定的信仰與慰藉。隨著戀愛的失敗，「賢」的故鄉幻想也隨之破滅，此時的他終究無法在故鄉找到安頓，因而只能再度成爲一個失鄉的浮萍，帶著留學生的新幻想向「東京」飄去，而「娟」唯有自暴自棄、飲恨伏案痛哭，小說至此結束。

「娟」憧憬都會，「賢」被父母的都會崇拜(象徵著當時台灣社會的價值取向)推向都會。所不同的是，身爲男性的「賢」前進都會憑藉的是考試升學，身爲女性的「娟」則依賴愛情與婚姻。不斷延展的社會上昇之路使「賢」愈益冷峻寂寞，愛情與婚姻的幻想則讓「娟」從自信開朗墮入昏愚軟弱。如果賢是不幸的，那麼娟則是可悲的。這個悲劇性的結局堪稱爲〈山茶花〉中最諷刺、最黯淡的部分，然而他卻指出了殖民地新世代青年男女難以逃脫的宿命。在殖民統治主導的時代變遷中，〈山茶花〉中如「錦雲」一般具傳統婦德的女性，不得不因種種因素朝「娟」、「嬋」、「女教師」等新式或半新式女性蛻變。然而無法擺脫物質崇拜、利益婚姻、投機心理，且喪失傳統女性美德、不欲回歸、或喪失可供回歸的社會的各種過渡型女性，同樣是徘徊在淺薄、斷裂的新舊價值間，進退維谷的一群。

「賢」從部落到小梅、搭乘製糖工廠的會社線通往縱貫線上的都會，踏上台灣的首善之都台北，最後乘船抵達日本前進帝都。張文環小說顯示：揮汗如雨地從顛簸小路挑貨下山的農民、辛苦攀附出世階梯向帝國中心奮進的知識青年、以婚愛向男性／都會／權利中心靠攏的女性，殖民地社會的上昇路線是如此單向而狹仄。鐵道線、教育線、婚姻線，是不同區域、階級、性別的台灣人生存競爭的黯淡階梯。台灣的物資、人力、人才、人性，以劣等的競爭姿態，充滿壓迫感地、宿命性地輸往帝國中心，被廉價地消耗再消耗。殖民地社會與人民的活力，也在這樣的供需中耗費殆盡而沒有太多文化性的成長。這正是身爲一位有良知的殖民地知識人，在他的創作中流露的焦慮。

在一次又一次對鄉間青年「堅忍成長的經歷」進行回眸時，張文環瞥見了哪些姿影呢？我們認爲那是，幼年遲未入學而嚮往街市、渴望進入公學校的「源」、「健」；經歷公學校、中學、高校發現整體而言台灣也是鄉下而意圖前進東京的「賢」；發現自己無法真正接納都會、也無法被都會接納而渴望重返鄉土懷抱的「賢」、「阿義」、「清輝」、「澤」。「源」、「健」→「賢」→「阿義」、「清輝」、「澤」，他們集體訴說了——「進退失據」是殖民地知識青年的普遍難題。同樣的難題也顯現在張文環筆下，如山茶花、百合花、梅花、菜籽一般，不堪封建家庭、交換婚姻、庸俗功名、投機或宿命思想撥弄的殖民地女性們。甚至於作家張文環本人，也一如他筆下的殖民第二世代知識青年，被迫徘徊於台／日、本土／殖民主價值之間，成爲「進退失據」的一人。歸納張文環以故鄉爲背景或取材的小說可見，張文環的故鄉經驗主要來自赴日前，亦即1927年(19歲)以前在梅山或出水坑的生活。此後張旅日長達10年，1937年返台後曾回故居小住一個月，之後便偕妻長住大稻埕直到1944年初，期間僅於探視父母時才偶爾返鄉。換言之，張文環的故鄉書寫都在「離鄉」之後，而且書寫對象多是故鄉的「陳年往事」。根據家屬表示，張文環返鄉後對於故鄉及鄉人日益市儈的變化、宗族分財產的糾紛頗反感，因此直到晚年均未返鄉居住[338]。張文環不曾在小說中描寫過故鄉小梅的新況，他的故鄉情結無寧使他只願意對逝去的、記憶中的、印象式的故鄉，進行追想與緬懷。

如果說〈夜猴子〉、〈重荷〉、〈論語與雞〉著眼於「山村部落—

338 張孝宗口述，柳書琴採訪，1999年2月27日。

小梅」之間的關係，〈閹雞〉著眼於「小梅—大林、嘉義等縱貫線都會」之間的關係，那麼〈山茶花〉、〈父親的臉〉、〈父親的要求〉、〈土地的香味〉、〈故鄉在山裏〉則或深或淺地思考了「小梅(台灣／鄉間／傳統)—東京(日本／都會／殖民進步主義)」之間的關係。所不同的是，〈山茶花〉展現了一路向帝國中心親近的台灣知識分子回顧身後社會時，對破落的本土社會流露的同情、焦慮、批判與期望，以及對自身一代失去價值容身之所進退維谷的難堪與惶惑。〈山茶花〉後續諸篇則是「在東京受過教育後」，相較而言較有自主視野的他們，迴身凝視自我社會時，在鄉土內涵中獲得的生存力量與生命啓示。經歷〈山茶花〉的創作歷程，樸野厚實、充滿老台灣風情的山村故事；深刻的庶民社會凝視與文化反省視野；舉重若輕、棉裡藏針的殖民文化批判；對新世代、女性／兒童／離散者的弱勢關懷，終於日益成爲這位日語作家在戰時文壇中獨一無二的文學風格與批評模式。

小結

歸納張文環整體的創作來看，他的小說世界是一個遭遇殖民外力不斷衝撞而逐漸失序的台灣人空間。原本在這個空間中自成一格的生產體系、人情與傳統，受到殖民資本浪潮帶來的新權力、新經濟、新價值衝激，終於岌岌可危。也因此研究者游勝冠曾指出，張筆下的「山村」及「女性」都帶有受難的母親「台灣」及「台灣人」之隱喻[339]。

戰前對台灣作家頗有理解的台北帝大教授中村哲，曾在一場文藝座談會上說：張文環的小說描寫的是「充滿矛盾的近代人」，他的創作特色在於「進退維谷」一點，單獨一篇一篇閱讀難以理解，必須從整體加以掌握[340]。以上說法，誠屬至言。只不過，中村教授並未進一步指出「進退維谷的、矛盾的近代人」的產生，正是殖民統治的傑作之一，而

339 參見游勝冠，〈殖民進步主義與日據時代台灣文學的文化抗爭〉(清華大學中文系博士論文，2000年6月)，頁313-329。

340 中村哲、竹村猛、松居桃樓〈文學鼎談〉，《台灣文學》2卷3號(1942年7月)，頁107-108。

這也正是〈山茶花〉意圖指出的關鍵點。張文環在〈山茶花〉及其之後的作品如〈論語與雞〉、〈夜猴子〉、〈閹雞〉等，以成熟的懷舊風格，跳脫性的視野，回溯早期台灣傳統社會時空，引領覆蓋於皇民化運動下的讀者思考台灣文化所遭受的長期毀壞。除了檢討社會內部自利主義與道德淪喪的禍害，也揭示外來殖民與資本主義對傳統社會結構及價值傳統的加速腐蝕。

〈山茶花〉的誕生顯示張文環身爲一個殖民地作家，對自己書寫／詮釋的立足點已漸有掌握。因而在作品中展現出有別於過往的，具有批判殖民統治、殖民現代主義意圖的社會像與世界觀。

歸根到底，張文環一代的殖民地知識分子，隨著交通線、教育線湧進殖民新社會的權力中心，經歷長年的母土生活經驗與傳統價值系統之離散，之後在各種拉扯與衝激中摸索自己的認同。此一過程備極艱辛，卻也特別可貴。然而，當他們難能可貴地建立起自己的母土認同，孜孜獻身於本土文化建設，並意圖以鄉土書寫進行歷史詮釋權的爭奪或國族寓言之書寫時，卻也難逃殖民地新知識分子與自身民族傳統、鄉土、大眾疏離隔閡的惡夢。因此重返台灣社會之後，如何調整自己與母土社會現實之間的距離，如何在戰爭動員逐漸籠罩的文化界中，找到耕耘本土文化、關懷本土社會的位置與方法，便成爲他們在1940年代面臨的最大挑戰。

本章總結

旅京台灣文藝青年與日本作家的交流，相關研究迄未展開。此一交流具有日本殖民台灣的特殊背景，同時與中日左翼文學既有的交流網絡也有關係。

中日左翼文學的交流自1920年中後期漸具規模，1930年代中日政府壓制左派運動更加速了弱者的跨域聯合。魯迅於1928、1929年以後勤於譯介日本馬克思主義文藝理論，與重要左翼作家也有交往。郭沫若自亡命日本以後與《戰旗》社負責人藤枝文夫、山田清三郎多所交流，同時致力於譯介日本左翼作家武田麟太郎、小林多喜二、林房雄、藤森成吉、秋田雨雀等人作品。在團體交流方面，最值稱述的則有創造社成員與「納普」的合作，以及太陽社蔣光慈與藏原惟人、藤枝文夫等人的交流。1930年代中日左翼文學的交流，以左聯東京分盟貢獻最大。前期左聯東京分盟(1931春-1932年9月)樓適夷、任鈞、胡風、葉蒂等，與日本左翼作家、文化人的往來；後期左聯東京分盟(1933.12-1937)林煥平、雷石榆、林林、杜宣等，與新協劇團、《詩精神》等日本左翼劇團及詩刊的互動，使中日左翼交流達到未曾有的高峰。

1920年代一些台灣旅日文藝青年可能開始接觸了中、日左翼作家，譬如：楊逵、吳新榮、謝春木、王白淵等人皆是。1920年代前期的謝春木、王白淵可能已閱讀創造社出版物；赴盛岡之後的王白淵可能接觸了更多的日本文友、甚至左翼文藝刊物。社會主義運動高漲時期旅日的楊逵與吳新榮，由於創作活動尚值胎動階段，與中、日文友或文壇的互動可能有限；不過從日後兩人的作品取向來看，當時他們在閱讀上所受的影響必定是有的。

在持續進展的中日左翼文學、文化交流中，台灣旅京文藝運動從什麼時候起植下了與這個網絡接軌的契機呢？東京左聯的另一位重要研究者小谷一郎的研究，提醒我們再次注意王白淵。小谷表示前期左聯分盟前身爲「青年藝術家聯盟」，1928年前後成立，以東京美術學校中國留學生王道源、許幸之(許達)、司徒慧敏爲中心[341]。該聯盟的成立時間雖晚，但由於王道源、許幸之曾與王白淵同時在學過，因此不排除他們交往、接觸的可能。除了此一線索，前面章節也曾指出1933年12月《福爾摩沙》第2號出版，適逢左聯東京支部再建之際。該號曾轉載了《上海新夜報》所載魯迅爲悼念「左聯五烈士」而作的一首七律，極可能是王白淵從上海寄來的詩稿之一。儘管上述線索皆十分薄弱，無法斷定王白淵曾與前期左聯分盟有什麼淵源，卻不能不加注意。

341 參見小谷一郎，〈東京美術学校に在籍した中国人留学生名簿〉，《左連研究》第3輯，1993年3月15日，頁30-32。同氏〈東京左連結成前史(その一)〉，《左連研究》第1輯(1989年3月15日)，頁22。

1933年成立的「台灣藝術研究會」成員多爲文藝相關科系學生，該團體的出現表示旅日青年間開始成群出現了以文藝爲志向的青年。台灣旅日青年與日本文壇或旅日中國作家的具體交流，也始於此後。經過《福爾摩沙》磨練之後，作家們逐漸成熟，台灣作家逐漸在日本文壇上展露頭角。此時適逢日本左翼文壇有團結殖民地及被壓迫民族的需要，旅日青年在東京與中、日作家的交流，因而在「文聯東京支部」階段達到前所未有的高峰。1936、1937年以後，文聯衰頹，東京支部重要分子陸續被捕或返台；另外楊逵以《台灣新文學》與《文學評論》爲中心的交流也難以維持之後，才結束了活絡一時的跨域交流。事變爆發之後，島內文壇沉寂。待1940、1941年文壇復甦之後，張文環《台灣文學》在殖民政府的壓制與敵對文學團體充滿敵意的挑戰之下無暇他顧；西川滿《文藝台灣》雜誌則一度欲以南國風土與中央文壇建立交流，但是終究也未能恢復1930年代旅日青年作家締造的鼎盛局面。

以上本章以「台灣藝術研究會」與「文聯東京支部」爲中心，從交遊、活動、創作、評論、跨域交流等方面，概要觀察了台灣旅京文藝青年的文學及文化活動。透過上述討論，可以看見這些文學者儘管在文藝理念、創作特質及政治態度上各有主張與特色；但是帝都與故鄉、文藝與民族、創作與改造卻總是一體兩面地在他們心中存在著、相互作用著。從而影響了他們文學的特質，也使他們長期被凝聚在同樣的旗幟下奮進。

1936年3月雷石榆遭日本政府遣返時，吳坤煌離情依依地到港邊送行。1936年11月魯迅過世時，張文環正值第二次被拘期間；當時的張文環酷愛魯迅小說，特別是〈故鄉〉，甚至到逐字抄錄的地步[342]。吳坤煌爲什麼能與雷石榆建立跨域友誼？魯迅〈故鄉〉爲什麼能喚起張文環深刻的共鳴？不都因爲兩地知識分子對眼下逐日破敗的母土，有深刻的焦慮和相似的革新慾望嗎？

從王白淵倡議的「東京台灣人文化同好會」到他扶掖的「台灣藝術

342 張孝宗口述，柳書琴採訪(1999年2月27日)。

研究會」，王白淵漸行漸遠，《福爾摩沙》同人卻在他的啓示下日益獨當一面。謝春木、王白淵將大革命寄望中國，而奔赴地平線彼方；吳坤煌、張文環、巫永福等《福爾摩沙》重要分子，則從專注於島內問題，以島內爲中心向外思考。《福爾摩沙》同人關注鄉土書寫、文化抗爭、建立民族文學、締造社會主義國際文化等問題。在東都文壇成長的他們，擁有寬闊的文學視野、活潑的創作技巧與左翼鄉土觀，也因此使台灣藝術研究會擁有蛻變的條件。日後這些旅日文學者以「文聯東京支部」爲根據地，在黯淡的年代開啓島內外、台中日之間的跨域文學交流。此時他們的文學創作逐步練達，與中、日、鮮左翼文化人的交流日深，在愈益旺盛的交流中終於與中國「抗日民族統一戰線」或日本「人民戰線運動」接軌。

從東京台灣人文化同好會到1936、1937年旅日台灣文化人被捕事件顯示，吳坤煌、張文環等人從社會運動轉向文學活動；然而繞行一圈之後他們的關懷未曾脫離反殖、反帝、反戰運動，與左翼或共黨人士也始終藕斷絲連。1935年左右張文環曾旅行上海，極可能拜訪了王白淵；此後張文環的活動日益積極，而文聯總部也傳出要在上海設置支部的消息。1936、1937年間張文環、吳坤煌等人被捕與王白淵也有關。王白淵赴華後對東京同鄉後進的影響可能有限，但卻一直持續著。

日據時期有良知的台灣知識分子騷動不安流轉無依，誠如戰後初期王白淵反顧自己人生時所說的一段話。他說：

> 在殖民地長大的人，特別是智識分子的去向，異常複雜。在日本帝國主義無微不至專制之下，不願意做奴隸的人們，特別是富有革命性的人，只有到處碰壁，煩悶，反抗，流浪，入獄。這種人可說是台灣的良心。未來的聖火，這枝聖火不僅在台灣，又是在日本，又是在中國國內不斷地閃耀著[343]。

343 王白淵，〈我的回憶錄〉（三），《政經報》1卷4號（1945年12月10日），頁18-19。

殖民地智識分子的動向，確實異常複雜。不願做殖民奴隸或不甘於劣等機能性質者，常因反殖思想或行動嚐受碰壁、煩悶、反抗、流浪、入獄之命運。王白淵稱這種人(包括他自己)爲「台灣的良心」、「未來的聖火」，這可以說是他的血淚感言。客居東京的張文環、吳坤煌，獻身上海的謝南光、王白淵，還有他們周邊其他一些流轉於台、日、中國之間的進步青年，殘存文獻中留下的片段足跡顯示他們確實堪稱「台灣的良心」、「未來的聖火」。

在嚴酷的政治環境下，這些人到處受難。詭秘的妖魔之花賦予他們難以止熄的熱情與使命感，同時也賜給他們受詛咒的連連災厄。政治的迫害與受難的苦痛，使這些人苦悶、掙扎，而反抗和受難的經過及緣由往往長年哀哀無告。即使在與他們最貼身的作品或言論中，鮮活的感情和正義的行動也常常是被壓抑無從表露的；即便偶爾披露於作品，有時也被迫變形地以其他較溫和的樣貌呈現。

以張文環爲例，他向來偏好以故鄉人事物爲創作主題，濃郁的鄉土氣息與平和的風俗景緻是他給讀者和評者最主要的印象；但是隱藏於檯面上的作品之後，這位作家卻擁有許多不爲人知的文學閱歷及因此孕育成熟的文學思想。又以吳坤煌爲例，研究者偏重文學創作(特別是小說)不重視作家其餘藝術經歷及政治活動的結果，也使這位曾經促成台日中文學者三角交流的活躍作家，其文學理念未受應有的注意。雖然作品是作家的靈魂，但是單就作品委實難以全面理解殖民地作家完整的藝術與思想面貌。吳坤煌的例子，告訴我們台灣作家的跨域交流與台灣文學的國際視野；張文環的文學，則告訴我們「作品中的作家」與「現實中的作家」，並不一定完全吻合。殖民地文化抗爭的多向借力、台灣作家的多重面孔，就像台灣文學中的微言大義一樣，它們都是殖民地歷史、台灣人與台灣文學的重要特徵。

1937年春季張文環返台。然而環顧周遭，他的處境是孤獨而艱難的。台灣文藝聯盟、《台灣新文學》雜誌在事變爆發前，已先後陣亡。島內氣氛緊肅、社會不安、求職不易，作家張深切、賴明弘、劉捷、吳坤煌、王詩琅、周合源、張維賢等人，也紛紛赴華發展。而本土文壇沉寂的此時，日人詩誌、文學誌卻大量湧出。當1940年台灣文學者再次齊聚一堂組織「台灣文藝家聯盟」時，主導者爲西川滿等日籍作家，1930年代本土文壇獨領風騷的局面已然不再；在張文環這位歸鄉者眼前的，是殘敗的本土文壇，以及零散各地、惶惑消沉的台灣作家。另外殖民主對殖民地社會的動員與控制，日籍文學者主導的外地文壇及其與本土文壇的競爭，也不懷好意地等待著他的上場。

第六章
前進大東亞？

日本統治末期特別是大東亞戰爭決戰階段，不論受命、受邀、出於自動、或兼而有之，在台灣作家的創作或雜談中翼贊國策、配合時局等言說(含言論與文字)普遍存在。除此之外，列名參與皇民奉公會實際從事奉公運動者，也不乏其人。這種現象在台灣人國族認同及精神結構上反映的訊息，是討論這時期作家無法迴避的問題。

這樣的課題，在戰前台籍作家陣營中素富影響力的張文環身上也不例外。1960-70年代以降，在重新出土、書寫、詮釋戰前台灣人歷史與精神史的脈絡下出現的種種回憶、評述，以及晚近海內外學院內的作家研究交錯建構下，張文環已被建構爲代表被殖民民族自我傳統的代表人物之一[1]。他凝聚台籍作家行動及理念，以獨特方式向殖民者提出異議的形象，很早便被論者指出。他晚年長篇小說《滾地郎》以及遠景、前衛兩出版社出版的選集，也使得他在戰後被認識的過程中以相應於評述文字形塑規範的特定形象展示於讀者面前。透過出版、閱讀，以見證歷史的史料之姿現身的這些作品，與各式評述互爲表裡，進一步強化了張文環充滿民族形象的這一面。

張文環的文學活動一直以建設母土文化，追求民族主體地位爲標的。旅日期間的文學活動、返台後創立《台灣文學》振興本土文壇的努

1 1970年代《張文環先生追思錄》、《夏潮》、《笠》、《台灣文藝》等誌逝世紀念特輯中的友人追念；葉石濤、王育德等人的評述；1980年代張恆豪、施淑、黃得時、葉石濤、野間信幸等；1990年代陳萬益、野間信幸、張光明、津留信代、游勝冠、柳書琴等人的研究，均強調或肯定張文環的這個面向。

力、民俗風的大量鄉土書寫，以及其他友人回憶或《呂赫若日記》[2]中顯露的私下活動，在在顯示他作爲一位文化知識分子的貢獻。歷來對張文環文學的解釋或定位或許失之片段，卻可以肯定他們掌握了張文環文學極重要的面向。

張文環文學抵抗的一面具有不可忽略的意義，但是過於簡化的討論可能導向另一種偏見。畢竟我們發現，在這樣的表述下，夾纏於殖民他者與被殖民我族之間，處於英美對日海空激戰之晦澀年代，生命和未來皆充滿不確定的張文環，在後人眼中卻顯得全知、單純、而且過份一致了。這種印象的片面強調，結果使我們在面對他有關協力國策或支持聖戰的行動、言論及創作時，多少感到難堪或束手無策。因此，這個部分也就被視爲時代擺弄下言不由衷的一段插曲，而有意無意地被研究者忽略。

殖民地時期，特別是決戰下物質與精神雙重動員的時期，台灣人的認同及精神構造，出現曖昧游移、葛藤衝突等特徵。這種現象畢竟是戰爭的產物，平心面對及接受過往，也是殖民清理必要工作之一。基於此重新攤開張文環這般被評價爲台灣意識鮮明的知識人，審顧其決戰時期的精神地圖是有必要的。

歷來有關張文環的文學研究，除了「灣生」[3]日本人井東襄有意澄清前述特定印象，指出張氏對戰時國策之推動有關切、支持的一面之外[4]，皆未多論。在有關殖民主戰時菁英動員的歷史研究中，張文環協力國策的活動則較早受到注意。王昭文、鄭麗玲到江智浩[5]，陸續從本土文化

2 呂赫若(著)，鍾瑞芳(譯)，陳萬益(編)，《呂赫若日記》(台南：國家台灣文學館，2004年12月)。

3 「灣生」為日據時期用語，係指在台灣出生之日本人。

4 井東襄，《大戦中に於ける台湾の文学》(東京：近代文藝社，1993年10月)，頁108-148。

5 王昭文，〈日據末期台灣的知識社群〉(清華大學歷史系碩士論文，1991年7月)。鄭麗玲，〈戰時體制下的台灣社會：治安、社會教化、軍事動員〉(清華大學歷史系碩士論文，1993年6月)。江智浩，〈日治末期台灣的戰時動員組織：從國民精神總動員組織到皇民奉公會〉(中央大學歷史系碩士論文，1997年6月)。其中，鄭麗玲的論文對張在奉公運動中的活動有較多討論。

運動、戰時動員體系或皇民奉公運動等角度，提示張文環贊同或協力國策的一面。不過由於上述論著中張文環個案並非研究焦點，加之張氏戰時言論、雜談及創作缺乏體系性的蒐集、整理，以致一鱗半爪無法掌握張文環戰時「奉公」或「協力」的細部情形。

本章將分四個小節，對此問題加以補足闡明。第一節，介紹張文環以皇民奉公會(簡稱奉公會)一員，在奉公運動下發表的各式文稿及言論。藉此指出他身爲殖民地作家「被動員去動員」[6]的集體宿命，以及在這種宿命下他言論、思想與反應的大致情形。第二節，以兩篇同名文稿〈宿營印象記〉，說明張文環如何藉著同一主題的不同書寫，呈現個人奉公活動與內在思想的分歧。亦即張如何開始以公／私不同身分，在奉公之餘同時表露對任務的不安。第三節，討論終戰前(1943年)台灣文壇上爆發的意識形態與民族認同之戰，以及以張文環爲中心的台灣作家的思想立場與對應之道。第四節，討論1970年代張文環自傳性色彩強烈的遺作〈地平線的燈〉，從作品中人物的心理刻畫和矛盾的自我追問，窺探張文環在戰後如何評價自己和同時代知識人從戰中到戰後的歷史表現與選擇。

藉由上述討論，筆者希望對決戰時期張文環奉公參與的背景、角色扮演、活動內容、內心反應、他與身近台灣作家對不可抗拒的時局的應變，以及戰後透過文學書寫進行的自我回顧和時代自白，作一個廓清。藉由張文環跨越艱難時代之強韌表現，筆者將爲《福爾摩沙》系統作家的一代傳奇，譜下休止符。

第一節　被動員去動員：張文環與殖民地戰時動員

前言

1941年12月以珍珠港事變爲開端的大東亞戰爭，把台灣在帝國中的

6　筆者所謂的「被動員去動員」，乃指太平洋戰爭期間台灣人被動員去從事戰時動員相關工作。

角色從早期的米糖倉庫，往南進基地推進，最後成爲帝國倚重的南方航空母艦[7]。在不斷擴大的侵亞戰爭中，殖民地從物質動員、精神動員、人力動員、性動員各方面，爲帝國遂行其野心付出慘重的代價。今日企圖從歷史的檢討中獲得啓示的我們，所學習的正是無數人類以生命、尊嚴與血淚換來的教訓。

透過戰後初期及晚近台灣從軍人員的相關回憶、訪談或座談，我們對有關人力動員一環的志願兵、徵兵制度，徵調、訓練、服役、作戰及遣返等情形，已逐漸有所了解[8]。這些基礎也促使我們進一步對諸如志願熱的塑造過程，戰時殖民地精神動員引發興趣。由於戰前戰後時勢之轉變與回憶的變貌，精神動員實際展開的情形，以及台灣人對它的觀感、反應，仍有如謎團一般。

在皇民奉公會「以台治台」的動員策略下，被總督府統治當局動員去動員台灣同胞的人，他們的活動與思想呈現怎樣的樣貌？大戰方酣的那幾年，被皇民奉公會動員去動員我族同胞協力戰事，是張文環的重要工作之一。透過文字、言論、甚至行爲示範，以個人的公眾影響力，發揮對同族知識階層及一般大眾的影響，達成國策之宣導，便是「精神動員」的主要任務。戰前同時在不同場合(公私座談會、訪問、報導、雜談、文學創作)，以不同的表述載體(公眾發言、報導、小說、隨筆、雜文)，對志願兵制度發表意見或感想的他，可以說是觀察上述問題難得的案例。

野間信幸曾針對張文環文化協力行爲中，意識形態超越與內化之間的循環辨證現象，進行剖析與釐清[9]。張文薰也曾針對總督情報課委囑作品〈雲之中〉，查考張文環如何透過一個在高山林場中安身立命的

7 參見林繼文，《日本據台末期戰爭動員體系之研究》(板橋：稻鄉，1996年3月)。

8 諸如周婉窈編，《台籍日本兵座談會記錄并相關資料》(台北：中央研究院台灣史研究所籌備處，1997年1月)。

9 參見野間信幸，〈張文環の戦争協力と文学活動〉，收於藤井省三、黃英哲、垂水千惠(編)，《台湾の「大東亜戦争」：文学・メディア・文化》(東京：東京大學出版會，2002年12月)，頁107-122。

婦女之故事，爲決戰下被迫擔任「派遣作家」的自己尋找出口[10]。李文卿則以1944年12月至次年1月出版的兩卷《決戰台灣小說集》爲對象，從編選人員、編選依據、編選目的、作家策略、文本視野多方面進行分析，得出自總督府以降台籍、日籍的知識分子在決戰動員體系中的位置，以及殖民地作家的逆向視野和書寫策略[11]；其後黃英哲、藤井省三等教授繼續針對此議題予以深化，前者針對文壇總動員體制、宣傳網的普及、文學會議的舉辦，進行文化政治之分析[12]，後者考察日據時期「日語國語體制」和清朝「科舉文化體制」、國民黨政府「北京語國語體制」等外來文化政策的關係，以及台灣認同從中形成的輪廓[13]。這些論文展示了皇民化運動推行至決戰期之間，殖民地作家在文化政治干涉下在創作及活動上的轉變脈絡，並從其言論／書寫位置的定位，確認這些作家在決戰時期的文化思維與歷史位置，都是不可多得的研究。

本稿，將以張文環素來未受到討論的，以軍事人力動員(特別是志願兵制度)爲主，旁及謠言防止、奉公常會、內台一家、農業增產、戰志昂揚等議題的創作、雜談及座談發言，作爲討論對象，進行其文化協力的階段考察及策略分析[14]。這些言談文字內容多與戰時統治宣傳或戰時動員有關，不少是他參與皇民奉公會所從事的一些宣導活動，本文簡稱爲「時局言說」。時局言說，在決戰時期張文環文學活動中占有相當份量，但是並非他文學活動的全部；它們普遍粗疏的低完成度，也使它們無法成爲代表張文環的優秀作品。

張文環各式各樣的時局言說之中，積極翼贊、消極協力或暗藏反諷

---

10 參見張文薰〈派遣作家としての張文環——「雲の中」に語られたもの〉，收於《台湾の「大東亜戦争」：文学・メディア・文化》，頁99-106。

11 李文卿〈殖民地作家書寫策略研究——以皇民化運動時期《決戰台灣小說集》為中心〉(國立暨南國際大學中國語文學系碩士論文，2000年)。

12 參見黃英哲，〈戦争期台湾における動員と宣伝〉，《台湾の「大東亜戦争」：文学・メディア・文化》，頁57-70。

13 參見藤井省三，〈台湾における「決戦台湾小説集」〉，《台湾の「大東亜戦争」：文学・メディア・文化》，頁19-40。

14 相關言論收於陳萬益編，《張文環全集》卷6、卷7(豐原：台中縣立文化中心，2002年3月)。

者，兼而有之。本節旨在歸納他時局言說的內容與發表脈絡，揭示他在皇民奉公運動各階段扮演的動員角色，活動及發言的大背景。以便追索他翼贊活動及時局言說之所從出，並作爲考究他置身動員體系下創作處境與精神特徵之基礎。

一、決戰期軍事人力動員與張文環

日本帝國統治下的殖民地人民，原不具備當兵的「權利」。然而早自中日戰爭爆發後，從盧溝橋事變開始，台灣總督府便在軍部請求下，在島內募集諸如軍夫、軍屬、軍農夫、農業指導員、通譯等人員，赴大陸協助戰事。日本占領華南後，總督府更派遣府內各部門官職員、技術員，各種衛生、產業調查隊、警察隊等，協助中國占領區的重建及治安維持工作。1942年日本占領東南亞、南洋諸地，隨後戰事逆轉陷入苦戰，更迫切面臨軍事人力的補充問題。當戰局需要，被迫向從未施行兵役法的殖民地人民進行軍事人力徵調時，只好採行逐步性的便宜措施，美其名爲「特別志願」。透過媒體與教化系統製造志願熱，形成徵兵輿論，最後再順理成章地過渡到徵兵制度。台灣及朝鮮的特別志願兵制度（簡稱志願兵制度），包括陸軍志願兵制度及海軍志願兵制度，便是戰時日本殖民地時空下的畸型產物。

同樣是陸軍志願兵制度，朝鮮早在盧溝橋事變後不久之1938年2月即已施行。台灣則因位屬南方及種族方面的顧慮，到1941年6月日本發動太平洋戰爭的動機日形迫切時，始經內閣會議通過，於翌年4月施行。至於以支援南進及大東亞戰爭爲主要目的的海軍志願兵制度，則沒有台、朝的差別。台灣於1943年5月發布，6月17日公布「海軍兵志願者訓練所訓練生募集要項」，8月1日台、朝兩地同步施行。

大東亞戰爭的最後一年，日本海、陸軍吃緊，台灣成爲決戰第一線之際，日本政府終於在台灣公布徵兵法。1944年8月29日，台灣總督長谷川清以諭告第1號宣示：台灣爲攻防第一基地，使命重大，須舉國一致，共同爲皇國效力。隨後並於9月1日，以諭告第2號宣布本島徵兵的宗旨。之後於次年1月進行台灣青年徵兵檢查，首批受驗人數爲4萬5726

名，合格者被迫以現役兵入伍。當島內徵兵制展開的同時，也對島外進行徵兵，早先在盧溝橋事變後被徵調到戰場的台灣軍夫或軍屬，在徵兵制實施後也於當地被改徵爲日本兵。戰前所徵召的台灣兵，以陸軍人數最多，多達6萬人，海軍較少也有3700人左右[15]。

從志願兵(募兵之一種)到徵兵，正是一連串計畫性的殖民地軍事人力搾取。從軍夫式的募兵到半募半徵式的志願兵，最後終於演變成強制徵兵。這規模日大、強制性日增的軍事徵調，目的在傾全力動員殖民地一切壯、青、少人力。除了軍事人力動員之外，青年團、增產團體、勞務運動、愛國獻金、職業奉公隊等組織，也不分老幼男女地將未被驅往戰場服役的後方剩餘人力動員起來。奉天皇之命捍衛日益不可收拾、岌岌可危的帝國主義「聖戰」。

依現存文獻來推測，張文環被皇民奉公會「相中」[16]，介入戰時軍事人力動員，乃以志願兵運動之宣導爲主要工作。以下是台灣陸海軍志願兵、學生(學徒)志願兵、軍夫志願兵徵募之施行概況。

在陸軍志願兵方面：以平地漢人爲對象者前後徵調三回，總計有4200餘名入營。第一回陸軍志願兵募集分爲前、後兩期，志願者高達42萬6000名，正式錄取者僅1012名。錄取者陸續在1942年6月及12月入訓練所集訓，之後前期於1943年4月5日入伍，後期於7月1日入伍。分別配屬台灣軍各部，隨軍遠征。另有，以高砂族爲對象者曾於1943、1944年徵調兩次，之後共1300多名被派往南洋[17]。總計在陸軍志願兵方面，漢人加上原住民共有5500多人背負「志願兵」之名離鄉遠征。

在海軍志願兵方面：前後共徵召六回，每期2000人，完訓者共1萬1000多人。首批於1943年10月入所訓練，次年3月31日半年軍事訓練完訓後，進入海軍高雄海兵團再接受3個月海軍專業訓練。第二期於1944年4月1日徵召，但因時間有限，直接遣往海軍高雄海兵團訓練。海軍特

15　李國生，〈戰爭與台灣人：殖民政府對台灣的軍事人力動員〉(台灣大學歷史研究所碩士論文，1997年6月)，頁153-154。

16　詳見次節。

17　台灣總督府《台湾統治概要》，頁71-72。

別志願兵在台灣之外，也分別對日本內地在學中的台灣、朝鮮學生進行徵調。1944年12月進行首次內地徵召，當時被徵召的台、朝學生總數約達2000名。此外，事變後已派赴戰地的殖民地軍屬、軍夫，也可以經由一定程序及訓練，變更爲志願兵加入部隊繼續服勤[18]。

在學生志願兵方面：除了海、陸軍特別志願兵之外，隨著戰況日益惡化，日本政府又對年齡層更低的青少年學生進行「學生志願兵」之徵調。日本本土於1943年10月2日頒布「徵召在校學生臨時特別令」，徵召凡有服役義務的日籍學生入伍。12月1日首批學生入伍，號稱「學生上陣(學徒出陣)」。對不在兵役法適用範圍內的在日台灣留學生，則以便宜法規「陸軍特別志願兵臨時採用規則」徵調。第一批學生志願兵於1944年1月21日倉促入營，據說甚至不及獲得遠在台灣的父母之首肯[19]。

學生志願兵制度在日本本土施行後沒多久，很快便蔓延到台灣來了。在島內，10月19日台灣當局依日本9月閣議決定的「國內態勢強化方策」，制定「台灣決戰態勢強化方策」。文教非常措施中，也確立了學徒動員體制，除了理科系統學生得以延期入營以外，其他符合徵兵標準之適齡學生(包括高等學校、專門學校、大學預科及大學等)都必須進入部隊受訓。至於免役或未達役齡者，1944年3月台灣總督府則進一步依「台灣決戰非常措置實施要綱」，確立「學徒動員要綱」加強對這些人的動員。依規定凡未役男女學生從國民學校高等科以上，均須依技術及能力加強施以勞務動員，從事工廠、事業場或其他防衛所需工事[20]。

在總督府各級行政體系、軍警及媒體的宣導、勸誘甚至是半強迫下，營造了盛況空前的「志願熱」。從志願者人數與實際採用人數遠不成比例的懸殊現象可知，志願兵制度施行的目的，在促進同化、提昇戰志、強化殖民地人民服役心理及忠誠度方面，遠比兵源補充來得緊要。簡言之，志願兵制可說是徵兵制的暖身運動，此運動的成功是台灣由募

18 李國生，〈戰爭與台灣人：殖民政府對台灣的軍事人力動員〉，頁143-144。

19 川口賴好，〈在京台灣學徒はかく志願した〉，《台灣時報》，1944年1月號，頁37。

20 李國生，〈戰爭與台灣人：殖民政府對台灣的軍事人力動員〉，頁168-169。

兵邁向徵兵的關鍵。

以下是張文環在1941年中到1944年底，約莫3年半期間內，介入台灣軍事人力動員的大致情形。

1941年6月21日，張於受訪中表達對志願兵制度的感謝〈三種喜悅：張文環先生談話〉(〈三つの喜び：張文環氏談〉)。這是他有關志願兵的第一份意見，刊載於《朝日新聞》台灣版[21]。同年11月14-16日，台灣軍在當時台北州蘭陽平原進行第三部隊野外演習，徵求當地人提供房舍供軍隊舍營。媒體對此大作文章，把軍方此舉宣傳爲「賜予島民的無上恩惠」，「展現內台融合的一大契機」[22]。張文環奉派參加報導班前往報導。活動結束後他分別於《朝日新聞》台灣版及《台灣時報》發表題名同爲〈宿營印象記〉(〈舍營印象記〉)的兩篇報導，就參觀皇軍舍營、演習等事發表感想[23]。

1942年2月，志願兵徵募即將開始，志願熱瀰漫全島。此時張文環在鼓吹最力的總督府外圍刊物《台灣時報》上，發表了〈一群鴿子〉(〈一群の鳩〉)[24]，表示對志願兵制度施行的肯定、支持與感謝。次月他於《台灣文學》發表小說〈頓悟〉[25]，描寫一位本島青年的煩惱以及他步上志願兵之道的心路歷程。同年冬季，他被台灣總督府情報局選派赴日參加「大東亞文學者大會」。爲期一個月左右的大會及會後參訪、

21　張文環，〈三つの喜び：張文環氏談〉，《大阪朝日新聞》台灣版，1941年6月21日。該文為〈快報に全島沸く：志願兵制度實施の歡び〉特輯中的稿件之一。中譯文〈三種喜悅：張文環先生談話〉，收於陳萬益編，《張文環全集》卷6，頁67。

22　鄭麗玲，〈戰時體制下的台灣社會：治安、社會教化、軍事動員〉，頁68-69。

23　兩篇〈舍營印象記〉分別刊於《大阪朝日新聞》台灣版，1941年11月26日；與《台灣時報》1941年12月號。收於陳萬益編，《張文環全集》卷6，譯名為〈宿營印象記〉，但是文末註記之出處兩篇顛倒誤植；第一篇(頁80-97)應為發表於《台灣時報》者，第二篇(頁98-100)應為發表於《大阪朝日新聞》台灣版者。《大阪朝日新聞》台灣版一篇，承蒙河原功先生提供，謹此致謝。

24　張文環，〈一群の鳩〉，《台灣時報》1942年2月號(1942年2月7日)，頁70-71。中譯文〈一群鴿子〉，收於陳萬益編，《張文環全集》卷6，頁102-105。

25　張文環，〈頓悟〉，《台灣文學》2卷2號(1942年3月30日)，頁54-69。

交流活動期間，他也對志願兵及其他從軍問題表達了一些肯定的意見。11月5日，他在大會中提案與會者共同對從軍作家表達感謝[26]。6日下午，參觀土浦海軍航空隊少年航空兵訓練後，他對日本皇軍之武勇表示讚歎[27]。8日他奉命與龍瑛宗一起，和在京台灣留學生座談，內容也不離對留學生從軍意願的了解及鼓舞[28]。

1943年5月，海軍志願兵制度公布後，張文環隨即於6月10日受邀(或奉派)於「海軍と本島青年の前進座談會」談論海軍志願兵的問題[29]。次月他在《台灣公論》就同一問題發表短評〈不沉沒的航空母艦台灣——論海軍特別志願兵〉(〈沈まぬ航空母艦台灣：海軍特別志願兵に就いて〉)[30]。同年10月，他受《新建設》派遣，訪問台籍陸軍志願兵遺族，發表〈燃燒的力量——訪問松岡曹長遺族〉(〈燃え上る力：松岡曹長の遺家族を訪ねて〉)一文[31]。此後在該年年底到次年6月間，他陸續以極短篇、隨筆或雜談的形式，發表了〈父親的送行〉(〈父に送られて〉)、〈征向沙場〉(〈戰野に征く〉)、〈戰爭〉(〈戰爭〉)等與志願兵或學徒出陣[32]有關的小說[33]。這些小說是戰前他有關軍事人力動員

26 張文環，〈從軍作家に感謝〉，《文藝台灣》5卷3號(1942年12月25日)，頁25。亦刊於《台灣文學》3卷1號(1943年1月31日)，頁71；中譯文〈感謝從軍作家〉，收於陳萬益編，《張文環全集》卷6，頁133。

27 張文環，〈土浦海軍航空隊〉，《文藝台灣》5卷3號(1942年12月25日)，頁15-16；中譯文收於陳萬益編，《張文環全集》卷6，頁131-132。

28 張文環，〈大東亞戰爭と在京台灣學生の動向〉座談會，《台灣時報》，1942年12月號，頁62-71；中譯文〈座談會大東亞戰爭和東京台灣留學生的動向〉，收於陳萬益編，《張文環全集》卷7，頁152-167。

29 張文環，〈海軍と本島青年の前進〉座談會記錄，《台灣時報》，1943年6月號，頁1-11。中譯文〈海軍特別志願兵制紀念座談會——「海軍」與本島青年的前進〉，收於陳萬益編，《張文環全集》卷7，頁188-200。

30 張文環，〈沈まぬ航空母艦台灣：海軍特別志願兵に就いて〉，《台灣公論》，1942年8月號，頁57-58。譯文收於陳萬益編，《張文環全集》卷6，頁157-159。

31 張文環〈燃え上る力〉，《新建設》，1943年10月號，第21-25頁。譯文〈燃燒的力量——訪問松岡曹長遺族〉，收於陳萬益編，《張文環全集》卷6，頁173-183。

32 學徒出陣，乃指就學期間滿二十歲達徵兵年齡的大學生與專門學校生之大量

的最後文字。

總之，張文環不是處理實際志願兵徵調業務，而是扮演此制宣導工作。包括，鼓吹陸海軍志願熱、軍民一家思想、青年志願、作家從軍、學生志願，以及表揚戰歿者及遺族等。換言之，張文環正是被動員去從事「志願熱」的製造。戰後張文環始終未公開談論志願兵問題，不提當年自己對此制的宣導，也不提他在皇民奉公會中的其他活動。戰後他的晚年復出之作《滾地郎》中，微微觸及台灣人被徵調的問題。不過該角色並非志願兵或徵兵者，而是當時台灣人最不欲被抽調到，在軍中地位最低賤的軍夫[34]，故而無法從中窺知他對志願兵制度的觀感，以及對自己這段經歷的感想。也因此，整理、歸納他當時的此類言說，便成爲解答這個疑問的必要辦法了。

二、張文環軍事人力動員言說的特徵

張文環曾在座談會、評論、隨筆、小說及受訪時，針對台灣陸、海軍志願兵、學生志願兵、徵兵、乃至軍夫等問題發表意見。其中百分之九十五以上爲有關志願兵的言論，可見他被委派的動員任務與軍事人力

(續)

徵召。太平洋戰爭日益泥沼化之後，下級軍官消耗嚴重，雖然軍部不斷設法欲使學生提早畢業，卻未見成效，東條內閣遂依據1943年9月訂定的「國內態勢強化方策」公布學生徵兵延期臨時特例，對滿二十歲以上的文科在校學生發出召集令。參見，寺田近雄(著)，廖為智(譯)，《日本軍隊用語集》(台北：麥田，1999年6月)，頁61-63。

33 張文環的這三篇創作是：〈父に送られて〉，《興南新聞》，1943年12月2日。〈戰野に征く〉，《台灣藝術》5卷1號(1944年1月1日)。〈戰爭〉，《台灣新報》，1944年6月13日，第4版。除了〈戰野に征く〉是學徒上陣之外，另外兩篇沒有特別強調志願之類的字眼，不過由於徵兵制於1944年9月才發布，這些小說描寫的對象應該尚屬志願兵之列。

34 張文環，《地に這うもの》(東京：現代文化社，1975年9月)。中譯版，廖清秀譯，《滾地郎》(台北：鴻儒堂，1976年12月)。小說終了的第六章之五，描寫了主角啟敏的女婿被抽調出征及戰死的情形。由於故事中描寫是被抽調(不是志願)，時間在1943年秋(尚未實施徵兵)，而且在當時形成志願熱的原因之中，有為避歹運被抽調為軍夫一說(參見李國生前揭文，頁146)，因此推測應為軍夫。

動員有關。透過這些與志願兵制度有關的言說，最足以了解他當時介入動員活動的情形。

綜合他座談會、訪談發言，或以短評、雜談、評論等方式發表的文字，張文環在小說創作以外對志願兵問題的表述，大致可以歸納爲下列幾個重點：

第一，志願兵制度之施行是一種榮譽，對此充滿感謝及感激。

志願兵制度公布次日，張在受訪時充滿熱情「亮起眼睛、握著拳頭」地說：「啊！終於實現了，確實是高興的事情。給台灣的歷史放出燦爛不滅的光啊。」[35]。他對記者表示志願兵制度之實施真是「意義深大」，因爲：一、乃真正適合時宜的英斷。二、能促進本島人精神的迅速昂揚。三、此乃八紘一宇精神在台灣明顯的具體化，東亞共榮南方圈的確立因此更鞏固了一層。他表示這三種喜悅，「直接湧入我們青年的胸懷，令人極其感激」[36]。其中第二點在張氏之後的志願兵論中較常被提及，解釋也較爲寬廣、曖昧。

第二，志願兵制度給本島青年帶來希望和指示，使青年們受到鼓舞。

他表示志願兵制度之實施「使青年們抱持著未曾有的大願望」，青年受到振奮，以往的「台灣的、島民的意識」昂揚爲「日本的意識」，台灣青年因此將成爲「南方之楯」[37]。他認爲要踏入社會的青年「只依習慣或潛在意識，無法引導自己的一生」，在這樣的關頭去當兵「將理論與實踐一起鍛鍊，加強國家意識，培養出正確觀察社會的眼光」，「是做一個男生不得不穿越的關卡」。因此，「處在這個時期，發表了志願兵徵募要綱，明確認識了本島青年生存的指標，令人欣喜」、「未成爲成熟青年的本島青年的煩惱時間似乎過長了。不過，想起那些煩惱

35　張文環，〈三種喜悅〉。

36　同上。

37　同上。

也是爲了產生今日這種榮譽而有的，現在也沒有必要後悔」。看到青年們熱烈的志願心情，他感動地寫道「在此我便看到一群被放開飛去的鴿子那樣快樂的心情，對青年們的將來抱著光輝的希望」。他甚至認爲在此看到台灣文化的轉換，他表示「今天看到毅然站起來的青年的臉，我想是看到在正確意義上的台灣文化的誕生般，緊緊握了那位青年的手」[38]。

海軍志願兵制度宣告即將實施之際，他表示：「想起挺身投進敵艦的我國勇士那忠勇無雙的精神，誰敢不站立起來示敬？既然知道國策的進行方向，必會有安心與自信與矜持而沸騰起愛國的血潮來」，因此雖然戰爭對生活多少造成不方便，但是「由於燃燒的希望，全體社會會跟從前不一樣而變成明朗起來的」[39]。總之，他強調國策的指引給台灣社會帶來了「希望」和「明朗」。

第三，志願從軍將使台灣青年成為一個完整的人、正當的男兒。

張文環提到台灣青年「未成爲成熟青年」，直到志願兵制度實施才有所改變。他表示：「志願兵制實施的文告發表在報紙上的時候，或許本島人青年大家都會覺得終於確立了做爲男性應有的面目吧」[40]、「到了陸軍志願兵制度的實施，誰也都感覺到好不容易成爲完整的人而高興了」[41]。

1943年以後他這方面的言論，更強調從軍是男兒本份與人生正道。他奉派訪問台籍陸軍曹長(應爲陸軍志願兵)遺族，於途中訪晤新竹州教育課長田中氏時，田中說他早有自信所以早就主張提前在台實施志願兵制度。張對於此論調極爲贊同，他甚至還表示：「我也是本島青壯年一員，我很了解他的心情，不但施行志願兵制度，也應該實施徵兵制度。」[42] 與遺族父親會談時，張也表示「我的想法也跟你一樣，男人的

38 引自張文環，〈一群鴿子〉。

39 張文環，〈不沉沒的航空母艦台灣〉，頁158。

40 張文環，〈一群鴿子〉，頁103。

41 張文環，〈不沉沒的航空母艦台灣〉，頁158。

42 張文環，〈燃燒的力量〉，頁177。

一生，不知道是爲甚麼，只想爲國家獻身做事，才是男人應走的路。能夠如此，台灣的青年也可以說已經就是完整的日本青年了。」[43] 在同期其他隨筆中，他甚至寫道：「真想自己也有個機會奔赴前線。既生爲男兒身，就該乾坤一擲，在前方拚命奮鬥，藉以開拓自己人生的夢境。」[44]

在這類言論中，張文環非常強調男兒必須當兵。認爲不當兵便是不完整、不正當的人，他並暗示以往台灣人因此受到歧視。在當時官方志願兵宣傳中，有台灣人必須「付血稅」，才能成爲與日本人平起平坐的真正皇民的論調。張文環的這類言論，似乎受到如此論調相當影響。不過，在他極少數以倡導徵兵制度、高度肯定志願兵的此類言說中，獻身群體的政治慾望以及作完整的(男性)人、不受歧視、開拓人生夢想等其他諸種慾望雜陳，因此使得這類言論的意旨極爲紛雜。

第四，軍事訓練可養成集團生活。

1942年底，張文環參加大東亞文學者大會期間，參觀霞浦軍校，見到日本人集團生活的一面十分感動。他說因爲有感於本島人「缺乏集體生活的規則、約束的美，才特別會覺得感激。」[45] 此後張便時常在他的志願兵論中強調集團(集體)生活在戰時的重要性。他表示支那(盧溝橋)事變，由於民眾對戰爭還沒有深刻的認識，也沒有接受過軍事性的生活，毫無對集團生活的經驗，對於戰爭只能想像一個混亂的時代，因此才會感到心情暗鬱[46]。基於此，他對青年鍊成運動[47]、軍事教育或訓練，抱持肯定的態度。他曾參觀新竹州、楊梅庄的青年運動，並於參觀後表示軍事訓練的要素就生活秩序而言是極爲重要，他希望集團生活的秩序

43 張文環，〈燃燒的力量〉，頁181。

44 張文環，〈多賀谷伊德氏の精進ぶり〉，《興南新聞》，1943年7月5日，第4版；中譯文為〈繪畫通訊——多賀谷伊德氏的突飛猛進〉，收於陳萬益編《張文環全集》卷6，頁160-161。

45 張文環，〈「海軍」與本島青年的前進〉座談會記錄，頁193。

46 張文環，〈不沉沒的航空母艦台灣〉，頁157。

47 1943年4月台灣青、少年團被移置皇民奉公會傘下統制運作，成為皇民奉公會的業務之一。

能夠發展爲社會秩序[48]。

第五，軍事訓練或青年鍊成運動，可提升、淨化島民意識。

張文環於參觀新竹州青年錬成訓練時，認爲必須由帶有宗教家精神的日本精神實踐者，付出慈愛，才能「淨化」台灣人。

台灣的教育問題，如果只是靠單純的教育家氣質來執行是不夠的，還必須帶有宗教家性格的日本精神實踐者才行。不付出自己的愛情包容對方教育，就沒有力量淨化對方的精神，那就需要有忍耐和溫柔以及深入的執念才行。我曾經主張過，台灣的教育家需要帶有宗教的慈愛，同時行政官需要具有教育家的性格。要打破陋習，必需對自己的政治道德有徹底的信念往前衝，即使那是鋼鐵，也會被打破，這也就是日本精神的嚴肅性吧[49]。

他認爲修錬運動有如一個濾清器，混濁的島民意識經此濾去渣滓，成爲清新的日本精神。他如此寫道：

> 聽著田中氏談論新竹青年場的內容，感覺修練場像一種漏斗，經過漏斗淨化後就成為乾淨的水，雖然有許多污濁，但是在此集體住宿訓練，灌輸了日本精神之後，以往的水流就在這裏切斷了，呈現新的淨水流出去。這種方法我也有同感[50]。

在這裡，我們看見殖民者／被殖民者，被定位爲潔淨／混濁的對照。同時也看見，被殖民者必須與自我的過去決裂的必然假設。在這樣的邏輯中，戰爭成爲一種儀式，軍事訓練或相關的青年錬成運動，則被推崇爲驗證清濁獨一無二的關卡。

第六，志願兵制度使島民意識昂揚為日本精神、國家意識。

48　張文環，〈燃燒的力量〉，頁183。

49　同上，頁175。

50　同上，頁176。

國民精神的昂揚，在張的志願兵言論中也有重要的地位。陸軍志願兵制度甫公布時，張文環認爲志願兵政策給台灣青年們帶來鼓舞，使青年們的島民意識昂揚爲日本意識。海軍志願兵制度實施後不久，他更表示由於短短數年間，台灣「國民精神」之昂揚有目共睹，所以「不但施行志願兵制度，也該實施徵兵制度」[51]。在他這類的言論中，呈現因爲志願兵施行，所以島民意識昂揚；由於國民精神提昇，所以應施行徵兵這樣的因果關係。此外，在日本據台前期，鮮少被用來正面稱呼台灣人的字眼「國民」，在此也一再地被強調。這些是張文環這類論述的特色。

第七，大東亞戰爭解放亞細亞民族，因此驅逐英美是東洋人應做的事。

張文環認爲，以前「內地人也好、本島人也好、都以各自獨立的立場來看事情。因而產生各種不同的差異，也會做出非國策上的決定」[52]，大東亞戰爭開始之後才有所改變。他認爲那是由於西方侵略亞細亞的「黑船恥辱」獲得洗刷：

> 不過大東亞戰爭一開始，在一瞬之間，從亞細亞趕走了英美，洗刷了長年的恥辱。香港陷落，新加坡變成昭南島。是不是屬於美英人的上海？或中國人的上海？而從此東洋的門戶上海，完全恢復為東洋人的門戶了。由於美英的暴力與搾取而畏縮了的亞細亞民族，從此開始被開放了。而且亞細亞的新歷史的第一頁也展開了，亞細亞的民族頭一次回顧自己的身分，發現到自己應該做的事情。於是，不僅是日本的青年，全東洋的青年都變得開朗起來，是理所當然的。想起挺身投進敵艦的我國勇士那忠勇無雙的精神，誰敢不站立起來示敬[53]？

51 張文環，〈燃燒的力量〉，頁177。

52 張文環，〈不沉沒的航空母艦台灣〉，頁157。

53 同上，頁157-158。

在強化大東亞戰爭亞洲與西方的對立結構的解釋下，台灣人與日本人之間、東洋其他民族與日本之間的界線或緊張關係，都變得較爲模糊而和緩。這是他上類言論的特徵。

第八，當兵，掃除舊家庭的污濁，才能推開芥蒂。

張文環曾在志願兵徵募的街頭活動中，對親身接觸的某青年的高昂志願熱深爲感動。他寫道：

> 一付好像就要赴戰地去的神情，紅著臉在講話。看他的樣子，我也覺得差一點要哭出來般的激動。察覺到捨棄自己的環境，要出征而去的年輕人的心情，我的心胸也感到痛疼[54]。

他指出擔當志願兵，「捨棄」自己環境，才能「推開」芥蒂，產生（殖民地的）新時代與新道德：

> 不是接到召集令，而是自動要赴戰場的熱情，那種做為男性的意慾，古式的老人們都很難理解。為了皇國願意奉獻一身的年輕人的意慾，老人們認為只要消極性的做個善良的行動就夠了，何必要粗暴地讓一家人陷入離別之情的寂寞中？可是對於要推開芥蒂的青年們，產生了新的時代與新的道德[55]。

他認爲破壞是建設之必須，不可怯懦，爲了建設新家庭更要移孝作忠：

> 為了改建才要破壞的話，雖然必需聽到轟然倒下去的悲鳴，但是這原則還是快樂的。男人是不能因此而怯懦。要建設新的家庭，就要把舊家庭的污濁一掃而去。東洋的道德是忠孝一條

54　張文環，〈一群鴿子〉，頁103。
55　同上，頁103-104。

> 路。可是以往的台灣無法裝飾忠孝兩全的美，就像台灣到現在還不能產生偉大的文化一樣。這是因為台灣家庭上的缺陷，和身為男人不完全的生活使然的吧[56]。

殖民者爲了強化軍事動員與殖民地人民的向心力，透過象徵皇恩所賜之志願兵制度，給台灣在大日本家庭中地位提昇的契機。上述言論反應了如下邏輯，亦即：台灣(舊、污濁)家庭／大日本(新)家庭、孝／忠、缺陷／完整、不能產生偉大的文化／偉大的文化等，幾組對比的觀念。而穿越這些障壁之道，就是移孝作忠，也就是當兵！這種邏輯暗示，唯有如此才能建立內台一體的新時代、日本精神的新道德，而受到大日本家庭的接納。

第九，戰歿英靈進入靖國神社，便能實現內台一體、建立輝煌的大東亞。

他表示在看到軍夫送行的場面感動落淚之際，浮現如下感想：

> 有一天內台人都會在靖國神社前面，一起跪拜，能向英靈合掌是一種喜悅的期待。真的內台人一起跪拜在靖國神社，流下感謝的眼淚時，那是兩種血液合而為一地暢流的時候了。在此有八紘一宇的精神，而建設大東亞的日本青年的血潮燃燒起來。這種時期已經來到了。我要為形成靖國神社的櫻花掉落的，台灣青年華麗的活動合掌而祈禱。那些世界上不正的殘虐的英美，會被這激烈的精神和傳統擊滅，而輝煌的大東亞必定會建設起來的，我相信[57]。

台灣青年爲驅英趕美，如野櫻般殞落於「聖戰」之中。亡靈進入靖國神

56 張文環，〈一群鴿子〉，頁104。
57 張文環，〈燃燒的力量〉，頁181-182。

社，受到內台人共同跪拜哀念，於是進入大日本家庭。此刻民族界線泯滅，內台終成一體，大東亞也隨之建立起來。這是殖民地軍事人力動員的最高目標，也正是張文環志願兵言論的極致。

綜合張文環上述各類言論，可以歸納出下列邏輯：

第一，志願兵制度在台施行，是一種恩惠。它給台灣青年希望和指引、使島民意識昂揚、台灣全體革新，台灣人身分以此契機也能獲得提昇。從軍使男性變成完整的人，因此當兵是男兒的正道。在訓練中或戰場上，台灣青年移孝作忠，從個人意識轉爲集團意識，由(台灣)小家庭性格蛻變而有(日本)大家庭一員的日本精神自覺。經由獻身軍旅或戰死，殖民地青年污濁、卑下的精神才得以淨化。台灣青年奮起從軍，台灣文化才能誕生。若能爲國殞命進入英靈合祠的靖國神社，便可達到內台一體的境地。這種境界係無上光榮，因此志願兵制度之實施實在令人感激。

第二，事變爆發當時，台灣人對戰爭缺乏正確理解，但是大東亞戰爭爆發後皇軍驅逐英美，解放亞洲民族，因此亞洲民族應該認明自己的身分，共同投入聖戰對抗英美。

上述這兩個邏輯在戰時日本官方文宣中時常可見，並非出於張文環原創，其疏密、重點也不盡相同。前者的論述較豐富細密，是張文環志願兵論中的主軸，後者較少談及居於陪襯地位。日本在台面對的統治情勢、戰略考量與東南亞、南洋不同，主要爲歷來差別待遇下的台灣人，於戰時的忠誠度與向心力問題。張文環的此類言說和島內整體文宣同樣，在強調日台一體(內台一如)方面均多於亞細亞一體。

雖然有此差別，但是兩者都從身分認同的角度，辯證了台灣人(亞洲民族之一支)必須挺身當日本兵的內、外正當性。前者著墨於殖民地的社會進化與身分躍級，後者則強化台、日同爲被壓迫的亞洲民族此一共同體身分的歸屬感。在強化大東亞戰爭中亞洲與西方對立的結構下，台灣身分與日本身分之間(殖民地／殖民主)的緊張感大爲化解，殖民關係中的衝突與芥蒂也變得模糊。

此類文宣除了產生身分解放、階級緩和的效果之外，於性別回復方面也有獨特魅力。不論強調內地延長主義、同化、或皇民化(急進同化主義)，殖民地統治本質上仍是差別統治。在殖民機器的壓制與操作下，殖民地男性往往被迫陰性化，產生從屬認同。張文環膾炙人口的小說〈閹雞〉，其生動的「閹」一字，正表露這種精神殘廢的族群焦慮與男性壓抑。決戰時期由於殖民主統治需求轉變，迫切需要動員殖民地男性的戰鬥力與勞動力，因此政策宣導便轉而強調雄性尊嚴與男兒本色。由陰復陽，從殘缺趨於完整，這種呼喚對久居隸屬地位的殖民地集體自我、男性中心的漢族社會、或狩獵英雄主義的原住民社會，莫不是動員男力的高效策略。

以男性回陽爲象徵，大日本帝國中的「台灣」(台灣人的集體身分)，也由從屬化、陰性化的貶抑中回復躍昇。如此的集體性平反宣傳，正有如日本政府對東南亞、南洋等西方殖民地大肆吹奏的解放口號一樣動人。身分、性別認同與認同解放，取代戰爭的真正動機，在這場戰爭中被運用爲殖民地軍事人力動員的重要策略。

配合上述策略，具有殖民本土知識分子身分，特別是平日因爲捍衛這種身分而獲得同身分者認同的人，便成此一利器的最佳使用者。諸如張文環這樣具有台灣意識的作家，便成爲其中的人選之一。不過在殖民主的大敘述底下，被認爲「擅會說話」而被相中的「說話者」，是不是聽話則是另一個問題。在上述張的志願兵論中，大致言論與邏輯都顯得十分符合殖民主的大敘述，但是細部重點及輕重如何、曖昧與否，則各顯神通，不在此限。

前述第四點提到的「集團生活」，就是一個例子。張文環提到他希望集團生活發展爲生活秩序，乃至社會秩序。這究竟是什麼意思？對此他說得很含糊。像這樣語涉曖昧處便語焉不詳的例子，在他的言論中並不少見。恰巧《台灣文學》「金主」、張文環好友、也是他隔巷芳鄰的律師陳逸松，曾對此集團性一語有過他的自我解釋，可以作個側面的參考。1944年5月陳逸松被徵召入「勞動奉公隊」服勤。當他極爲克難地在相思林中率眾修建機場，被記者訪問到帶隊的感想時，他表示「台灣人過去從沒有一起過團體生活的經驗，我要訓練他們過團體生活」。戰後他說當時他心裡其實是想：「我如果能夠把五千人的精神紀律訓練出來，將來有一天我們也可以自己組織軍隊，這是很好的磨練機會啊！」[58]

張文環如何看待戰時動員與台灣人集團性之間的關聯，我們無法妄加推測。不過透過陳的例子，至少可以明白被要求「模倣」或「複誦」殖民主統治敘述時，殖民地的「說話人」往往多少地夾帶了個人式或民族式的另類小敘述。只不過雜生於殖民主大敘述下的這些小敘述，到底有多少繼續存活的韌性，與多少不被吞沒的自主性，值得商榷。

在台生長、戰時曾接觸張文環的日人井東襄，曾指出張文環對戰時國策之推行確有關切、支持的一面。他認爲張對皇民奉公運動的熱忱，乃出於其社會改革的熱情。[59]同時代友人的證詞，其目的不在討伐翼贊行爲，而在提醒我們從正面去注意張文環社會改革理念與其戰時翼贊行爲之間的內在關聯。換言之，張氏有關時局的行動言說固不必迴避，然而完全以「策略」觀之也未必妥當，因爲在他翼贊言動的背後含有他先前社會改革主張的一貫思想在內。

三、張文環志願兵及其他奉公言說發表的脈絡

張文環在戰爭期創立《台灣文學》雜誌，與西川滿式的編輯方針分庭抗禮，並發表多篇本土色彩濃厚的小說，這一點早爲大家熟知。但是與此同時，張文環也參與皇民奉公會，並且以極少數的台籍作家身分擔任奉公要職。

1941年4月19日，皇民奉公會作爲日本大政翼贊會的分支在台成立，展開新體制運動[60]。正值張文環與友人從《文藝台灣》脫退，發行

58　陳逸松口述，林忠勝撰述，《陳逸松回憶錄》（台北：1994年11月，修訂版1刷），頁241-242。

59　井東襄，《大戦中に於ける台湾の文学》（東京：近代文藝社，1993年10月），頁108-148。

60　同時間，朝鮮成立「國民總力聯盟」、南樺成立「國民奉公會」、關東州成立「興亞奉公聯盟」。在台灣，1941年成立的皇民奉公會取代1937年8月以來的國民精神總動員運動，成為戰時殖民地的臣道實踐組織，直到1945年中期為止。1945年6月23日，因為戰況告急，國土決戰態勢浮現，公布國民義勇

《台灣文學》創刊號前後。他被網羅入甫告成立的皇民奉公會，擔任「台北州支部參議」[61]，成爲初期與會者中屈指可數的文學者之一。

皇民奉公會成立的第一年間，參與的台籍菁英雖不少，但大多是擔任地方民代、行政吏員或擁有總督府評議員經歷者。極少數沒有上述三大背景者，也多爲《台灣新民報》及其後《興南新聞》關係者，抑或地方實業經營者[62]。放眼當時皇民奉公會中央本部以迄各州廳地方支部，總計具有作家身分者，只有中央本部的黃得時(台灣新民報社編輯兼評論)、台北州支部張文環、黃純青(曾任信用組合長、區長、庄長、州協、府評)、台中州支部張星建(曾任台灣文藝家協會地方理事、中央書局總經理) 等4人。他們以具有決策及諮詢性質之「奉公委員」(中央本部)、或類似顧問職之「參議」[63] (地方支部)等頭銜，參與奉公會組織。

中央本部及各支部的成員年齡層分布，從30多歲到60多歲之間，但以40歲及50歲層級者爲主。以台北州支部爲例，34位委員中(包含張文環在內)，只有5位是三大背景以外者[64]。在11位30多歲年齡層者之中，年僅32歲的張文環也是最年輕的一位。1937年張文環結束10年東京遊學生涯返台，至此四年左右，便被聘爲皇民奉公會參議。皇民奉公會由台灣總督擔任總裁，總督幾乎掌握了中央本部到地方各支部的人事任免，「參議」亦由總督任免。返台後的張文環，曾短暫擔任《風月報》日文編輯，之後任職台灣映畫株式會社，奉公會欲網羅他時，《台灣文學》甫告創刊。返台幾年內他在各報刊間零散發表創作或雜談，〈山茶花〉

(續)

制，以「台灣國民義務隊」取代保甲制度及皇民奉公會，動員台灣人依鄉土的自衛、生產即防衛的理念，保護台灣而行動。參見李國生，〈戰爭與台灣人：殖民政府對台灣的軍事人力動員〉，頁61。

61 皇民奉公會中央本部，《皇民奉公會早わかり》(台北：1941年7月)，頁54-60。

62 江智浩，〈日治末期台灣的戰時動員組織：從國民精神總動員組織到皇民奉公會〉，頁136-140。

63 原文「參與」，可譯為參議或參贊。

64 除了張文環以外，另外四人為：杜聰明(台北帝大教授)、劉明、謝火爐、顏德修(三位皆為實業經營者)，參見皇民奉公會中央本部，《皇民奉公會早わかり》，頁54-60。

的連載引起矚目。然而儘管已有文名，但影響力、知名度尚不及《台灣文學》發刊多期後明顯。因此張文環以青年作家、民間雜誌編輯的資格，側身於台北州支部擔任參議，在資歷上或年齡上實屬特殊。

皇民奉公會初告成立的兩個月後(6月21日)，張文環便受到《朝日新聞》台灣版記者訪問，發表有關志願兵制施行的感想。在此前一天，閣議甫通過將在台實施志願兵制度。該日長谷川清總督、本間雅晴軍司令官，興奮地指出志願兵制度乃由於本島人對皇國的忠忱、熱心前線戰事的協助，以及皇民意識的提昇等因素，所以特予施行等等[65]。隨後統治當局更藉由媒體及活動，策動全島一連串的慶祝及感恩活動，以慶賀此制通過[66]。

志願制度發表次日，張文環的意見隨即見報，顯然宣布當日便受訪。該版中張文環以唯一的文學者、文化人，也是唯一的台籍身分，與長谷川總督、齋藤總務長及日籍總督府評議員等三人並列，可見他的發言似乎具有某種象徵性及影響力受到當局及媒體看重。藉此也使我們多少了解到，戰時張文環的活躍，並不止於默默在野、於民間發揮其文學及文化影響力而已。

戰時活躍於台北的知名律師陳逸松，曾回憶奉派參加全島宣傳演講的情形。他說：

> 日本宣傳「聖戰」，要動員有名望、會說話、平時肯替台灣人講話而獲民間信賴的台灣人，出來替日本人說話，……，這個任務對具有「台灣意識」的我們來說，實在是件苦差事[67]。

65　〈本島統治史に一新紀元：特別志願兵制度の實施〉，《新竹州時報》1941年7月號，頁92-95。

66　為慶祝志願兵制度施行，台灣於21至27日間，舉行盛大的慶賀活動：21到23日間全島掛國旗慶祝、21日於全島各市街庄的所在地及學校共同舉行感謝式，其他各日還有紀念廣播、祝賀式與祝賀發行等活動。〈全島の祝賀行事〉，《朝日新聞》台灣版，1941年6月21日。

67　陳逸松口述，林忠勝撰述，《陳逸松回憶錄》，頁234。

陳逸松道出「被選上」的那種陰鬱心情，而這樣的任務其實也是此時張文環要肩負的。

「皇民奉公會」的設立，原爲「以台治台」，因此具有讓殖民地人自行調配資源，以便發揮動員最高效能之設計[68]。在殖民主與台人之間擔任國策宣導工作的這些本土「說話人」，他們參與奉公的動機、態度、感受不一而足。不過陳氏指出的以台治台，以有台灣意識立場者作爲皇民奉公表率的這一點，也是當局推行「改姓名運動」中慣用的策略[69]，因此其說法有一定參考性。

另外陳逸松也曾生動地回憶他成爲奉公會漏網之魚的一陣經歷。與張文環一樣，他原在「台北州支部參議」的預定名單上。他回憶各地分會成立後的情形：

> 很多台灣紳商、醫生、學者、辯護士都被徵召為幹部，其中固然也有甘於為日本驅使效力的，但大部分是出於無奈而勉強接受的。我也是硬著頭皮被台北支部長任命為「參預(參議)」的[70]。

後來軍部向奉公會抗議，說陳逸松是「非國民」不准他擔當此職，因此倉促間收回聘書。被拒於奉公會大門之外，對此他於回憶時說道：「雖然很多御用紳士都非常希望成爲『皇民奉公會』的幹部，我卻正中下懷，馬上答應將指令書還給他，我樂得無官一身輕。」[71]

陳逸松清楚指出皇民奉公會「參議」，是州支部長官「徵召」(用「委囑」名義)的結果，同時不經意透露被召入會誠乃某些地方領導階層的渴望。這幾段回憶反映了奉公組織在菁英動員方面的若干標準，以

---

68 江智浩，〈日治末期台灣的戰時動員組織：從國民精神總動員組織到皇民奉公會〉。

69 周婉窈, “The KOMINKA Movement: Taiwan under wartime Japan, 1937-1945” (Ph.D dissertation, Yale University, 1991).

70 陳逸松口述，林忠勝撰述，《陳逸松回憶錄》，頁230-231。「參預」為陳氏用詞。

71 同上，頁231。

及本土菁英的不同反應。在他口中，動員的性質基本是上對下的「徵召」，對象是台籍人士中，在同族眼中具備社會地位與公眾影響力者。能獲得同族認同者多為本土領導階級或具有台灣意識，只要在統治當局可容認的範圍，即不過度逾越「非國民」的標準下，便不排斥於收編之列。在陳逸松帶有嘲諷與不屑的口吻敘述下，其實也暗示了被召入會象徵某種身分認可的榮耀，因此入會也非易事。倘若知名大律師，且曾任台北市第一屆民選議員(1935年)的陳逸松尚且說難，那麼不必說一介文學者了。

依資料所見，輔以部分推測，可以大致勾勒出張文環參與皇民奉公會的如下軌跡：

(一)第一期(1941.6-1942.7)

依〈皇民奉公會實踐要綱〉所載，皇民奉公會乃以「實踐臣道」為宗旨之國民運動。該會有以下四大目標：一、皇民精神的滲透。二、職業奉公的赤誠。三、後方生活體制的確立。四、非常時期經濟的協力推進[72]。

皇民奉公會的組織，在總裁以下分為中央本部與地方支部兩大部分。中央本部是奉公會中央層級核心單位。1941年奉公會成立時，中央本部設有奉公委員會及事務局兩個單位。奉公委員會由眾奉公委員組成，設有議長一人，為中央本部決策及諮詢單位。事務局則為實際推動處理會務之組織，其下設有總務、地方、訓練、生活、宣傳及經濟六部，以及娛樂、厚生、婦女三個委員會，事務局各部設有部長一人及參事若干名[73]。

中央本部以降，設有各州廳地方支部。州廳支部以中央本部之組織為藍本，於支部長之下亦設有「參議」多人，「參議」得組成「參議會」審議支部相關重要事項。支部在事務方面的組織較簡，僅設總務、

72　〈皇民奉公會實踐要綱〉，《台灣地方行政》7(5)，頁54。

73　江智浩，〈日治末期台灣的戰時動員組織：從國民精神總動員組織到皇民奉公會〉，頁70-73。

生活、經濟三部。張文環於1941年6月奉公會各地支會成立後，受聘加入率先成立的台北州支部。當時他所擔任的正是具有顧問、審議性質的「參議」。他在一年左右的支部參議任期內，在文字上留下了不少他介入奉公運動的記錄，茲整理如下：

1. 1941年5月，〈デマ(謠言)防止座談會〉，《台灣總督府情報部部報》。
2. 1941年6月，〈三つの喜び：張文環氏談〉，《朝日新聞》台灣版。
3. 1941年9月，〈皇民奉公運動と指導者に就いて〉，《台灣地方行政》。
4. 1941年11月，〈舍營印象記〉，《朝日新聞》台灣版。
5. 1941年12月，〈舍營印象記〉，《台灣時報》。
6. 1942年2月，〈我ら志願兵たらむ：一群の鳩〉，《台灣時報》。
7. 1942年6月，〈常會のうまみ〉(〈例會的妙味〉)，《台灣時報》。
8. 1942年6月，〈親切運動の必要に就いて〉，《台灣公論》[74]。

上列言說，第一項爲戰時謠言之防治，應是奉命參加。第二、六項，依發表時間推測，應爲配合陸軍志願兵制度之發布與第一期徵募，鼓吹志願熱所作。第二項，受訪原因不詳。第六項可能係奉派寫作也可能是邀稿所作。第三、七項，是他參與皇民奉公會常會及其他活動指導者的意見。〈例會的妙味〉乃配合奉公班例會之設置，於表達各界贊同之特設版面上刊出，可能係指定邀稿。1941-1943年間，皇民奉公會曾發行七萬冊宣傳小冊子，就例會之召開等事宜進行宣導，張文環在文中

74 出版資料，參見柳書琴，〈張文環生平寫作年表(一九〇九~七八)〉，收於陳萬益編《張文環全集》卷8，頁120-153。

也提到了這本小冊子的重要性。第四、五項，是他以情報部委任的報導員身分，參觀皇軍演習所感。該演習也是提昇軍民一家思想，促進志願熱的活動之一。第八項，與皇民奉公會爲緩和後方民心而推動的「微笑運動」、「親切周到運動」有關。1941-1943年間，皇民奉公會曾爲此發行13萬份宣傳海報，因此這類文稿較可能爲受邀或指定寫作。

（二）第二期（1942.7-1943.7）

1942年7月，皇民奉公會第一次改組，中央本部事務局取消地方部改設文化部，林貞六（林呈祿）由生活部轉任文化部長。此時張文環也由原台北州支部進入文化部，出任文化部委員[75]。

張文環因何機緣進入文化部，這一點一如他以相當獨特的作家身分進入台北州支部一樣，仍是個待解的謎。此時出入張家與張文環過從甚密，甫自日本歸來的呂赫若，爲謀得一職也曾設法入會，不過最後他與皇民奉公會擦身而過。他近年出版的戰前日記透露了，文化部徵召本土菁英的人事運作及其不甚透明的選聘過程。以下稍加介紹，以茲參考。

1942年7月皇民奉公會文化部設立，張文環任文化部委員後，9月27日呂赫若透過張星建告知，文化部長林貞六希望呂進文化部。10月12日，呂與張文環同赴台灣演劇協會，面見文化部根岸氏，根岸當時慫恿呂赫若進文化部。隨後兩人轉赴興南新聞社，似欲就此事與林雲龍諮商，不料造訪未遇。兩日後，呂由張星建陪同，再赴興南新聞社會晤林雲龍商談進文化部之事。10月21日，張文環因爲即將趕赴日本參加第一屆大東亞文學者大會，有無陪同不詳，但是在《興南新聞》文藝部記者吳天賞的陪同下，兩人又依約再赴興南新聞社。透過林雲龍引介，呂赫若終於正式與林貞六會面，雙方直接就文化部之事交換意見，進展順利。10月24日，兩人已商議進入文化部工作的月薪問題。10月26日，不知有何顧慮或事情出現什麼轉變，呂與張星建碰面私議進文化部之事。

75　在《新建設》1943年的人事記事中，張文環名下仍注有（日文）「台北州支部參與」的字樣，不知張是否兼任兩職，或記錄有誤，此處存疑。

10月30日，呂再赴興南新聞社找林貞六，大致順利，一切談定僅剩最後的待遇問題。11月5日，呂收到林貞六有關進文化部一事的來信，內容不明。11月12日，林貞六表示由於音樂協會成立了，呂若進文化部將無事可做，所以勸他改進台灣演劇協會。呂赫若因此調整求職方向，此事到此落幕[76]。

由上可見，約莫一個半月左右，呂赫若爲了進文化部一事，由多位在報界、文化界關係良好的知心友人陪同下，多次往來於演劇協會、興南新聞社及文化部等地商談細節。而且他一直忙於與友人商議，內容不詳，但是可以看出呂赫若對此事似乎有許多顧慮，也相當慎重。以延攬呂赫若的模式來說，先是上層授意(內部運作細節不清楚)，後由奉公會台籍幹部居中斡旋，輔以組織上層勸進，最後定局。在台籍幹部中，任職於奉公會體系，同時爲文學者的張文環、張星建兩人出力最多。此外奉公會成立時，與張文環同爲台北州支部參議的《台灣新民報》記者林雲龍(林獻堂三子)，也有不少的影響力。從呂赫若的例子，可以冰山一角地窺見文學者入會紛雜的動機、經過與考量，台籍人士在奉公組織中扮演的角色，以及皇民奉公會挑選成員的複雜運作。

皇民奉公會成立伊始即被延攬入會的張文環，其情況或許與呂赫若的情況不盡相同，但是上層屬意、輔以台籍頭人保薦的基本模式應當相似。由此可見，被動員參與皇民奉公會，擔任決戰時期動員組織之中堅者實經過複雜多層的淘選，張文環卻能經此淬選。直到1943年7月日本文學報國會台灣支會有意指派呂赫若代表台灣作家出席第二屆大東亞文學者大會時，也找張文環居中斡旋[77]。

皇民奉公會文化部掌理的事務爲：一，關於民眾娛樂的普及事項。二，關於文化向上及文化機關的整備事項[78]。這個階段中，張文環有一

---

76 參見呂赫若(著)，鍾瑞芳(譯)，陳萬益(編)，《呂赫若日記》，1942年9月到11月記事。

77 呂赫若(著)，鍾瑞芳(譯)，陳萬益(編)，《呂赫若日記》，1943年7月26日記事，頁383。

78 〈皇民奉公會機能刷新〉，《台灣時報》1942年8月號，頁191-192。

些與皇民奉公會或府情報局活動有關的言說，大致如下：

1. 1942年11月，〈台灣代表的作家の文藝を語る〉(〈談台灣代表作家的文藝〉)，《台灣藝術》。
2. 1942年11月，〈智識階級の使命〉(〈智識階級的使命〉)，《興南新聞》。
3. 1942年11月，〈日本の印象を語る〉(〈對日本的印象座談會〉)，《朝日新聞》。
4. 1942年11月，〈親切とにこにこ〉(〈親切和笑臉〉)，《台灣公論》。
5. 1942年12月，〈大東亞戰爭と在京台灣學生の動向座談〉，《台灣時報》。
6. 1942年12月，〈土浦海軍航空隊〉，《文藝台灣》。
7. 1942年12月，〈從軍作家に感謝〉(〈感謝從軍作家〉)，《文藝台灣》、《台灣文學》。
8. 1943年1月，〈內地より歸りて〉(〈從內地回來〉)，《台灣文學》。
9. 1943年4、5月，〈決戰下台灣の言論方途〉(〈決戰下台灣的言論方針〉)，《台灣時報》。
10. 1943年6月，〈「台灣一家」と戰ふ台灣を語る：始政48週年を迎へて〉(〈談「台灣一家」與戰時台灣：迎接始政48週年〉)，《新建設》。
11. 1943年6月，〈海軍と本島青年の前進〉(〈海軍和本島青年的前進〉)座談會，《台灣時報》。
12. 1943年7月，〈沉まぬ航空母艦台灣：海軍特別志願兵に就いて〉(〈不沉的航空母艦台灣：關於海軍特別志願兵〉)，《台灣公論》。

第四項與前述皇民奉公會「親切運動」有關，是否出於邀稿不詳。

除第四項外，第一至八項中皆與他奉府情報局派往參加大東亞文學者大會有關。第七項爲張在大會中的提案。第五項爲大日本文學報國會策劃，張文環、龍瑛宗主持，不過幾乎由張主導。會中探查並鼓勵旅日學生投筆從戎、志願從軍之意願。第九項，爲受府情報局、保安課等單位之邀，爲施行報刊統制準備所召開之座談會。第十項，可能爲張之獨立發言，也可能與皇民奉公會宣傳「台灣一家」的活動有關。該會於1941到1943年間，曾發表壁報四千張就此加以宣傳。第十一、十二兩項，與海軍志願兵制度施行之系列宣傳有關。此前5月甫公布海軍特別志願兵制度實施快報，稿子發表後一個月左右(8月1日)志願兵制即正式展開召募，因此應邀宣傳的成份極高。

除了文字發表的部分之外，這個時期張文環還參與了一些活動，實際上也與皇民奉公會或府情報局策動的活動有關。譬如，1942年，張於參加大東亞文學者大會返台後，在已逐漸被皇民奉公會收編的「台灣文藝家協會」策劃下，在台灣展開一系列的宣傳演講。1943年2月，皇民奉公會第一回台灣文化賞，在長谷川總裁、山本事務總長、皇民奉公會各部長、參事、海軍等高官雲集下，頒予張文環等人。雖然張氏文學成就值得肯定，但是似乎多少也有示範、收編及酬庸民間文化菁英的用意。其他無法由文獻窺知的張氏參與之類似時局活動，諸如座談會、演講會、奉公班常會、台灣文學奉公會例會等等，想必還要更多。

(三)第三期(1943.7-1944.6)

張文環先後在地方支部及中央本部事務局文化部擔任參議和委員一職，歷時兩年多已十分確定，然而其後他在組織內的情形則較爲模糊。因爲皇民奉公會各類人員任期及員額，除奉公委員任期一年(可續任)之外，其餘並無明文規定。再者，文藝界奉公團體「台灣文學奉公會」，也於1943年4月成立。因此1943年7月文化部委員屆滿一年後，到次年皇民奉公會簡化改組之前，張文環是否續任或是否改隸其他部門，目前尚無法確切掌握。

不過下列線索有助於了解他此後參與皇民奉公會的大致情形。1943

年4月29日，自1940年以來歷經整備、規模最大的文藝統制團體「台灣文藝家協會」解散，旋即在皇民奉公會中央本部之下設立了「台灣文學奉公會」(簡稱文奉會)。張文環在文奉會中列名於小說及評論隨筆部員之中[79]。皇民奉公會事務課長兼任文奉會長，顯示兩者之統轄、指導關係。6月社團法人「日本文學報國會台灣支部」(簡稱文報會台灣支部)，也在皇民奉公會及府情報部的指導支援下成立。[80]文報會台灣支部長以上幹部與文奉會完全相同，全島重要的藝文人士幾乎都在兩會網羅之列，張文環也不例外。文報會台灣支部於支部長之下，設有理事長(西川滿)、幹事長(濱田隼雄)各一人。張文環出任理事，與龍瑛宗同爲包含理、幹事長在內的十名幹員中，絕無僅有的兩名台籍理事，可見兩人之代表性[81]。

張文環在文奉會中擔任職務如何，除了小說及評論隨筆部員之外，有無出任幹部，相關資料欠詳。不過由於兩會互爲表裡，透過他參與文報會台灣支部的情況，可知他在此類文化奉公團體中比其他作家更受當局倚重。1943年秋他受奉公會中央本部機關誌《新建設》派遣，持奉公會宣傳部長介紹信，南下訪問志願兵遺族，可見他與皇民奉公會相關高層仍有一定管道的接觸。因此他以職別參與文奉會、文報會支部，同時繼續隸屬於文化部之下的可能性相當高。所以此階段或許也可視爲文化部階段的延續。

在這七個月左右的時間內他與奉公會或情報局策動的活動下，發表的時局言說如下：

1. 1943年10月，〈燃え上る力〉(〈燃燒向上的力量〉)，《新建

79 台灣文藝家協會解散前張文環為小說部員，改組後似也加入評論隨筆部，詳細情況則有待進一步查證。參見，呂赫若(著)，鍾瑞芳(譯)，陳萬益(編)，《呂赫若日記》，1943年7月17日記事，頁378。

80 柳書琴，〈戰爭與文壇：日據末期台灣的文學活動〉(台灣大學歷史所碩士論文，1994年6月)，頁145-147。

81 〈社團法人日本文學報國會台灣支部〉，《文藝台灣》6卷5號(1943年9月1日)，卷尾。

設》。

2. 1943年12月，〈朝鮮の作家に寄せれ〉(〈寄語朝鮮作家〉)，《台灣公論》。
3. 1943年12月，〈父に送られて〉(〈父親的送行〉)，《興南新聞》。
4. 1944年1月，〈戰野に征く〉(〈征向沙場〉)，《台灣藝術》。

第一項，是他在徵兵制實施前夕官方造勢高潮下，被皇民奉公會中央本部機關誌《新建設》指派的訪問活動。他在文中對志願兵遺族、青年錬成運動及徵兵制度作了正面、肯定的報導。第二項，發表於該誌「朝鮮特輯號」，文中提到他乃奉命對朝鮮作家寫些寄望之語。第三、四兩項，發表於特別策劃的「筆劍進軍」及「筆銃墨彈」等系列小欄，用意似乎在呼應1943年10月當局確立的學徒動員體制，與次年1月的徵兵體檢，應該也是奉命寫作或指定邀稿。上述四篇稿子絕大多數在昂揚台灣人作戰意志、肯定後方軍事訓練、鼓勵從軍、表揚戰歿者及遺族。

(四)第四期(1944.6-1945.7)

1943年12月戰事日篤以後，張文環參與奉公組織的情形如何呢？這個階段皇民奉公會中央本部在「事務簡素化」的目標下，進行中央及地方組織的改編。原事務局之六部三會被縮整為總務、訓練、國民動員、戰時生活四部，及宣傳協力、戰時厚生、戰時思想文化、國語(日語)等四委員會。此時張文環與黃得時、楊雲萍、龍瑛宗四位台籍作家，列名於1944年2月26日發布的54位「戰時思想文化委員會」委員名單上。這個新設的委員會，囊括了文學、演劇、音樂、美術、教育、研究等各界人士，在先前奉公組織中未見的龐大藝文界人士，包括台、日人士均在列[82]。戰時

82 日籍作家或文學相關者，有金關丈夫、中村哲、鹽見薰、矢野禾積、工藤好美、瀧田貞治、濱田隼雄、竹村猛、小山捨男、島田謹二、齋藤勇、西川滿、長崎浩、山本孕江等多人。在思想、美術、音樂各領域人士中，也有一些台籍人士。參見〈奉公會人事〉，《新建設》19號(1944年4月1日)。

思想文化委員會，執掌「調查審議國民生活」、「國語生活的徹底滲透」及「戰時思想文化」等相關事項。

由於張文環當時從事的一些奉公活動不限於上述幾方面，而且在中央本部與各委員會的參與者中有同時身兼兩職者，因此他在擔任「戰時思想文化委員會」委員的同時，極可能也擔任了其他部會的工作。他文化部委員工作於1943年7月屆滿一年之後，如果仍繼續留任本部，那麼其動向將有下列幾種可能。第一，可能由文化部委員一職轉任國民動員部。曾任文化部長的林呈祿，即於改組後轉任國民動員部參事。動員部長爲台籍人士林茂生，該部還有其他幾位台籍參事。國民動員部負責業務包括：下部組織的動員營運、常會指導事項、生產增強事項、各階層的勤勞奉公動員、國民儲蓄之勸進獎勵、必須資材之回收、國語常用熟練強化運動、奉公防空群事項、附屬團體的統制指導等，增產尤爲其中重任。第二，可能被編入戰時生活部。該部負責決戰意識的培養、決戰生活的指導、戰時思想文化的指導、各種啓發宣傳、興亞思想的普及等[83]。

他此期的時局言說與有關時局的創作，茲整理如下：

1. 1944年6月，〈戰爭〉，《台灣新報》。
2. 1944年6月，〈臨戰決意〉，《台灣文藝》。
3. 1944年7月，〈土の匂ひ〉(〈泥土的芳香〉)，《台灣文藝》。
4. 1944年7月，〈真に耐乏生活、增產一路、山に働く人々〉，(〈真正忍耐貧困的生活、一心一意增產、山中的勞動者〉)，《台灣新報》。
5. 1944年7月，〈若き指導者〉(〈年輕的指導者〉)，《台灣新報》。
6. 1944年8月，〈增產戰線〉，《台灣文藝》。
7. 1944年9月，〈責任生產制と增產〉(〈責任生產制和增產〉)，

83　江智浩，〈日治末期台灣的戰時動員組織：從國民精神總動員組織到皇民奉公會〉，頁77。

《台灣時報》。

8. 1944年11月，〈朝〉（〈早晨〉），《台灣新報》。

9. 1944年11月，〈雲の中〉（〈雲之中〉），《台灣文藝》。

上列除第一項有關戰爭，第二項爲皇民奉公會「台灣文學者總崛起」活動文稿之外，其餘皆與增產、決戰生活、決戰意識有關。其中第四、六、九項，爲他在府情報部及文奉會所策劃、派遣的增產報導文學活動中的座談感言、報導及創作。第七項，爲他在皇民奉公會台中州支部召開的生產及增產座談會中的發言。

將他此時的言說內容、發表場合，配合皇民奉公運動的脈絡來看，國民動員部所司之「生產增強」事項，戰時生活部及戰時思想文化委員會所轄的「決戰意識的培養」、「決戰生活的指導」、「戰時思想文化的指導」等事務，皆可見張文環的身影。也就是說，皇民奉公會改組後，張文環應該仍繼續留任中央本部事務局所轄的國民動員部或戰時生活部之一，同時兼任戰時思想文化委員會委員，此外並以其作家職別被編入文奉會及文報會。

1943年12月，張文環三年多年以來的生活重心、思想舞台《台灣文學》，接到當局停刊命令。張文環於次年年中左右舉家遷回霧峰，在張星建、吳天賞等知交奔走下，獲得林獻堂賞識。任職台中州霧峰街役場(區公所)主事，1945年7月又被林推派爲大屯郡大里庄長兼農會會長[84]。此後他努力於米穀增產運動，創作或言論也與增產、決戰生活、決戰意識相關者爲最多。

1944年下半年期間，他幾乎所有的活動、座談、雜談、創作，都不離這些主題。相反地，志願兵制度發表以來他談論多時的軍事人力動員議題，在1944年徵兵制度施行以後明顯減少，到該年下半年幾乎完全消聲匿跡。這個現象似乎也透露，張的皇民奉公活動與奉公言說，與戰時

84 參見張良澤、張孝宗編，《張文環先生追思錄》（台中：家屬自版，高長印書局印刷，1978年7月）。

統制需求與政策取向的重疊性非常高。徵兵實施，軍事人力動員的任務告一段落，接續而來更迫切的使命是本島防衛、增產與戰志堅持，所以張文環的書寫、發言方向也有了轉換。

綜合他三年有餘的上述言說脈絡作如此推測，應該是可以成立的。藉由其言說的整理與動員政策的比對，可以看見這個時期張文環許多與時局有關的發言、文字、乃至行動，皆與皇民奉公會政策不可分割。他的志願兵言論及諸多有關戰時精神或物質動員的言說，正是在這樣的脈絡下發表。在評斷、褒貶張文環翼贊言說之前，這些言說與國策要求及奉公運動高度緊扣，所暴露出的被徵召者受命或奉派從事宣傳的痕跡，須首先加以指明。

四、年輕的指導者

被動員去動員，特別是動員我族同袍投向戰場，非但是奉公運動的極限，也是所有「被動員去動員者」面臨的最大挑戰。

志願兵及各種軍事人力徵調，比其他奉公運動都來得沉重而嚴肅。張文環在奉公運動脈絡下，談過的各種議題，諸如大稻埕藝妲、養女問題、謠言防治、例會問題、親切與微笑運動、台語問題、演劇問題、增產問題等，比起動員同族到戰場當砲灰較易面對。議題中得以發揮、閃躲、避重就輕或自行解釋的空間，相對地也比較大。但是直逼眼前的志願兵與赴死問題，卻是不易迴避的。因此，面對如此沉重的動員任務，張文環的心情如何呢？由於缺乏直接證據，只能從下面幾個方向約略窺見他此時的感受。

由於奉派參加座談會、報導或參觀的記錄或感言，基於宣傳都會被刊載。所以張文環志願兵言論常出現針對同一主題，於兩種刊物、兩種場合或兩種文體[85]表述的現象。我們姑且稱之爲「孿生現象」。對這類「孿生文稿」進行比對會發現，張文環在座談會、訪談、演講等公開場合，特別是官方主辦或受官方委派時，其發言往往比在小說、極短篇

85　這些情形有時不只限兩種，甚至是多種。

或隨筆等創作文類中，積極、「明朗」、而有「建設性」。

同樣以陸軍志願兵爲題材，一爲隨筆〈一群鴿子〉、一爲小說〈頓悟〉，就是一個的例子。在〈一群鴿子〉中，張文環率直地肯定志願從軍是推開芥蒂必須穿越的關卡，但是〈頓悟〉裡的主角，卻因爲不滿生活、工作乃至感情的無出路狀況，才決定當兵。小說中，大篇幅描寫一位幼年隨父母搬往鄉下，公學校畢業後無力升學，重返大稻埕布庄學習簿記的青年，在戰時下的人生思考。在物欲橫流、貧富懸殊、充滿僞善的金錢社會，以及令人疑惑的都會價值中，「爲德」逐漸體會到低下階層青年男女的人生沒有理想性與未來性，有的只是卑微地臣服於資本世界所產生的源源不絕的苦悶和煩惱而已。頓悟此理後，他決定去當志願兵。對於志願兵的意義小說僅輕描淡寫的寫過，反倒出現「戰死至少要比病死或窒息死更具有丈夫氣慨。」之類的消極概念。張文環似乎暗示，擺脫資本羅網的青年，依舊無法逃離體制的羅網，許多青年所寄託的「生命突圍」的希望，其實只是淳樸天真的台灣青年們尚未體悟到的令一種絕境。藉此〈一群鴿子〉有所不同，張文環以帶有保留性與暗示性的書寫，點出了殖民主義與資本主義的層層勾連與新世代鬱暗的未來。同爲報導性隨筆的〈宿營印象記〉兩稿中，發表於《朝日新聞》台灣版一文明確肯定皇軍英武慈愛，在《台灣時報》者則對擔任報導一事表露不安，並以恐難以稱職爲藉口，略顯不情願之態。

在〈一群鴿子〉中，他曾描寫：「我在某一家，看到高興歡送兒子出征的父親的臉。我覺得好像窺見了某種時代精神轉換的漩渦，在掙扎著的一種現實。在此我看到有如放出去的一群鴿子似的那樣快樂的心情，對青年們的將來滿懷著光輝的希望。」同樣的這幕場景，一年多以後，被他以〈父親的送行〉極短篇的形式加以表現時，爲兒子送行的父親的形象，卻顯得有說不出的悲哀。

1944年6月，他以昂揚戰志爲主題的兩個短篇，在不同的場合刊登。在皇民奉公會機關誌《台灣文藝》「台灣文學者總蹶起」專欄中，他充滿戰鬥性地發表〈臨戰決意〉。文中他重唱老調，說「既生爲男兒，一生必須要有一次爲正義奮戰」，何況是爲了「國家大義」而戰，台灣人必須為「國之後盾」、「善盡國民本分」。不過，在《台灣新報》的極短篇〈戰爭〉，描寫擔任志願兵的哥哥出征前替手足情深的弟弟拔牙的故事時，卻流露了異樣的絃外之音。「笨蛋，拔蛀牙就像戰爭一樣呀！不准哭！哥哥這樣罵他」。弟弟崇拜地凝望哥哥，想著「他的手是要去前線參戰的手」。之後哥哥把弟弟的舊牙包起來放入了口袋攜上戰場。結尾時寫道：「作母親的淚汪汪的看著一切，弟弟卻以為戰爭就像拔牙一樣，有趣的看著哥哥遠去。」[86] 拔蛀牙是去除病害，同時帶有蛻變的標記。在此呼應當兵使台灣男兒成為健全的、成熟的男兒之邏輯。透過這個表述，從軍與拔牙被比附成同樣具有生命蛻變的儀式，通過這個儀式，經歷短暫痛苦，生命與身分便得以成長昇華。殖民主論述中被比喻為一種成長喜悅的志願兵制度，絕不似拔除蛀牙那麼正面、簡單，而步入戰場成為炮灰的人們也不像天真小兒眼中那麼無畏、巨大。這大概是張文環式的微言大義吧？

據陳逸松回憶，張文環主編《台灣文學》時期，某個大清早被憲兵隊盤問。「原來是憲兵隊的植田聽到有人說張文環反對改姓名，等不及天亮，趕來要問個明白」，他「從只說過個人不改姓名談起，談到日本人尊重武士道，談到天皇『八紘一宇』的大御心，費了好多口舌才把植田打發走」[87]。在朋友的回憶中，我們看見張文環以及同時代人身上經常可見的退敵之策。覆述大敘述，纂改小邏輯。

陳逸松另外還提到一件文獻上未見的，在1944年皇政會召開的座談會上驚怵的一幕。皇政會幹部說：「就我所知，平日有許多台灣人對日本人不服，而你們是台灣人的指導者，今天我要問你們，萬一美軍在基隆、淡水或高雄登陸，台灣人是會站在日本這一邊，還是站到美軍那一方？希望你們將心聲坦白向我們表白，我們想知道你們的真心話。」當時，「他這話一出，簡直就像叫台灣人先死一樣殘忍，大家聽了，都把身體縮成一團，盡力把頭往下低……」。後來坐在陳逸松旁邊，留有兩

86　引自〈戰爭〉，《台灣新報》，1944年6月13日，第4版。
87　陳逸松口述，林忠勝撰述，《陳逸松回憶錄》，頁228。

撇鬍子、夾著時髦眼鏡的御用紳士的陳清波站起來表態，說：「我是天皇陛下的兒子，假如美軍登陸，我一定走在最前鋒與美軍拚個死活，請你們不用煩惱，台灣人都會盡忠報國的，六百萬台灣人會與日本人同生死的。」不料皇政會的人竟然不滿意這種「說日本好話」的答案，使大家更加驚慌失措，之後陳逸松臨機應變，他站起來說：「六百萬台灣人個個要爲日軍拚死，你說那樣的話不可說，要聽不一樣的話。我想請問你，你的意思是要我發表說台灣人要反對日本人，你是不是這個意思？你這種作風，真叫我們這些人爲難，說要爲日本人拚死不行，說我們是反對日本人，你們一定會打人，你要我們怎麼辦？」這才化解了一場危機。座談會結束，眾人擁著陳逸松走出公會堂，「張文環邊走邊拉住我的手說：『陳先生，你真是我們的救命恩人，我們嚇得冷汗都濕透了衣裳呢！』」而陳逸松自己也覺得經此一場，身心俱疲[88]。

張文環遷往霧峰投入米穀增產運動後，在〈年輕的指導者〉一文透露一位友人在從事增產工作時的矛盾。這位「指導者」捉到私賣稻穀的農婦，不顧她流淚哀求堅持依法送辦，後來他從側面得知婦人艱難的處境後深感自責，因此獨自在無人的月夜裡泣悔。之後張文環寫出他對朋友的建議，也就是一些殺身成仁、大義滅親之類的話，他還說「超越這樣的痛苦而前進，也等於是奉公運動的一種實踐」[89]。這位年輕增產指導者的體驗，是不是張氏自己無法明言的親身經歷？作家筆下夾在殖民主與我族利害之間充滿矛盾的「友人」，是否正是他自己的「真我」？不管如何，這篇隨筆確實難得地顯示了張文環等年輕指導者夾雜在統治他者與受殖我族之間，自我於公私兩面嚴重分裂的無奈與茫然。

極短篇〈早晨〉(〈朝〉)中，他則描寫了自己身爲「指導者」的心情。「只感覺自己作爲一個戰士的責任。今天的任務要好好的完成！縱使被農民們打罵，我也會笑著去對應，寬容的心胸。其實農民們都純樸

---

88 陳逸松口述，林忠勝撰述，《陳逸松回憶錄》，頁250-254。

89 張文環，〈若き指導者〉，《台灣新報》，1944年7月29日；中譯文〈年輕的指導者〉，收於陳萬益編，《張文環全集》卷7，頁8-10。

而親切，只要好言以對，他們都能體諒和瞭解。」[90] 儘管不致到被打罵的程度，但農民們對指導者的反感、對增產運動的消極，以及身為「指導者」每天充滿沉重、猶疑卻不得不自我激勵繼續踏上動員之道的心情，似乎能穿透過紙背感染我們。

上述形形色色的文稿，正透露了被動員來擔任指導者的這些中堅，也是中間階層，受上壓制，遭下質疑，對外但求無事，對內又難以心安的苦況。大體而言，張文環的時局言說越進入後期越能掌握發言技巧，而其表達出來的言說也越帶有纂改殖民主敘述，寓貶於褒的效力。

小結

以上不憚冗雜整理張文環各式時局言說並多方揣測其奉公職務，乃為揭示他此時參與奉公組織的各種可能，以便理解他各式時局活動的產生原因及背景。

身為民間文學者、文化人的張文環，在大東亞戰爭時期，經統治上級挑選，被相中，而被認定為動員能手。從張文環戰爭期的發言脈絡來看，他大部分的時局談話都可以從他在皇民奉公會擔任的職位中找到關聯。細觀其志願兵言論也可以發現幾個有趣的現象：第一，這些言說多與志願制度公布或施行的全島政治宣傳同步，刊載的報刊皆為總督府當局相關出版物，而且通常與其他同系列但主旨不同的文稿並列出現。第二，他的此類言說雖然往往失之蕪雜，但是基本上以當時的國策用語來說，稱得上是「健康」、「明朗」、「有指導性」。第三，在他此時取材於上述議題的文學創作中，前述的健康、明朗與指導性等特質則明顯有所削弱。時局談話與創作之間，往往呈現不一致或相互矛盾的地方。

我們無意把張文環解釋成從未真心認同過翼贊運動的「頑固抵抗派」，因為事實未必如此。但是上述言說出現的脈絡，以及各種表述之間的衝突矛盾，確實可以證明他當時「被動員」的事實。還有當他肩負

90　張文環，〈朝〉，《台灣新報》，1944年11月8日；中譯文〈早晨〉，收於陳萬益編，《張文環全集》卷7，頁13。

「被動員去動員」的任務時，有時與自己理念相近勉力爲之，更多時候卻顯出人在江湖，身不由己的那種處境。

張文環在「台灣文學決戰會議」中，曾有「台灣沒有非皇民文學，如果有寫虛僞地非皇民文學的傢伙應予鎗殺」的驚人之語。對於他的這段名言，歷來也有各種不同看法。野間信幸認爲此乃張文環爲結束會場緊張對立，情非得已的一段發言。從上面的考察看來，以及與會者之一的吳新榮在日記中的記載[91]，此說應能成立。因爲被動員去向同族進行動員宣導的說話人張文環，似乎比其他作家更敏銳地知道什麼場合說什麼話，以及怎麼說，說什麼。

不過經過本節的討論，可以肯定張文環擁有某種獨特的、能獲得注意的身分、能力或人際網絡。換言之，也就是他具有較高度的「被動員資本」，這一點是在理解戰時張文環的整體表現時不能忽略的。接下來，爲何在眾多的台籍文學者中，張一開始便受矚目？在積極鼓吹志願兵，活躍於皇民奉公運動的背後，他對這些問題的思考如何？他這方面的思考、態度如何與其抵抗性的一面聯結起來？這些便是我們續後需要繼續思考的。

第二節　活傳媒：張文環的奉公異聲

前言

如前節所述，張文環由於被殖民當局認爲具有動員同族的能力，在戰時動員的皇民奉公會體系下被委派從事動員工作，從而具有「被動員去動員」的特殊身分。

身爲介於殖民之他者與被殖民者之我族間，這些「被動員去動員」的中介者，扮演的是殖民政策與動員政策的一種活傳媒(media)。奉公

91　吳新榮在日記表示，此乃西川滿一派的陰謀，張文環、黃得時、楊逵、吳等人極力抵制，並獲瀧田貞治、田中保男等人大力支持。吳新榮(著)，張良澤(譯)《吳新榮日記・戰前》(台北：遠景出版事業公司，1981年10月)，頁148。

當局期待這些活傳媒在「認同」動員的前提下來「推薦」動員，因此身爲中介者的他們，率先承受了殖民主推銷的殖民政策或動員體制。之後把自己的認知或體認，藉由報刊訴說、傳遞給一般大眾，就是他們的奉公任務。張文環所從事的也正是這種向我族（台灣人）進行翼贊、動員之勸誘與說服的說話人角色。

在殖民主挑選其協力者時，擔任說話人角色的這些人在殖民地社會的公眾地位、影響力，以及他們的說話／宣傳能力都是首要考量。除此之外，這些人的種族、階級等社會屬性也會被納入考量。因此張文環被相中、被考慮的並不僅止於表面所具有的身分機能而已。在他大名鼎鼎的小說家名號之外，他以雜談／雜文顯現的言談家能力，乃至其他社會角色都包括在內。

進入皇民奉公會後，憑藉當時最普及的新聞出版言論媒體——報紙雜誌來發表言論、散布影響，便是張文環至1943年底《台灣文學》廢刊前主要的奉公形態，因此他的奉公活動可以說淵源於報刊、仰賴於報刊，也開展於報刊。相較於戰時其他主動或被動地具有「被動員去動員」之身分者，這種以報刊平面媒體爲主的精神動員工作，較諸從事經濟統制、兵役、勞務、增產……各種直接與社會人群交接的動員形態，存在某些因爲文字敘述或報刊媒體的非現場性所產生的特殊之處。

首先，這些「活傳媒」具有各自的背景和閱讀立場，當他們透過文字、報刊等媒體發聲，進行表面上狀似複製的傳遞／敘述行爲之際，原有的訊息實際上已歷經了多次隨機或自主的選擇、增刪、強調、忽略或詮釋。故而被表述出來的訊息，實際上是具有變異性與多義性的。其次，報刊這個空間恰好也正是作家原有的創作及發言場域，在奉公之公開活動（相對而言公成份較強），與創作之主體活動（相對而言私成分較強），公、私空間重疊的情況下，不同脈絡、立場、主旨的各式言說互文（intertexuality）的結果，其所產生的意義的張力也就更加錯綜複雜。因此儘管在1940年代嚴格的思想統制與戰時取締下，內地與台灣幾乎都沒有反戰或反日異論存在的空間，但是在不可能的大環境中卻也不是完全沒有任何小的可能性。

以下，本文擬從張文環被動員組織相中的幾種可能因素，觀察身為作家的他與其作家身分關聯性地存在的多種社會角色。藉此進一步，以他同樣題為〈宿營印象記〉的兩篇奉公之作為例，討論他游離在(公共座談／作家)不同身分機能、(公／私)不同場合、(雜文／小說)不同文體中的表現。藉此觀察殖民地作家張文環如何靈活運用中介者的角色，以複製和改寫(rewrite)並呈的複雜方式，傳遞殖民主戰爭言說的表現。

一、作家入會

1941年4月到6月間，是締造張文環一生文學高峰的《台灣文學》從蘊釀到創刊的階段，也是日本大政翼贊會的分支機構台灣皇民奉公會中央本部設立以至台北州支部成立的時期。6月21日，台北州支部成立之際，年輕資淺的張文環，以極其少數的文學者列名其間。因創辦《台灣文學》雜誌而活躍於戰時文壇的張文環，是否因此受到當局「委囑」，抑或有其他的原因，這是本節所欲探討的。

皇民奉公會由台灣總督擔任總裁，總裁幾乎掌握了中央本部到地方各支部的人事任免。各職實際的選任情形，由於相關研究仍相當有限，因此無法了解。張文環也不曾對自己參與皇民奉公會一事有任何公開的證言，即使晚年與親密友人話及當年時也不談此事[92]。依其友人鍾逸人指出，張文環在奉公會中相當活躍，但是絕非主動投懷送抱[93]。張僅曾在戰中私下對向來親密的堂弟表示，由於早年在日本被拘的經歷使他在戰局中有所不安，故而不敢拒絕[94]。從陳逸松、莊遂性等人當年受

92 1998年12月20日，鍾逸人口述，柳書琴採訪。張文環晚年於日月潭大飯店與老友鍾逸人、吳新榮、楊逵、蔡瑞洋、陳秀喜等人不定期小聚。鍾表示當時眾友人歡聚最常談論的不外有關日本統治的種種、日據時期文化人、文學者的文學與思想，以及戰後的二二八事件。言談間涉及日據時期的往事甚多，但是張對於加入皇民奉公會一事總是不提。

93 1998年12月20日，鍾逸人口述，柳書琴採訪。

94 1999年3月13、28日，張銳漢口述，柳書琴採訪。張銳漢先生又名張文溪，為張文環堂弟，1935-1938年間在東京就讀中學時與文環夫妻同住，與張文環情同手足。

命或被暗示參加奉公組織的例子來看[95]，雖然有關張的入會仍是一個謎，但是乃出於被動應無問題。此外我們還可以試由下列線索，對於他的入會進行一些了解。

1941年3月22日，台灣總督府臨時情報部副部長主持下，召開了一場「謠言防止座談會」[96]。與會16人中，除了軍、府官員、廣播及教育界人士之外，不外地方民代、行政吏員、資產家、青年團長等地方領導階層或動員組織之人員。會中張文環不僅是唯一的作家，也是文藝界、甚至文化界的唯一代表。

除了張文環以外，其餘的台灣人還有：青年團長賴海清；台北市會議員同時也是律師的黃炎生、蔡式穀(改姓名爲桂式穀)；台北州會議員同時也是教授、醫生的施江南；實業家同時曾任《台灣新民報》台南支局長的許炎亭(改姓名爲龜山炎亭)等人。這是現存張文環第一次參與官方座談的紀錄。

此會結束後不久，皇民奉公會中央本部於4月19日成立，此後直到6、7月各地方支部陸續成立爲止，不少台灣人被網羅爲參議(參與)、役員(幹部)或奉公委員。「謠言防止座談會」中列席的黃、蔡、施、許，也列名其中[97]。兩個月後，台北州支部率先於各地方支部前成立，張文環也以參議一職列名其中。

依《大阪朝日新聞》台灣版，該年4月到7月間有關皇民奉公會組織及人事的新聞記事顯示：台北州支部成立於6月21日，但是早在4月18日召開的「皇民奉公會準備委員會」中，已商議到內部組織的問題[98]，而

95　參見陳逸松口述，林忠勝撰述，《陳逸松回憶錄》；以及，林莊生《懷樹又懷人》(台北：自立晚報，1992年8月)。

96　〈デマ防止座談會〉，《台灣總督府臨時情報部部報》，1941年5月。

97　黃炎生任中央本部事務局訓練部參事、奉公委員；蔡式穀任地方部參事、奉公委員；施江南任生活部參事；許炎亭任中央本部奉公委員。參見皇民奉公會中央本部，《皇民奉公會早わかり》(台北：1941年7月)，頁27-60。尋找本文獻過程中，承蒙李筱峰教授協助，謹此致謝。

98　〈頼もしき翼贊の發足，皇民奉公運動準備委員會開〉，《大阪朝日新聞》台灣版，1941年4月19日。「皇民奉公會準備委員會」出席的300名軍官民代表，多為日後公布之中央本部或地方支部成員。

且該支部參議、委員的人事至遲在5月25日以前亦已定案[99]。5月23日同版刊出了《台灣文學》創刊號即將發刊的消息[100]，27日正式問世。從上述事件時間的序列來看，早在《台灣文學》問世前支部人事的選任運作已經告一段落，甚至在該年3月官辦座談會的人員規劃中，已顯露張文環將被網羅的某些跡象。因此，新雜誌《台灣文學》的發行，似乎沒有對被網羅與否產生太大影響。也因此他被網羅入會的原因，也就必須往其他層面探究了。

1937年底開始，張文環在第一大報《台灣日日新報》上發表了一篇短評〈教育と娯樂〉，此後還陸續在該報上針對大稻埕社會文化、台灣演劇問題及選舉現象發表短評[101]。文中他痛切指責藝姐、女服務生在街頭氾濫對社會風俗造成威脅，同時他也對劇院環境之低俗、劇作缺乏文化與娛樂功用等問題，提出嚴厲的批評。

在這些隨筆、雜文式的短評中，甫結束10年留日生涯的張文環，常以台灣與內地對照的方式，來觀察自己的鄉土社會。言論間雖不至鄙視鄉土，但是卻流露出對鄉土社會及文化現狀的不滿和批評。這種帶有批判意識的眼光和口吻，在張文環回台初期的言論間不經意展現，標示出他歸鄉知識分子的氣質，同時也顯示了張文環在小說家之外，被一般討論所忽略了的評論人或言談家面向。

1940年，他曾受邀於「台灣藝術社」舉辦的兩場座談會中，談論有關大稻埕女士、藝姐及台灣的音樂、演劇等問題[102]。在《張文環先生追

99 〈月末發會か，皇民奉公運動台北州支部〉，《大阪朝日新聞》台灣版，1941年5月25日。記事中提及，台北州支部參議、委員的人選已正式決定。

100 〈「台灣文學」誕生〉，《大阪朝日新聞》台灣版，1941年5月23日。報導中預告了創刊號的內容，可見此時創刊號應已印製完成。

101 參見張文環，〈大稻埕雜感〉（《台灣日日新報》，1938年12月25-27日）、〈台灣の演劇問題に就いて〉（《台灣日日新報》，1939年7月29日、8月1日）、〈巷を步きて，選舉風景を見る〉（《台灣日日新報》，1939年12月5日）。以上諸篇之中譯文〈大稻埕雜感〉、〈論台灣的戲劇問題〉、〈走在街頭巷尾——觀察選舉情景〉，皆收於陳萬益編，《張文環全集》卷6。

102 參見〈大稻埕女士、藝妓的座談會〉（《台灣藝術》1卷6號，1940年8月15日；中譯文〈大稻埕女服務生、藝妓座談會〉，收於陳萬益編，《張文環全

思錄》中，他談笑風生的口才幾乎已成了友人們的共同印象，此外他在公開場合中善於座談一事也多次被提起[103]。事實上一直持續到日本統治後期甚至戰後，在張文環的創作生涯中，針對社會現象或文化問題的評論或雜文，在他的寫作生涯中雖然不像小說那樣醒目，卻一直是他關懷／書寫的另一重點[104]。比起作家機能，這種言談家、評論人機能或參加座談的經歷，儘管並不是張文環文學活動的主軸，但可能更容易受到公眾及統治者注意。

入會後的張文環，在《台灣時報》設計的「團體行動と個人生活の交流」明信片問答活動中，被標以「文筆家」的頭銜。次年6月，同誌針對奉公班常會問題，刊載「對常會有熱意的知識人之見解」時，他也是其中之一[105]。從這些實際例子中，顯現了當局對張文環身分機能的認定，是超越其小說家機能而定位於更廣義的文筆家、甚至知識人層面的。

張文環本人的回憶，也可以印證上述看法。張提到：第一，台北憲兵隊接獲投書密告，指張播放反戰電影、寫反戰文章。後來隊長看過張所播放的電影目錄及個人作品的剪貼簿上之後，反而改口讚許他「文筆很好」，希望他「用文章報國」。第二，他在不知情的情況下被保安課電影關係官員成立的電影統制創立起草委員會，列為唯一的台籍委員，據說還為他在日後的統制公司預留了職位[106]。

(續)

集》卷7)；以及〈台灣の音樂と演劇に就いて〉(《台灣藝術》1卷8號，1940年11月13日)。除了張以外，還有謝火爐、王井泉等發言。由於《台灣藝術》散佚，後文筆者目前尚未得見。此係根據張良澤整理之目錄所見，參見張良澤，〈戰前台灣雜誌之部·台灣藝術·新大眾時報〉，《台灣公論報》，1987年2月19日。

103 參見李君晰、龔連法等多人回憶，收於《張文環先生追思錄》。

104 參見柳書琴〈張文環生平寫作年表(一九〇九~七八)〉，頁120-153。

105 參見〈團體行動と個人生活の交流〉，《台灣時報》1941年11月號，1941年11月；以及〈編輯後記〉，《台灣時報》270號，1942年6月10日，卷尾。

106 參見張文環，〈難忘當年事〉；以及〈雜誌「台湾文学」の誕生〉，《台灣近現代史研究》第2號(1979年8月)，頁185-186。兩作中譯文皆收於陳萬益主編，《張文環全集》卷7，頁45-60、64-77。

張文環的回憶文不乏誤記之處[107]，不過參考上述回憶，不難了解張文環在1941年8月電影統制創立起草委員會(應指「台灣映畫株式會社設立打合會」[108])成立之前，他在言論及編輯方面的能力已被看好，而且在某種程度上還被負責言論、思想管制的保安課及憲兵隊官員所認可。憲警對他的立場偶有疑慮，但並不嚴重。這些回憶也證明了，張文環在言論界的潛力及影響力，早在《台灣文學》雜誌風行以前已被當局所認知。

挾著歸鄉學人耀眼背景在報刊上創作、評論及座談的活躍表現，無疑是張文環被網羅入會的重要原因之一。不過透過上述的討論可知，儘管他在各種奉公活動的出席場合總是頂著文藝家或小說家之類的頭銜，但是或許其旅日知識人的特質，以及不算激烈、卻能說善道的言談家、評論人機能，更受到當局認識、中意與期待吧？

二、張文環的多重身分

不論小說家、言談／評論家，在過於響亮的文學者盛名背後，張文環身為殖民地知識人所具有的社會關係或階級屬性，卻往往被忽略。

在皇民奉公組織中被期許擔任說話人角色者，其與媒體的淵源及其

107 另外張在回憶文中還提到，他尚任職於台灣映畫株式會社時，曾被總督府警務局保安課長後藤氏(張稱之為「台灣言論界王爺」)，邀請合辦一本鼓吹天皇思想的雜誌。兩人還提起後藤任盛岡警察署特高期間，檢舉王白淵致王失去教職一事，後藤還因此協助王氏謀職。不過，池田敏雄與陳逸松兩人對此事的回憶與張不符。池田指出張兩篇回憶文中的若干錯誤，參見池田敏雄〈張文環「台湾文学」の誕生後記〉(《台灣近現代史研究》第2號，1979年8月30日，頁169-179；後由葉石濤翻譯，譯文〈關於張文環的《台灣文學》的誕生〉，收於同氏著《小說筆記》(台北：前衛，1983年9月)，頁54-69；而後由陳千武所譯的〈「張文環《台灣文學》的誕生」後記〉，收於陳萬益主編，《張文環全集》卷8，頁53-69)，與《陳逸松回憶錄》，頁229。張的回憶文中確實有時間與人物混亂的問題，譬如王白淵於1943年6月以後才獲釋，所以謀職一事應該遠在張離開映畫會社之後。

108 〈台灣映畫會社設立の膳立進む〉，《大阪朝日新聞》台灣版，1941年8月16日。該籌備會於8月20日由總督府警務局主辦，討論電影配給問題，9月台灣映畫協會隨之成立。

在媒體上散發公眾影響的能力是首要考量。但是由於皇民奉公會具有對殖民地勢力進行籠絡、收編、動員等多重目的，因此除了上述考量之外，奉公層峰在挑選其成員時也會基於統治層面或政策運作而進行衡量。這一點是在考察張文環被遴選入會的可能因素時不能忽略的。

張文環出身中農小康之家，算不上地方上的有力者，但是由於其留日知識分子所具有新菁英(新社會領導階層)角色，以及他與報刊界人士的淵源，使他有超越於一介初出茅廬的書生所具有的良好人際網絡。他除了是《福爾摩沙》創辦人之一，也是台灣文藝聯盟東京支部、《台灣文藝》、《台灣新文學》雜誌東京方面的重要負責人或聯繫者，此外在東京時與台灣新民報社東京支社人士也有往來。

如第五章所述，張文環堂弟張銃漢提到張自學生時代起便主張「台灣獨立」，因此與台灣新民報東京支社人士有相當往來。他說：

> 這個期間堂兄除了自修、寫作以外，與台灣新民報社東京支社的人也多有往來。當時在東京的昔日參與台灣文化協會的有識階級們，不希望台灣被日本人統治，常邀請台灣來的優秀學生聚會或吃飯。他們很器重文環，當時還是年輕學生的文環常被楊肇嘉、吳三連(時任《台灣新民報》社支局長)、羅萬俥(社長)等邀請到支社去閒坐或議論時事[109]。

張銃漢表示，《台灣新民報》東京支社的人士對張文環欣賞有加，與他反日的政治立場頗有關係。

從戰後一些零散的回憶錄與張文環的親友訪談中，可以確定戰前張文環的友人中確實有許多與台灣新民報社有淵源，譬如楊肇嘉、吳三連、羅萬俥、賴貴富、江允棟、劉捷、葉榮鐘、徐坤泉、黃得時、林雲龍、林獻堂、潘木枝、阮朝日、林文樹等人[110]。這些人包括《台灣新民

109 1999年3月13、28日，張銃漢口述，柳書琴採訪。

110 上述諸人參與《台灣新民報》的時間早晚不同，該報立場在不同階段也有不同的變化，因此每個人的政治立場未必相同。

報》的董事、股東、社長、顧問、編輯、記者等等，其中不乏台灣大資產家或名望家。在張文環進入皇民奉公會之前已結識者至少應有楊肇嘉、吳三連、羅萬俥、賴貴富、江允棟、劉捷、葉榮鐘、徐坤泉、黃得時、林雲龍等多人。

依江智浩對皇民奉公會中央本部組成分子的分析所見，皇民奉公會成立的第一年間，參與的台籍菁英大多是擔任地方民代、行政吏員或擁有總督府評議員經歷者，極少數沒有上述三大背景者，除了地方實業經營者之外，則多為《台灣新民報》及其後《興南新聞》的關係者。

據此現象加以追查，可以發現總計皇民奉公會成立初期，名列中央本部而與《台灣新民報》或《興南新聞》曾有淵源者，有林獻堂(曾任《台灣新民報》社長)、林呈祿(曾任《台灣新民報》取締役兼主筆、編輯及印刷兩局長)、黃朝清(曾任《台灣新民報》監事、業務局長)、許炎亭(曾任《台灣新民報》台南支局長)、羅萬俥(《台灣新民報》重要創始人之一，曾任《台灣新民報》專務、營業局長、《興南新聞》董事)，名列台北州支部者則有林雲龍(林獻堂三子、曾任《台灣新民報》記者，後任職於《興南新聞》)。

上述人物中，羅萬俥與林雲龍都是張的熟識，羅在東京時便以台灣新民報社東京支社為中心與張多有交往、濟助，兩人尤為至交。此外，羅、林兩家有姻親關係(羅萬俥是林獻堂的姪女婿)，而林家與楊肇嘉家也有好幾層的姻親關係[111]。1932年在張文環等人籌劃「東京台灣人文化人同好會」、成立「台灣藝術研究會」的過程中，也曾受楊肇嘉資金支助[112]。

此外，具有「台灣近代民族運動的經濟自衛行動」之意義，被譽為「台灣運動的金庫」的大東信託株式會社[113]，也是後來《台灣文學》上

111 許雪姬編著，《霧峰林家相關人物訪談紀錄》(中縣口述歷史第五輯)(豐原：台中縣文化中心，1998年6月)。

112 王詩琅，《台灣社會運動史》(板橋：稻鄉，1988年5月)，頁100-101。

113 李筱峰，《林茂生・陳炘和他們的時代》(台北：玉山出版社，1996年10月)，頁52-53。

的廣告常客。大東信託創辦人陳炘爲專務取締役(總經理)、林獻堂爲社長、董監事都是台灣中部的在地士紳，而且多爲文化協會的支持者，帶有殖民地民族資本家的性質。從這些例證可見張文環與中部有力者羅、林、楊三家，以及他們的外圍關係者，都有直接或間接的淵源。

1944年戰爭末期《台灣文學》停刊，張文環遷居霧峰發展，紓解失業之苦，次年7月出任大里庄長。在這個過程中出力最大的正是林獻堂、雲龍、猶龍父子以及羅萬俥。戰後張文環因林獻堂及羅萬俥等人的鼓勵與支持競選縣參議員，此後一直到羅過世前，張文環在工作上有一陣相當長的時間得力於羅萬俥先生的照應[114]，這些都說明了張文環與《台灣新民報》系有深厚淵源的部分資產家，自東京以來結下的善緣不淺。

上述資產家與1920到1930年代台灣議會設置請願運動、台灣文化協會、台灣民眾黨或台灣地方自治聯盟的組成分子，也就是所謂的台灣民族運動的右翼，具有某種程度的重疊性。林獻堂、羅萬俥、楊肇嘉、林呈祿等都是其中代表。以曾任台灣新民報社長的林獻堂爲例，他是台灣議會設置請願運動首腦，也曾陸續擔任過台灣文化協會總理、台灣民眾黨顧問及台灣地方自治聯盟顧問。環繞這些人周遭者，雖然仍有許多個別差異、就個人而言也有不同階段的立場變化，但大體而言仍持有某些相類的政治立場。這些《台灣新民報》出身或有淵源的人士，不僅是一個在輿論界有影響的報業集團，也可說是殖民地本土勢力家(地主、實業家、新菁英)基於政治、經濟、社會種種因素變相凝結的跨世代集合體。

從1941年7月刊行的皇民奉公會中央本部以迄各州廳地方支部顧問、參議、役員、奉公委員名單中，總計具有新文學者身分者，只有台北州支部參議張文環、台中州奉公委員張星建兩人[115]。二張在戰時分別

114 參見《張文環先生追思錄》；以及張孝宗、鍾逸人、張銚漢等人訪談所言。

115 皇民奉公會中央本部，《皇民奉公會早わかり》(台北：1941年7月)。江智浩曾提及黃得時也列名於中央本部，參見江智浩〈日治末期台灣的戰時動員組織：從國民精神總動員組織到皇民奉公會〉，頁138。但是《皇民奉公會早わ

具有聚合台北、台中地區作家的能力，固然可能因此受到青睞。但是兩人各因私交、撰稿或中央書局(股東主要爲林獻堂、楊肇嘉等文化協會關係者、中部士紳及大雅地區富人[116])等緣故，與《台灣新民報》系有深厚淵源的這些重要人士建立的私交，以及在政治上的較爲類同的溫和立場，都可以使他們算是上述集團的外圍關係者。

除了與《台灣新民報》系有深厚淵源的人士以外，張文環回台後的雇主，謝火爐也以實業經營者(德記商行)列名台北州支部中。1937年日人設立專門發行日本系統影片的發行公司「台灣映畫配給株式會社」，台灣人方面便於 1939年元旦另組「台灣映畫株式會社」，由謝火爐擔任社長、徐坤泉擔任總經理，從事電影製作、發行、放映及劇場經營。1942年3月「株式會社台灣興行統制會社」成立之際，台灣人方面只有謝火爐的會社加入，由此可見謝火爐在電影界的影響力[117]。此外，謝也曾任「台北織物商同業組合」常務理事、「台北織物商業報國會」會長等職，在實業界有相當影響力。

張文環回台後一直任職於謝火爐的公司，擔任選片以及類似謝火爐秘書之類的工作[118]。從離職後謝仍以廣告支持《台灣文學》，以及呂赫若日記中有關張與謝的少許記事來看，兩人關係應該不錯。此外，張、謝曾同席參加台灣藝術社主辦的座談。皇民奉公會成立後，謝也以奉公委員一職列名於台北州支部。前述張文環成爲電影統制創立起草委員會

(續)

かり》所列之成立初期名單中，並沒有看見這樣的記載。或許是後來新增的人事，詳情尚待查證，本書暫不列入。

116 參見〈張耀錡先生訪問紀錄〉，收錄於許雪姬編著，《霧峰林家相關人物訪談紀錄》，頁92-93。

117 葉龍彥，《日治時期台灣電影史》(台北：玉山社，1998年9月)，頁272-278。

118 參見張文環，〈難忘當年事〉。以及張文環小說〈土の匂ひ〉，《台灣文藝》1卷4號(1944年8月)。據張良澤編〈張文環先生略譜〉(收於《張文環先生追思錄》)所載，張文環以支配人代理(經理代理)一職任職於此會社。但是據野間信幸調查，發現1940年的《台灣藝術》記事中載有張文環擔任該會社的會計部長兼文藝部長之紀錄。參見野間信幸，〈張文環と「風月報」〉，頁103-104。因此張文環在該會社工作的兩年半期間，正式職稱或職務上的變化目前尚不清楚，此外此時的張文環除了選片外，是否參與其他工作也不清楚。

唯一台籍起草人一事，與張任職於謝火爐的會社及謝氏人脈關係的影響，可能不無關係。

除了謝火爐之外，在大稻埕與張文環有交往或熟識的台籍資產家或社會名流，在《台灣文學》上以廣告支持該誌的還有：施江南、辜振甫、陳水田、詹天馬、駱水源、陳逸松等人。陳逸松曾爲《台灣新民報》股東、顧問，並擔任「台北織物商同業組合」法律顧問，與謝火爐亦爲知交。不論《台灣新民報》相關人士、實業經營者謝火爐或大稻埕名流之屬，都是皇民奉公會欲籠絡的殖民地領導階層。在當局或奉公會層峰籌劃各級人事之際，這些相互關聯的人際網絡對他們評估張文環的政治態度、社會角色與公眾影響力，不可能沒有影響吧？

因此不管是羅萬俥、林雲龍、謝火爐或其他北部台籍名流，雖然不能斷定他們對張文環被考慮入會有直接影響，但是張文環與台灣本土勢力家或新菁英透過人脈關係建立起來的身分與階級的連帶性，以及他與有影響力的媒體人士的往來，極可能在他受到矚目或推薦一事上造成某些影響。

綜上所論，雖然張文環參與皇民奉公會的過程及原因，仍欠缺直接證據可茲證明，但是從他回台後的就職、活動及人際關係等情況，仍可約略加以推測。總之張文環被看中的並不單純來自於其小說家的盛名，也不僅止於他在媒體上展現的言論活力，實際上還包括了他與媒體、甚至是媒體背後的殖民地政經、社會勢力的某些淵源。透過這些影響他入會的因素，也讓我們看見了在張文環身上，和他的作家身分關聯性地並存的其他社會角色。

不過從張文環入會後的言論、雜文與小說等表現中，可以發現張氏個人遠比考慮他入會的奉公當局或人士，對自己種族、階級、職業等社會角色似乎更有自覺與警惕，這種心情屢屢投射在他的文學作品中。因此接下來，我們將從他的作品中對此問題加以討論。

三、雙生，雙聲

由於身兼小說家、言談家與知識人數種角色於一身，張文環的小說及其雜文所關懷的視野，原本便具有部分的重疊。這一點從他曾爲文表示，他並非基於同情，而是基於欲矯正社會缺陷，才創作膾炙人口的〈藝妲の家〉、可以得到證實[119]。〈藝妲之家〉(1941)，書寫畸形情色消費文化下一位台北藝妲的辛酸史。貧女「采雲」被收爲養女，因養母貪念，貞操被奪錯失良緣，心碎遠走他鄉當起藝妲，自暴自棄。後來邂逅一位恩客，墜入情網，有意就此振作，洗盡鉛華。無奈養母不肯罷手，加上心意不堅，導致每況愈下，最後想投河了結殘生[120]。對於台灣傳統養女文化(童養媳)中的正面優點有所體會的張文環，意圖藉此批判台北風月情色場所中變態操作的養女文化，同時檢討瀰漫於藝妲圈女性群體之中欲振乏力的懦弱性格。相對於都會地帶以養女爲名培養並剝削風月女子的商業惡習，以及飄盪在大稻埕繁華風月場中虛華軟弱的女給／藝妲風尚；張文環更加推崇鄉間社會存續的某些家庭倫理與道德，他曾在〈媳婦〉(1944)[121]中以一位賢淑安忍，維繫一家的「媳婦仔」，描繪出傳統鄉間「媳婦仔」風俗，對於家庭結構產生的穩定效用。

具有雙軌式寫作特性的張文環，在參與奉公運動後也將其關懷表現於不同文體，因此他此時的創作中，出現了將同一題材同時表現於小說與雜文的情況。張個人寫作上這種特有的「孿生」現象，便是以〈宿營印象記〉爲肇始。孿生文稿的出現，雖然與個人的關懷／寫作習慣有關，然而在受外界要求(特別是官方要求)而寫作的情況下，這種現象的出現往往具有多重意義。

1941年底張文環奉命參加報導班，報導皇軍演習與舍營情況，這篇報導反映了張文環參與整個活動的心態變化，同時也展現了他在活動中

---

119 參見張文環，〈救われぬ人々〉，《民俗台灣》(民俗台灣社，1942年6月)，頁22；中譯文〈無藥可救的人們〉，收於陳萬益編，《張文環全集》卷6，頁115-117。

120 參見張文環，〈藝妲の家〉，《台灣文學》創刊號(1941年5月)；中譯文〈藝妲之家〉，收於陳萬益編，《張文環全集》卷3，頁191-237。

121 參見張文環，〈媳婦〉，《台灣新報》，1944年6月13日；中譯文〈媳婦〉，收於陳萬益編，《張文環全集》卷3，頁95-106。

對自己身分、角色的認知過程。

1941年11月14-16日，台灣軍第三部隊在蘭陽平原進行野外演習。在官軍合作策劃下，徵求當地居民提供房舍作爲軍隊的舍營，並首次安排了島內、外大批媒體配合報導。媒體對此大作文章，把軍方此舉宣傳爲賜予島民的無上恩惠，說是展現內台融合的一大契機等等。活動結束後府情報部與台灣軍當局，於11月17日召開了「舍營與皇民化」的座談，會中也檢討了此次演習與皇民化運動、志願兵制度之實施及其他等問題之關係。

張文環在大批媒體成員構成的「舍營從軍報導陣」中，以唯一的作家身分，依「情報部依囑」名義參加[122]。雖然盧溝橋事變後，日本內地出版社、新聞社、內閣情報部等，都先後以特派員的方式派遣作家赴戰地進行報導，但是在台灣這卻是首次官方委派作家從事報導的記錄。張文環堪稱首當其衝的第一人。同月在日本內地，陸軍省發布了第一次徵用作家的名單，被徵用者不久後隨即被派往馬尼拉和爪哇等地[123]。演習翌月，太平洋戰爭正式爆發。因此，這次的宜蘭演習與作家派遣，絕非偶然。

在這樣一個具有強烈宣傳性質的活動中，張文環奉派擔當其中一員，十足是一個「被動員去動員」的角色。對於這樣的任務或角色，張文環的私人意願或觀感如何呢？我們可以試著從他的報導中，尋找一些蛛絲馬跡。

以作家身分從事報導的張，前後共發表了兩篇與本活動有關的作品，題目均爲〈宿營印象記〉。第一篇刊載於《大阪朝日新聞》台灣版上。文中對皇軍演習的「歷史性的場面」、「軍官民一致合作」、「一絲不亂的連絡」表示感動，對於演習所造成的日本一家及軍事思想的提昇也有所肯定。在極有限的篇幅中，還穿插了兩段張稱爲「使我覺得快

122 〈舍營と皇民化〉（座談會紀錄），《台灣時報》264號（1941年12月1日），頁69。

123 神谷忠孝、木村一信，《南方徵用作家》（京都：世界思想社，1996年3月，初版），頁1-14。

樂和信心的回憶」。其中之一是不爲人所注意的、郡守體恤因爲腳起了水泡走得慢而不敢歇息的兵士的小舉動。相對於眾多軍容壯闊的演習場面，張文環挑選這樣的場景來描寫，顯示了身爲小說家的他在從事報導時採取的角度。這篇依文末注明撰寫於活動結束當天的印象記，以明朗歡欣爲基調，讀者依稀能感染到演習場上令人感動的氣氛。

稍後發表於《台灣時報》的第二篇印象記，依流水敘事的方式詳敘了活動的內容及感想。主要包括奉派後搭車前往時的心情、在街市隨機訪問保育院(托兒所)師生所得、對護鄉兵老人的訪談、舍營情況及皇軍演習等小節。由於報導與感想並呈，具有雙重的敘事結構，從而造成文本開放閱讀的可能性。

文章第一節，在有關自己不安情緒的大幅描寫中展開。張文環藉由依活動單位規定搭乘二等車廂、未曾有報導經驗、以及前往陌生地等事，一再表示自己奉派後的懊惱和焦慮。他提到面對面坐在二等車廂的報導班其他成員，「像似肥馬朝氣勃勃的樣子。我卻感到怯懦地縮著頭而坐」時，寫道：

> 我雖然接受本誌(按，《台灣時報》)的命令來了，但是像自己這樣的瘦馬，果真可以到這種場面來嗎？不禁自我稍加反省。是因為想到如果被踢出圍柵之外的話，那才是悲慘。與要去的多雨的蘭陽相配合似地，台北也從早晨就開始下雨了。
>
> 「要去宜蘭的二等車會這麼客滿，真稀罕。」
>
> 旁邊的人這麼說。自己一定也是身膺這種光榮的一個人吧！但是我還沒有習慣，外表維持威風的態度，心裏所想的卻是容易講出鄉下人分辯性格的話。像在這樣下雨的蘭陽，要怎麼樣晒乾棉被供給阿兵哥使用呢？我竟想著這種小學生才會想的無聊事情，自己也嚇了一跳[124]。

124 引自張文環，〈舍營印象記〉(〈宿營印象記〉)，《台灣時報》264號(1941年12月1日)。收於陳萬益主編，《張文環全集》卷6，頁81。以下引文末直接標注頁碼者，皆引自此篇。

這樣的態度／描寫與發表於《大阪朝日新聞》台灣版的前篇明顯不同。同樣是開頭，前篇中預想到演習即將在雨中舉行、一定很辛苦時，他如此想到／寫道：

> 不過，能看到在雨中活動的我皇軍的真實英姿，不僅是蘭陽一帶的民眾，全台灣的民眾都會為這種歷史性的場面，得到更深的感激吧。於是想到不管下雨不下雨，要下的話就盡量下吧。抱持這種心情，我已覺悟到三天都會下雨的決心，搭乘了十三日上午九時三十分往蘇澳的火車[125]。

除了強調一些對瑣碎小事的憂心外，他筆下的自己不是脫了鞋子讀起公爵情婦之類的浪漫小說，要不就是從當地民謠中漫想著「快樂的時候會豎起肩膀，高唱那句「火車行到崩孔內」」的宜蘭人模樣。

在這些敘寫中，非常時局下即將親見英武神聖的皇軍演習應有的朝聖般的肅穆心情，被解構成了一種玩笑和戲謔。在不留明顯反對痕跡之下，字裡行間所表現的不是肩負神聖任務時有的那種誠惶誠恐的心情，反倒是因爲「被拔擢」(被動)，不得不暫時逾越原有的鄉下人(台灣人)／日本人的身分與階級時，所感到的無奈、焦躁與一些遮遮掩掩的玩世不恭。這是撰稿時他所持的立場，也可能是活動進行時他的態度。張文環從個人經驗入手，以自我調侃的詼諧筆調挾帶機智的詭辯。

在初抵宜蘭後的一節中，他筆下的自己仍抱持著「我想只要跟著這些人後面去就不會錯」的消極心態。在短暫的自由行程中，他所關心的不是任務，而是宜蘭的民謠、爽朗的宜蘭人、孔廟，以及市井小民(而不是特定人家)對舍營的觀感。然而他沒看到走路唱歌的人，興致勃勃前去參觀的孔廟，在他筆下描寫的也只有空洞的本殿、被挪作他用的廟

125 〈舍營印象記〉(〈宿營印象記〉)，《朝日新聞》台灣版，1941年11月26日。收於陳萬益主編，《張文環全集》卷6，頁98。

庭、雜草寄生的屋頂，以及布滿青苔的廊面。這是皇民化運動的「成果」，小說家有意無意地一語帶過、一切盡在不言中。

在問及把孔廟充當教室的保育院師生們有關舍營的感想時，他這麼寫道：女老師「以軟弱的聲音說，這些孩子們的家裡都很窮，所以軍隊不能來住」、學生也說「因爲我家的隔壁有傷寒的病人，所以阿兵哥不來住」，最後女老師告訴他「您這些問題去問街上主辦的人才對」。張因此懷著抱歉和挫折的心情回到旅社。這部分的報導／描寫道出舍營只由中等以上台灣家庭提供、活動限於特定階級的事實。似乎也點出了張文環對於自己被迫參與這樣一個行列，成爲一個「闖入者」時內心的不安。

不知有意或無意，張文環捨棄了活動設計者(在公眾空間上)的設計、展示、與期待，從個人、私下經驗入手。不論是參訪路線或描寫路徑，張文環均繞開了官、軍預期的堂皇之道，選擇在另見洞天的市井小巷逡巡。雖然不見得因此便能宣示強烈的相異立場，但是卻可以看出其不同於一般正面歌頌的敘寫之處。

這樣的書寫方式延續到文章的第三節。這一節記述了拜訪舍營之家與老護鄉兵(日本於領台初年以志願方式徵用之協力者)之情形。在描寫舍營之家的部分，張文環仍以半戲謔、半正經的口吻記述如下：

> 尤其台灣式的房間都過分豪奢，我們邊笑邊說這一定會讓阿兵哥驚異的，真希望住這兒享受呢。
> ……但是每一個家庭都以像在迎接過年的心情，全家總動員想要準備好。 也有人請住附近的內地婦人幫忙，也借來棉被等等，可以說是裝飾台灣一家的歷史十分相稱的一頁了(頁86)。

以上描述可解釋爲對舍營一事的肯定，但似乎也可解釋爲對特意、做作、形式化，與充滿裝飾性、儀式性的非常態現象之嘲諷。

相較於奢豪的舍營家庭，尋訪護鄉兵的過程中映入讀者眼簾的幾乎都是低下階層的人民。張文環用小說家之筆速描了幾筆，便讓讀者們看見了大雜院裡吸鴉片、瘦弱、頭腦不清的老護鄉兵；眼和腳都不好、患有黃疸、皮膚黃而腫大的老漢；以及與老漢的弟弟、同樣沉迷於鴉片的老護鄉兵。裝飾奢豪的舍營家庭與護鄉兵們老病寒愴、迷糊滑稽的身影，在這一節中形成了強烈的對照。報導進行的同時，處處閃現小說家的筆法。

對於護鄉兵，也就是就統治宣導而言具有示範意味的台灣最早志願兵，張文環如何來介紹他們呢？張文環一方面寫了肯定、讚許內台一家，有助於志願熱的言論，諸如報導了老護鄉兵說當時沒有受到不同待遇的事。不過在另一方面，張文環透過老兵之口，提到紮營於番害嚴重之地所得到的征服感，是當護鄉兵時最得意的事；以及護鄉兵解散後當事人便去從事隘勇工作等。言下之意，護鄉兵的經歷至少就這兩位台灣人來說，只不過是一份工作，以及某些征服感而已。在這樣的報導下，護鄉衛國的使命與身爲皇軍的榮譽之類原可大加著墨的部分，都在張文環詼諧輕鬆的筆調下被淡化了。

除了老護鄉兵以外，在這一節中張文環也提到另一位老人對演習的想法：

> 今天阿兵哥要來宜蘭演習，你知道嗎，對於這一問，他回答說聽人家講才知道。又問他要去看演習嗎，就回答「嗯，我要抽鴉片，能夠去就去。」（頁87）

張文環再次抽樣的這個市井小民所陳述出來的意見，就此次活動所欲宣傳的主要目標而言，仍是諷刺或娛樂效果大於示範、教育意義的異調吧。

整體來看，在皇軍演習的偉大場合，在志願熱、皇民化熱烈鼓吹之際，張文環對於兩位老護鄉兵的報導，以及其他人物的描寫，在肯定之餘卻也有避重就輕，模糊焦點，甚至語帶揶揄之處。護鄉兵的訪談儘管是當局安排的，但是在報導／描寫的選擇或設計過程中，某些似乎不必在這種「偉大的場合」中如此瑣碎提起的，張文環不只寫了，還花費相當篇幅。這奇妙的取捨、忽略或強調，不能說完全沒有絃外之音。在這裡我們看見這位從活動／敘述一開始，多少顯現不情願的作家，透過其小說家機智的筆，偷偷掀起光輝燦爛的簾幕一角，暴露出展示在和諧、富庶、文明開化之外的台灣現實的某些面向。

不過隨著演習戰鬥、老護鄉兵座談及舍營活動的實際展開，文章第四、五、六節中的描寫逐漸嚴肅、正經了起來，甚至流露出真情的感動。在參觀模擬戰鬥時他寫到：

> 因勇士們果敢的進擊，也有人感動得在哭。從大舢板船跳入河裡的勇士們的表情非常嚴肅而認真，那是護衛國家，開拓國家發展的表情，我想也就是那表情打動了觀眾的心(頁87)。

關於夜裡舍主與士兵們圍坐談話的祥和一幕，他有感而發：

> 也許這是一種契機，相信內台一如的實質能有顯著的結果吧。其他我還走去二、三家觀察，也都是竭誠敬意，讓我深深感到這種氣氛是日本國民才會有的團圓情景(頁91-92)。

15日軍隊從宜蘭移往羅東後，對羅東地方舍營的準備他描述如下：

> 羅東宛然就是民族的祭典，還有這種劃期性值得紀念的活動，也可以說是祭典吧。為了台灣一家的開花結實，裝飾其第一頁相稱的日子。有的家庭是連孩子所穿的衣服也細心地考慮了。如果阿兵哥要抱也不會感到討厭，如此細心的考慮不禁令人感動(頁94)。

至此活動已進入第二天，他此刻的感受與之前已明顯不同。

不過，在此張文環一再提到內台一如的結實、台灣一家的實現，適足以說明從前這些方面的闕如。諸如孩童的衣服都細心考慮以免引起嫌厭，殖民主和被殖民者之間上下有別的民族位階，愈發地被突顯了出來。不過或許正因爲這種在之前不具流動性的位階在舍營舉行的剎那間，彷彿被粉碎於無形，因此才產生了連張文環也受到震懾、感動的威力，以及籠絡效果吧？

到了演習的最後一天，出發之際對此次任務處處顯得意興闌珊、信心缺缺的他，已搖身一變成了能突破平日懼高障礙的勇者了。是演習中軍士們表現出的護衛國家精神，和舍營中所顯現的內台一家親密感，感動了這位作家。另一方面，如果說早先張文環抱著被動、消極與不情願的心態的話，那麼觀賞過這場儀式性的、官民攜手演出的歷史大戲後，至少在活動進入尾聲時，眼前展現的日台平等影像，已使他不再那麼冥頑不靈了。

因此整個活動具有強烈的儀式特性，這一點正呼應了參與者張文環在文中一再提到的「祭典般」的感受。不過同樣是祭典／大拜拜的感覺，活動進入尾聲時他這方面的想法比起最初卻有明顯的深化／同化：

> 羅東方面這種祭典不是做了拜拜式的熱鬧就結束，先前也說過屬於歷史性的活動，因此吾人必需記憶著這是具有歷史價值的國民精神發揚紀念的活動(頁96)。

他描述次晨在街道上歡送士兵離去時的舍主心情如下：

> 今早從自己家裏走出來的士兵，那是天皇陛下的士兵，是自己的同胞、兄弟。這麼親近的心情和喜悅，是宜蘭的本島人頭一次感覺到的吧(頁92-93)。

在此深刻顯現通過這場儀式後，被殖民者在心裡上產生的脫胎換骨感覺。這個活動不止對舍主等參與的群眾具有教育意義，對張文環本人而言也一樣。事實上，除了針對一般民眾外，讓親臨現場即將擔任宣導中介的這些活傳媒，產生被教育的效果，以便爲他者作示範，也是主辦當局設計活動的目標之一吧。

不過適合作文章結尾的高亢情緒，並沒有持續到報導末尾。結尾張寫下了演習結束，即將離開蘭陽時的心情如下：

> 演習結束了，這可以放心了。不過，回想以往的生活都覺得很糊塗，要回家的心裏是空虛的。身為男子漢，還是要有一次戰場的經驗(頁97)。

這段似懷疑、又似肯定的結尾，和文章的開頭相呼應，在曖昧中表現出對現實與自我的不確定感。曾與舍主們站立街頭揮別皇軍而激動不已的張文環，此刻內心的想法似乎又紛亂了起來。

對台灣人而言，這次空前的演習是一場歷史性的展示。整個活動同時具有多種層面的展示／觀看機能，包括台灣人看演習、報導者看台灣人如何看待演習、其餘未躬身參與的台灣人看報導者所見的演習。藉由多方面的展示／觀看，達到此活動在統治上的宣傳與教育意義。

作爲一位報導者，張文環用自己的眼睛觀察了軍事演習、演習中的軍民，以及台灣人的感想。他的眼光將成爲無數其他讀者看待殖民主、甚至對待自己的眼睛。透過媒體的力量，以及未來更多的類似活動，身爲殖民主與統治大眾之間的這位傳遞媒介，他的眼睛將更廣泛地存在，而他的眼光也將擴大爲更多同族人的眼睛。

時勢究竟怎麼了？我該怎麼辦？否定了過去那麼未來當如何？此刻，作家玩世不恭、機智頑強的一面消失了，我們再度看見懷抱不安聽任車廂搖晃而去的張文環身影。

比較兩篇印象記，寫作時間相隔不遠的同題之作，對皇軍演習的歷史性場面、軍官民協力、內台一家意識及軍事思想的提昇等，均持肯定的基調並無抵觸。但是相對於以雜文發表於報紙上、風格與意義均堪稱明朗的前篇，由各種陰柔瑣碎解構陽剛壯大、以私人雜感削弱官方預期而成的第二篇報導文學，則明顯具有多重解釋空間。將兩篇印象記並列，我們似乎看見張文環隨著活動進行由冷而熱，之後在離開現場後又逐漸降溫的心緒起伏。

造成這種心緒起伏的原因，與他對個人奉派身爲傳聲筒的角色有所認知，從而不安、消極抗拒有關；另一方面則因活動中被大肆渲染的護鄉愛國、內台一如所吸引，因此在立場上產生了浮動。總之是浩大的活動中，皇軍與百姓的互動所產生暫時性的殖民者與被殖民者身分、階級的流動感動了他。透過他心態上的掙扎、變化與反反覆覆，可以推測張文環對於我族的身分、階級，以及自己在統治機器中所扮演的角色似乎是有某種警惕和自覺的。

雖然張文環在此次任務期間，內心經歷幾番暗潮洶湧，但是《台灣時報》的編輯似乎並沒有察覺，因此他還期許著這位作家繼續將其「民族的感動」表現於作品之中呢！他寫道：「本誌派遣本島人作家張文環一事，好像給文化圈不小震撼的樣子。不過，〈宿營印象記〉在數處所見的民族感動的片段，在今後他的作品中將怎樣加以表現呢，那不僅預見了他、不也可以說是預見了本島知識青年層的幸福嗎？」[126]

由於資料有限，我們無法得知張文環參與報導班一事，是否真的在文化圈裡激起了震撼。但是從編輯者的這段話，倒可以確定當局確有以張的派遣，在文化圈裡激起震撼、或進行示範的意圖。故而在這次首創性的委囑作家實驗進行之中或之後，張文環可能因此被活動策劃當局，以及各種不同立場的台、日知識人、文化人、文學者觀察著、注視著吧？〈宿營印象記〉中的不安與猶疑，可能也反應了張文環對於自己這種「示範性」處境的認知，因此在寫作上出現焦慮與閃躲的痕跡。但是或許對於在這樣的處境下自己應有的立場與閃躲技巧，都還欠缺清楚的認識，所以在立場上顯得浮動、混亂。

不過張文環的猶疑或閃躲儘管青澀，但是就反應奉派報導時的複雜心理，又不被視爲反戰言論這一點而言，他無疑是成功的。在該編輯眼中，張文環予他最強烈的(身分)印象是「作家」，但是派遣、刊載報導則是側重張「言談家」的機能。因此當張文環以小說家的筆法在某種程

126 u，〈灰皿〉，《台灣時報》264號(1941年12月1日)，卷尾。

度上顛覆報導，改寫活動主調時，這位編輯似乎還抱持閱讀「報導」的期待視閾(horizon of expectation)來進行閱讀，以致未能體會出絃外之音。殊不知他所委派的言談家，曾屢次披掛小說家的外衣脫韁而去。

從不一樣的〈宿營印象記〉中，我們看見雖然當局對這些「被動員去動員」的人有固定的期待、甚至也希望對他們產生某些教育的效果。但是這些「活」的中介者，在各種限制下仍然自覺或不自覺地保有個別的自主性。儘管在先天的限制下，這種自主性不強也並不一貫，但是不可諱言地，對於當局所期待的奉公目標而言已構成了許多難以掌控的變數。

小結

奉派報導原本有其因身分、場合[127]而受到的侷限，但是頂著奉派報導的頭銜，張文環卻似乎藉此摸索出某些發言的新空間。歸功於一般對報導文體的預期，張文環奉「記實」之名可以大方書寫所見。然而藉由報導文學介於記敘與創作間的性質，張文環與其說「報導」了自己的見聞與感想，不如說是描寫／重寫了它們。在報導中，同時呈現了兩雙眼睛——歸來後的張文環「觀看」活動中自己的「所見」。張文環可以選擇性地「觀看」、然後再選擇性地「書寫」他的「觀看」，最後也讓讀者選擇性地接受與詮釋，從中便產生了弔詭地存在於限制中的自由空間。文字奉公者，特別是作家，在觀察之後進行寫作、並可以選擇表現的形式，因此比較有反覆思考自己立場、以及選擇個人所期望的立場之餘裕，這是其他形態的奉公活動較無法具備的。

然而追根究柢，這些不按牌理出牌的「張望」，若不出於小說家的眼睛、小說家的筆法，可能沒有辦法那麼成功吧？以〈宿營印象記〉的

127 1944年6月，張文環由情報部奉派參加「台灣文學奉公會」主辦的報導文學寫作，對於自己是當局派遣者，自己必須表現出與平日不同的鎮定、勇敢，也有所自覺。參見〈真に耐乏生活、增產一路、山に働く人々〉，《台灣新報》1944年7月22日；中譯文〈真正忍耐貧困的生活、一心一意增產、山中的勞動者〉，收於陳萬益主編，《張文環全集》卷7，頁211-214。

案例來看，這正是張文環個人小說家機能與言談家機能之間流離、甚至脫離的「假公濟私」結果。同時也是透過媒體從事奉公活動者，憑藉當時報刊媒體的非現場性提供的空間所揮灑出來的效果。不過不管怎麼說，如果作家與統治者之間沒有緊張、矛盾；或是作家欠缺對個人民族、階級的自覺，這些有意無意的迴避或策略根本無由產生吧？

總之，張文環多重的身分機能，諸如當局側重的言談家能力、如雷灌耳的小說家名號，以及隱藏在這些社會形象背後的殖民地知識人性格，使他能被多角度地認識、定位。這種可流動的身分機能，也提供他閃避或非法偷渡異議之便利。換言之，是作家多種的身分機能、報刊的媒體性質與雜文／小說等文體的複雜性，成就了「活傳媒」張文環複製與改寫並呈的、多面性的奉公形態。

1944年，《台灣文學》廢刊，加之戰況日篤，張文環遷居霧峰謀職，此後他的奉公以鼓舞增產爲主，至此他以媒體爲憑的奉公形態才畫上了休止符。

第三節　荊棘之道繼續著：戰時文壇的認同之戰

前言

戰火深沉的1943年2月，張文環、濱田隼雄、西川滿獲得台灣總督府皇民奉公會設置的第一屆台灣文化賞之文學獎。評審之一的台北帝大教授工藤好美於頒獎後次月發表〈台灣文化賞與台灣文學〉一文，針對小說獎三位得主西川滿、濱田隼雄、張文環之代表作進行評論。文中他對西川客氣恭維、對張文環現實主義文學讚譽有加，對濱田《南方移民村》卻有不少批評[128]。因此，在長久以來關係緊張的《台灣文學》與《文藝台灣》兩派文學者之間，引發了不同民族、立場作家之間論戰的火苗。「糞現實主義論戰」是戰時文壇最重要的文藝論戰，然而西川滿

128 參見工藤好美，〈台湾文化賞と台湾文学〉，《台灣時報》279號(1943年3月)，頁98-110。

主導之《文藝台灣》與張文環等人主導之《台灣文學》，兩大文學集團之意識形態競爭淵源已久，1940年代初期的「外地文學」與「地方文學」等論述已有較勁之意；工藤一文不過是個導火線，論爭產生的主要原因，是戰時體制、文藝統制及日語主義交錯影響的結果。此一牽涉文壇主導權爭奪的論戰，雖以流派之爭與典範論議爲表相，實際上卻屬於殖民地戰時文化統制暴力性的一環。

1941年5月創刊的《台灣文學》雜誌，爲台灣作家與同情台人立場之在台日本人士合組之陣營。這個集團以地方文化、地方文學爲藉口，在大政翼贊運動下找到了存續文學者自主空間的縫隙。領導人張文環也透過帶有民俗風的故鄉書寫，傳達了台灣民眾與同化政策異調的生活理念與價值訴求[129]。不過隨著1942年8月到次年春天日軍在所羅門海戰、南太平洋海戰中的重大失利，以及台灣戰時統制的強化，他們辛苦維持的局面終於也面臨了生死存亡的考驗。1942年11月由「日本文學報國會」主辦的第一屆「大東亞文學者大會」在日本召開，張文環、濱田隼雄、西川滿、龍瑛宗等人代表台灣作家，出席這場包含僞滿洲國、蒙疆、南京政權在內的大會。12月四位台灣作家歸台以後，在當局策劃下又在各大報刊或公開場合發表了參加大會的感言。這一波以「大東亞文學者大會」爲主題持續幾個月的宣傳攻勢甫告結束，總督府隨即又邀請了「日本文學報國會」會員來台進行文學報國宣傳。

1943年2月底，日本文學報國會戶川貞雄一行人，爲台灣文學奉公會成立暖身在台進行演講。戶川以「文學者的覺悟」爲題，強調文學者必須秉持「皇民一員」的信念。1943年4月29日「台灣文學奉公會」與「台灣美術奉公會」，以推動台灣的「皇民文化運動」[130]爲目的，於皇民奉公會傘下成立；成立大會上強調以文學完成「奉仕之臣節」爲無

129 筆者曾對張文環返台後以獨特文化抗爭邏輯、文學書寫策略，在編輯及創作兩方面活絡本土文壇的貢獻，作過一些討論。參見〈謎一樣的張文環：日治末期張文環文學中的民俗風〉（第二屆台灣本土文化學術研討會，師大國文系主辦，1996年4月）等論文。

130 濱田隼雄，〈文藝時評〉，《文藝台灣》6卷3號(1943年7月1日)，頁85-86。

上光榮，文學者應該挺身作思想戰、文化戰的先驅。比起1940至1941年間盛行的地方文化論、地方文學論，此時的文學政策要求文學者抱持以「文學報國」、「決戰文學」之理念及行動，更積極、正面地協助決戰體制[131]。「台灣文學奉公會」新政策中「皇民自覺」、「奉仕義務」等訴求，便是支撐濱田隼雄、西川滿等人對台灣文壇出聲撻伐的關鍵。

在論戰中成爲攻擊焦點之一而飽受批評的張文環，此時發表一篇名爲〈荊棘之道繼續著〉（〈茨の道は續く〉）[132] 的隨筆，表明自己的文學立場。「荊棘之道」一詞，曾被王白淵用來命名其詩集。身爲戰時台灣文學領導人物的張文環在這樣敏感的場合中，爲什麼要以「荊棘之道」來宣示其文學立場呢？1943年的這場文學論爭提出了「皇民文學」，因此歷來受到不少關注；除了筆者之外，曾健民、垂水千惠、趙勳達、林巾力等人，皆有精采論述[133]。筆者認爲論戰中所提出的「皇民文學」，目的正在清理帶有帝國日本之最後左翼文藝傳統之台灣現實主義文學。

本節首先將揭示論爭經過及其與「皇民文學」出現之關聯性；其次，耙梳論戰中《台灣文學》集團如何透過王白淵詩稿暗溯1930年代台灣左翼文化運動精神，藉此對戰時苦悶之本土文壇進行激勵；最後，分析戰時下本土文壇代表作家張文環如何以帶有後殖民論述性質的「故鄉

131 參見柳書琴，〈戰爭與文壇：日據時期台灣的文學活動〉，頁137-151。

132 張文環，〈茨の道は續く〉，《興南新聞》，1943年8月16日；中譯文〈荊棘之道繼續著〉收於陳萬益主編，《張文環全集》卷6，頁162-163。

133 相關研究請參見曾健民，〈評介「狗屎現實主義」論爭〉，《噤啞的論爭》（台北：人間，1999年9月），頁109-123。垂水千惠，〈糞realism論爭之背景——與《人民文庫》判斷之關係為中心〉，收於鄭炯明(編)，《越浪前行的一代：葉石濤及其同時代作家文學國際學術研討會論文集》（高雄：春暉出版社，2002年2月，頁31-50）。柳書琴，〈誰的文學？誰的歷史？：日治末期文壇主體與歷史詮釋之爭〉（「台灣文學史書寫國際學術研討會」論文，行政院文建會、成功大學台灣文學系主辦，2002年11月），頁1-25。趙勳達，〈大東亞戰爭陰影下的「糞寫實主義」論爭：以西川滿與楊逵為中心〉（「楊逵文學國際學術研討會」論文，國家台灣文學館、靜宜大學台灣文學系主辦，2004年6月19-20日），頁1-29。林巾力，〈西川滿「糞現實主義」論述中的西方、日本與台灣〉，《中外文學》34卷7期(2005年12月)，頁145-174。

／傳統」地理人文書寫，回應帝國統治與殖民論述中對地方文化的破壞與扭曲，同時展開與「大東亞共榮圈」相違的民族想像。

一、1943年的一場文學論爭：糞現實主義論戰

在台灣文學奉公會成立前夕、文壇統制政策即將進入另一階段之際，以爭取大東亞戰爭勝戰、誘導台灣文化人士透過「職業報國(職域奉公)」協助思想戰之目的而創設的「台灣文化賞」，由於工藤好美的評論引發濱田隼雄〈非文學性的感想〉(〈非文學的な感想〉)[134]一文，而揭開了日據時期台灣最後一場論戰的序幕。

在台期間與台籍作家張文環、呂赫若、龍瑛宗、吳濁流、王白淵等台灣作家，交往密切的工藤好美[135]，爲台北帝大文政學部助教授，〈台灣文化賞與台灣文學〉一文充分流露其穩重的學院派評論風格及文藝批評功力。文中他首先客觀檢討第一屆「台灣文化賞」獎項設計上的若干缺失，並藉此指摘台灣詩壇上出現的世紀末頹廢風格及墮落化的浪漫主義所呈現之逃避現實的不良趨向。在進入得獎作家評論時，他相當仔細地針對作品與現實的聯繫關係、聯繫技巧以及作品的歷史觀進行分析。透過比較與烘托的方式，工藤很有技巧地以張文環「從一開始就沒有陷入任何一種情調裡」暗諷西川滿；以「恐怕在台灣的作家當中，像張文環這樣徹底的現實主義者沒有第二人了」勸勉濱田，藉此突出張文環現實主義文藝的特質與成就，同時表達他個人所主張的「歷史性的現實主義」之文藝主張。

有關濱田的評論，被擺在這篇評論的最後，篇幅相對短少，而且用

134 濱田隼雄，〈非文學的な感想〉，《台灣時報》，1943年4月號，頁74-79。中譯文〈非文學的感想〉，收於黃英哲主編，《日治時期臺灣文藝評論集》雜誌篇・第四冊(台南：國家台灣文學館籌備處，2006年10月)，頁128-133。

135 工藤好美(1899-?)，日本大分縣人，早稻田大學英文系畢業，曾任富山高等學校教授，1928年台北帝大創立時擔任文政學部助教授，教授西洋文學、英文學，直到日本統治結束。參見，《台北帝國大學一覽》，1928年份。在台期間與台籍作家張文環、呂赫若、龍瑛宗、吳濁流、王白淵等台灣作家，交往密切。

語嚴厲。對於同樣致力於創作現實主義文藝的濱田，工藤非但沒有站在戰時國策或日本民族發展的位置，肯定他以東台灣(台東地區)日本農業移民艱辛開拓史苦心取材的《南方移民村》，反而暗示無法苟同其虛僞的歷史觀與虛構的現實。工藤在文中表示：

> 濱田氏的歷史觀——特別是在小說的後半段，大東亞戰爭開始，移民村要往更南方遷移成為問題焦點，故事便急轉直下，我指的就是在這個地方顯現出來的歷史觀——應該至今都還沒有成為作家實際的信念。說起來，這只是外界所給予的官方命題而已，作者卻直接把它強加在過去的事實上[136]。

結果，在南進國策下，濱田灌注不少雄心與期望的這個日本民族之南方開拓故事，最後只獲得了如下的悲慘評價——「濱田的小說正是所謂的『調查工作做的很好的小說』，但是他的小說之所以總會讓人覺得有種虛構的感覺，其原因就在於此。」[137] 對於身爲第一屆台灣文化賞得主之一的濱田，這樣的評價可以說是相當難堪的。

受到帝大教授嚴峻的刺激，次月發表〈非文學性的感想〉的濱田，在這篇隨筆中還流露出自信受損及心理不平的些許痕跡。文章開頭，他以謙遜不安的筆調吐露，前一年秋天參加「大東亞文學者大會」對他造成的衝擊，以及爾來幾個月後他不斷反省並摸索「新的台灣文學」之心思。他表示，雖然一切還在思索中，尙無頭緒，但是「得了獎的我只要發自內心地盡文學奉公的至誠即可，只要在我的作品中具體地表現出皇民之道即可。」[138] 其後的段落，則以堅決口吻陳述在大東亞「偉大理想」下「台灣的文學」前進方向的問題。濱田隼雄的研究者松尾直太指出，濱田在文中「表示針對其他作家對於決戰下台灣文學的走向的既成

---

136 工藤好美，〈台灣文化賞與台灣文學〉，收於黃英哲主編，《日治時期臺灣文藝評論集》雜誌篇・第四冊，頁115。

137 同上。

138 濱田隼雄，〈非文學的感想〉，頁128。

意見抱有不滿」，因此不僅不滿足於自己初期代表作〈橫丁之圖〉、中期代表作《南方移民村》的路線，更積極摸索新的創作實踐，以展示他參與「大東亞文學者大會」後體會「文學報國」之決心[139]。針對工藤教授拋出的有關島內浪漫主義與現實主義文藝的檢討，他也不甘示弱地進行了對話。他批判島內的浪漫主義文學脫離現實，現實主義文學爲自然主義末流，並指責大部分的「本島人作家」只會「描寫現實的否定面」，以及「提出本島人做爲皇民不積極、不認同的一面」。濱田的批評雖針對文壇全體而發，但是由於祭出了大東亞理想的大帽子、指責台灣作家對皇民化運動與決戰態勢不積極，對於這樣驚人的罪名，身爲得獎者之一且是本土文壇代表人物的張文環，不能不有所回應。

張文環迅速在5月1日發刊的《台灣公論》上表示，本島作家遭受批評固然難過，但是最令人痛心的卻莫過於由此顯現的整體文壇水準低落的問題。濱田批評本島作家創作品質低落，張則譏諷地回應說其實批評方面的水準也不高。另外濱田認爲必須學習日本古典才能理解皇道精神，張也不以爲然。張文環認爲正因爲台灣文學水準仍低落，文學者必須汲汲營營苦心耕耘，因此文學絕非逃避現實的工作，而是一種精神任務；此外，由於皇民化運動爲國民精神運動之主體，文學既然具有精神建設工作之性質，那自然也就必須站在皇民的立場來肩負。

張文環很有技巧地從「精神任務」的立場，將台灣作家的文學活動與國民精神總動員、皇民化運動等「(官製)精神運動」混爲一談，表明自己及其他台人作家從事的文學活動未違背國策立場，藉此撇清指控。然而，日益升高的緊張氣氛並未因此打住，繼濱田之後，在台日人作家領袖西川滿，也開砲批評台灣作家：

> 一直都被視為臺灣文學主流的糞便寫實主義(按：原文為糞realism)，全是明治以後傳進日本的歐美文學的手法，至少我

139 參見松尾直太，《濱田隼雄研究——文學創作於臺灣(1940-1945)》(台南：台南市立圖書館，2007年12月)，頁204-205。

> 們這些熱愛櫻花的日本人，根本完全無法從中得到共鳴。那只不過是一些廉價的人道主義的碎屑，極盡粗俗，毫無批判精神的描寫，其中根本沒有絲毫的日本傳統。

> 我覺得這尤其是本島人作家的通病，真正的現實主義根本不是那麼一回事。當那些作家正慎重其事的描寫著壞心後母或家族糾葛等惡俗時，本島的年輕世代正以勤行報國隊和志願兵的形式，展現出活潑的行動力。完全無視於現實的所謂現實主義作家，不是很諷刺嗎[140]？

西川滿除了指責台灣文學爲「糞現實主義」，還搬出唯美主義代表作家泉鏡花(1873-1939)[141] 在「藝」與「雕琢」方面的成就批評台灣作家。他說：「一些臺灣作家的『無藝』大食[142]、不事雕琢還能忍受；但是比叢林還混亂的『文章』，也就難怪會成爲新聞記者的笑柄了。」在勾勒「糞／櫻花」、「歐美／日本」、「外來／傳統」、「現實主義／純粹的美」等一系列二元對立的概念之後，他呼籲作家要回歸日本傳統，以便在大東亞戰爭中，力圖建立不是「投機文學」的真正的「皇國文學」。

西川此文也發表於5月1日，撰稿時應該尚未見到張文環回應濱田的文章。從西川、濱田兩人的論述來看，他們藉著「大東亞文學者大會」或日本古典文學傳統來檢核台灣文學，痛批台灣作家的現實主義文學對

140 西川滿，〈文藝時評〉，《文藝台灣》6卷1號(1943年5月1日)，頁38；中譯文〈文藝時評〉，收於黃英哲主編，《日治時期臺灣文藝評論集雜誌篇‧第四冊》，頁162-163。譯文中的「精進報國隊」為筆者所改，係保留戰時特殊用語「勤行報國」，譯者譯為「宗教報國隊」略有不當。

141 泉鏡花為尾崎紅葉高足，也是明治末期反自然主義，追求虛構美與唯美主義的代表作家。1917年發表劇本《天守物語》，被視為唯美主義戲劇的代表作。1937年被選為藝術院會員。

142 大食，形容沒有才能只會吃；無藝大食，意謂「無藝的飯桶」。參見，西川滿〈文藝時評〉，譯者邱香凝之注解。

於皇民化和決戰態勢不積極、不肯定，是非「皇國文學」的「投機文學」。兩人一搭一唱頗有共識，因此論爭的發生似非偶然。

向以家族問題爲書寫主題的呂赫若，也是被攻擊的對象之一。他在日記(5月7日)中，怒氣騰騰地大罵：

> 對西川滿的「文藝時評」的拙劣，俄然批評四起。西川氏總歸無法以文學實力服人，才會想用那種惡劣手段陷人入其奸計也。文學陰謀活動家也。不知道什麼時候金關博士說過「妨礙台灣文學成長的乃是文學家」是至言。濱田氏也是卑鄙傢伙。文學總歸是作品。要寫出好作品[143]！

呂赫若以「陰謀」來看待此事，並意識到這將是一場有礙台灣文學發展的鬥爭。

繼西川之後，5月10日世外民[144]發表〈糞現實主義與僞浪漫主義〉(〈糞リアリズムと僞ロマンチシズム〉)，指責攻擊謾罵非文藝評論之正道。他否定西川未審慎地探究作家的創作立場與態度，便批評台灣作家的書寫主題，並自認比張、呂等人有自覺的態度。他說：

> 我承認西川氏的審美式的作品的底流是對純粹的美的追求。同時，我也不得不說本島人作家的現實主義也絕對不是可以任意冠之以「糞」之名的。因為它是從對自己的生活的反省以及對將來懷抱希望這一點出發的。這些作品描寫了台灣人家族的葛藤，是因為這些現象都是處於過渡期的當今台灣社會的最根本問題。西川對於這樣的台灣社會的實情怠於省察，其陷於應酬

143 呂赫若(著)，鍾瑞芳(譯)，陳萬益(編)《呂赫若日記》(台南：國家台灣文學館，2004年12月)，1943年5月7日記事，頁339-340。

144 有研究者認為「世外民」係邱永漢，不過垂水千惠在日本訪問邱氏時，邱否認此說法，垂水則推測「世外民」有可能是楊逵，不過目前並無定論。參見垂水千惠，〈糞realism論爭之背景——與《人民文庫》判斷之關係為中心〉，前揭文。

辭令的表象，專指責別人的不是，這種作為，除了暴露他的小人作風外，別無他[145]。

5月17日葉石濤出面抨擊世外民，爲西川滿辯護。不同於濱田、西川的含沙射影，初出茅廬的葉直接點名批判張、呂作品欠缺皇民意識。他說：

以積喜慶、蓄光輝、養正道的建國理想為基礎而建立起來的當前的日本文學，現在正是清算自明治以降從外國輸入的狗屎現實主義，進而回歸古典雄渾的時代的絕好機會。因此，對於裝出一副不識時代潮流的嘴臉，得意地叫喊什麼「台灣的反省」啦、「深刻的家庭糾紛」啦等等，抬出令人想起十年前的普羅文學的大題目而沾沾自喜的那夥人，給他們一頓當頭棒喝一點也不為過。

譬如，在張文環的〈夜猿〉和〈閹雞〉中到底有什麼世界觀呢？而且，　張氏用台灣式的日語所寫的那種他獨家的、非現實的文章，真令人難懂，害得我重覆讀了好幾遍才懂。讀後，讓我感受到的是，它只不過是一個不能回返的夢，一個只有殘存在記憶中的往昔的台灣生活罷了！這難道就是世氏所謂的現實主義嗎？呂氏的〈合家平安〉、〈廟庭〉，則的確像是鄉下上演的新劇[146]。

葉文刊出的翌日，張文環對此大發雷霆；呂赫若在日記中表示對張文環關切同志之情深感敬佩[147]。

---

145 世外民，〈糞リアリズムと偽ロマンチシズム〉，《興南新聞》，1943年5月10日。

146 葉石濤，〈世氏へ公開狀〉，《興南新聞》，1943年5月17日。

147 呂赫若(著)，鍾瑞芳(譯)，陳萬益(編)，《呂赫若日記》，1943年5月18日記

5月24日，《興南新聞》刊出反擊葉石濤的文章。雲嶺認爲「以說別人的浪漫主義的是非，或以說別人的現實主義的不可取，來讚美自己的作品，這種計謀是卑劣的。」[148]鹽份地帶詩人領袖吳新榮，則充分利用當時皇民化運動的邏輯和語彙，以子之矛攻子之盾進行駁斥。他指責葉石濤質疑獲得皇民奉公會文學獎的張文環作品之世界觀，等於侮辱皇民奉公會權威，因此葉石濤首先應該被質疑是否具有皇民意識。另外，他說如果批評記錄台灣的過去生活有問題的話，那麼西川滿的〈赤嵌記〉、〈龍脈記〉不也應該被指責？他並寫道，我曾以「象牙塔之鬼」來臭罵過藝術至上主義，不過「我想，像這樣的藝術至上主義也並不壞；然而，我風聞西川滿已不知在何時拋棄了『美的追求』而以『悲壯的決意』再出發了。」[149]藉此譏諷西川滿從唯美主義轉向皇國文學、文學報國。隨後在六、七月出刊的《文藝台灣》上，西川、濱田則不甘示弱地繼續還擊。

在報刊雜誌上的公開論戰之外，台灣作家私下不斷商議對策，並向同情台灣作家立場的日本文化人請教。可見這不是一場普通的文學論戰，面對這樣一個帶有濃厚政治性的論戰，台灣作家莫不戰戰兢兢。呂赫若便在日記中記錄了身爲一位被點名批判的作家，所面臨的壓力和對於未來創作方向的苦惱。6月15日，在論爭期間飽受掙扎的他，最後決定「我討厭把淺薄的時代性塞進去。我堅持真實地、藝術性地，我要寫永恆的作品」。7月的最後一天，呂赫若以〈石榴〉向他的攻擊者做出了有力的辯解。〈石榴〉以作家一貫偏好的台灣鄉村家族故事爲主題，但是採取了正向觀察的視野。小說中看不見古美浪漫的日本傳統，也看不見赫赫的大東亞理想，沒有翼贊決戰體制、也沒有皇民化生活的描寫，所展現的完全是由台灣價值(風俗慣習、生命信仰、家族觀、孝悌倫理)構成的，貧困人民以深刻的家族愛殘喘於斯的鄉土社會[150]。

(續)

事，頁344。

148 雲嶺，〈批評家に寄せて〉，《興南新聞》，1943年5月24日。

149 吳新榮，〈良き文章・惡しき文章〉，《興南新聞》，1943年5月24日。

150 參見柳書琴，〈再剝石榴：決戰時期呂赫若小說的創作母題〉，《呂赫若作

〈石榴〉刊載於《台灣文學》3卷3號。該號同時有力地推出了王昶雄小說〈奔流〉，與伊東亮(楊逵)〈擁護糞便現實主義〉(〈糞リアリズムの擁護〉)。楊逵在文中陳述其對現實主義及浪漫主義的看法，並表示「本島作家」描寫現實的否定面，乃是因爲：

> 虐待繼子、家族紛爭、和其他種種會讓西川氏遮住眼睛不看的現實也是存在的。可是面對那些缺點時，要我們像西川氏那樣視若無睹，我們可做不出來。即使其中的肯定因素只有一些些，我們也覺得有責任要呵護它們，培育它們，而不能加以抹煞。就算只有百分之一，也必須加入現實中[151]。

文中楊逵一方面堅定地反駁濱田、西川等敵對陣營人士的質疑，一方面與張、吳等人一樣小心翼翼宣稱「我們孜孜不倦地努力體認日本精神」作掩護。

上述論爭中，代表人物的言論雖環繞於現實主義與浪漫主義，但其癥結卻不在單純的流派之爭或典範論議。首先，「糞現實主義」一詞非僅出現於1940年代台灣文壇，它與1930年代中期日本文壇轉向過程中出現的《日本浪漫派》[152]，以及象徵與法西斯主義拮抗之最後勢力的《人民文庫》[153]之間的對立，有著罕爲人知的關聯。垂水千惠曾針對

(續)

品研究》(台北：聯合文學，1997年11月)，頁127-169。

151 楊逵，〈糞リアリズムの擁護〉，《台灣文學》3卷3號(1943年7月31日)；中譯文〈擁護糞便現實主義〉收於彭小妍主編，《楊逵全集》第十卷・詩文卷(台南：國立資產文化保存研究中心籌備處，2001年12月)，頁119-126。

152 文學雜誌。1935年3月由保田與重郎、龜井勝一郎、中島榮次郎、中谷孝雄、緒方隆士、神保光太郎等創刊。1938年8月停刊。此刊是在無產階級文學遭受挫折、知識界出現思想混亂，為尋求「自我解放」的情況下產生的，以評論為主。開始時提倡復古主義、國粹主義的所謂「古典美」。其中保田與重郎等少數人後來迎合軍國主義國策，狂熱宣揚「日本精神」和「聖戰」。參見呂元明主編，《日本文學詞典》(上海：上海辭書出版社，1994年11月)，頁81-82。

153 文藝月刊。1936年3月由武田麟太郎創刊並主持，1938年1月停刊。共出二十

論爭中的關鍵詞——後來被西川滿使用的「糞realism」一詞，進行考察。透過耙梳西川滿、濱田隼雄與日本浪漫派的關係[154]，以及張文環、呂赫若與《人民文庫》的淵源[155]，她揭示林房雄[156]等人攻擊《人民文庫》派武田麟太郎等作家時所使用的「糞realism」一詞，在約莫八年後也對台灣文壇造成了潛伏性的影響。在高舉realism大旗與否、順應或抵抗國策收編之間，「《文藝台灣》—《日本浪漫派》」、「《台灣文藝》—《人民文庫》」恰巧具有「內地—外地」文藝立場及政治態度之延伸性對立關係。因此，她指出1943年台灣的「糞realism」不應只定位在日本人與台灣人之間的民族對立上進行評價，也應該置於1930年代日本普羅文學運動崩壞後兩股不同的向量《日本浪漫派》與《人民文庫》對《文藝台灣》派與《台灣文學》派的影響來解釋才是[157]。

抗拒西方，挑戰西方，在1930年代以後到日本戰敗之前，成爲後進帝國主義國家日本，翻轉明治維新以後「脫亞入歐」論述中次級國家地位的重要戰略。反歐／反英美之論述與鬥爭，浮現於當時政治、文化、思想各層面，也加速了轉向風暴對日本文藝界的侵蝕，林房雄對《人民文庫》一派的撻伐，以及指責外來自然主義和左翼文學是阻礙日本精神

（續）

六期。主要撰稿人有高見順、本庄陸男、堀田升一、青野季吉、江口渙、秋田雨雀、宇野浩二、德田秋聲、園地文子、平野謙等。此刊宗旨是與「文藝懇談會」、《日本浪漫派》雜誌所體現的軍國主義文化統制方針及傳統的浪漫主義傾向相抗衡。同上注，頁82。

154 包括濱田隼雄與林房雄的交往、西川滿對日本浪漫派精神的呼應等。

155 包括張文環與《人民文庫》作家平林彪吾的交往、《人民文庫》創刊者及靈魂人物武田麟太郎「風俗小說」對張文環創作之影響、呂赫若與《人民文庫》重要評論家高見順之關係等。

156 林房雄(1903-1975)，1932年轉向出獄後，在《中央公論》連載表現民族主義傾向長篇小說，還發表評論，反對文學從屬於政治，強調文學和作家的自主性，反映轉向的傾向。1936年發表文章，宣稱不再作無產階級作家。1940年代成為右翼團體「大東塾」成員，發表〈關於轉向〉等文，擁護天皇制，支持侵略戰爭。戰後一度被剝除公職，追究戰爭責任。1963年又連載《大東亞戰爭肯定論》，美化侵略戰爭，參見呂元明主編，《日本文學詞典》，頁478。

157 垂水千惠，〈糞realism論爭之背景——與《人民文庫》判斷之關係為中心〉。

與日本文學的障礙物等觀點，皆可見反西方／日本法西斯化一體兩面之意識形態烙印。林巾力也指出，糞現實主義批評出現於1930年代標榜「脫歐返亞」之日本法西斯主義激化之大背景中，此後直到1940年代，日本一方面質疑明治時期以來的歐洲崇拜，一方面又將日本推向西方的對立面，進而建構一個沒有他者的純粹世界，並試以「天皇」、「古典文學」、「傳統」、「民族」作爲塡充內容。1942年《文學界》舉辦的「近代的超克」座談會，反省日本「近代化＝西方」過程帶來的文明危機，進而思索突破之道與日本的新定位問題。遺憾的是，儘管當時許多學者嘗試重新架構以東方爲中心的世界史觀，最終卻難以擺脫走向複製西方種族負擔與自我中心的論述，甚至直接爲法西斯機器服務。林巾力認爲，在台灣的「糞現實主義論戰」中，西川滿提出的「純粹的美」實際上便預留了爲政治意識形態服務的可能。將「無始無終的生命＝天皇制＝政治」消融於「傳統」或「歷史」中，在歷史共同體的集體情感下令「歷史」與「傳統」獲得「美」的面貌，這樣的命題與邏輯表面上強調審美(美)與傳統(古)，實質上卻積極服務於現實政治—天皇制國家論述。因此，自詡爲台灣代言人的西川滿，與致力揭露共同體內部正義問題的台灣作家自然充滿了矛盾，而他在與「西方」的對峙下建構出的「日本性」或「台灣性」，也與台灣知識人的「台灣想像」明顯扞格[158]。

如上所述，糞現實主義論戰是包含「西方帝國主義／東方帝國主義」、「日本殖民主／台灣殖民地」、「浪漫主義／現實主義」、「日本浪漫派／人民文庫派」、「《文藝台灣》／《台灣文學》」、「戰時文藝統制／文藝自由主義」等多重意識形態鬥爭纏繞的一個論戰。因此，其複雜的政治或文化意涵，具有多面討論的可能性；但是，不容失焦的是隱蔽在潛伏夾纏的多重政治／文化角力背後，存在著後來對戰時台灣文藝發展影響重大的急切政治目的。綜合濱田、西川論調，他們所謂的「現實」是「大東亞戰爭」下決戰、報國與志願兵的現實，所謂的「自覺」則是皇民奉公、翼贊奉仕的自覺。換言之，指摘台灣作家負面

158 林巾力，〈西川滿「糞現實主義」論述中的西方、日本與台灣〉。

消極、本土文壇暮氣腐朽，意圖破除以現實主義爲主軸之本土文學成規／陳規，不外是希望在日益嚴峻的戰時體制下，針對經歷「大東亞文學者大會」、「台灣文化賞」、「台灣文學奉公會」等體制化裝置「洗禮」後，仍然遲遲不進入「狀況」的本土文藝界進行整頓。而其最終目的也就是——迅速「樹立皇民文學」。

西川於五月時提出「皇國文學」口號，六月出版國民詩集《一個決意》(《一つの決意》)時改稱「皇民文學」，「皇民文學」一詞從此定調。他說所謂的「一個決意」即：「蓋以樹立台灣皇民文學爲目標之皇民奉公會會員之作者，於該會成立之際率先表明的一個決意」[159]。7月《文藝台灣》推出了第一篇皇民小說〈道〉，新人作家陳火泉塑造一位知識階級的皇民楷模，展示台灣人皇民化過程中的主要障礙及超越之道，意圖爲符應官方論述的皇民文學作出示範[160]。濱田、西川在雜誌上，大力推崇這篇小說爲「台灣的文學中前所未有」的皇民文學，並認爲「從這篇作品可預見新的台灣的文學」[161]。口號先行於創作，而且暴露了強烈政策性關聯，因此「皇民文學」很明顯的是一種政策文學。如此，西川等人企圖破舊立新，以台灣文學奉公會倡導的「皇民文學」取代「台灣文學」的用意，也就更昭然若揭了。

11月13日「台灣決戰文學會議」，在台灣文學奉公會主辦下召開。文學奉公會成立時率先表明「以文學竭誠皇民奉公」決意的西川滿，此

159 (廣告)西川滿，〈一つの決意〉，《文藝台灣》6卷2號(1943年6月1日)。引文中粗體字為筆者所加。

160 儘管作家有此動機，但是這部對於主人公矛盾心理及一再被拒的皇民化過程著墨頗多的小說，卻反而在無意識中暴露出「一視同人」的虛妄本質。相關討論可參見：星名宏修〈「大東亞共榮圈」の台湾作家〉，《野草》46號(1990年8月)；垂水千惠，《台湾の日本語文学》(東京：五柳書院，1995年1月)，頁73-102；林瑞明，〈騷動的靈魂：決戰時期的台灣作家與皇民文學〉，《台灣文學的歷史考察》(台北：允晨，1996年7月)，頁294-331。陳培豐，《「同化」の同床異夢：日治時期台灣的語言政策、近代化與認同》(台北：麥田，2006年11月)，頁446-458。

161 西川滿、濱田隼雄，〈小説「道」について〉，《文藝台灣》6卷3號(1943年7月1日)，頁142。

時為「披瀝赤誠」又突如其來地在會議中公開作出獻上《文藝台灣》的驚人示範。西川滿的舉動當場引發台灣作家的慌亂與不滿，最後在緊張氣氛中，張文環沉痛地發言表示：「臺灣沒有非皇民文學。假設真的有寫非皇民文學的傢伙存在的話，當然應該處以槍決。」[162]

《文藝台灣》隨後曾刊載部分與會者主張，皇民文學再三被與會的在台日人作家強調。神川清更堅決表示「在此決戰態勢之下，我等思想決戰陣營的戰士，必須撲滅非皇民文學，並揚棄非決戰文學不可。」[163]另外，濱田談到對本島文學革新的期待時，則認為「本島文學」應以作為「位居大東亞文學的指導位置」的日本文學的一環來發展和定位[164]。「皇民文學」口號雖由文學者提出，但是迅速被強力貫徹，背後不可能沒有統治當局的支持，當它成為官製文藝運動的一支之後，再不容作家有所迴避。透過1943年中到1944年初「皇民文學」快速典範化的過程，可知「皇民文學」是台灣文學奉公會成立後啓動的「第一波運作」，而西川與濱田正在其間扮演官方喉舌與政策協力者的角色。在這樣的背景下，戰時體制下的新文學典範「皇民文學」，終於被製造了出來。

這場論爭牽連甚廣，捲入的作家上至工藤、西川、濱田、楊雲萍、張文環、呂赫若、楊逵、林精鏐、吳新榮等中壯代，下至新生代的葉石濤、世外民、陳火泉、王昶雄，乃至若干演劇界人士，可謂牽連廣闊。主要代表論述，雖環繞現實主義與浪漫主義、外地文學與台灣文學等議題，但有關文藝的討論並不深入，爭執核心在於戰時文藝的指導原則以及皇民文學的提出等方面。親官方立場的日籍文學者有意與文學奉公會的文藝統制政策呼應，加速台灣文壇的體制化，故而導致台灣作家的反

---

162 神川清（等），〈台灣決戰文學會議〉（記錄），《文藝台灣》終刊號，1944年1月1日，頁32-38；中譯文〈臺灣決戰文學會議〉，收於黃英哲主編，《日治時期臺灣文藝評論集雜誌篇・第四冊》，頁414-422。

163 神川清〈皇民文學の樹立〉，《文藝台灣》終刊號(1944年1月1日)，頁43-44；中譯文〈皇民文學的樹立〉收於黃英哲主編，《日治時期臺灣文藝評論集雜誌篇・第四冊》，頁426。

164 濱田隼雄，〈本島文學革新に期待〉，《文藝台灣》終刊號(1944年1月1日)，頁61-62。

彈。筆戰集中於4月至9月，筆戰稍歇後，接著是小說的較勁。《文藝台灣》與《台灣文學》先後刊出陳火泉〈道〉(7月1日)與王昶雄〈奔流〉(7月31日)，透過年輕作家對皇民化問題的不同闡釋暗中較勁。再來是演劇的拼台，9月厚生演劇研究會以張文環小說改編之〈閹雞〉等劇，與皇民劇〈赤道〉競演[165]。一波波鬥爭後，最後終於發展到了文藝雜誌存亡的殊死戰。11月西川滿在台灣文學決戰會議中將文藝雜誌納入「戰鬥配置」的提案，導致兩誌合併爲台灣文學奉公會機關誌《台灣文藝》。

曾聆聽過前述1943年2月戶川貞雄等人演講的呂赫若，當時曾如此記錄他的感想：「對於那過份缺乏作家個性以及公式論感到憤怒。像這種爲物所動的文學家態度實在令人厭惡。……。文學家不該涉足政治方面。」[166]文學家不願涉足政治，但是在權力不均等的殖民地社會，統治的荊棘卻毫不留情地向文學者伸展其多刺的藤蔓。殖民地文壇嚴重受制於政治與政策，戰時下更變本加厲，論戰過程處處流露殖民主的文化暴力。12月13日，《台灣文學》遭當局下令停刊，被《文藝台灣》強行合併，改由台灣文學奉公會發行。1944年張文環離開奮戰多年的台北文壇遠走霧峰，擔任林獻堂秘書，日後其文學活動漸趨停頓。以地方文學論爲護身符之《台灣文學》風雲年代，及以《台灣文學》、《文藝台灣》雙雄並峙、爭奇鬥豔的華麗文壇，至此也風流雲散。1943年文學者掀起的這場論戰，可視爲法西斯戰時體制收編台灣本土文壇的最後一役，此一帶有政治目的之論戰，表面上最後由在台日人作家主宰了文壇，實際上無異玉石俱焚。導致在殖民地文化公共領域中占有一席之地的文學界，不論是台灣文學場域也好、日本外地文學場域也好，雙方共

165 石婉舜，〈嘎然絃斷：林博秋與新劇〉，《文學台灣》11號(1994年7月)；及同氏〈「台湾新演劇運動の黎明」の到来——一九四三年、厚生演劇研究会の設立と公演〉，收錄於藤井省三、黃英哲、垂水千惠(編)，《台湾の「大東亜戦争」：文学・メディア・文化》(東京：東京大學出版會，2002年12月)，頁156-174。

166 呂赫若(著)，鍾瑞芳(譯)，陳萬益(編)，《呂赫若日記》，1943年2月28日記事，頁300。

同的重挫。

在官方與部分響應的日本作家聯手施壓下，「皇民文學」作爲一種文學新政策可謂來勢洶洶。那麼皇民文學意圖取代的「既有的台灣文學」是什麼呢？用西川一派的話總合地來說，它是描寫現實的否定面、缺乏自覺、比原始叢林混亂、只關注虐待繼子或家族糾葛等議題、漠視勤行報國或志願兵動向、投機的文學、非皇國文學、令人想起普羅文學、沉溺於不可回返的夢的文學。相對地，若用張文環一派的話來說，則是不逃避現實的一種精神任務、從對自己生活的反省以及對將來懷抱希望出發、描寫過渡期台灣社會根本問題、記錄過去的台灣生活、不願盲目書寫時局議題、無法認爲台灣社會現實中的否定面事不關己、企圖從否定面中探尋並振興肯定面的文學。

「台灣文化賞」具有誘導文學者從事文學報國的目的，是當局改造文學者的裝置，其中包含了當局計劃誘導與作家的主動演繹。然而，第一屆文化賞的頒與，卻因爲工藤教授評審後記中流露的自由主義立場，引發了絕非一時意氣之爭的系列爭鬥。這個帶有文化整肅意味的論戰，除了直接將批判「非國民」的戰帖發向具有本土立場的台灣作家及其陣營之外，也威嚇了具有自由主義立場的帝大日本學者。畢竟真實洞悉文學者動機的，還是文學者。有如台灣文學奉公會先遣部隊的西川等人，確實針針見血地道破了張文環等作家以大政翼贊會理念作藉口，實際上同床異夢的文學心思。誠如西川等人的指責，張文環等人的文學對當下的翼贊體制或未來的大東亞理想消極，他們以現實主義作品審視台灣的過去、本土的情感與思維、殖民地的社會變遷與困境，帶有普羅文學的遺風，甚至想從對過去的凝視中構築未來的希望。被說中心事的張文環等人不過礙於時勢，不得不虛以委蛇地辯解一番罷了。歸根究底，皇民文學與台灣文學這一場論戰，其實是文藝統制派與文藝自由主義者之間的格鬥，而隱蔽其後的則是皇民／非皇民、帝國臣民／台灣人的認同之戰。

二、王白淵隱喻：不止息的道路

這一場從政治、社會延燒於文壇的認同之戰，「發難者」以認同之忠貞與否質疑被批評者，「被疑者」也動用認同之資源強固自己的陣營。張文環〈荊棘之道繼續著〉就是有著「召喚認同」魅力的一篇文稿。在論爭火熱的八月天，《興南新聞》上刊出副題爲〈我的處女作〉(〈私の處女作〉)的系列文章。這個系列包含張文環〈荊棘之道繼續著〉與呂赫若〈子曰空空如也〉。透過副標題的包裝，兩篇隨筆看似作家處女作的回顧，但是由於張、呂遭批判後，對外並無正面回應，因此也可以說是編輯(也是《台灣文學》重要成員之一的黃得時)有意安排的公開答辯。

〈荊棘之道繼續著〉發表於論爭之中，因此除了回應詆毀，解除罪嫌之外，還有揭舉大旗，號召認同，強固陣腳之企圖。那麼，「荊棘之道」如何能解除敵手的指控，又如何動員台灣作家的認同情緒呢？首先，張文環回首來時路，以真摯筆調娓娓道出十餘年來的文學心路，與此同時又意在言外，若有期勉。回首前塵，他對踏上文學之路作了如下解釋：

> 到了東京，在我的腦海裏滲進了各種的雜音，我就越來越對啄木的詩或金色夜叉那樣的作品感到不能滿足。常常閱讀雜誌，而時常看到寫台灣的記事，看完就會覺得很不耐煩。因為從來沒有看過寫台灣人生活的嘆息，或台灣人感情微妙的記事。那些大部分屬於任意吹捧自己的文章比較多。主觀太強，而對象焦點都很模糊。這使我很不耐煩。自己的嗜好，被第三者說到毫無道理的地方去，沒有比這種事更令人氣憤的。或許沒有遇到這種事，我也不會進入文學也說不定。到今天為止，在內地的雜誌，寫有關台灣的記事，寫得很正確的文章，很不幸，我連一篇也沒有讀過[167]。

167 張文環，〈荊棘之道繼續著〉，頁162-163。

張文環自稱他從事文學的初衷，以及後來的一貫堅持，不過是想正確傳達本島人實情而已。他不欲以此自恃，若有人願意接替此一任務，則願隨時擱筆。

這是張文環在敏感時刻迫於無奈，對個人文學立場所作的表態和告白。相對於張、呂私下見面時之怒氣勃勃，隱藏在懷舊筆調之下的他似乎是個灑脫之人，沒有與敵手纏鬥、論辯的意味，不過低調坦露創作初始的心路歷程。從事文學不過是出於報導台灣實情的心願而已，這樣的說法固有幾分實情，卻不免避重就輕，意在息事寧人。

文中張文環交代《福爾摩沙》創刊緣由時，刻意略去敏感的「東京台灣人文化同好會」一段歷史，便是一例。張文環文學的萌動與文化同好會蛻變成台灣藝術研究會的過程互為表裡。當時的他們不願見殖民地現實與文化被任意曲解，所以想發言抗辯，文學便是他們抵抗權力文化的一種公開行動與批判話語。張文環不提這一段歷史，而以「報導實情」一語帶過，有意模糊自《福爾摩沙》以來，他們以世界性視野追求左翼鄉土、左翼現代、殖民地主體性的文化抗爭意圖。

稍後發表的〈我的文學心思〉（〈私の文學する心〉），也談到東京經驗的啟示。在這篇文稿中，張也虛與委蛇地在承認日本文化居於優位的前提下，強調他早在東京時期便十分關切的台灣文化問題。他說：「我們必須迅速建設台灣的文化。如果台灣沒有文化，那麼從日本內地這支樹幹伸出來的台灣樹枝，會形成怎麼樣的姿態呢？這是不難想像的（後略）。」[168] 由此可見，張文環不只關心實情反映，更關切台灣文化的建設，以及文化主體性的建立問題。

在帝國之眼壟斷性的詮釋與傳播之下，日本社會對台灣的認識，即使到皇民化甚囂塵上的1940年代，仍有不少曲解。1942年張文環參加「大東亞文學者大會」訪日期間，奉命在東京主持一場「大東亞戰爭和在京台灣學生的動向」座談會。在他引導下，與會學生提出在東京體會

168 張文環，〈私の文學する心〉，《台灣時報》第285號（1943年9月），頁74。中譯文〈我的文學心思〉，收於陳萬益編，《張文環全集》卷6，頁165。

到的殖民文化貶抑經驗：「我覺得(按，在東京)最寂寞的是東京人對台灣毫無認識這一點。好像台灣平常都流行著瘧疾。」不過，他們也指出，在民族歧視方面內地則比台灣較爲緩和，「在人家(按：日本人)面前可以不客氣的自由行動，也就是不必畏縮才非常有趣。這麼說或許會覺得奇怪，可是事實上在台灣大家都畏縮著，而在這裡都覺得很開朗。」此外，還有人指出台灣文化設施貧乏的問題：

> 說快樂，覺得在東京的學生生活本身都是很快樂。這不是指享樂性方面的快樂而已。比那些更快樂的是非常明朗的心情的自由。自由，但不是自由主義那種，是在自己賦予的學問範圍內，一切有獨創性，能自由鑽研，這是在台灣難予想到的快樂。說寂寞，反而是我們回到台灣才會感受的。(中略)這是我們現在生活的文化方面，在台灣十分貧乏，從這一方面來說，今後要張生多幫忙[169]。

聽完上述意見後，張文環在會中表示這些現象的存在，也正是文化運動之所以重要的原因。

由此可見，不論在1930或1940年代，眼看台灣文化不斷地被內地文化主宰、吞沒，被殖民主的詮釋所歪曲，台灣人處於低等的地位，張文環始終憂慮不已。從投身文學運動之初，他的文學活動便充滿了革新意欲，在他心中文學就是改變現實的一種手段，並非單純報導或偶然行爲。只不過在論爭中面對敵手羅織的罪名，使他不得不抹去與王白淵、吳坤煌等人共組文化同好會的一段歷史，淡化矢志文學的根本動機，減低政治企圖的流露，避免本土文學陣營遭受更大的傷害。

面對不容小覷的敵對陣營與聚攏《台灣文學》雜誌旗下的台灣作家，本土文壇旗手的這篇〈荊棘之道繼續著〉，既對內告白又對外表

---

169 〈座談會：大東亞戰爭和東京台灣留學生的動向〉，收於陳萬益編，《張文環全集》卷7，頁152-167。以上小段文中引文，出處亦同。

態。也因此時而慷慨陳詞，時而曖昧溫吞。不僅內容方面若有所指，發表的時機也使「荊棘之道」一語在此刻顯得更意味深長。王白淵曾以「荊棘之道」一詞爲其詩文集命名。張文環曾追隨王白淵奔走同好會、共同創立台灣藝術研究會、王赴滬後寄稿聲援《福爾摩沙》、張文環獲獎後渡海訪友，直到事變之前彼此似乎還保持著聯繫。王、張交情深厚，關係匪淺，戰後依舊如此。「德不孤，必有鄰」，爲張文環的人生座右銘；王白淵過世時，張文環代表家屬致謝辭，對王白淵不屈之志惺惺相惜。在論戰的特殊背景中，張文環特別用「荊棘之道」作爲隨筆的標題，究竟「繼續」了什麼？又怎麼繼續呢？

1937年王白淵雖因特務罪名被逮捕回台下獄服刑，不過馳名1930年代的這位詩人對張文環等戰時台灣作家而言並非一個過往故事。1943年6月，繫獄六年的王白淵提前獲釋了。10年前奔赴祖國參加抗日的詩人，此際四處打零工維生，張文環、龍瑛宗都曾爲他奔走謀職[170]。在詩人經歷長期牢獄之災，終於出獄的此刻，文壇上出現了〈荊棘之道繼續著〉應非偶然。

1943年以後逐漸與《台灣文學》作家親近的龍瑛宗，曾經提到《台灣文學》接獲統治當局停刊通知時，曾試圖挽救廢刊命運而慫恿王白淵寫〈怨恨深矣的阿圖島守衛〉(〈恨みは深しアッツの島守〉)一詩[171]。此事證明王白淵出獄後與《台灣文學》同人之間仍深入交往，其擅長暗諷之戰筆亦依舊頑健。這首詩如此寫著：

怨恨深矣的阿圖島[172]守衛／王白淵作

背負國家重任

170 張文環，〈難忘當年事〉，《台灣文藝》第9期(1965年10月)，頁52；另收於陳萬益編，《張文環全集》卷7，頁45-60；以及陳才崑〈王白淵生平・著作簡表〉，《王白淵・荊棘的道路》下冊，頁426。

171 龍瑛宗，〈文芸台湾と台湾文学〉，《台灣近現代史研究》第3號(1981年1月)。

172 阿圖島(Attu Island)為阿留申列嶼西方的一小島。1943年5月30日美軍攻佔阿圖島，展開逐島躍進戰鬥之開始。筆者譯，原詩未分段，此為筆者所分。

與極北冰雪奮戰數月！
於堅不可破的阿留申一隅
防範頑敵來襲

遠離故國孤立無援的三千貔貅
瞠目怒視
將湧入的敵人給予痛擊
將逃竄的敵人給予殲滅
極北冰原血流遍野

頑強補充新兵進行反攻的敵人
被一波波斬除
然寡不敵眾該如何？

如今唯死而已
眼看敵影如雲
啊！祖國喚！武運不墜！
今日即死
亦要變成護國之鬼
倖存者
傷也好　病也好
皆要展現大和之最後意氣
切腹

啊！三千貔貅
使敵人膽寒
極北之地作花飄零
以有限之身
化為護國之鬼

三千生靈今何在？
太平洋的天空暗濤洶湧
問而不答的海鳥默默無語
阿圖島守衛怨恨深矣
（作於昭和18年11月4日）[173]

這則戰爭詩篇，醒目地刊載於《台灣文學》最終號卷頭。以阿圖島玉碎爲題材的此詩，表面歌誦皇軍武勇，稱揚落櫻護國精神，實則揭露帝國基於貪心妄念，孤軍深入異域，寡不敵眾，終於導致數千軍士戰歿或切腹以殉。大東亞戰爭期間日軍因盲目擴張，廣派稀薄軍力占領太平洋、印度洋諸島，戰勢逆轉之後無艦力支援作戰、補給與接回，以致一時之間以「玉碎」爲美名犧牲的人間慘劇接踵而出。駭人聽聞的阿圖島玉碎，亦爲其中知名事件之一。王白淵以沉鬱悲壯的筆調，反諷性地描寫被帝國野心推向極北之地枉死者之無辜與怨恨。

在同號雜誌上，緊接〈怨恨深矣的阿圖島守衛〉之後，還有一首署名「洗耳洞主人」的〈澳洲與印度〉（〈濠洲と印度〉）一詩。與前詩近似，明爲褒揚聖戰、責難美英帝國主義與白澳政策，暗則批判殖民東亞的各種帝國主義，鼓舞東亞諸民族以武力追求獨立。因爲使用匿名至今罕爲人知的這首詩，內容如下：

澳洲與印度[174]／洗耳洞主人（王白淵）作

一、澳洲
沒有歷史　也沒有文化和思想
以雞尾酒、胭脂、倫巴舞

173 王白淵，〈恨みは深しアッツの島守〉，《台灣文學》4卷1號（1943年12月25日），頁4-5；該詩未收錄於《王白淵・荊棘的道路》詩集中。

174 《台灣文學》4卷1號（1943年12月25日），頁6-9。筆者譯。該詩未被收錄於《王白淵・荊棘的道路》詩集中。

無賴和娼妓
製造出的白澳主義喲！
以紋身自負的英國佬的「Australia」喲！
此刻正要給這些放逐者下達最後的審判

Cheese和羊毛
獻予神聖國家　以神聖之名
「暴發戶」將永遠從大東亞被驅逐出去

你當知道
當勇武的神兵舞降時
當凜凜的鐵牛猛進時
那時正是澳洲歷史新頁的開始

抗拒歷史之流者將被沖走
阻擋真理者終將敗倒
Halsey噢[175]！

---

175 小威廉・弗雷德里克・哈爾西(William Frederick Halsey, 1882-1959)，美國海軍五星上將，太平洋戰爭期間任航空母艦特混艦隊司令、南太平洋戰區最高司令和第三艦隊司令，為跳島戰術重要執行者。1942年1至2月間，哈爾西率企業號、約克城號航空母艦先後對日軍佔領的馬紹爾群島、吉伯特群島、威克島進行突襲，為美軍太平洋戰爭初期整體潰敗中，取得初步戰略平衡。1942年4月，哈爾西和企業號為空襲東京的大黃蜂號護航，促使任務成功而聲名大震。1942年10月，瓜達卡納爾島戰事對美軍極為不利，哈爾西被任命為南太平洋戰區最高司令，指揮該區的盟國陸海空三軍，以扭轉戰局。次年2月，日軍被迫撤離瓜島後，晉升為海軍上將，此後日軍在哈爾西的戰區接連受挫。1943年5月，盟國決定從中太平洋和西南太平洋同時向日軍進攻。哈爾西奉命指揮所羅門群島戰役。戰役之後，美軍正式劃分中太平洋戰區和西南太平洋戰區的轄區和任務，哈爾西擔任南太平洋戰區最高司令，聽命麥克阿瑟指揮。1944年8月，哈爾西率第三艦隊進攻加羅林群島，1945年支援硫磺島和沖繩島的登陸。8月15日，日本宣布無條件投降，9月2日投降儀式在哈爾西的旗艦「密蘇里號」戰列艦舉行。12月，晉升為海軍五星上將。

奪還區區數島
焉能左右戰局？
以白宮和白金漢宮為目標
你不知大東亞諸民族默默承受的口號
就是「東是澳洲，西是印度」嗎？

被瓜達卡納爾島之慘虐觸怒的眾神
如怒濤湧進的大東亞民族軍先鋒
予無懼此神的不逞之徒應有膺懲的軍隊來了
白澳噢！狐喲！狼喲！
永遠由此大東亞消失吧！

二、印度
彼是誇示特權的白澳主義！
此是血淋淋的英帝國主義！
五千年歷史在工業革命面前脆弱地瓦解了
栽植蝕骨中國的鴉片
和獨榮曼徹斯特的棉花
自己卻為無米所苦
永遠永遠地被貧困壓抑著的印度民眾噢！
斬斷日沒西山的英國壓迫和搾取之鏈
高呼獨立的光榮吧

以眼還眼　以牙還牙
莫再操作織布機
以血還血抗爭吧
印度噢！
以深入骨髓的恨

嚼破英國佬的鐵面皮吧！
獨立旗飄揚之所！
唯有那裡是爾等
最後的生路！
（作於10月8日）

〈澳洲與印度〉一詩寫於1943年10月，此時日本敗象已深。該詩激昂憤慨的文字風格及逐除大東亞暴發戶、真理不敗、歷史決定論(歷史之流、歷史審判、歷史新頁)、獨立乃最後生路等觀點，乃王白淵慣常論調。詩中提及的「瓜達卡納爾(Guadalcanal Island)」戰役，是日軍繼中途島失利之後的另一關鍵性重挫。1942年聯軍發動大規模反攻，瓜島在所羅門海戰中爲聯軍攻擊重點。1942年7、8月間日軍在該島興建飛機場，8月初便遭遇美軍猛攻陷入苦戰。由於補給線太長，島上兵士陷入無糧狀況餓死、戰死，傷亡慘重，曾有「餓島戰役」之譏。1943年初大本營於半年苦戰後宣布棄守，此役也因此成爲宣告日軍陷入逆勢的重要戰役。阿圖島玉碎和瓜島之役，爲大東亞共榮圈破滅的喪鐘。王白淵兩詩一前一後敲響喪鐘，並以「奪還區區數島，焉能左右戰局」，譏刺日軍在宣傳上自欺欺人、實則困獸猶鬥的狼狽狀態。

除了前述兩詩之外，王白淵出獄之初即曾投稿《台灣文學》。1943年7月《台灣文學》有署名「王博遠」者發表的〈太平洋的暴風〉(〈太平洋の嵐〉)、〈新加坡如此滅亡了〉(〈シンガポールは斯くて亡びぬ〉)兩詩[176]，依署名、內容、文風判斷，乃王白淵作品無疑。同樣地，這兩首詩一方面謳歌皇軍武勇，怒斥西方帝國主義爲豺狼；另一方面強調帝國主義者昨驕今敗之歷史必然，以及亞細亞恥辱就要終結、東洋民族的黎明即將開始、緬甸終爲緬甸人的緬甸等語。對亞洲殖民地歷史素爲關切的王白淵，在上述諸詩中再度採取他熟稔的換喻手法，以彼

176 兩詩刊於《台灣文學》3卷3號(1943年7月31日)，頁36-38；由於使用化名，過去未受注意，亦未被收錄於《王白淵・荊棘的道路》詩集中。

喻此，以批判澳洲、印度、香港、新加坡等地英殖民歷史的形式，吹奏他的反帝／反日號角。一如1930年代他在《荊棘之道》中，藉印度論述論台灣問題，終戰前的他也假藉大東亞共榮圈之強敵——大英帝國的敗戰，讚揚皇軍武勇，實則譏諷戰況趨劣的「日之國」和敗落的「日不落國」。在他的信念中，凡帝國主義者均難逃「日」薄西山的歷史演化。

受汝詛咒的人
為詛咒你而崛起
受汝虐待的人
為葬送你而奮起

與日沒西山者相稱
新加坡喲！
你的武器鈍了
你的心臟停止了[177]

1942年2月英國在遠東的軍事要塞新加坡曾被日軍攻佔，但是1943年的此時新加坡已幾乎要從日軍手上失去。武器鈍了，日頭將落的，不是新加坡，而是其舊殖民者大英帝國，以及新占領者大日本帝國，而戰後東南亞各國先後獨立，新加坡經歷漫長的抗爭過程也建國了[178]。

王白淵假借批判西方帝國主義之名，批判了東洋帝國主義之巧取豪奪；藉日軍在東南亞、南洋等地組織的(偽)大東亞民族軍，呼喚真正的大東亞民族覺醒揭竿而起。「釋尊後裔已奮起了」、「緬甸人的緬甸終

177 王博遠(王白淵)〈シンガポールは斯くて亡びぬ〉，《台灣文學》3卷3號(1943年7月31日)，頁37-38。筆者譯。

178 新加坡在日本佔領的3年6個月期間，被改稱為「昭南特別市」(Syonan)。1945年8月英國重新管轄新加坡並恢復舊稱。1959年取得自治地位，1963年新加坡、馬來亞聯邦、砂勞越和北婆羅州(現沙巴)成立馬來西亞聯邦，完全脫離英國統治。1965年8月新加坡宣布退出聯邦，成為獨立的主權國家。

於實現了」[179]等語，同樣隱喻著自1920年代以來台灣反殖運動者的最高理想，那就是——「台灣是台灣人的台灣」！

在本土作家心中，他們深知六年前以「共產主義者」被檢束的「王白淵」，對統治當局具有什麼特殊意義、也知道他對台灣作家而言代表了什麼樣的精神。如果表面上王白淵的「文學報國」，象徵《台灣文學》的「臣服」，那麼私底下王白淵戰爭詩中的指桑罵槐，與張文環〈荊棘之道繼續著〉的共勉，則都以一種心照不宣的特殊話語形式，隱喻著反殖抗爭薪火相傳。

三、荊棘之道：張文環1940年代的故鄉書寫與文化批判

在認同取向上，張文環未曾表露像王白淵一樣強烈的中國認同；在文學風格上，王白淵深受泰戈爾、石川啄木影響的風格也獨樹一幟。但是無疑地，張文環乃至吳坤煌等人在反日立場上與王白淵有所共鳴，關注生命姿態的文學之眼也受到了王白淵的某些啓示。王白淵對後進的文學影響不盡相同，相對於追隨社會主義理想的吳坤煌，王白淵帶給張文環的似乎是殖民統治對民族文化破壞的審思。在戰時殖民地，被禁忌的民族認同、反皇民化或民權問題無法如1920-30年代般議論，只能壓縮於鄉土舊慣、民俗保存或者文藝典範等議題中間接呈現。

台灣文學奉公會對台灣文學界的要求，是「作為大東亞文學的一環」；在文化的場合，帝國中心的文化論述與政策，同樣也企圖使殖民地文化成爲大東亞共榮圈的次文化。因此，擁護地方主義的張文環，在其〈我的文學心思〉一文中才特別強調「文化是土地實情的環境湧出來的，不是一朝一夕的連結就能形成」，藉此伸張作家捕捉隱藏在今日台灣現狀背後的文化流動與變遷問題，如何有其不可置疑之重要性[180]。

沒有經歷過現代國家經驗的台灣人，在日本帝國主義中激發出國族主義。他們捍衛什麼？以什麼標識自己？又憑藉什麼進行共同體想像？

179 王博遠（王白淵）〈太平洋の嵐〉，《台灣文學》3卷3號（1943年7月31日），頁36-37。

180 張文環，〈我的文學心思〉，頁165、169。

不用說，那就是民族文化。東京台灣人文化同好會成立宗旨，便反映了「創造文化、捍衛民族」的運動邏輯：

> 我們所受的教育到底是什麼？公學校教科書第一頁的題目是〈天皇陛下的行幸〉。嗚呼！這就是我們台灣的現實啊！這裡還有什麼獨自的文化可言呢？所以我們必須依靠我們自己的雙手來創造台灣真正的文化[181]。

嗚呼！這就是我們台灣的現實啊！側身東京，王、張、吳一代留日青年看清母土文化在島內受到殖民教育壓迫扭曲，在日本內地又遭媒體污名化或異國情調化，淪為邊緣的、卑劣的、奴隸的文化。因此他們決心創造「真正的」台灣文化。什麼是真正的台灣文化？那是反貶抑的文化、非奴隸的文化，也就是反帝的民族文化。

受到王白淵的影響，文藝與民族，創作與改造，在張文環創作初開的階段一體兩面地存在著。此後這種革新、抗爭的精神，以及對民族文化的關懷與思辨，成為他終身文學活動的主要特徵。文化同好會以後的張文環，在1930年代「想報告台灣人的生活讓人知道」；1940年代藉由地方文學為皇民化運動下受創的本土文壇重開生機；到戰爭末期還因不甘充作「帝國母幹伸出的枝」而苦鬥著，都是上述信念的顯露與實踐。

張文環以挾帶台灣語彙與地方色彩的混雜語言，描寫台灣式的生活，企圖以文學創作呈現他所體認的台灣現實。文學提昇文化，文化表徵民族，民族文化抵抗殖民異化。在張文環心中，有文學→文化→民族→抵殖民，這樣一條思想與書寫的進路存在。在政治抗爭、文化運動可能的年代他參與活動，奔走聯繫；在不可能的年代他審視民間社會文化變遷，以故鄉書寫表記民族寓言。這就是張文環的文學立場與創作內容。

181 《台灣總督府警察沿革誌(三)》(台北：南天書局，1995年6月，復刻本)，頁54-55。

對張文環而言，什麼是荊棘之道？在〈我的文學心思〉一文中，他曾以荊棘之道譬喻文學之道。綜合全篇意旨，傳達台灣實情、維繫主體認同的文學工作，即是一條荊棘之道。張文環從未像吳坤煌一般引證社會主義理論或無產階級文藝理念來證明「文學」與「民族」的關係，或闡明「批判性繼承的民族文化」與「世界無產階級文化」的關聯；但是，他卻以殖民統治與殖民資本對村居生活與道德倫理的威脅和破壞，具體展演了鄉土書寫與民族文化、鄉土書寫與後殖民論述之間連結的可能性。

了解張文環文學與民族的關係之後，接著我們要關心他的文學傳達了什麼樣的台灣現實？前面提到，張文環所經營的文學世界，是他體認的台灣現實，是他認爲的台灣人視野的「台灣現實」。其文學之所以具有召喚力與魅力，原因之一即在於他的社會洞察與文學再現能夠觸動廣泛共鳴。與其說他傳達現實，不如說他藉風俗人情、村落發展、社會生活的描寫與營造，挽留了一個當時台灣人熟悉卻又逐日流失的舊夢，因而喚起同種族、社會、文化背景的人形成共同體感受，同時又舉重若輕地展示他對殖民統治下文化變遷軌跡的勾勒、檢討和批判。

戰時下張文環最重要的創作母題，一如其1930年代戮力的目標—書寫故鄉。只是他更能成熟地在日本殖民論述對台灣文化的貶抑、扭曲、異國情調化之外，以「在地人」的身體經驗、情感結構、地方知識，對「故鄉」進行台灣人文形象、地理文化空間與庶民生活史的重新定義與編碼。張文環在皇民化運動下設法逃脫單一主義殖民文化論述的覆蓋，在小說中頻頻流露對消逝中的民族傳統與民間文化眷戀的回眸，因此他的文學逐漸發酵成一股對民族與在地的記憶召喚，一種台灣式的漢文化鄉愁。在他以深刻的感情刻劃、追念、反思故鄉的同時，不僅再現了這個文化面貌日益模糊的殖民地社會，也召喚了民族共同體的想像。世外民曾言，張文環的文學「是從對自己生活的反省以及對將來懷抱希望這一點出發的」。因此，怎能說他的文學只不過是個不能回返的夢？夢，不正因爲不可回返而使人更眷戀嗎？何況張文環的小說並非只是一個舊夢，他還揭示了一部從過去向現在延伸的地方歷史，一個因殖民文化與現代資本滲透而在破碎中一寸一寸蛻變更新的鄉土空間。進行中的夢、注滿了情感的夢土，所以它才能夠召喚越來越多共鳴者，甚至激起身處權力結構中的某些日籍作家之嫉恨。

屬於殖民地第二世代的張文環，是個十足的日語世代新知識分子。然而幼年的山居生活和書房經驗，卻使他在皇民化運動熱烈的時期，能以超越性的視野審思民族文化滅絕的危機。發表於1941年的〈論語與雞〉[182]是其四〇年代巔峰期代表作之一，殖民地儒學教育的崩解是重要的主題。作家透過幼年經驗的凝視與反芻，以反思性眼光述說殖民地漢文教育及傳統文化體系衰頹，終而彼此斷裂剝離的一段文化衰敗體驗。小說以環繞民俗／禮法的一些情節經營[183]，對漢學教育的沒落與本土價值的變遷，進行極具象徵性的捕捉，可視為張文環以鄉土書寫演繹民族文化省思之精采力作，而其中亦含有豐富的後殖民寫作意涵。

〈論語與雞〉的故事舞台，位於山中盆地的一處偏僻村落。昔日漢人社會的大小文化傳統曾在此生根，當時繁盛大家族培養子孫參加文武科舉，以維持家族榮盛；然而，時代浪濤轉換，科舉不再，只留下書房一息尚存。另一方面，殖民政府尚未將基礎建設根本的電力供應到部落，標榜「文明」的殖民現代浪潮卻已源源灌入。主人公少年「源仔」所屬的大家族也沒落了，稍遠街市已有公學校，父親卻安排他在書房讀書。定時的束脩、晨間的祭孔灑掃燒茶等，均須行禮如儀。與嚴肅呆板的書房相較，口語的新腔調、活潑的課程(圖畫書、音樂、美術、體育)、時髦的校帽，對源充滿了吸引力。於是他將書房生硬的教育視為監禁，也將具有傳承意味的民間祭典、拳腳工夫、鑼鼓陣，視為丟人現眼的雜耍。比起幼時在書房「常被打到哭」的父親，源對自己身為新世代感到慶幸。

182 張文環，〈論語と雞〉，原刊《台灣文學》1卷2號，1941年9月。本文參考，中島利郎等(編)《日本統治期台湾文学・台湾人作品集》第四卷(東京：綠蔭書房，1999年7月)，頁165-180；中譯文〈論語與雞〉收於陳萬益主編，《張文環全集》卷2，頁21-40。

183 有關文武科舉、書房儀禮、弟子之禮、長幼之序、男女之別、村落祭典、道教戒律、民間慣習、警察體系的描寫，均有呼應主旨的作用。

在源的視線下，在山村「也是主張日本文明」的年代裡，武舉精神殘喘於祭典中的拳腳戲耍，文舉也到了末路，但是父親卻不這麼認爲。對於孔道、經典、夫子，他至誠恭敬，對源的教養也完全以儒家禮法爲依歸。他與源討論《論語》，一旦論起「禮」，嚴厲的臉便會和藹下來。其他家長的文化認同與價值取向大致類似，皆肯定書房是古聖先賢「學問」之所在。殖民前教育體系及附屬於此一體系的文化價值，藉由「父親」象徵的以漢學立身出世的一代展現出來。父親、源以及假道學的先生三者，面對漢學的不同態度——認同、懷疑、物化／異化，則形成多角對照。源從各方面表現出對殖民前教育體系及文化價值的陌生、疏離與不認同，時時意識到「象徵傳統壓力」的父親監督的視線。幼嫩的他不理解漢學負載的社會功能與文化意義，無法理解父親嚴正的用心，另一方面對書房教師的荒怠又充滿疑惑。小說就架構在這樣一個過渡世代的懷疑思維上。

故事開始於盂蘭盆祭典來臨前，部落青年點燃火把就著月色練習舞獅、拳腳和鑼鼓陣，平日充滿霉味的部落一時充滿了活力。然而就在祭典準備期間，兩位農夫因爲伐竹糾紛鬧進警局，警察束手無策，雙方決定斬雞頭自明，喧鬧聲引來村民以及紀律鬆散的源等一夥師生圍觀。一行人前進到村外偏僻崖下的「有應公」洞窟前，進行驚悚儀式。斬雞頭在混亂中結束，未料立誓用的死雞卻在眾目睽睽下被書房教師飛奔搶回食用。主人公「源」對書房單調乏味、不嚴謹的教學早有疑惑，目睹夫子此番醜態之後，透過親師雙方灌輸的禮法與師道，在心中迅速墜毀。稍後家長們也發現了書房裡的各種亂象，紛紛讓孩童輟學。此事件後，書房不可收拾地衰敗下去，卻意外地在一心嚮往公學校的源心中勾起了莫名的失落。

小說初以童摯之眼再現書房教育，末了卻觸碰了台灣儒學沒落與殖民教育興起之思辨。作家巧妙藉由有關禮法／秩序的一些幽默趣味描寫，對政治、社會文化體系與漢學教育之間的關係，進行不著痕跡之審視；在看似偶然的瑣碎日常故事裡，儒學沒落所展現的村落教育變遷，傳統知識分子人格的破產，以及鄉間社會不得不被殖民街市吸納的現象，都一一暴露出了本土文化遭殖民勢力破壞從而沒落、異化的深刻問題。

不愛上書房的源爲什麼失落呢？因爲師道墜毀，更因爲模糊體察了本土知識體系與文化道統近乎狼狽地衰落之危機。儘管科舉早廢、殖民勢力亦遠抵窮鄉僻壤，但是漢文的實用功能以及儒學的文化機能與精神價值，仍透過書房與庭訓在民間社會各角落緩行慢流。在村人心中這位永遠只教《論語》的先生，無論如何仍是神聖道統的傳承者。不過由於書房教育和它所依附的漢人文化、漢學傳統、科舉制度早已剝離，因此自然不能避免制度死亡、傳統流失以及實用價值下降，連帶引發的一連串沒落過程。在日語爲主的殖民教育強勢擴張之下，道統衰微不可挽回，這位論語先生似乎比誰都清楚現實的殘酷，因此他教學消極、生活頹廢，甚至未要求兒女入塾。在書房之外，他的活力與權威也只能在雨天的說書中乍現，談起三國故事時，他的聲音總會「越來越高亢勇敢起來」。古聖先賢道統既衰，那麼維持夫子最後的自信與權威的也只有通俗小說、傳統掌故與市井休閒了。

「斬雞頭」是一種以名譽、命運相賭的民間裁定，「這在台灣發誓的形式當中，可以說是最高的方法。這表示沒有罪的人也願意把報應的輕重在兩人之中分擔」（〈論語與雞〉，頁32-33）。此事件的出現，暴露村人對先生的權威已然遺忘。這個所有權紛爭，不以法律不以道德而以民間慣習裁決，顯示法律（殖民主）與禮法（傳統文化）雙方，在此時此地皆是無能的存在。村落最高的法治單位派出所，沒有採取強制手段仲裁；神聖文化的最後代理人書房先生，也沒有主動擔當或被推舉爲調停者。書房先生對村人的爭執漠然不關心，絲毫沒有調解的意識和責任感，顯示他對書房教師過去被賦予的社會領導階層身分，已全然無自覺。隱藏在假道學面具之下，外表行持與內在思想的不一致，言教與身教的破綻，於搶拾死雞的一幕中，在村眾面前無情的暴露出來。

這幕漢學先生的醜劇，肇端於殖民教育文化改造，完成於社會內部禮法（道德價值體系）的崩解，終而不可救藥。身爲道統代理人，書房先生應教導禮法，並率先實踐禮法。事件發生前書房甫教到〈鄉黨〉第十，父親曾對源說明該章主旨是「遵守禮法」。父子論禮一段，正是突顯小說主題意識的段落。〈鄉黨〉二十七章，集中記載孔子對禮的態度及實踐，孔子在各種不同場合時的容色言動、食衣住行，一舉一動都符合禮。小說引用第十章「鄉人飲酒，杖者出，斯出矣」[184]，後句「鄉人儺，朝服而立於阼階」未引，但兩句都與小說主題有關。孔子在「鄉飲酒禮」與「儺禮」中，敬長、尊客、尊崇禮法，進退有據。小說藉此提示共同體意識、禮的精神及師道典範，並據此爲批判書房先生對聖賢道統(禮之本體)與民間習俗(禮之分流)的輕率拉出伏線。〈論語與雞〉烙印在讀者腦中的是夫子搶拾鮮血淋漓、掙扎滾落著的死雞之一幕。立誓用的犧牲品，是夫子的盤中飧；神聖的道統，淪爲餵養口腹的工具。斷頭雞，象徵了與殖民前社會制度、文化體系斷裂的，喪失了源頭的漢學傳統。瞥見傳統知識分子之頹廢、漢文教育凋零異化的文化慘狀，別無選擇的新世代唯有沈重地往殖民教育前進一途了。

雖然身爲日語新知識世代，張文環在殖民統治末期的寫作中卻致力於描繪殖民統治對民間社會及傳統價值的破壞。村居生活曾有過的一切，在殖民政治、資本、教育及文化論述的入侵下，恐怕都將成爲雪泥鴻爪吧！違逆安貧樂道的讀書人風骨，書房先生那具有高度形象性的怯懦與頹廢的醜態，激發了源(同時也是張文環)等日語世代對「漢學／傳統文化體系」的第一次由衷有感，然而這感覺竟是對民族文化傳統殘敗至此，瞠目結舌的震驚。一種親眼目睹我族文化死亡的痛感，於小說終了的無語靜默中沈重地透染開來。

帝國主義壓抑的特色之一，便是對語文的控制。殖民主藉由語言控制，建立等級性的權力結構，樹立一套優惠帝國支配的真理、秩序、現實標準。日語教育，即是一種最大規模的「官製文化(改造)運動」。以公學校教育爲重點的台灣日語教育，並不是在多語／多文化主義的原則下施行，而是在貶抑本土語言、阻斷本土教育傳統的文化暴力下，

184 張在小說中，誤記為「鄉人飲酒杖者出斯矣」。

以「新學／新語」壓制「舊學／舊語」的改造模式展開[185]。日本據台前，儒學在台灣已有二百多年歷史，官學和民間興學普及，書院／書房遍布各地[186]。1895年之後科舉之路中絕，地方士紳投身教育，也曾因此掀起書房教育短暫榮景。然而，在日語同化主義思維下，漢文教育逐漸被視爲同化政策的天敵。漢文消滅策或改造策，反映於書房管制、公學校漢文課程縮減[187]、報紙漢文欄廢止等相關政策中，嚴重不利於漢文教育及傳統文化的存續，這種現象在皇民化政策施行後達到極致。〈論語與雞〉藉由書房沒落勾勒漢文教育及傳統價值的變遷與解體。書房先生的敗落史，象徵了飽受時勢摧殘的漢學教育，從維繫整體社會運行的聖賢道統退化爲私人教育、市井文化，乃至糊口之道的滄桑史。夫子手中緊握不放的漢文教育有如斷頭雞，在本土文化遭殖民破壞從而沒落、異化之後，已淪爲圖溫飽之用的神聖屍骸。

張文環的小說一貫關心台灣舊有的社會文化體在殖民統治、資本侵略、殖民現代性等等洪流沖刷下，如何逐日崩解？社會變遷與人的苦樂及命運之間產生什麼關聯？在共同體崩解與價值轉換的歷程中，人們情感、意識、價值的體驗、苦樂與變化又是如何？〈論語與雞〉，道出受殖者民族語文、教育傳統、文化傳承，與其所屬社會文化體系脫離，從而失血、庸俗、空洞、屍骸化的滄桑史。張文環致力於銘刻殖民統治對民間社會及傳統價值的破壞，村居生活曾有過的一切，在殖民政治、資

185 參見柳書琴，〈從官製到民製：自我同文主義與興亞文學〉，收於王德威、黃錦樹編，《想像的本邦：現代文學十五論》（台北：麥田出版社，2005年5月），頁63-90。

186 參見陳昭瑛，《台灣文學與本土化運動》（台北：正中書局，1998年4月），頁283。

187 1910年代「國（日）語普及運動」展開後，迭有廢除漢文的主張；1918年修訂公學校規則時，漢文科每週時數減為二小時；1922年新「台灣教育令」頒布後，漢文改為選修科目。此後，各地方教育當局頻頻以漢文教育阻礙日語學習為由，擅廢漢文科、禁止說台語或台語教學，對於書房的申請核准、管理和取締也日益嚴苛。1937年4月，總督府為徹底普及日語，斷然修訂公學校規則，新法中刪除漢文科為選修科目一條，漢文教育終於從公學校教育中徹底驅逐出境。

本、教育及文化論述的入侵下，恐怕都將成爲雪泥鴻爪吧！除了〈論語與雞〉之外，張文環在「台灣文化賞」得獎作〈夜猿〉，以及在論戰中遭批判、而後被「厚生演劇研究會」改編用於與皇民劇拼台之小說〈閹雞〉中，也都表現出同樣的文化關懷。

在1940年代張文環的故鄉書寫中，我們看見在皇民化政策下，遭受文化改造與認同脅迫的新世代，反而深刻地被激發出對我族文化的戀戀不捨與對殖民現代性的反思。在日據時期張文環的思想中，並未見到明顯的國族思想(台灣獨立或祖國回歸)，但是其「故鄉—我族」認同從1930-40年代持續發展，隨著民族文化的受抑而逐漸強化，軌跡清晰可見。這種建立在台灣風土與台灣人民範疇內的「故鄉—我族」認同，可以說是在殖民統治穩定後出生、在日中關係惡化下成熟其思想、缺乏中國經驗的殖民地新知識世代，最爲普遍的認同形態。

綜上所述，王白淵與張文環的文學，表現了兩種不盡相同的認同取向與審美風格。但是，文學提供這些認同受到脅迫的人記錄、思考、反抗，以及想像的空間，卻如出一轍。共同體的想像過程，也就是民族主義的起源。不論有心或無意，文學萌芽之初受到王白淵影響的張文環，也繼續以文學參與了這樣的認同建構。

前面提到〈荊棘之道繼續著〉發表的同時，論爭中的另一主角呂赫若也發表了一篇〈子曰「空空如也」〉的隨筆。他如此寫道：

> 我在公學校時代，眼見父親寫書法及叔父揮毫作文人畫的快樂情景，從此開始對文學有著懵懵懂懂的憧憬。每當我為他們研墨時，總是浸淫在一種特殊的氛圍裡，混合著前庭散放的含笑與桂花春，我便在這種典雅的氣氛中暗自陶醉。
>
> 磯村老師以容易理解的方式自明治文學教起。當時我最欣賞德富蘆花。他在二年級的暑假作業中，打破過去國文科的傳統規定，發給我們每人一本島崎藤村的《千曲川速寫》(《千曲川のスケッチ》)……，直到現在我依然無法忘懷當時一邊徘徊

> 在鄉間的山川草木裡，一邊讀著《千曲川速寫》的感動心情，這是我最初讀到的文學作品[188]。

呂赫若採用同樣的懷舊筆調，輕描淡寫娓娓道出個人文學因緣。但是研究呂赫若的學者朱家慧，卻指出這份表白與事實有所出入的地方，她說：

> 我們不可忽略上述回憶係發表於戰爭末期的1943年，因此我們除了窺見呂赫若具有浪漫傾向的自然主義文學背景外，卻無法從其回憶文字中看出左翼思想的淵源。事實上，青年呂赫若正處於民族主義與社會主義思潮洶湧的1930年代；而師範學校又是當時培育台灣領導階層的搖籃之一，勢必能夠接觸最前衛的思潮[189]。

藉由朱家慧的說明不難發現，這其實也就是呂赫若式避重就輕的自白。兩位難兄難弟的文學自白，何其默契十足。一如濱田與西川的沆瀣一氣，張、呂口吻的整齊劃一，也使我們容易覺察其中的絃外之音。

日本敗象已露之際，與楊逵素有交往的旅台日籍作家坂口䙥子發現，台灣人表面上接受日本人統治，然而實際上所謂的「日台一家」根本是同床異夢[190]。從以上的各種考察可以發現，「大東亞共榮」想像確實存在著許多偽裝的和合與難以同一化的裂罅，特別是對於曾經受到左翼運動與社會主義思想薰染的王白淵及其追隨者身上。

小結

相較於高度推崇社會主義或殖民進步主義價值者，1920年代中晚期

---

188 呂赫若，〈子曰「空空如也」〉，《興南新聞》，1943年8月23日。

189 朱家慧，《兩個太陽下的台灣作家：龍瑛宗與呂赫若研究》(成大歷史所碩士論文，1996年7月；2000年11月，由台南市立藝術中心出版)，頁57-58。

190 大原美智，〈坂口䙥子研究：日人作家的台灣經驗〉(成功大學歷史系碩士論文，1997年7月)。

以後的台灣知識分子，轉而注意本土文化的價值，此趨勢至1930年代逐漸蔚爲文化界、思想界主流。台灣價值與帝國價值的對立，這種文化價值之爭、認同之戰，就是張文環從事文學的一貫動機與動力。張文環的文學志向，亦即他對「文學是什麼？」、「文學能做什麼？」的認知，深受王白淵的影響。王白淵從美術而文學而革命的一段歷程，也正是他對殖民／民族問題血跡斑斑的追尋。荊棘之道，是王白淵摸索認同的道路，也是捍衛此一認同的道路。然而，這並不是王氏個人的、偶然的道路，它同時也是深諳箇中意味的謝南光，以及景從其後的張文環，乃至殖民晚期與張文環成爲親近戰友的呂赫若等人，直到日本戰敗之前的堅持。

一如王白淵《荊棘之道》，張文環隨筆〈荊棘之道繼續著〉全文之中，卻沒有用到「荊棘之道」這個詞，也沒有說明「荊棘之道」所指爲何？但是，「荊棘之道」這個曾爲左翼文壇知名前輩採用於詩集的標題，正如謝春木的顯影劑一樣，在張文環企圖明志，卻不便過於露骨的兩難中，具有微妙的解碼作用。在左翼思想被壓制，中國成了敵國，革命根本不可能，就連自稱是台灣人也不再理所當然的年代，荊棘之道雖已不易踏隨，但是王白淵仍是那些不懈地追尋民族認同的人們心照不宣的燈塔。

在意識到「小說終於就快要不能寫了」[191]之際，張文環選擇了這麼一個意味深長的標題。誠如詩文集《荊棘之道》，對深知它的讀者具有不辯自明的意義，〈荊棘之道繼續著〉對立場相近、有口難言的同志，也能形成某種共鳴吧？荊棘之道，是張文環對十餘年來投入文學工作的結論；繼續走下去，則表明了他堅守此一文學使命之心志。在嚴酷政治環境下關切台灣文化的張文環，和王白淵一樣，先後用文學思考民族問題，以多元分歧的取向，豐富台灣社會的認同建構，同時留下了曲折動人的台灣現代文藝。

---

191 呂赫若（著），鍾瑞芳（譯），陳萬益（編），《呂赫若日記》，1943年6月8日記事，頁358。此為張、呂聊天時所說。

第四節　忠義的自問：從〈地平線的燈〉論張文環的跨時代省思

前言

1941年皇民奉公會成立，開始對本土文壇進行積極的意識再造和作家動員，張文環也在劫難逃被徵召入會，墮入言論樣板的尷尬處境中。透過言論或書寫，張文環捲入對同胞進行意識、精神與物質動員的宣傳戰中。面對「被動員去動員」的尷尬任務，張文環有不安和抗拒，多年從事文化運動、熟習文化抗爭之道的他，曾以某些書寫策略加以敷衍規避，並在有限條件下傳達奉公運動要求之外的「異聲」。不過，在戰時統制的政治控制與言論操作下，更多時候也只能無奈複述(reproduce)官方的主流論述。在遮天蔽地的「大東亞戰爭」壓迫下，從事後方動員的張文環，終究和前線作戰的台籍兵士一樣，無法逃脫淪爲戰爭體系一員的宿命。

台灣人的「大東亞參戰經驗」，是台灣現代史上最深刻的「受害經驗」之一。除了軍夫、軍屬、志願兵、台籍日本兵的實際作戰之外，後方動員體系的維護與推動多賴地方領導階層來貫徹，因此也造成台灣知識人的噩夢。狂暴的年代逝去之後，新時代到來。然而，緊接而來的社會摩擦與政治動亂，以及政治社會各方面的激變與禁壓，皆使台灣社會在1990年代以前，無暇對過往各式各樣、程度性質不一的戰爭經驗進行整理與沈思。台灣人的大戰經驗，僅僅在極少數文學作品中留下一些微弱的時代回音。

在參戰經驗方面，李喬《寒夜三部曲》第三部〈孤燈〉，描繪樸直熱情的客家男性被迫棄捨數代耕作的故鄉田園，前仆後繼投入慘虐戰爭，死生難測，令人哀慟。鍾肇政《戰火》書寫台灣原住民悲愴的參戰經驗，更拓展了這類型小說的主題向度[192]。在戰時社會的描寫方面，呂

192 鍾肇政(1925-)曾被徵調為學徒兵(1945年徵調，8月日本投降後復員返鄉)，其

赫若〈改姓名的故事〉、〈月光光〉、〈一個獎〉以及吳濁流〈先生媽〉等小說，則致力於批判皇民化運動的荒謬性與欺瞞性。這些作品都可以算是廣義的「戰爭回顧小說」。台灣的戰爭回顧小說以受害敘事爲主調，著重於對肉體折磨、生命枉逝、尊嚴凌夷和強制認同的批判[193]。此外，戰爭回顧小說中，也有以比較複雜的形式思考台灣人的受害經驗者，陳千武的〈獵女犯〉乃是其一[194]。小說思辨的主題，顯現於複義性的標題上——在大戰中沒有意志與行動主權的台籍日本兵，既是遭殘酷役使的「囚犯」，也是被迫參與侵略的「共犯」。陳千武審視台灣人參戰經驗中受虐／施虐的兩面性，揭示戰爭帶給台灣人不止肉體、更且是精神與道德上的異化與折磨。這非但是〈獵女犯〉超越同類作品的成就所在，也是閱讀台灣戰爭世代心靈地圖的重要切口。類似對台灣人戰爭受害經歷之多重心理進行省思的作品，在戰爭回顧小說中並不多見；以後方知識人動員經驗或戰時心理爲主題的作品更寥寥可數，張文環遺作〈地平線的燈〉(〈地平線の燈〉)便是相當珍貴的一篇。

張文環從未受到注意的遺作〈地平線的燈〉，爲其晚年復出之作，也是他生平最後一篇小說。這篇小說以後方知識人的動員經驗與戰時心理爲主題，刻劃有理想的台灣知識分子從戰中到戰後的浮沈，是廣義的戰爭回顧小說中相當異質的一篇。張文環在殖民統治時期艱辛從事文學十餘年(1932-1945)，藉文學運動提昇台灣文化是他一貫的抱負，其貢獻向來受到高度肯定。身爲本土文壇祭酒、向以擁有台灣意識自恃，張文環以什麼樣的心情從事殖民政府戰時委派的一些政治事務？人生將盡

(續)

《戰火》為高山組曲之第二部(第一部為《川中島》)，1983年發表於《中華日報》，1985年由蘭亭出版社出版。

193 台灣戰爭小說，有幾個出現的高峰時期。一是，戰後初期；二是，1970年代中後期到1980年代。除了上述所列虛構性較強者之外，還有以自傳小說方式書寫者，譬如：磯村生得(著)、李英茂(譯)《少年上戰場》，作者於70年代歸化日本，日文原作完成於1981年，1998年由台中晨星出版社出版。

194 陳千武(1922-)曾參與南太平洋戰事(1942年被徵調為「台灣特別志願兵」，1946年7月從新加坡復員返鄉)，其〈獵女犯〉最早發表於1976年《台灣文藝》第52、53期，後收於《獵女犯》(台中：光致美術印刷，1984年11月，初版)。

時，他如何評價自己從戰中到戰後的一段歷史演出？透過跨時代一輩知識階層心理與命運的刻劃，他想傳達什麼樣的文學遺囑與時代證言呢？在小說背後，隱然可聽見張文環的自問：究竟我輩真是墮落者、不忠義者嗎？不，當然不是。如果不是，那麼我輩一代台灣文化人又如何在時代中奮戰過來呢？相關問題，正是本節欲藉〈地平線的燈〉加以探討的。

一、《滾地郎》第二部曲：遺稿〈地平線的燈〉

1975年，67歲的老作家張文環，由日本東京一家出版社推出了日文小說《地に這うもの》(原意為《在地上爬的人》)。《地に這うもの》以明治後期到昭和初年的台灣農村為刻劃主題，成功塑造了殖民統治下台灣農村的典型，以及「啓敏」、「秀英」等在貧困抑壓的時代下，安份守己、正直堅忍、具有大地之子形象的典型人物。《地に這うもの》出版後，受到「日本圖書協會」推薦為該年優良圖書百種之一，次年由廖清秀翻譯為《滾地郎》，台北鴻儒堂書店出版。後由陳千武譯為《爬在地上的人》，收入《張文環全集》中。在2002年台中縣文化中心出版《張文環全集》以前，張氏作品僅見於遠景(1976)、前衛(1991)等出版社選譯的部分中短篇小說；長篇小說《滾地郎》是讀者親炙張文環文學的重量級作品，它厚重生動的內容感動不少讀者，成為張文環作品中最為膾炙人口的代表作之一。

不過，《滾地郎》實乃三部曲之一，作為一個大河系列的首部曲，然而並未被普遍知曉。《滾地郎》系列含有作者的宏願，他去世前甫完成初稿的第二部曲〈地平線的燈〉，堪稱跨時代知識人的歷史自白，更罕為人知。三部曲不及完稿，使作家一片苦心付諸東流。所幸遺稿〈地平線的燈〉出土[195]，使我們可以略窺一位重量級跨時代作家的時代感懷。首部曲《滾地郎》出版前後的回憶文字或迴響較多，因此本節將藉重相關資料，側面勾勒二部曲〈地平線的燈〉的寫作背景；藉此揭示作

195 〈地平線の燈〉為台中縣文化中心推動「張文環資料蒐集與整理計劃」(1997-1998)時，家屬提供的珍貴手稿，全稿以日文寫作，中縣文化局保有原稿影本。後收入陳萬益主編《張文環全集》卷3，頁223-347。

家晚年復出，奮力一搏，在曲折而強烈的創作行爲背後潛藏的書寫企圖。

張文環戰前最後的創作，刊載於1944年11月[196]。當時36歲的他，是知名作家，風華正茂。此後，因爲戰況嚴峻、參與地方政治，以及光復後語文轉換、奔走家計、政治社會不安等等因素，他遠離文壇，中輟寫作，轉眼30年。

《滾地郎》是張文環晚年復出的心血結晶。長期輟筆，重行創作，絕非偶然，更非易事。日月潭大飯店經理[197]的工作繁重，加上心臟病的拖累，他能再創作多賴友人鼓勵。《張文環追思錄》中一些友人，曾提及他重拾舊筆的一些往事，說法相當一致；其中黃得時與林龍標等人，對此知之甚詳。

黃得時憶及：某年他帶領大學畢業生旅行，經過日月潭時，拜訪了久違的張文環。久別重逢，張誠摰歡迎友人的到訪，「可是從談話裏面，可以看出有一種難以掩蔽的憂鬱感」。當時張如此說：

> 得時兄，您假如要把我向別人介紹的時候，千萬別說我是文化人，曾經寫過小說的，您只說我是做生意的人，是日月潭觀光大飯店的員工之一就好了[198]。

他還說，我現在不但是生意人，也近於出家人，每日清晨到廟裡與和尙們一起誦經，回家後再拜觀音……。黃對於張意氣消沈的舉動，頗失望不忍，返北後便寫一封長信斥責他過於消極，並鼓勵他恢復從前的幹勁，寫出不朽的名作。黃在信中寫道：

---

196 一篇是台灣總督府臨時情報部「委囑作品」小說〈雲の中〉（〈在雲中〉），另一篇是類似「奉公日記」的散文〈朝〉（〈早晨〉）。

197 張文環晚年主要任職於日月潭大飯店（現日月潭中信大飯店），1965年擔任會計主任，1968年擔任經理，前後十餘年，直到逝世。

198 黃得時，〈張文環氏與台灣文壇〉，收於張良澤、張孝宗編《張文環先生追思錄》，頁33-50。

> 像你這樣真正有文學天分的人，看破一切，天天誦經念佛，是你自己白白蹧踏自己的才能，實在太不像話，(中略)。如果不能用中文寫，不妨用日文寫，寄到日本去發行，然後託人翻譯中文，還不是一樣嗎？你這樣無聲無息地把自己的才能埋沒下去，實在太可惜！不但是你自己的損失，同時也是整個臺灣文壇的一大損失[199]。

文友的忠告對張文環起了某些激勵作用，不久張覆函表示已經開始把擔任能高區署長時期(1947年6月起)[200] 遇到的一些瑣事加以整理，只是如何書寫還在構想中。

正當張文環文思復萌之際，1970年6月川端康成、岩谷大四等十餘位日本作家應中華民國筆會邀請來台參加亞洲作家會議，會後日本作家一行到日月潭作一天的旅遊。在黃得時引見下，張文環與川端氏及1942年張赴東京參與「大東亞文學者大會」認識的舊識岩谷等人，在碼頭附近的小店喝酒小聚，相談甚歡。談話內容不詳，但根據黃得時表示：「由於這一次川端康成氏的訪問，使張文環氏得到了莫大的鼓勵，積極完成構想，決定要寫戰前、戰中、戰後，也就是光復前、光復、光復後的三部作。」[201]

長期遠離文學，張文環內心可能也經歷了某些掙扎。這方面可參考李君晰、黃靈芝等人的說法。張戰後曾告訴彰銀工作時期的同僚李君晰說：「光復後，我因為有種種理由，不但不寫小說，連國文國語我也不會。」因此他曾被人叫做「幫閒文學家」；也曾被人當面不客氣地質疑，「沒有寫小說的小說家，算什麼小說家？」[202] 不過在另一方面，

---

199 黃得時，〈張文環氏與台灣文壇〉，頁46。

200 張文環曾於1947年6月起暫代能高區(今埔里)署長一職，離職時間不詳，應在1948年8月任職台灣省通志館之前。事實上，〈地平線的燈〉除了能高區代理署長時期之外，還取材自張文環日據末期到光復初期的其他從政經歷。

201 黃得時，〈張文環氏與台灣文壇〉，《張文環先生追思錄》，頁47-48、50。

202 李君晰，〈文環君的二三事〉，《張文環先生追思錄》，頁19-23。張文環不用中文寫作，除了文學語言轉換的困難之外，可能也包括某些政治性的情緒。

張文環的文才在舊友之間卻始終被高度肯定著。直到張去世時，黃得時仍認爲：無論在甚麼地方，或甚麼時代，他身邊的許多瑣碎事情，一經他的創作手法過濾凝結，馬上就成爲很好的作品。他的作品水準之高與號召力之大，是無可比擬的[203]。戰後除了川端一行之外，火野葦平、中村哲、池田敏雄、坂口䙥子等日本文友，都曾來台拜訪他。中村哲最後一次造訪時，有位中村的陪客非常欽羨張逾花甲之年還有機會擔任總經理，中村教授卻當場不爲然地表示：張文環是「天下公認的傑出作家」，飯店總經理的地位充其量不過是個掌櫃，對他這種人物而言太委屈了[204]。

戰後長期處於輟筆狀態的張文環，對於個人文學成績兩極化的評價，壓抑遺誤多年的文學志趣，以及文友們的高度期許，應當充滿著複雜的情緒。在他晚年擔任飯店經理，生活逐漸安定，稍有餘裕時，內心可能更爲騷動。當他忖度是否重行創作時，語文問題又令他怯步不前。最後，黃得時的點醒，以及戰後與張文環有書信聯繫的黃靈芝陸續以日文推出作品集，給同屬日語世代的他帶來相當鼓舞。張文環致信黃靈芝表示，他有意效法他的作法，以日文書寫，東山再起[205]。克服語文書寫的障礙後，張文環終於重新邁出創作之路。

張文環日據時期以來的友人林龍標，在張晚年常赴日月潭大飯店渡假，對他開始動筆後的情形有相當了解。他寫到：戰後張文環爲了生活，從政界轉入金融界，又從金融界轉向旅館業，最後在日月潭觀光大飯店工作，獲得與性格相適的職務，才逐漸安定下來。張喜愛日月潭地區山明水秀、人情濃厚、風俗樸實等特點，對該地頗有抱負，想極力設法將日月潭拓展爲最理想的觀光區。因此他投注不少心力整頓之前營運欠佳的日月潭飯店，飯店經營上軌道後才有暇看書。林深識張的寫作才華，乃贈與一套日文書籍《現代人的思想》，激勵他繼續其寫作志趣。

203 參見黃得時，〈明潭星墜，文環兄逝矣！〉，《張文環先生追思錄》，頁2；〈張文環氏與台灣文壇〉，《張文環先生追思錄》，頁49。

204 林芳年，〈張文環的人間像〉，《張文環先生追思錄》，頁175。

205 黃靈芝，〈哀悼張文環先生〉，《張文環先生追思錄》，頁195-197。

不久他果然接納了我的鼓勵而開始寫這部「滾地郎」。那一次當我到達他的飯店時，尚未放下行裝，他就拖我到他的房間，一邊叫服務生泡茶，一邊迫不及待告訴我，他又開始寫作。仍然訥訥於言地說：他每天早晨三點起床，利用夜深人靜的時候，來集中思考，全神貫注地寫這部書；但每晚只能寫完原稿紙三張，再多也不能超過五張；然後到文武廟去燒頭香，這是他一日工作的開始。吃完早餐，上班處理其每天的事務。白天裡有時也有閑暇的時間，但周圍太過喧囂吵鬧，不能集中精神，所以只好等待三更半夜一切靜寂時開始寫稿。雖然如此艱鉅，所寫原稿，一天比一天積多起來，就像眼看着一個小孩子，一天比一天的長大起來，這就是他在飯店服務中間的唯一樂趣[206]。

林龍標生動地記錄了張文環重行創作之際，文筆枯澀，不十分自信，卻慎重其事，全力以赴，並因再度創作感到無比快慰的情景。

歸納追思錄中其他文章可知，《地に這うもの》於1974年11月20日[207]完稿，歷時兩年左右，因此應起筆於1972年下半年間。根據林龍標表示，原稿完成之後，張文環以黃色紗布鄭重包裹，託負他找商場上往來的日本友人於搭船時攜往日本，就教工藤好美教授，並拜託工藤教授代尋出版管道。不久，工藤覆信表示：內容很有趣，形式與日本作家的小說大不相同，諒可風行。不過其中一些台灣詞彙，日本讀者不易理解，須加注解說明[208]。1975年9月，《地に這うもの》在完稿十個月後，獲得了出版；張氏日據時期未出版過小說集，因此這同時也是張文環生平第一本作品集。

次月，張文環以喜不自勝的口吻，向黃得時道謝。信中提及該書出版的情形：

東京的現代文化社一向只出版哲學書，而出版小說是從拙作開

206 林龍標，〈我與文環兄〉，《張文環先生追思錄》，頁25-29。
207 黃得時，〈張文環氏與台灣文壇〉，《張文環先生追思錄》，頁47-48。
208 林龍標，〈我與文環兄〉，頁28-29。

> 始。該出版社因為出版幾所大學用書，所以極為忙碌。拙作雖然是處女出版，可是光是裝幀的設計費就花了日幣五萬元，紙張也用最好的。背心的文字，是用金泥印的，相當豪華的書，定價是一千六百元日幣。跟我的著作使用權契約，與日本一流的學者同樣的格式簽約，所以心中感覺惶恐，有點過意不去。(中略)拙作聽說已經擺在日本全國書店出售[209]。

現代文化出版社以出版大學用書爲主，破例出版小說，可能正是戰後返日任教於大學的工藤好美極力促成的。《地に這うもの》出版後，雖未達到工藤預期的「風行」程度，但是獲得日本圖書協會的肯定，出版社方面也樂於繼續與張文環商談第二部與第三部的出版計劃。

《滾地郎》三部曲的寫作構想，在出版的第一部曲中未見記載，也不見於其他與張文環有關的文獻或回憶文字，因此確實內容已不可考。不過綜合出版社編輯日出孝太郎，以及追思文中眾友人的說法，張氏在1970年時已有三部曲的構想，故事背景除了日據時期之外還擴及戰後，而且1978年去逝前第二部也已完成了相當程度[210]。

張文環以驚人的毅力，紀律化的作息，莊嚴虔敬的心情，面對重行創作一事。對當時已屆老年、身體欠安的他來說，數年晨起創作，從事三部曲經營，是頗沈重的一項工作，若非強大意志驅使，難能持續。足見重行書寫，對張文環而言具有值得戮力爲之的重大意義。除了對文學志趣的堅持、對「幫閒作家」惡評的辯解之外，三部曲的書寫還有更深刻的書寫企圖。

根據林龍標的記憶：

> 有一次他竟然對我表示，他這回所寫作的原稿，將是他的遺

209 1975年10月29日張文環致黃得時函，收於黃得時，〈張文環氏與台灣文壇〉，《張文環先生追思錄》，頁48-49。

210 參見日出孝太郎，〈張文環先生への手紙〉，頁137-139；王詩琅，〈粗線條的人，粗線條的作品〉，頁13-16。兩文皆收於《張文環先生追思錄》中。

> 囑；透過這份遺囑，他要把他的心情全部吐露。不料這部「滾地郎」竟成為文環兄生前最後的遺著[211]。

對於張文環的復出多所鼓勵，功不可沒的黃得時，也曾在張過世前四個月(1977年10月23日)，身體狀況不佳時，聽見他對三部曲的深刻期盼。黃得時回憶到，臨行時文環兄緊握著我的手說：

> 《在地上爬的人們》是我三部作中之第一部，第二部《從山上望見的燈火》正在寫，第三部恐怕要等到後年才能完成，所以無論如何我現在絕對不能生病，如果我現在倒下去的話，我的理想就全部完蛋，死也不能瞑目了[212]。

約莫在張文環書寫二部曲期間，與張往來密切有如忘年之交的蔡瑞洋醫師，也曾提到：「繼《爬在地上的人》之後，文環兄預定寫當時知識分子諸型態爲第二部長篇小說。知識分子的苦惱，正是他最想寫的主題。」[213]

張文環天性爽朗，交遊廣闊，晚年復出之後每每與文友、知己論及寫作近況。由他頻頻提起寫作計劃，以及「不完成，死不瞑目」等語來看，二部曲完成前夕，他的整體構想與書寫訴求已非常明確。撇開作品的情節、架構、主題等具體內容不談，基本上張文環晚年復出，艱辛寫作，最主要的目的——乃是希望藉由一個長篇系列，完成個人的文學遺囑與時代自白。

1978年春節前後，張文環打電話給支持《滾地郎》中文版出版的鴻儒堂老板黃鴻藤，興奮地表示《滾地郎》第二部已完成了初稿，正在修稿，希望借閱一些參考資料[214]。然而不到一個月，他卻不幸因爲狹心症

211 林龍標，〈我與文環兄〉，頁28。
212 黃得時，〈明潭星墜，文環兄逝矣！〉，《張文環先生追思錄》，頁3。
213 蔡瑞洋，〈念張文環先生〉，《張文環先生追思錄》，頁148。
214 黃鴻藤，〈高處恐怖症〉，《張文環先生追思錄》，頁135-136。

惡化，於睡夢中去世；《滾地郎》二部曲因而未能出版，三部曲的宏願也隨著故人遠去終被遺忘。依小說內容判斷，蔡瑞洋、黃鴻藤、黃得時等人轉述的「第二部」或「《從山上望見的燈火》」，應該也就是張文環去世後家屬珍藏多年的遺稿——〈地平線の燈〉。

二、跨時代的台灣知識階層：〈地平線的燈〉的書寫主題

〈地平線の燈〉共十五小節，原稿以日文寫作，400字原稿紙213張，共計8萬5千餘字[215]。除了故事時間略具接續性之外，二部曲不僅主題上有別於首部曲，人物、題材方面也完全沒有承續性。以戰後台灣常見的三部曲結構而論，它也有別於1980年代李喬、鍾肇政等人以家族史為中心的大河小說。在完整的寫作構想不可考的情況下，依前兩部推測，《滾地郎》三部曲應該是個個獨立的故事，而以綰合、發揚他個人戰前擅長的主題及戰後所感為目標。王詩琅曾予《滾地郎》是張文環「作品各種要素的集大成」之評價[216]。如果以日據時期為背景的《滾地郎》首部曲，集張文環農民小說之大成；那麼以台灣光復前後六、七年的時間為背景的〈地平線的燈〉，則為其戰前知識分子小說的延續和拓展。

〈地平線的燈〉故事時間從太平洋戰爭爆發後，主人公「廖永信」和畢業於台中高女的「林秀玉」，於台北一個台中知識人小集團的聚會中邂逅、結婚開始；終止於1948年夏季，廖氏夫婦決定放棄兩年多浮華投機的台北生活，偕同父母稚兒舉家遷回台中為止。

小說採第三人稱全知觀點，以插敘方式進行。敘述時間開始於1945年秋，台灣甫告光復的稻熟時節。年輕有為的「R鄉」鄉長廖永信繼承其戰前「R庄」庄長一職，鎮日奔忙於治安維持、經濟重建、民事調解等公務；妻子秀玉卻對丈夫光復後昧於時勢變遷、勇往直前、一心奉獻鄉里的忙碌生活，感到不安。因此她善巧地邀請台北熟諳時勢的昔日閨中密友「湘雲」等人南下，對廖加以勸說。廖於1943年起受大屯郡守賞

215 張文環（著），陳千武（譯），〈地平線的燈〉，收於陳萬益編，《張文環全集》卷3，頁224-347。本文分析與引用，均採陳明台先生譯稿。

216 參見王詩琅，〈粗線條的人，粗線條的作品〉，《張文環先生追思錄》，頁15。

識出任庄長，兩年多來用心奔走於後方備戰勤務以及光復後各種治安維持及復員工作，卻在鄉民代表大會中遭到投機政客惡意攻擊，暗指他熱衷建設乃為個人私利；加上此時他與梅女士的曖昧關係被湘雲識破，對自己的偽善感到嫌惡，因為種種緣故，使他對公職感到失望和倦怠，因而毅然辭職。

之後廖聽從友人建議，帶領妻子以及先前疏散到山上的父母、兒子一行人到台北賃屋而居，伺機在充滿機會的戰後台北謀求發展。剛到台北時，台北瀰漫一片戰後景氣，廖父以中部地主、前鄉長之父等名義在台北商界周旋，透過地下錢莊高利貸，快速賺進大筆錢財。但是對人生理想有所堅持的廖永信，卻無法如父親般快速地在新社會中找到著力點，他與友人策劃的出版工作或舊書買賣，也都沒有成功。賦閒日久仍未覓得安身立命之途，使他無法安然讀書；在戰後初期的投資熱中，日漸焦躁的廖最後只好效法父親，參與地下錢莊的投資。

就在廖的台北生活出現破綻時，多年來對他保有曖昧情愫的富商之妻「梅女士」，以合夥生意的藉口熱情表態，有意俘虜廖成為他的情夫。廖對此略感猶疑，卻遭正直友人「湘雲」的怒斥。不料，流言很快在廖氏夫婦與湘雲、梅女士、吳記者、音樂老師等人共同活動的文化人與企業家重疊的社交圈傳開，鄙夷之聲四起，使廖的生活陷入深刻危機。此時，由於政府遏止買斷和囤積，取締洋行，錢莊受害，廖父投資的錢財血本無歸，台中的房子也在早先前瘋狂投資時賣掉了，更使廖的處境雪上加霜。至此，廖終於體認自己台北生活的沉淪與迷失，因此臨時在友人們面前宣布舉家撤回台中，另謀發展。在友人安慰與岳父善意安排下，他與妻子懷抱一絲希望，搭乘夜行火車南下，開始新的追尋。以上是小說的梗概。

〈地平線的燈〉出現了父祖孫三個世代的人物，主要人物為第二代的廖永信、林秀玉、湘雲、梅女士；次要人物有廖父、廖的岳父；至於廖子及其他一些小人物[217]，則是更為次要的人物。小說描寫的重點集中

217 譬如：促成永信、秀玉姻緣的音樂老師夫婦、吳姓記者，廖母、岳母、湘雲

於中年知識階層的永信、秀玉、湘雲、梅女士四人，不過亦偶爾帶及老世代的廖父和岳父。從結構的設計上，可以看出張文環企圖同時描寫跨時代經驗中男女新知識分子不同的理想追求與生命體認；並有意勾劃老成的台灣鄉紳(舊知識階級)一代有別於新知識分子的處世風範。

首先，從小說對男性知識分子的描寫談起。這方面以主角「廖永信」為主，不過廖父、岳父、林老部落會長、湘雲之夫、梅女士之夫等其他男性角色，都有烘托主角的作用。因為仍是初稿的關係，小說的故事時間有幾處前後矛盾之處[218]。不過依各種線索仍可整理如下：廖永信畢業於東京的大學，返台後在台北的出版社擔任編輯。1943年正月在台北結婚，數月後由於父親和岳父的安排，返回台中最大的一家國策公司任職。半年後，約莫1943年秋季間，受到台中州大屯郡守的推薦，填補調派軍需工廠的R庄庄長遺缺，戰後並繼續出任官派第一任鄉長，直到1946年初辭職為止。

藉由擔任戰前戰後兩份公職期間的抱負與作為，小說對廖永信正直廉能、熱心鄉里的性格多所鋪寫。小說描寫廖出任庄長時，日本敗象已露。美日戰爭從大陸擴大到南方，三國同盟之一的義大利已無條件投降，德國閃電作戰也嚐到了敗績[219]，「任何人都感覺得到第二次世界大

(續)

夫高先生、梅女士之夫、投機的鄉民代表吳氏、令人敬重的林老部落會長等。

218 張文環小說敘事的特點之一，是故事都有特定時代背景，但沒有具體年份。本文為應討論需要交待故事時間時，多為筆者依情節推算所得。〈地平線的燈〉以珍珠港事變、義德戰敗、日本投降、台灣光復、228事變為經；永信結婚、生子、兒子2歲生日為緯，架構故事的時間座標。但是，在結婚、兒子出生、兒子2歲的時間安排上，有所矛盾。依小說描寫推算，永信1943年正月結婚、11月生子，因此1945年赴北發展時，兒子應該滿3歲才對。因為此一失誤，使小說的時間在珍珠港事變後的捷報期與1944年的苦戰期之間擺盪，連帶使有關後方社會人心的描寫顯得紊亂飄忽。另外，小說第七節中「湘雲」一行慰問隊變卦，變成永信等人赴北參加婚宴一段，更有明顯矛盾，因為小說在第二節中早已交待「湘雲」等人預計來訪，是光復初期的事。這些失誤均嚴重影響了小說結構的合理性與流暢性。張文環素來發表稿少有此類疏失，顯示這篇遺稿尚未定稿。

219 1941年9月義大利投降，1943年11月蘇聯參戰、次年開始反攻，1945年月5月德國投降。

戰正邁向最後的階段，卻沒有說出來。」[220] 庄公所爲行政機構的最末端，所有「國策」推行上的事務都必須由庄來承擔，廖接獲職務後旋即展開忙碌的戰中公職生涯，總計包括：增產、米穀徵用、堤防補強工事、義務勞動隊(支援機場工事及軍事工程)徵調、庄民戰時日用品的配給、疫病及瘧疾的預防、各村落奉公集會的指導、防災及救護訓練之施行、出征士兵的送別式、戰時練武或娛樂團體的管理、迎接總督視察、重要物資的分散貯藏、安全貯藏地的選擇等。除了庄長一職，廖同時還兼任農會會長，以及地方戰時動員組織的負責人，譬如：警備團長、義務隊隊長等；就連個性柔弱、不擅演說的庄長夫人秀玉，也成爲婦女動員組織「桔梗俱樂部」一員，並出任「愛國婦女會」R庄分會的分會長。永信鎮日奔波於戰中各項公務，常常到深夜十二點才得休息，秀玉也跟著丈夫緊張兮兮地度日。

戰時各項後方勤務十分吃重，不過在嚴整強大的動員體系下，地方秩序相對容易維持。日本投降後國軍接收前，「真空」狀況下的轉換期亂象，反倒令永信憂心。在眼看日本就要戰敗時，他對此問題已有所規劃，光復後旋即在「青年團」組織下成立「保安隊」，此舉果然使R鄉治安顯著穩定，別鄉還特別前來請教。此外，廖也用心改革舞獅陣、乞丐潮等地方不良積習；積極關切從軍復員者的就業以及鄉內的經濟重建，並提出新稅收方案、鄉營製瓦工廠、茅屋改建等計劃。與此同時，他還認真調解各式鄉民糾紛。

如上所列，廖公職期間積極奔走於各項地方事務；那麼他以什麼樣的心理從事兩個不同時代的公職呢？我們可以從幾段情節，加以剖析。

首先，是有關廖接任公職的反應。小說描寫廖接獲派任書時，親人長輩引以爲榮，他內心卻感到「異常沈重」。當知事笑容滿面地告訴他，「你的成敗可不只是個人的問題啊！本島青年的將來都肩負在你身上哩！所以要努力表現，爭取好成績，作爲大家的好模範。」廖表面應允，實際上對自己身爲統治中介的艱難處境備感壓力。

220 〈地平線的燈〉，頁251。

> 他邊踏車子邊想著，「我即將面臨巨大的困難，物質闕如的此時此際，要百分之百讓官廳滿意的話，必定會招來庄民多方的怨恨，而盡是配合庄民的狀況和需求，則必然無法遂行戰爭體制下最末端的行政」。永信一而再地思考著。政治、行政、乃至經濟政策，都是要設法讓國民的生活能保持平衡的工作。唯有能保持平衡，國民的生活才能堅實。有堅實的生活，人性的生活、感情才可能存立。如此，他越想越感覺被託付的工作難以達成，而顯得焦躁不安[221]。

廖對如何善盡庄長一職頗感爲難，但是對這份差事卻寄予一份文化人式的淑世理想，而予以肯定。他對此職的期盼可簡示如下：政治經濟建設→確保國民生活→發展精神生活與文化生活。不過他也非常清楚，在現實處境下實現此一理想根本力有未逮。所有他能做的，不過是協助維持戰時社會秩序，輔助基層的後方動員體制繼續運轉罷了。

其次，是有關安藤總督(任期1944.12.30-1945.8.15)巡視農村的描寫。戰爭已進入慘烈階段的夏日時節，庄公所接到視察命令，總督閣下從車上一望所及之處，都必須方方正正密植插秧，路旁須空出180坪的地方，讓總督閣下來觀賞插秧，他要親臨慰問。正值人手不足之際，庄長永信爲湊齊插秧者的人數，並預防庄內道路受到空襲每百公尺豎立木柵，每天到處奔忙不停。庄長聽說陸軍總督比海軍總督要難伺候，絲毫不感怠慢。最後，終於看見下巴繫著帽帶的警察摩托車隊，戒備森嚴地駛向由加利的林蔭道，轄區的保正們都一動也不動，直挺挺的肅立。總督閣下以雙手拄著佩劍，露出滿足的神情，眺望著插秧表演，顯得愉快極了。永信等人則肅立在旁，恭敬地將準備好的裝有60支雪茄的盒子呈上，並說了感謝的話。「不超過5分鐘，一行人又上了車。而就是爲了這5分鐘，永信不眠不休的工作了一個星期。」小說的描寫透露，總督短暫的視察與慰問，除了令庄民人仰馬翻之外，誰也沒被慰問到。

---

221 〈地平線的燈〉，頁252。

除了因應總督視察之外，廖在執行其他公務期間也不斷體認到台灣人被迫參與這場戰爭的荒謬、無奈與沈痛。廖在出征軍人送別式中，看見鄉里青年一波波被送往戰場，家屬強忍淚水，感到內心空洞無比。眼看戰況越來越惡化，庄民日用物資越來越缺乏，每天忙得不可開交的廖焦灼萬分，並且變得越來越沈默寡言。

> 中部地方的空襲也日益激烈。負傷者、死者都暴露在眾目睽睽之下，令人感覺戰爭的異常緊迫。讓大家在敵人登陸前不能不認真地思考問題。也開始貯藏重要糧食的食鹽。最後，促使民眾下決心，只以食鹽和米飯，竹槍來決一死戰[222]。

此時，敵軍空投的傳單也多了起來，上面報導說：「迄今被占領的島嶼都一一奪回了。你們被軍部欺騙了！」廖從各方面清楚感到「時局業已進入悲壯慘絕的態勢」，然而無奈的是，台灣人在殖民統治下與殖民主「共存」得不到平等；當眼睜睜看見日本即將慘敗時，也沒有擺脫與統治者「共亡」的機會和權利。廖預見屆時除了提起竹槍去對付機關鎗之外，別無他途。日本官吏一旦喪氣、無能爲力時，地方民眾若不振作起來，街市必會陷入無政府狀態，廖爲此憂心不已。

在日本統治下、又值日本戰事每況愈下之際，廖永信的精力完全消耗於備戰工作。台灣光復後，光復的喜悅鼓舞著他，他遂積極想把日據時期未能施展的「模範區」抱負，加以實現。基於這種理想，日本投降時他立即組織了地方保安隊；之後更在鄉民代表大會上，提議以全鄉八千甲的水田，提供八千斗米的資金來興築鄉營製瓦工廠。他希望藉此提供就業機會，疏解南方復員兵失業問題，同時以優惠價提供鄉民從事茅屋改建，改善衛生，避免火災。此時的廖永信致力從事治安維持、經濟重建、戰後復員、風俗改善等工作，對光復後的政治懷抱滿腔熱情，躍躍欲試。

222 〈地平線的燈〉，頁260。

不過，很不幸地，他很快便發現一股投機自利的風氣瀰漫，投機政客與追逐暴利的資本家，也在戰後新社會中伺機蠢動。充滿理想主義性格的廖，最後終於無法適應政界的爭權奪利而決定辭職。辭職後反而更一籌莫展。大陸的內戰日益激烈，知識階級每天關切著內戰的新聞，省內各方面的情況也相當不安。置身光復後的台北，廖永信充滿了徬徨：

> 台灣省天天都由「日本式」在改變為「祖國式」，卻始終未曾安定下來。政治和經濟受到內戰的波及，眼前進退失據，永信雖然因絕望而放棄公務員的工作，卻找不到生活的目標。連長袖善舞的商人都陷入沐血苦鬥之中，何況一般人，真是舉目所及一片茫然，無所適從。只依賴派系關係、親戚關係，精神上縱使有些餘裕，自己所指向的目標卻搖擺不定，一點辦法都沒有[223]。

戰前戰後惡劣的環境使廖永信始終沒有施展抱負的機會，辭職之後頓失舞台，計劃從事的文化事業也因環境惡劣難有發展。在無法覓得適當出路的情況下，廖永信終於不知不覺地沈淪下去了。

與女性友人的不當交往，加速他的沉淪。張文環藉由這部分的情節設計，將小說中男性人物與女性人物的描寫，巧妙地銜接在一起，並產生相互襯托的效用，以下略作說明。

戰中，鋼琴老師「由莉女士」以及他曾赴英國留學的丈夫「李元山」主持的固定聚會，聚集了一些文化人、新知識階層和貴婦人。廖永信和東京時代一起辦過同人雜誌的老友新聞記者「吳一勝」，都是這個文化沙龍的成員之一。廖也在這個場合中認識了秀玉、湘雲以及梅女士等具有不同性格、抱持不同人生信念的女子。小說中的這三個女性有一個共同點，她們都是高女畢業的新知識分子，有夫有子，不過她們面對婚姻與人生的態度卻各異其趣。秀玉是典型以夫爲尊、對丈夫深信不疑

223 〈地平線的燈〉，頁260。

的賢妻良母；湘雲丈夫到處拈花惹草，她雖憤慨卻潔身自好，正直開朗，善盡本份；梅女士是富豪之妻，因丈夫體弱多病事業由她掌理，而成爲商場知名的貴夫人，她不甘寂寞，敢愛敢恨。廖對這三人，懷有不同的傾慕與情愫。爾後這三個女人，也在他的生活中掀起了各種微妙的波瀾；秀玉成爲他溫順忠誠的妻子，湘雲是他敬之愛之的夢中情人，梅女士則令他捲入緋聞風波，險些身敗名裂。

張文環向來擅長描寫村姑村婦，這是他首次在作品中同時處理這麼多位知識女性。如上所述，小說對她們差異性的描寫，集中體現於女性「貞節」一點。張文環對其筆下的人物一向充滿包容，即使處理負面人物，亦寄予深刻的同情，因此對三女並無特別褒貶之意。不過整體來看，張文環對「湘雲」一角最爲偏愛，也最爲推許。三女之中，湘雲的處境最爲艱辛，其夫庸俗輕佻，並非良人，使她的婚姻極爲落寞。但她也是三女之中性格最堅強、膽量見識皆與男性匹敵的人物，她不因先生的作爲氣餒，堅持自己端正沉穩的生活，盡心持家，處處表現落落大方的大家風範，對朋友亦有情有義。比起她，愚忠者秀玉顯得小家碧玉，投機者梅女士則有失正派。湘雲是〈地平線的燈〉中的燈塔性人物，主人公廖永信賴她數度嚴正規勸，才不致走上破滅一途。不過，秀玉一角也有值得注意的地方。儘管她顯得較湘雲遜色，但是她信任丈夫、信賴人，象徵人性的永信者，與理想的永信者(亦即主人公「永信」)，有相互輝映之處。

秀玉的父親「林芳明」，是小說中的另一座燈塔。在角色塑造上，林芳明與「廖樹德」(廖父)正好是一組對比人物。他們是小說中的次要人物，小說中並未多交待他們的的身家或教育背景，從有限的描述可以發現他們皆爲中部地主，屬於地方鄉紳階級。不過，比起林之從容大度，廖則顯得急功好利、英雄氣短。這位泰山大人一直默默引導廖永信的人生。譬如，在林的安排下，廖與妻婚後在台中有所發展；廖辭鄉長時，林對他在不安定的時勢裡能否有所作爲感到憂心；廖家全家蝸居台北，永信卻一直找不到適當工作時，林特意北上不留痕跡地予以鼓勵；最後當廖落魄無依決定撤回台中時，林也在顧慮女婿的自尊之下，細心為他安排退路。小說曾如此刻劃他殷殷垂詢待業者永信之一幕：

> 「情況如何？阿信，能跟別人一爭長短嗎？讀書人在生存競爭方面，似乎都比較弱些，不是嗎？」岳父那鄉村地主落落大方的態度，和用心試圖理解年輕人心情，令永信感到尊敬。對這個正直的，努力想去面對事物的岳父，也感到了威嚴。自己的雙親則相反，因為過於拘泥於現實而顯得欠缺沈著穩重[224]。

小說中林芳明的形象不是孤立的，德高望重的「林老部落會長」以鄉民代表會主席身分仲裁廖、吳爭執，處事公正圓融，他的形象與林芳明相互呼應。寬大睿智，深謀遠慮，不盲從時勢、不為物所動，林芳明／林老會長不只是鄉村地主的典範，更是某種傳統價值的象徵。小說中，台北／中部、都會／農鄉、新知識階層／鄉紳耆老，構成許多巧妙的對比。中部人出身的永信、秀玉、湘雲，與台北人的湘雲之夫「高先生」、梅女士夫婦，皆是對照。在湘雲小叔的婚禮上，高先生以「鄉下大老爺」揶揄永信，卻反襯出這位都市企業少東的輕薄。透過多重對比，小說暗示廖永信最後的安身立命之處在中部，而孕育於鄉紳地主階級的某些傳統價值將成為廖的精神指針，為薄弱的殖民世代新知識分子注入厚實的文化力量。

藉由人物與情節的分析，可以發現這部小說表面上以一群中年男女的事業、婚姻與感情世界為主；實際上乃以台灣知識階層跨時代前後的社會適應與時代表現為主題。在闡述此一主題時，小說以廖永信的公職體驗和三女的婚姻愛情觀為兩大敘述軸線，以「貞節」之於女子猶如「忠義」之於男兒的轉喻關係，架構出整部小說的主體結構。在主結構之下，他於開頭的第一小節，以及臨近衝突高峰之前的第九小節，加入同屬貞操／忠義問題的「復員兵殺妻事件」及「小叔懲戒不貞寡嫂事件」。這些有關女性失貞、男性為捍衛自己／自家名譽挺身而出的小事

224 〈地平線的燈〉，頁319。

件，描寫得極其生動，猶如主情節的合音，在故事中充分發揮了附和主題的複調作用。最後，小說結局所在的第十五小節，張文環以廖快刀斬亂麻地結束緋聞風波、徹底反省自己理想的失落，綰合兩線敘述，使小說在達成衝突的高峰的同時，沈澱出知性的反省。手法相當老練。

綜上可見，〈地平線的燈〉是一個帶有理想主義色彩的台籍知識分子，在時代激變的狂瀾下險些沒頂，經歷若干迷惘，重新找到人生行向的故事。小說中的主人公，經歷戰爭／光復的洗禮，忠誠／節操的試鍊，都會／農鄉之抉擇，在思想上有所成長，終於看清新社會的客觀形勢，並形成一種獨特的人生意識。小說中不少篇幅流露張文環文學一貫的幽默，許多有關社會民情的描寫也引人入勝[225]。不過它和張文環戰前的其他小說一樣，風趣詼諧中隱含著嚴肅的思考。相較於首部曲《滾地郎》書寫卑微的台灣農民蟄伏於土地生存的渾厚力量；二部曲〈地平線的燈〉則描繪受日本教育的知識階層在跨時代過程中受挫，最後將一絲希望寄託於鄉土與傳統的追尋之精神歷程。

三、文學遺囑與歷史自白：論忠義與節操

藉由男女不同類型人物之塑造，以及鄉里家國／婚姻情愛雙軸線的安排，張文環欲追根究底的乃是——知識階層的「節操」問題；特別是「跨時代」社會背景下衍生出的節操問題。透過有關「忠義／節操」之思辨，張文環欲提出什麼樣的文學遺囑與時代自白呢？小說中幾處議論忠義／節操的段落，是顯示小說主題的重要段落，本節將從對這些段落的討論開始，而後對比張氏光復前後的若干經歷，逐次加以解明。

小說中直接討論忠義或節操問題的段落，有下列兩處。一是，第三節中，珍珠港事變發生不久，在鋼琴家的文化沙龍中，廖、李、吳等文化人有關「忠義」的宏論。當李元山幽默地提出「忠義」一詞應如何以方程式解析時，廖永信一時忘了戰中知識分子「話美人不談江山」明哲

225 譬如，有關丹下左繕和蛞蝓、淘空溪水捕魚、燈火管制下的戰中台北、光復後短暫繁榮的台北街頭等小段的描寫。

保身的默契，大發議論：

> 關於這嘛！以日本的情況而言，天皇是國民的象徵，由國民這一具體的存在來代表，所以，可以解釋為忠君愛國吧！不過，中華民國的情況，這樣抽象的說法就行不通了，必需是民主主義的解釋才行，沒有特別想過以方程式來解析，但，單純地，解釋為忠實於大多數國民的利益，而能去實踐，身體力行，可算是「忠義」的意思吧！是只要把握住忠義一詞的語意就可以了呢？還是，要依照國情加以解釋呢[226]？

儘管小說以四兩撥千金的方式，輕觸「忠義」問題；但是對張文環等跨時代知識人而言，「忠義」之論畢竟是一沈重課題。誠如廖的質問，「忠義」論斷的依據何在？是本質論呢，還是要依時代、依國情判定呢？在上述言論之間，顯然廖的觀點傾向本質論，而且他不以國家觀點爲本位，而採取「忠實於大多數國民的利益即爲忠義」之民眾本位觀點。

二是，第八節中湘雲勸永信赴北發展的辯論。在這裡，小說中最重要的兩個人物環繞赴北問題，展開一場精采的唇槍舌戰。當湘雲提醒永信應與時俱變時，起初永信只以「慌慌張張」、「器量狹小」視之；而以「男人的一生，只要能擁有埋沒其間也不至於後悔的事業，在哪裡還不都是一樣？都市或鄉村，一點都沒有不同呀！」加以答覆。湘雲不甘示弱地表示：「也許你說的沒錯，始終一貫追求理想的人確實是很幸福的。但是，萬一生活的基礎發生動搖，也就談不上什麼理想與否了。」廖接著質問：「湘雲姊所說的現實啦，時代浪潮啦，究竟指的是什麼呢？」、「是指飛黃騰達的機會嗎？」湘雲回答道：「就是要捉住機會」、「更簡單的說，就是捉住賺錢的機會。」廖不以爲然地反駁：「那麼，連節操都可以不顧囉？只要有錢，不管合不合乎自己的性情，

226 〈地平線的燈〉，頁242-243。

能緊緊抓住就好，是嗎？」湘雲則緊迫逼人地提醒：「那麼，信爲了現在的工作埋沒一生也不後悔嗎？」最後，永信終於屈服，認真考慮赴北發展的問題[227]。

以上兩段有關忠義／節操的辯論，其實正是張文環藉小說人物之口，針對跨時代知識階層的時代表現，提出的質問與自問。張文環筆下的廖永信，雖曾因緣際會出任公職，骨子裡卻是一位敏感的文化人，時而果敢時而懦弱的他，帶有優柔寡斷的理想主義性格。此一人物在許多方面都帶有張文環自我寫照之意味，除了性格神似之外，「廖永信」的經歷和張文環也有諸多雷同。在私人生活方面，張文環於1943年認識個性嫻淑的二夫人陳群女士，1944年7月長子出生，之後爲避空襲，陳群、長子與張文環父母在梅山老家居住長達兩年，台灣光復該年冬天，全家才於台中團聚[228]。「永信」的婚姻家庭經歷，乃以張文環相關經歷爲基礎加以虛構和變形；至於「永信」的政治經驗，與張文環光復前後地方政治經歷，更有高度類同性。以下追溯張文環的從政經歷，並將之與小說中的描寫略做比較。

張文環涉入政治事務，始於1941年6月皇民奉公會成立，被延攬爲台北州參議之際。此後他至少擔任過該會中央本部事務局文化部參議、委員、戰時思想文化委員會委員等職務，部分職務應持續至1945年6月皇民奉公會取消爲止。此外，他亦曾擔任霧峰分會主事。根據巫永福的回憶，1943年12月《台灣文學》被禁刊後，張頗受失業之苦，加上北部空襲日甚，乃在張星建、吳天賞[229]等友人奔走及林獻堂先生的賞識之下，赴中部任職[230]。霧峰林家特殊的社會影響力，使該地爲日據時期極少數台人出任街庄長的地區，而張與獻堂先生之子林雲龍在台北時也交往甚密；加上1944年4月林獻堂被任命爲皇民奉公會台中州支部事務局長

227　〈地平線的燈〉，頁283-284。

228　參見本書年表及訪談。

229　小說中的記者「吳一勝」，似以吳天賞作為模特兒。

230　巫永福，〈悼文環兄，回首前塵〉，《張文環先生追思錄》，頁117。巫回憶指林推薦張任大里庄長，但似乎應為「霧峰分會主事」之誤。另外一些追思文也將該職誤稱為「霧峰街役場主事」或誤以為張擔任林獻堂秘書。

需要人手，因此林獻堂賞識之說應能採信[231]。

林獻堂(1881-1956)過世時，張文環曾從幾則公私生活勾劃先生睿智可親的形象。文中也提到：

> 也許是光復二年前的春天罷，先生每天早晨六點多鐘就出去散步，這是先生在家時的日課，散步的路徑，是從私邸前至馬路，經過現在的紅樓至萊園，而環一個大圓圈回家。我所住的地方，是紅樓旁邊的學校宿舍，是由馬路通往菜園(按，應為萊園之誤)必經之地，所以每天都被老人家招呼同去散步。如果我因晚睡而不能早起的時候，內人就留意，從遠處看見先生行蹤，馬上就來叫我起身，但大多是我預先站在路上等候先生的。……那時第二次大戰正在激烈地進行中，路上的話題，大概都是戰時中的物資，或庄役場的事務，有關時局的問題，都在菜園(萊園)領教。……到底談了些什麼，現在無法寫出，因為當時不便寫在日記……[232]。

張文環擔任的霧峰分會主事一職，爲「皇民奉公會台中州支部大屯郡支會霧峰分會主事」之簡稱。台中州支部於1943年12月改爲四部、外加事務局，林猶龍被任命爲訓練部長，林獻堂幾經推辭仍被任命爲事務局長。依林獻堂日記記載，張應於1944年6月左右開始任職[233]，推

231 1920年起霧峰歷任庄長有林澄堂、林階堂、林猶龍、林雲龍、林夔龍等人，後三人為林獻堂公子。張文環在霧峰任職時的庄長為林夔龍(任期1940年1月-1944年1月)。參見陳炎正主編，《霧峰鄉志》(霧峰：霧峰鄉公所，1993年8月)。戰中林雲龍任職於興南新聞社，張文環因文化事務與他時有接觸。

232 張文環，〈難忘的回憶〉，原載葉榮鐘編《林獻堂先生紀念集》卷三《追思錄》(台中：林獻堂先生紀念集編纂委員會，1960年)；收於陳萬益編《張文環全集》卷3，頁37-44。

233 張任職霧峰分會主事一事，參見《灌園先生日記》1944年6月16日記事。轉引自，許雪姬，〈皇民奉公會的研究——以林獻堂的參與為例〉，《中央研究院近代史研究所集刊》第31期(1999年6月)，頁185。本文執筆期間承蒙許雪姬教授教示《灌園先生日記》中張文環相關記事之情形，並慷慨允借翻查，

測應擔任至1945年6月皇民大會解散爲止。依〈地平線的燈〉及1944年間的一些隨筆推測，工作內容應以戰時動員、糧食增產爲主[234]。

上述追思文顯示，張任職霧峰期間常私下向林討教庄內公事或時局看法[235]。張文環對林獻堂「圓通豁達」的風範極其敬仰，曾多次想以林爲模特兒來寫小說，後來因爲「光復以來社會環境變得太激烈了，個人的情況也變得太壞了，使我有些惘然自失」，終於「鼓不起幹勁來執筆」[236]。儘管如此，〈地平線的燈〉中處事圓融的「林芳明」、德高望重的鄉紳「林老部落會長」等角色，仍反映張氏心中林獻堂式理想鄉紳的形象。

皇民奉公會乃戰時社會動員組織，並非政府行政部門。張文環正式參與地方行政始於1945年7月。根據《大里市志》記載，1945年7月張文環出任大里庄長，日本投降後續任，在職期間爲1945年7月9日至1946年1月31日[237]。張文環接獲派任通知時，自覺個性不適任官備感憂慮，曾在霧峰庄長獻堂長公子林攀龍的陪伴下，赴林宅請益。林獻堂告訴他「當局的好意難卻」，因此指點他一些從政原則，之後張才安心履任[238]。戰爭末期在台日本人與日本官員大量被徵調，地方行政機構因而出現若干遺缺。張文環可能便是在這種情況下，於日本戰敗前一個月，接替保阪秋次郎出任末代庄長[239]。

(續)

謹此致謝。

234 張文環從1944年下半開始，陸續發表了〈臨戰決意〉、〈增產戰線〉、〈責任生產制と增產〉、〈朝〉等許多有關增強戰志、鼓勵增產的隨筆或評論。

235 該文還提到：1945年4月林獲敕任貴族院議員，官方要求大開祝宴以示感謝時，林不熱衷卻無法推辭，張文環便幫忙張羅，虛應一番。此外，張曾參加林極其私人的生日宴；在某些公眾演講的場合，也受到林的提攜鼓勵。張文環，〈難忘的回憶〉。

236 同上。

237 陳炎正主編，《大里市志》(大里：大里市公所，1994年3月)，頁26、37。

238 林獻堂教示的內容大致為：回答庄民的詢問時必須深思熟慮、不談庄民是非、施政之前避免空談。張文環，〈難忘的回憶〉，頁43。《張文環追思錄》中也有友人提及此一職務也是林獻堂居中幫忙促成的。

239 另一說，張擔任大里庄長一事，多賴羅萬俥、楊肇嘉等人提拔。張銃漢口述，柳書琴採訪，1999年3月13、28日。1945年6月皇民奉公會解散，張文環再度面臨失業問題，極可能此時在台籍有力人士推薦或大屯郡守賞識之下，根據台灣總督府令規定，庄長一職主要為宣導政令事項、進達庄民請願及申稟事項、傳達行政官廳發布之命令、報告轄內情況及其他事項、負責台灣人歲入、地方稅及其他諸收入事項、保管與出納公共費等[240]。投降前夕，張施展抱負的空間應當極其有限。鍾逸人戰爭末期擔任日本陸軍臨時雇員，與張文環偶有公務接觸。他曾回憶：「當時他已是大里庄長，戴著戰時帽、打綁腿的他，完全一副戰時打扮的模樣，神情活潑。我因工作上的需要曾去找過他幾次。……。那段時間我們對於文化、思想或文學等問題，根本沒機會談，只能就眼前問題商量而已。有時他會抱怨幾句，說真是忙死了，不知道戰爭還要拖多久，有夠慘的之類……。」[241] 對照〈地平線的燈〉推測，這個時期他可能為了應付總督視察，或忖度一旦日本戰敗該如何維護地方，大傷腦筋。

光復後，張繼續出任官派第一屆鄉長，在職期間為1946年2月1日至11月14日。根據1943年7月起擔任大里庄役場增產助役的謝式塘向其堂弟表示，張文環對續任鄉長一事相當熱衷[242]。依〈地平線的燈〉、同期文稿、以及一些親屬的訪談推測，此時他積極於公職，可能與他懷有建設「模範區」的抱負，還有台灣光復令人振奮的時代氣氛有關[243]。

(續)

獲得新職。

240 《大里市志》，頁25。

241 鍾逸人口述，柳書琴訪問，1998年12月20日。

242 謝水返口述，柳書琴訪問，2003年3月17日，霧峰鄉公所。謝水返先生自光復初期擔任霧峰鄉公所獸醫數十年，現已退休，與張文環並未交往，但從其堂兄謝式塘先生(已故)口中，對張畢業於東洋大學、為知名作家、曾於霧峰任職等事，略有知悉。據稱，謝式塘因喜歡閱讀文學作品，與張頗為投緣，張任庄長鄉長時，謝擔任其助役。光復後，謝也有意爭取鄉長一職，不過由於張文環對續任鄉長相當熱衷，兩人共事感情甚佳，謝遂作罷。張文環離職後，謝接任遺缺，出任大里鄉第二屆官派鄉長(1946年11月-1947年6月)。〈地平線的燈〉中也曾提及「永信」辭職前，即打算推薦自己的副手(助理)來擔任新的鄉長一事。謝先生的口述資料，頗具參考性，謹此致謝。

243 〈地平線的燈〉中僅點到「模範區」一事，並未對此一抱負多加著墨，因此無法藉此進一步追索張的政治理想。根據張文環堂弟表示，台灣光復時張文環非常歡喜。張銙漢回憶：「他是一個很愛國的人，8月15日風聞日本投降，在消息還不十分確定的時候，文環便升了一幅青天白日的國旗。那國旗好像是誰畫的，還是怎麼樣弄來的我不太清楚。不過當時日本警察還在，情勢也張文環戰前戰後擔任庄長、鄉長，共計16個月餘，期間他完全沒有發表任何創作。1946年諸多戰前作家出席的台灣文化協進會作家座談會熱熱鬧鬧地召開時，他也沒有參加[244]。他此時發表的多數文稿，多與行政職務有關，顯示戰後初期他以政治活動爲重心[245]。

1945年12月25日，台灣甫告光復，他發表〈林爽文與大里庄的土地問題〉，呼籲政府改革台灣拓殖株式會社在大里地區行使土地特權遺留的一些弊端。1946年5月，發表〈從農村看省參議會〉，對剛成立的省參議會無視農村問題予以抨擊。同年8月，再撰文〈台拓的土地問題〉，催促儘速處置台拓土地問題一案[246]。除了強調農村建設的重要性，促進土地所有權合理化之外，張文環對糧食問題也相當關心。1946年1月到3月間，夙爲中部米倉的霧峰發生嚴重米荒，因霧峰農倉的米糧被國軍持槍強行挪用，爲此地方上掀起軒然大波，張文環也曾趕往霧峰，參與調停[247]。

張文環長子曾回憶道：「父親曾向我提起，他任大里庄長時，偶見乞婦懷著身孕在街邊行乞，對於這樣的社會問題他覺得很感慨也很難過。因此後來他便對庄內的乞丐及遊民作了一些管理措施。」[248] 另外，大里耆老林番對庄長張文環也略有記憶。他表示：「依當年的相

(續)

還很緊張，一切不明朗，大家都為他的大膽舉動捏了一把冷汗。」張銃漢，前揭口述。

244 〈台灣文協主辦文學座談會盛況：全島文人多數蒞會〉，《民報》（台灣民報社），1946年7月29日記事。

245 筆者曾試圖從霧峰鄉公所、大里市公所、台中縣政府各方面，訪查張文環的施政情況。不過由於光復前後的地方史料極度欠缺，加上霧峰鄉公所、大里市公所經過搬遷，逾期舊檔案銷毀等因素，已無法詳考。

246 三篇文稿，詳見陳萬益主編，《張文環全集》卷3。

247 根據《民報》記事加以整理，該事件的大致情形如下：1月10日，政府解除米穀統制，不配給，霧峰庄民無糧可食；且原郡守黃周傳劉存忠縣長命令，將霧峰農倉所存之粟供國軍之用，庄民大為不平。3月14日，以蔡繼琨、熊克禧兩少將為率，軍隊20餘人拿短槍包圍農倉取糧而去，人民只好食用籤仔粉。3月17日，熊克禧、蔡繼琨兩人在原知事官邸召開座談會。張文環出席參與調停。

248 張孝宗口述，柳書琴訪問，1999年2月27日。

處，我知道這個人很正派，辦事頭腦也很清楚。」他印象最深的一件事是：「光復那時社會一切均未上軌道，治安也欠佳，張文環曾在鄉長任內號召一些原青年團的團員、拳頭師傅和外地回來的軍人們之類，組織了一個類似義警團之類維持治安的小隊，正確的名稱我不太記得了。這個隊成立以後，大里的治安明顯穩定。」[249]〈地平線的燈〉描寫到的農村建設構想、乞丐及舞獅隊管理措施，以及組織保安隊維持治安等情節，應該都取材於張文環的實際行政經驗。

除了擔任鄉長之外，1946年3月29日張憑著鄉長期間累積的名望，加上羅萬俥、林獻堂等有力人士的幫忙，當選台中縣參議員。根據《民報》的一些片段報導，也可略窺張文環活躍於地方議會的一些情形。依報導，他曾於7月召開的台中縣參議會第二屆第二次、第三次會議中，提出一些建議。詳情如下：7月2日上午台中縣參議會召開第二屆第二次會議，議長羅萬俥等人致辭後，議員張文環起立，提出三項動議，並詳細說明提出動議理由。1. 反對大屯區三鄉(南屯、西屯、北屯)，被台中市合併。2. 反對縣址遷移。3. 反對停止台中港工程。對於張的動議，當場有陳萬福、賴天生、黃達德、蔡先於、林生財、陳南山、張瑍珪、謝樹生等議員，熱烈響應，因此達成決議。7月4日，台中縣參議會第二屆第三次會議，張文環又起立熱烈演說，提出三項動議，並表示第二次會議決議的三提案，如不能速加解決，即刻散會。對此動議，當場有許金釧、賴維種、林糊等議員贊成[250]。張文環在議會中的強勢作風，可見一斑。依張文環的關懷取向推測，未來議事檔案公開之後，可能還會有一些他對公糧銷售、新高築港工程、台拓土地合理化等問題的提案或附議。

1946年11月，張文環辭去鄉長一職，理由不詳，之後他仍繼續參議員工作，不過也未持續多久。隔年2月因為228事件爆發，他逃入山區躲

249 林番口述，柳書琴訪問，1999年3月23日。林番先生曾任大里農會會長及其他地方職務多年。

250 參見《民報》1946年7月5日、7月7日，有關台中縣參議會開會情況的相關記事。

避，一度喪失求生意志，從此遠離政治。張文環爲什麼會被228事件波及呢？綜合張銶漢、鍾逸人等人的說法，因爲他擔任鄉長、縣參議員爲地方菁英，事變後又參與台中的「228事件處理委員會」。另一方面，也與他戰後參與新高港(今台中港)接收工作，擔任董事長，因宿舍分配問題與人結怨有關[251]。根據張銶漢表示，228事件以後張文環政治熱情頓消，從此對政治參與敬而遠之，甚至強烈反對堂弟從政。

綜上可見，張文環在日據末期，以文化人身分從政，奔走於地方事務。戰中他協助鄉里秩序維持與後方備戰勤務執行，戰後他關心農村建設、土地合理化與糧食處理等問題。〈地平線的燈〉主人公「永信」的政治經歷，除了年份與職務上的一些小出入之外，幾乎就是他的寫照。不論出於被動或充滿熱情，張文環對地方政治事務算得上盡心盡力，當選光復後第一屆民意代表之後，更積極展現爲民喉舌的精神。小說人物「永信」的政治表現，也可以稱得上奉獻社會，無私無我。孰料幾番努力之後，張文環卻差一點被扣上奸黨之名，惹上殺身之禍；充滿理想的「永信」也在政治、經濟、社會、道德日益敗壞的戰後社會，險些被時代惡浪吞沒。

浩劫餘生之後，張文環長期懷才不遇。在台灣意識逐漸甦醒之際，偶與友人回首往事，卻又發現皇民奉公會的經歷似乎使他有某些節操上的可疑。依鍾逸人表示：張文環晚年在台南名醫蔡瑞洋號召下，常與吳新榮、陳秀喜及鍾逸人等人，於日月潭大飯店小聚，楊逵也偶有參加。

251 有關宿舍風波，張銶漢表示：堂兄事後曾告訴我，他戰後與父母們同住在五廊巷(現在台中師範學院附近)，但是新高築港方面也配有一戰前日本郡守留下來的宿舍供他使用。宿舍很大，兩幢，寬敞又舒適。戰後有個日本時代就住在台灣、算是華僑的福州人中意那房子很久了，眼見希望落空很不甘心而懷恨在心，文環並不知情。228事件時那人便密告說文環參加處理委員會、娶日本人妻子，是意圖反政府、回歸日本的陰謀分子。堂兄就這樣上了黑名單。堂兄說228時他躲過很多地方，最後據他說當時外省籍的台中縣長劉存忠，與文環有交情，因此到警備司令部把他的名字劃掉之後才沒事。不過因為這一段亡命經驗，郡守宿舍便讓給了別人，後來新高築港的工作也辭去，甚至連縣參議員都不作了。張銶漢，前揭口述。

> 日月潭大飯店的服務生有些是台灣本地人，有些是北部調來的外省人，也有些特務，228以後張發誓不學北京話，不用北京語寫作，由於家眷沒有在身邊，他在那裡沒有什麼可以談內心話的對象。每次我們去，頭天晚餐都由蔡瑞洋請客，第二天早餐則是文環招待的。大廳中央的樓梯上去，二樓右手的第一間就是他的房間。他的房間裡有一些書畫，還有一個雕刻的如來佛。我們都在晚上閒談，有時在文環的房間，有時在一樓大廳，12點以後大廳都沒人了，我們便隨意暢談。所談的內容多是一些關於台灣過去的歷史，其中最重要的就是228事件的檢討，另外也討論台灣文化和台灣現實各種問題。我們彼此知道大家是什麼樣的人，所以大家談得很投機。我們都用日語交談，遇到敏感的事則用暗語表達。不過其間從未聽文環提起過他參與皇民奉公會的事。我在三青團時曾與呂赫若共事三個月，他也從未提起過這方面事。我只知道他們對皇民奉公運動方面有非常深刻的參與，因此曾被楊貴夫妻諷刺[252]。

如上所述，張文環絕口不提皇民奉公會時期的往事，並曾因爲這些往事遭到質疑和難堪。

根據許雪姬教授對「皇民奉公會」的研究發現；皇民奉公會的工作經歷，戰後成爲台灣菁英普遍避諱的話題，有其歷史成因。戰後陳儀政府爲應付民間的不滿以及勢力重新分配的需求，於1946年1月17至27日藉警備總部通令進行全省漢奸總檢舉；並欲進一步褫奪曾任皇民奉公會高級人員者之公權[253]。1946年4月省議員競選期間，民政處長周一鶚對記者表示甲種公職候選人「尙須由當地縣市政府查明，並無被檢舉漢奸

---

252 鍾逸人口述，柳書琴訪問，1998年12月20日。

253 從法令發布到月底，共計檢舉三百件。二月陳儀又以許丙等人欲成立台灣自治委員會為名，逮捕許丙、辜振甫、陳炘、林熊祥、簡朗山等台籍紳士，並廣列被捕名單，全台籠罩在一片漢奸檢舉聲中。參見，許雪姬，〈皇民奉公會的研究——以林獻堂的參與為例〉，頁171-211。

及在皇民奉公會擔任重要工作者始能適用」，導致林獻堂也對自己的皇民奉公會經歷相當不安。228事件期間(3月13日），政府也曾強調「日本御用紳士之頑惡者如皇民奉公會等重要會員」，爲奸黨利用的對象之一；並建議將皇民奉公會幹部當選之省參議會員、縣市參議會議員予以改選，以徹底消除叛黨[254]。張文環正是曾任皇民奉公會幹部的縣參議會議員，228事件發生當時又以地方菁英、民意代表身分參與處理委員會，因此被列入黑名單並非偶然。透過以上背景之揭示，228事件後張文環脫離縣參議員工作，其原因也就不難理解了。

〈地平線的燈〉寫作的1970年代中後期，仍有許多政治禁忌。這部小說的故事時間含括張文環參與皇民奉公會的1940年代初期、當選縣參議員的1946年，以及228事件發生的1947年。不過對於造成張文環及其周遭諸多友人命運激烈轉折的228事件，他僅以「永信憶起了去年發生的政治風暴，每天都被無意義的事逼得透不過氣來，實在十分空虛無奈」帶過[255]。另外，小說中完全不見有關皇民奉公會的任何字句，多以「國策」一詞表示；同樣地，參議員經驗在這篇小說中也是缺席的。「廖永信」是張文環某種程度的自我寫照，因此張文環採取什麼方式對廖進行描寫，其實也流露了他跨時代的深層心理。在此小說的選材／不選材，形成另外一篇潛性文本，反應了這兩段充滿傷痕與扭曲的歷史體驗，在張文環心中猶如黑洞般的存在。

小結

儘管張文環晚年出版了《滾地郎》，而今〈地平線的燈〉也已出土，但是嚴格說來，他卻是一位「跨不過時代」的作家[256]。周婉窈教授

254 許雪姬，〈皇民奉公會的研究——以林獻堂的參與為例〉，頁171-211。

255 〈地平線的燈〉，頁333。

256 張孝宗曾提到：「父親從小就喜歡讀書，到老都沒有改變，他告訴我他最喜歡的事就是盡情讀想讀的書。不過在生活的波折中，這個願望就他而言似乎是落空了。父親曾語重心長地對我說，貧窮是最殘酷的，我明白他意思不是指生活的苦，而是指喪失追求理想的餘裕。對於未能繼續文學與創作之途，父親的內心一直有很深的不安和遺憾」。參見，張孝宗，前揭口述。

在其《海行兮的年代》一書中，對「戰爭期世代」(1920-1930年間出生的世代)投注深刻的人道關懷；她認爲由於太平洋戰爭的特殊情況，使他們失去了主導社會的機會，成爲「失落的世代」[257]。1909年出生的張文環不屬戰爭期世代，但是因爲種種原因，晚年不得不以日語書寫，以文學(而非更直接的形式)進行時代自白。他一樣是「失語／私語的一代」。在這樣一部帶有自傳與自辯色彩的小說中，多處留有張文環一類知識分子自我凝視、自我表白的痕跡。透過〈地平線的燈〉，張有意追緬某些日語教育世代、任公職、堅持理想的台灣知識人被歷史潮流吞沒的原委曲折。張文環如何看待自己一代知識階層在時代中的起落，如何評價他們，都可以從他有關忠義／節操的隱喻中得到解答。

究竟，我輩真是墮落者、不忠義者嗎？不，當然不是。我等在時代的惡流中盡力奮戰了過來。我等忠實於大多數國民的利益，身體力行之，可算忠義矣！我等始終一貫追求理想，懷抱對鄉土與人性的期待，追逐闇夜中的一絲光明。爲了理想即使埋沒一生也不後悔。惡流之中，堅持理想，永信光明——這是〈地平線的燈〉揭示的主旨，也是一位理想主義者最後的文學遺囑。

---

257 參見周婉窈，《海行兮的年代：日本殖民統治末期台灣史論集》(台北：允晨，2003年2月)。

第七章
結論

總結正文的討論，從第二到第四章我們觀察了謝春木、王白淵從「前進東京」轉而「前進中國」的認同流變；《台灣人如是觀》、《台灣人的要求》、《荆棘之道》對殖民現代性的反思、對左翼母土家國的想像；以及他們現身說法奔赴中國對一些文化知識分子的影響。由此我們鳥瞰了帝都經驗對謝春木、王白淵、林兌、陳在葵、張文環、吳坤煌等人的衝擊，揭示了《福爾摩沙》重要作家的文學出發。此外我們也討論了文學在他們變調之旅中的共同意義、他們在文學中進行的現代省思與母土想像、以及這些母土想像的連貫與變異。

第五章到第六章，探討張文環、吳坤煌等人努力推動的中、日、台左翼文學跨域聯繫；張文環皇民奉公運動的參與、終戰前書寫母題與心靈動向，及晚年以跨時代知識分子進行的自我反省與時代答辯。藉此說明以張文環爲代表的《福爾摩沙》系統作家，在1930年代到1945年間持續軍國化、法西斯化之日本帝國及其殖民地之整體變局中如何適應？他們的台灣論述在此適應中，產生了何種調整與變化？戰前戰後他們如何參與公共事務，晚年又如何評價自己的跨時代表現？在此我們揭示了：張文環及其身近友人如何以文學活動在不同階段以不同論述模式，動員本土傳統，召喚認同，建構認同；還有他們不得不動員本土認同的理由、動員的策略，以及產生的效能等等課題。最後，我們也檢討了，在日本戰敗、殖民統治解除以後，戰爭末期基於護衛鄉土的公共事務參與及相關言論，如何變成他們面對自我的精神枷鎖，使他們陷入「忠義的質問」之隱形壓力中。

殖民地台灣相對於日本，特別是首善之都東京而言，在地理、文化、權力各方面均被賦予邊陲位階；反之，內地／帝都則擁有中心性、先進性、主宰性的地位。這樣的中心／邊陲、先進／落後、支配／被支配關係，構成了殖民地的現實。來自殖民地的失意知識青年，一波波湧入內地。他們其中一部分在佇立帝國土地以後，更透徹地看清了故鄉遭受殖民的各種慘狀，因而悖離留學初衷踏上反日反帝的荊棘之道。謝春木放棄學業返鄉聲援農運，王白淵奔赴祖國抗日，張文環篤志以文學提昇文化，吳坤煌浪跡左翼文化圈等等，莫不與這樣的覺悟有關。

不論是受總督府推薦的謝、王，或是受家庭支持的吳、張，這些中部青年前仆後繼的朝聖之旅，在側身帝都期間都成了覺悟殖民陰影的變調之旅。難兄難弟們對帝國的神聖性產生質疑，因而悲慟地探尋個人的、社會的以及民族的出路。在覺悟殖民的過程中，他們憂鬱、憤怒，他們先後景從，四處奔走尋找同志。在沉思殖民的不幸時，他們不約而同地以筆代劍，將革命蘊藏於藝術之中。此時「鄉土」提供他們豐沛的靈感，與特出的競爭力。

事變爆發前後，除了奔赴重慶的謝春木以外，這些人又先後被日本政府以意圖不軌或叛國通敵罪嫌逮捕入獄。不論被遣送回台服刑長達6年的王白淵，或入獄3個月、10個月不等的張文環、吳坤煌等人，他們背負憧憬出航的朝聖之旅，至此再回首已是百年身。

文學是什麼？在殖民地，文學讓有良知的殖民地青年抒發知識人的苦惱，同時探索民族的出路。1914年孫文去世時，台灣民眾黨領袖蔣渭水傷慟表示：「中國當此內訌外患絕頂之狀，這位偉大的革命家果欲離我們而長逝嗎？」1931年蔣渭水驟逝，其追隨者謝春木面對黨內的內憂外患與反殖運動的整體凋零，也不禁長歎未來只剩「進行地下活動」或「從海外間接射擊」兩途；不久後他便與王白淵先後渡往上海，將台灣解放寄託於新興中國的大革命。他離台前提出的「三角組織」、「間接射擊」等跨階或跨域聯合陣線，也一直啓示著後來的反日抗爭，特別是以地利與相對自由之便，稍游刃有餘的上海與東京地區的反殖運動。在上海的謝春木、王白淵、賴貴富等人，以及在東京的張文環、吳坤煌等「文聯東京支部」成員，他們從事的情報活動、文藝戲劇活動或人民戰線運動，莫不是以這樣的方向前進著。從〈她將往何處去？〉到埋骨「地平線的彼方」，從進軍東京到眺望福爾摩沙，謝春木到張文環等一干文藝青年，其人其文在在顯現了有良知的台灣知識人豐富多元的母土思考。

1930年代同好會檢舉事件後在上野圖書館自學的張文環，抱著作和尚、作烈士、作小丑的心情，苦思提高台灣文化、滋潤島民生活之道。在他孤獨的背影裡，彷彿有1920年代因藝術之夢與民族之愛難以兼顧，天天赴上野圖書館「研究根本解決」的王白淵身影。當張文環開始從辛苦營生的故鄉眾生尋求創作和生活的啓示時，我們也能發現執著尋思「生之現實與生之奧義」的王氏對他的影響。王白淵從甘地身上明瞭革命的意義不在奪還失去的權力與物質，而在恢復生命與生存的智慧及尊嚴。張文環從未以文字訴說過王白淵對他的啓示，但是他所刻劃的立於母土、堅韌營生的群眾日常生活、民間秩序、生存姿態，難道未曾說明什麼嗎？

從正文的討論中，我們看見了謝南光、王白淵等人帝都經驗的變調，也看見了王白淵的《荊棘之道》如何使林兌、吳坤煌、張文環等在京知識青年產生共鳴，並發酵出文學性與政治性的結果。透過閱讀，這本詩集直接影響了第一代以日文創作的文學者，也因此連帶影響了以日文創作的台灣現代文學的某些性質。

王白淵及其詩文集，如何在十餘年間明暗深淺不一地影響《福爾摩沙》出身的若干重要日語作家之文學理念與家國想像？《福爾摩沙》系統的作家如何在王白淵遠行中國之後，繼續王白淵當年予他們的啓示，在黑暗的時代繼續以鄉土之名吟唱反殖之歌？本書題爲《荊棘之道》，正是爲了點描王、張一系文學活動與意識形態之流變。筆者希望在這幀名爲「荊棘之道」的地圖上，揭示這些不同世代、不同思想取向的作家，以「文學—母土」此一核心，向「帝國—殖民現代、殖民鄉土」或「變革—左翼現代、左翼鄉土」分殊發展的兩翼。筆者認爲謝春木與福爾摩沙系統作家，都是顯示台灣文學「變革—左翼現代、左翼鄉土」精神的代表。在可能的年代，他們藉左翼現代性、左翼鄉土運動力倡台灣解殖、世界革命，在不可能的時代則把反叛精神寄寓於溫和的民俗整理或鄉土書寫中。他們與向殖民現代性、殖民鄉土運動傾斜屈從者，有根本的不同。

文學與民族，創作與改造，如此不可分割地並存於這批旅日知識分子身上。文學／民族／革命，這是他們對文學活動的一系列想像，也是他們對「自己／帝國」關係的認識。文學、民族、革命如何在創作中相互激發、牽制、交纏，影響了他們的文學表現，也左右著他們人生的起落。朝聖之行結局如何？至少在本文討論的旅日文藝青年身上，他們的東京之行並不等於同化之旅。或者母土認同愈益強化，或者爲故鄉奮進中國，他們的文學也在東都文壇之外別開生面，自成一格。

超越抵抗／屈從二元論(binary)，已是今日殖民地研究的共識。但是，台灣文學史上深刻的文化反抗系譜與重要作家，仍不應被均一論述類比化約或模糊淡化；因爲那確實是最能表現台灣文化個性的重要成就與台灣文學精神不容漠視的主軸。因此即使冒著塑造新父之譏，本書也十分願意繼續獻身於這樣的脈絡建構。不過樹立新的文學史話語絕非主要或終極目標，筆者只是想以更多實證篇幅，展現文學系譜的多元性、系譜之間的融斥，以及多種被視爲「父」的作家們其思想與行動之多元與駁雜。換言之，追蹤本土文學這塊藝術與意識形態的地圖上，社會力對文學的作用、作家們的思想聯貫與變異、文學史系譜之所由來、新父之所誕生、他們不得不誕生的理由，以及因此誕生的文學、思想與文化所具備的變遷與流動特質，正是筆者樂於貢獻一份微薄心力之處。

除了上述各章的討論之外，在全書背後筆者想追問的是——本土文化與本土文學的內涵與動能是什麼？也就是：本土傳統／意識／文學擁有何種內涵，這種內涵具備什麼樣的潛在動能？在不同年代它們以什麼方式被動員？在什麼情況下不得不被動員？換言之，本土內涵如何產生它的當代影響？在當代影響形成的過程中，本土內涵如何不斷被當代演繹或歷史化？最後不得不藉由生產本土動能來維繫其存在的社會，其存在將被烙下怎樣的印記？總之，在高唱本土的今日，如果我們認爲本土可以帶給我們當代智慧，那是什麼樣的本土？台灣擁有那樣的本土嗎？

如果有，如何讓它產生當代活力呢？這些問題遠遠超過筆者能力範圍，與其說本書嘗試予以解明，不如說它們是引領這本書持續前進的笛聲。

王白淵、張文環都有10年左右的旅日經驗，長年浪跡日本的他們，流連在學院與社會之間自修文學之道。王白淵思想深邃，天才洋溢，他的文明論充滿東方個性，詩作雋永，洋溢性靈之美；張文環的小說不拘剪裁，粗獷厚重，獨樹一幟，甚至使一些評論家摸不著頭緒。對於如此率真率性的兩位作家，本書已從殖民知識分子與帝國主義、殖民知識分子與母土論述對話的視角，呈現前後世代文學者同中有異、異中有同的文學與思想特色。此外書中也揭示了有良知的殖民地文化知識分子，如何在時局變遷下，以與時俱變的多元認同，從日本、中國、台灣、社會主義國際社會各方面，探尋母土出路的各種可能。

為什麼以《荊棘之道》、吳坤煌、張文環作為筆者考察的貫聯點呢？鍾情於他們的理由，不外乎王白淵充滿傳奇的文學影響，以及吳、張驚人的活動力與創作量，還有他們在運動凋零或苛烈戰局中也不喪失的智慧、堅持和幽默。除此之外，殖民地情境使政治性成為日據時期台灣文學的主要內涵，文學作品表現出各式的民族寓言與微言大義。詩篇和論文交織、著者人生與論述主張吻合，以致處處充滿互文魅力的《荊棘之道》，以及張文環文學所具有的謎樣色彩與陰柔特質，莫不是民族寓言與多元性微言大義的傑出典型。此外，這三位作家不僅有傑出的創作實踐，在文學主張上也展現獨特的觀點。再加上他們對殖民地本土文化、歷史與文學史，有清晰的自覺。他們從未將文學止於一種獨立藝術來對待，而將之發揮本土動員、歷史建構、權力競逐、甚至文明辯證的效能，以致如此迷人。

比起仰望、歌詠、繼續推崇本土文學的天空，低頭從一草一木體察大地之所以豐潤的理由也很重要。「荊棘之道」只是台灣文學大地上的一株不屈之草，但是它曾經如此的生機勃勃令人感動。它的存在提醒我們，這塊土地曾經上演一齣名曰「台灣」的文學之戲，舞台上的他們在各種不得已的條件與規範下，扭曲而掙扎地勾勒著各式各樣的瑰麗之夢。「歷史不過是滿山遍野之白骨，若有人注視且不忍離去，那堆枯骨才會恢復血肉，幽幽地說出他自己的故事」[1]，筆者很榮幸參與揭開這些故事的序幕。

1　簡媜，〈浮雲：給母靈〉，《中國時報》2001年6月20-21日。

參考書目

一、張文環作品、研究文獻、年表及目錄

陳萬益、柳書琴、許維育編，《張文環全集》八冊，豐原：台中縣立文化中心，2002年3月。

1.《張文環全集》卷1，小說集(一)中、短篇。
2.《張文環全集》卷2，小說集(二)中、短篇。
3.《張文環全集》卷3，小說集(三)中、短篇。
4.《張文環全集》卷4，小說集(四)長篇。
5.《張文環全集》卷5，小說集(五)長篇。
6.《張文環全集》卷6，隨筆集(一)。
7.《張文環全集》卷7，隨筆集(二)。
8.《張文環全集》卷8，文獻集(二)。

附註：《張文環全集》內筆者編纂之張文環關係年表、目錄如下：

1.〈張文環先生寫作年表〉，1998年4月。
2.〈張文環研究文獻〉，1998年4月。
3.〈張文環先生手稿〉，1998年4月。
4.〈張文環先生修訂稿〉，1998年4月。
5.〈張文環先生創作(單行本之部)〉，1998年4月。
6.〈張文環「山茶花」刊本及剪貼本狀況〉，1998年4月。
7.〈小說「藝妲之家」改編之創作一覽表〉，1998年4月。
8.〈小說「閹雞」改編之劇作一覽表〉，1998年4月。
9.〈張文環生平事蹟年表〉，1998年9月。

二、戰前報紙、雜誌、公文書(依筆劃排序)

1. 報紙

《大阪朝日新聞》台灣版，朝日新聞社。
《台灣民報》，台灣民報社。
《台灣新民報》，台灣新民報社。
《台灣日日新報》，台灣日日新報社。
《台灣新聞》，台灣新聞社。
《台灣新報》，台灣新報社。
《民報》，台灣民報社。
《新高新報》，新高新報社。
《興南新聞》，興南新聞社。

2. 期刊

《フォルモサ》，台灣藝術研究會。
《ブロレタリア音樂と詩》(日本左翼文學雜誌)。
《人民文庫》，東京：人民社。
《中央公論》，東京：中央公論社。
《文學案內》，東京：文學案內社。
《文藝台灣》，台灣文藝家協會、文藝台灣社。
《文學報國》，東京：日本文學報國會，東京：不二出版社，1990年，復刻本。
《台灣》，台灣雜誌社。
《台灣文藝》，台灣文藝聯盟。
《台灣新文學》，台灣新文學社。
《台灣文學》，啓文社、台灣文學社。
《台灣文藝》，台灣文學奉公會。
《台灣藝術》，台灣藝術社。

《台灣時報》，台灣總督府情報部。
《台灣公論》，台灣公論社。
《台灣總督府臨時情報部報》，台灣總督府臨時情報部。
《民俗台灣》，民俗台灣社。
《旬刊台新》，台灣新報社。
《風月報》，風月報俱樂部。
《政經報》，政經報社。
《週刊朝日》，東京：朝日新聞社。
《詩歌》，中國左翼作家聯盟東京分盟。
《新文化》，東京：第一書房。
《新建設》，台灣總督府情報部。
《詩人》(日本30年代左翼文學雜誌)。
《詩神》(日本左翼文學雜誌)。
《詩精神》(日本30年代左翼文學雜誌)。
《雜文》，中國左翼作家聯盟東京分盟。

3. 公文書及政府出版品

上海領事館報告書《要視人關係雜纂、本邦人の部・台灣人關係》，日本外交史料館藏，原件。
〈日本共産党台湾民族支部東京特別支部検挙始末〉，收於山邊健太郎(編)《台湾》(現代史資料22，東京：みすず書房，1986年3月，復刻本)。
《台灣總督府警察沿革誌(三)》，台灣總督府警務局，台北：南天書局，1995年6月，復刻本。
《台湾統治概要》，台灣總督府，東京：原書房，1979年12月，復刻本。
《特高月報》，日本內務省警保局保安課，東京：政經出版社，1973年，復刻本。
鷲巣敦哉，《台湾保甲皇民化読本》，臺灣警察協會，1941年，東京：

綠蔭書房，2000年，復刻本。
《皇民奉公會早わかり》（台北：皇民奉公會中央本部，1941年7月）。
陳炎正主編，《霧峰鄉志》（霧峰：霧峰鄉公所，1993 年8月）。
陳炎正主編，《大里市志》（大里：大里市公所，1994年3月）。
童勝男監修，《新竹市志》卷七・人物志（新竹：新竹市政府，1997年12月）。

三、人物訪談

鍾逸人：1998年12月20日，柳書琴採訪。
張孝宗：1999年2月27日，柳書琴電話訪談。
張銶漢：1999年3月13、28日，柳書琴採訪。
林　番：1999年3月23日，柳書琴電話訪談。

四、文集、評論集、作品集（依出版先後排序）

謝春木，《台灣人は斯く觀る》（台灣民報社，1930年1月）。
謝春木，《台灣人の要求》（台灣新民報社，1931年1月5日）。
王白淵，《蕀の道》（岩手縣盛岡市長內印刷所出版，久保庄書店發行，1931年6月）。
平林彪吾，《月のある庭》（東京：改造社，1940年3月）。
《台灣小說集》（台北：大木書房，1943年11月）。
《決戰台灣小說集》乾、坤兩卷（台北：台灣出版文化株式會社，1945年）。
張文環，《地に這うもの》（東京：現代文化社，1975年9月）。
張文環（著），廖清秀（譯）《滾地郎》（台北：鴻儒堂，1976年12月）。
李南衡（編），《日據下臺灣新文學・明集》（台北：明潭出版社，1979年3月）。
王詩琅（著），張良澤（編）《王詩琅全集》（高雄：德馨室出版社，1979

年11月)。

吳新榮(著),張良澤(譯)《吳新榮全集》(台北:遠景出版事業公司,1981年10月)。

鍾肇政、葉石濤等(編),《光復前臺灣文學全集》12冊(台北:遠景,1982年)(1-8冊,1981年9月再版;9-12冊,1982年5月)。

郭沫若著作編輯委員會(編),《郭沫若全集》(北京:人民文學出版社,1982年10月)。

陳千武,《獵女犯》(台中:光致美術印刷,1984年11月)。

鍾肇政,《戰火》(土城:蘭亭出版社,1985年4月)。

張恆豪等(編),《臺灣作家全集・短篇小說卷/日據時代》(台北:前衛,1991年2月)。

劉捷(著),林曙光(譯),《台灣文化的展望》(高雄:春暉出版社,1994年1月)。

王白淵(著),陳才崑(譯),《王白淵・荊棘的道路》(上)(下)(彰化:彰化縣文化中心,1995年6月)。

巫永福(著),沈萌華(編),《巫永福全集》(台北:傳神福音文化事業有限公司,1996年5月)。

吳新榮(著),呂興昌(編),《吳新榮選集》(台南:台南縣立文化中心,1997年3月)。

陳藻香、許俊雅(編譯),《翁鬧作品選集》(彰化:彰化縣立文化中心,1997年7月)。

中島利郎等(編),《日本統治期台湾文学・台湾人作品集》全六冊(東京:綠蔭書房,1997年7月)。

磯村生得(著),李英茂(譯),《少年上戰場》(台中:晨星,1998年11月)。

謝南光,《謝南光著作選》(台北:海峽學術出版社,1999年2月)。

中島利郎等(編),《日本植民時代台湾人作家作品集》(東京:綠蔭書房,1999年7月)。

葉芸芸(編),《葉榮鐘全集》(台中:晨星,2000年8月)。

林獻堂(著)，許雪姬(主編)，《灌園先生日記》(一)－(十二)(台北：中央研究院台史所、近史所，2000年12月－2006年6月)。

楊逵(著)，彭小妍(編)，《楊逵全集》(台南：國立資產文化保存研究中心籌備處，2001年12月)。

龍瑛宗(著)，陳萬益(編)，《龍瑛宗全集》(台北：行政院文建會，2006年12月)。

葉榮鐘、楊熾昌等(著)，戴文鋒(編)，葉笛(譯)，《葉笛全集》4評論卷一(台南：國家台灣文學館籌備處，2007年5月)。

五、中文日記、傳記、年譜、書信、回憶錄(依出版先後排序)

葉榮鐘編，《林獻堂先生紀念集》卷三《追思錄》(台中：林獻堂先生紀念集編纂委員會，1960年)。

張良澤、張孝宗(編)，《張文環先生追思錄》(台中：家屬自版，高長印書局印刷，1978年7月15日)。

吳新榮(著)，張良澤(譯)，《吳新榮日記》(台北：遠景，1981年10月)。

龔濟民(等)，《郭沫若年譜》(天津市：天津人民出版社，1982年5月)。

中國社會科學院文學研究所編，《左聯回憶錄》(上、下冊)(北京：中國社會科學出版社，1982年5月，1版)。

葉石濤，《文學回憶錄》(台北：遠景，1983年4月)。

吳三連(述)，吳豐山(撰)，《吳三連回憶錄》(台北：自立晚報文化出版部，1991年12月)。

黃淳浩編，《郭沫若書信集》(北京：中國社會科學出版社，1992年12月)。

蘇新〈蘇新自傳〉，收於藍博洲(編)，《未歸的台共鬥魂》(台北：時報文化，1993年7月)。

林忠勝(撰述)《朱昭陽回憶錄》(台北:前衛出版社,1994年6月)。
劉捷,《我的懺悔錄》(台北:農牧旬刊社,1994年;台北:九歌,1998年10月)。
林忠勝撰述,《陳逸松回憶錄(日據時代篇)》(台北:前衛出版社,1994年11月)。
陳映真(譯),《雙鄉記》(台北:人間,1995年3月)。
呂赫若(著),鍾瑞芳(譯),陳萬益(編),《呂赫若日記》(台南:國家台灣文學館,2004年12月)。
張超英(口述),陳柔縉(執筆),《宮前町九十番地》(台北:時報文化,2006年8月)。

六、專著及學位論文(依姓氏筆畫排列)

《第二屆台灣本土文化國際學術研討會論文集》(台北:國立師範大學國文系、人文教育研究中心出版,1997年5月)。
下村作次郎(著),邱振瑞(譯),《從文學讀台灣》(台北:前衛出版社,1997年2月)。
大原美智,〈坂口䙥子研究:日人作家的台灣經驗〉(成功大學歷史系碩士論文,1997年7月)。
中研院近史所口述歷史編輯委員會編,《日據時期台灣人赴大陸經驗》(台北:中研院近史所,1994年6月)。
中島利郎(編),《台灣新文學與魯迅》(台北:前衛出版社,2000年5月)。
中國左翼作家聯盟成立大會會址紀念館、上海魯迅紀念館編,《左聯紀念集1930-1990》(上海:百家出版社,1990年2月)。
中國左翼作家聯盟成立大會會址紀念館編,《左聯論文集》(上海:百家出版社,1991年)。
井手勇,《決戰時期台灣的日人作家與「皇民文學」》(成功大學歷史所碩士論文,1996年7月。2001年12月,由台南市立圖書館出版。）

文訊雜誌社主編，《台灣現代詩史論》（台北：文訊雜誌，1996年3月）。

文訊雜誌社編印，《50年來台灣文學研討會論文集》三冊（台北：行政院文建會，1996年6月）。

王昭文，〈日據末期台灣的知識社群——「文藝台灣」、「台灣文學」及「民俗台灣」三雜誌的歷史研究〉（清華大學歷史系碩士論文，1991年）。

王郁雯，〈台灣作家的皇民文學（認同文學）之探討：以陳火泉、周金波的小說爲研究中心〉（文化大學日本研究所碩士論文，2000年）。

王萬睿，〈殖民統治與差異認同：張文環與鍾理和鄉土主體的承繼〉（成功大學台灣文學研究所碩士論文，2005年）。

艾愷（Guy S. Alitto），《世界範圍內的反現代化思潮：論文化守成主義》（貴州：人民出版社，1991年）。

寺田近雄（著），廖爲智（譯），《日本軍隊用語集》（台北：麥田，1999年6月）。

朱家慧，《兩個太陽下的台灣作家：龍瑛宗與呂赫若研究》（成功大學歷史所碩士論文，1996年7月。2000年11月，由台南市立藝術中心出版。）

江智浩，〈日治末期台灣的戰時動員組織：從國民精神總動員組織到皇民奉公會〉（中央大學歷史系碩士論文，1997年6月）。

何義麟，〈台湾知識人における植民地解放と祖国復帰——謝南光の人物とその思想を中心として〉（東京大學大學院總和文化研究科國際關係專攻碩士論文，1993年2月）。

何義麟，《跨越國境線：近代台灣去殖民化之經歷》（板橋：稻鄉出版社，2006年1月）。

吳文星，《日據時期台灣社會領導階層之研究》（台北：正中書局，1992年3月）。

吳明軍，〈張文環小說人物研究〉（台南大學語文教育學系教學碩士班碩士論文，2007年1月）。

吳玲宜，〈江文也生平與作品研究〉（台灣師範大學音樂研究所碩士論文，1990年6月）。

吳舜鈞，〈徐坤泉及其小說之研究〉（東海大學歷史所碩士論文，1994年7月）。

吳燕和，《故鄉・田野・火車：人類學家三部曲》（台北：時報文化，2006年5月）。

吳麗櫻，〈張文環小說中女性題材之研究〉（中興大學中國文學系碩士在職專班碩士論文，2004年）。

呂正惠、趙遐秋編，《台灣新文學思潮史綱》（台北：人間出版社，2002年）。

呂正惠，《戰後台灣文學經驗》（台北：新地出版社，1992年12月）。

呂紹理，《水螺響起：日治時期台灣社會的生活作息》（台北：遠流出版社，1998年3月）。

李文卿，〈殖民地作家書寫策略研究——以皇民化運動時期《決戰台灣小說集》爲中心〉（國立暨南大學中國語文學系碩士論文，2000年。）。

李泰德，〈文化變遷下的台灣傳統文人：黃得時評傳〉（師範大學國文研究所碩士論文，1999年6月）。

李國生，〈戰爭與台灣人：殖民政府對台灣的軍事人力動員〉（台灣大學歷史研究所碩士論文，1997年6月）。

李筱峰，《林茂生・陳炘和他們的時代》（台北：玉山社，1996年10月）。

杉森藍，〈翁鬧生平及新出土作品研究〉（成功大學台灣文學研究所碩士論文，2007年1月）。

松尾直太，《濱田隼雄研究——文學創作於臺灣(1940-1945)》（台南：台南市立圖書館，2007年12月）。

周英雄、劉紀蕙編，《書寫台灣：文學史、後殖民與後現代》（台北：

麥田，2000年4月）。

周婉窈，《日據時代的台灣議會設置請願運動》（台北：自立報系文化出版部，1989年10月）。

周婉窈，《海行兮的年代：日本殖民統治末期台灣史論集》（台北：允晨文化實業公司，2003年2月）。

周婉窈（編），《台籍日本兵座談會記錄并相關資料》（台北：中央研究院台灣史研究所籌備處，1997年1月）。

岡崎郁子，《台灣文學：異端的系譜》（台北：前衛出版社，1996年9月）。

林安英，〈楊逵戲劇作品研究〉（成功大學中文系碩士論文，1998年6月）。

林春蘭，〈楊雲萍的文化活動及其精神歷程〉（成大歷史所碩士論文，1995年7月）。

林莊生，《懷樹又懷人》（台北：自立晚報，1992年8月）。

林瑞明，《台灣文學的本土觀察》（台北：允晨文化實業公司，1996年7月）。

林瑞明，《台灣文學的歷史考察》（台北：允晨文化實業公司，1996年7月）。

林瑞明，《台灣文學與時代精神：賴和研究論集》（台北：允晨文化實業公司，1993年8月）。

林慧姃，〈吳新榮研究：一個台灣知識分子的精神歷程〉（東海大學歷史所碩士論文，1995年）。

林繼文，《日本據台末期戰爭動員體系之研究》（板橋：稻鄉出版社，1996年3月）。

邱貴芬，《後殖民及其外》（台北：麥田，2003年9月）。

邱貴芬、柳書琴（編），東亞現代中文文學國際學會《台灣文學與跨文化流動：東亞現代中文文學國際學報》第3期（台北：行政院文建會，2007年4月）。

信夫清三郎（著），周啓乾（譯），《日本近代政治史》四冊（台北：桂冠圖書，1990年7月）。

施淑，《兩岸文學論集》(台北：新地文學出版社，1997年6月)。

施懿琳(等)，《台中縣文學發展史田野調查報告書》(豐原：台中縣立文化中心，1993年6月)。

施懿琳(等)，《台中縣文學發展史》(豐原：台中縣立文化中心，1995年6月)。

柳書琴，〈戰爭與文壇：日據末期台灣的文學活動〉(台灣大學歷史學系碩士論文，1994年6月)。

柳書琴、邱貴芬編，《後殖民的東亞在地化思考：台灣文學場域》(台南：國家台灣文學館，2006年4月)。

馬小鶴，《甘地》(台北：東大圖書公司，1993年8月)。

馬良春等編，《三十年代左翼文藝資料選編》(成都：四川人民出版社，1980年)。

張炎憲、翁佳音等(編)，王詩琅(譯)，《台灣社會運動史：文化運動》(板橋：稻鄉出版社，1988年5月)。

張恆豪等(編)，《復活的群像》(台北：前衛出版社，1995年9月)。

張雅惠，〈賴明弘及其作品研究〉(台灣師範大學台灣文化及語言文學研究所碩士論文，2007年6月)。

張毓茂等編，《二十世紀中國兩岸文學史》(瀋陽：遼寧大學出版社，1988年8月)。

張緒心(等)，《孫中山未完成的革命》(台北：時報文化，1993年10月)。

莫素薇，〈1930年代の台湾左翼文学に就いての一考察：《フォルモサ》を中心として〉(日本關西大學碩士論文，1990年3月)。

許俊雅，《日治時期台灣小說研究》(台北：文史哲出版社，1995年2月)。

許雪姬(編著)，《霧峰林家相關人物訪談紀錄》(中縣口述歷史第五輯)(豐原：台中縣文化中心，1998年6月)。

許維育，〈戰後龍瑛宗及其文學研究〉(清華大學中文系碩士論文，1998年6月)。

連溫卿，《台灣政治運動史》（板橋：稻鄉出版社，1988年10月）。

國立成功大學台灣文學系主編《台灣文學史書寫國際學術研討會論文集》（高雄：春暉，2008年6月）。

陳允元，〈島都與帝都：二、三〇年代臺灣小說的都市圖象〉（台灣大學臺灣文學所碩士論文，2007年6月）。

陳明柔，〈日據時代臺灣知識分子的思想風格及其文學表現之研究（1920-1937）〉（淡江大學中國文學研究所碩士論文，1993年3月）。

陳芳明，《左翼台灣：殖民地文學運動史論》（台北：麥田，1998年10月）。

陳建忠、應鳳凰、邱貴芬、張誦聖、劉亮雅合著，《台灣小說史論》（台北：麥田，2007年3月）。

陳建忠，《日據時期台灣作家論——現代性、本土性、殖民性》（台北：五南，2004年8月）。

陳昭瑛，《台灣文學與本土化運動》（台北：正中書局，1998年4月）。

陳映真(等)，《呂赫若作品研究》（台北：聯合文學出版社，1997年11月）。

陳萬益，《于無聲處聽驚雷——台灣文學論集》（《南台灣文學(二)——台南市作家作品集》）(台南：台南市立文化中心，1996年5月）。

陳培豐，《「同化」の同床異夢：日治時期台灣的語言政策、近代化與認同》（台北：麥田，2006年11月）。

曾健民(編)，《噤啞的論爭》（台北：人間，1999年9月）。

彭瑞金，《台灣文學史論集》（高雄：春暉，2006年）。

彭瑞金，《台灣新文學運動四十年》（台北：自立晚報社，1991年3月）。

游勝冠，〈殖民進步主義與日據時代台灣文學的文化抗爭〉（清華大學中國文學系博士論文，2000年6月）。

游勝冠，《臺灣文學本土論的興起與發展》（台北：前衛出版社，1996年7月）。

童怡霖，〈張文環小說研究〉(高雄師範大學回流中文碩士班碩士論文，2007年)。

黃英哲(編)、涂翠花(譯)，《台灣文學研究在日本》(台北：前衛出版社，1994年12月)。

黃英哲主編，《日治時期臺灣文藝評論集》雜誌篇・第一冊~第四冊(台南：國家台灣文學館籌備處，2006年10月)。

黃惠禎，《楊逵及其作品研究》(台北：麥田，1994年7月)。

黃琪惠，《台灣美術評論全集：吳天賞・陳春德卷》(台北：藝術家出版社，1999年5月)。

黃煌雄，《蔣渭水傳》(台北：前衛出版社，1999年12月)。

黃瓊珠(譯)，《易卜生戲劇選譯》(台北：大中國圖書公司，1991年11月)。

楊宗翰，《台灣文學史的省思》(新店：富春文化，2002年)。

楊翠，《日據時期台灣婦女解放運動》(台北：時報文化，1993年)。

葉石濤，《臺灣鄉土作家論集》(台北：遠景出版社，1981年2月)。

葉思芬，《英雄出少年：天才畫家陳植棋》(台北：藝術家出版社，1995年)。

葉笛，《台灣文學巡禮》(台南：台南市立文化中心，1995年)。

葉渭渠(等)，《日本現代文學思潮史》(台北：中國華僑出版社，1990年)。

葉榮鐘(著)，李南衡(編)《台灣人物群像》(台北：帕米爾書店，1985年8月)。

葉龍彥，《日治時期台灣電影史》(台北：玉山社，1998年9月)。

詹茜如，〈日據時期台灣的鄉土教育運動〉(台灣師範大學歷史所碩士論文，1992年)。

廖棋正，〈30年代台灣鄉土話文運動〉(成功大學史語所碩士論文，1990年6月)。

趙瑞蕻，《詩歌與浪漫主義》(南京：南京大學出版社，1993年2月)。

趙勳達，《《台灣新文學》(一九三五～一九三七)定位及其抵殖民精神研究》（台南：台南市立圖書館，2006年12月）。

劉亮雅，《後殖民與後現代：解嚴以來台灣小說專論》（台北：麥田，2006年）。

劉柏青，《日本無產階級文藝運動簡史》（長春：時代文藝出版社，1985年10月）。

劉紀蕙，《心的變異：現代性的精神形式》（台北：麥田，2004年）。

鄭炯明(編)，《越浪前行的一代：葉石濤及其同時代作家文學國際學術研討會論文集》（高雄：春暉出版社，2002年2月）。

鄭昱蘋，〈張文環的文學世界〉（東海大學中國文學系碩士論文，2005年）。

鄭麗玲，〈戰時體制下的台灣社會：治安、社會教化、軍事動員〉（清華大學歷史系碩士論文，1993年6月）。

盧修一，《臺灣共產黨史(1928-1932)》（台北：前衛出版社，1990年5月）。

賴香吟，〈一九三〇年代に於ける台湾の左翼文学活動：「台湾芸術研究会」(1933.東京)を中心として〉（東京大學大學院地域文化研究科入試論文，1994年）。

謝里法，《台灣出土人物誌》（台北：前衛出版社，1988年9月）。

謝里法，《台灣美術運動史》（台北：藝術家出版社，1992年5月）。

鍾肇政(譯)，吳濁流(著)，《台灣連翹》（台北：南方叢書出版社，1988年3月）。

鍾逸人，《辛酸六十年》（台北：自由時代，1993年）。

鍾慧芬，〈張文環的文學活動及其小說主題意涵研究〉（屏東教育大學中國語文學系碩士論文，95學年度）。

簡炯仁，《台灣共產主義運動史》（台北：前衛出版社，1997年1月）。

藍建春，〈台灣文學史觀念的歷史考察〉（清華大學中國文學系博士論文，2002年6月）。

藍博洲，《日據時期台灣學生運動》（台北：時報出版社，1993年4月）。

顏娟英(編著)，《台灣近代美術大事年表》(台北：雄獅出版社，1998年)。
顏娟英(譯著)，《風景心境：台灣近代美術文獻導讀》(台北：雄獅出版社，2001年3月)。
羅秀芝，《台灣美術評論集・王白淵卷》(台北：藝術家出版社，1999年5月)。
蘇世昌，〈張我軍及其作品研究〉(中興大學中文所碩士論文，1998年6月)。

七、日文專著(依日文姓氏發音排序)

明石博隆等(編)，《昭和特高弾圧史》第1、2、6 卷(東京：太平出版，1975年6月)。
池田浩士等(編)，《〈転向〉の明暗：「昭和十年前後」の文学》(東京：インパクト出版會，1999年5月)。
井東襄，《大戦に於ける台湾の文学》(東京：近代文藝社，1993年10月30日)。
岩波講座，《近代日本の植民地》卷7(東京：岩波書店，1993年1月)。
巖谷大四，《「非常時日本」文壇史》(東京：中央公論社，1958年月9月)。
咿啞之會(編)，《台湾文学の諸相》(東京：綠蔭書房，1998年9月)。
浦西和彥等(編)，《武田麟太郎》(東京：日外アソシエーツ有限公司，1989年)。
小田切秀雄(編)，《講座日本近代文学史》第4卷(東京：大月書店，1957年2月)。
尾崎秀樹，《旧植民地文学の研究》(東京：勁草書房，1971年6月)。
神谷忠孝，《南方徵用作家：戦争と文学》(京都：世界思想社，1996年3月)。
河原功，《台湾新文学運動の展開》(東京：研文出版，1997年11月)。

黑田秀俊，《知識人・言論弾圧の記録》（東京：白石書店，1976年1月）。
近藤正己，《総力戦と台湾：日本植民地崩壊の研究》（東京：刀水書房，1996年2月）。
櫻本富雄，《探書遍歴：封印された戦時下文学の発掘》（東京：新評論，1994年）。
櫻本富雄，《文化人たちの大東亜戦争》（東京：青木書店，1995年1月）。
櫻本富雄，《本が弾丸だったころ》（東京：青木書店，1996年7月）。
本多加雄，《知識人：大正・昭和精神史的断章》（東京：讀賣新聞社，1996年8月）。
白井朝吉、江間常吉，《皇民化運動》（台北：東台灣新報社台北支局，1939年10月）。
下村作次郎、中島利郎、藤井省三、黃英哲編，《よみがえる台湾文学》（東京：東方書店，1995年10月）。
下村作次郎，〈台湾近代文学の諸相——1920から1940年〉（關西大學博士論文，2005年9月）。
鈴木貞美，《「昭和文学」のために》（東京：思潮社，1989年10月）。
杉森久英，《大政翼賛会前後》（東京：文藝春秋，1988年12月）。
高見順，《対談現代文学史》（東京：筑摩書房，1976年6月）。
台灣文學論集刊行委員會，《台湾文学研究の現在》（東京：綠蔭書房，1999年3月）。
垂水千惠，《台湾の日本語文学》（東京：五柳書院，1995年1月）。
垂水千惠，《呂赫若研究：1943年までの分析を中心として》（東京：風間書房，2002年2月）。
玉井政雄，《兄・火野葦平私記》（東京：島津書房，1981年5月）。
田村泰次郎，《わが文壇青春記》（東京：新潮社，1963年3月）。
竹內清，《事変と支那人》（東京：日満新興文化協會出版，1940年3月）。

藤井省三，《台湾文学この百年》（東京：東方書店，1998年5月）。
都築久義，《戦時体制下の文学者》（東京：笠間書院，1976年6月）。
同志社大學人文科學研究所，《戦時下抵抗の研究》（東京：みすず書房，1979年）。
中島利郎（編），《台湾新文学と魯迅》（東京：東方書店，1997年9月）。
中島利郎、河原功、下村作次郎（編），《日治統治期台湾文学——文芸評論集》全五卷（東京：綠蔭書房，2001年4月）。
橋川文三，《増補日本浪曼派批判序説》（東京：未來社，1995年8月）。
平野謙（等），《現代日本文学論争史》（東京：未來社，1967年12月）。
藤井省三、黃英哲、垂水千惠（編），《台湾の「大東亜戦争」：文学・メディア・文化》（東京：東京大學出版會，2002年12月）。
保昌正夫、栗坪良樹編，《早稲田文学人物誌》（東京：青英舍，1981年6月）。
本多秋五，《転向文学論》（東京：未來社，1976年4月）。
水島治男，《改造社の時代》（東京：圖書出版社，1976年5月）。
安田武，《定本戦争文学論》（東京：朝文社，1994年5月）。
山口守（編），《講座台湾文学》（東京：株式會社圖書刊行會，2003年3月）。

八、英文文獻

Douglas L. Fix, "Taiwanese Nationalism and It's Late Colonial Context" (PHD dissertation, Department of History, University of California at Berkeley, 1993).
周婉窈, "The KOMINKA Movement: Taiwan under wartime Japan, 1937-1945" (PHD dissertation, Yale University, 1991).

附錄一
張文環親友故舊訪談

一、張銶漢先生訪談錄

時　間：1999年3月13日、3月28日

地　點：台北市中山北路五段張氏寓所

受訪者：1919年生，嘉義梅山人，張文環異房堂弟。1935年赴東京大成中學就讀，在京時期與文環夫妻同住。1937年春夏之交與文環夫妻搭船返台，之後再赴日本九州就讀齒科專門學校，1942年返台，開設齒科多年。

附　記：張老先生受訪時記憶清晰，談及往事真情流露，令訪者深為感動。

一、家族與幼年生活

我比堂兄文環小十歲，我們是同曾祖的異房堂兄弟。張家祖厝在大坪，曾祖有五個兒子，後來大房、三房沒有後嗣倒房了，二房收養子傳嗣，只有我祖父第四房和文環祖父第五房這兩支子嗣較多。當時我祖父被村裡人稱爲總理老大，他祖父則被稱爲老大，都是村裡的有力者、頭人。

我父親張明鎭有四兄弟，其中兩個早夭，另外有兩個姐姐，名叫阿桃和阿蘭。阿桃姑家裡經營賣米的生意，有幾個女兒與文環年紀相近。文環的父親張察，我稱伯父，有姊弟各一人，弟弟張和，我稱他叔父。

聽孝宗說張察之上還有一位兄長早逝，我則不清楚。我與堂兄幼年時代，親族們都住在小梅一帶很熱鬧。

我祖父和文環祖父一代都有不少山林和田產，其中以山林居多，田地較少。我父親爲獨子財產全數繼承，文環父、叔分成兩房，因此個別擁有的祖業便相對地減少了。文環父親張察最早在大坪入山約半小時路程的出水仔山上經營山林，以種植麻竹製成筍乾銷售爲主，剩餘的竹子則作竹紙。竹紙生產過程必須把麻竹泡在石灰水槽裡，伯父當時都雇工來處理。由於叔父張和也經營竹紙業，因此他們兄弟倆人也曾合夥經營。後來伯父搬到梅山以後，改以殺豬爲業，仍請有助手幫忙。

我父親張明鎮漢文造詣甚佳，書法也寫得漂亮，村裡人過年時常請他寫春聯。文環父親這一點雖不及家父，但是也能讀漢文，他家裡擺了很多漢文文言的古書。此外他擅長講古，口才很好，常常吸引很多村人聽他講三國志之類的故事。我伯叔兩人年輕時代都好酒，文環不知道是不是因爲這樣而討厭喝酒。

伯父可以說是一位好好先生，脾氣很好，相較起來伯母活潑直率，因此與丈夫相處時感覺強勢些。文環兄弟少，只有一位弟弟文鐵，又名文瑞，讀早稻田法政方面的學科，後來娶了大稻埕一位印刷業老闆的千金。

堂兄幼年家住大坪(今太平)，常跟著父母到出水仔山上，在山上的寮和山下的厝之間來來去去。出水仔山上廣大的竹林和猿猴，在我們那裡是出了名的，大家都知道。他未入學前就是在出水仔山上玩大的。

大坪附近多山，孩童上學要走好幾小時的山路，爲了安全起見，家長們都等要入學的孩童人數多了以後再一起讓孩子們入學，因此文環很晚才入學，他和弟弟文鐵(亦名文瑞)一起入學。不過，當時爲方便交通不便的偏遠地區孩童就學，小梅公學校(今梅山國小)在大坪也設有一分教場。分教場學生很少，一班大約一、兩人，全校頂多一、二十人，設備和各方面的水準都差，老師也少，就像人家說的「校長兼撞鐘」的那種情形，所以他好像沒有入分教場就讀。不過詳細情形我不清楚，只知道他曾讀過私人設置的漢書房，書房的情形如何我也不太清楚。

我父親在四年制公學校時期，成績都是第一名，校長建議他再升學，但是因為家人不贊成而作罷。後來因為他的書法寫得很流利，所以被找去街役場工作，因此搬到小梅，在家族中算是較早搬到小梅(今梅山)的。當時小梅也叫梅仔坑，那時已有製糖會社的五分鐵小鐵路了。後來我父親在小梅街役場升為助役，有如現在的副鄉長，同時投資漢藥房，請夥計看店，自己又作代書。我將入學那時一般人大多認為已是日本天年，讀漢學沒有用，漢學是落伍的東西，所以父親便沒有讓我去唸書房。

我家住在小梅，距公學校不遠，我七歲左右入學，在班上同學中算是早的。班上同學年齡差距很大，由於當時人結婚得早，所以我們班有些晚入學的還沒畢業就結婚了，堂兄的同學中也有這樣的情形。因為學生少，師資也不十分充足，所以學校有不同年級合班上課的情形。以我讀的那一屆來說，四年級和五年級便合班上課，老師先教五年級半小時，之後讓他們自修，再換過來教我們，就這樣兩個年級在同一個教室裡輪流上課。文環他們那屆則是五、六年級合班上課。

文環、文鐵兄弟要入學時，我伯父才從大坪搬到梅山來，就住在與我家相鄰的三、四間左右。那時他大概十二、十三歲左右，我小時候常常跑到他們家找他玩。文環因為晚入學，我一年級時他六年級。那時我們小梅公學校全校學生有六、七十人到百餘人的樣子，由於文環口才流利、日文又好，每天早上朝會時間，都會被派上台用日文對全校演講感想或心得。

他從一年級到六年級都是級長，成績很優秀，老師們都非常喜歡他。我還記得，有個有錢人家的千金，高女畢業，帶著查某嫺來教書。十七、十八歲吧，只比文環大一點點，她很欣賞文環，好像有點喜歡他的樣子，所以常常邀請他到宿舍閒談。文環小時候很多羅曼史，這是其一。另外我姑姑的女兒，還有文環舅舅的兩個女兒(姊姊叫阿美)，都是村裡著名的美人，聽說她們與文環也都有些羅曼史，少男、少女的情誼。

二、留日時期

堂兄的父親一輩雖然生活好過，但是都沒有受到好的教育，所以他們決心讓下一代多讀一點書，就這樣文環、文鐵被送到日本留學。當時小梅只有一個江姓大地主的兒子去日本唸過書，但是也只讀完中學就回來了。文環父親的經濟能力並非十足優渥，小康以上而已，但是基於讓孩子們接受好的教育的心理一口氣供應兩個孩子去日本讀書，一去就是十年，耗費可觀。這事在當時小梅轟動一時，到現在我也覺得他那樣的胸懷實在不簡單。

我家當時的經濟環境比文環家好些，父親受了這個刺激，所以也決心讓我去日本唸書。就這樣當年整個村裡只有我們三人曾到日本讀大學，在我們村裡這可是不得了的稀罕大事。雖然我家較富裕，但是我父母對於在日期間的花費卻控制得很緊，因此我在日本的生活也很拮据。以我的情況來看，伯父要同時負擔文環兩兄弟的花費，能供應的錢一定更加有限。

公學校畢業後，文環透過ブローカー(掮客)的介紹，到岡山就讀五年制的岡山中學。當時台灣人赴日讀中學，多到當地插班，一般從二年級開始讀。文環中學畢業後，除了讀東洋大學以外，好像也曾考過立教大學讀了一陣，詳細情形我不清楚。

昭和10(1935)年9月，我到東京插班讀大成中學時，與堂兄、堂嫂同住在本鄉元町堂嫂的娘家。文環的岳父母是非常善良，非常親切的日本人，家境普通，並不反對女兒嫁台灣人。當時他岳父、岳母住一樓，文環夫妻和我住二樓，文環弟弟就讀早稻田大學另有住所。戰爭後期文環日本丈人過逝，兄嫂掙扎遲疑了很久，最後因海路險惡無法赴日盡孝，因此就由當時在東京讀齒科的我代表致哀。

我到日本那時候，文環已經沒有正式上學了。他有沒有畢業我也搞不清楚，只知道他常到上野圖書館自修。我當時是中學生，每個禮拜天都跟他一起去讀書，他在圖書館看書、寫作，日本的、台灣的、中國的、西方的書，他都喜歡讀。中國作家魯迅的作品他特別喜愛。島木健作等日本普羅作家的作品他也非常喜好，另外我知道的還有橫光利一、武田麟太郎、林芙美子等人的作品。

我在圖書館讀學校裡的功課，偶爾也看小說之類其他各式各樣的書。記得堂兄曾介紹我讀俄國作家托爾斯泰的作品，還有法國作家梅里美的小說《卡門》。他在圖書館自習、創作一直持續到1937年4月初返台前，大概有二年左右。昭和10(1935)年，堂兄曾以〈父の顏〉入選日本綜合雜誌《中央公論》小說徵文佳作，我記得當時正獎兩名，第三名開始就是佳作。在當時，殖民地人能有如此成績，是很令人驕傲的。

這個期間堂兄除了自修、寫作以外，與台灣新民報社東京支社的人也多有往來。當時在東京的台灣文化協會的有識階級們，不希望台灣被日本人統治，常邀請台灣來的優秀學生聚會或吃飯。他們很器重文環，當時還是年輕學生的文環常被楊肇嘉、吳三連(時任台灣新民報社支局長)、羅萬俥(社長、埔里人)等邀請到台灣新民報東京總社去閒坐、聊天。我記得當時東京支社還有位支部員江允楝，後來他去上海了，堂兄也認識他。

在東京的台灣學生程度相差很大，有很優秀的，也有資質普通的，另外也有些只是來遊學的人。文環與那些參加社會運動的朋友，在學生時代就有台灣獨立的想法。堂兄不常在我面前批評日本統治或殖民地政策，但是我很清楚知道，台灣必須脫離殖民統治，也就是獨立，這是他從學生時代一直到終戰前、甚至二二八以後一貫的想法。

那個時代在日本不可能打工，文環的經濟來源完全仰賴家鄉父親的匯款，爲數不多的匯款還要分給弟弟共用，所以沒什麼錢是不難想像的。堂哥在東京的求學生活很苦，當時的《中央公論》、《改造》等綜合雜誌一本大約是六錢，他非常愛讀但捨不得買，後來因爲常去看書，老闆認識他，所以就跟老闆商量出一個辦法，他每天一大早就到書店買，馬上拿回家讀，讀完之後下午再趕緊拿回去賣，這樣老闆答應退他五錢。

堂兄兄弟長年在外讀書，伯父也因此一再變賣田產，文環對此很不安，因此他非常節省。當時一些在京的台灣名望人士，知道他苦學很欣賞他，常招待他去大餐廳吃飯。我常聽他說，在受邀的貴客中他是最窮的，衣衫襤褸地側身在一群貴客之中顯得很尷尬。我記得他的鞋子已經開了口，破得不得了仍不捨得換，有一次在寒冷的雨天他受到宴請，幾乎整個腳趾都露在外面凍著，飯店的服務生都盯著看，覺得不可思議。我當時也是窮學生，常哀歎自己實在太窮了，沒想到堂兄竟然比我還窮。不過我堂兄從未因苦失志，他真是了不起。

堂兄交遊廣闊，他的朋友很多我都認識，但是現在大多唸不出名字了。他在京的台灣友人中，東京帝大的朋友特別多。我記得的有蘇維霖、蘇維熊兄弟。蘇氏兄弟好像是新竹人，當時蘇維霖先到北京大學讀書，娶了中國太太，後來又被中國政府派往東大留學。蘇維熊當時也在東大英文系讀書。他們兄弟在東京時，文環非常照顧他們，彼此是十分要好的朋友。

日據時期擔任新竹州助役(有如現在的副市長)的張水蒼，當時也在東大讀書，是板橋林本源家的女婿。這個人年齡與文環相當，與文環是很好的朋友，常幫文環的忙。我記得有一次快過年時，文環缺錢去找他，他慷慨地拿出一支金錶借文環去當。文環拿到當鋪，老闆問他想當多少錢，說五十圓夠不夠？當時五十圓很大，文環嚇了一跳，連忙說不用不用，只要五圓就好了，等接到家鄉匯款就來贖，老闆聽了覺得好笑。

當時在東京帝大的台灣留學生，還有南投人曾石火，他精通七國語言，想做外交官，日本人不讓他做，但是每次有難題的時候就要找他幫忙。很遺憾他很年輕就過世了，他也是文環好友。此外，張星建、巫永福、吳新榮、賴慶、吳希聖、王白淵、吳坤煌、江文也、吳天賞、賴明弘、顏水龍、劉捷都是他當時的友人，其中有許多是非常親密的友人，譬如張星建就是文環特別親密的好友。

除了台籍友人之外，當時東京有很多中國來的學者或學生，文環與很多中國來的留學生感情都不錯，他交往的友人中有些後來成了中共要人。與中國留學生的交往，主要是透過蘇維霖居中介紹。文環曾遊上海，那是我赴日前的事，所以詳情我不清楚，從時間上推算起來應該在

1935年以前去的。

文環在日本被捉去關兩次。第一次被捉是1932年，那時我還沒去日本，所以不清楚。第二次大概是1936年秋天左右，那是受到朋友牽連，警察說文環是共產黨員的友人，所以進來他住的地方搜查，結果搜出一本同人雜誌叫做ズドン，就是「碰！」，槍聲的意思。這個同人雜誌的負責人之一名叫淺野(好像是淺野次郎的樣子，記不太清楚)，文環似乎曾和他們一起從事社會運動。他常來找文環，但是他怕被特高捉因此行蹤神秘，每次都是三更半夜來，聽說這個人戰後好像當了社會黨的議員。淺野也有拿錢資助文環。

那一次東京本富士署的警察來搜查的時候，劉捷剛好來找文環，他很倒楣，就這樣兩個人都被捉了，被關到次年春天才釋放。經過這件事，文環告訴我日本不能待了，所以此後不久他就回台灣了。文環被關的這些事，台灣的父母似乎不知情的樣子，他被關當時連同他的朋友都由日籍嫂嫂照料一切。

三、返台與戰中生活

1937年春，堂哥、堂嫂(日籍)和我一起搭船回台，那時櫻花開了，大約是三月底四月初的時候。我中學畢業後本想考文科或法科，我把想法告訴堂哥，結果他把我大罵了一頓。他說你哥走這條路很苦，沒飯吃，你不是不知道，而且在日本人統治下讀這些科目也沒有出頭天，不如去讀齒科。我後來讀齒科就是聽了他的建議。不過當時我沒有立刻考上學校，所以就和他一起搭船回來了。

他回來以後，在台北就被朋友們帶走了，認識了陳逸松他們一些人。陳當時在陽明山上有一幢別墅叫白雲莊，文環常到那兒寫稿。文環在台北過了一陣子以後，才攜妻子回梅山故里。後來他和西川滿等人一起編雜誌，再後來他又辦《台灣文學》雜誌，我學成後返回梅山故里開設齒科，不過每次上台北都會去找他，也常去山水亭、蓬萊閣吃飯。文環的好友王井泉，還有蓬萊閣的老板陳水田，以及黃得時、呂赫若、王昶雄、楊佐三郎、龍瑛宗他們，我都曾碰過面。當時一些青年學生，如邱永漢等人也曾慕名前來山水亭找文環等人。

港町文山茶行的王添燈也是他的朋友，蘇新我比較不認識，不曉得他和堂兄的交情如何。文環搬回中部以後，張星建經常提供文環新書免費閱讀，文環讀完後再還他，他們兩個是非常非常好的老友。有一位嘉義溪口人張麗旭是他在東京時認識的朋友。他的許多友人我都認識，但是現在都忘了他們的名字了。這些朋友有些是他在東京時認識的，有些則是回台後結交的。

文環結婚得很早，昭和7(1932)年，24歲左右就結婚了。在日本兩次被關的時候都是日籍妻子去奔走、照顧的。她非常溫柔，深愛文環，而且對愛抱持深刻犧牲和忍耐的精神。文環很感謝妻子對他的愛和犧牲，我也非常尊敬這位嫂嫂。當時堂兄在日本留學很窮、生活很苦，多虧她照顧。她把我當親弟弟一般疼愛，非常照顧我，我到現在仍非常感謝她。

我日籍嫂嫂自從1937年與文環一起返台後，再不曾回過日本。她父親過世時，正值我二度赴日就讀齒科專校的時期，當時因爲戰爭的關係、船難很多，赴日諸多不便，所以我受託代理兄嫂前往致哀。多年以後，文環過世時，堂嫂傷心之餘曾寫信給我，說她原想自己可能會先死，如此文環能爲她撿骨也算幸福了，不料文環比自己先走，因此她非常難過。不過先生既已離去，自己必須好好地替先生照顧孩子們，使他安心才好……。我看了很感動，到現在還印象深刻。

文環的二夫人，是他回台灣以後任職台灣映畫株式會社時在工作場所認識的，也是非常賢淑善良的女性。堂兄身爲長孫、長子，但是大夫人沒有生育，因此我伯父方面一直給予他傳宗接代的壓力，不過他與二夫人的相識結合倒也不完全出於父母之命，兩人也是因自由戀愛而結合。這位二夫人爲他生下一群兒女，給文環的生命添加了另一方面的熱力和朝氣，文環很感謝他。基本上，堂兄欣賞溫柔的女性，他的兩位夫人都溫柔淑德，彼此感情也很好，非常難得。

戰爭末期，文環被要求參加皇民奉公會，他很討厭那個會，但是很無奈，因爲沒有拒絕的可能。他曾告訴我，因爲留日時曾有兩次參與左派運動嫌疑而被拘的記錄，使他內心一直有所畏懼，擔心有什麼後遺症，特別是在戰時下，因此也就更加地不敢推辭。

昭和17(1942)年底，他奉命參加大東亞文學者大會歸來以後，被指派到全省各地進行大會歸來有感之類的演講，其中在嘉義的那一場，我特別去聽了。我記得他在台上說了一些日本皇軍一騎擋千，乃不敗神軍，皇國必勝之類的話，當時也必須那麼說。但是下台後私下的交談中，我知道那時的他仍是希望台灣脫離日本的。

四、光復初期與二二八之劫

戰爭後期，堂兄什麼時候離開台北前往霧峰任職，我不清楚。只知戰爭結束前，也就是昭和20(1945)年，羅萬俥、楊肇嘉等幾個朋友提拔他當大里庄長(戰後大里鄉)，他在這個職務上迎接了光復的到來。

日本統治下台灣人無法獨立，因此台灣光復，文環等人都非常高興。他是一個很愛國的人，8月15日風聞日本投降，在消息還不十分確定的時候，文環便升了一幅青天白日的國旗。那國旗好像是誰畫的，還是怎麼樣弄來的我不太清楚。不過當時日本警察還在，情勢也還很緊張，一切不明朗，大家都為他的大膽舉動捏了一把冷汗。

光復後幾個月冬天時節，文環把父母及昭和19(1944)年攜帶長子到梅山故里疏開的二夫人接回台中團聚。此後文環雖然搬過很多地方，但是父母一直與他同住直到終老。光復次年2月1日，他被指派為光復後的第一任官派大里鄉長。3月29日，又當選台中縣參議員。

堂兄以其一個文化人出身、外地人、又不是資產家的身分，之所以選得上參議員我想有幾個原因。一方面，因為光復後的首次選舉一切都很倉促，當時的選舉也不像現在活動得這麼激烈；另一方面，是他在大里當庄長、鄉長都是官派的，期間也有一定的名望，加上羅萬俥、楊肇嘉、林獻堂等人的聲勢以及幫忙，也有正面的影響。不過參議員他沒有當多久，隔年2月就因為二二八事件爆發，他被迫逃亡而中止。此後，他對政治參與敬而遠之，也曾強烈反對我從政。

堂兄為什麼會被二二八事件波及呢？就我所知，一方面因為他擔任鄉長、縣參議員，事變後又被邀參加台中的「二二八事件處理委員會」有關，另一方面，則與他戰後參與新高築港(今台中港)的接收工作，擔任董事長，與當時分配到的宿舍所引起的風波有關。堂兄事後曾告訴我，他戰後與父母們同住在五廊巷(現在台中師範學院附近)，但是新高築港方面也配有一戰前日本郡守留下來的宿舍供他使用。宿舍很大，兩幢，寬敞又舒適。有個日本時代就住在台灣、算是華僑的福州人日本投降後中意那房子很久了，眼見希望落空很不甘心而懷恨在心，文環對此並不知情。二二八事件時，那人便密告說文環參加處理委員會、又娶日本人妻子，是意圖反政府、回歸日本的陰謀分子。堂兄就這樣上了黑名單。

當時許多台灣名人也被捉了，譬如林茂生等等，另外在二二八事件中遇難的王添燈，還有嘉義市的兩位參議員潘木枝醫師和林文樹(日據時代曾參加台灣自治聯盟、台灣新民報社相談役)等，還有其餘多人都是文環的好友。

戰後文環告訴我，二二八時據說警備總司令列出的逮捕名單上有他，因此上頭前後有三、四次要來捉他。有一次要來捉他的雜軍，從海南島來的那些較早來台的軍隊，乘著卡車還是什麼車的，說要來五廊巷捉他。由於文環交遊廣闊，對人很好，這位司機在與軍人們的談論間無意中聽到文環的名字，便藉故車子故障，乘隙溜下來打電話通報。因為有這位好心的司機，我堂兄才得以逃脫。

堂兄說二二八時他躲過很多地方，最後據他說是當時台中縣長劉存忠，他是外省人，但是與文環感情很好，他到警備司令部把文環的名字劃掉之後才沒事的。不過因為這一段亡命生涯，那個郡守宿舍他便讓給了別人，後來新高築港的工作也辭去，甚至連縣參議員都不作了。

事後林獻堂、羅萬俥等人想文環沒有工作也不行，所以又介紹他去當能高郡代理署長，後來又輾轉去省通誌館、台灣人壽保險、彰化銀行、日月潭大飯店等等地方工作，戰後他可以說遍嚐了種種苦勞。

文環雖是我的異房堂兄，但是他很疼我，甚至比親兄弟還照應我，我人生中的重要抉擇及幾次逆境都蒙他指點和鼓勵。他病中之際，接到我寄給他的一件日本大衣，高興得要子女扶他穿上。臨終前的最後一封信也是寄給我的。堂兄是一個仁慈寬大的人，我深深感謝他對我的愛護，時至今日仍無法忘懷。

二、張孝宗先生訪談錄

時　間：1999年2月27日

地　點：台中市正氣街張宅

受訪者：張孝宗先生1944年生，係張文環先生長公子，服務於神岡國中多年。

我父親出身地主之家，祖業最輝煌的時候曾有80餘甲土地，到祖父時代仍有不少田產，租人耕作。祖父出手闊綽，聽父親說有一次有人拉一車雜貨到梅山叫賣，祖父興致好，一口氣就買下整車貨。他讓兩個兒子到日本讀書，兩個人都讀了很多年，祖父想孩子們想讀書就讓他們盡量去讀，當時家裡還有一定經濟能力。

父親從小對書就很有興趣，但是因爲山村大坪交通不便，入學時間便一再延後，直到12、13歲左右，我叔父也該入學以後，祖父遷居梅山，兄弟倆才一起入學，因此父親便與叔父同班。聽說父親就讀公學校之前讀過漢書房，這一點我沒有聽他提起並不清楚。我叔父文瑞，又名文鐵，父親習慣叫他文瑞。他比父親小兩歲，與父親一起去日本岡山讀中學，之後考取早稻田大學，就讀政經方面的學科。

由於父親不欲捲入祖產繼承的紛爭之中，因此與故居親友往來者並不多，與叔父也少有聯絡，家族中與我們較親密的是父親的遠房堂弟，也就是父親堂叔的兒子張銃漢先生。堂叔比父親小10歲，他到東京讀中學時，與父母親住一起，因此時常在一塊，直到晚年兩人情同手足。親友中另一位偶有聯絡的是父親叔父張和先生的三公子，也就是父親的堂弟，不過幾年前他也過世了。說起故鄉，其實父親對故鄉梅山的感情是非常複雜的。一方面那是他最眷愛的土地，充滿了種種故人舊事，以及幼年成長的美麗回憶，但是另一方面，現實世界不可免的一些家族生活或財務方面的糾葛與紛爭，卻讓他深爲失望。父親是一個懷抱世界觀的人，他曾說台中也可以是我們的故鄉。

父親公學校畢業後到岡山讀中學，據母親說有跳級，所以五年制的中學只讀了四年就畢業了。我日籍母親(定兼波子女士，中文名張芙美)說，父親就讀東洋大學時，非常用功，常常在圖書館苦讀，此外當時菊池寬在日本大學教授藝術理論方面的課程他也有去旁聽。父親曾說他的好友曾石火先生也非常用功，常關在宿舍裡連日閉門苦讀，隨便吃一些罐頭之類的東西，爲了避免干擾，好友們來訪都必須以獨特的敲門聲作暗號。父親很佩服這種苦行僧式的求學精神，但是不贊成這種損害健康的方式。

父親曾告訴妹妹他非常喜歡魯迅的小說，尤其喜愛〈故鄉〉那篇小說，他在東京時曾因爲太愛那篇小說到逐字抄錄的地步。此外與魯迅同時期的中國作家，諸如巴金、老舍等人的小說他也很喜歡，他遺留下來的書籍中也有這類書。另外法文、俄文的書也有。西方作家的作品中，我記得有梅里美、屠格涅夫、托爾斯泰、拜倫、雪萊、以及美國作家朗拜樓等人的作品，《包法利夫人》、《黛斯姑娘》等書也曾在他書架上看過。在日本文學方面，據我所知他喜歡林芙美子、菊池寬、夏目漱石、丹羽文雄，還有司馬遼太郎的作品。

祖父善講古，父親小時候祖父常說些三國志之類的故事給他聽，但是我們小時候，不曾聽父親說過那些故事，不過偶爾他會說些他少年時代的羅曼史給我們聽，我認爲他是將那些當作人生中重要的收藏來看待的。梁山伯、祝英台上演時，他曾帶我們去看。父親對平劇也很有興趣，家裡現在還有他關於這方面的書。

父親在東洋大學的學業有沒有完成，這一點我不敢十分確定，家中未曾看過他的畢業證書。二十年前父親過世時，我編《張文環先生追思錄》中的年譜時，沒想到這些問題，因此便依常情推算而標注了他的畢業時間，這一點是需要再查證才對。我日籍媽媽也不清楚此事，她只說父親酷愛讀書，立志文學，對學位不是十分在意。此外，也可能有現實上經濟困難或其他一些因素，至於有沒有可能因爲參與政治活動被捕而遭到開除，我則不清楚。父親在家中是比較威權性的一家之主，他認爲男人在外面的事，女人家不必過問，我的兩位媽媽都很尊重他在外面的一切事情幾乎從不過問。

日籍母親說父親在日本曾被關兩次，兩次都是她去探望、照應的，似乎皆未驚動家鄉父母的樣子，但是現在她也記不清了。她比較確定的是1932年，父親24歲那次(按，震災紀念日葉秋木參與反帝示威遊行事件波及)，第二次則記不清什麼時候了。兩次好像都被關29天。她記得第一次還有吳坤煌、林兌等人被捉。由於事態不嚴重，我日籍媽媽又不時去探望、請託，所以吳關了29天就釋放了，林兌被關的監獄在不同處所，被關的時間比較長一些。第二次被捕時，劉捷也一起入獄，另外還有吳坤煌，兩次都有他。

《張文環先生追思錄》上有父親遊上海的照片，他什麼時候去的？爲什麼去？我不清楚。關於父親從日本返台的時間，我母親(陳群女士)說，據她了解是在事變之前，日籍母親則記不得了。日籍媽媽說父親回台初期，把她帶回梅山安頓好，小住三天，之後便隻身到台北找工作，後來在台灣映畫株式會社工作，兩個月後才返回故里攜她北上定居。她當時因爲不適應梅山的水質，皮膚過敏奇癢難受，因此記憶特別深刻。

我母親(陳群女士)與父親在1938年左右認識，母親說當時他們都在謝火爐所屬的企業中工作，父親在二樓的台灣映畫株式會社，母親則在一樓的德記羅紗，因爲大家共用樓下電話，母親常上樓通報父親接電話，就這樣彼此認識，但是兩人有進一步的交往則是在1943年舞台劇〈閹雞〉排演的時候。因爲母親年輕時也是演劇愛好者，常去看閹雞的排演，所以兩人逐漸有較深的認識。1943年左右他們結婚，1944年7月我出生。

父親曾向我提起，他任大里庄長時，偶見乞丐婦懷著身孕在街邊行乞，對於這樣的社會問題他覺得很感慨也很難過。因此後來他便對庄內的乞丐及遊民作了一些管理措施。

關於二二八事件中父親的遭遇，我曾聽父親親口說過。父親說他的命是朋友撿回來的，那時我3歲，當時我們住在現在台中市來來百貨公司斜對面的巷子裡，現在叫太平路。有位開發株式會社的李姓司機，聽說晚上有軍隊要來捉他，便冒著被牽連的危險漏夜趕來通報。父親即刻喬裝賣布商人逃亡。父親說他交友從不論身分，或許因此那位司機也才將他視為朋友冒險相救。

他還說逃亡期間，許多朋友不畏風險極其照應他，還煮雞酒給他吃，令他十分感動。他前後總共躲過了十幾個地方，我知道其中有一個是台中太平方面的山區。由於朋友通風報信的早，所以他躲過一劫，在眾多二二八不幸的受難者中，他算是非常幸運的。他曾對我說如果不是有你們這幾個孩子，我可能早就沒有命了，因為我的個性很可能豁出去跟他們拼了。二二八以後父親對祖國來的政府可以說徹底失望，但是父親還是很愛國的人，一直到他晚年時他還對我說，只要對國家有幫助，就算叫我們父子去死也不足惜。

二二八事件以後，父親因代理能高郡署長一職，我們全家住在埔里。1948年到1950年期間，父親在台灣省通志館、文獻委員會工作，我們住在台北，期間又搬了幾次，一度住在台北的漢口街。1951年搬到嘉義，父親在台灣人壽保險公司嘉義分公司工作，住在火車站附近中山路公司樓上，我與爺爺暫居附近，不久後全家才一起搬到嘉義城隍廟附近的興中街。

1955年3月左右，父親因換工作到建和企業股份有限公司當經理，我們遂搬到台中，住在現在台中公園(今停車場一帶)附近。次年父親隻身到台北「天一染織公司」工作，後來又擔任林博秋先生投資的神州影業公司顧問，我與祖父母、母親、弟妹們則繼續住在台中。1957年他進入彰化銀行工作，我們才搬入現在位於正氣街的彰銀宿舍，此後一直定居於此。

父親進彰銀工作得力於羅萬俥先生幫助，後來他從專員很快升格到副理，最後升任霧峰分行經理，都靠羅先生的提拔。羅先生比父親稍長，他很欣賞父親，與父親是好友，他與林獻堂家有姻親關係。他的妻子與陳湖(曾任台中私立新民高職校長、市議員)的妻子好像是姐妹，或是霧峰林家的姐妹，陳湖與我父親也是好友。由於銀行強制55歲退休，所以父親在彰銀的時間並不長。

彰銀退休後大概有四、五年時間，父親的工作斷斷續續很不穩定，也曾有一年多賦閒在家。直到1968年辜濂松買下日月潭大飯店，聘他擔任經理，他二度進日月潭大飯店工作之後，才逐漸穩定下來。他第一次進日月潭大飯店工作在1965年，當時該飯店爲林姓華僑所投資，父親先是當公共關係主任，後來又當會計主任，但是在遭到飯店內派系鬥爭的波及，那陣子他很難受，所以不久便辭職了。

之後他透過林椅楠先生介紹到陳查某公司工作，但是4個月後又離職了，因爲這期間他爲公司的勞工們爭取權益，與資方利益有所衝突。父親要離職時，工人們都哭了，他們很感謝父親爲他們站出來說話。父親確實是一個很有正義感的人。

此後父親又到林快青先生南山人壽公司當主任秘書，林快青是父親難得的好友，他時常體恤我們的家計，非常關切我們的生活。在南山人壽將近一年後，父親重回日月潭大飯店，飯店在他的經營下很快地轉虧爲盈，父親也在這裡工作直到辭世爲止。

在他第二次回飯店工作的頭兩年，也就是1972、1973年時，正値我從師大畢業在明潭中學教書的時期。那時我住在教職員宿舍，放學後到晚飯前，我們父子經常在飯店前的空地散步。那裡可俯看日月潭，我們邊散步邊聊天，那一段日子也是我跟父親心靈最親密，也較有機會深談的時光，至今仍令我懷念。

那時他每天清晨三點半、四點左右起床散步，到文武廟拜完頭香，就開始寫作。父親向來不問家庭瑣事，然而那時他每天清晨起床總是替我準備一杯鴿蛋牛奶，爲了保溫還用塑膠袋細心地封住杯口，我記得那時他已動筆寫《滾地郎》了。黃得時先生在父親的《追思錄》中說，父親在1972年開始寫這篇小說，應該是正確的。這個時期父親與工藤好美先生也有通信，父親把工藤先生當老師一般敬重，還曾寄烏魚子給他表示弟子之禮。父親晚年未發表的手稿中有〈地平線の燈〉一篇，我在日月潭教書時與父親閒談時，似曾聽他提起過，另外幾篇未刊稿與修改稿依我推測大概都是在《滾地郎》之後(1974年11月完稿)，到他過世之前三年左右期間陸續寫的。

父親戰後因爲政治及生活的因素停頓了二十多年沒有創作，他是一個愛讀書，對文字有敏銳感受的人。1960年他在林獻堂先生紀念集《追思錄》中寫的〈難忘的回憶〉那一篇，他寫完後拿給我看，我當時很驚訝他的中文能寫得如此流利。不過很可惜，因爲生活的關係，後來他寫中文的機會很少，因此到晚年時反而有些退步了。

二二八事件後父親的工作一直不穩定，收入不多，當彰銀經理的時候稍微好一點，但家中父母妻兒負擔沉重，生活並不寬裕。不過父親向來較重精神生活，家庭生活中也是如此，因此在他的影響下我們似乎覺得生活沒有多糟糕。父親從小就喜歡讀書，到老都沒有改變，他告訴我他最喜歡的事就是盡情讀想讀的書。不過在生活的波折中，這個願望就他而言似乎是落空了。父親曾語重心長地對我說，貧窮是最殘酷的，我明白他意思不是指生活的苦，而是指喪失追求理想的餘裕。對於未能繼續文學與創作之途，父親的內心一直有很深的不安和遺憾。

三、鍾逸人先生訪談錄

時　間：1998年12月20日
地　點：靜宜大學
受訪者：鍾逸人先生，二二八事件中擔任二七部隊長，著有《辛酸六十年》(前衛，1995年)。

我在日本讀書時曾因違反治安維持法嫌疑被日本高等警察抓去，最後因未滿19歲未成年，未遭起訴也未受處分，但是因此被關了將近一年才獲得釋放。

被釋後我返台，當時是1943年，回台後我仍受高等警察的監視，甚至被限制行動。另一方面因爲我的體格很好，沒多久便受到日本當局的壓迫，他們要求我感念天皇陛下的寬待，自動去當志願兵、參與「聖戰」。我用盡辦法逃避，最後實在沒辦法，才透過叔父的關係進入日本陸軍，謀得日本陸軍臨時雇員一職，避開了兵役。

就在那個時期，我初識文環兄。當時他已是大里庄長(今大里市前身)，戴著戰時帽、打綁腿的他，完全一副戰時打扮的模樣，神情活潑。我因工作上的需要曾去找過他幾次。雖然他比我年紀大，我則代表日本陸軍身分穿軍裝跟他接觸，但是因爲我們都是留學日本的，彼此耳聞，所以雙方都沒有特別拘禮，談話很自然。

那段時間我們對於文化、思想或文學等問題，根本沒機會談，只能就眼前問題商量而已。有時他會抱怨幾句，說真是忙死了，不知道戰爭還要拖多久，有夠慘的之類，但是僅止於此，我們的談話並未再深入。他雖也知道我是留日的、曾被日本人關，在楊貴那裡出入過，但是畢竟我穿著軍裝，所以似乎多少對我有幾分戒備。後來隨著戰爭的激化，以及日軍在太平洋方面的戰事節節敗退，台灣的局勢越來越緊張，地位也越來越重要，我的工作被調到南部，與文環接觸的機會便少了。

我知道文環能當大里庄長，主要是因爲獻堂仙(林獻堂先生)的關係。林獻堂是台灣的名望家、霧峰的大地主，也是過去台灣文化協會右翼的領導者，台灣地方自治聯盟的領導人之一。他同時也台灣人唯一的喉舌《台灣新民報》的主要投資者，相當於董事長，因此他的地位和發言非常有份量，台灣人對他非常尊敬。在台灣人的社會，尤其在地主間，他的號召力非常大，文環在獻堂仙那裡出入，在葉榮鐘沒有當林獻堂的秘書以後，就由文環來接任，由此可見文環與獻堂仙之間的關係匪淺。

戰後文環可以當選台中縣參議會參議員，也與獻堂仙的鼓勵和支持不無關係。舊制的台中縣包括現在的台中縣市、彰化縣市、南投縣市，也就是日本時代的台中州。戰後初期階段僅把州改爲縣而已，還未區劃開來。

戰後我加入三民主義青年團與文環接觸的機會不多，但是有段時間我三不五時會去楊貴(楊逵)先生的下油寮出入，談話間偶爾也會提起文環、呂赫若等人的事。楊貴雖是台灣早期重要的文學家，但是說起來他在文學上的成就可能還比不上他在參與社會方面的成績大。楊貴提起呂赫若、張文環時，好像對他們無多誇獎的樣子。他對張、呂等人對皇民化運動之全心投入不以爲然，甚至有時語帶諷刺。當時我未看過張、呂等人的作品，對事實如何並不了解，只認爲大概是文人相輕自古而然，而不以爲意。

二二八事件發生的時候，我看到文環在二二八處理委員台中分會出出入入，當然他對於二二八事件的發生與時局的變化非常關切。在分會出入的人，多是大台中地區的仕紳，還包括張深切、郭德金、何集璧、莊遂性、洪炎秋等人，此外台灣人之中甘願爲國民黨當鷹爪的特務系統人員，也夾雜在其中出入。

當時我在台中干城營區成立二七部隊，我認爲處理委員會的那些人一天到晚關在會議室裡討論這討論那，根本成不了事，在這樣的時刻最重要的是充實實力、特別是武力。和陳儀政府交涉，必須要有武力，而且依當時情勢看來，台中地區的安全已受到相當威脅，經過台中地區，阿山(外省)兵的機關槍就在那兒掃射，非常可怕，民心很不安。局勢發展到這樣，爲了保護我們的故鄉，我認爲即刻需要一支武力，充實武力比什麼都重要。

因此對於那些一天到晚在處理委員會出出入入的人，我著實非常地看不起，包括文環在內。但是因爲戰前我與文環有過業務的接觸，二二八當時文環有幾次來營區找我，也有在營區外遇到。見面時我表面上尊重他對時局的意見，聽他滔滔不絕地發表宏論，但是實際上卻抱著隨他去講的心情，並沒有認真聽。當時的我們由於想法不同，彼此的接觸或談話都無法深入。

我和文環較深入交往，則是我獲釋離開綠島以後的事。二二八後沒多久我就被捉，本來被判死刑，但是後來軍方因爲種種顧慮而未即刻執行。第一，他們把二二八的原因推諉共產黨作亂，但是捉來捉去捉不到共產黨，所以就找台中的謝雪紅開刀，說她是罪魁禍首。但是謝在撤退到埔里的途中，就已經輾轉逃離台灣了，所以他們始終無法捉到。槍斃我容易，但是想從我這裡問出謝的下落，因此怕難得的線索就此斷掉，便不急在一時。第二，謠傳有很多日本兵參加二七部隊，這些日本兵躲到哪裡去了？如果有，一定要勸這些日本兵們出來投降，否則台灣的治安、安寧堪慮。由於他們參加我的二七部隊，因此要這些日本兵出來投降也必須我出面不可。第三，當時有很多武器被我們帶入山中分幾個地方藏放，這些武器沒有追查出來也不行，這也必須我出面。基於這三個原因，所以他們沒有立刻槍殺我，但是不斷地對我進行反覆的刑求和審問。

後來由於國內外議論、國際輿論對二二八事件的態度都有轉變，對受害者較爲同情，另一方面國民黨撤退來台，魏道明當台灣省主席時，在眾多命令中有一條下令戒嚴令即刻解除，非軍人身分判罪者原判取消改交由司法機關重審。在情勢轉變下，我被改判爲15年，但是屆滿15年以後，不知道什麼原因，未經審判又把我多關了兩年才把我放出來。

聽說我坐牢期間文環在獻堂仙幫忙下進彰化銀行工作，因爲林獻堂的兒子有一陣子在那裡當董事長。文環離開彰銀之後工作不穩，後來辜濂松在中信當董事長，他母親辜顏碧霞年輕時也是文學少女，讀第三高女時開始寫小說，對文學也相當關心，因此由他們母子介紹進日月潭觀光大飯店，在那裡當總經理。

我出獄後仍被特務監視，因此與外界接觸都十分小心。當時我身爲常務董事之一，在三位常務董事中另一位爲蔡瑞洋醫生，因爲他的關係，我與文環等人開始有頻繁的往來。蔡是台南名醫，他對台灣的文學相當關心。他對張文環、楊貴不只是尊敬，私下多多少少可能也有給他們支助。蔡大約在1960年代透過朋友的管道買了一輛賓士，在當時外國車不能進口的時代，雖然是二手車也非常稀罕。蔡每週一次、有時兩次，載吳新榮、陳秀喜等人來我工廠接我，之後到日月潭觀光大飯店(現在改爲日月潭中信大飯店)找文環，他當時在那裡當總經理。

日月潭大飯店的服務生有些是台灣本地人，有些是北部調來的外省人，也有些特務，二二八以後他發誓不學北京話，不用北京語寫作，由於家眷沒有在身邊，他在那裡沒有什麼可以談內心話的對象。每次我們去，頭天晚餐都由蔡瑞洋請客，第二天早餐則是文環招待的。

大廳中央的樓梯上去，二樓右手的第一間就是他的房間。他的房間裡有一些書畫，還有一個雕刻的如來佛。我們都在晚上閒談，有時在文環的房間，有時在一樓大廳，12點以後大廳都沒人了，我們便隨意暢談。所談的內容多是一些關於台灣過去的歷史，其中最重要的就是二二八事件的檢討，另外也討論台灣文化和台灣現實各種問題。我們彼此知道大家是什麼樣的人，所以大家談得很投機。我們都用日語交談，遇到敏感的事則用暗語表達。

文環過世前有時會主動打電話邀蔡瑞洋，蔡醫院的X光師劉先生負責開車，先去佳里載吳新榮，然後再去關仔嶺載陳秀喜，我因爲後來公司有買車，所以蔡會打電話叫我去載楊貴，這樣他就不用再繞到台中。

受到邀請，楊貴便抱著去看看老朋友、隨便聊聊的心情，隨大家一同去。他住宿的花費都是由蔡瑞洋招待的，因此大家把邀請他當作是蔡瑞洋對他的一種敬重。事實上，楊貴普羅意識很重。他終戰後把首陽農場改爲一陽農場，並發行《一陽周報》，在下油寮訓練勞動青年。他希望以東海花園爲據點，見到紅旗飄揚，台灣被解放，若此他們就要接收東海大學，在那裡發揚他的理想。這是他一貫的想法，始終沒變，這事他只告訴我，不敢告訴別人。

文革發生前，張文環他們那些人對中共多少還有一些期待，但是文革以後，他們對解放產生了懷疑，對中共也重新評估。蔡瑞洋有特別的管道，藉由高雄小港日本商社那裡，兩、三天得到一份日本的朝日新聞，該報對文化大革命的報導比國內的報紙深入許多，蔡都會把消息告訴我們，也會拿來給我們看。當時蔡、張等人覺得中共非常可怕，如果萬一台灣被中共解放，那台灣人豈有活命的機會？我也支持這樣的看法。

楊貴對文化革命的看法則和我們不同。他把毛澤東奉若神明，甚至上茅坑也拿著《毛語錄》，家裡書櫥裡藏了很多毛澤東的標語和肖像。楊貴夫妻雖然認爲文革中的英雄崇拜並不妥當，但是他們也認爲因爲大陸有百分之九十九都是文盲，對民眾們有理說不清，因此英雄崇拜在一定階段有其效用而是必須的。楊貴非常嚮往毛澤東一干人的所作所爲。

楊貴把張、蔡、陳等人都看作布爾喬亞階級，所以與他們談話並不投機。楊貴當時年紀也大了，有機會到飯店裡清閒一下，他偶爾也去，但並不是每次都去，同時蔡瑞洋他們也不是每次都會交代我去載他。兩方面的人對文學、時局的看法都不太一樣，不過因爲楊在其中最年長，大家對他很尊敬，他也知道。由於彼此意識形態的差距心知肚明，因此談話時大家便不太談論路線問題。總之在這段時間，這些人與楊貴雖是朋友，但是嚴格來說並不親密。

我與文環、陳秀喜、蔡瑞洋他們在一起時，談彼此的私人生活，還有過去日本作家、思想家的一些事，以及日本社會和戰時台灣社會的問題，不過其間從未聽文環提起過他參與皇民奉公會的事。我在三青團時曾與呂赫若共事三個月，他也從未提起過這方面的事。我只知道他們對皇民奉公運動方面有非常深刻的參與，因此曾被楊貴夫妻諷刺。事實上，當時在日本統治下，有名望的人幾不可免，林獻堂、林茂生等很多人都一樣。除非想當烈士，否則誰敢拒絕？同時誰甘願輕易地當烈士呢？所以從這一點來說，張文環、呂赫若確實有身不由己的地方，並非主動自投羅網，甘願自動迎合的。因此我覺得那些語帶諷刺，談論他們是非的人，只能說他們沒受到邀請，是幸運者吧！我當時也是一樣，如果當時不去當陸軍雇員，只有當志願兵一途，那麼真是生死難測了。

二二八發生後，文環在處理委員會出入，那裡特務很多，可能因此遭到點名。文環曾提到二二八時他被逼得走投無路，後來他想台中曾發生過戰鬥，外省兵很多，必須離開這個是非地，因此跑到員林附近的大村找賴維種投靠。賴是當時台中縣參議會議長同時是林獻堂親密的友人，所以官軍較沒騷擾他。文環當時是議員，所以賴讓他躲在家中。到了清鄉時，偶爾軍隊會來搜捕，因此白天他躲在賴家穀倉，蚊蟲很多，但是爲了活命也只好忍耐，晚上怕軍隊搜穀倉，所以便爬到大榕樹上躲，不敢睡覺。他說有幾次非常地驚險，不知道有人躲在榕樹上的軍人們，用手電筒到處亂照，躲在樹上的文環嚇得心臟幾乎快要停止了。

二二八期間，他前後躲了三個月左右。後來外界對二二八的輿論有改變，加上國民黨在中國的戰事越來越不利，不得已時可能要遷台等考量，加之文環只是有嫌疑，所以久而久之對他的搜捕就鬆了。文環每次提到戰後初期政府的特務作風，就要生氣地大罵。

當時我的公司偶有日本友人來台，遇到這樣的場合，我便招待他們到日月潭大飯店。有一次文環知道這些人是日本的大學裡來的教授、文化人，非常高興，和他們徹夜而談，談台灣的過去與二二八等等，當時他有滿腹的憤怒和不滿。畢竟文環是一個自由主義者。

四、林番先生訪談錄

時　間：1999年3月23日電話訪談

受訪者：林番先生，民國前一年生，曾任日據時期壯丁團團長，戰後歷任村長、大里農會改組後第一屆理事長及其他公職多種。

戰爭末期大里如同其他地方一樣也遭到空襲。大里與樹王這一帶，被大肆轟炸達三次之多，農田被炸得如一個個小魚塘似的。日本運輸艦載送出去供應軍隊的米糧，也遭遇盟軍潛水艇擊沈，所以米糧非常缺乏。我當時擔任壯丁團團長依規定不必從軍，主要任務是去奉派調查民家有沒有私藏米糧的情事。日本政府爲恐台灣人因爲人情負擔有所私庇，所以規定本庄人去調查鄰庄，如此交換調查。我是大里土生土長的，所以便被派去調查霧峰、太平一帶。對於這樣的差事，我大多趁隨行的警察沒有注意的時候敷衍一下，因爲我知道當時大家都沒米吃，自己也是，苦得很，所以不想爲難鄉人。

我識得張文環先生，是在光復前不久他來大里任職時。戰爭快結束時，他被派來當大里庄庄長，當時庄長都是官派，他透過什麼關係進來，我不清楚。你們說可能是林獻堂先生居中介紹，我雖識得獻堂先生，也算林家遠房族人，但是對此事並不知道。另外，他曾進農會當會長的事，我沒有聽說，可能是戰前的事吧，所以我不太清楚，依我在農會的經歷，可以肯定的是戰後他不曾擔任過大里農會方面的職務。當時的庄長沒有人事權、財政權，主要是處理一些庄內的行政事務，對於搜查米穀這樣的事無須庄長費心。戰後庄長改稱鄉長，他繼續當了第一屆官派的大里鄉長。

他是外地人，跟本地人並不熟，我是本地人，認識他，但也交往不深。不過依當年的相處，我知道這個人很正派，辦事頭腦也很清楚。他前後在大里任期不長，一年多左右吧，加上那時是光復前後不穩定的階段，所以治績方面沒有什麼令我印象深刻的。我唯一記得比較清楚的是，甫告光復那時社會一切均未上軌道，治安也欠佳，因此張曾在鄉長任內號召一些原青年團的團員、拳頭師傅和外地回來的軍人們之類，組織了一個類似義警團之類維持治安的小隊，正確的名稱我不太記得了。這個隊成立以後，大里的治安有明顯穩定的趨向，這是我較有記憶的。

基本上，他的鄉長工作算是做得還不錯，後來他當選縣參議會議員，我想多少與他在鄉長時期及義警隊上的表現及人脈關係有關。他任參議員以後的事我則不清楚，二二八時逃亡的事我也沒有聽說。

附錄二
張文環研究文獻

柳書琴編

編按：為使檢索，研究文獻依發表先後排列。

一、生平

(一)戰前活動記錄

〈通訊消息〉，《台灣文藝》2卷1號，1934年12月18日。

〈お知せ〉，《台灣文藝》2卷2號，1935年2月1日。

〈編輯後記〉，《台灣文藝》2卷2號，1935年2月1日。

〈山茶花——明後日より愈よ連載〉，《台灣新民報》，1940年1月21日。

〈會員消息〉，《文藝台灣》第4號，1940年7月10日。

〈本島の衣食住：「週刊朝日」に三新人執筆〉，《週刊朝日新聞》，1941年6月9日。

〈本島人の衣食住：「週刊朝日」に三新人執筆〉，《週刊朝日》39卷26號，1941年6月9日。

真杉靜枝，〈新銳台灣作家紹介〉，《週刊朝日》39卷27號，1941年6月15日。

〈學藝往來〉，《台灣文學》1卷2號，1941年9月1日。

〈編輯後記〉，《台灣文學》2卷3號，1942年7月11日。

〈台灣文學往來〉，《台灣文學》2卷4號，1942年10月19日。

〈台灣文化賞と台灣文學、特に濱田、西川、張文環の三氏について〉，《台灣時報》1943年3月號。

〈文藝消息〉，《台灣文學》3卷2號，1943年4月28日。

〈厚生演劇研究會第一回發表會〉，《台灣文學》3卷3號，1943年7月31日。

〈文化消息〉，《興南新聞》，1943年9月13日，第四版。

〈若き指導者〉，《台灣新報》，1944年7月29日，第四版。

〈後記〉，《台灣文藝》1卷3號，1944年7月1日。

林林，〈「左聯」東京分盟及其三個刊物〉，《新文學史料》第3號，1979年5月。

(二)戰後活動及作家小傳

鄺白曼、靜鳴，〈台灣作家24人小傳〉，《當代文學》(廣州)，1981年第2期。

張建隆，〈生息於斯的「滾地郎」—張文環〉，《台灣近代名人誌》第1冊(台北：自立晚報社，1987年1月)。

焦桐，《台灣戰後初期的戲劇》(台北：台原出版社，1990年1月)。

藍博洲，《幌馬車之歌》(台北：時報文化，1991年)。

施懿琳、鍾美芳、楊翠〈張文環小傳〉，《台中縣文學發展史田野調查報告書》(豐原：台中縣立文化文化中心，1993年6月)。內附張文環長子張孝宗訪談記錄。

(三)家人追念

張孝宗，〈記父親最後的生活〉，收於張良澤、張孝宗編《張文環先生追思錄》(台中：家屬自版，高長印書局印刷，1978年7月15日)。

張芙美，〈孩子們的父親〉，《張文環先生追思錄》。

張陳群，〈背負十字架〉，《張文環先生追思錄》。

張孝宗，〈悲歡歲月——給父親〉，《台灣文藝》59期，1978年6月。又收於張良澤、張孝宗編《張文環先生追思錄》。

張里美，〈爸爸！我需要您〉，《張文環先生追思錄》。

張玉園，〈我的國王〉，《張文環先生追思錄》。

張幸元，〈我與爸爸的世界〉，《張文環先生追思錄》。

張惠陽，〈家有常青樹〉，《張文環先生追思錄》。

張陳桂珍，〈我的公公〉，《張文環先生追思錄》。

(四)友人追憶

中村哲，〈台湾人作家の回想(上、下)〉，《新日本文学》，1962年8-9月。

井東襄，〈元旦の郵便箱(2)〉，原刊於日本歌誌《黄鶏》1977年4月號，又收於同氏著《大戦中に於ける台湾の文学》(東京：近代文藝社，1993年10月)。

吳林英良，〈懷念文環兄〉，《夏潮》4卷4期，1978年4月。又收於《張文環先生追思錄》。

蔡仁雄，〈追悼故張文環先生〉，《夏潮》4卷4期，1978年4月。又收於《張文環先生追思錄》。

林芳年，〈張文環的人間像〉，《夏潮》4卷4期，1978年4月。又收於《張文環先生追思錄》。

陳秀喜，〈時間終於向你屈服——獻給故張文環先生〉，《夏潮》4卷4期，1978年4月。又另與〈你是滾心漢〉、〈張文環先生に捧ぐ〉合收於《張文環先生追思錄》。

王昶雄，〈悼文環兄〉，《夏潮》4卷4期，1978年4月。又收於《張文環先生追思錄》。

巫永福，〈悼張文環兄，回首前塵〉，《笠》84期，1978年4月。又收於《張文環先生追思錄》。

龔連法，〈追憶張文環先生〉，《笠》84期，1978年4月。又收於《張文環先生追思錄》。

陳秀喜，〈悼念——張文環先生〉，《笠》84期，1978年4月。又收於《張文環先生追思錄》。

葉石濤，〈悼張文環先生〉，《笠》84期，1978年4月。又收於《張文環先生追思錄》。

廖清秀，〈敬悼——文環先生〉，《笠》84期，1978年4月。又收於《張文環先生追思錄》。

陳千武，〈張文環與我〉，《笠》84期，1978年4月。又收於《張文環先生追思錄》。

黃靈芝，〈哀悼張文環先生〉，《笠》84期，1978年4月，又收於《張文環先生追思錄》。

吳建堂，〈給張文環先生的悼辭〉，《笠》84期，1978年4月。又收於張文環先生追思錄》。

王詩琅，〈粗線條的人，粗線條的作品〉，《台灣文藝》59期，1978年6月。又收於《張文環先生追思錄》。

蔡瑞洋，〈念張文環先生〉，《台灣文藝》59期，1978年6月。又收於《張文環先生追思錄》。

黃得時，〈明潭星墜，文環兄逝矣〉，《台灣文藝》59期，1978年6月。又收於《張文環先生追思錄》。

中村哲，〈島の星〉，收於《張文環先生追思錄》。

工藤好美，〈張文環君の人と文學〉，收於《張文環先生追思錄》。

顏水龍，〈懷念——文環兄〉，收於《張文環先生追思錄》。

李君晰，〈文環君的二三事〉，《台灣文藝》59期，1978年6月。又收於《張文環先生追思錄》。

林龍標，〈我與文環兄〉，《張文環先生追思錄》。

林快青，〈致文環兄〉，收於《張文環先生追思錄》。

黃得時，〈張文環氏與台灣文壇〉，收於《張文環先生追思錄》。

坂口䙥子，〈張文環さん〉，收於《張文環先生追思錄》。

坂口䙥子，〈故舊——忘れえず〉，日本新宿書房〈月報〉，1996年1月。

辜顏碧霞，〈安息吧，張先生〉，收於《張文環先生追思錄》。

李治香，〈張文環先生に捧ぐ〉，收於《張文環先生追思錄》。

池田敏雄〈張文環兄とその周辺のこと〉，收於《張文環先生追思錄》。後由張良澤翻譯，譯文〈張文環兄及其周邊事〉，發表於《台灣文藝》73期，1981年7月。
陳垂映，〈張文環與酒〉，收於《張文環先生追思錄》。
林野麟，〈懷念姻親文環先生〉，收於《張文環先生追思錄》。
黃鴻泰，〈高處恐怖症〉，收於《張文環先生追思錄》。
日出孝太郎，〈張文環への手紙〉，收於《張文環先生追思錄》。
張雲峰，〈敬悼張文環先生〉，收於《張文環先生追思錄》。
鍾肇政，〈虔敬的祝福〉，收於《張文環先生追思錄》。
趙天儀，〈最後的一次會晤〉，收於《張文環先生追思錄》。
吳南圖，〈音容宛在〉，收於《張文環先生追思錄》。
李魁賢，〈悼張文環先生〉，收於《張文環先生追思錄》。
河原功，〈「互愛の精神」を貫ぬかれた先生〉，收於《張文環先生追思錄》。
江秀美，〈永遠活在我心中〉，收於《張文環先生追思錄》。
黃武忠，〈馳騁台灣文壇的——張文環〉，《日據時代台灣新文學作家小傳》(台北：時報文化，1980年8月)。
龍瑛宗，〈張文環與王白淵〉，《台灣文藝》76期，1982年5月。
王昶雄，〈追悼文環兄〉，《台灣文藝》81期，1983年3月。
吳坤煌，〈懷念文環兄〉，《台灣文藝》81期，1983年3月。
張良澤，《四十五自述：我的文學歷程》(台北：前衛出版社，1988年)。
龍瑛宗，〈張文環與「台灣文學」〉，《客家雜誌》14期，1991年2月。
王昶雄，〈妙語解頤的硬漢〉，《新生副刊》，1991年3月20-25日。

(五)《台灣文學》雜誌

黃得時，〈台灣文壇建設論〉，《台灣文學》1卷2號，1941年9月1日。
分部照成，〈文匪〉，《台灣文學》1卷2號，1941年9月1日。

尾崎秀樹，〈決戦下の台湾文学〉，《旧植民地文学の研究》(東京：勁草書局，1971年6月)。

池田敏雄，〈張文環「「台湾文学」の誕生」後記〉，台灣近現代史研究會編《台灣近現代史研究》第2號，1979年8月30日。後由葉石濤譯爲〈關於張文環的《台灣文學》的誕生〉，收於《小說筆記》(台北：前衛出版社，1983年9月)。

龍瑛宗，〈文藝台灣と台灣文學〉，《台灣近現代史研究》第3號，1981年1月。葉石濤譯，〈「文藝台灣」與「台灣文學」〉，《台灣文學的悲情》(高雄：派色文化出版社，1990年1月)。

池田敏雄，〈「文芸台灣」のほろ苦さ——龍瑛宗のことなど〉，《台灣近代史研究》第3號，1981年1月。後由葉石濤譯爲〈「文藝台灣」中的台灣作家〉，收於《台灣文學的悲情》(高雄：派色文化出版社，1990年1月)。

葉石濤，〈四〇年代的台灣日本文學〉，《台灣文學的悲情》(高雄：派色文化出版社，1990年1月)。

葉石濤，《「文藝台灣」與「台灣文學」》，《走向台灣文學》(台北：自立晚報社，1990年3月)。

井東襄，〈張文環の独立〉、〈台湾文学の独立〉，《大戦中に於ける台湾の文学》(東京：近代文藝社，1993年10月)。

葉石濤，〈張文環與「台灣文學」〉，《台灣文學入門》(高雄：春暉出版社，1997年6月)。

野間信幸，〈「台湾文学」の内紛について〉，《東洋大学中国哲学文学科紀要》第7號，1999年3月。

(六)台灣藝術研究會與《フォルモサ》雜誌

莫素薇，〈1930年代の台湾左翼文学に就いての一考察：《フォルモサ》を中心として〉(日本關西大學碩士論文，1990年3月)

賴香吟，〈一九三〇年代に於ける台湾の左翼文学活動：「台湾芸術研究会」(1933.東京)を中心として〉，東京大學大學院地域文化研究科入試論文，1994年。

王詩琅，《台灣社會運動史：文化運動》(板橋：稻鄉出版社，1988年5月)。(原《台灣總督府警察沿革誌第二篇：領台以來的治安狀況(中卷)》)

小谷一郎，〈東京左連結成前史(その一)〉，《左連研究》第1輯，1989年3月1日。

王乃信等，《台灣社會運動史1・文化運動》(創造出版社，1989年6月)。(原《台灣總督府警察沿革誌第二篇：領台以來的治安狀況(中卷)》

北岡正子，〈「日文研究」という雑誌(下)：左連東京支部文芸運動の暗喩〉，「中国——社会と文化」第5號，東大中國學會，1990年6月。

今泉秀人(等)〈中国左翼作家東京支部の関誌「雑文」創刊号について〉，《左連研究》第3輯，左連研究刊行會，1993年3月。

小谷一郎，〈東京美術学校に在籍した中国人留学生名簿〉，《左連研究》第3輯，1993年3月。

小谷一郎，〈東京左連の成立、及び成立期の東京左連について〉，《左連研究》第3輯，左連研究刊行會，1993年3月。

北岡正子，〈雷石楡「沙漠の歌」：中国詩人の日本語詩集〉，《日本中国学会報》第49集，日本中國學會，1997年10月。

張文薰，〈評論家／小說家的雙面張文環：以藝旦・媳婦仔問題爲中心〉，《台灣文學學報》第3期，2002年12月。

張文薰，〈1930年代台灣文藝界發言權的爭奪：《福爾摩沙》再定位〉，《台灣文學研究集刊》第1期，2006年2月。

(七)紀念專輯與紀念展

張良澤、張孝宗合編，《張文環先生追思錄》，(台中：家屬自版，高長印書局印刷，1978年7月15日)。

編輯部編，〈張文環先生逝世紀念專輯〉，《夏潮》4卷4期，1978年4

月。

編輯部編，〈張文環紀念專輯〉，《笠》84期，1978年4月。

編輯部編，〈張文環先生紀念專輯〉，《台灣文藝》59期，1978年6月。

編輯部編，〈台灣文學的奠基者：張文環專輯〉，《台灣文藝》81期，1983年3月。

「小說家張文環紀念展」，行政院文建會指導，台中縣政府、台中縣文化局主辦，2000年10月10日-11月26日，台中縣立文化中心展出。

二、作品年表

夏潮編輯部編，〈張文環先生著作年表〉，《夏潮》4卷4期，1978年4月。

台灣文藝編輯部編，〈張文環先生著作年表〉，《台灣文藝》59期，1978年6月。

張良澤、張孝宗合編，〈張文環先生略譜〉，《笠》84期，1978年4月。

張良澤，〈張文環先生略譜〉，收於張良澤、張孝宗編《張文環先生追思錄》（台中：家屬自版，高長印書局印刷，1978年7月15日）。

張恆豪，〈張文環生平寫作年表〉，《台灣作家全集短篇小說卷‧張文環集》（台北：前衛，1991年）。

張良澤，〈張文環先生逝世〉，《自立晚報副刊》，1978年2月20日。

三、作品研究

(一)學位論文

張光明，〈張文環研究〉（東吳大學日本文化研究所碩士論文，1992

年）。

森相由美子，〈日據時代張文環「山茶花」作品論〉（中國文化大學日文所碩士論文，1998年6月）。

食野充宏，〈張文環作品論「山茶花」の構造〉（東京大學中國語中國文學專攻卒業論文，2000年1月）。

游勝冠，〈殖民進步主義與日據時代台灣文學的文化抗爭〉（清華大學中國文學系博士論文，2000年6月）。

張文薰，〈張文環作品論：作品のむこうに見える作家の肖像〉（東京大學大學院人文社會系研究科中國語中國文學專攻修士論文，2001年3月）。

柳書琴，〈荊棘的道路：旅日青年的文學活動與文化抗爭——以《福爾摩沙》系統作家為中心〉（清華大學中國文學系博士論文，2001年7月）。

吳麗櫻，〈張文環小說中女性題材之研究〉（中興大學中國文學系碩士在職專班碩士論文，2004年）。

王萬睿，〈殖民統治與差異認同：張文環與鍾理和鄉土主體的承繼〉（成功大學台灣文學研究所碩士論文，2005年）。

鄭昱蘋，〈張文環的文學世界〉（東海大學中國文學系碩士論文，2005年）。

張文薰，〈植民地プロレタリア青年文芸再生——張文環を中心とした「フォルモサ」世代の台湾文学〉（東京大學大學院中國語中國文學專攻博士論文，2005年6月）。

鍾慧芬，〈張文環的文學活動及其小說主題意涵研究〉（屏東教育大學中國語文學系碩士論文，2007年）。

童怡霖，〈張文環小說研究〉（高雄師範大學回流中文碩士班碩士論文，2007年）。

吳明軍，〈張文環小說人物研究〉（台南大學語文教育學系教學碩士班碩士論文，2007年）。

(二)總論(作品風格總論或多篇作品併論)

富名腰尚武，〈文學の場所——宗、張文環兩氏について〉，《台灣藝術》2卷3號，1941年3月5日。

呂赫若，〈想ふままに〉，《台灣文學》創刊號，1941年5月27日。

龍瑛宗，〈南方の作家たち〉，《文藝台灣》3卷6號，1942年3月20日。

中村哲、竹村猛、松居桃樓，〈文學鼎談〉(座談會)，《台灣文學》2卷3號，1942年7月11日。

黃得時，〈輓近の台灣文學運動史〉，《台灣文學》2卷4號，1942年10月19日。

竹村猛，〈作家とその素質〉，《台灣文學》2卷4號，1942年10月19日。

鹿子木龍〈作品と文章——正しい散文への高揚について〉，《台灣文學》2卷4號，1942年10月19日。

藤野菊治，〈この一年〉，《台灣文學》3卷1號，1943年1月31日。

工藤好美，〈台灣文化賞と台灣文學——特に濱田、西川、張文環三氏について〉，《台灣時報》26卷3號，1943年3月5日。又收於《張文環先生追思錄》(台中：家屬自版，高長印書局印刷，1978年7月15日)。

葉石濤，〈台灣的鄉土文學〉，《文星》97期，1965年11月。

劉捷，〈張文環兄與我〉，收於張文環(著)，廖清秀(譯)《滾地郎》(台北：鴻儒堂，1976年12月)。

葉石濤，〈張文環文學的特質〉，《台灣鄉土作家論集》(台北：遠景，1979年3月)。

河原功，〈台湾新文学運動の展開：日本統治下台湾に於ける文学活動〉，《成蹊論叢》17號，1978年12月。

羊子喬，〈張文環作品解說〉，鍾肇政、葉石濤編《光復前台灣文學全集・卷八——閹雞》(台北：遠景，1979年7月)。

塚本照和(著)，張良澤(譯)，〈日本統治時期台灣文學管見〉，《台灣文藝》69、70期，1980年10、12月。

張恆豪〈張文環的思想與精神〉，《台灣文藝》81期，1983年3月。

施淑，〈張文環〉，《中國現代短篇小說選析》(台北：長安出版社，1984年2月)。

松浦恆雄，〈日本統治期の老作家たち〉，《中國研究月報》436期，1984年6月。

葉石濤，《台灣文學史綱》(高雄：文學界雜誌社，1987年2月)。

白少帆、王玉斌、武治純、張恆春編〈呂赫若、龍瑛宗、張文環的創作〉，《現代台灣文學史》(瀋陽：遼寧大學出版社，1987年12月)。

包恆新，〈呂赫若與張文環的創作〉，《台灣現代文學簡述》(上海：上海社會科學院出版社，1988年3月)。

古繼堂，《台灣小說發展史》(台北：文史哲出版社，1989年7月)。

粟多桂，〈「隱忍」的抵抗文學勇士〉，《台灣抗日作家作品論》(重慶：西南師範大學出版社，1991年6月)。

劉登翰、庄明萱、黃重添、林承璜等(編)，〈張文環和龍瑛宗的小說創作〉，《台灣文學史》(福州：海峽文藝出版社，1991年6月)。

陳萬益，〈張文環的小說藝術〉，《國文天地》7卷5號，1991年10月。又收於同氏著《于無聲處聽驚雷——台灣文學論集》(台南：台南市立文化中心，1996年5月)。

野間信幸，〈「台湾文芸」に於ける張文環〉，《野草》49號(中國文藝研究會)，1992年2月。

涂翠花(譯)，野間信幸(著)，〈張文環的文學活動及其特色〉，《台灣文藝》130期，1992年5月。又收於黃英哲(編)，涂翠花(譯)《台灣文學研究在日本》(台北：前衛出版社，1994年12月)。原作發表於《関西大学中国文学会紀要》13號，1992年3月。

鍾肇政，〈從日本學者的張文環研究說起〉，《自立晚報》副刊，1992

年5月31日。

陳千武(譯)，津留信代(著)，〈張文環作品裡的女性觀——日本舊殖民地下的台灣(上、下)〉，《文學台灣》13、14號，1995年1月、4月。原作發表於《中國文學評論》復刊第1號(北九州：中國文學評論社)，1993年4月。

井東襄〈張文環①、②〉，《大戦中に於ける台湾の文学》(東京：近代文藝社，1993年10月)。

野間信幸〈張文環の下宿を搜す〉，《中国文芸研究会会報》(大阪：大阪經濟大學，1994年8月30日)。

陳萬益，「有關張文環及其文學的幾個問題」(演講)，清華大學文學所主辦「台灣文學研討會」第24次專題研討，1994年9月24日下午。

柳書琴，〈戦争と文壇——盧溝橋事変後の台湾文学活動の復甦〉，收於下村作次郎、中島利郎、藤井省三、黃英哲(編)《よみがえる台湾文学：日本統治時期の作家と作品》(東京：東方書店，1995年10月)。

游勝冠，〈台灣命運的深情凝視——論張文環的小說及藝術〉，「台灣文學研討會」論文，淡水工商管理學院台灣文學籌備處、台灣文學研究室主辦，1995年11月4-5日。

柳書琴，〈謎一樣的張文環：日治末期張文環小說中的民俗風〉，《第二屆台灣本土文化學術研討會論文集》(台北：台灣師範大學國文系人文教育中心出版，1997年5月)。

許惠玟，〈張文環小說的女性形象分析〉，「第十三屆中部地區中文所研究生論文發表會」論文，1997年5月30、31日。

井手勇，〈戦時体制下の日本人作家〉，《天理台灣學會年報》第7號，天理台灣學會，1998年6月。

野間信幸，〈張文環と風月報〉，收於咿啞之會編《台湾文学の諸相》(東京：綠蔭書房，1998年9月)。

陳修齊，〈無奈地偏頗的現代性批判：論張文環日據時期作品的啓蒙內涵〉，「第三屆靜宜大學中文研究所研究生論文發表會」論文，1999年5月。

張文薰，〈現代憧憬と価値回帰：ある台湾青年の辿った道〉，「日本臺灣學會第一回學術大會」論文，東京：日本臺灣學會，1999年6月19日。

下村作次郎，〈台湾芸術研究会の結成〉，《左連研究》第5輯，1999年10月。

江寶釵，〈張文環閹雞中的民俗與性別意識〉，《中國學術年刊》21期，2000年3月。

柳書琴，〈茨の道：戦争期台湾作家張文環の文学観〉，東京：東方學會，第45回國際東方學者會議論文，2000年5月19日。

陳芳明，〈台灣新文學史(8)：殖民地傷痕及其終結〉，《聯合文學》16卷11期，2000年9月。

李文卿，〈殖民地作家書寫策略研究——以皇民化運動時期《決戰台灣小說集》爲中心〉(國立暨南大學中國語文學系碩士論文，2000年)。

高嘉謙〈張文環與原鄉追尋〉，第三屆全國大專文學獎評論獎佳作，2000年。

徐照華，〈鄉土的樂章－論張文環的〈夜猿〉與〈閹雞〉〉，第二屆通俗文學與雅正文學全國學術研討會，台中：中興大學中文系主辦，2000年3月。後收於《第二屆通俗文學與雅正文學全國學術研討會論文集》(台中：中興大學中文系，2001年)。

Liu Shu-chin, translated by American Reed College, Douglas Fix, "The puzzling Chang Wen-huan: Ethnographic style in the short stories of Chang Wen-huan during the latter period of Japanese rule." *Taiwan Literature English Translation Series* no.9, USA. 2001.

垂水千惠，〈糞realism論爭之背景——與《人民文庫》判斷之關係爲中心〉，收於鄭炯明(編)《越浪前行的一代：葉石濤及其同時代作家文學國際學術研討會論文集》(高雄：春暉出版社，2002

年)。

張文薰，〈立身出世を求める青年たち——「風俗作家」張文環新論〉(〈追尋立身出世的青年群像——「風俗作家」張文環新論〉)，《日本台灣學會報》第4號，2002年7月。

柳書琴，〈誰的文學？誰的歷史？：日治末期文壇主體與歷史詮釋之爭〉，「台灣文學史書寫國際學術研討會」論文，行政院文建會、成功大學台灣文學系主辦，2002年11月。

游勝冠，〈論戰爭期張文環國策言論中的「政治無意識」〉，《中外文學》31卷6期，2002年11月。

黃英哲，〈戦争期台湾における動員と宣伝〉，收於藤井省三、黃英哲、垂水千惠(編)《台湾の「大東亜戦争」：文学・メディア・文化》(東京：東京大學出版會，2002年12月)。

藤井省三，〈台湾における「決戦台湾小説集」〉，收於藤井省三、黃英哲、垂水千惠(編)《台湾の「大東亜戦争」：文学・メディア・文化》(東京：東京大學出版會，2002年12月)。

野間信幸，〈張文環の戦争協力と文学活動〉，收於藤井省三、黃英哲、垂水千惠(編)《台湾の「大東亜戦争」：文学・メディア・文化》(東京：東京大學出版會，2002年12月)。

吳密察，〈「民俗台湾」発刊の時代背景とその性質〉，收於藤井省三、黃英哲、垂水千惠(編)《台湾の「大東亜戦争」：文学・メディア・文化》(東京：東京大學出版會，2002年12月)。

垂水千惠，〈一九四〇年代の台湾文学——雑誌「文芸台湾」と「台湾文芸」〉，收於山口守(編)《講座　台湾文学》(東京：株式會社圖書刊行會，2003年3月)。

張文薰，〈張文環《父親的要求》與中野重治《村家——「轉向文學」的觀點〉，「台日研究生台灣文學學術研討會」論文，行政院文化建設委員會主辦，2003年10月。

野間信幸，〈張文環作品裡所表現的漢文教養〉，「張文環及其同時代作家學術研討會」論文，國家台灣文學館、靜宜大學中文系、台灣文學系主辦，2003年10月18-19日。

陳建忠，〈一個殖民地作家的自畫像：論張文環小說中的「成長」主題〉，「張文環及其同時代作家學術研討會」論文，國家台灣文學館、靜宜大學中文系、台灣文學系主辦，2003年10月18-19日。

彭瑞金，〈張文環在決戰時期的文學發言與文學創作〉，「張文環及其同時代作家學術研討會」論文，國家台灣文學館、靜宜大學中文系、台灣文學系主辦，2003年10月18-19日。

趙勳達，〈大東亞戰爭陰影下的「糞寫實主義」論爭——以西川滿與楊逵爲中心〉，「楊逵文學國際學術研討會」論文，國家台灣文學館、靜宜大學台灣文學系主辦，2004年6月19-20日。

垂水千惠，〈台灣新文學中的日本普羅文學理論受容：從藝術大眾化到社會主義〉，「正典的生成：台灣文學國際研究會」論文，中研院文哲所主辦，2004年7月15-16日

曾文樹，〈日治末期張文環小說中的環境建構〉，《國文天地》21卷2期，2005年7月。

林巾力〈西川滿「糞現實主義」論述中的西方、日本與台灣〉，《中外文學》34卷7期，2005年12月。

柳書琴〈《張文環集》評介—深刻的庶民社會凝視〉，收於李學圖編《孕育台灣人文意識》(台北：前衛出版社，2007年9月)

張文薰，〈戦前期台湾人作家の東京想像と体験——1930年代張文環の作品を中心に〉，第22回国際学術シンポジウム「江戸・東京の表象と心象地理，17C-20C東アジアの比較視点を中心に」會議論文，檀国大学校日本研究所主辦，2007年4月6日。

陳允元，〈島都與帝都：二、三〇年代臺灣小說的都市圖象〉(台灣大學臺灣文學所碩士論文，2007年6月)

(三)〈父の顔〉與〈父の要求〉

黃得時，〈張文環的「父之顏」〉，《自立晚報副刊》，1986年12月22

日。

野間信幸，〈張文環の東京生活と「父の要求」〉，《野草》54號(中國文藝研究會)，1994年8月。

野間信幸，〈論張文環的「父親的要求」〉，「賴和及其同時代的作家：日據時期台灣文學國際學術會議」論文，文建會主辦，1994年11月25-27日。

柳書琴，〈驚鴻一瞥：論張文環父親的要求〉，「呂赫若作品研討會」論文，北京中國社會科學院文學研究所主辦，1998年1月15-18日。

游勝冠，〈轉向？還是反殖民立場的堅持——張文環〈父親的要求〉〉，「張文環及其同時代作家學術研討會」論文，國家台灣文學館、靜宜大學中文系、台灣文學系主辦，2003年10月18-19日。

張文薰，〈「風俗小說」的迷思〉，「張文環及其同時代作家學術研討會」論文，國家台灣文學館、靜宜大學中文系、台灣文學系主辦，2003年10月18-19日。

(四)〈山茶花〉

〈山茶花——明後日より愈よ連載〉，《台灣新民報》，1940年1月21日。

藤野雄士〈張文環と〈山茶花〉について覺え書〉，《台灣藝術》1卷3號，1940年5月。

李氏秋華，〈南方の果實——「山茶花」を讀んで〉，《台灣新民報》，1940年5月21日。

林清文，〈玉刺繡〉(山茶花歌)，《台灣新民報》，1940年5月29日。

食野充宏，〈張文環作品論「山茶花」の構造〉(東京：東京大學文學部中文研究室學士論文，2000年1月)。

柳書琴，〈張文環「山茶花」解說—部落から都會へ、進退窮まった植民地の青年たち〉，收於中島利郎編《日本統治期台灣文學集

成2・台灣長篇小說二》（東京：綠蔭書房，2002年8月）
李進益，〈張文環《山茶花》創作前後的相關問題〉，《國立花蓮師範學院通識教育年刊》第2期，2004年12月。
陳淑容，〈開眼看世界：張文環《山茶花》的認同之旅〉，「文學行旅與世界想像(1)：第三屆國際青年學者漢學會議」論文，蔣經國基金會、哥倫比亞大學東亞系、哈佛大學東亞系、蘇州大學海外教育學院主辦，2005年6月18-20日。
張文薰，〈由「現代」觀想「故鄉」：張文環〈山茶花〉作爲文本的可能〉，《台灣文學研究學報》第2期，2006年4月。

（五）〈藝妲の家〉

澁谷精一，〈小說の難しさ——幾分作品にも觸れて〉，《台灣文學》1卷2號，1941年9月1日。
分部照成，〈文匪〉，《台灣文學》1卷2號，1941年9月1日。

（六）〈部落の慘劇〉

木口毅平，〈尖兵〉，爲張文環私人剪貼所輯，發表刊物、卷期、日期欠詳。

（七）〈論語と鶏〉

中村哲，〈昨今の台灣文學について〉，《台灣文學》2卷1號，1942年2月1日。
澁谷精一，〈文藝時評〉，《台灣文學》2卷1號，1942年2月1日。
柳書琴，〈書房夫子與斷頭雞：日據時期台灣傳統文化體系與漢文教育的崩解〉，收於劉中樹、張福貴、白楊主編《世界華文文學的新世紀》（長春：吉林大學出版社，2006年7月）。

（八）〈辣薤罐〉

廖清秀，〈滾地郎與辣薤罐〉，《台灣文藝》81期，1983年3月。

（九）〈夜猿〉

藤野雄士，〈「夜猿」その他・雜談〉，《台灣文學》2卷2號，1942年3月30日。

楊逵，〈台灣文學問答〉，《台灣文學》2卷3號，1942年7月11日。

津留信代，〈張文環の作品「夜猴子」の意味〉，《中國文學評論》復刊第5號（北九州，中國文學評論社），1995年10月。後由陳千武中譯爲〈張文環作品「夜猴子」的意味〉，《文學台灣》18期，1996年4月。

（十）〈閹鶏〉（含小說及演劇）

呂訴上，〈七七抗戰後的台灣劇運〉，《台北文物》3卷2號，1954年8月。

呂訴上，《台灣電影戲劇史》（台北：銀華出版部，1961年9月）。

呂泉生，〈王老先生（井泉兄）與我〉，《台灣文藝》第9期，1965年10月。

張文環，〈難忘當年事〉，《台灣文藝》第9期，1965年10月。

莊永明，〈民族話劇——「閹雞」〉，《台灣文藝》69期，1980年10月。

莊永明，〈第一齣以民謠爲配樂的舞台劇〉，《台灣第一》（台北：文經出版社，1983年）。

鹵蛋（盧誕春）〈閹雞〉（台文劇本），《台語學生》，交通大學台語社，1992年10月至12月。

井東襄〈閹鶏〉，《大戦中に於ける台湾の文学》（東京：近代文藝社，1993年10月）。

莊永明，〈「閹雞」的另一頁重要史料〉，《文學台灣》9號，1994年1月。

林至潔，〈回憶「閹雞」演出往事〉，《文學台灣》9號，1994年1月。

林至潔（譯）、林博秋（編劇）〈閹雞〉，《文學台灣》9號，1994年1月。

邱坤良，《日治時期台灣戲劇之研究》（台北：自立晚報文化出版部，1994年7月）。
石婉舜，〈嘎然絃斷：林博秋與新劇〉，《文學台灣》11號，1994年7月。
石婉舜，〈台灣電影的先行者——林博秋〉，《電影欣賞》70期，1994年8月。
石婉舜，〈戲劇的氣味——林博秋訪談〉，《電影欣賞》70期，1994年8月。
王麗華，〈閹雞〉（台語劇本），《台灣新文學》創刊號，1995年4月。
柳書琴，〈「閹雞」灌溉本土花園〉，《中國時報》1995年9月2日。
游勝冠，〈閹雞變雄雞——張文環原著林博秋改編劇作「閹雞」演出及相關問題初探〉，未刊稿，1996年1月。
石婉舜，〈「台灣文學」集團的演劇活動：厚生演劇研究會公演始末〉，「日本台灣學會第一回學術大會」論文，東京：日本台灣學會，1999年6月19日。
石婉舜，〈1943年「台灣厚生演劇研究會」初探〉，第四回日台青年台灣史研究者交流會議論文，台灣大學歷史系主辦，2000年8月3-4日。
蔣茉春，〈新劇《閹雞》之研究：1940年代與1990年代演出活動之比較〉（國立台北教育大學社會科教育學系碩士論文，2007年）。

（十一）〈重荷〉

陳萬益，〈一個殖民地少年的啓蒙之旅——析論張文環的小說《重荷》（上、下）〉，《中央日報》，1996年6月29-30日。

（十二）《滾地郎》（《地に這うもの》）

王育德，〈台灣版「大地」——張文環著「地に這うもの」〉，《台灣青年》182期，1976年2月。
葉石濤，〈論張文環的「在地上爬的人」〉，《台灣鄉土作家論集》

（台北：遠景，1979年3月）。

彭瑞金，〈張文環的「滾地郎」〉，《泥土的香味》（台北：東大圖書公司，1980年4月）。

廖清秀，〈滾地郎與辣薤罐〉，《台灣文藝》81期，1983年3月。

野間信幸，〈張文環の「地に這うもの」淺析〉，《台灣文學研究會會報》10期，1985年7月。

井東襄，〈地に這うもの〉，《大戦中に於ける台湾の文学》（東京：近代文藝社，1993年10月）。

野間信幸，〈張文環「地に這うもの」にみえる家族観について〉，收於台灣文學論集刊行委員會《台灣文學研究の現在》（東京：綠蔭書房，1999年3月）。

（十三）《可愛の仇人》

野間信幸，〈張文環の翻訳「可愛的仇人」について〉，《関西大学中国文学会紀要》17號，1996年3月。

張文薰，〈《可愛的仇人》と帰台初期の張文環〉，「天理台灣學會第12回學術大會」論文，天理台灣學會主辦，2002年7月

張文薰，〈《可愛的仇人》と張文環〉，《天理台灣學會年報》12期，2003年6月。

（十四）《雲の中》

張文薰，〈派遣作家としての張文環——「雲の中」に語られたもの〉，收於藤井省三、黃英哲、垂水千惠（編）《台湾の「大東亜戦争」：文学・メディア・文化》（東京：東京大學出版會，2002年12月）。

（十五）同時代作家

賴明弘，〈台灣文藝聯盟創立的斷片回憶〉，《台北文物》3卷3期，1954年12月。

桓夫(陳千武)，〈光復前新詩的特性〉，《自立晚報》副刊，1982年2月21日。

王玲，〈再出發的詩人——訪吳坤煌先生〉，《中央月刊》第14卷第7期，1982年5月。

龍瑛宗，〈回顧日本文壇〉，《台灣文藝》84期，1983年9月。

黃得時，〈日據時期台灣的報紙副刊：一個主編者的回憶錄〉，《文訊》21期，1985年12月。

星名宏修，〈「大東亞共榮圈」の台湾作家〉，《野草》46號，1990年8月。

龍瑛宗，〈楊逵與《台灣新文學》：一個老作家的回憶〉，《文學台灣》創刊號，1991年12月。

何義麟，〈台湾知識人における植民地解放と祖国復帰——謝南光の人物とその思想を中心として〉(東京大學大學院總合文化研究科國際關係專攻碩士論文，1993年2月)。

陳逸松口述，吳君瑩整理，《陳逸松回憶錄：太陽旗下風滿台》(台北：前衛出版社，1994年6月)。

劉捷，《我的懺悔錄》(台北：農牧旬刊社，1994年)、(台北：九歌，1998年10月)。

許雪姬，〈「林獻堂先生日記」的史料價值〉，中央研究院近代史研究所《近代中國史研究通訊》20期，1995年11月。

板谷榮城(等)，〈盛岡時代の王白淵について〉，咿啞之會編《台湾文学の諸相》(東京：綠蔭書房，1998年9月)。

羅秀芝，《台灣美術評論集‧王白淵卷》(台北：藝術家出版社，1999年5月)

黃安妮，〈植民地作家呂赫若の東京経験：東京留学期の呂赫若のアイデンティティ危機〉，「日本臺灣學會第一回學術大會」論文，東京：日本臺灣學會主辦，1999年6月19日。

康原，〈臺灣新文學的實驗者——謝春木先生〉，《國立中央圖書館臺灣分館館刊》6卷4期，2000年6月。

陳淑容，〈跨語、跨境、跨時代——賴明弘的漂泊與追尋〉，「台灣文學史書寫國際學術研討會」論文，行政院文建會、成功大學台灣文學系主辦，2002年11月。

許惠玟，〈巫永福戰前小說分析〉，《中國文化月刊》263期，2002年2月。

楊雅惠，〈詩畫互動的異境：從王白淵、水蔭萍詩看日治時期台灣新詩美學與文化象徵的拓展〉，《台灣詩學學刊》第1期，2003年5月。

葉笛，〈素描吳坤煌：一個文化人的精神風景畫〉，《創世紀詩雜誌》140・141合卷，2004年10月。

郭誌光，〈「真誠的純真」與「原魔」：王白淵反殖意識探微〉，《中外文學》33卷5期，2004年10月。

卓美華，〈現實的破繭與蝶舞的耽溺：王白淵其詩其人的矛盾與調和之美〉，《文學前瞻》第6期，2005年7月。

下村作次郎，〈台湾近代文学の諸相——1920から1940年〉（關西大學博士論文，2005年9月）。

何義麟，《跨越國境線：近代台灣去殖民化之經歷》（板橋：稻鄉出版社，2006年1月）

趙天儀，〈從自我的覺醒傾聽解凍的聲音——巫永福詩作解析〉，《台灣現代詩》5卷，2006年3月。

蕭水順，〈謝春木：臺灣新詩的肇基者：細論追風與臺灣新詩的終極導向〉，《彰化文獻》第7期，2006年8月。

下村作次郎，〈現代舞蹈和台灣現代文學——透過吳坤煌與崔承喜的交流〉，東亞現代中文文學國際學會《台灣文學與跨文化流動：東亞現代中文文學國際學報》第3號，2007年4月。

附錄三

張文環生平及寫作年表(1909-77)

柳書琴編

編按：

本表除自行調查所得之外，主要參考以下先行年表：

1. 張良澤〈張文環先生略譜〉，收於張良澤、張孝宗編《張文環先生追思錄》（台中：家屬自版，高長印書局印刷，1978年7月15日）。
2. 張恆豪〈張文環生平寫作年表〉，《台灣作家全集短篇小說卷・張文環集》（台北：前衛，1991年2月）。

紀年	歲	生平
1909	1	農曆8月28日(新曆10月10日)，生於嘉義梅山大坪村地主家庭，是長子也是長孫。父張察，經營竹紙業，母張沈巄，弟張文鐵(一名文瑞)小其兩歲。
1910	2	
1911	3	
1912	4	
1913	5	
1914	6	
1915	7	
1916	8	
1917	9	在〈茨の道は續く〉中自謂：我出生的故鄉是山裏的部落，不像都市的孩子，能有玩具或能看戲。所以只能用在書房學習的漢文，看歌仔簿或吟千家詩，慰藉自己的無聊。因此九歲的時候就知道了山伯英台的苦戀故事。……。我羡慕街市，想進入公學校唸書。就這樣子，我到進入中學以前都茫然地在鄉下渡過。自己喜歡甚麼？討厭甚麼？連這種事都沒有想過。〈公學校の思出〉也提到入公學校前，在大坪的書塾讀四書。
1918	10	

著作		備註
發表時間・篇名	發表情況	

1919	11	
1920	12	
1921	13	因為父親希望兄弟兩人一同入學，故13歲始就讀梅仔坑公學校(現梅山國小)。一至五年級獲一等賞，六年級獲二等賞。〈公學校の思出〉提到，進入鎮上的小學讀書，那種豁然開朗的心情真是難以言喻。功課很輕鬆，也沒有現在小孩子閱讀的書或繪本，只要隨手拿得到的，大人讀的山伯英台、七俠五義之類的東西，都拿來亂讀一通。
1922	14	
1923	15	
1924	16	
1925	17	
1926	18	自云一畢業就到東京去。
1927	19	赴日入岡山中學。在〈茨の道は續く〉中自謂：從中學時期就喜愛文學，雖是自信滿滿，但是從未夢想過要進入這一條路。進入中學對人生的興趣逐漸萌芽，我對孩提時期看過的七俠五義或八俠小說等人物，轉眼對照現實民眾的精神生活而感到興趣。後來到了東京，在我的腦海裏滲進了各種的雜音，我就越來越對啄木的詩或金色夜叉那樣的作品感到不能滿足。常常閱讀雜誌，而時常看到寫台灣的記事，看完就會覺得很不耐煩。因為從來沒有看過寫台灣人生活的嘆息，或台灣人感情微妙的記事。那些大部分屬於任意吹捧自己的文章比較多。主觀太強，而對象焦點都很模糊。這使我很不耐煩。自己的嗜好，被第三者說到毫無道理的地方去，沒有比這種事更令人氣憤的。或許沒有遇到這種事，我也不會進入文學也說不定。到今天為止，在內地的雜誌，寫有關台灣的記事，寫得很正確的文章，很不幸，我連一篇也沒有讀過。
1928	20	
1929	21	
1930	22	
1931	23	進入東洋大學文科，或該校預科。家人表示他與定兼波子(張芙美女士)於此年結婚。
1932	24	• 5月，就讀明治大學文科的巫永福因聽說張為文學同好而拜訪其位於本鄉的寓所(張芙美娘家)。之後張引介巫結識當時就讀東京帝大英文學系的蘇維熊(戰後曾任台灣大學外文系教授)、王白淵(曾任盛岡女子師範學校教諭)、施學習(日本大學文科)、曾石火(東京帝大法國文學系)等人。巫表示：當時張與胞弟張文鐵同住，身著東洋大學文科制服。 • 3月25日「文化サークル(同好會)」在王白淵、林兌、吳坤煌等人奔走下成立，張擔任組織部門東洋大學班負責人。7月31日，王白淵與吳坤煌、林兌、張文環會面，討論發行NEWS及資金募集等問題。NEWS第一號由吳坤煌負責，8月20日在本鄉西竹町張寓所召開第2號編輯會議。9月1日由於震災紀念日葉秋木參加反帝示威被檢舉，「文化同好會」組織暴露，張文

		• 2月開始，王白淵與林兌、吳坤煌等人接觸，提案成立台灣P(普羅)文化連盟。3月王再與林兌等人會面討論組織事宜。3月25日，透過林新豐，王白淵與林兌、葉秋木、吳坤煌、張麗旭等人會面，決議組織台灣無產階級文化聯盟作為日本無產階級文化聯盟所屬的文化サークル。其下包含

		環與林兌、吳坤煌、張麗旭遭逮捕不久獲釋，組織因而瓦解，NEWS第2號也胎死腹中。11月13日，張文環與吳坤煌、巫永福等人於神田神保町之中華第一樓召開重建準備會，會中意見分歧，張、吳等穩健派主張成立合法組織台灣藝術研究會，並提案舉辦台灣音樂演劇之夜，籌募資金。11月15日於巫住處，召開第二次準備會，意見仍對峙，但最後同意採張文環等案作為過渡性措施。11月25日，召開第三次準備會，保留台灣藝術研究會名稱，推舉各部候補之負責者，張被推為演劇部候補負責者。研究會綱領標明為民族藝術研究機關。11月27日，王白淵教職被罷免來京，張與友人為王舉慰安會，張於會中報告同好會重建經過。激進派林添進指責張文環接受右翼運動者楊肇嘉提供之資金。張說明資金使用，並表示為作為聚會場所，擬藉此與家鄉匯款於神田表猿樂町成立「トリオ」喫茶店，由妻來經營。
1933	25	• 3月20日張文環、魏上春、吳鴻秋、巫永福、黃波堂等人，以蘇維熊為負責人成立「台灣藝術研究會」。5月10日，於本鄉西竹町張經營之喫茶店「トリオ」，舉行研究會編輯部員選舉，推選部長蘇維熊、部員張文環、會計施學習、吳坤煌，並協議發行機關誌《フォルモサ》。5月18日，編輯部員集會擬定創刊辭。據巫永福稱，由蘇維熊起草，張及巫等人推敲後發布。之後張文環與施學習、蘇維熊奔走，募稿募款。7月創刊號發行，封面為吳坤煌設計，蘇為發行人，張為編輯，社址為東京市本鄉一丁目13-2張之居所，由平野書局出版，發行500份，發行3期。《フォルモサ》第2期起編輯工作，由張文環負責。
1934	26	• 據張良澤編略譜及訪談得知，卸下《フォルモサ》編輯工作後，此後數年張在東京上野圖書館自修，博覽群書，努力寫作。 • 1934年5月台灣文藝大會召開，決定成立「台灣文藝聯盟」，發行刊物。《フォルモサ》於1934年底在賴明弘居中協調下，於1935年初正式參與《台灣文藝》活動。2月舊同仁，以「文聯東京支部」名義召開第一回茶話會。 • 8月《中央公論》刊出「記念創刊50週年」的小說甄選消息，10月31日截止。張文環參加此活動，據該刊記總共有1218篇作品參賽。
1935	27	• 1月〈父の顏〉入選小說徵文佳作。2月5日參加「台灣文藝聯盟東京支部」第一回茶會，晚間7時於東京新宿召開，出席者有雷石榆、吳天賞、翁鬧、吳坤煌、賴明弘等人。 • 堂弟張銃漢赴京就讀中學，與張文環夫妻同住三年。
1936	28	• 6月7日「台灣文藝聯盟東京支部」同仁，於東京新宿明治製果召開「台灣文學當面の諸問題：文聯東京支部座談會」，歡迎張星建來京。出席者另

		文學、美術、音樂、電影、出版、會計……等部。預備發行機關誌《台灣文藝》，在此之前先發行NEWS。後來《台灣文藝》未發行。
7.15　落蕾(LO.UMG) 12.30 みさを 12.30 編輯後記	フォルモサ創刊號 フォルモサ2號 フォルモサ2號	• 2月15、16日，築地小劇場舉行「極東民族之夜」紀念公演，吳坤煌獲得三一劇團朝鮮人金波宗幫忙演出「出草智」「杵搗き」「霧社の月」等舞蹈和民謠。另外，第3期〈編輯後記〉記載，施學習、吳坤煌脫退，吳希聖入會。
6.15　編輯後記	フォルモサ3號	
3.05　自分の惡口 4.01　台灣文聯東京支部第一回茶話會 5月　台灣文壇之創作問題 5.05　謝る 5.05　泣いてゐた女 9.24　父の要求 5.05　12.28過重	台灣文藝2卷3號 台灣文藝2卷4號 雜文第1期(「左聯」東京分盟刊物) 台灣文藝2卷5號 台灣文藝2卷5號 台灣文藝2卷10號 台灣新文學創刊號	• 1月，《中央公論》50卷1號刊出〈父の顏〉獲獎佳作消息。不過原稿未刊，今日原稿已佚。
4.01　明信片 4.20　部落の元老	台灣新文學1卷3號 台灣文藝3卷4、5號	• 當時翁鬧〈憨爺〉入選《改造》選外佳作，意氣高揚。

		有劉捷、曾石火、吳天賞、翁鬧、吳坤煌、陳垂映、陳遜仁、顏水龍等人。會中張結識當時甫自法國留學歸來的顏水龍。 • 9月左右，因與日共分子淺野次郎交往，被捕入獄三個月，此案亦牽連劉捷入獄。次年年初兩人獲釋後，劉捷先行返台，張文環接著於其後之4月返台，未返台前的空檔在圖書館苦讀。
1937	29	• 4月張偕妻與堂弟張銃漢一同乘船返台。家人表示，張回梅山故鄉三日，將夫人安頓在家鄉，便隻身到台北謀職。三個月後，再返鄉接妻北上。
1938	30	• 遷居台北月份不詳。初暫住太平町3丁目159號(今延平北路)山水亭餐廳3樓，受王井泉及劉捷照顧。後住太平町四、五町目間(今址南京西路)蓬萊閣食堂對面一間樓上小屋。《台灣文學》創刊後，住於太平町二丁目40號，直到1943年7月31日3卷3號。1943年冬遷居於蓬萊町221號(依吳新榮日記看，至少在11月11日前即已遷此)。次年攜眷遷回台中。 • 1938年6月初至7月8日，將徐坤泉大眾文學名著《可愛的仇人》翻譯為日文，於8月1日出版。 • 據吳漫沙(1997.11.7)表示，張因劉捷介紹而結識徐坤泉，徐為討好張，特於漢文刊物《風月報》增設日文版，張於8月1日到10月17日間，擔任《風月報》69至74期「和文主筆」。吳認為張回台後的第一份工作即協助徐將《可愛的仇人》拍攝為電影，後來電影未拍，加之徐離台，張遂辭去該報和文主筆一職。 • 張1938年任職董事長謝火爐、總經理徐坤泉之美國電影代理商「台灣映畫株式會社」。據1940年4月號《台灣藝術》所載，張為「台灣映畫株式會社」文藝部長，同刊5月號擔任會計部長兼文藝部長。張良澤編《張文環先生略譜稿》指為「支配人代理」、張恆豪編〈張文環生平寫作年表〉指為「經理代理」。 • 台灣映畫株式會社工作期間結識陳群女士。陳1921年生，廣東籍，台北出生，當時為謝火爐所屬企業之職員，工作地點同於台映樓下，因共用電話而結識。陳女士亦雅好戲劇，1943年後因為觀看〈閹雞〉之排演而逐漸深交。陳群夫人表示，張台北生活初期，常到陽明山寫稿。
1939	31	

5.29　強ひられた題目 8.28　台灣文學當面の諸問題：文聯東京支部座談會	台灣文藝3卷6號 台灣文藝3卷7、8號	
3.06　豚のお產 11.30 教育と娛樂(上) 12.04 教育と娛樂(下)	台灣新文學2卷3號 台灣日日新報 台灣日日新報	
6.15　譯者的話 8.01　可愛の仇人 8.01　文章と生活 8.15　和文編輯後記 9.15　先覺者の悲哀 9.15　和文編輯後記 10.01 二人の花嫁 10.15 和文讀者に送る 12.25 大稻埕雜感(上) 12.26 大稻埕雜感(中) 12.27 大稻埕雜感(下)	風月報第66期 小說譯作 風月報第69期 風月報第70期 風月報第72期 風月報第72期 風月報第73期 風月報第74期 台灣日日新報 台灣日日新報 台灣日日新報	• 當時與張交往的名士或友人多居於太平町。譬如，三丁目有山水亭陳逸松(3-9號)、天馬茶行與天馬食品行詹天馬、蔣渭川日光堂書店(3-28號)謝火爐台北織物商業報國會(3-8號)、律師(《台灣文學》金主之一)陳逸松、《台灣文學》另一金主福島清港之捷榮合資會社(3-109號)、駱水源富士屋(3-30號)。二丁目有：律師黃啟瑞(2-9號)、盛興出版部(楊逵曾任編纂委員長)、三和印刷所(2-18號，《台灣文學》印刷處)、《風月報》發行所亦即發行人簡荷生住所(2-96號)。謝火爐台灣映畫株式會社與辜振甫大和興業株式會社及大裕茶行也在左近。山水亭公共食堂成為戰時台北文化人活動的中心。• 徐坤泉(於《風月報》第50期任顧問，1938年3月1日第59期至1939年1月1日第77期間任主幹及主筆，1939年初徐離台後逐漸脫離)
4.01　野羊を背負ふ女 7.29　台灣の演劇問題に就いて(上) 8.01　台灣の演劇問題に就いて(下)	台灣日日新報 台灣日日新報 台灣日日新報	

1940	32	
1941	33	• 入「拓北局」。 • 辭去「台灣映畫株式會社」職務，與王井泉、陳逸松、中山侑、黃得時等組「啟文社」籌辦《台灣文學》，6月《台灣文學》創刊。 • 6月皇民奉公會台北州支部成立，張文環擔任州支部參與。 • 8月30日、9月6日，《台灣文學》分別在台北市(山水亭)和台中市(新高會館)舉辦文藝座談會。張晚年回憶指出，該座談由張、王井泉、陳逸松、陳金萬主持，有60多位讀者參加，比皇民奉公會中央本部辦的類似集會參與者超出許多，以致被州廳高等課指為有政治運動化傾向，因而停辦。 • 吳新榮日記載：3月25日，台灣藝術社委託張創辦純文藝不定期刊物，名曰《綠地帶》，張再三來催稿。 • 9月7日，張文環、陳逸松、黃得時、王井泉、巫永福、楊逵等人訪佳里，吳新榮在日記中表示，除了陳、巫初識以外，其餘皆如百年知己。聚會中，張等報告《台灣文學》編輯方針、經營狀況，佳里同人亦陳述批評與希望。

11.15 キリストと閻魔王(上) 11.16 キリストと閻魔王(中) 11.19 キリストと閻魔王(下) 12.05 巷を步きて，選舉風景を見る	台灣日日新報 台灣日日新報 台灣日日新報 台灣日日新報	
1.01 獨特なものの存在，今年は大いにやらう 1.23-5.14 山茶花(連載111回) 3.04 台灣文學の將來に就いて 4.01 辣薤の壺 4.01 私の姿 4.13 平林彪吾の思ひ出 5.01 憂鬱な詩人 7月 我が友の横顏 8.15 大稻埕女給、藝者の座談會 11.13 台灣の音樂と演劇に就いて 9月 昭和十五年度の台灣文壇を顧みて 12.01 檳榔籠	台灣新民報 台灣新民報 台灣藝術創刊號 台灣藝術第2號 台灣藝術第2號 台灣日日新報 文藝台灣1卷3號 台灣藝術第5號 台灣藝術第6號 台灣藝術第8號 台灣藝術1卷9號 文藝台灣1卷6號	
1.01 文學するものの心構へ 5月 デマ防止座談會(3.22召開) 5.20 酒は稚氣か邪氣か 5.27 藝妲の家 5.27 編輯後記 6.09 本島の衣を張文環氏の話 6.15 桃色の肌著 6.21 三つの喜び：張文環氏談 8月 台灣文學の自己批判	台灣新民報。 台灣總督府臨時情報部部報 文藝台灣2卷2號 台灣文學創刊號 台灣文學創刊號 週刊朝日39卷26號 週刊朝日39卷27號 朝日新聞台灣版 新文化8月號 (早稻田大學刊物)	• 7月30日，吳新榮寫〈飛蕃墓〉投台灣文學社。 • 據巫永福稱「在此短短3年間，《台灣文學》動員了所有台灣的作家與西川滿等的《文藝台灣》分庭抗禮」，表現非常優異。

		吳載「張文環不愧為台灣文壇大將，其精力與奇智令人敬愛」。 • 9月張文環偕同「啟文社」同仁至台中、台南等地訪問各地文化界人士。
1942 1-5月	34	• 吳新榮日記載：1月15日，吳到台北參加「台灣奉公團成立大會」，張文環、王井泉、陳逸松、陳紹馨、藤野雄士諸君於山水亭熱情歡迎。 • 呂赫若日記載：1月16日，張文環氏來信。得知他對後方小說的熱情。歸根究柢，描寫生活，朝著國策的方向去闡釋它，乃是我們這些沒有直接參與戰鬥者的文學方向吧。 • 1月25日，呂寫信給王井泉、張文環兩氏談戲劇。 • 2月8日，呂接到來信：「文環說，三四年內不要回台，好好用功吧。」 • 2月13日，呂看了《台灣文學》(2卷1號，1942年2月1日發行)表示內容何其陳腐空洞。他將這層意思寫下來寄給張。 • 3月3日，張將呂赫若〈同宿記〉退稿。 • 3月19日，呂因為不想把身體弄壞，突然想要搬離東京回到故鄉，所以寫了一封悲壯的信給張。
1942 6月	34	• 呂日記載：6月20日早上〈廟庭〉完稿，立刻拜訪張，寄往《台灣時報》。下午與文環、楊佐三郎夫妻等人拜訪三峽李梅樹。晚上回台北，與張到楊佐家休息。6月21日，早上和張一起到三和印刷拜訪周井田，下午王井泉帶張、呂赴北投沂水園旅館午憩，之後於公園附近散步，沈浸在藝術氣氛中，心曠神怡。6月22日，晚上赴張家，兩人對「文藝家協會」改組一事諸多不滿，即刻飛書中南部同人。6月23日，早上呂在張家校對吳新榮〈亡妻記〉稿件，中午兩人訪廣播電台中山侑，下午張、呂一同起草給矢野峰人的信，內容不詳。6月24至26日，呂、張忙於整理《台灣文學》2卷3號(1942年7月11日發行)稿件及郵寄事宜，偶爾同在街上閒逛，但覺得可逛地方越來越少。6月25日，下午張與呂到城內搬遷同人雜誌所在(從太平町3之28日光堂，搬到宮前町237號清水書店)。晚上外面因演習而黑漠漠，反令文環妙語增輝。6月26日，張與呂赴印刷店送印稿件，之後在永樂町街上閒逛，今天是城隍廟祭典，下午訪中山侑，原來兩人還要一起天馬茶行，未去。6月27日，呂赴張家整理稿件，為提出出版延期申請而忙碌，校對張之作品(〈閹雞〉)到中午。張因感冒發燒，躺在床上呻吟。

9.01　部落の慘劇 9.01　論語と雞 9.20　媽祖さまの緣談 10.08 文化會館 10.15 田圃のなか 11.01 團體行動と個人生活の交流 11.26 舍營印象記 12.01 舍營印象記 12.01 皇民奉公運動と指導者に就いて	台灣時報 台灣文學1卷2號 民俗台灣1卷3號 朝日新聞台灣版 台灣2卷9號 台灣時報1941年11月號 朝日新聞台灣版 台灣時報1941年12月號 台灣地方行政7卷9號	
2.01　夜猿 2.01　小老爹 2.01　編輯後記 2.09　台灣語について 2.07　一群の鳩 3.30　頓悟 3.30　編輯後記	台灣文學2卷1號 台灣文學2卷1號 台灣文學2卷1號 興南新聞 台灣時報1942年2月號 台灣文學2卷2號 台灣文學2卷2號	• 《台灣文學》經銷店，從創刊號到2卷3號由太平町3-28號之日光堂代理，2卷4號以後轉至宮前町237號之清水書局代理。
6月　親切運動の必要に就いて 6.10　常會のうまみ 6.05　救はれぬ人々 6.05　地相學	台灣公論1942年6月號 台灣時報1942年6月號 民族台灣2卷6號 民族台灣2卷6號	• 呂赫若從東京返台後，在此年11月26日帶妻小遷居士林之前，住豐原家中寫稿。但時常南北來回與友人聚會或處理《台灣文學》編輯事務，當時多以張家或山水亭為活動據點。

1942 7-9月	34	• 7月，張文環擔任皇民奉公會文化部委員。 • 吳日記載：7月11日，張寄來《台灣文學》。 • 呂日記載：7月10日張、呂和王井泉到謝火爐家。7月11日，早上呂帶張去宮前町聽呂友人蔡香吟的聲樂練習。之後三人連袂訪黃得時家。7月12日早上，呂赴張家，下午兩人去新北投，投宿蓬萊閣別館，午睡，看《清宮二年記》，晚上談天，之後張先回台北。7月13日晚上，張、呂、中山侑坐巴士前往新莊街，看「演劇挺身隊」的戲劇排練，指導其造型。7月14日，晚上在山水亭聚餐，舉行《台灣文學》評論會，張、呂、鳥居、中山、張星健、楊千鶴、楊逵、王井泉等出席。會後在陳逸松家蔡香吟表演獨唱。7月15日下午，「台灣文藝家協會」在明治果子舉辦大會，會員30餘人，吳新榮也從佳里來參加。會後，張、呂與中山侑散步到中山家。7月16日早上，於張家與吳新榮會談，來會者有呂等數名。下午，張、呂、王井泉、中山侑、藤野雄士、陳逸松、陳紹馨、陳夏雨、楊逵、楊佐三郎一夥人坐巴士去草山白雲莊住一晚。26日，呂赴張家，遇到憲兵上田氏。該晚，「明光新劇團」幹部和張文環拜託呂有關劇本委託、導演問題，呂被請去藝旦間。8月28日，下午張、呂、楊佐三郎等人訪李超然。8月29日，下午張、呂和王井泉去廣播電台。8月31日，呂將構想中的「興行會社」組織大綱寄予王井泉、張等人。9月14日，張、呂結伴去台灣演劇協會，呂交劇本〈結婚圖〉予竹內好主事。9月15日，早上張星健北上來張家，下午張文環、呂、王井泉到咖啡店「孔雀」看女服務生的表演練習。之後，在明治果子有「文藝家協會月會」。9月18日，呂在天馬茶行等待張、呂、中山侑、楊佐三郎及劇團的人未遇。9月19日下午，呂在張家與王仁德閒聊，之後一起去天母溫泉，出席《台灣文學》新贊助人福島清港(張清港)的邀宴，參加酒宴，洗人蔘藻。9月20日，呂在張家遇到來台北的吳天賞。
1942 10月	34	• 呂日記載：10月10日，張與呂、楊佐三郎在街上散步。 • 10月12日，呂在張家遇到明光劇團團主。張、呂一同去演劇協會，會見文化部根岸氏，根岸慫恿呂進文化部。下午張與呂去興南新聞社，訪林雲龍未遇。 • 10月張文環與西川滿、濱田隼雄、龍瑛宗等赴日參加第一回「大東亞文學者大會」。 • 10月13日下午，張、呂、黃得時、王仁德探視生病的《台灣時報》編輯植田氏。晚上呂在張家閒聊。 • 10月20日，呂到張家見張正在為去東京出席大東亞文學者大會而忙亂。 • 10月22日，張出發前往東京。
1942 11-12月	34	• 呂日記載：11月28日，在王井泉家開《台灣文學》(3卷1號，1月31日發行)編輯會議，與會者有張、呂、王井泉、張冬芳、名和榮一、黃得時、王仁德等人。 • 11月30日，張、呂等出席台灣文藝家協會臨時大會，有關大東亞文學者大會的報告。

7.11　閹雞 8月　女性問題に就いて 9.01　名士感談集 9月　露路	台灣文學2卷3號 台灣公論1942年8月號 南方160期 台灣公論1942年9月號	• 7月15日，吳日記載，「台灣文藝家協會」將重新改組，網羅全島作家，且以精選主義限於第一線活躍的作家為會員。與會者有，矢野峰人(會長)、陳逢源(隨筆部理事)、張文環(小說部理事)、呂赫若、楊逵、龍瑛宗、中山侑、西川滿(小說部理事)、濱田隼雄(小說部理事)、名和榮一、黃得時(小說部理事)等人。
10.19 台灣文學賞に就いて 10.19 地方生活 10.19 編輯後記	台灣文學2卷4號 台灣文學2卷4號 台灣文學2卷4號	
11.01「台灣代表的作家の文藝を語る」座談會 11.03 智識階級の使命 11.7-8「日本の印象を語る」座談會	台灣藝術3卷11號 興南新聞 朝日新聞	

		•12月3日，呂決定不去台灣映畫株式會社上班，拿《台灣文學》油畫到張家。12月28日，呂在台中遇到從嘉義返回台北、路經台中的張文環，兩人同去吳天賞家聊天。 •12月18日，張從文藝演講(有關參與大東亞文學者大會經驗)回來，呂與張商量編輯事宜。 •12月19日，山水亭召開文藝座談會，歡迎從南方回國途中順道來台的上田廣來等日本從軍作家，結束後由《台灣文學》作東宴客。該晚張與呂討論《台灣文學》的將來。 •12月21、24日，呂赴張家，商量《台灣文學》的事。 •12月28日，張、呂、王仁德漫步市內。12月29日，下午赴張家就與《文藝台灣》之間的問題交換意見。晚上在王井泉家開《台灣文學》同人的編輯會議，談明年度的發展。 •吳日記載：張文環說《台灣文學》的經濟基礎已穩固，想要加強同人陣容。要我負責佳里地方人選，吳列出9人。弟來信稱，《台灣文學》與《民俗台灣》東京風評甚佳，車站賣店也有販賣在。
1943 1月	35	呂日記載： •1月6日去張家喝酒談文學，結論是必須寫出精心傑作。 •1月9日呂約張文環、名和榮一、呂泉生、渡邊武雄聚餐，之後呂、王仁德在張家聊天至凌晨。 •1月10日張、呂、王仁德同往外雙溪訪楊雲萍。 •1月12日呂訪張兩人同去觀賞法國電影「罪與罰」，晚間呂在張家和廣播電台伙伴討論《台灣文學》到深夜。 •1月14日呂、王仁德在張家閒談起勁，下午加上王井泉，四人進城閒逛一下午，也逛了書店。 •1月17日，張與呂、王仁德坐車去桃園觀看雙葉會戲劇，與導演林博秋、原著者簡國賢及松居桃樓等人見面，一起觀看「阿里山」的演出。 •1月18日，呂在張家幫忙《台灣文學》(3卷1號，1月31日發行)校訂，張請吃午飯。 •1月20日，呂開始到「台灣興行統制會社」就職，請張、王井泉做擔保人。 •1月21日，王井泉請張、呂、陳逸松、王仁德、呂泉生等人吃尾牙。 •1月22日，呂下班後去張家吃晚飯。 •1月24日，張與呂、王井泉、王仁德、張冬芳等人去北投沂水園。 •1月29日，張、呂、王仁德、鄭安、林博秋、陳春德等人商討《台灣文學》三週年紀念晚會事宜。 •1月30日，張、呂與體檢不合格歸來之《台灣時報》植田氏會於山水亭。 •1月31日，呂赴張家覺得「今天的文環似乎落寞」。
1943 2月	35	呂日記載： •2月3日，張請呂、張冬芳到家吃年糕。 •2月7日，張獲頒皇民奉公會第一回文化賞之文學賞。

11月 親切とにこにこ 12.05「大東亞戰爭と在京台灣學生の動向」座談會 12.25 土浦海軍航空隊 12.25 從軍作家に感謝	台灣公論1942年11月號 台灣時報1942年12月號 文藝台灣5卷3號 文藝台灣5卷3號	
1.31 內地より歸りて 1.31 從軍作家に感謝 1.31 台灣民謠：呂泉生氏の蒐集に就いて 1.31 編輯後記	台灣文學3卷1號 台灣文學3卷1號 台灣文學3卷1號 台灣文學3卷1號	• 張文環1月參加《文藝台灣》小說徵文評審。 • 1月19日，在王井泉家召開送別中山侑(1月21日入伍)的同人編輯會議，拍紀念照，場面盛大。
2.01 小說を選して	文藝台灣5卷4號	• 張文環獲頒皇民奉公文學賞之後，透過林龍標居中介紹，認識擔任評審之工藤好美。

		•2月9日，赴南部旅行的張和王井泉坐快車回台北。 •2月10日張、呂、王仁德、王井泉、吳天賞在山水亭談到深夜，呂決定「要寫出好作品」。 •2月12日呂、張、王仁德一同到三和印刷所聊天。 •2月13日呂夜宿王仁德家，早上到張家洗臉。 •2月19日呂下班後去張家，商量《台灣文學》的事，「維護《台灣文學》者是張氏和我。」 •2月21日呂寫〈合家平安〉中途找張，下午和張、王仁德、呂泉生等人散步後回家再寫。 •2月23日張轉告呂，工藤好美表示呂作品意識形態薄弱。 •2月26日傍晚呂和張冬芳步行去大稻埕拜訪張。 •2月27日晚《台灣文學》同人與因文藝演講從內地來台之戶川貞雄、丹羽文雄、庄司總一等人談天。 •2月28日，張與吳天賞訪呂，同往沂水園找王井泉，吃午飯洗溫泉、午睡。晚上在公會堂聽戶川等人的文藝演講。
1943 3月	35	吳日記載： •3月6日，張、李君晰、巫永福、蘇新、蕭來福等人，訪佳里吳新榮。 •3月7日，李、張訪吳，「是想利用油脂工廠的經營轉換為《台灣文學》的營業」，因此同去參觀工廠。 呂日記載： •3月4日晚，張、呂、陳逸松、吳天賞、王仁德、蕭再興等，在山水亭吃火鍋，閒談將《台灣文學》改為有限公司的事。 •3月7日，張去南部，9日歸來，張星健同來。 •3月11日，呂下班後與張冬芳去文環家聊天。 •3月12日，呂去張家，張聽〈多瑙河的漣漪〉受感動而變得反常。呂向張借《中央公論》。 •3月15日，呂、池田敏雄、吳天賞、楊逵、張冬芳在張家閒談文學等話題。 •3月16日，《台灣文學》同人主辦戶川三人的歡迎談話會，會後張與呂等人散步。3月17日早上，呂去張家梳洗。3月18日，呂去張家聊天。 •3月23日，張、呂、王井泉、王仁德、蘇新、林博秋等人在山水亭協議將台灣文學社改為有限公司之事宜。 •3月29日，呂、吳天賞在張家吃午餐。3月30日，呂在張家和「士林演劇挺身隊」的人談戲劇。 •1943年《台灣文學》3卷2號(4月28日發行)〈編輯後記〉記載，「張文環氏近由東京市道統社上梓短篇小說集「在地上爬的人」，請期待。」後來未見出版。
1943 4月	35	•4月29日，台灣文藝家協會解散，台灣文學奉公會在皇民奉公會中央本部下設立。張參加小說部，似乎也參與評論隨筆部。

		• 2月15日，文藝家協會召開月會。
		• 3月9日，台灣文藝家協會臨時大會，討論「大日本文學報國會」台灣分部設立事宜。
4.04　公學校の思ひで 4.05　角は犬のもの	興南新聞 民俗台灣3卷4號	• 4月第一回台灣文學賞(台灣文學社主辦)則予呂赫若。該

		吳日記載： •4月2日，蘇新訪吳新榮，《台灣文學》佳里會談結果，與台北、台中、彰化各地同志商量皆贊成組織有限公司，張為設立委員、理事。 •4月10日，吳接獲張來信，勸其續絃，吳感動。 •5月20日，吳投文藝時評〈井蛙囈語〉，其中評論張等多人的作品。 呂日記載： •4月2日，呂、林博秋、張冬芳在張家談得起勁。 •4月4日，呂、林博秋等人到張家聊天。 •4月7日，張訪呂一起去喝茶，之後呂在張家與王井泉三人閒談戲劇。 •4月9日，呂下班後去張家。 •4月12日，張、呂、吳天賞、陳逢源、金關丈夫等人出席陳逸松家宅主辦的「柳宗悅談台灣文化」的會。 •4月14日，張冬芳宴請張、呂、陳逸松、黃啟瑞、呂泉生、蕭再興等人，酒後歡鬧。 •4月16日，下午巫永福來台北在張家，與呂、陳遜章、張星健等人聊天，晚上於山水亭舉辦「厚生音樂會」第一次試聽會，會後豪飲。 •4月17日，張與吳天賞責難飲酒行為，發生大爭論。 •4月19日，張與呂等人在王仁德家吃湯圓。 •4月21日，呂送兩瓶「白鹿」給張。 •4月27日，呂下班後在張家碰見朝日新聞的泉義夫。
1943 5月	35	•5月9日，張文環以皇民奉公會台北州支部參與、也是唯一的小說家，出席在台北鐵道ホテル召開「台灣一家」座談會。 呂日記載： •5月1日，呂去張家，談論《台灣文學》大受歡迎之事。 •5月6日，張邀呂一起拜訪工藤好美。 •5月8日，呂鬱悶去張家，吳天賞也在，閒談文學等話題，呂載「《台灣文學》非堅固團結不可」。 •5月10日，呂送張蜆貝。張赴南部旅行。 •5月17日，葉石濤在《興南新聞》上發表文章，斷言本島人作家無皇民意識，舉張、呂為例。 •5月18日，張早上回台北打電話給呂，對《興南新聞》文化欄的報導大發雷霆，呂認為其關懷同志之情了不起。張叫呂到大稻埕，叫黃得時出來在山水亭教訓了一頓，兩人認為黃表裡不一。 •5月19日，呂在張家與李石樵、陳澄波碰面聊天，之後加上吳坤煌在張家吃飯喝酒，談前述文化欄之事沒完沒了。 •5月22日，呂順路找張。

4.28　羅漢堂雜記 4月　「決戰下台灣の言論方途」座談會	台灣文學3卷2號 台灣時報1943年4月號	號並刊出「賴和先生追悼特輯」。 • 4月2日，《台灣文學》決議成立有限公司。 • 4月18日，在公會堂召開台灣文藝家協會臨時大會，結果為擴大組織解散該會，重組「台灣文學奉公會」。 • 4月29日，於山水亭舉辦「厚生演劇研究會」成立典禮。
5月　「決戰下台灣の言論方途」座談會 5.01　台灣文學雜感	台灣時報1943年5月號 台灣公論1943年5月號	• 5月7日，呂日記載：西川滿為文學陰謀活動家。

		• 5月28日，張請呂、吳天賞吃飯，三人盡情交談，思索藝術的苦惱。 • 5月29日，張、呂和陳逸松到太平町的唱片行四處尋覓採茶、子弟曲唱片。
1943 6月	35	• 6月，日本文學報國會台灣支部成立，張與龍瑛宗為十名幹部中僅有的兩名台籍理事。張為召募厚生演劇研究會演員，從桃園、士林等地的演劇挺身隊員中遴選，借大稻埕知友的製茶場進行排練。 呂日記載： • 6月2日，張、呂、李石樵、蕭再興等人訪問陳逸松。 • 6月4日，拿糯米和蜆貝送張。 • 李超然家舉行小型音樂會，張、呂、李石樵、呂泉生、辜振甫、偉甫同來參加。 • 6月5，呂想辭職，張勸他忍耐。 • 6月8日，呂去張家聊天，說是小說就快不能寫了。 • 6月13日，呂去張家，討論昨天開的會。 • 6月19日，王昶雄結婚喜宴於新北投蓬萊閣別館，張、呂、陳逸松、陳逢源、黃得時等人參加。 • 6月24日，於蓬萊町王井泉自宅，由《台灣文學》同人舉辦白井要、藤野雄士出征餞行會。 • 6月27日，張、呂同去友人辜振甫家，厚生演劇研究會員在那裡作〈閹雞〉的總排練。 • 6月30日，張、呂找楊雲萍，三人大談文學。
1943 7-8月	35	呂日記載： • 7月2日，呂下班後去張家與紺谷氏見面，龍瑛宗也來了。7月3日，張、呂和龍一同拜訪古亭町工藤好美。7月6日下午，呂、王仁德、王井泉在陳逸松家，商討《台灣文學》明年以後的方針及清水書局出版事業的事，「是因文環的散漫造成的」。7月7日，呂訪張談論關於《台灣文學》的印刷事宜。7月8日，呂去張家順路去印刷所。7月9日，呂去張家校正《台灣文學》(3卷3號，7月31日發行)校樣，碰到李石樵。張、呂為排版事意見衝突。7月13日，呂去張家，就《台灣文學》的將來交換意見，「他總歸不是長於事務的人，真傷腦筋。王仁德也散漫，不過《台灣文學》應當能充分維持下去。」7月15日，呂騎腳踏車去張家，「因為他的文學停滯了，所以勸他為打破那種狀態回鄉下去。他悄然無語。雖是好男兒，性格卻……」。7月17日晚，張、呂、工藤好美、鹽見薰、龍瑛宗，出席黃得時家評論隨筆部會議。7月19日，呂載：「《台灣文學》明年會是個暗礁，讓王仁德背負比現在還要重的經濟負擔是很可憐的。希望文環也能務實點。」7月20日，王昶雄來，張、呂、陳逸松、李石樵、吳天賞於山水亭聚會，會後散步、聊天。7月26日，呂訪張，張談昨日文學報國會理事會情形，請呂代表參加「大東亞文學者大會」。呂無意願。7月30日，呂出席皇民奉公會總部召開之為編輯「勤勞產戰記」的座談會，出席者有記者、作家、產業界人士，說要作現地報導。(張可能有參加)。

6.01　「台灣一家」で戰ふ台灣を語る：始政48週年を迎へて(5月9日召開)	新建設1943年6號	• 6月12日，台灣文學奉公會舉辦評論隨筆部第一次會議。 • 吳日記載：6月14日，吳新榮接獲台灣文學奉公會來信索資料。吳填評論隨筆部會兼詩部會。當時任皇民奉公會佳里街分會生活部長。
7.01　「海軍と本島青年の前進」座談會海軍特別沈まぬ航空母艦台灣：志願兵に就いて 7.05　繪の便り——多賀谷伊德氏の精進ぶり 7.30　迷兒 8.16　茨の道は續く	台灣時報1943年6月號台灣公論1943年7月號 興南新聞 台灣文學3卷3號 興南新聞	• 8月4日，吳新榮偕繼室在山水亭接受接待，黃得時、池田敏雄、王仁德諸友都到。 • 吳日記載：今天發表台灣實施徵兵制度。感到緊張迫近身邊。

		• 8月6日，呂下班後去張家，「文環也實在令人傷腦筋。已成僵局了嗎？」8月25日，在清水書店開編輯會議。
1943 9-12月	35	• 張文環、王井泉、林博秋、簡國賢、呂赫若、呂泉生等100餘人，於9月組「厚生演劇研究會」，9月2日起5天於永樂座演「閹雞」(原作張文環)、「高砂館」、「地熱」、「從山看街市的燈火」等劇。12月，《台灣文學》奉命廢刊。 呂日記載： • 11月12日，下午1點起舉行「台灣文學決戰會議」，從中南部來了許多人。 • 11月21日，在公會堂頒發台灣文學賞，會後有座談會，非常盛大，晚上在王井泉宅聚餐。 吳日記載： • 11月11日，吳抵台北，王仁德帶吳去張的新居(蓬萊町221號)。「聽說清水書店已組織公司，《台灣文學》加入陣營」。• 11月13日，「台灣文學決戰會議」正式會議第一天。吳日記載：「突然西川一派的陰謀，提議合併文藝雜誌，滿場沸騰，形成《台灣文學》與《文藝台灣》兩陣營。張文環、黃得時、楊逵諸君極力奮鬥。瀧田貞治、田中保男諸氏亦大力支援。我不禁義憤，提出新提案，結果不了了之」，之後舉行懇親會，會後《台灣文學》同人都到張家，商議今後方針。
1944	36	• 2月26日，《新建設》1944年4月號〈奉公會人事〉載，張與黃得時、楊雲萍、龍瑛宗並列於「戰時思想文化委員會」中。 • 呂日記載：1月1日，呂、張、王仁德、張冬芳、王昶雄、楊佐三郎、李超然、黃啟瑞等人，會於清水書店，大喝美酒，一度空襲警報響起。後來駱水源也來，7點轉去張家。 • 《台灣文學》被令停刊後，張因失業加上戰爭加劇，身處外鄉物資來源缺乏，經濟困窘，又為避空襲，因此舉家遷居台中霧峰。經張星建、吳天賞奔走，得林獻堂先生之賞識，任職台中州霧峰街役場(區公所)主事。林龍標言《台灣文學》與《文藝台灣》合併後「文環兄為環境所迫，退出文壇，隱居台中」。 • 7月長子孝宗於台北蓬萊町(今貴德街附近)出生，此時家人尚未疏開至鄉間。之後不久，張文環偕張芙美疏開至霧峰，陳群夫人則攜子陪伴公婆返回梅山大坪疏開，直到1945年光復後冬天，文環父母家人於霧峰團聚。

9.13　文學昂揚の基礎工事 10月　燃え上る力：松岡曹長の遺家族を訪ねて 9.15　私の文學する心 11.01 老娼撲滅論 11.17 媳婦 12月　朝鮮の作家に寄せて 12.02 父に送られて 12.25 台灣演劇の一つの記錄	興南新聞 新建設1943年10月號 台灣時報1943年9月號 民俗台灣3卷11號 《台灣文學集》（大木書房）第1輯 台灣公論1943年12月號 興南新聞 台灣文學4卷1號	• 11月12日，「台灣文學決戰會議」於圓山召開，在明治橋集合後，參拜台灣神社及護國神社。 • 12月13日，《台灣文學》被有關當局命令停刊，呂著手編輯終刊號。
1.01　戰野に征く 3.02　高級娯樂の停止 3.03　「台陽展を中心にと美術を語る」（座談） 4.14　養女の飛躍 5.01　後記 6.01　伊藤金次郎氏を圍んで、要塞台灣の文化を語 6.13　戰爭 6.14　臨戰決意 7.01　土の匂ひ 7.22　真に耐乏生活、增產一路、山に働く人人 7.29　若き指導者 8.13　增產戰線 9月　責任生產制と增產 11.01 雲の中 11.08 朝	台灣藝術5卷1號 興南新聞 台灣美術4.5合併號 台灣新報 台灣文藝創刊號 台灣藝術5卷6號 台灣新報 台灣文藝1卷2號 台灣文藝1卷3號 台灣新報 台灣新報 台灣文藝1卷4號 台灣時報1944年9月號 台灣文藝1卷5號 台灣新報	• 伊藤金次郎為1944年4月報紙統制後之台灣新報社主筆。

1945	37	• 張在友人張星健、吳天賞奔走下，張獲林獻堂幫忙，7月任台中州大屯郡大里庄庄長。8月兼任農會會長。
1946	38	• 1月10日，政府解除米穀統制，不配給，霧峰庄民無糧可食；且原郡守黃周，傳劉存忠縣長命，將霧峰農倉所存之粟供國軍之用，庄民大為不平。 • 3月14日，蔡繼琨、熊克禧兩少將率領軍隊20餘人拿短槍包圍農倉取糧而去，人民只好食用籤仔粉。 • 3月17日，熊克禧、蔡繼琨兩人在原知事官邸召開座談會。張文環有出席。 • 3月29日，當選台中縣議會第一屆縣參議員。 • 7月5日《民報》載，7月2日上午召開台中縣參議會第二屆(第二次)會議，議長羅萬俥等人致辭後，議員張文環起立動議三項，並詳細說明提出動議理由。1.反對大屯區三鄉(南屯、西屯、北屯)，被台中市合併。2.反對縣址遷移。3.反對停止台中港工程。對於張之動議，有陳萬福、賴天生、黃達德、蔡先於、林生財、陳南山、張瑍珪、謝樹生等議員，熱烈嚮應。 • 7月7日《民報》載，台中縣參議會第二屆第三次會議，7月4日張文環起立熱烈演出並提出3項動議，略稱第二次會議決議事項3項(縣址不遷、反對3鄉合併、台中港工程繼續)，如果不能解決，即刻散會，對此動議許金釧、賴維種、林糊等議員贊成。許表示第1期稻作台中縣民從匱乏中勉強供出米穀，換價達7000萬元，公署不發款，而且稱將扣除運費費及其他所需費用，將剩餘之款，充為米穀調整資金，可謂不重視民意，應將7000萬應還給台中縣民。
1947	39	• 2-3月間因228事件逃入山中避難。6月代理能高區署長(位於埔里)。長女里美出生。
1948	40	• 8月，任職「台灣省通志館」編纂。 • 次女玉園出生。
1949	41	• 任職「台灣省文獻委員會」編纂兼總務組長。
1950	42	• 三女幸元出生。
1951	43	• 經羅萬俥(日治時期主持《興南新聞》)提攜為「台灣人壽保險公司嘉義分公司」經理。在此之前張曾與友人籌組三省堂書店未成。
1952	44	• 次男惠陽出生。
1953	45	
1954	46	
1955	47	• 任職台中「建和企業股份有限公司」經理。
1956	48	• 任職桃園「天一染織公司」總經理(辜顏碧霞、辜濂松母子投資)。「神州(玉峰)影業公司」顧問，辜顏碧霞也曾參與投資，損失不貲，張文環安慰她說培植了張美瑤便值得安慰。
1957	49	• 羅萬俥轉任彰化銀行董事長後，聘張為「彰化銀行台中市北區分行經理，此後工作較趨穩定(彰銀似有辜家投資)，後來據云也曾當過霧峰分行經理。改編〈藝妲之家〉為電影〈歎煙花〉劇本。

12.25 林爽文與大里庄的土地問題(中文)	政經報1卷5號	
4.17 告本省青年(中、日文均有) 5.21 從農村看省參議會(中文) 5.21 台灣文學に就いて 8.19 台拓的土地問題(中文)	新生報 新生報 和平日報 新生報	•〈告本省青年〉係社論，無法確定為張文環所撰。此係根據張恆豪編年表從寬記錄，詳情待查。
12.01《人魚的悲戀》序(中文)	江燦琳譯《人魚的悲戀》(中央書局，1955年12月1日)	
11.05 談當前台語片的問題(中文)	《影劇內幕》2號 (台北市，藝苑畫報社、黃宗葵發行、黃鴻藤社長)	

1958	50	• 父親過世。
1959	51	• 林快青於台中主持「藝林演藝公司」(張深切創辦、擔任導演)時，張亦曾幫看腳本，但張深切對此極力反對。
1960	52	
1961	53	
1962	54	
1963	55	• 一說55歲自彰銀退休(似有誤)
1964	56	
1965	57	• 因羅萬俥去世，被迫自彰化銀行退休，結束九年銀行生涯。透過辜濂松介紹，2月起任職「日月潭觀光大飯店」會計主任，飯店本為勵志社及林姓華僑投資，後來股份由辜濂松之中國信託公司接收經營。張至逝世前主要任職於此(其間曾短暫離開)，長達13年左右。 • 老友王井泉、王白淵相繼過世，與昔日文友參與治喪。
1966	58	
1967	59	• 母親去逝。
1968	60	• 由日月潭大飯店經營不穩而離職，經由華南銀行林椅楠經理推介赴台北任職陳查某「榮隆紡織公司」總經理。不久又被迫離職，受南山人壽總經理林快青之邀於「南山保險公司」擔任董事會主任秘書近一年。年底中國信託公司承購勵志社股份後，張返任日月潭觀光大飯總經理。
1969	61	
1970	62	
1971	63	
1972	64	• 先後受黃得時、及來訪之川端康成等作家激勵，決定寫「戰前、戰中、戰後的三部作」。1943《台灣文學》3卷2號編輯後記，即曾提及「張文環氏近由東京市道統社上梓短篇小說集「在地上爬的人」，請期待。」可見35年前即有意以此作短篇小說書名。以日文撰寫《地に這うもの》，每日清晨3點多起床寫作，一日3-5頁，之後到文武廟燒頭香，這是他一日工作的開始。張表示「他這回所寫的原稿，將是他的遺囑；透過這份遺囑，他要把他的心情全部吐露」。張告訴辜碧霞「這不過是我三部曲的第一部而已。其餘兩部，無論怎樣也要完成。」
1973	65	
1974	66	• 11月20日《地に這うもの》完稿。

6.03 《鳳儀亭》，〈序言〉（中文）	係張為林博秋《鳳儀亭》（又名《貂獮》，鶯歌，主峰影業公司，1958年出版）一書所撰之序。參見焦桐《台灣戰後初期的戲劇》，頁44。	
12月 難忘的回憶（中文）	收於《林獻堂先生紀念集》卷三《追思錄》。	
10月 難忘當年事（中文）	《台灣文藝》第9期。文末自署撰於7月27日。	
		• 張深切反對林委託張文環幫忙看腳本。
11.21 日月潭ロマーンス（兩稿三文，其中較完整之一稿有署時間）	日文手稿，未發表。	

1975	67	• 透過工藤好美幫忙，9月15日《地に這うもの》由東京現代文化社出版。工藤預期內容有趣、格式與日本作家的小說大不相同，應可風行。出版後果然震撼日本讀書界，受日本圖書出版協會推薦為優良圖書。
1976	68	• 廖清秀譯《滾地郎》在台北出版。
1977	69	• 開始起稿撰寫〈從山上望見的街燈〉。
1978	70	• 1月發現心臟病，2月12日清晨5時，因心臟病於睡夢中逝世，2月16日安葬於台中市郊四張犁公墓。

9月　地に這うもの	日本，現代文化社出版。	
12月 滾地郎(中譯)	廖清秀譯，台北，鴻儒堂出版。	
6月　讀震瀛追思錄有感(中文)	台灣文藝55期。 夏潮4卷4期	
4月　張文環先生書簡		

附錄四

張文環先生晚年手稿表(撰寫時間欠詳)

1	〈日月潭ロマーンス〉 (〈日月潭羅曼史〉) A稿:兩種 B稿	家屬提供,除其中一稿之外,餘未注明寫作時間。家屬推測完成於張於日月潭工作之晚年。
2	里は山のなか(故鄉在山裡)	家屬提供,未注明寫作時間。家屬推測應與〈日月潭ロマーンス〉為同期之作。原稿53張(「張文環原稿用紙」400字稿紙)。
3	地平線の燈	家屬提供,未注明寫作時間。家屬推測應與〈日月潭ロマーンス〉為同期之之作。篇幅甚巨,原稿213張,張文環原稿用紙,400字稿紙。
4	從山上望見的街燈	據張良澤所編略譜稱,為起稿中之長篇小說,未完成。但訪查家屬未獲此篇,目前也未見其餘相關記載,因此可能即為〈地平線の燈〉。不過與張良澤先生說法不同的是,本作(至少初稿)有完成,因此尚待查考。
5	憂鬱な詩人	原作發表於《文藝台灣》1卷3號,1939年5月。家屬提供,張氏生前據已刊舊稿刪改增補之修定稿,修稿時間不詳。共5頁(張文環原稿用紙,400字稿紙),僅修改少數用字。家屬提供之影印原件之修改手跡已相當模糊。
6	夜猿 A稿 B稿	原作發表於《台灣文學》2卷1號,1942年2月。家屬提供,張氏生前據已刊舊稿刪改增補之修定稿,修稿時間不詳。此稿共27頁(張文環原稿用紙,400字稿紙)。第3頁有2份,第4頁缺。
7	閹雞 A稿 B稿	原作發表於《台灣文學》2卷3號,1942年7月。家屬提供,撰稿時間不詳。為2000年最新發現之手稿。
8	部落の插話	原作〈部落の慘劇〉發表於《台灣時報》1941年8月號。家屬提供,撰稿時間不詳。為最新發現之手稿。
9	田舍者	生前未發表。家屬提供,撰稿時間不詳。為最新發現之手稿。

索引

五劃

六劃

七劃

八劃

九劃

十劃

十一劃

十二劃

十三劃

十四劃

十五劃

十六劃

十七劃

十八劃

十九劃

二十劃

二十四劃

荊棘之道：旅日青年的文學活動與文化抗爭

2009年5月初版

定價：新臺幣650元

2016年11月初版第二刷

著　　者	柳　書　琴
總 編 輯	胡　金　倫
副總經理	陳　芝　宇
總 經 理	羅　國　俊
發 行 人	林　載　爵

出　版　者	聯經出版事業股份有限公司
地　　址	台北市基隆路一段180號4樓
編輯部地址	台北市基隆路一段180號4樓
叢書主編電話	(02)87876242轉212
台北聯經書房	台北市新生南路三段94號
電話	(02)23620308
台中分公司	台中市北區崇德路一段198號
暨門市電話	(04)22312023
郵政劃撥帳戶第0100559-3號	
郵撥電話	(02)23620308
印　刷　者	世和印製企業有限公司
總　經　銷	聯合發行股份有限公司
發　行　所	新北市新店區寶橋路235巷6弄6號2F
電話	(02)29178022

叢書主編	沙　淑　芬
校　　對	林　易　澄
封面設計	蔡　婕　岑

行政院新聞局出版事業登記證局版臺業字第0130號

本書如有缺頁，破損，倒裝請寄回台北聯經書房更換。　ISBN 978-957-08-3389-8 (精裝)

聯經網址 http://www.linkingbooks.com.tw

電子信箱 e-mail:linking@udngroup.com

國家圖書館出版品預行編目資料

荊棘之道：旅日青年的文學活動與文化抗爭
/柳書琴著．初版．臺北市：聯經，2009年
656面；14.8×21公分．(臺灣研究叢刊)
ISBN 978-957-08-3389-8（精裝）
索引：14面
[2016年11月初版第二刷]

1.臺灣文學史 2.文學運動 3.文化交流 4.日本

863.09 98001982